Tip des Monats

In derselben Reihe erschienen außerdem als Heyne-Taschenbücher:

Johannes Mario Simmel · Band 23/2
Sandra Paretti · Band 23/3
Willi Heinrich · Band 23/4
Desmond Bagley · Band 23/5
Victoria Holt · Band 23/6
Michael Burk · Band 23/7
Marie Louise Fischer · Band 23/8
Will Berthold · Band 23/9
Mickey Spillane · Band 23/10
Robert Ludlum · Band 23/11
Susan Howatch · Band 23/12
Hans Hellmut Kirst · Band 23/13
Colin Forbes · Band 23/14
Barbara Cartland · Band 23/15
Louis L'Amour · Band 23/16
Alistair MacLean · Band 23/17
Victoria Holt · Band 23/18
Jack Higgins · Band 23/19
Utta Danella · Band 23/20
Desmond Bagley · Band 23/21
Caroline Courtney · Band 23/22
Robert Ludlum · Band 23/23
Gwen Bristow · Band 23/24
Heinz G. Konsalik · Band 23/25
Leon Uris · Band 23/26
Susan Howatch · Band 23/27
Colin Forbes · Band 23/28
Utta Danella · Band 23/29
Craig Thomas · Band 23/30
Daphne Du Maurier · Band 23/31
Robin Moore · Band 23/32
Marie Louise Fischer · Band 23/33
Johanna Lindsey · Band 23/34
Alistair MacLean · Band 23/35
Philippa Carr · Band 23/36
Joseph Wambaugh · Band 23/37
Mary Stewart · Band 23/38

3 Romane in einem Band

Alistair MacLean

Angst ist der Schlüssel
Geheimkommando Zenica
Die Überlebenden der Kerry Dancer

WILHELM HEYNE VERLAG
MÜNCHEN

HEYNE TIP DES MONATS
Nr. 23/1

Titel der englischen Originalausgabe
FEAR IS THE KEY
Deutsche Übersetzung von Paul Baudisch

Titel der englischen Originalausgabe
FORCE 10 FROM NAVARONE
Deutsche Übersetzung von Georgette Beecher-Kindler

Titel der englischen Originalausgabe
SOUTH BY JAVA HEAD
Deutsche Übersetzung von H. E. Gerlach

7. Auflage

Genehmigte, ungekürzte Taschenbuchausgabe
Copyright © der deutschen Übersetzungen
1985 by Kindler Verlag GmbH, München
Printed in Germany 1989
Umschlagfoto: Photodesign Mall, Stuttgart
Rückenfoto: dpa, München
Umschlaggestaltung: Atelier Ingrid Schütz, München
Gesamtherstellung: Presse-Druck Augsburg

ISBN 3-453-54244-4

Inhalt

Angst ist der Schlüssel
Seite 7

Geheimkommando Zenica
Seite 217

Die Überlebenden der Kerry Dancer
Seite 423

Angst ist
der Schlüssel

1

Ich weiß nicht recht, wie ich mir den Mann hinter dem erhöhten, blankpolierten Mahagonipult vorgestellt hatte. Unbewußt glaubte ich wohl, er würde jenen falschen Bildern entsprechen, die ich mir in den längst entschwundenen Tagen, da ich noch für so etwas Zeit hatte, durch eine ebenso umfangreiche wie wahllose Lektüre und vor allem durch Filme gemacht hatte. Ich war der festen Überzeugung, die einzige zulässige Variation im Aussehen eines Bezirksrichters in den südöstlichen Gebieten der Vereinigten Staaten sei auf das Körpergewicht beschränkt: Manche seien vertrocknet, hager und sehnig, andere mit einem Doppelkinn und entsprechender Fülle ausgestattet. Darüber hinaus hielt ich jede Abweichung von der Norm für undenkbar. Der Herr Richter mußte unweigerlich ein älterer Mann sein, seine Tracht bestand aus einem zerknitterten weißen Anzug, einem schmutzigweißen Hemd, einer Schnürsenkelkrawatte und einem tief in den Nacken geschobenen Panamahut mit buntem Band. Das Gesicht war gewöhnlich rot angelaufen, die Nase bläulich. Die herabhängenden Spitzen des silberweißen Mark-Twain-Schnurrbarts waren mit Bourbon, Pfefferminzschnaps oder was dort eben an Getränken üblich sein mochte, bekleckert. Die Miene des Richters wirkte meistens hochmütig, die Haltung aristokratisch, der Moralkodex edel, die Intelligenz recht mäßig.

Richter Mollison bedeutete für mich eine große Enttäuschung. Er entsprach in keiner Weise meinen Vorstellungen, abgesehen vielleicht von den moralischen Grundsätzen, und die konnte man ja nicht sehen. Er war jung, glattrasiert, tadellos gekleidet; er trug einen gutgeschnittenen hellgrauen Tropenanzug und eine sehr konservative Krawatte. Und was den Pfefferminzschnaps betraf, so bezweifle ich, daß er jemals einer Bar auch nur den flüchtigsten Blick gegönnt hatte, es sei denn, um sich zu überlegen, auf welche Weise er sie schließen könnte. Er sah wohlwollend aus und war es nicht. Er sah intelligent aus – und war es auch. Er hatte einen Verstand, so scharf und spitz wie eine Nadel. Auf diese spitze Nadel hatte er mich aufgespießt, und er ließ mich mit gleichgültiger Miene zappeln, die mir nicht besonders gefiel.

»Na, na!« murmelte er sanft. »Wir warten auf Ihre Antwort, Mr. – äh – Chrysler.« Er behauptete nicht rundheraus, daß er mir nicht glaubte, Chrysler sei mein richtiger Name, aber wenn die Zuhörer auf den Bänken des Gerichtssaals nicht begriffen, was gemeint war, dann hätten sie gar nicht erst herzukommen brauchen. Zweifellos verstand ihn die Schar großäugiger Schulmädchen, die sich in diese Atmosphäre der Sünde, des Lasters und des Unrechts wagten, um gute Noten in Bürgerkunde zu bekommen. Auch das melancholische, dunkelblonde, junge Mädchen, das still auf der ersten Bank saß, hatte begriffen. Sogar der stämmige, schwarzhaarige, affenartige Kerl, der drei Reihen hinter ihr hockte, schien verstanden zu haben. Zumindest zuckte die plattgeschlagene Nase unterhalb der geringfügigen Lücke zwischen Brauen und Haaransatz. Vielleicht aber lag es nur an den Fliegen. Im Gerichtssaal wimmelte es von Fliegen. Wenn das Äußere in irgendeiner Weise den Charakter widerspiegelte, überlegte ich mir, müßte eigentlich der Kerl dort auf der Anklagebank sitzen und ich ihn von unten betrachten. Ich wandte mich wieder dem Richter zu.

»Das ist jetzt das drittemal, daß es Ihnen schwerfiel, sich auf meinen Namen zu besinnen, Herr Richter«, sagte ich vorwurfsvoll. »Nach und nach werden die klügeren Köpfe unter den braven Leuten, die der Verhandlung beiwohnen, noch mißtrauisch werden. Sie sollten vorsichtiger sein, lieber Freund.«

»Ich bin nicht Ihr lieber Freund.« Richter Mollisons Stimme klang präzise und amtsmäßig, ganz so, als meine er es ernst. »Wir befinden uns hier auch nicht in einer Gerichtsverhandlung; es sind keine Geschworenen da, die ich beeinflussen könnte. Es handelt sich nur um eine Einvernahme, Mr. – äh, Chrysler.«

»Chrysler! Nicht äh-Chrysler. Aber Sie beabsichtigen, dafür zu sorgen, daß es zu einer Gerichtsverhandlung kommt, nicht wahr, Herr Richter?«

»Ich würde Ihnen raten, mehr auf Ihre Ausdrucksweise und auf Ihr Benehmen zu achten«, sagte der Richter in scharfem Ton. »Vergessen Sie nicht, daß es in meinem Ermessen liegt, Sie in Haft nehmen zu lassen – auf unbestimmte Zeit. Also noch einmal: Wo ist Ihr Paß?«

»Ich weiß es nicht. Wahrscheinlich habe ich ihn verloren.«

»Wo?«

»Wenn ich das wüßte, wäre ich nicht hier.«

»Darüber sind wir uns im klaren«, bemerkte der Richter trocken. »Aber wenn wir wüßten, um welchen Distrikt es sich handelt, könnten wir die zuständigen Polizeireviere benachrichtigen, bei denen der Paß möglicherweise abgeliefert wurde. Wann haben Sie bemerkt, daß Ihnen Ihr Paß fehlt, und wo befanden Sie sich damals?«

»Vor drei Tagen, und Sie wissen genauso gut wie ich, wo ich mich damals befand. Ich saß im Speisesaal des Motels La Contessa, aß zu Abend und tat keinem Menschen was zuleide, als die Herrschaften aus dem Wilden Westen über mich herfielen.« Ich zeigte mit weit ausholender Gebärde auf den Sheriff, ein kleines Männlein in einem Alpakarock, der in einem Rohrsessel vor dem Richterstuhl saß. Offenbar gab es für Polizeibeamte in Marble Springs keine vorgeschriebene Mindestgröße: Der Sheriff mochte samt seinen hohen Absätzen nicht mehr als einen Meter sechzig messen. Genauso wie der Richter war auch er eine große Enttäuschung für mich. Ich hatte zwar keinen gespornten und gestiefelten Wildwestsheriff erwartet, aber doch nach einem Abzeichen oder einem kleinen schwarzen Pistolenfutteral Ausschau gehalten. Weder Abzeichen noch Pistole. Wenigstens soweit ich es beurteilen konnte. Die einzige Waffe in meinem Blickfeld war ein kurzläufiger Revolver in dem Halfter des Polizeibeamten, der ein paar Schritte rechts halb hinter mir stand.

»Man ist nicht über Sie hergefallen«, sagte Richter Mollison geduldig. »Man fahndete nach einem Sträfling, der aus einem Strafarbeitslager entsprungen ist. Marble Springs ist ein kleiner Ort. Fremde fallen auf. Es war nur natürlich . . .«

Ich unterbrach ihn. »Natürlich! – Hören Sie zu, Herr Richter! Ich habe mich mit dem Gefängniswachtmeister unterhalten. Er sagt, der Sträfling sei um sechs Uhr nachmittags entsprungen. Die braven Hüter des Gesetzes haben mich um acht Uhr aufgegriffen. Sollte ich also imstande gewesen sein, mir im Laufe von zwei Stunden die Ketten durchzufeilen, zu baden, mir den Kopf zu waschen, mich zu maniküren und zu rasieren, mir von einem Schneider einen Anzug anmessen und anpassen zu lassen, Unterwäsche, Hemd und Schuhe zu kaufen . . .«

»So etwas ist schon einmal vorgekommen«, warf der Richter ein. »Ein Desperado, mit einer Pistole oder einem Knüppel . . .«

». . . und meine Haare um zehn Zentimeter wachsen zu lassen?« schloß ich.

»Es war ziemlich dunkel dort drin, Herr Richter«, begann der Sheriff, aber Mollison bedeutete ihm zu schweigen.

»Sie lehnten es ab, sich verhören und durchsuchen zu lassen. Warum?«

»Wie gesagt, ich hatte niemandem etwas zuleide getan. Ich saß für mich allein in einem anständigen Restaurant. Dort, wo ich zu Hause bin, braucht man keine behördliche Erlaubnis, um atmen und umherspazieren zu dürfen.«

»Auch bei uns nicht«, sagte der Richter geduldig. »Die Beamten wollten nur einen Führerschein, einen Sozial- oder Krankenversicherungsschein, einen alten Brief, irgendeine Legitimation sehen. Sie hätten sich diesem Wunsch fügen können.«

»Ich war dazu bereit.«

»Warum also das da...?« Mit einem Kopfnicken zeigte Richter Mollison auf den Sheriff. Ich folgte seinem Blick. Als ich den Sheriff im La Contessa zum erstenmal zu sehen bekommen hatte, war er mir nicht gerade als schöner Mann erschienen, und ich muß zugeben, daß die großen Pflaster auf seiner Stirn, über dem Kinn und einem Mundwinkel nicht dazu beitrugen, sein Aussehen zu verbessern.

»Was erwarten Sie in einem solchen Fall?« Ich zuckte mit den Schultern. »Wenn die Großen ihre Spielchen spielen, sollen kleine Jungen daheim bei Muttern bleiben.« Der Sheriff erhob sich halb aus seinem Sessel, kniff die Augen zusammen und umklammerte mit weißen Knöcheln die Rohrlehnen des Sessels, aber der Richter wies ihn mit einer ungeduldigen Geste zur Ruhe. »Die beiden Gorillas, die er bei sich hatte, begannen auf mich einzuschlagen. Ich handelte in Notwehr.«

»Wenn Sie angegriffen wurden«, fragte der Richter in eisigem Ton, »wie erklären Sie dann den Umstand, daß einer der Beamten mit verletzten Kniesehnen im Krankenhaus liegt und der andere einen gebrochenen Backenknochen hat, während Ihnen nicht das geringste anzumerken ist?«

»Mangel an Training, Herr Richter! Der Staat Florida sollte mehr Geld aufwenden, um seine Polizeibeamten in der edlen Kunst der Selbstverteidigung zu unterweisen. Vielleicht, wenn die Herren weniger Buletten essen und weniger Bier trinken würden...«

»Ruhe!« Eine kleine Pause trat ein, während der Richter sich bemühte, die Fassung wiederzugewinnen und ich mich abermals im Saal umsah. Die Mittelschülerinnen rissen noch immer die Augen auf: So etwas hatten sie noch nicht erlebt. Die dunkelblonde junge Dame auf der vordersten Bank sah mich mit sonderbarer, halb verdutzter Miene an, als versuchte sie, sich etwas zu errechnen. Der Mann mit dem gebrochenen Nasenbein kaute mit der Regelmäßigkeit einer Maschine an einer erloschenen Zigarre, den Blick ins Leere gerichtet. Der Gerichtsreporter schien zu schlafen. Der Gerichtsdiener an der Tür betrachtete das Schauspiel mit olympischer Gelassenheit. Hinter ihm war durch die offene Tür der grelle Glanz der Nachmittagssonne auf der staubigen weißen Straße zu sehen, und noch weiter hinten, halb verdeckt durch eine schüttere Gruppe schmächtiger Palmettos, glitzerte im Sonnenlicht das grüne Wasser des Golfs von Mexiko... Der Richter schien sich gefaßt zu haben.

»Wir stellten fest«, sagte er mit Nachdruck, »daß Sie streitsüchtig, unverträglich, frech und gewalttätig sind. Sie waren bewaffnet – mit einer kleinkalibrigen Liliput. Ich glaube, so heißt sie. Ich könnte ein Verfahren gegen Sie einleiten wegen ordnungswidrigen Betragens vor Gericht, wegen Mißhandlung und Behinderung der Sicherheitsorgane in der Ausübung ihrer Pflicht und wegen illegalen Waffenbesitzes. Aber ich werde es nicht tun.« Er hielt kurz inne, fuhr dann fort: »Wir werden weit ernstere Beschuldigungen gegen Sie zu erheben haben.«

Der Gerichtsreporter öffnete einen Moment lang das eine Auge, überlegte kurz und schien wieder zu entschlummern. Der Mann mit dem gebrochenen Nasenbein nahm seine Zigarre aus dem Mund, betrachtete sie eingehend, steckte sie wieder zwischen die Zähne und setzte seine Kaubewegungen fort. Ich sah den Richter an und schwieg.

»Wo waren Sie, bevor Sie hierherkamen?«

»In St. Catherine.«

»Das meinte ich nicht. Aber schön, wie sind Sie aus St. Catherine hierhergekommen?«

»Mit einem Auto.«

»Beschreiben Sie das Auto und den Fahrer.«

»Grüne Limousine. Älterer Geschäftsmann mit Frau. Er grauhaarig, sie blond.«

»Ist das alles, woran Sie sich erinnern können?« fragte Mollison höflich.

»Alles.«

»Sie sind sich wohl darüber im klaren, daß diese Beschreibung auf eine Million Ehepaare und ihren Wagen zutreffen würde.«

»Sie wissen doch, wie das ist!« antwortete ich schulterzuckend. »Wenn man nicht damit rechnet, verhört zu werden, kümmert man sich nicht...«

»Ja, ja!« Er konnte sehr höhnisch werden, der Herr Richter. »Selbstverständlich ein Wagen aus einem Nachbarstaat?«

»Ja. Aber nicht selbstverständlich.«

»Sie sind eben erst in den Vereinigten Staaten angelangt und wissen bereits die verschiedenen polizeilichen Kennzeichen zu unterscheiden?«

»Der Mann sagte, sie kämen aus Philadelphia. Und Philadelphia liegt doch wohl in einem anderen Staat.«

Der Gerichtsreporter räusperte sich. Der Richter warf ihm einen strafenden Blick zu, wandte sich dann wieder an mich.

»Und nach St. Catherine kamen Sie aus...?«

»Miami.«

»Natürlich, mit demselben Auto.«

»Nein, mit dem Bus.«

Der Richter sah den Gerichtsschreiber an, der leicht den Kopf schüttelte, wandte sich dann wieder zu mir. Seine Miene war alles andere als freundlich.

»Sie sind nicht nur ein zungenfertiger und unverschämter Lügner, Chrysler«, (er ließ den Mister weg, also nahm ich an, die Zeit der höflichen Reden sei vorbei), »sondern auch schlampig. Es verkehren keine Busse zwischen Miami und St. Catherine. Die vergangene Nacht hatten Sie in Miami verbracht?«

Ich nickte.

»In einem Hotel«, fuhr er fort. »Aber den Namen des Hotels werden Sie natürlich vergessen haben.«

»Nun, in der Tat...«

»Verschonen Sie uns!« Der Richter hob die Hand. »Ihre Frechheit übersteigt alle Grenzen. Der Gerichtshof läßt nicht länger mit sich spaßen. Wir haben genug gehört. Autos, Busse, St. Catherine, Hotels, Miami – Lügen! Lauter Lügen! Sie sind nie in Ihrem Leben in Miami gewesen. Warum, glauben Sie, haben wir Sie drei Tage lang festgehalten?«

»Das können Sie mir sicher verraten.«

»Gern. Um ausführliche Erkundigungen einzuholen. Wir haben bei den Einwanderungsbehörden und bei sämtlichen Fluglinien in Miami nachgefragt. Ihr Name steht auf keiner Passagierliste und auf keiner Ausländerliste, und an dem betreffenden Tag wurde niemand gesehen, auf den Ihre Beschreibung zuträfe. Dabei ist es nicht leicht, Sie zu übersehen.«

Ich wußte, was er meinte. Ich hatte das roteste Haar und die schwärzesten Augenbrauen, die mir je bei einem Menschen begegnet sind, und diese Kombination wirkte verblüffend. Ich selbst hatte mich daran gewöhnt, aber ich muß zugeben, es dauerte eine Weile, bis man soweit war. Und was den hinkenden Gang und die Narbe betraf, die von der rechten Schläfe zum Ohrläppchen lief – na ja, kein Polizeibeamter hätte sich schönere Identifizierungsmerkmale wünschen können.

»Soweit wir feststellen konnten«, fuhr der Richter in kaltem Ton fort, »haben Sie einmal die Wahrheit gesagt. Ein einzigesmal.« Er hielt ein, wandte sich dem jungen Mann zu, der soeben die Tür zu irgendwelchen Gerichtszimmern geöffnet hatte, und hob fragend die Brauen. Keine Ungeduld, keine Gereiztheit. Alles sehr ruhig. Richter Mollison ließ sich nicht leicht aus dem Gleichgewicht bringen.

»Soeben eingetroffen, Sir!« sagte der junge Mann nervös. Er hielt ihm einen Umschlag hin. »Funkspruch. Ich dachte...«

»Geben Sie her.« Richter Mollison warf einen Blick auf den Umschlag, nickte und wandte sich wieder mir zu.

»Wie gesagt, einmal haben Sie die Wahrheit gesprochen. Als Sie sagten, Sie seien aus Havanna gekommen. Das stimmt. Dort haben Sie etwas zurückgelassen. Auf dem Polizeirevier, auf dem man Sie festgehalten hatte, um Sie zu verhören und vor Gericht zu stellen.« Er griff in eine Lade und brachte ein kleines Heft zum Vorschein, Blau, Gold, Weiß. »Ist Ihnen dieser Gegenstand bekannt?«

»Ein britischer Paß«, erwiderte ich seelenruhig. »Ich habe zwar keine Röntgenaugen, muß aber annehmen, daß er mir gehört, sonst würden Sie nicht so viel Theater damit machen. Wenn er die ganze Zeit über in Ihrem Besitz war, warum haben Sie dann...?«

»Wir bemühten uns nur, den Grad Ihrer Verlogenheit festzustellen, die so gut wie hundertprozentig ist, und Ihre Glaubwürdigkeit zu prüfen, die nicht zu existieren scheint.« Er musterte mich voller Neugier. »Sie müssen doch wissen, was das bedeutet. Wenn wir den Paß besitzen, haben wir auch noch einiges andere. Sie wirken unberührt. Sie sind sehr kaltschnäuzig, Chrysler, oder sehr gefährlich. Oder sollten Sie am Ende nur sehr dumm sein?«

»Was erwarten Sie von mir?« fragte ich. »Daß ich in Ohnmacht falle?«

»Unsere Polizei- und Einwanderungsbehörden stehen, zumindest momentan, mit ihren kubanischen Kollegen auf gutem Fuß.« Es war, als hätte er meinen Einwurf gar nicht gehört. »Auf unsere Telegramme nach Havanna erhielten wir weit mehr als diesen Paß, nämlich sehr interessante Informationen: Sie heißen nicht Chrysler, sondern Ford. Sie haben zweieinhalb Jahre in Westindien verbracht und sind den Behörden auf sämtlichen Hauptinseln wohlbekannt.«

»Kunststück, Herr Richter. Wenn man so viele Freunde hat...«

»Traurig bekannt! Sie verbüßten im Lauf von zwei Jahren drei kleinere Gefängnisstrafen.« Richter Mollison überflog ein Schriftstück, das er in der Hand hielt. »Keine geregelten Einkünfte, wenn man davon absieht, daß Sie drei Monate lang bei einer Berge- und Taucherfirma beschäftigt waren.« Er sah mich an. »Und in welcher – äh – Eigenschaft sind Sie für diese Firma tätig gewesen?«

»Ich habe den Leuten gesagt, wie tief das Wasser ist.«

Er musterte mich nachdenklich, wandte sich dann wieder dem Schriftstück zu. »Umgang mit Verbrechern und Schmugglern«, fuhr er fort. »Vor allem mit kriminellen Elementen, von denen man weiß, daß ihre Tätigkeit darin besteht, Edelsteine und kostbare Metalle zu stehlen und zu schmuggeln. Sie haben, wie bekannt ist, in Nassau und Manzanillo Arbeiterunruhen angezettelt oder anzuzetteln versucht, und zwar, wie man vermutet, mit anderen als rein politischen Zielen. Aus San Juan, Haiti und Venezuela deportiert. Auf Jamaica zur Persona non grata erklärt. Darf in Nassau auf den Bahamas nicht an Land gehen.« Er unterbrach sich und sah mich an. »Britischer Staatsbürger und nicht einmal auf britischem Boden gern gesehen.«

»Reines Vorurteil, Herr Richter!«

»Natürlich sind Sie illegal in die Vereinigten Staaten eingereist.« Richter Mollison war nicht leicht von seinem Kurs abzubringen. »Wie, weiß ich nicht; es kommt hier in dieser Gegend immer wieder vor. Wahrscheinlich über Key West mit nächtlicher Landung irgendwo zwischen Port Charlotte und Marble Springs. Es spielt keine Rolle. Wir können nun also, abgesehen von dem Widerstand gegen die Staatsgewalt und dem Besitz einer Schußwaffe, die Sie nicht deklariert haben und für die Sie keinen Waffenschein besaßen, auch noch ein Verfahren wegen illegaler Einreise gegen Sie anhängig machen. Ein Mann mit Ihrer Vergangenheit, Ford, hätte eine empfindliche Strafe zu erwarten. Aber das wird Ihnen erspart bleiben. Zumindest hier bei uns. Ich habe mich mit den staatlichen Einwanderungsbehörden in Verbindung gesetzt. Die sind gleich mir der Meinung, daß die beste Lösung in diesem Fall die Ausweisung ist. Mit Leuten wie Ihnen wollen wir nichts zu tun haben. Wie die kubanischen Behörden uns mitteilen, sind Sie aus der Untersuchungshaft entwichen, als Sie wegen Aufhetzens der Hafenarbeiter zu Gewaltakten angeklagt waren. Angeblich haben Sie außerdem noch versucht, den Polizeibeamten, der Sie verhaftete, zu erschießen. Derartige Vergehen ziehen auf Kuba strenge Strafen nach sich. Das erste Delikt läßt keine Auslieferung zu, und was den zweiten Anklagepunkt betrifft, so haben die zuständigen Behörden keinen Antrag an uns gestellt. Aber, wie gesagt, wir werden uns nicht an die Auslieferungsparagraphen, sondern an das Deportationsgesetz halten. Wir deportieren Sie nach Havanna. Wenn Ihre Maschine morgen früh dort landet, werden die zuständigen Behörden Sie in Empfang nehmen.«

Ich rührte mich nicht und sagte kein Wort. Im Gerichtssaal war es sehr still. Nach einer Weile räusperte ich mich. »Herr Richter, ich finde das ausgesprochen unfreundlich von Ihnen.«

»Das ist Ansichtssache«, sagte er gleichgültig. Er erhob sich, um wegzugehen, da fiel sein Blick auf den Umschlag, den der junge Mann ihm gebracht hatte. »Eine Sekunde!« Er setzte sich wieder und schlitzte das Kuvert auf. Während er die hauchdünnen Papierblätter herausnahm, musterte er mich mit einem düsteren Lächeln.

»Wir entschlossen uns, bei Interpol anzufragen, was in Ihrer Heimat über Sie bekannt ist, obgleich ich kaum glaube, daß wir jetzt noch nützliche Auskünfte erhalten. Wir haben, was wir brauchen... Nein, nein, das dachte ich mir gleich. Nichts Neues. Unbekannt. Nicht registriert. Aber – einen Augenblick!« Die ruhige, gemächliche Stimme war mit einemmal so laut geworden, daß der schlaftrunkene Protokollführer wie ein Stehaufmännchen in die Höhe fuhr und nach seinem Notizbuch und dem Bleistift fischte, die auf den Boden gefallen waren. »Eine Sekunde!«

Er kehrte zur ersten Seite des Kabels zurück.

»37b, Rue Paul-Valéry, Paris«, las er hastig. »Ihre Anfrage erhalten usw., usw. Bedauern, mitteilen zu müssen, kein Verbrecher unter Namen John Chrysler in Umlaufkartei verzeichnet. Möglicherweise einer unter vier anderen mit alias, aber unwahrscheinlich: Identifizierung unmöglich ohne Kopfzahlen und Fingerabdrücke...

Bemerkenswerte Ähnlichkeit laut Ihrer Beschreibung mit dem verstorbenen John Montague Talbot. Gründe Ihrer Anfrage und Dringlichkeit unbekannt, fügen aber kurzen Abriß wesentlicher Daten aus Talbots Leben bei. Bedauern, Ihnen nicht weiter behilflich sein zu können usw. usw.

John Montague Talbot. Größe einssiebenundsiebzig, Gewicht 185 Pfund, dunkelrotes, weit links gescheiteltes Haar, tiefblaue Augen, dichte, schwarze Brauen, Messerstichnarbe über dem rechten Auge. Adlernase, ungewöhnlich regelmäßiges Gebiß. Trägt zufolge stark hinkenden Ganges linke Schulter beträchtlich höher als die rechte.«

Der Richter sah mich an, und ich sah zur Tür hinaus. Ich muß zugeben, daß die Beschreibung nicht übel war.

»Geburtsdatum unbekannt, wahrscheinlich Anfang der zwanziger Jahre. Geburtsort unbekannt. Keine Militärdienstakten. 1948 Universität Manchester als Maschinenbauingenieur absolviert. Drei Jahre lang bei Siebe, Gorman & Co. angestellt.« Er unterbrach sich und sah mich scharf an. »Was für eine Firma ist Siebe, Gorman & Co.?«

»Ich habe nie davon gehört.«

»Natürlich nicht. Aber ich. Eine bekannte europäische Maschinenbaufirma, die sich unter anderem auf Tauchgeräte aller Art spezialisiert hat. Paßt recht gut zu Ihrer Anstellung bei einer Berge- und Taucherfirma in Havanna, nicht wahr?« Er erwartete offensichtlich keine Antwort, denn er las sofort weiter.

»Spezialist für Bergearbeiten in großen Tiefen. Verließ Siebe, Gorman & Co., trat in holländische Bergefirma ein, dort nach achtzehn Monaten entlassen, und zwar als Folge von Ermittlungen über den Verbleib zweier verschwundener, 28 Pfund schwerer Goldbarren, die von der Firma im Hafen von Bombay aus dem Wrack des Munitions- und Geldtransportdampfers *Fort Stikene*, der am 14. April 1944 in die Luft geflogen war, geborgen wurden. Rückkehr nach England, dort Angestellter einer Berge- und Taucherfirma in Portsmouth, verband sich mit dem notorischen Juwelendieb Moran bei den Bergungsarbeiten an der *Nantucket Light*, die Juni 1955 vor Cap Lizard sank, als sie mit wertvoller Ladung Diamanten von Amsterdam nach New York unterwegs war. Geborgene Edelsteine im Wert von 80 000 Dollar wurden vermißt. Talbot und Moran in London aufgespürt, verhaftet, aus dem Polizeiauto entsprungen, nachdem Polizeibeamter von Talbot mit kleiner, von ihm verborgen gehaltener Pistole angeschossen wurde. Beamter an den Folgen der Verletzung gestorben.«

Jetzt beugte ich mich vor. Meine Finger umkrampften die Balustrade. Alle Blicke waren auf mich gerichtet, ich aber wandte kein Auge von Mollison. Nichts war in dem stickigen Saal zu hören als das einschläfernde Summen der Fliegen oben an der Decke und das leise Surren eines Ventilators.

»Talbot und Moran schließlich in Gummilagerhaus am Flußufer gestellt.« Richter Mollison las jetzt sehr langsam, fast stockend, als müsse er sich Zeit lassen, um den Sinn seiner eigenen Worte richtig zu erfassen. »Umzingelt. Ignorierten Aufforderung, sich zu ergeben. Widerstanden zwei Stunden lang allen Versuchen mit Gewehren und Tränengasbomben bewaffneter Polizei, sie zu überwältigen. Durch Explosion brach im Warenhaus ein heftiger, nicht zu löschender Brand aus. Alle Ausgänge bewacht, aber kein Fluchtversuch. Beide Männer in den Flammen umgekommen. Vierundzwanzig Stunden später hatten Feuerwehrleute noch immer keine Spur von Moran gefunden, nahmen an, Leiche sei restlos verbrannt. Talbots verkohlte Reste einwandfrei identifiziert durch Rubinring an linker Hand, Messingschuhschnallen und deutsche 4,25er Pistole, die er bekanntermaßen immer bei sich trug...«

Die Stimme des Richters verebbte. Mehrere Sekunden lang saß er stumm da. Er betrachtete mich verwundert, als wollte er seinen Augen nicht trauen, runzelte die Stirn und richtete dann ganz langsam seine Blicke auf den kleinen Mann im Rohrsessel.

»Eine 4,25-Millimeter-Pistole, Sheriff? Haben Sie eine Ahnung...?«

»Ja.« Die Miene des Sheriffs war kalt, böse und hart und paßte zu seiner Stimme. »Meines Wissens gibt es nur ein einziges Fabrikat dieser Art: die deutsche Liliput.«

»Wie der Häftling eine bei sich hatte, als Sie ihn verhafteten.« Es war eine Feststellung, keine Frage. »Und er trägt einen Rubinring an der linken Hand.« Abermals schüttelte der Richter den Kopf. Dann sah er mich lange, sehr lange an. Man spürte deutlich, wie seine Zweifel unerschütterlicher Gewißheit zu weichen begannen. »Der Leopard – der kriminelle Leopard – wechselt nie seine Flecken. Gesucht wegen Mordes – vielleicht wegen zweier Morde: Wer weiß, was Sie in dem Warenhaus mit Ihrem Komplizen gemacht haben. Es war seine Leiche, die gefunden wurde, nicht die Ihre?«

Im Gerichtssaal herrschte Entsetzen, dumpfe Stille. Eine fallende Stecknadel hätte den ganzen Verein hochgejagt.

»Er hat einen Polizisten ermordet.« Der Sheriff leckte sich die Lippen, blickte zum Richter empor und wiederholte flüsternd: »Er hat einen Polizisten ermordet. In England bringt ihn das an den Galgen, nicht wahr, Herr Richter?«

Mollison hatte sich wieder gefaßt.

»Dieser Gerichtshof ist nicht zuständig...«

»Wasser!« War das wirklich meine Stimme? Selbst in meinen eigenen Ohren klang sie wie heiseres Krächzen. Ich hatte mich weit über den Rand der Balustrade gebeugt, leise schwankend, auf die eine Hand gestützt, während ich in der anderen ein Taschentuch hielt und mir die Stirn abwischte. Ich hatte reichlich Zeit gehabt, mir den Plan zurechtzulegen, und ich glaube, ich sah so aus, wie ich aussehen wollte – wie ich aussehen mußte. Wenigstens hoffe ich das. »Ich – ich fürchte – ich kippe um. Gibt es – kein – Wasser?«

»Wasser?« Die Stimme des Richters klang halb ungeduldig, halb teilnahmsvoll. »Leider...«

»Dort!« stieß ich hervor. Mit matter Gebärde deutete ich auf eine Stelle hinter dem Beamten, der mich bewachte. »Bitte!«

Der Beamte wandte sich halb um – es hätte mich gewundert, wenn er es nicht getan hätte. In diesem Augenblick drehte ich mich auf beiden Fußspitzen herum und knallte ihm meinen linken Arm quer über den Bauch, dicht unterhalb der Taille. Drei Zoll höher, und der bleigeschlagene, mit einer schweren Messingschnalle versehene Gürtel hätte mich gezwungen, mir ein neues Paar Fingerknöchel zu suchen. Noch lief das Echo seines dumpfen Stöhnens durch die bestürzte Stille des Gerichtssaals, da schwenkte ich ihn, als er zu fallen begann, halb zu mir herum, riß ihm den schweren Colt aus dem Halfter, und ließ die Mündung mit sanftem Schwung in die Runde wandern, noch bevor der Mann gegen die Seitenwand der Balustrade schlug und hustend, qualvoll nach Luft ringend, auf den Holzboden sank.

Mit einem einzigen Blick erfaßte ich das ganze Bild. Der Mann mit dem gebrochenen Nasenbein starrte mich so erstaunt an, wie seine primitiven Züge es erlaubten, er sperrte den Mund auf, und der zerkaute Zigarrenstummel klebte in unmöglichem Winkel an der Unterlippe. Das junge Mädchen mit dem blonden Haar hatte sich vorgebeugt, die Augen geweitet, die Hand an der Wange, den Daumen unterm Kinn und den gekrümmten Zeigefinger über dem Mund. Der Richter war kein Richter mehr, sondern eine Wachsfigur. Regungslos saß er auf seinem Stuhl, als hätte er soeben das Atelier des Bildhauers verlassen. Der Gerichtsschreiber, der Reporter und der Saaldiener waren ebenso erstarrt wie der Richter, während die Schar der Schulmädchen und die aufsichtsführende alte Jungfer die gleichen Glotzaugen machten wie zuvor. Aber die Neugier war aus den Gesichtern gewichen und hatte der Furcht Platz gemacht. Der Teenager ganz in meiner Nähe zog die Brauen hoch, seine Lippen zitterten, als würde er jeden Augenblick zu heulen oder zu kreischen beginnen. Nur nicht schreien! hoffte ich im stillen, doch eine Sekunde später wurde mir klar, daß es ohnedies in wenigen Sekunden sehr laut zugehen würde. Der Sheriff war nicht so unbewaffnet, wie ich vermutet hatte: Er griff nach seinem Revolver.

Aber er zog ihn nicht mit jener verblüffenden und geradezu zauberhaften Gewandtheit, an die mich die Filme meiner Jugend gewöhnt hatten. Die langen flatternden Schöße des Alpakarocks behinderten ihn, zudem störte ihn die Lehne des Korbsessels. Volle vier Sekunden verstrichen, bevor seine Hand den Kolben der Waffe umfaßte.

»Lassen Sie das lieber bleiben, Herr Sheriff!« sagte ich schnell. »Die Kanone in meiner Hand ist auf Sie gerichtet!«

Aber der Mut oder die Tollkühnheit des kleinen Männleins schien in umgekehrtem Verhältnis zu seiner Körperlänge zu stehen. Man merkte es an seinen Augen, an den gestrafften Lippen, daß er nicht aufzuhalten sein würde. Außer auf die einzig mögliche Weise. Mit ausgestrecktem Arm hob ich den Revolver, bis der Lauf in Höhe meiner Augen lag – das Schießen aus der Hüfte ist reiner Mumpitz –, und als der Sheriff die Hand aus den Falten des Jacketts zog, drückte ich ab. Der dröhnende Knall des schweren Colts, vielfach verstrkt durch die Enge des Gerichtssaals, übertönte jedes andere Geräusch. Ob der Sheriff aufgeschrien, ob das Geschoß seine Hand oder die Waffe in seiner Hand getroffen hatte, war nicht festzustellen. Ich konnte mich nur auf meine Augen verlassen: Der rechte Arm und die ganze rechte Körperhälfte des Sheriffs zuckten krampfhaft zusammen, die Waffe flog nach hinten und landete auf einem Tisch, wenige Zentimeter neben dem Notizbuch des erschrockenen Reporters.

Mein Colt zielte bereits auf den Saaldiener an der Tür. »Kommen Sie zu uns, lieber Freund!« sagte ich. »Sie sehen mir so aus, als ob Sie daran dächten, Hilfe zu holen!« Ich wartete, bis er den Mittelgang zur Hälfte zurückgelegt hatte, dann hörte ich hinter mir ein Scharren und fuhr herum.

Ich hätte mich nicht zu beeilen brauchen. Der Polizeibeamte hatte sich mit Mühe und Not aufgerappelt. Das war aber auch alles. Er krümmte sich, die eine Hand gegen das Zwerchfell gepreßt, während die Knöchel der anderen beinahe den Fußboden streiften. Heftig keuchend rang er nach Atem, er hatte offensichtlich starke Schmerzen. Dann hob er den Kopf, stand geduckt und lauernd da, seine Miene drückte keine Furcht aus; nur Qual, Zorn, Scham und wilde, tödliche Entschlossenheit lagen darin.

»Pfeifen Sie Ihren Wachhund zurück, Sheriff!« sagte ich schroff. »Das nächstemal ergeht es ihm schlecht.«

Der Sheriff warf mir einen giftigen Blick zu und stieß ein nicht wiederzugebendes Wort aus. Er kauerte in seinem Sessel, mit der linken Hand hielt er das rechte Handgelenk umfaßt. Er machte den Eindruck eines Menschen, der zu sehr mit seinem eigenen Jammer beschäftigt war, als daß er sich darum kümmern konnte, ob andere zu Schaden kamen.

»Her mit dem Revolver!« sagte der Polizeibeamte heiser. Es schnürte ihm die Kehle zusammen, er konnte selbst diese paar Worte nur mühsam hervorwürgen. Er war einen Schritt nach vorn getaumelt und stand nun etwa zwei Meter vor mir. Eigentlich war er noch ein halbes Kind, wohl kaum einen Tag älter als einundzwanzig.

»Herr Richter!« rief ich eindringlich.

»Nicht, Donnelly!« Richter Mollison hatte den ersten lähmenden

Schock überwunden. »Nicht! Der Mann ist ein Killer! Er hat nichts zu verlieren, auch wenn er noch einen Mord begeht. Rühren Sie sich nicht von der Stelle, Donnelly!«

»Her mit dem Revolver!«

Mollison hätte genausogut zu einer Wand reden können, so wenig Wirkung übten seine Worte aus.

»Rühren Sie sich nicht von der Stelle, mein Sohn!« erwiderte ich ruhig. »Wie der Herr Richter mit Recht betont, habe ich nichts zu verlieren. Noch einen Schritt weiter, und ich jage Ihnen eine Kugel in den Schenkel. Wissen Sie, was ein Bleigeschoß mit weicher Spitze und geringer Geschwindigkeit anzurichten vermag, Donnelly? Wenn es Ihren Schenkelknochen trifft, wird es ihn dermaßen zerschmettern, daß Sie für den Rest Ihres Lebens genauso herumhumpeln müssen wie ich. Trifft es die Schlagader, werden Sie wahrscheinlich verbluten, bevor Sie noch die Zeit... Sie Esel!«

Zum zweitenmal erzitterten die Wände des Gerichtssaales unter dem scharfen Knall und dem hohlen Echo eines Schusses. Donnelly lag auf dem Boden, beide Hände umkrampften seinen Unterschenkel, er starrte mich mit einem Gemisch aus Ratlosigkeit und Bestürzung an, als könne er nicht glauben, was ihm geschehen war.

»Alles muß der Mensch mal lernen«, sagte ich mit einem Schulterzucken. Ich blickte zur Tür. Die Schüsse mußten Aufmerksamkeit erregt haben, aber noch war niemand zu sehen. Übrigens machte ich mir in diesem Punkt keine Sorgen. Neben den zwei Wachtmeistern, die mich im La Contessa überfallen hatten und vorübergehend dienstunfähig waren, bildeten der Sheriff und Donnelly die gesamte Polizeitruppe, über die Marble Springs verfügte.

»Sie werden nicht weit kommen, Talbot!« Der Sheriff verzog die Lippen zu seltsamen Grimassen, da er mit fest zusammengebissenen Zähnen sprach. »Keine fünf Minuten, nachdem Sie weg sind, halten sämtliche Sicherheitsorgane des Bezirks nach Ihnen Ausschau. Binnen einer Viertelstunde ist der ganze Staat alarmiert.« Er zuckte zusammen, sein Gesicht verzerrte sich. Als er mich wieder ansah, war seine Miene nicht sehr schön. »Man wird nach einem Mörder fahnden, Talbot, nach einem bewaffneten Mörder. Ihre Verfolger werden den Befehl erhalten, sofort zu schießen.«

»Hören Sie zu, Sheriff...«, begann der Richter, kam aber nicht weiter.

»Bedaure, Herr Richter. Er gehört mir.« Der Sheriff blickte den jungen Beamten an, der stöhnend auf dem Boden lag.

»Sowie er sich der Waffe bemächtigte, hatten Sie nichts mehr mit ihm zu tun... Machen Sie, daß Sie wegkommen, Talbot! Sie werden nicht weit zu laufen haben.«

»Schießen, hm?« sagte ich nachdenklich. Ich sah mich im Saal um. »Nein, dann nehme ich nicht die Herren – denen könnten heroische Gedanken kommen, Tod, Verklärung und posthume Tapferkeitsmedaillen...«

»Was, zum Teufel, soll das heißen?« fragte der Sheriff.

»Auch nicht die jungen Damen aus dem Gymnasium. Hysterie...«, murmelte ich. Ich schüttelte den Kopf, richtete dann den Blick auf das Mädchen mit dem dunkelblonden Haar. »Tut mir leid, Miß, ich muß mich an Sie halten.«

»Was – was meinen Sie damit?« Vielleicht hatte sie Angst, vielleicht spielte sie Komödie. »Was wollen Sie von mir?«

»Ihre reizende Person! Sie haben gehört, was unser wilder Texasreiter soeben gesagt hat. Sowie die Herren Polizeibeamten mich erblicken, werden sie drauflos knallen. Aber sie werden sich hüten, auf eine Frau zu schießen – noch dazu auf eine so hübsche. Ich sitze in der Tinte, Miß. Ich brauche dringend eine Lebensversicherung. Sie sind meine Police. Vorwärts!«

»Zum Donnerwetter, Talbot, das geht doch nicht!« Richter Mollisons Stimme klang heiser und erschrocken. »Eine unschuldige Frau! Sie gefährden ihr Leben.«

»Ich nicht«, sagte ich nachdrücklich. »Wenn jemand ihr Leben gefährdet, dann sind es die Kollegen unseres lieben Sheriffs.«

»Aber – Miß Ruthven ist mein Gast. Ich habe sie heute abend hierher eingeladen, um...«

»Ein unzulässiger Verstoß gegen die gastfreundlichen Sitten des alten Südens, ich weiß. Sehr ungezogen.« Ich packte das junge Mädchen am Arm, riß sie nicht allzu sanft hoch und schleppte sie hinter mir her auf den Mittelgang zu. »Beeilen Sie sich, Miß, wir haben keine...«

Ich ließ ihren Arm los und tat einen einzigen langen Schritt in den Gang hinein. Die Pistole hatte ich bereits umgedreht, hielt sie am Lauf fest und holte zum Schlag aus. Schon seit einer Weile hatte ich den plattnasigen Kerl beobachtet, der drei Reihen weiter hinten saß. Das wechselnde Mienenspiel in der zerklüfteten Landschaft seines Neandertalergesichts verriet deutlicher als Trommelschlag und Lichtsignale den Entschluß, zu dem er sich mühsam durchgerungen hatte.

Er war schon auf den Beinen und halb im Mittelgang draußen, die rechte Hand unter dem Rockaufschlag, da traf der Kolben meines Colts seinen rechten Ellbogen. Die Wucht des Schlages renkte mir fast den Arm aus. Ich konnte mir vorstellen, wie es ihm erging. Nicht sehr gut, wenn man nach seinem gellenden Schmerzensschrei und seinem Zusammensinken auf der Bank schließen durfte. Vielleicht hatte ich den Mann falsch beurteilt, vielleicht hatte er nur nach einer frischen Zigarette gegriffen. Dann würde ihm das eine Lehre sein, kein Zigarrenetui in der linken Achselhöhle zu verstauen.

Er machte noch immer viel Lärm, während ich so schnell wie nur möglich durch den Mittelgang humpelte, das junge Mädchen auf die Veranda hinausschleppte, die Tür zuwarf und absperrte. Damit gewann ich zwar nur zehn, höchstens fünfzehn Sekunden, aber mehr brauchte ich nicht. Ich packte ihre Hand und lief den Fußweg entlang zur Straße.

Am Bordstein standen zwei Autos: Das eine, ein offener Chevrolet, war das Polizeiauto, in dem der Sheriff, Donnelly und ich zum Gerichtsgebäude gekommen waren, das andere vermutlich Mollisons Wagen, ein niedriger Studebaker Hawk. Der Wagen des Richters schien mir der schnellere zu sein, aber die meisten amerikanischen Wagen haben automatische Schaltung, mit der ich nicht vertraut war. Ich wußte absolut nicht, wie man einen Studebaker fuhr, und die Zeit, die ich brauchen würde, um dahinter zu kommen, konnte verhängnisvoll werden. Dagegen wußte ich, wie man die automatische Schaltung eines Chevrolet handhabe. Auf der Fahrt zum Gericht hatte ich neben dem Sheriff gesessen und zugesehen, wie er den Wagen fuhr. Ich hatte mir nicht die geringste seiner Bewegungen entgehen lassen.

»Einsteigen!« Ich deutete mit dem Kopf auf das Polizeiauto. »Schnell!«

Mit einem Seitenblick sah ich sie die Wagentür öffnen, während ich ein paar kostbare Sekunden dem Studebaker widmete. Die schnellste und wirksamste Methode, ein Auto betriebsunfähig zu machen, ist, den Verteiler zu zerschlagen. Ich widmete der Suche nach dem Motorhaubenverschluß drei bis vier Sekunden, dann gab ich auf und richtete mein Augenmerk auf den Vorderreifen, bei dem ich stand. Wäre es ein schlauchloser Reifen gewesen und hätte ich meine eigene Pistole bei mir gehabt, dann würde das kleinkalibrige Stahlmantelgeschoß nur ein winzig kleines Loch verursacht haben, das im Handumdrehen dicht gewesen wäre. Die Kugel des Colts aber zerschmetterte die Seitenwand des Reifens, und mit einem dumpfen Plumpser sackte der Studebaker ab.

Das Mädchen saß bereits im Chevrolet. Ich machte mir nicht erst die Mühe, den Wagenschlag zu öffnen, sondern sprang mit einem Satz drüber weg ans Steuer, warf einen Blick auf das Armaturenbrett und griff nach der weißen Plastiktasche, die das Mädchen auf dem Schoß liegen hatte. In der Eile zerbrach ich den Verschluß und zerriß den Stoff. Ich leerte den Inhalt auf den Sitz neben mir. Die Autoschlüssel lagen obenauf. Das hieß, daß sie sie ganz nach unten geschoben hatte. Ich hätte um viel gewettet, daß sie ordentlich erschrocken und ein wenig verängstigt war, aber noch mehr hätte ich darauf gewettet, daß sie überhaupt keine Furcht vor mir hatte.

»Das hielten Sie wohl für sehr schlau, nicht?« Ich ließ den Motor an, drückte auf den Knopf ›Fahrt‹ der automatischen Schaltung, löste die Handbremse und brachte den Motor so heftig auf Touren, daß die Hinterräder sich winselnd in dem losen Kies drehten, bevor sie zu greifen begannen.

2

Acht Minuten und acht Meilen hinter Marble Springs ereignete sich genau das, was ich erwartet hatte. Jemand mußte sehr schnell gedacht und noch schneller gehandelt haben.

Das, womit ich gerechnet hatte, war eine Straßensperre. Sie befand sich an einer Stelle, wo eine unternehmungslustige Grundstückfirma das Gelände rechts der Straße mit zerkleinerten Steinen und Korallen aufgefüllt, asphaltiert und eine Tankstelle nebst Raststätte gebaut hatte. Quer über der Straße stand ein Wagen, ein großes, schwarzes Polizeiauto. Wenn die zwei schwenkbaren Scheinwerfer und die rote Stoppleuchte nicht genügt hätten, würde das zwanzig Zentimeter lange Schild mit den weißen Lettern ›Polizei‹ auf jeden Fall irgendwelche Zweifel beseitigt haben. Links, dicht vor dem Kühler des Polizeiautos, fiel das Gelände jäh einen bis eineinhalb Meter ab und bildete einen Graben, der auf der anderen Seite nur ganz allmählich anstieg. Hier gab es kein Entkommen. Rechts, wo die Straße sich verbreiterte und in den Vorplatz der Tankstelle mündete, schloß eine Kette senkrecht aufgestellter schwarzer Ölfässer die Lücke zwischen dem Polizeiauto und der ersten Pumpe.

Das alles überblickte ich in den vier bis fünf Sekunden, die ich brauchte, um den schlitternden Chevrolet von 130 Stundenkilometern auf 50 abzubremsen. Das schrille Kreischen in unseren Ohren sagte mir, daß wir eine schwarze, rauchende Spur geschmolzenen

Gummis auf der weißen Straße hinter uns ließen. Ich sah auch die Polizeibeamten. Einer hockte hinter der Kühlerhaube des Polizeiautos. Kopf und rechter Arm eines Kollegen ragten gerade noch über die Dachkante empor. Beide waren mit Revolvern bewaffnet. Ein dritter Beamter stand aufrecht und fast völlig gedeckt hinter der nächsten Benzinpumpe, seine Waffe war deutlich zu sehen: die tödlichste aller Nahkampfwaffen, eine Schrotflinte mit abgesägtem Lauf und Handgriff, mit grobkalibrigem Schrot geladen.

Ich fuhr jetzt nur noch mit dreißig Stundenkilometern und war nicht mehr als vierzig Meter von der Sperre entfernt. Die Polizisten erhoben sich und traten vor, die Waffen auf meinen Kopf gerichtet. Da sah ich von der Seite, wie das Mädchen nach der Türklinke griff und sich halb von mir abkehrte, um zum Sprung anzusetzen. Ich sagte nichts, beugte mich nur hinüber, riß sie so brutal zurück, daß sie vor Schmerz stöhnte, umfaßte sie und zog sie halb vor mich, damit die Polizei nicht wagen würde zu schießen. Gleichzeitig trat ich mit voller Wucht aufs Gaspedal.

»Sie sind wahnsinnig! Sie bringen uns beide um!« Den Bruchteil einer Sekunde lang starrte sie die Ölkanister an, auf die wir zurasten, das Entsetzen in ihren Zügen entsprach dem Entsetzen in ihrer Stimme, dann wandte sie sich mit einem Aufschrei ab und vergrub das Gesicht in meiner Jacke, die Fingernägel in meine Oberarme gekrallt.

Wir stießen voll mit dem Kotflügel gegen das zweite Faß von links. Instinktiv umklammerte ich die Frau und das Steuerrad und machte mich auf den lähmenden, vernichtenden Schlag, den betäubenden Aufprall gefaßt, der mich gegen das Lenkrad schmettern oder durch die Windschutzscheibe schleudern würde, während die fünfhundert Pfund totes Gewicht der Tonne die Haltebolzen am Chassis zertrümmern und den Motor in den Fahrersitz bohren würden. Aber nichts dergleichen geschah. Ich hörte nur Metall kratzen und ein hohles Dröhnen, als der Kotflügel den Kanister in die Luft warf. Einen Augenblick befürchtete ich, er würde über die Kühlerhaube fliegen, die Windschutzscheibe zerschlagen und uns auf den Sitzen festnageln. Mit der freien Hand riß ich das Steuer heftig nach links. Das einen Salto schlagende Faß rollte nach rechts weg und entschwand meinen Blicken, als ich auf die Straße hinauspreschte, das Lenkrad in die entgegengesetzte Richtung zog und wieder geradeaus fuhr. Die Öltonne war leer. Kein einziger Schuß war gefallen.

Langsam hob das Mädchen den Kopf, betrachtete über meine Schulter weg die Straßensperre, die in der Ferne verschwand, und starrte dann mich an. Ihre Hände umklammerten noch immer meine Schultern, aber sie merkte es nicht.

»Sie sind wahnsinnig.« In dem anschwellenden Motorlärm war ihr Flüstern kaum zu hören. »Sie sind wahnsinnig. Sie müssen verrückt sein. Total verrückt.« Vielleicht hatte sie anfangs keine Furcht vor mir gehabt. Jetzt jagte ich ihr Angst ein.

»Rücken Sie zur Seite, meine Dame«, sagte ich. »Sie versperren mir die Aussicht.«

Sie rutschte ein paar Zentimeter von mir weg, aber ihre Augen, krank vor Entsetzen, ließen mich nicht los. Sie zitterte heftig.

»Sie sind wahnsinnig«, wiederholte sie. »Bitte, bitte lassen Sie mich aussteigen.«

»Ich bin nicht wahnsinnig.« Ich schenkte dem Rückspiegel genauso viel Aufmerksamkeit wie der Straße vor mir. »Ich pflege mir alles ein wenig zu überlegen, Miß Ruthven, und ich bin ein guter Beobachter. Die Leute hatten nicht mehr als ein paar Minuten Zeit, um die Straßensperre zu errichten, und man braucht mehr als ein paar Minuten, um sechs volle Öltonnen mit je zweihundert Litern Inhalt aus dem Lager herauszurollen und aufzustellen. Das Spundloch der Tonne, gegen die ich fuhr, war mir zugekehrt, und es steckte kein Stöpsel drin. Also mußte sie leer sein. Und was Ihre Bitte betrifft, Sie aussteigen zu lassen – tja, dazu habe ich leider keine Zeit. Schauen Sie sich um.«

Sie sah sich um.

»Man – man ist hinter uns her!«

»Was haben Sie denn erwartet? Daß die Herrschaften sich ins Restaurant setzen und eine Tasse Kaffee trinken?«

In den letzten Minuten hatte das Mädchen unaufhörlich den Wagen beobachtet, der uns verfolgte. Nun drehte sie sich zu mir um und sah mich groß an. Sie bemühte sich, ihre Stimme zu festigen, und es wäre ihr auch beinahe gelungen.

»Was – was passiert jetzt?«

»Jetzt kann alles passieren«, erwiderte ich kurz. »Wahrscheinlich wird man hart zuschlagen. Ich glaube nicht, daß die Herren sich besonders über das freuen, was sich dort hinten abspielte.« Ich hatte kaum ausgeredet, da knallte es zwei- oder dreimal schnell hintereinander, wie Peitschenhiebe, deutlich das Wimmern der Reifen und das Dröhnen des Motors übertönend. Ein Blick auf das Gesicht des Mädchens verriet mir, daß ich ihr nicht erst zu erzählen brauchte, was da geschah. Sie wußte es.

»Runter!« befahl ich ihr. »Ja, 'runter auf den Boden! Den Kopf auch! Ob Schüsse oder Zusammenstoß – dort unten haben Sie die größten Chancen.«

Als sie sich so hingekauert hatte, daß ich nur noch ihre Schultern und den blonden Hinterkopf sehen konnte, riß ich den Revolver aus der Tasche, nahm unvermittelt den Fuß vom Gaspedal, griff nach der Handbremse und zog sie hart an.

Da die Bremslichter der Fußbremse nicht aufleuchteten, kam für unsere Verfolger das Manöver ebenso unerwartet wie plötzlich. Reifengekreisch und heftiges Schlingern des Polizeiwagens zeigten mir, daß der Fahrer sich hatte überrumpeln lassen. Ich drückte einmal schnell ab. Im selben Augenblick zerbrach die Windschutzscheibe vor mir, von einem Geschoß durchschlagen, das ein sternförmiges Loch hinterließ. Ich drückte ein zweitesmal ab. Das Polizeiauto geriet vollends ins Schleudern und stellte sich fast quer über die Straße, das eine Vorderrad im rechten Straßengraben. Es hatte eine jener unkontrollierbaren Schleuderbewegungen gemacht, die ein geplatzter Vorderreifen verursacht.

Den Insassen war offenbar nichts passiert. Wenige Sekunden, nachdem sie im Straßengraben gelandet waren, standen sie alle drei auf der Straße und schossen hinter uns her, so schnell sie nur abdrücken konnten. Aber wir hatten bereits einen Vorsprung von hundert, von hundertfünfzig Metern. Sie hätten ebensogut mit Steinen werfen können, so wenig taugten ihre Waffen für solche Entfernungen. Nach wenigen Sekunden kam eine Kurve, und sie waren verschwunden.

»Schön!« sagte ich. »Der Krieg ist aus. Sie können aufstehen, Miß Ruthven!«

Sie richtete sich auf und kletterte auf den Sitz zurück. Einige dunkelblonde Haarsträhnen waren ihr in die Stirn gefallen. Sie nahm das Tuch ab, strich die Haare zurecht und band das Tuch wieder um. Weiber, dachte ich bei mir: Wenn sie in einen Abgrund stürzen und glauben, daß unten jemand auf sie wartet, kämmen sie sich schnell noch mal auf dem Weg in die Tiefe.

Als sie den Knoten unterm Kinn geknüpft hatte, sagte sie mit gepreßter Stimme, ohne mich anzuschauen: »Danke, daß Sie mich gezwungen haben, mich hinzulegen. Es hätte mein Tod sein können.«

»Ohne weiteres«, erwiderte ich gleichgültig. »Aber ich habe an mich gedacht, meine Dame, nicht an Sie. Ihr Gesundheitszustand ist aufs engste mit meinem Wohlergehen verknüpft. Wenn ich nicht eine wahre Lebensversicherungspolice neben mir sitzen hätte, würde man jedes beliebige Mittel anwenden, von Handgranaten bis zu vierzehnzölligen Schiffsgeschützen, um mich aufzuhalten.«

»Aber man hat doch ernsthaft versucht, uns zu treffen, uns zu töten.« Wieder zitterte ihre Stimme, während sie mit einem Kopfnicken auf das Schußloch in der Scheibe zeigte. »Ich hätte in der Schußlinie gesessen.«

»Ja. Wohl Zufall. Die Leute hatten bestimmt Order, nicht blindlings draufloszuknallen, aber vielleicht waren sie so wütend, daß sie den Befehl vergaßen. Wahrscheinlich hatten sie es auf einen unserer Hinterreifen abgesehen. Es ist schwer, aus einem fahrenden Auto genau zu zielen. Oder sie sind einfach schlechte Schützen.«

Der Gegenverkehr war noch immer recht mäßig, vielleicht zwei bis drei Wagen pro Kilometer, aber auch das war mir zuviel und ging mir auf die Nerven. In den meisten Autos saßen Familien, Touristen und Sommergäste, und wie alle Urlauber waren sie nicht nur auf alles neugierig, was ihnen zu Gesicht kam, sondern hatten offensichtlich auch genügend Zeit und Geduld, um ihre Neugier zu stillen. Jeder zweite Wagen verlangsamte die Fahrt, sowie er sich uns näherte, und im Rückspiegel sah ich drei- oder viermal die Bremslichter aufleuchten, während die Insassen sich umdrehten und die Hälse reckten. Hollywood und tausend Fernsehfilme machten ein Schußloch in einer Windschutzscheibe zu einem Anblick, den Millionen Menschen sogleich zu identifizieren wissen.

Das war natürlich recht lästig. Noch schlimmer freilich war die fast unausweichliche Gewißheit, daß in den nächsten Minuten sämtliche Ortssender im Umkreis von hundert Kilometern bekanntgeben würden, was sich im Gerichtsgebäude von Marble Springs abgespielt hatte, nebst einer ausführlichen Beschreibung des Chevrolets, meiner Person und der blonden jungen Dame in meiner Begleitung. Ich mußte damit rechnen, daß mindestens die Hälfte aller Wagen, die uns begegneten, ihre Empfangsgeräte auf einen dieser Sender mit den endlosen Schallplattenprogrammen und den von Gitarren und Volksmusik behexten Conférenciers eingestellt hatten. Die unvermeidliche Nachrichtensendung würde kommen. Dann fehlte nur, daß einer der Wagen von einem Schwachkopf gesteuert wurde, der die Gelegenheit nutzte, um seiner Frau und den Kindern zu zeigen, was für ein Held er eigentlich schon die ganze Zeit über gewesen war, ohne daß sie es geahnt hatten.

Ich griff nach der leeren Tasche des Mädchens, steckte die rechte

Hand hinein, ballte sie zur Faust und hämmerte auf das zersplitterte Sicherheitsglas der Scheibe ein. Nun war das Loch hundertmal so groß wie zuvor, aber nicht annähernd so verdächtig. Heutzutage, da man gewölbtes Glas verwendet, sind geheimnisvoll zertrümmerte Windschutzscheiben nicht so ungewöhnlich, daß sie viel Aufsehen erregen würden. Ein hochgewirbelter Kieselstein, ein jäher Temperaturwechsel, ja sogar ein hinreichend lauter Ton von kritischer Frequenz – jeder dieser Faktoren genügt, um eventuell eine Windschutzscheibe springen zu lassen.

Aber damit durfte ich mich nicht zufrieden geben. Als eine aufgeregte Stimme das Gedudel im Radio des Chevrolets unterbrach, eine knappe, wenn auch allzu farbige Schilderung meiner Flucht gab und alle Autofahrer ermahnte, nach dem Chevrolet Ausschau zu halten und die Polizei zu verständigen, da wußte ich, daß mir nichts übrigblieb, als den Wagen aufzugeben, und zwar sofort. Er war eine allzu große Gefahr. Auf dieser einzigen Nordsüdstraße war die Chance, unbemerkt zu entwischen, gleich Null. Ich brauchte einen neuen Wagen, ich brauchte ihn schnell, sehr schnell.

Es dauerte nur wenige Minuten. Als wir die Nachrichten hörten, fuhren wir gerade durch einen jener neuen Orte, die an der Meeresküste Floridas wie Pilze aus dem Boden schießen, und knappe zweihundert Meter hinter der Ortschaft stießen wir auf eine Ausweichstelle an der Uferseite der Straße. Dort standen drei Autos, die offenbar zueinander gehörten, denn durch eine Lücke in der Baumgruppe und dem niedrigen Unterholz, das den Parkplatz einfaßte, sah ich etwa dreihundert Meter dem Meer zu sieben oder acht Personen zur Küste hinunterklettern. Sie hatten einen Grill, einen Kocher und verschiedene Eßkörbe bei sich. Es sah aus, als gedächten sie längere Zeit hier zu bleiben.

Ich sprang aus dem Wagen, zog das Mädchen hinter mir her und inspizierte die drei Autos. Zwei waren Cabriolets, das dritte ein Sportwagen, alle drei offen. In keinem der Zündschlösser steckten Schlüssel; aber der Besitzer des Sportwagens hatte, wie das so viele machen, in einem kleinen Fach neben der Lenksäule eine Reservegarnitur liegen, die nur durch ein zusammengefaltetes Stück Sämischleder verdeckt war.

Ich hätte ganz einfach wegfahren und den Polizeiwagen zurücklassen können, aber das wäre dumm gewesen. Solange man nicht wußte, wo der Chevrolet steckte, würde man sich ausschließlich auf ihn konzentrieren und dem Dieb, der das andere Auto gestohlen hatte, wenig Beachtung schenken. Fand man jedoch den

Chevrolet an der Ausweichstelle, dann würde sogleich nach dem Sportwagen gefahndet werden.

Dreißig Sekunden später war ich mit dem Chevrolet zur Ortsgrenze zurückgekehrt und bremste, als ich das erste der fast fertiggestellten Häuser an der Uferseite erreicht hatte. Kein Mensch ließ sich blicken, und ich zögerte nicht: Ich bog in die betonierte Zufahrt des Hauses ein, fuhr schnurstracks durch das geöffnete Klapptor der Garage, stellte den Motor ab und zog schnell das Tor herunter.

Als wir zwei bis drei Minuten später die Garage verließen, hätte jeder, der uns suchte, ein zweites- und ein drittesmal hinschauen müssen, bevor er mißtrauisch geworden wäre. Zufälligerweise hatte das Mädchen eine kurzärmelige grüne Bluse von der gleichen Farbe wie mein Anzug getragen, was im Radio schon zweimal betont wurde. Nun aber war die Bluse verschwunden, und das weiße Oberteil eines Strandanzugs, das sie darunter anhatte, wurde an diesem glühendheißen Sommernachmittag von so vielen Frauen getragen, daß ihre Identität der von tausend anderen glich. Die Bluse hatte ich in mein Jackett gestopft, das Jackett trug ich mit der Innenseite nach außen überm Arm, so daß nur das graue Futter zu sehen war, und mein Schlips steckte in der Tasche. Ich hatte ihr das Kopftuch weggenommen und es mir um den Kopf gewickelt. Die losen Enden des Knotens hingen rechts vorn herab und verdeckten fast ganz die Narbe. Das rote Haar an den Schläfen war nach wie vor verräterisch. Nachdem ich es gründlich mit dem Augenbrauenstift des Mädchens bearbeitet hatte, sah es zwar keinem Menschenhaar mehr ähnlich, war aber zumindest nicht rot.

Unter der Bluse und dem Jackett hielt ich den Revolver in der Hand.

Ich ging recht langsam, damit mein Hinken sich möglichst wenig bemerkbar machte. Nach drei Minuten waren wir wieder bei dem Sportwagen angelangt. Es war gleichfalls ein Chevrolet mit demselben Motor, aber damit hörte die Ähnlichkeit auf. Ein Zweisitzer mit einer Plastikkarosserie. Ich hatte einmal einen in Europa gefahren und wußte, daß die genannte Höchstgeschwindigkeit von zweihundert Kilometern keine Übertreibung war.

Ich wartete, bis ein schwerer Schotterwagen von Norden her vorbeigerattert kam, und ließ, durch den Lärm gedeckt, den Motor der Corvette an. Die Leute, die ich vorhin gesehen hatte, befanden sich jetzt unten am Meeresufer, aber es war nicht ausgeschlossen, daß sie den besonderen Ton dieses Motors gehört hätten und mißtrauisch geworden wären. Ich wendete blitzschnell und fuhr hinter dem schweren Lastauto her. Ich sah die verdutzte Miene des Mädchens, als wir die Richtung einschlugen, aus der wir gekommen waren.

»Ich weiß. Los, sprechen Sie sich aus! Ich bin wahnsinnig. Aber so ist es nicht. Die nächste Straßensperre im Norden dürfte nicht mehr weit entfernt sein, und sie ist keine improvisierte Angelegenheit mehr wie die erste; sie wird genügen, um einen Fünfzigtonnenpanzer aufzuhalten. Vielleicht ahnen die Leute meine Vorsicht, vielleicht nehmen sie an, daß ich die Landstraße verlasse und mich in östlicher Richtung auf die Nebenstraßen und Feldwege der Marschen begebe. Jedenfalls würde ich an ihrer Stelle damit rechnen. Günstiges Gelände, um sich zu verkrümeln. Deshalb fahren wir nach Süden. Darauf werden sie nicht gefaßt sein. Und dann verstecken wir uns ein paar Stunden lang.«

»Verstecken? Wo? Wo wollen Sie sich denn verstecken?«

Ich beantwortete ihre Frage nicht, und sie fuhr fort: »Lassen Sie mich aussteigen, bitte! Sie sind jetzt nicht mehr unmittelbar gefährdet. Sie müssen sich sicher fühlen, sonst würden Sie nicht in diese Richtung fahren. Bitte!«

»Reden Sie kein dummes Zeug!« erwiderte ich verdrossen. »Ich soll Sie laufen lassen? Damit binnen zehn Minuten die Polizei weiß, was für einen Wagen ich fahre und welche Richtung ich eingeschlagen habe? Sie müssen mich wirklich für wahnsinnig halten.«

»Aber Sie können sich ja sowieso nicht auf mich verlassen!« fuhr sie beharrlich fort. Seit zwanzig Minuten hatte ich keinen Schuß mehr abgefeuert, sie fürchtete sich nicht mehr vor mir, zumindest nicht so sehr, daß sie sich nicht allerlei überlegt hätte. »Woher wissen Sie denn, daß ich nicht Leuten ein Zeichen mache oder laut zu schreien beginne, wenn Sie gerade nichts dagegen tun können, zum Beispiel an einer Verkehrsampel, oder – oder daß ich Sie nicht auf den Kopf haue, wenn Sie wegschauen! Woher wissen Sie denn...«

»Der arme Donnelly«, sagte ich ganz nebenbei. »Ob die Ärzte rechtzeitig gekommen sind?«

Sie hatte begriffen. Die Farbe, die in ihre Wangen zurückgekehrt war, erlosch. Aber sie war mutig, und ihr Mut war von der allerbesten Sorte oder vielleicht von der allerschlimmsten, nämlich von jener, die einem Unannehmlichkeiten bereitet.

»Mein Vater ist ein kranker Mann, Mr. Talbot.« Zum erstenmal nannte sie mich bei meinem Namen, und ich wußte das ›Mister‹ zu schätzen. »Ich zittere davor, was ihm passieren wird, wenn man ihm Bescheid sagt. Er – er hat ein schweres Herzleiden und...«

»Ich habe eine Frau und vier hungrige Kindlein«, warf ich ein.
»Wir können einander die Tränen trocknen. Seien Sie still.«

Sie schwieg, sagte auch dann kein Wort, als ich wenige Minuten später vor einem Drugstore hielt, hineinging und ein kurzes Telefongespräch führte. Sie war bei mir, zwar so weit weg, daß sie nicht hörte, was ich sagte, aber nahe genug, um die Umrisse des Revolvers unter dem zusammengefalteten Jackett zu sehen. Auf dem Weg nach draußen kaufte ich Zigaretten. Der Verkäufer musterte erst mich, dann das Cabriolet vor der Tür.

»Ein heißer Tag, um auf der Straße zu sein, Mister! Kommen Sie von weit her?«

»Nein. Vom Chilicoote-See.« Drei oder vier Meilen weiter nördlich hatte ich das Schild der Abzweigung gesehen. Meine Bemühungen um einen amerikanischen Akzent taten mir in den Ohren weh. »Angeln.«

»Angeln, so?« Sein Ton war recht neutral. Das galt aber nicht für den halb lüsternen Ausdruck, mit dem er die junge Dame an meiner Seite betrachtete. Doch an diesem Nachmittag waren meine ritterlichen Instinkte nicht ganz wach, deshalb ließ ich es ihm hingehen. »Haben Sie was gefangen?«

»Einiges.« Ich hatte keine Ahnung, was für Fische es in den umliegenden Seen gab (falls es überhaupt welche gab), und als ich darüber nachdachte, kam mir der Gedanke, daß wohl kaum jemand sich diese seichten Sumpfgewässer zum Fischen aussuchen würde, wenn der ganze Golf vor seiner Haustür lag. »Aber alles futsch.« Meine Stimme klang zornig. «Ich hatte den Korb einen Augenblick auf die Straße gestellt, da kam ein Verrückter mit hundertzwanzig Sachen vorbei, und Korb und Fische waren dahin. Und diese Nebenstraßen sind so staubig, daß ich mir nicht einmal seine Nummer merken konnte.«

»Solche Lümmel trifft man überall.« Plötzlich richtete er seine Blicke auf einen weit entfernten Punkt, fragte dann hastig: »Was war es denn für ein Wagen, Mister?«

»Ein blauer Chevvy. Mit zerbrochener Scheibe. Warum? Was ist denn los?«

»Was los ist?« fragte er. »Haben Sie nicht gehört – haben Sie den Kerl gesehen, der am Steuer saß?«

»Nein. Er fuhr zu schnell. Nur, daß er rote Haare hatte, aber...«

»Rote Haare! Chilicoote-See! Mann!« Er machte kehrt und stürzte ans Telefon.

Wir gingen in den Sonnenschein hinaus. Das Mädchen sagte: »Sie versäumen aber auch keine Gelegenheit! Wie – wie können

Sie nur so kaltblütig sein? Wie leicht hätte er Sie doch erkennen können...«

»Steigen Sie ein! Mich erkennen? Er war viel zu sehr damit beschäftigt, Sie anzuglotzen. Als dieses Ding, das Sie anhaben, genäht wurde, ist den Leuten anscheinend der Stoff ausgegangen, aber sie haben beschlossen, es trotzdem fertigzumachen.«

Wir stiegen ein und fuhren los. Nach etwa sechs Kilometern kamen wir zu der Stelle, die mir auf der Herfahrt aufgefallen war: ein von Palmen beschatteter Parkplatz zwischen Straße und Strand und ein großes Schild, das unter einem improvisierten Holzbogen hing. ›Baufirma Codell‹ stand auf dem Schild. Und darunter in größeren Lettern: ›Neugierigen ist der Zutritt gestattet!‹

Ich fuhr durch den Torbogen. Auf dem freien Platz standen bereits etwa zwanzig Wagen. Leute saßen auf den aufgestellten Bänken, aber die meisten waren in ihren Autos sitzengeblieben. Alle sahen sie interessiert zu, wie die Fundamente für den Bau einer neuen Siedlung nahe am Meer gelegt wurden. Vier große, auf Raupen montierte Löffelbagger krochen langsam und gewichtig umher, rissen Korallen vom Boden der Bucht los, um ein breites, festes Fundament zu errichten, krochen dann auf den fertiggestellten Pier hinaus, um neue Korallenmassen aus dem Wasser zu fischen. Eine der Maschinen baute einen breiten Streifen ins Meer hinaus: Das sollte die neue Straße werden. Zwei andere planierten kleine Kais im rechten Winkel zu dem Hauptpier. Dort sollten die Häuser entstehen, jedes mit seinem privaten Landungssteg. Eine vierte Maschine zog eine gewaltige Schleife, die in weiter Kurve wieder landeinwärts lief. Wahrscheinlich sollte das ein Jachthafen werden. Es war ein überwältigender Anblick, wie hier dem Meeresgrund eine Stadt abgerungen wurde; ich war nur nicht in der richtigen Stimmung, mich überwältigen zu lassen.

Ich parkte den Wagen zwischen zwei leeren Cabriolets, öffnete das Zigarettenpäckchen, das ich gekauft hatte, und zündete mir eine Zigarette an. Das Mädchen hatte sich auf dem Sitz halb umgedreht und starrte mich fassungslos an.

»Haben Sie diese Stelle gemeint, als Sie sagten, wir würden uns irgendwo verstecken?«

»Jawohl.«

»Sie wollen hierbleiben?«

»Was halten Sie davon?«

»Unter so vielen Menschen? Wo jeder Sie sehen kann? Zwanzig Meter von der Landstraße entfernt, wo jede vorbeifahrende Polizeistreife...«

»Begreifen Sie nicht, was ich bezwecke? Alle werden genauso denken wie Sie. Das ist der letzte Fleck auf Erden, den ein Verfolgter aufsuchen würde, wenn er bei Trost ist. Also der ideale Ort. Folglich bleiben wir hier.«

»Sie können nicht ewig hierbleiben«, sagte sie mit Nachdruck.

»Nein. Nur bis zum Einbruch der Dunkelheit. Rücken Sie näher heran, Miß Ruthven, ganz nahe! Ein Mann, der vor dem Tod flüchtet, Miß Ruthven! Was für ein Bild beschwört das in Ihnen herauf? Einen erschöpften, wild dreinblickenden Kerl, der durchs Geäst des Waldes stolpert oder bis zu den Achselhöhlen in einem der köstlichen Sümpfe Floridas umherwatet. Sicherlich sehen Sie ihn nicht im Sonnenschein seelenruhig an der Seite eines hübschen Mädchens sitzen! Nichts auf der Welt könnte weniger geeignet sein, Verdacht zu wecken, habe ich recht? Rücken Sie näher heran, meine Dame.«

»Ich wollte, ich hätte diesen Revolver in der Hand!« murmelte sie.

»Ich bezweifle nicht, daß Sie sich das von Herzen wünschen. Rücken Sie näher heran!«

Sie rückte näher. Ich spürte den Schauder des Abscheus, der sie durchlief, als ihre nackte Schulter die meine berührte. Ich versuchte mir vorzustellen, wie mir zumute wäre, wenn ich als hübsches junges Mädchen neben einem Mörder säße, aber ich konnte es nicht. Ich war kein Mädchen, ich war nicht einmal besonders jung oder gutaussehend, also gab ich es auf, zeigte ihr den Revolver unter dem Jackett, das über meinen Knien lag, und lehnte mich zurück, um den leichten Landwind zu genießen, der die Sonnenglut dämpfte. Aber es sah nicht so aus, als würde die Sonne noch lange scheinen.

Etwa zehn Minuten nach unserer Ankunft kam von Süden her ein schwarzes Polizeiauto die Landstraße entlanggefahren. Ich sah im Rückspiegel, wie es die Fahrt verlangsamte und wie zwei Beamte die Köpfe herausstreckten, um einen raschen Blick auf den Parkplatz zu werfen. Aber ihre Inspektion war ebenso flüchtig wie kurz. Man merkte deutlich, daß sie hier nichts Interessantes zu finden glaubten. Der Wagen fuhr weiter, noch bevor seine Geschwindigkeit zum Schritttempo herabgesunken war. Er verschwand ziemlich schnell.

Die Hoffnung in den Augen des jungen Mädchens – sie waren, wie ich jetzt endlich feststellen konnte, grau, kühl und klar – erlosch wie eine flackernde Kerze. Ihre rundlichen Schultern sackten sichtlich zusammen.

Eine halbe Stunde später kehrte die Hoffnung zurück. Zwei Beamte auf Motorrädern, behelmt, behandschuht, sehr forsch und sehr tüchtig, fegten in vollkommenem Einklang unter dem Torbogen hindurch, hielten in vollkommenem Einklang und würgten gleichzeitig ihre Motoren ab. Ein paar Sekunden lang blieben sie sitzen, die auf Hochglanz polierten Stiefel gegen den Boden gestemmt, dann stiegen sie ab, traten die Stützen nach unten und begannen zwischen den Autos umherzuspazieren. Der eine hielt seinen Revolver in der Hand.

Sie begannen mit dem Wagen, der der Einfahrt am nächsten stand, gönnten ihm nur einen hastigen Blick, musterten dann aber eingehend und wortlos die beiden Insassen. Sie ließen sich zu keinerlei Erklärungen herbei, sie entschuldigten sich nicht, kurz, sie benahmen sich wie Polizeibeamte, die erfahren haben, daß einer ihrer Kollegen über den Haufen geknallt wurde. Und im Sterben lag. Oder schon tot war.

Plötzlich übersprangen sie zwei bis drei Wagen und kamen direkt auf uns zu. Zumindest schien das ihre Absicht zu sein, aber sie gingen an uns vorbei und steuerten auf einen Ford los, der links von uns ein Stück weiter vorn stand. Als sie vorbeikamen, fühlte ich, wie das Mädchen steif wurde, sah, wie sie schnell und tief Atem holte.

»O nein!« Ich legte den Arm um sie und drückte sie fest an mich. Der Hilfeschrei, den sie hatte ausstoßen wollen, wurde zu einem leisen Schmerzensruf. Der Beamte, der uns am nächsten war, drehte sich um, sah wie das Mädchen mir ihr Gesicht in die Höhlung zwischen Schulter und Hals preßte, und blickte weg. Was er gesehen hatte oder glaubte, gesehen zu haben, veranlaßte ihn, zu seinem Kollegen eine Bemerkung zu machen, die nicht ganz so *sotto voce* war, wie es sich gehört hätte, und die unter normalen Umständen ein sofortiges Eingreifen erfordert hätte. Aber die Umstände waren alles andere als normal. Ich reagierte nicht darauf.

Als ich sie losließ, war sie puterrot, fast bis an die Brust hinunter. Freilich hatte sie, als ich sie an mich drückte, nicht viel Luft bekommen, aber ich glaube, zum größten Teil war an ihrer Gesichtsfarbe der Kommentar des Beamten schuld. Ihre Augen funkelten. Zum erstenmal hatte sie ihre Angst restlos überwunden und schäumte vor Wut.

»Ich werde Sie ausliefern.« Ihre Stimme klang unerbittlich. »Ergeben Sie sich!«

Die Polizeibeamten hatten den Ford kontrolliert. Der Fahrer trug ein grünes Jackett von der gleichen Farbe wie das meine und hatte seinen Panamahut tief in die Stirn gezogen. Ich hatte ihn hereinfahren sehen. Schwarzes Haar, rundliches Gesicht, Schnurrbart. Aber die Beamten gingen noch immer nicht. Sie waren knapp fünf Meter von uns entfernt. Das Rasseln und Heulen der schweren Bagger übertönte unser Geflüster.

»Machen Sie keine Dummheiten«, sagte ich ruhig. »Ich habe meinen Revolver.«

»Mit einer einzigen Patrone.«

Sie hatte recht. Zwei Geschosse im Gerichtssaal, eins um den Reifen am Studebaker zu durchlöchern, zwei, als das Polizeiauto auf uns Jagd machte.

»Sie können gut zählen, wie?« murmelte ich. »Sie werden viel Zeit haben, sich weiter darin zu vervollkommnen, im Krankenhaus, nachdem die Chirurgen Sie mühsam zusammengeflickt haben. Falls es ihnen gelingt, Sie zusammenzuflicken.«

Sie sah mich mit halb geöffneten Lippen an und schwieg.

»Ein kleines Stück Metall, aber was für eine Schweinerei es doch anrichten kann!« Ich schob den Lauf der Waffe unter dem Rock hervor und drückte ihn ihr in die Rippen. »Sie haben gehört, wie ich dem Schafskopf Donnelly erklärte, was für unangenehme Folgen ein weiches Bleimantelgeschoß haben kann. Jetzt ziele ich auf Ihren Hüftknochen. Begreifen Sie, was das bedeutet?« Meine Stimme klang sehr leise, sehr drohend. »Der Knochen wird vollkommen zerschmettert. Das heißt, daß Sie nie mehr gehen können, Miß Ruthven. Nie mehr laufen, nie mehr tanzen, nie mehr schwimmen, nie mehr reiten. Ihr Leben lang werden Sie Ihren schönen Körper auf Krücken herumschleppen müssen. Oder in einem Rollstuhl. Und immerzu Schmerzen. Tagaus, tagein, bis ans Ende Ihres Lebens... Haben Sie noch immer die Absicht, um Hilfe zu rufen? Wenn ja, dann tun Sie es, bitte, sofort!«

Ihr Gesicht war kreideweiß, sogar die Lippen waren blaß geworden.

»Glauben Sie mir, was ich sage?« fragte ich leise.

»Ich glaube es.«

»Also?«

»Also werde ich um Hilfe rufen«, erwiderte sie ganz einfach. »Vielleicht schießen Sie mich zum Krüppel – aber die Polizei wird Sie fassen. Und dann können Sie keinen Mord mehr begehen. Es muß sein.«

»Ihre edlen Regungen machen Ihnen Ehre, Miß Ruthven.« Der Hohn in meiner Stimme widerspiegelte keineswegs die Gedanken, die mir durch den Kopf gingen. Sie war bereit, so zu handeln, wie ich nie gehandelt hätte. »Los, schreien Sie! Und schauen Sie zu, wie die beiden sterben.«

Sie starrte mich an. »Was – was soll das heißen? Sie haben doch nur noch eine Patrone...«

»Die nicht länger für Sie bestimmt ist. Der kleinste Piepser aus Ihrem Mund, meine Dame, und der Mann mit dem Revolver in der Hand muß dran glauben. Ich schieße ihn mitten durch die Brust. Ich verstehe recht gut mit diesen Colts umzugehen. Sie haben ja gesehen, wie ich dem Sheriff die Waffe aus den Fingern knallte. Aber ich will nichts riskieren. Durch die Brust. Dann halte ich den anderen in Schach. Das wird ohne weiteres gehen, sein Revolver steckt im zugeknöpften Futteral, er weiß, daß ich ein Killer bin, und er weiß nicht, daß mein Revolver leer ist. Ich nehme ihm seine Waffe ab, mache ihn kampfunfähig und verschwinde.« Ich lächelte. »Ich glaube kaum, daß jemand versuchen wird, mich aufzuhalten.«

»Aber – aber ich werde ihm sagen, daß Ihr Revolver leer ist. Ich werde...«

»Sie kommen zuerst dran, meine Dame. Ein Ellbogen in den Solarplexus, und Sie sind mindestens fünf Minuten lang nicht in der Lage, irgend jemandem irgend etwas zu sagen. Oder soll ich Ihnen noch mehr erzählen?«

Es war eine Weile still, die Beamten standen noch immer da, dann sagte sie mit verzagter Stimme: »Sie wären dazu fähig, ja?«

»Es gibt nur einen Weg, um die Antwort auf diese Frage zu erhalten.«

»Ich hasse Sie.« Ihre Stimme klang mutlos, ihre klaren, grauen Augen waren fahl vor Verzweiflung. »Ich hätte nie gedacht, daß ich einen Menschen so heftig hassen könnte. Das – das erschreckt mich.«

»Hassen Sie mich und bleiben Sie schön am Leben.« Ich sah zu, wie die Polizeibeamten ihren Rundgang über den Parkplatz beendeten, langsam zu ihren Motorrädern zurückkehrten und wegfuhren.

Der Nachmittag schleppte sich träge dahin. Die Bagger dröhnten und knirschten und wälzten sich unbarmherzig weiter ins Meer hinaus. Gaffer kamen und gingen, aber es wurden immer weniger, und zuletzt standen nur noch zwei Wagen auf dem Parkplatz, unserer und der Ford, der dem Mann in dem grünen Jackett gehörte. Der Himmel wurde grau, dann schwarz, und es fing zu regnen an.

Der Regen setzte so heftig ein wie stets in subtropischen Gebieten, und bevor es mir gelang, das ungewohnte Verdeck hochzuschlagen, war mein dünnes Baumwollhemd so naß, als ob man mich aus dem Wasser gezogen hätte. Als ich die Seitenfenster hochgekurbelt hatte und in den Spiegel blickte, sah ich, daß mein Gesicht von den Schläfen bis zum Kinn mit schwarzen Streifen bedeckt war. Der Regen hatte die Tusche fast ganz aus dem Haar herausgespült. Ich säuberte mich, so gut es ging, mit einem Taschentuch, sah dann auf die Uhr. Da die dunklen Wolken den Himmel von Horizont zu Horizont bedeckten, brach der Abend frühzeitig an. Die Autos, die auf der Landstraße vorbeiflitzten, hatten bereits die Standlichter eingeschaltet, obwohl es noch zienlich hell war.

Ich ließ den Motor an.

»Sie wollten warten, bis es finster ist.« Es klang erschrocken. Vielleicht hatte sie gehofft, es würden noch mehr Polizeibeamte kommen, gewitztere Leute.

»Das war meine Absicht. Inzwischen aber dürfte Mr. Chas. Brooks einige Kilometer von hier auf der Landstraße einen wilden Gesang und Tanz beginnen. Seine Sprache ist bestimmt sehr farbig.«

»Mr. Chas. Brooks?« Ihrem Ton nach mußte sie mich für wahnsinnig halten.

»Aus Pittsburgh in Kalifornien.« Ich klopfte mit dem Zeigefinger auf das Schildchen an der Lenksäule. »Ein weiter Weg, nur damit einem die Karre geklaut wird!« Ich hob den Blick beziehungsvoll zu der Maschinengewehrsymphonie des schweren Regens auf dem Stoffdach. »Sie glauben doch nicht, daß er noch am Strand sitzt und Würstchen grillt?«

Ich fuhr durch das improvisierte Tor und bog auf der Landstraße rechts ein. Als sie wieder den Mund aufmachte, wußte ich, daß sie mich wirklich für verrückt hielt.

»Marble Springs!« Eine Pause. Dann: »Sie wollen dorthin zurück!« Es war zugleich eine Frage und eine Feststellung.

»Richtig. Ins Motel La Contessa. Wo die Polizei mich aufgegriffen hat. Ich habe ein paar Sachen dort zurückgelassen und will sie holen.«

Diesmal schwieg sie. Vielleicht hielt sie ›verrückt‹ für einen vollkommen unzulänglichen Ausdruck.

Ich zog das Kopftuch herunter – in der zunehmenden Dunkelheit war der weiße Schimmer auf meinem Kopf auffallender als das rote Haar – und fuhr fort: »Im La Contessa würde man mich zuallerletzt suchen. Ich gedenke dort zu übernachten, vielleicht mehrmals, bis ich ein Schiff gefunden habe, das mich mitnimmt. Sie werden mir natürlich Gesellschaft leisten.« Ich ignorierte ihren Ausruf. »Das war das Telefongespräch, das ich vorhin in dem Drugstore geführt habe. Ich erkundigte mich, ob Zimmer Nummer 14 frei sei. Es hieß ja. Also sagte ich, daß ich es nehmen würde. Freunde hätten es mir empfohlen, weil man aus seinem Fenster die schönste Aussicht habe. Es hat übrigens wirklich die schönste Aussicht. Außerdem ist man dort am ungestörtesten, weil es am Ende eines langen Blocks gegen das Meer zu liegt, gleich neben der Gerätekammer, in der man meinen Koffer untergebracht hat, als die Polizei mich schnappte. Das Zimmer hat außerdem eine nette kleine Privatgarage, in der ich dieses Vehikel parken kann, ohne daß jemand unangenehme Fragen stellt.«

Ein Kilometer, zwei Kilometer, drei Kilometer glitten vorbei, und sie sagte kein Wort. Sie hatte die grüne Bluse wieder angezogen, aber sie war, während ich das Verdeck festmachte, genauso naß geworden wie ich und fröstelte. Der Regen hatte die Luft abgekühlt. Wir näherten uns Marble Springs, da sagte sie: »Das geht doch nicht! Wie wollen Sie das machen? Sie müssen sich ins Fremdenbuch eintragen oder einen Meldeschein ausfüllen oder zumindest die Schlüssel verlangen und ins Restaurant essen gehen. Sie können doch nicht einfach...«

»Doch! Ich habe darum gebeten, daß man uns das Zimmer aufsperrt und die Schlüssel in die Garage hängt, wir würden uns später anmelden. Ich sagte, wir wären seit dem frühen Morgen unterwegs, seien total kaputt und äußerst dankbar, wenn man uns das Essen auf dem Zimmer servieren und uns im übrigen möglichst wenig stören würde.« Ich räusperte mich. »Ich habe der Empfangsdame mitgeteilt, daß wir uns auf der Hochzeitsreise befinden. Sie schien sogleich zu begreifen, daß wir nicht gestört werden wollen.«

Bevor sie eine Antwort fand, waren wir angelangt. Ich fuhr durch einen reich geschnitzten, lila bemalten Torweg und hielt vor der Empfangshalle im Mittelblock direkt unter einer kräftigen Bogenlampe, die so pechschwarze Schatten warf, daß mein rotes Haar unter dem Wagendach so gut wie unsichtbar sein mußte. Am Engang stand ein Neger in einer lila-blauen, mit Goldknöpfen verzierten Uniform, die ein farbenblinder Mann mit geschwärzter Brille entworfen haben mußte. Ich rief ihn heran.

»Zimmer 14?« fragte ich. »Wohin, bitte?«

»Mr. Brooks?« Ich nickte, und er fuhr fort: »Ich habe die Schlüssel alle hingehängt. Diese Richtung, bitte.«

»Besten Dank.« Ich sah ihn an. Grauhaarig, gebeugt und hager, die trüben, alten Augen verschleierte Spiegel tausendfältiger Sorgen und Niederlagen. »Wie heißen Sie?«
»Charles, Sir.«
»Ich möchte etwas Whisky haben, Charles.« Ich gab ihm Geld. »Scotch, nicht Bourbon. Und etwas Cognac. Geht das?«
»Sofort, Sir.«
»Danke.« Ich fuhr den Block entlang zu Nummer 14. Das Zimmer lag am äußersten Ende einer schmalen Halbinsel zwischen dem Gold zur Linken und einem nierenförmigen Schwimmbassin zur Rechten. Die Garagentür stand offen. Ich fuhr gleich hinein, schaltete die Wagenbeleuchtung aus, schloß im Halbdunkel die Schiebetür, knipste dann die Deckenlampe an.

Am inneren Ende der linken Wand führte eine Tür in eine nette, hygienische und tadellos eingerichtete Kleinküche, die ideal war, wenn man nichts weiter wünschte als eine Tasse Kaffee, und wenn man die ganze Nacht zur Verfügung hatte, um sie zuzubereiten. Aus der Küche führte eine Tür in das Wohnschlafzimmer. Lila Teppich, lila Gardinen, lila Überwurf, lila Lampenschirm, lila Sesselbezüge, die gleiche peinigende Farbe, wohin man auch blickte. Jemand hier mußte Lila geliebt haben. Weitere zwei Türen: links, in derselben Wand wie die Küchentür, die Tür zum Badezimmer, am anderen Ende die Tür zum Korridor.

Binnen zehn Sekunden nach unserer Ankunft war ich im Korridor, das Mädchen hinter mir herschleifend. Die Gerätekammer lag keine zwei Meter entfernt und war nicht abgesperrt. Mein Koffer stand genauso dort, wie man ihn hingestellt hatte. Ich trug ihn ins Zimmer, sperrte auf und wollte soeben einige Sachen aufs Bett werfen, da wurde geklopft.

»Das wird Charles sein«, murmelte ich. »Öffnen Sie, treten Sie zurück, nehmen Sie die Flaschen in Empfang und sagen Sie ihm, er soll das Wechselgeld behalten. Versuchen Sie ja nicht, ihm etwas zuzuflüstern, ihm ein Zeichen zu geben oder einen flinken kleinen Sprung in den Korridor hinaus zu wagen. Ich behalte Sie durch den Spalt der Badezimmertür im Auge, mein Revolver ist auf Ihren Rücken gerichtet.«

Sie benahm sich einwandfrei. Ich glaube, sie fror zu sehr, war viel zu verzagt und durch die gehäufte Spannung des Tages viel zu ausgepumpt, um etwas riskieren zu wollen. Der alte Mann reichte ihr die Flaschen, quittierte das Trinkgeld mit einem erstaunten Dankeschön und machte leise die Tür zu.

»Sie frieren, nicht wahr?« sagte ich unvermittelt. »Ich möchte nicht, daß meine Lebensversicherungspolice Lungenentzündung bekommt.« Ich holte zwei Gläser aus der Küche. »Ein Schluck Cognac, Miß Ruthven, und dann ein heißes Bad. Vielleicht finden Sie etwas Trockenes in meinem Koffer.«

»Sehr lieb von Ihnen«, sagte sie erbittert. »Aber den Cognac nehme ich an.«

»Kein Bad?«

»Nein.« Ein kurzes Zögern, ein Funkeln in ihren Augen, mehr zu ahnen, als zu sehen, und ich wußte, daß ich mich geirrt hatte, als ich glaubte, sie sei zu erschöpft, um etwas zu unternehmen. »Ja, auch ein Bad.«

»Gut.« Ich wartete, bis sie ihr Glas geleert hatte, stellte meinen Koffer ins Bad und trat zur Seite, um sie vorbeizulassen. »Bleiben Sie nicht die ganze Nacht drin, ich bin hungrig.«

Die Tür fiel zu, der Schlüssel knackte im Schloß. Ich hörte Wasser in die Wanne laufen und dann die unverkennbaren Geräusche, die jemand verursacht, wenn er ein Bad nimmt. Das alles sollte meinen Verdacht einschläfern. Dann war zu hören, wie sie sich abtrocknete, und als ein oder zwei Minuten später das Wasser mit heftigem Gurgeln durch das Abflußrohr zu laufen begann, schlich ich mich weg, lief schnell durch die beiden Küchentüren und die Garagentür ins Freie und kam gerade zurecht, um zu sehen, wie das Badezimmerfenster geöffnet wurde und eine kleine Dampfwolke herausfauchte. Als sie sich auf den Boden herunterließ, packte ich zu, nahm sie beim Arm, erstickte mit der freien Hand ihren Schreckensruf und führte sie wieder hinein.

Ich machte die Küchentür zu und musterte sie. Sie sah frisch und sauber aus und hatte eines meiner weißen Hemden in ihren Dirndlrock gestopft. Tränen der Beschämung standen ihr in den Augen, ihre Miene drückte Enttäuschung aus, trotzdem lohnte es sich, dieses Gesicht zu betrachten. Obwohl wir stundenlang im Auto nebeneinander gesessen hatten, sah ich sie mir nun zum erstenmal richtig an.

Sie hatte wunderschönes Haar, dicht und schimmernd, in der Mitte gescheitelt, von der gleichen Weizenfarbe und zu genau solchen Zöpfen geflochten, wie man sie oft bei jungen Mädchen aus den baltischen Staaten oder vielmehr den früheren baltischen Staaten findet. Aber sie würde nie einen Miß-Amerika-Wettbewerb gewinnen, dazu waren ihre Züge viel zu ausgeprägt, sie hätte nicht einmal um den Titel einer Miß Marble Springs konkurrieren können. Die Gesichtszüge waren leicht slawisch, die Backenknochen zu hoch und zu breit, der Mund zu voll, die stillen, grauen

Augen zu weit auseinanderstehend und die Nase deutlich aufgestülpt. Ein bewegliches und intelligentes Gesicht, ein Gesicht, das meiner Meinung nach Sympathie, Güte, Humor und Fröhlichkeit ausstrahlte, wenn die Müdigkeit verschwunden und die Furcht von ihr genommen war. In den Tagen, bevor ich den Traum von Hauspantoffeln und einem eigenen Herd aufgegeben hatte, wäre das ein Antlitz gewesen, das in den Traum hineingepaßt hätte. Sie war ein Mensch, bei dem man es lange aushielt, ein Mensch, der auch dann noch zu einem gehörte, wenn die synthetischen, chrompolierten Blondinen vom Fließband der Schönheitsindustrie einen längst dazu gebracht hätten, an der Wand hochzugehen.

Ich stand vor ihr, sie tat mir ein wenig leid, ich tat mir ein wenig leid, da spürte ich einen kalten Luftzug im Nacken. Er kam von der Badezimmertür her, und zehn Sekunden zuvor war diese Tür geschlossen und versperrt gewesen. Sie war es nicht mehr.

3

Das Mädchen riß die Augen auf, aber ich wußte ohnedies, daß der kalte Luftzug in meinem Nacken keine Einbildung war. Eine Dampfwolke aus dem überhitzten Badezimmer wehte an meinem rechten Ohr vorbei, ein wenig zu viel Dampf, als daß er durch das Schlüsselloch einer verschlossenen Tür hätte entweichen können. Etwa das Tausendfache. Langsam drehte ich mich um, die Hände zur Seite gestreckt. Vielleicht würde ich später auf einen gescheiten Gedanken kommen. Momentan hielt ich es für besser, still zu sein. Im Augenblick war ich jedenfalls noch nicht lebensmüde.

Als erstes fiel mir die Pistole auf, die er in der Hand hielt. Es war keine Waffe, wie Anfänger sie mit sich herumschleppen. Eine schwere, mattschwarze deutsche Mauser 7,65 Millimeter. Sparsam im Betrieb: Ein einziges Geschoß geht auf einen Schlag durch drei Personen.

Als zweites fiel mir auf, daß die Badezimmertür eingeschrumpft zu sein schien, seit ich sie das letztemal gesehen hatte. Seine Schultern berührten die beiden Pfosten nicht ganz, aber nur deshalb nicht, weil die Tür besonders breit war. Sein Hut stieß oben an.

Als drittes fiel mir dieser Hut und die Farbe seines Sakkos auf. Ein Panamahut, ein grünes Sakko. Unser Freund und Nachbar aus dem Ford, der ein paar Stunden früher am Meeresufer neben uns gestanden hatte!

Er griff mit der linken Hand nach hinten und machte geräuschlos die Badezimmertür zu.

»Man soll Fenster nicht offenstehen lassen. Geben Sie Ihren Revolver her.« Seine Stimme war tief und ruhig, hatte nichts Theatralisches oder Drohendes an sich. Man merkte deutlich, daß das seine normale Ausdrucksweise war.

»Revolver?« Ich bemühte mich, möglichst verdutzt dreinzuschauen.

»Passen Sie auf, Talbot!« sagte er in durchaus freundlichem Ton. »Ich vermute, daß wir beide sogenannte Professionals sind. Deshalb schlage ich vor, daß wir unnötige Dialoge vermeiden. Ihren Revolver! Das Ding, das Sie in der rechten Rocktasche haben. Mit Zeigefinger und Daumen der linken Hand. So! Auf den Teppich fallen lassen. Danke.«

Ich stieß die Waffe zu ihm hin, ohne daß er es mir befohlen hatte. Er sollte ruhig glauben, ich sei ein Professional.

»Nehmen Sie bitte Platz.« Er lächelte, und jetzt bemerkte ich, daß sein Gesicht keineswegs rundlich war, sondern eher an einen Felsblock erinnerte. Er war sehr breit und sah aus, als könnte man ruhig mit einem dicken Knüppel dagegenballern, ohne auch nur die geringste Wirkung zu erzielen. Der schmale, schwarze Schnurrbart und die schmale, fast griechische Nase wirkten fehl am Platz, beinah so fremd wie die Lachfalten um die Augen und an den beiden Mundwinkeln. Ich maß den Lachfalten kein großes Gewicht bei. Vielleicht lächelte er immer nur dann, wenn er jemanden den Kolben seiner Mauser um die Ohren schlug.

»Sie haben mich auf dem Parkplatz erkannt?« fragte ich.

»Nein.« Er öffnete meinen Colt mit der linken Hand, nahm die übriggebliebene Patrone, ließ den Verschluß einschnappen und schleuderte die Waffe mit einer flinken Drehung des Handgelenks drei Meter weit genau in den Papierkorb. Es sah aus, als würde er so etwas, wenn er es zehnmal versuchte, zehnmal zustande bringen, als würde ihm alles glücken, was er sich vornahm. Wenn er bereits mit der linken Hand so geschickt war, was konnte er dann erst mit der rechten ausrichten? »Ich habe Sie bis zum heutigen Nachmittag nie gesehen«, fuhr er fort. »Als ich Sie auf dem Parkplatz erblickte, hatte ich auch nie von Ihnen gehört. Diese junge Dame aber habe ich hundertmal gesehen, und hundertmal habe ich von ihr gehört. Sie sind Ausländer, sonst würde sie auch Ihnen bekannt sein. Vielleicht ist sie Ihnen dem Namen nach bekannt, und Sie wissen nur nicht, wen Sie vor sich haben. Sie wären nicht der erste, der sich täuschen läßt. Kein Make-up, kein Akzent, Zöpfe wie ein kleines Mädchen. So benimmt man sich, so sieht man aus, wenn man es entweder aufgegeben hat, mit Rivalinnen zu konkurrieren, oder wenn es keine Rivalinnen gibt.« Er sah das Mädchen an und lächelte abermals. »Mary Blair Ruthven hat keine Rivalinnen. Für sie gibt es keine Konkurrenz. Wenn man eine solche gesellschaftliche Stellung und einen solchen Papa hat, kommt man ohne vornehmes Gelispel und ohne Frisur von Antoine aus. Das alles bleibt denen überlassen, die es nötig haben.« Er blickte mich mit einem undefinierbaren Lächeln an.

»Und der Papa?«

»Bodenlose Ignoranz! Blair Ruthven. General Blair Ruthven. Sie haben sicher schon einmal von den vierhundert ersten Familien gehört. Schön, dieser brave Mann führt Buch über sie. Sie haben auch schon einmal von der *Mayflower* gehört. Nun, die Vorfahren des alten Herrn erlaubten den Pilgern, an Land zu gehen. Darüber hinaus ist er der reichste Erdölmagnat in den Vereinigten Staaten.«

Ich ersparte mir jeglichen Kommentar, es schien mir keinen zutreffenden zu geben. Was würde er sagen, wenn ich ihm von meinen frommen Träumen erzählte: Pantoffeln, ein Kaminfeuer, eine Millionenerbin? Statt dessen sagte ich: »Sie hatten Ihr Radio angestellt. Ich hörte es. Und da kamen die Sondernachrichten.«

»Sehr richtig«, erwiderte er vergnügt.

»Wer sind Sie?« Es war das erstemal, daß Mary Blair den Mund aufmachte, seit der Mann aus dem Badezimmer erschienen war. So ist es eben, wenn man mit an der Spitze der Vierhundert steht. Man fällt nicht in Ohnmacht, man murmelt nicht mit halb erstickter Stimme »Gott sei Dank«, man bricht nicht in Tränen aus und wirft sich dem Retter an die Brust. Man lächelt ihm nur nett und freundlich zu, als wolle man ihm zu verstehen geben, daß man ihn für seinesgleichen hält, obwohl man ganz genau weiß, daß er es nicht ist, und man fragt: »Wer sind Sie?«

»Jablonsky, Miß. Herman Jablonsky.«

»Sie sind wohl auch mit der *Mayflower* rübergekommen«, bemerkte ich bissig. Nachdenklich musterte ich die junge Dame. »Millionen und aber Millionen, schau, schau! So viel Geld spaziert auf zwei schlanken Beinen umher. Das ist immerhin eine Erklärung für Ihren Valentino.«

»Valentino?« Es war ihr anzumerken, daß sie mich nach wie vor für wahnsinnig hielt.

»Ich meine den plattnasigen Gorilla, der im Gerichtssaal hinter

Ihnen saß. Wenn Ihr Alter Herr sich seine Ölquellen mit genauso viel Umsicht aussucht wie Ihre Leibwächter, werden Sie sehr bald auf die Armenfürsorge angewiesen sein.«

»Er ist nicht mein üblicher...« Sie biß sich auf die Lippen. Etwas wie ein schmerzlicher Schatten verdunkelte die klaren grauen Augen. »Mr. Jablonsky, ich habe Ihnen viel zu danken.«

Jablonsky lächelte wieder und schwieg. Er fischte ein Zigarettenpaket aus der Tasche, klopfte gegen den Boden, zog mit den Zähnen eine Zigarette heraus, riß ein Pappstreichholz aus einem Streichholzheft, warf mir dann Zigaretten und Streichhölzer zu. So arbeiten heutzutage die großen Spezialisten. Sie sind zivilisiert, höflich, manierlich bis in die Fingerspitzen. Einem biederen Gangster aus den dreißiger Jahren wäre dabei bestimmt übel geworden. Gerade deshalb aber ist ein Mann wie Jablonsky so gefährlich wie ein Eisberg. Sieben Achtel der tödlichen Gefahr sieht man nicht. Die Al Capones von Anno dazumal wären ihm in keiner Weise gewachsen gewesen.

»Ich nehme an, daß Sie durchaus gewillt sind, von Ihrer Waffe Gebrauch zu machen«, fuhr Mary Blair fort. Sie war nicht ganz so kalt und gefaßt, wie es den Anschein hatte. Ich sah eine Ader an ihrem Hals pulsieren – mit dem Tempo eines Rennwagens. »Ich meine, dieser Mann da kann mir nichts mehr antun?«

»Nicht das geringste«, versicherte Jablonsky.

»Danke.« Sie stieß einen leisen Seufzer aus, als sei sie erst in diesem Augenblick so richtig davon überzeugt worden, daß die Schreckensherrschaft vorbei war, daß sie nichts mehr zu befürchten hatte. Sie ging durchs Zimmer. »Ich werde die Polizei rufen.«

»Nein«, sagte Jablonsky gelassen.

Sie blieb stehen. »Wie, bitte?«

»Ich sagte ›nein‹«, murmelte Jablonsky. »Keine Telefongespräche, keine Polizei. Ich bin dafür, die Sicherheitsbehörden aus dem Spiel zu lassen.«

»Was, um Gottes willen, soll das bedeuten?« Wieder glühten zwei rote Flecken auf ihren Wangen. Das letztemal hatte die Angst sie hervorgerufen. Jetzt schien sie ein Zeichen erwachenden Ärgers zu sein. Wenn der Herr Papa nicht mehr weiß, wie viele Ölquellen er besitzt, passiert es nicht oft, daß einem die Leute widersprechen. »Wir müssen die Polizei verständigen«, fuhr sie fort, langsam und geduldig, wie ein Mensch, der einem kleinen Kind etwas erklären will. »Dieser Mann ist ein Schwerverbrecher. Er wird gesucht. Er ist ein Mörder. Er hat in London einen Polizeibeamten erschossen.«

»Und einen zweiten in Marble Springs«, sagte Jablonsky gelassen. »Wachtmeister Donnelly ist heute nachmittag, zwanzig Minuten vor sechs, gestorben.«

»Donnelly gestorben?« flüsterte sie. »Bestimmt?«

»Es wurde in den Sechs-Uhr-Nachrichten durchgegeben. Ich habe es auf dem Parkplatz gehört, kurz bevor ich hinter Ihnen herfuhr. Operation, Bluttransfusion, alles, was es nur gibt. Er ist trotzdem gestorben.«

»Wie schrecklich!« Sie sah mich an, aber nur mit einem flüchtigen Blick, sie konnte meinen Anblick nicht ertragen. »Und da sagen Sie ›Keine Polizei‹? Was soll das heißen?«

»Was es eben heißt«, erwiderte der Riese wohlwollend. »Keine Polizei.«

»Mr. Jablonsky hat seine eigenen Ideen, Miß Ruthven«, sagte ich trocken.

»Der Ausgang Ihres Prozesses steht im vorhinein fest«, sagte Jablonsky tonlos zu mir. »Wenn man bedenkt, daß Sie nur noch drei Wochen zu leben haben, ist es erstaunlich, wie kalt Sie das hinnehmen. Bitte rühren Sie das Telefon nicht an, Miß!«

»Sie werden doch nicht auf mich schießen?« Sie streckte bereits die Hand nach dem Hörer aus. »Sie sind doch kein Mörder.«

»Nein, ich werde nicht schießen«, erwiderte er. »Es ist nicht nötig.« Mit drei langen Schritten war er bei ihr – er bewegte sich so flink und lautlos wie eine Katze –, nahm ihr den Hörer weg, packte sie beim Arm und führte sie zu einem Stuhl neben mir. Sie versuchte sich loszureißen, aber Jablonsky schien es nicht einmal zu merken.

»Sie wollen also nichts mit den Behörden zu tun haben?« fragte ich nachdenklich. »Das zeugt von schlechtem Geschmack, lieber Freund. Oder haben Sie sich zuviel zugemutet?«

»Meinen Sie, ich hätte Angst?« murmelte er. »Oder meinen Sie, es wäre mir sehr zuwider, Sie niederzuknallen?«

»Genau das meine ich.«

»Ich würde es nicht drauf ankommen lassen.«

Ich ließ es drauf ankommen. Ich hatte die Füße angezogen und die Hände auf den Armlehnen des Sessels. Die Rücklehne stand fest an der Wand. Ich warf mich fast parallel zum Fußboden nach vorn und zielte auf eine Stelle etwa fünfzehn Zentimeter unterhalb seines Brustbeins.

Ich kam aber nicht an. Ich hatte mich vorhin gefragt, was seine rechte Hand zu leisten imstande sei, und nun wurde mein Wissensdurst befriedigt. Unter anderem konnte er mit der rechten Hand die Waffe in die linke befördern, einen Knüppel aus der Rocktasche holen und ihn einem Menschen mitten im Sprung auf den Schädel knallen, und zwar mit einer Schnelligkeit, wie ich sie noch nicht erlebt hatte. Freilich mußte er damit rechnen, daß ich ihn angreifen würde, aber es war trotzdem eine recht imponierende Leistung.

Nach einer Weile goß mir jemand kaltes Wasser ins Gesicht. Stöhnend setzte ich mich auf und wollte an den Kopf fassen. Wenn einem beide Hände auf dem Rücken gefesselt sind, kann man sich nicht an den Kopf fassen. Ich überließ also meinen werten Kopf seinem Schicksal, preßte die gefesselten Hände hinter mir gegen die Wand, stemmte mich mühsam hoch und wankte auf den nächstbesten Sessel zu. Ich betrachtete Jablonsky. Er war eifrig damit beschäftigt, einen perforierten schwarzen Metallzylinder am Lauf seiner Mauser festzuschrauben. Lächelnd sah er mich an. Er lächelte immerzu.

»Ein zweitesmal hätte ich vielleicht nicht soviel Glück«, sagte er bescheiden.

Ich machte ein finsteres Gesicht.

»Miß Ruthven«, fuhr er fort, »ich werde telefonieren.«

»Warum erzählen Sie mir das?« Sie eignete sich meine Manieren an, und die paßten ganz und gar nicht zu ihr.

»Weil ich Ihren Vater anzurufen gedenke. Sie sollen mir seine Nummer geben. Sie steht sicher nicht im Telefonbuch.«

»Warum wollen Sie ihn anrufen?«

»Auf den Kopf unsres lieben Freundes ist eine Belohnung ausgesetzt«, erwiderte Jablonsky ausweichend. »Das wurde zugleich mit der Nachricht von Donnellys Tod im Radio bekanntgegeben. Der Staat zahlt fünftausend Dollar für jede Auskunft, die zur Festnahme John Montague Talbots führt.« Er lächelte mir zu. »Montague, ja? Ist mir immer noch lieber als Cecil.«

»Weiter!« erwiderte ich kalt.

»Die Schonzeit ist vorbei, die Jagdsaison eröffnet. Her mit John Montague Talbot, tot oder lebendig. Und den Herrschaften ist es egal, ob tot oder lebendig... General Ruthven hat von sich aus das Doppelte geboten.«

»Zehntausend Dollar?« fragte ich.

»Zehntausend.«

»Knauser«, brummte ich.

»Das Vermögen des alten Herrn wird auf zweihundertfünfundachtzig Millionen Dollar geschätzt. Er hätte mehr bieten können«, sagte Jablonsky zustimmend. »Insgesamt fünfzehntausend. Was sind schon fünfzehntausend Dollar?«

»Weiter!« sagte die junge Dame. Die grauen Augen hatten zu funkeln begonnen.

»Wenn er fünfzigtausend zahlt, bekommt er seine Tochter zurück«, erklärte Jablonsky kühl.

»Fünfzigtausend!« Es fehlte nicht viel, und sie hätte nach Luft gejapst. Wäre sie so arm gewesen wie ich, hätte sie allen Grund gehabt, zu japsen.

Jablonsky nickte. »Natürlich plus die fünfzehntausend, die mir zustehen, weil ich Talbot den Behörden übergebe, wie es die Pflicht jedes braven Bürgers ist.«

»Wer sind Sie?« fragte das Mädchen abermals. Ihre Stimme hatte zu zittern begonnen. Sie sah nicht so aus, als ob sie noch allzuviel von dieser Sorte ertragen könnte. »Wer sind Sie?«

»Ein Mann, der – lassen Sie mich rechnen – ja, der fünfundsechzigtausend Dollar kassieren möchte.«

»Aber das ist ja Erpressung!«

»Erpressung?« Jablonsky hob eine Braue. »Ihre juristischen Kenntnisse sind etwas lückenhaft, kleines Fräulein. Dem Wortlaut des Gesetzes nach handelt es sich dann um Erpressung, wenn jemand Schweigegeld fordert – einen Tribut, mit dem das Opfer sich freikauft, Geld, das der Erpresser dadurch erzwingt, daß er droht, aller Welt zu erzählen, was für ein übler Geselle der Betreffende ist. Hat General Ruthven etwas zu verheimlichen? Ich bezweifle es. Sie könnten aber auch behaupten, es handle sich bereits um Erpressung, wenn jemand eine Drohung ausstößt, um Geld daraus zu schlagen. Wo steckt hier eine Drohung? Ich bedrohe Sie nicht. Wenn der Herr Papa nicht zahlt, gehe ich einfach und lasse Sie in der Obhut Ihres lieben Talbot zurück. Wer kann mir das verübeln? Ich habe Angst vor Talbot. Er ist gefährlich. Er ist ein Killer.«

»Dann – dann bekommen Sie aber gar nichts!«

»Keine Bange«, sagte Jablonsky seelenruhig. Ich versuchte, mir den Mann verwirrt oder unsicher vorzustellen. Es war mir nicht möglich. »Eine Drohung, weiter nichts. Ihr alter Herr wird sich auf kein Abenteuer einlassen. Ich täte es an seiner Stelle auch nicht. Er wird das Geld auf den Tisch legen.«

»Menschenraub wird äußerst streng bestraft«, begann das Mädchen langsam.

»Sehr richtig«, warf Jablonsky lächelnd ein. »Elektrischer Stuhl oder Gaskammer. Das gilt für Talbot. Er hat Sie entführt. Ich spreche ja nur davon, daß ich zur Tür hinausspazieren werde. Das ist doch kein Menschenraub.« Seine Stimme wurde härter. »In welchem Hotel wohnt Ihr Vater?«

49

»Er wohnt nicht im Hotel.« Ihre Stimme klang matt und tonlos. Sie hatte kapituliert. »Er ist draußen auf X-13.«

»Drücken Sie sich etwas verständlicher aus«, sagte Jablonsky schroff.

»X-13 ist einer seiner Bohrtürme. Weit draußen im Golf, achtzehn bis zwanzig Kilometer von hier entfernt. Ich weiß es nicht genau.«

»Draußen im Golf? Sie meinen eine schwimmende Plattform, auf der ein Bohrturm montiert ist? Ich dachte, die gibt es nur weiter oben an der Sumpfküste Louisianas.«

»Sie sind bereits überall zu finden, vor Mississippi, Alabama und Florida. Papa hat eine ganz in der Nähe von Key West. Und sie schwimmen auch nicht, sie... Ach, egal! Er befindet sich auf X-13.«

»Kein Telefon?«

»Doch. Unterwasserkabel. Und Funkverbindung mit dem Büro.«

»Nur nicht Sprechfunk! Da kann jeder zuhören. Das Telefon. Verlangt man ganz einfach X-13?«

Sie nickte wortlos. Jablonsky ging zum Telefon, ließ sich durch die Hauszentrale mit dem Amt verbinden, verlangte X-13. Während er wartete, pfiff er auf eine merkwürdig tonlose Art vor sich hin, bis ihm plötzlich ein Gedanke durch den Kopf schoß.

»Wie verkehrt er zwischen Floß und Küste?«

»Mit einem Boot oder mit dem Hubschrauber. Meistens mit dem Hubschrauber.«

»In welchem Hotel steigt er ab, wenn er an Land geht?«

»In keinem Hotel. Er hat etwa drei Kilometer südlich von Marble Springs eine Einfamilienvilla gemietet.«

Jablonsky nickte und setzte seine Pfeifübungen fort. Sein Blick schien in weiter Ferne zu weilen, aber als ich versuchsweise den einen Fuß ein paar Zentimeter nach vorn schob, waren seine Augen im Nu auf mich gerichtet. Mary Ruthven hatte sowohl meine Fußbewegung als auch die blitzschnelle Reaktion des Mannes beobachtet. Eine flüchtige Sekunde lang trafen sich unsere Blicke. Es lag keine Sympathie in ihrem Blick, aber ich ließ meine Phantasie ein wenig spielen und glaubte, den Schimmer eines Gemeinschaftsgefühls zu entdecken. Wir saßen im selben Boot, und das Boot hatte zu sinken begonnen.

Jablonsky tonloses Pfeifen verstummte. Aus dem Telefonhörer kam ein unverständliches Brabbeln. Dann sagte Jablonsky: »Ich möchte mit General Ruthven sprechen. Dringend! Es handelt sich... Sagen Sie noch einmal! Aha, aha...«

Er legte auf und sah Mary Ruthven an.

»Ihr Vater hat X-13 um vier Uhr nachmittags verlassen und ist noch nicht zurückgekehrt. Es heißt, daß er so lange nicht zurückkehrt, bis Sie gefunden sind. Blut scheint doch dicker zu sein als Öl. Um so bequemer für mich.« Er ließ sich mit der Nummer verbinden, die man ihm genannt hatte, und verlangte abermals den General zu sprechen. Er bekam ihn sofort an den Apparat und verschwendete keine unnützen Worte.

»General Blair Ruthven? Ich habe gute Nachrichten für Sie. Gute und schlechte. Ihre Tochter ist bei mir. Das ist die gute Nachricht. Die schlimme ist, daß es Sie fünfzigtausend Dollar kostet, wenn Sie sie wiederhaben wollen.« Jablonsky verstummte und lauschte, er ließ die Mauser sanft um den Zeigefinger rotieren und lächelte wie immer vor sich hin. »Nein, Herr General, ich bin nicht John Talbot. Aber er ist ganz in meiner Nähe. Ich habe ihn davon überzeugt, daß es einfach unmenschlich ist, einen Vater von seiner Tochter zu trennen. Sie wissen, wer Talbot ist, Herr General. Sie können sich denken, was für einen harten Schädel er hat. Es war schwer, ihn herumzukriegen. Diese Mühe ist ihre fünfzigtausend wert.«

Plötzlich wich das Lächeln aus Jablonskys Zügen. Mit einemmal waren sie finster, kalt, hart. Der wirkliche Jablonsky. Als er wieder zu sprechen begann, klang seine Stimme noch weicher und tiefer als zuvor und dabei leicht vorwurfsvoll, als hätte er es mit einem eigensinnigen Kind zu tun.

»Herr General, stellen Sie sich vor, eben habe ich ein komisches, leises Knacken gehört. Ein Knacken, wie man es zu hören bekommt, wenn ein naseweiser Schlaukopf sich an einen Nebenanschluß heranpirscht und die Ohren spitzt oder wenn jemand ein Tonbandgerät dazwischenschaltet. Ich wünsche nicht, daß man unser Gespräch belauscht. Ich wünsche nicht, daß man es auf Band aufnimmt. Auch Ihnen wird es nicht recht sein. Sofern Sie Ihre Tochter jemals wiedersehen wollen... Aha, das ist bedeutend besser. Und, Herr General, verfallen Sie nicht auf den dummen Gedanken, die Polizei über eine andere Leitung zu verständigen, damit sie feststellt, woher der Anruf kommt. In genau zwei Minuten werden wir hier nicht mehr anzutreffen sein. Wie lautet Ihre Antwort? Beeilen Sie sich bitte.«

Wieder eine kurze Pause, dann begann Jablonsky laut zu lachen.

»Ich drohe Ihnen, Herr General? Erpressung, Herr General? Menschenraub, Herr General? Seien Sie doch nicht töricht, Herr General! Es gibt kein Gesetz, das einem Menschen verbieten würde, vor einem bösartigen Mörder davonzulaufen, nicht wahr? Auch wenn dieser bösartige Mörder zufällig ein junges Mädchen entführt haben sollte. Ich gehe weg und lasse die beiden allein. Sagen Sie mal, Herr General, wollen Sie um das Leben Ihrer Tochter feilschen? Ist sie Ihnen nicht einmal ein Fünfzigstel von einem Prozent Ihres Vermögens wert? Ist sie ihrem zärtlichen Vater wirklich nicht so viel wert? Sie hört alles mit an, Herr General. Was muß sie denken! Der leibliche Vater ist bereit, ihr Leben wegen eines alten Hosenknopfs zu opfern – so viel ungefähr sind für Sie fünfzigtausend Dollar... Freilich – freilich können Sie mit ihr sprechen.« Er winkte das Mädchen heran. Sie lief durchs Zimmer und riß ihm den Hörer aus der Hand.

»Papa? Papa... Ja, ja, ich bin es, natürlich bin ich es. Ach, Papa, ich hätte nie gedacht...«

»Das genügt.« Jablonsky legte seine breite, klobige Hand auf die Muschel und nahm ihr den Hörer weg. »Zufrieden, Herr General? Die echte Ware, ja?« Kurze Stille. Dann lächelte Jablonsky übers ganze Gesicht. »Besten Dank, General Blair. Ich verlange keine Garantien. Das Wort General Ruthvens war schon immer die beste Garantie.« Er lauschte eine Weile, und als er wieder zu sprechen begann, sah er Mary Ruthven mit leicht hämischer Miene an, die seinen aufrichtigen Ton Lügen strafte. »Außerdem wissen Sie genausogut wie ich – wenn Sie versuchen, mich um das Geld zu prellen, und wenn Sie das Haus voller Polizei haben, wird Ihre Tochter Ihnen nie mehr einen Blick schenken... Seien Sie unbesorgt, ich komme. Ich habe meine guten Gründe. Fünfzigtausend, genau gerechnet.«

Er legte auf. »Wollen Sie die Güte haben, sich zu erheben, Talbot. Wir sind mit den höchsten Kreisen verabredet.«

»Mhm.« Ich blieb sitzen. »Nachher liefern Sie mich der Polizei aus und stecken Ihre fünfzehntausend ein.«

»Freilich. Warum nicht?«

»Ich könnte Ihnen zwanzigtausend Gründe nennen...«

»So?« Er musterte mich nachdenklich. »Haben Sie sie bei sich?«

»Seien Sie nicht dumm! Lassen Sie mir Zeit, eine Woche oder vielleicht...«

»Besser einen Vogel in der Hand, heißt es bei Jablonsky, guter Freund! Vorwärts! Das wird ein lukrativer Abend werden.«

Er zerschnitt meine Fesseln, und wir gingen durch die Garage ins Freie. Jablonsky hielt das Mädchen am Handgelenk fest, und die Mündung seiner Mauser war etwa einen halben Meter von meinem Rücken entfernt. Ich konnte sie nicht sehen, aber das war auch nicht nötig. Ich wußte, daß sie auf mich gerichtet blieb.

Die Nacht war hereingebrochen. Der zunehmende Wind, der

aus Nordwest kam, führte den wilden, scharfen Geruch des Meeres und einen kalten peitschenden Regen mit sich, der geräuschvoll gegen die raschelnden, triefenden Palmwedel schlug und schräg auf den Asphalt unter unseren Füßen prallte. Es waren kaum hundert Meter zu Jablonskys Ford, den er vor dem Mittelblock des Motels abgestellt hatte, aber sie genügten, um uns durch und durch naß werden zu lassen. Bei diesem Regenwetter war der Parkplatz leer. Trotzdem hatte Jablonsky seinen Wagen in die finsterste Ecke gefahren. Das sah ihm ähnlich. Er öffnete die beiden Vordertüren, stellte sich dann an die Hintertür.

»Sie steigen zuerst ein, meine Dame. Auf der anderen Seite. Sie fahren, Talbot.« Kaum hatte ich mich ans Steuer gesetzt, da knallte er die Tür neben mir zu, schob sich rasch auf den hinteren Sitz und machte seine eigene Tür zu. Er stieß mir die Mauser hart in den Nacken, für den Fall, daß mein Gedächtnis mich im Stich lassen sollte.

»Auf der Landstraße nach Süden.«

Es gelang mir, auf die richtigen Knöpfe zu drücken. Ich fuhr sachte durch den öden Motelhof und bog rechts ab. Jablonsky fragte das Mädchen: »Liegt das Haus Ihres Vaters dicht an der Landstraße?«

»Ja.«

»Gibt es andere Zufahrtswege? Hintergassen? Nebenstraßen?«
»Ja, man kann rund um die Stadt fahren und...«
»Mhm. Wir nehmen den direkten Weg. Ich denke genauso, wie Talbot gedacht hat, als er ins Motel zurückkehrte. Niemand wird ihn in einem Umkreis von hundert Kilometern suchen.«

Stumm fuhren wir durch Marble Springs. Die Straßen waren fast leer, wir begegneten kaum einem halben Dutzend Fußgängern. Beide Male erwischte ich an den einzigen Verkehrsampeln, deren Marble Springs sich rühmen konnte, rotes Licht. Beide Male spürte ich die Mauser im Nacken. Nach und nach ließen wir die Stadt hinter uns. Dröhnend trommelte der Regen gegen Dach und Kühlerhaube.

Mary Ruthven drückte die Stirn an die Windschutzscheibe und starrte in das Wechselspiel von Licht und Finsternis hinaus. Wahrscheinlich kannte sie den Weg gut, aber nicht in dieser Nacht. Gerade im unrechten Augenblick dröhnte ein nach Norden fahrender Lastwagen vorbei, und sie hätte die Abzweigung beinahe verfehlt.

»Da!« Sie packte meinen Unterarm so fest, daß der Ford eine Sekunde lang gegen die Böschung hin ins Schleudern geriet, bevor ich ihn wieder in der Gewalt hatte. Durch den Regen sah ich linker Hand einen schwachen Lichtschein und war bereits fünfzig Meter drüber hinaus, bevor ich zum Stehen kam. Die Straße war zu schmal für eine Kehrtwendung, deshalb rangierte ich so lange hin und her, bis der Kühler in die entgegengesetzte Richtung zeigte, kroch im ersten Gang an die Lücke heran, aus der der Lichtschimmer kam, und bog langsam ein. Ein schnelleres Tempo hätte unangenehme Folgen haben können. Auch so gelang es mir nur mit Mühe, einen knappen Meter vor dem weißgestrichenen Gittertor zum Stehen zu kommen, dessen dicke Eisenstäbe eine Dampfwalze aufgehalten hätten.

Das Tor schien eine Art Tunnel abzuschließen, einen Durchgang mit nahezu flachem Dach. Links ragte eine drei Meter hohe, weißgetünchte Kalksteinmauer auf, etwa sieben Meter lang. Rechts stand ein weißes Pförtnerhaus mit einer Eichentür und Kattungardinen an den Fenstern, die auf die Durchfahrt gingen. Haus und Mauer waren durch das schwach gewölbte Dach miteinander verbunden. Ich konnte nicht erkennen, aus welchem Material das Dach bestand. Es interessierte mich nicht. Ich war zu sehr damit beschäftigt, mir den Mann anzusehen, der aus der Haustür getreten war, noch bevor ich den Wagen zum Stehen gebracht hatte.

Es war ein Chauffeur, wie jede reiche Witwe ihn sich erträumt. Einfach vollkommen. Makellos. Ein Gedicht in Braun. Sogar seine blankpolierten Reitstiefel sahen braun aus. Die flotte Reithose, die hochgeschlossene Jacke, die vorschriftsmäßig zusammengelegten Handschuhe unter der einen Schulterklappe, ja, auch der Mützenschirm, sie hatten alle die gleiche Schattierung. Er nahm die Mütze ab. Sein Haar war nicht braun. Es war schwarz und üppig und an der rechten Seite gescheitelt. Er hatte breite Schultern, ein glattes, gebräuntes Gesicht und schwarze Augen. Ein Gedicht, aber kein Muttersöhnchen. Er war so groß wie ich und sah bedeutend besser aus.

Mary Ruthven hatte die Fensterscheibe herabgekurbelt, und der Chauffeur beugte sich zu ihr, die braune, sehnige Hand auf der Türkante. Als er sah, wen er vor sich hatte, verzog sich das braune Gesicht zu einem breiten, strahlenden Lächeln. Wenn die Erleichterung und Freude in seinen Augen nicht echt waren, dann spielte er besser als jeder Chauffeurdarsteller, den ich je in einem Film gesehen habe.

»Sie sind es wirklich, Miß Mary!« Die Stimme klang tief, gepflegt und unverkennbar englisch. Wenn man zweihundertfünfundachtzig Millionen besitzt, kostet es nur ein paar Groschen extra, für die Herde Rolls-Royce-Wagen einen waschechten britischen Hirten zu engagieren. Englische Chauffeure sind große Klasse. »Ich freue mich, daß Sie wieder hier sind, gnädiges Fräulein. Alles in Ordnung?«

»Ich freue mich sehr, daß ich wieder zu Hause bin, Simon.« Eine Sekunde lang drückte sie leicht seine Hand. Sie atmete aus, halb war es ein Seufzer, halb ein Schauder. Dann fügte sie hinzu: »Alles in bester Ordnung. Wie geht es Papa?«

»Der Herr General hat sich zu Tode geängstigt. Aber jetzt ist er beruhigt. Man hat mir mitgeteilt, daß wir Sie erwarten dürfen. Ich werde Ihre Ankunft gleich melden.« Er wandte sich zum Gehen, fuhr herum, reckte den Hals und starrte in den Fond des Wagens. Dann zuckte er sichtlich zusammen und wurde ganz steif.

»Ja, ja, es ist eine Pistole«, sagte Jablonsky gemütlich aus der Tiefe der Polster. »Ich halte sie bloß in der Hand, mein Sohn – man sitzt unbequem, wenn man eine Waffe in der hinteren Hosentasche trägt. Haben Sie das nicht selber schon gemerkt?« Ich sah hin, und richtig, an der rechten Hüfte des Chauffeurs war ein kleiner Buckel zu sehen.

»Verdirbt den Schnitt der schönsten Uniform, habe ich recht, Eure Lordschaft?« fuhr Jablonsky fort. »Und kommen Sie mir ja nicht auf den dummen Gedanken, Ihre Pistole zu benützen. Dazu ist es zu spät. Außerdem könnten Sie Talbot treffen. Er sitzt am Steuer. Fünfzehntausend Dollar, wie er leibt und lebt. Ich möchte ihn gern in unbeschädigtem Zustand abliefern.«

»Ich weiß wirklich nicht, wovon die Rede ist, Sir.« Die Miene des Chauffeurs hatte sich verfinstert, sein Ton war kaum noch höflich. »Ich rufe ins Haus rauf.« Er drehte sich um, ging in den kleinen Vorraum hinter der Eichentür, nahm einen Telefonhörer ab und drückte gleichzeitig auf einen Knopf. Das schwere Gittertor öffnete sich lautlos, wie aus eigenen Antrieb.

»Jetzt fehlt nur noch ein Burggraben und eine Zugbrücke«, murmelte Jablonsky, als wir uns wieder in Bewegung setzten. »Der Herr General ist um seine zweihundertfünfundachtzig Millionen besorgt. Elektrisch geladener Zaun, Hunde, Wachtposten, alles, wie es sich gehört, nicht wahr, meine Dame?«

Sie antwortete nicht. Wir kamen an einer großen Garage vorbei, die Platz für vier Wagen bot. Es war eine Einstellgarage ohne Türen, und ich sah, daß ich in bezug auf die Rolls-Royces recht gehabt hatte. Zwei standen in der Garage, der eine hellbraun und beige, der andere stahlblau. Daneben ein Cadillac. Mit dem wahrscheinlich die Wirtschafterin einkaufen fuhr.

Jablonsky hatte wieder das Wort ergriffen. »Die Schaufensterpuppe dort hinten, made in England; wo haben Sie denn diese Pflaume aufgegabelt?«

»Ich möchte gern erleben, daß Sie ihm das ins Gesicht sagen, ohne die Pistole in der Hand zu halten«, erwiderte das Mädchen ruhig. »Er ist schon seit drei Jahren bei uns. Vor neun Monaten rammten drei Maskierte unseren Wagen, in dem nur Kennedy und ich saßen. Sie waren alle drei bewaffnet. Der eine ist tot, die beiden anderen sitzen im Zuchthaus.«

»Eine Pflaume, die obendrein noch Schwein hat«, brummte Jablonsky und versank in Schweigen.

Die asphaltierte Zufahrt zum Haus war schmal, lang, gewunden und auf beiden Seiten dicht bewachsen. Die kleinen Blätter der immergrünen Eichen und die langen, tropfnassen Moosgirlanden streiften Dach und Seitenwände des Wagens. Plötzlich wichen die Bäume vor den Strahlen der Scheinwerfer zurück, machten systematisch gruppierten Palmen und Zwergpalmen Platz, und dort, hinter einer Granitbalustrade und einer gestuften Kiesterrasse, lag die Villa des Generals.

Ein gewöhnliches Einfamilienhaus, hatte die junge Dame behauptet. Für eine etwa fünfzigköpfige Familie berechnet. Gigantisch. Ein altes weißes Gebäude aus der Zeit vor dem Bürgerkrieg, Kolonialstil, so echt, daß es in allen Fugen krachte, mit einem riesigen, zwei Stock hohen Säulenvorbau, einem sonderbaren, doppelwinkligen Dach von einer Konstruktion, wie ich sie noch nie gesehen hatte, und so vielen Glasscheiben, daß ein tüchtiger Fensterputzer bestimmt das ganze Jahr lang zu tun hatte. Über dem ebenerdigen Eingang hingen zwei große, altmodische Wagenlaternen, mit kräftigen Birnen versehen.

Der weißhaarige Butler begrüßt die Gäste und geleitet sie feierlich und unterwürfig in die Bibliothek, wo der General vor einem knisternden Holzfeuer seinen schottischen Whisky schlürft. Wenn ich mir's recht überlegte, war das idiotisch. Ein Vater, der die Rückkehr seiner Tochter aus dem Totenreich erwartet und die Türglocke läuten hört, bleibt nicht mit seinem Whiskyglas vor dem Kaminfeuer sitzen. Zumindest nicht, wenn er halbwegs menschlich ist.

Der General war ein unheimlich großer alter Knabe, mager, aber nicht allzu mager, und trug einen silberweißen Leinenanzug. Die Farbe des Stoffs paßte wunderbar zu der seines Haars. Er hatte ein längliches, hageres, grobkantiges Lincoln-Gesicht, das aber zur Hälfte von einem weißen Schnurrbart und einem üppigen Spitzbart verdeckt war. Er erinnerte mich in keiner Hinsicht an die großen Industriekapitäne, denen ich in meinem Leben begegnet war, aber mit seinen zweihundertfünfundachtzig Millionen hatte er das auch nicht nötig.

»Treten Sie ein, meine Herren!« sagte er höflich. Ich wußte nicht, ob er mich zu den drei Herren hinzuzählte, die im Schatten des Vordachs standen. Ich hielt es für unwahrscheinlich, ging aber dennoch hinterher. Es blieb mir auch nichts anderes übrig. Erstens saß mir Jablonskys Mauser im Kreuz, zweitens war der Mann, der nun aus der Finsternis auftauchte, gleichfalls mit einer Pistole bewaffnet. Wir marschierten durch eine weite, von Kandelabern beleuchtete und mit gewürfelten Fliesen gepflasterte Halle, dann einen breiten Korridor entlang in ein großes Zimmer. Hier wurde ich nun endlich einmal nicht enttäuscht. Es war wirklich eine Bibliothek, im Kamin loderte tatsächlich ein prasselndes Holzfeuer, und der leicht ölige Geruch edler Lederbände mischte sich angenehm mit dem Aroma teurer Havannazigarren und erstklassigen schottischen Whiskys. Ich sah allerdings niemanden Zigarre rauchen. Die Wände waren, wo keine Bücherregale sie verdeckten, mit blankpoliertem Rüsterholz getäfelt, die Sessel und Sitzbänke mit dunklem Goldleder und Mokettplüsch bezogen und die Gardinen in Goldlamé gehalten. Ein bronzefarbener Teppich bedeckte den Boden von Wand zu Wand, und bei einem hinreichend kräftigen Luftzug hätte der dichte Flausch geradezu Wellen schlagen müssen wie ein vom Wind bewegtes Gerstenfeld. Auf jeden Fall versanken die Sesselbeine so tief in der flaumigen Fülle, daß sie kaum zu sehen waren.

»Scotch, Mr. – äh...?« fragte der General.

»Jablonsky. Gern, Herr General. Während ich warte.«

»Worauf warten Sie, Mr. Jablonsky?« General Ruthven hatte eine angenehm leise, kaum modulierte Stimme. Wer zweihundertfünfundachtzig Millionen besitzt, braucht nicht zu schreien, um sich Gehör zu verschaffen.

»Ach, Sie sind mir ein kleiner Spaßvogel, Herr General!« Jablonsky war genauso ruhig, genauso unberührt wie sein Gegenspieler. »Auf das Papierchen, das am unteren Rand Ihre Unterschrift trägt. Auf Ihren Scheck, Herr General. Auf die fünfzigtausend Dukaten.«

»Aber selbstverständlich.« General Ruthven schien sich ein wenig zu wundern, daß Jablonsky es für nötig hielt, ihn an die Vereinbarung zu erinnern. Er ging zu dem Kaminsims aus geschliffenem Marmor und zog ein gelbes Scheckformular unter einem Briefbeschwerer hervor. »Ich habe den Scheck schon hier, es ist nur noch der Name des Zahlungsempfängers einzufügen.« Ich hatte den Eindruck, daß ein leichtes Lächeln seinen Mund umspielte, aber bei dem dichten Haarwuchs war das nicht mit Sicherheit zu erkennen. »Und Sie brauchen nicht zu befürchten, daß ich die Bank anrufen und Weisung erteilen werde, den Scheck nicht einzulösen. Solche Geschäftsmethoden sind mir fremd.«

»Das weiß ich, Herr General.«

»Und meine Tochter ist mir unendlich mehr wert als diese bescheidene Summe. Ich muß mich bei Ihnen bedanken, daß Sie sie mir zurückgebracht haben.«

»Schon gut.« Jablonsky nahm den Scheck, betrachtete ihn kurz und blickte dann mit einem forschenden Ausdruck in den Augen den alten Herrn an.

»Sie haben sich verschrieben, Herr General«, sagte er gedehnt. »Ich habe fünfzigtausend verlangt. Hier steht siebzigtausend.«

»Stimmt.« Ruthven neigte den Kopf und musterte mich. »Ich hatte zehntausend Dollar Belohnung für zweckdienliche Mitteilungen über diesen Mann hier geboten. Ich fühle mich außerdem moralisch verpflichtet, die von den Behörden ausgesetzten fünftausend Dollar aus meiner Tasche zu zahlen. Es ist doch viel einfacher, einen einzigen Scheck über eine runde Summe an eine einzige Person auszustellen, meinen Sie nicht?«

»Und die letzten fünftausend?«

»Für Ihre Mühe und für das Vergnügen, das es mir bereiten wird, diesen Mann persönlich den Behörden zu übergeben.« Wieder wußte ich nicht recht, ob er lächelte oder nicht. »Wissen Sie, ich kann mir solche Launen leisten.«

»Ganz wie Herr General belieben. Ich gönne Ihnen das Vergnügen. Werden Sie denn auch mit dem Burschen fertig? Er ist zäh und flink und so heimtückisch, wie man sich kaum vorstellen kann.«

»Ich habe Leute, die ihm gewachsen sind.« Offensichtlich waren damit nicht der Butler und der livrierte Diener gemeint, der im Hintergrund umhergeisterte. Ruthven drückte auf einen Klingelknopf. Als eine Art Lakai die Tür öffnete, sagte er: »Bitten Sie Mr. Vyland und Mr. Royale zu mir, Fletcher!«

»Warum rufen Sie sie nicht selbst, Herr General?« Meiner Auffassung nach war ich der Mittelpunkt dieser kleinen Schar, aber man hatte mir noch nicht einmal die Gelegenheit gegeben, mich zu äußern. Höchste Zeit, daß ich den Mund aufmachte. Ich bückte mich zu einer Vase mit künstlichen Blumen, die auf einem Tischchen neben dem Kamin stand, und zog ein feinmaschiges Mikrophon heraus. »Das Zimmer hat Ohren. Hundert zu eins, daß Ihre

Freunde alles mit angehört haben, was in diesen vier Wänden gesprochen wurde. Für einen Millionär und Angehörigen der höchsten Gesellschaftsschicht haben Sie recht merkwürdige Sitten.« Ich unterbrach mich und betrachtete das Trio, das soeben eingetreten war. »Und noch merkwürdigere Freunde.«

Das traf jedoch nicht ganz zu. Der erste der Männer schien in dieser luxuriösen Umgebung ganz zu Hause zu sein. Er war mittelgroß, nicht zu dick, nicht zu mager, trug einen vorzüglich geschnittenen Smoking und rauchte eine Zigarre so lang wie mein Arm. Das war der kostbare Duft, den ich geschnuppert hatte, als wir die Bibliothek betraten. Er mochte Anfang Fünfzig sein, das schwarze Haar war an den Schläfen grau, der adrett gestutzte Schnurrbart pechschwarz, das Gesicht glattrasiert, faltenlos und sonnengebräunt. Er mußte die ideale Hollywood-Besetzung für die Rolle eines Generaldirektors sein, geschmeidig, gewandt und äußerst tüchtig. Erst wenn er näherkam und man seine Augen und seine Gesichtszüge genauer sah, bemerkte man eine sowohl physische als auch psychische Härte, wie man sie in einem Filmatelier sicher selten antrifft. Vor diesem Mann mußte man sich in acht nehmen.

Der zweite wirkte fremdartig. Es war schwer zu sagen, warum. Er trug einen weichen, grauen Flanellanzug, ein weißes Hemd und einen grauen Schlips von der gleichen Farbe wie der Anzug. Er war knapp mittelgroß, kräftig gebaut, hatte ein bleiches Gesicht und glattes, ebenso blondes Haar wie Mary Ruthven. Er hatte ein völlig ausdrucksloses Gesicht und den leersten Blick, den ich jemals bei einem Menschen gesehen hatte.

Der dritte paßte so gut in die Bibliothek wie Mozart in einen Rock-and-Roll-Club. Er war erst ein- oder zweiundzwanzig Jahre alt, groß, knochig, mit leichenblassem Gesicht und kohlschwarzen Augen. Die Augen standen nicht still, sie zuckten rastlos hin und her, als würde ihnen das Stillhalten weh tun. Sein Blick huschte flackernd von einem Gesicht zum anderen. Mich interessierte gar nicht, was er anhatte, ich sah nur sein Gesicht. Das Gesicht eines Rauschgiftsüchtigen in fortgeschrittenem Stadium.

»Treten Sie ein, Mr. Vyland!« sagte der General zu dem Mann mit der Zigarre, und zum zehntenmal in dieser kurzen Zeit bedauerte ich, daß in der Miene des alten Herrn so schwer zu lesen war. Er nickte zu mir hin. »Das ist Talbot, der Mann, den die Polizei sucht. Und das ist Mr. Jablonsky, der Mann, der ihn hierherbrachte.«

»Es freut mich, Ihre Bekanntschaft zu machen, Mr. Jablonsky.« Freundlich lächelnd streckte Vyland die Haus aus. »Ich bin General

Ruthvens Chefingenieur und Produktionsleiter!« Na, wenn er Chefingenieur und Produktionsleiter war, dann könnte ich der Präsident der Vereinigten Staaten sein. Vyland deutete mit einem Kopfnicken auf den graugekleideten Mann. »Das ist Mr. Royale, Mr. Jablonsky.«

»Mr. Jablonsky! Mr. Jablonsky!« Der dritte Mann, der hochgewachsene schlaksige Junge flüsterte die Worte fast unartikuliert. Seine Hand fuhr unter den Rockaufschlag und ich muß zugeben, er war flink. Der Revolver lag in seiner zitternden Hand. Er stieß drei nicht wiederzugebende Schimpfworte aus. Seine Augen waren glasig und irr. »Zwei lange Jahre habe ich darauf gewartet, Sie... Gottverdammich, Royale! Warum...«

»Wir haben eine junge Dame in unserer Mitte, Larry!« Ich hätte schwören können, daß Royales Hand nicht nach der hinteren Hosentasche gegriffen hatte, aber das Aufblitzen matten Metalls in seinen Fingern war keine Sinnestäuschung, ebensowenig das scharfe Knacken des Pistolenlaufs auf Larrys Handgelenk und das Geklapper, mit dem die Waffe des Jungen gegen die Messingplatte eines Rauchtisches prallte. Etwas Ähnliches an Fingerfertigkeit hatte ich noch bei keinem Taschenspieler erlebt.

»Wir kennen Mr. Jablonsky«, fuhr Royale fort. Seine Stimme klang seltsam melodisch, weich und besänftigend. »Zumindest Larry und ich kennen ihn, nicht wahr, Larry? Larry hat einmal wegen eines Rauschgiftvergehens sechs Monate gesessen. Das verdankte er Jablonsky.«

»Jablonsky?« fragte der General.

»Ja, Jablonsky.« Lächelnd nickte Royale dem gewaltigen Mann zu. »Kriminalleutnant Herman Jablonsky von der Mordkommission der Stadtpolizei New York.«

4

Das berühmte Schweigen, das kein Ende nimmt, trat ein. ›Schicksalsträchtig‹ ist wohl der übliche Ausdruck dafür. Mir machte es nicht viel aus, ich war ohnedies geliefert.

Als erster ergriff der General das Wort. Mit starrer und kalter Miene musterte er den Mann im Smoking.

»Wie wollen Sie mir dieses schändliche Betragen erklären, Vyland?« fragte er. »Sie bringen mir einen Mann ins Haus, der allem Anschein nach nicht nur rauschgiftsüchtig ist und eine Pistole bei sich trägt, sondern außerdem eine Gefängnisstrafe abgesessen hat. Was die Anwesenheit eines Polizeibeamten betrifft, wird vielleicht jemand die Güte haben, mir mitzuteilen...«

»Immer mit der Ruhe, Herr General! Sie können die Maske fallen lassen.« Es war Royale, der sich diese Bemerkung erlaubte. Seine Stimme klang so gelassen und begütigend wie zuvor, und es fehlte ihr seltsamerweise jede Spur von Unverschämtheit. »Ich habe mich nicht ganz korrekt ausgedrückt. Ich hätte sagen müssen, der ehemalige Kriminalleutnant. Zu seiner Zeit der klügste Kopf, anfangs im Rauschgiftdezernat, dann bei der Mordkommission. Er hatte mehr Festnahmen und Verurteilungen auf seinem Konto als sämtliche Polizeioffiziere zwischen Maine und Manhattan. – Aber eines Tages sind Sie ausgerutscht, Jablonsky, wie?«

Jablonsky schwieg. Seine Miene war ausdruckslos, aber das bedeutete nicht, daß sein Hirn nicht arbeitete. Auch meine Miene verriet nichts, und auch mein Hirn arbeitete fieberhaft. Ich überlegte mir, wie ich entwischen könnte. Die Diener waren auf einen Wink des Generals verschwunden. Momentan schienen sämtliche Anwesenden jedes Interesse an mir verloren zu haben. Vorsichtig und unauffällig drehte ich den Kopf zur Seite. Ich hatte mich geirrt. Es gab jemanden, der sich heftig für mich interessierte. Mein guter Freund aus dem Gerichtssaal, mein lieber Valentino, stand im Korridor, dicht an der offenen Tür, und die Beachtung, die er mir zu schenken geruhte, wog bei weitem den Mangel an Interesse auf, das ich in der Bibliothek fand. Ich stellte mit einer gewissen Befriedigung fest, daß er den rechten Arm in einer Schlinge trug. Den linken Daumen hatte er in die Seitentasche seines Jacketts eingehakt, und obwohl sein Daumen recht dick war, konnte er die Tasche doch nicht dermaßen ausbeulen. Es wäre für ihn bestimmt eine große Freude gewesen, wenn ich versucht hätte, mich aus dem Staub zu machen.

»Jablonsky stand im Mittelpunkt des größten Polizeiskandals, den New York seit Kriegsende erlebte«, sagte Royale. »Plötzlich wurden in seinem Distrikt zahlreiche Morde verübt, sensationelle Morde, und Jablonsky konnte keinen einzigen Fall aufklären. Alle Welt wußte, daß eine Bestecherbande dahintersteckte. Alle Welt, bis auf Jablonsky. Er wußte nur, daß er pro Leichnam zehn Tausender erhielt, wenn er im rechten Augenblick wegschaute. Aber er hatte innerhalb der Polizei fast noch mehr Feinde als außerhalb, und sie brachten ihn zur Strecke. Das war vor anderthalb Jahren. Eine ganze Woche lang lieferte er die Schlagzeilen für die Zeitungen. Erinnern Sie sich nicht, Mr. Vyland?«

»Jetzt erinnere ich mich«, Vyland nickte langsam. »Sechzigtausend hatte er beiseite geschafft, und man fand nicht einen Cent davon. Er wurde zu drei Jahren verurteilt, wenn ich nicht irre.«

»Hat aber nur achtzehn Monate gesessen«, fügte Royale abschließend hinzu. »Ausgebrochen, Mr. Jablonsky?«

»Wegen guter Führung vorzeitig entlassen«, erwiderte Jablonsky seelenruhig. »Ich bin wieder ein ehrenwerter Bürger. Was man von Ihnen nicht behaupten kann, Royale. Ist der Mann bei Ihnen angestellt, Herr General?«

»Ich wüßte nicht, wieso...«

»In diesem Fall müssen Sie nämlich mit einer Mehrausgabe von hundert Dollar rechnen. Hundert Dollar ist der Preis, den Royale im allgemeinen seinen Auftraggebern für einen Kranz berechnet, den er seinem Opfer stiftet. Die Kränze sind immer sehr prächtig. Oder ist der Preis gestiegen, Royale? Und auf wen haben Sie es diesmal abgesehen?«

Alle schwiegen. Jablonsky hatte das Wort.

»Die Hälfte der amerikanischen Staaten hat den Namen Royale in ihren Polizeiregistern notiert, Herr General. Noch nie konnte ihm etwas nachgewiesen werden, aber man weiß über ihn Bescheid. Er ist der berühmteste Spediteur in ganz Amerika, aber er befördert keine Möbel, sondern Menschen – ins Jenseits. Er nimmt hohe Preise, aber er ist zuverlässig; noch nie ist eine seiner Frachten zurückgekommen. Bisher war er freiberuflich tätig, und seine Dienste sind sehr gefragt, auch von Leuten, an die Sie nicht im Traum denken würden. Das hat einen ganz besonderen Grund: Royale setzt seine Ehre darein, niemals einen Menschen anzurühren, für den er schon einmal tätig war. Es gibt unheimlich viel Leute, Herr General, die nachts bedeutend ruhiger schlafen, weil sie wissen, daß sie auf Royales Arbeitgeberliste stehen und folglich für ihn tabu sind.« Jablonsky rieb sich mit einer Hand von der Größe einer Schaufel das stopplige Kinn. »Auf wen mag er es diesmal abgesehen haben, Herr General? Am Ende gar auf Sie, Herr General, was meinen Sie?«

Zum erstenmal war dem General eine Gefühlsregung anzumerken. Nicht einmal Bart und Schnurrbart konnten verbergen, daß er die Augen leicht zusammenkniff, daß seine Lippen sich strafften und daß die Farbe ein wenig, aber merklich aus seinen Wangen wich. Langsam fuhr er sich mit der Zunge über die Lippen und sah Vyland an.

»Wußten Sie das alles? Was ist wahr daran?«

»Jablonsky spuckt große Töne, weiter nichts«, erwiderte Vyland ruhig. »Schicken wir die andern ins Nebenzimmer, Herr General. Ich muß mit Ihnen sprechen.«

Ruthven nickte. Sein Gesicht war immer noch blaß. Vyland sah Royale an. Royale lächelte und sagte: »Also, ihr beiden, 'raus! Lassen Sie die Pistole hier, Jablonsky.«

»Und wenn ich es nicht tue?«

»Sie haben den Scheck noch nicht kassiert«, antwortete Royale zweideutig. Natürlich hatten sie zugehört.

Jablonsky legte die Mauser auf den Tisch. Royale selbst hatte keine Waffe in der Hand. Bei der Geschwindigkeit, mit der er zupacken konnte, war das auch durchaus überflüssig. Larry, der Rauschgiftsüchtige, trat von hinten an mich heran und stieß mir den Lauf seiner Pistole so heftig in die Niere, daß ich vor Schmerz stöhnte. Keiner sagte ein Wort, also fühlte ich mich verpflichtet, etwas zu sagen: »Versuch das noch einmal, Lümmel, und der Zahnarzt wird einen ganzen Tag brauchen, um deine Schnauze zurechtzuflicken.« Worauf er mir prompt zum zweitenmal den Lauf in die Niere stieß, doppelt so fest wie zuvor. Ich fuhr herum, aber er war schneller als ich, er erwischte mich mit dem Pistolenlauf am Backenknochen und riß mir mit dem Korn die Wange auf. Dann sprang er drei Schritte zurück, zielte auf meinen Bauch, ließ seinen irren Blick hin und her huschen, ein boshaftes Lächeln im Gesicht, das mich aufforderte, mich auf ihn zu stürzen. Ich wischte mir das Blut von der Wange, machte kehrt und ging zur Tür.

Draußen wartete Valentino auf mich, die Pistole in der Hand, schwere Stiefel an den Füßen. Als Royale gemächlich aus der Bibliothek trat, die Tür hinter sich zuzog und Valentino mit einem einzigen Wort stoppte, konnte ich schon nicht mehr gehen. Meine Hüfte ist in Ordnung, sie trägt mich seit Jahren, aber sie ist nicht aus Eichenholz, und Valentinos Stiefelspitzen waren mit Eisen beschlagen. An diesem Abend hatte ich nun einmal kein Glück. Jablonsky half mir auf die Beine und führte mich ins Nebenzimmer. Ich blieb auf der Schwelle stehen, sah mich nach dem grinsenden Valentino und dem zähnebleckenden Larry um und trug sie beide in mein kleines schwarzes Buch ein.

Wir verbrachten etwa zehn Minuten in dem Nebenraum. Jablonsky und ich saßen. Der Heroinfresser wanderte auf und ab, die Pistole in der Hand, und hoffte, ich würde mit der Wimper zucken. Royale lehnte lässig an der Tischkante. Alle schwiegen, bis nach einer Weile der Butler hereinkam und meldete, der Herr General wünsche uns zu sprechen. Nun marschierten wir wieder in den Korridor hinaus. Valentino stand immer noch da, aber es gelang mir, unversehrt in die Bibliothek zu kommen. Vielleicht hatte er sich die Zehen verletzt. Aber ich wußte, daß sein ruhiges Verhalten einen anderen Grund hatte. Royale hatte ihm einmal befohlen, mich in Ruhe zu lassen, und das genügte. Ein Mann wie Royale brauchte seine Weisungen nicht zu wiederholen.

Während unserer Abwesenheit hatte die Atmosphäre sich merklich verändert. Das Mädchen saß noch immer auf einem Hocker am Kamin, hielt den Kopf gesenkt, und der Widerschein der Flammen huschte über ihre weizengelben Flechten. Aber Vyland und der General wirkten entspannt, erleichtert und zuversichtlich, und der General lächelte sogar. Auf dem Bibliothekstisch lagen einige Zeitungen. Ich fragte mich mit einer gewissen Bitterkeit, ob diese fetten Schlagzeilen und wenig schmeichelhaften Schilderungen meiner Person etwas mit dem Stimmungsumschwung zu tun hatten, der noch dadurch unterstrichen wurde, daß ein Diener auf einem Tablett, Gläser, Karaffen und einen Sodawassersyphon brachte. Der Mann war noch jung, bewegte sich aber merkwürdig steif und schwerfällig und stellte das Tablett so umständlich auf den Tisch, daß man seine Gelenke förmlich knacken hörte. Seine Hautfarbe wirkte auch nicht ganz frisch. Ich blickte weg, sah ihn wieder an, blickte abermals weg und hoffte, daß mir nicht anzumerken war, was ich plötzlich zu wissen glaubte.

Sie schienen alle den Knigge studiert zu haben. Diener und Butler wußten genau, was ihre Aufgabe war. Der Diener brachte die Getränke, der Butler reichte sie herum. Er servierte der jungen Dame einen Sherry, den vier Herren – Larry wurde demonstrativ übergangen – je einen Whisky und stellte sich dann mit dem Tablett vor mich hin. Mein Blick wanderte von seinen behaarten Handgelenken zu der eingedrückten Boxernase und zu dem General im Hintergrund. Der General nickte. Mein Blick kehrte zu dem Tablett zurück. Mein Stolz sagte nein, das köstliche Aroma der bernsteinfarbenen Flüssigkeit aus der dreikantigen bauchigen Karaffe sagte ja. Mein Stolz war leider mit der Bürde meines Hungers, der durchnäßten Kleider und der Prügel belastet, die ich soeben bezogen hatte, deshalb siegte das Aroma. Ich nahm das Glas und sah über den Rand weg den General an. »Ein letzter Schluck vor der Hinrichtung, Herr General?«

»Noch sind wir nicht soweit.« Er hob sein Glas. »Auf Ihr Wohl, Talbot!«

»Sehr witzig!« sagte ich höhnisch. »Wie richten sie einen in Florida hin, Herr General? Wird man über einen Eimer mit Blausäure geschnallt oder ganz einfach auf dem elektrischen Stuhl geröstet?«

»Auf Ihr Wohl!« wiederholte er. »Sie sind noch nicht zum Tode verurteilt. Vielleicht wird Ihnen das sogar erspart bleiben. Ich habe Ihnen einen Vorschlag zu machen, Talbot.«

Vorsichtig ließ ich mich in den Sessel sinken. Der Stiefel Valentinos mußte einen Nerv in meinem Schenkel gequetscht haben. Ein Muskel zuckte unaufhörlich. Ich zeigte auf die Zeitungen, die auf dem Bibliothekstisch lagen.

»Ich nehme an, Sie haben gelesen, was die Presse schreibt, Herr General. Ich nehme an, Sie wissen, was sich heute abgespielt hat, und kennen meine Vergangenheit. Was kann ein Mann wie Sie einem Mann wie mir vorzuschlagen haben?«

»Es handelt sich um einen sehr verlockenden Vorschlag.« Ich bildete mir ein, zwei rote Flecken auf den vorspringenden Backenknochen zu sehen, aber seine Stimme blieb fest. »Als Tausch für einen kleinen Dienst, um den ich Sie ersuche, biete ich Ihnen Ihr Leben an.«

»Das ist wirklich ein schönes Angebot. Und worin besteht der kleine Dienst, Herr General?«

»Das kann ich Ihnen im Augenblick noch nicht sagen. Vielleicht in – na, sagen wir – sechsunddreißig Stunden, was meinen Sie, Vyland?«

»Bis dahin müßten wir Nachricht haben«, erwiderte Vyland zustimmend. Je öfter ich mir den Mann ansah, desto weniger ähnelte er einem Chefingenieur. Er nahm einen Zug aus seiner Havanna und musterte mich. »Sie sind also mit dem Vorschlag General Ruthvens einverstanden?«

»Regen Sie kein dummes Zeug! Was bleibt mir denn anderes übrig? Und was geschieht nachher mit mir?«

»Sie erhalten Ausweispapiere und einen Paß und werden in ein südamerikanisches Land gebracht, wo Sie nichts zu befürchten haben«, erwiderte der General. »Ich verfüge über die nötigen Beziehungen.« Bestimmt würde ich keine Papiere und keine Fahrkarte nach Südamerika bekommen, sondern ein Paar Zementsokken, und 'runter ins Wasser, dort wo es am tiefsten ist. Aber ohne Rückfahrkarte.

»Und wenn ich nicht einverstanden bin, dann werde ich natürlich...«

»Wenn Sie nicht einverstanden sind«, warf Jablonsky sarkastisch ein, »werden die Herren sich von ihrem staatsbürgerlichen Verantwortungsbewußtsein überwältigen lassen und Sie der Polizei ausliefern. Das Ganze stinkt zum Himmel. Warum sollte General Ruthven Ihre Dienste benötigen? Es gibt so gut wie keinen Menschen in ganz Amerika, den er nicht kaufen könnte. Warum sollte er einen Mörder engagieren, hinter dem die Polizei her ist? Was, um Gottes willen, können Sie ihm nützen? Warum sollte er einem notorischen Mörder behilflich sein, sich der Strafe zu entziehen?« Nachdenklich nippte er an seinem Glas. »General Blair Ruthven, Moralapostel, Säule der besten Gesellschaft von Boston und Umgebung, berühmtester und edelmütigster Philanthrop nach den Rokkefellers. Da ist etwas faul!«

»Ich habe noch nie in meinem Leben wissentlich oder willentlich eine unehrenhafte Handlung begangen«, entgegnete der General fest.

»Du lieber Himmel!« rief Jablonsky aus. Ein paar Sekunden lang war er still, dann fuhr er hastig fort: »Na, schönen Dank für den Whisky, Herr General! Vergessen Sie nicht, die Suppe umzurühren, bevor Sie sie auslöffeln. Ich nehme meinen Hut und meinen Scheck und mache mich aus dem Staube. Herman Jablonskys Pensionskasse ist Ihnen zutiefst verpflichtet.«

Ich sah nicht, wer das Zeichen gab. Wahrscheinlich Vyland. Und ich sah wieder nicht, wie die Pistole in Royals Finger geriet. Aber ich sah die Pistole. Auch Jablonsky hatte sie erblickt. Es war eine sehr kleine Waffe, eine flache Automatikpistole mit kurzem Lauf, noch kleiner als die Liliput, die der Sheriff mir abgenommen hatte. Royale aber besaß wahrscheinlich das scharfe Auge und die Treffsicherheit eines Eichhörnchenjägers. Was brauchte er mehr? Ein großes Loch von einem schweren Colt im Herzen ist um kein Jota tödlicher als das winzige Einschußloch einer Viermillimeterkugel.

Nachdenklich betrachtete Jablonsky die Pistole in Royales Hand. »Sie würden es lieber sehen, wenn ich bliebe, Herr General?«

»Weg mit der dummen Pistole!« befahl der General barsch. »Jablonsky steht auf unserer Seite. Zumindest hoffe ich, daß er sich zu uns schlagen wird. Ja, mir wäre es recht, wenn Sie blieben. Aber wenn Sie keine Lust haben, wird niemand Sie dazu zwingen.«

»Und was sollte mich zum Bleiben bewegen?« fragte Jablonsky, ohne sich an jemanden im besonderen zu wenden. »Wäre es denn möglich, daß General Ruthven, der nie in seinem Leben willentlich eine unehrenhafte Handlung begangen hat, sich mit dem Gedanken trägt, den Scheck sperren zu lassen? Oder ihn vielleicht einfach zu zerreißen?«

Man brauchte gar nicht erst zu sehen, wie der General den Blick senkte, um zu wissen, daß Jablonsky richtig geraten hatte. Vyland mischte sich ein, aalglatt wie immer. »Es handelt sich nur um zwei, höchstens drei Tage, Jablonsky. Schließlich erhalten Sie eine ganze

Menge Geld, ohne daß Sie sich besonders anstrengen müssen. Wir bitten Sie nur, Talbot zu bewachen, bis er den Auftrag durchgeführt hat, mit dem wir ihn betrauen.«

Jablonsky nickte langsam. »Ich verstehe. Royale würde sich nicht dazu herablassen, den Gefangenenwärter zu spielen, er versorgt seine Leute lieber auf andere Weise. Der Schläger draußen im Korridor, der Herr Butler und unser lieber, kleiner Larry – Talbot würde sie alle drei zum Frühstück verspeisen. Sie scheinen Talbot dringend zu brauchen, habe ich recht?«

»Wir brauchen ihn«, erwiderte Vyland. »Nach allem, was wir von Miß Ruthven gehört haben – und soweit Royale Sie kennt, sind Sie ihm gewachsen. Ihr Geld ist Ihnen sicher.«

»Hm. Nun sagen Sie mir aber, bin ich ein Gefangener, der einen Mitgefangenen bewacht, oder darf ich kommen und gehen, wie es mir paßt?«

»Sie haben gehört, was der Herr General sagte«, antwortete Vyland. »Sie sind ein freier Mann. Aber wenn Sie ausgehen, dann sorgen Sie bitte dafür, daß Ihr Schützling nicht entwischt. Sperren Sie ihn ein oder fesseln Sie ihn.«

»Siebzigtausend Dollar läßt man sich nicht ohne weiteres entgehen«, sagte Jablonsky nachdrücklich. »Er ist bei mir in so sicheren Händen wie die Goldbarren in Fort Knox.« Ich sah, wie Royale und Vyland einen hastigen Blick wechselten, während Jablonsky fortfuhr: »Aber ich mache mir Sorgen um meine Siebzigtausend. Ich meine, wenn jemand erfährt, daß Talbot sich in diesem Haus befindet, bin ich sie los. Dann kann ich – bei meiner Vergangenheit – nur noch mit zehn Jahren Zuchthaus rechnen, weil ich einem Mörder Hilfe und Beistand geleistet habe. Siehe Paragraph soundso.« Forschend musterte er Vyland und Ruthven und fuhr dann mit gedämpfter Stimme fort: »Wer garantiert mir, daß niemand aus der Schule plaudert?«

»Keiner hier wird mucksen«, sagte Vyland trocken.

»Der Chauffeur wohnt im Pförtnerhaus, nicht?« fragte Jablonsky – ohne sich klarer auszudrücken.

»Allerdings«, erwiderte Vyland nachdenklich. »Es wäre vielleicht keine schlechte Idee, ihn...«

Mary Blair schnitt ihm brüsk das Wort ab. »Nein!« Sie war aufgesprungen, ballte die Fäuste. »Nein.«

»Unter keinen Umständen«, fügte General Ruthven hinzu. »Kennedy bleibt bei uns. Wir haben ihm zuviel zu verdanken.«

Vyland kniff sekundenlang die Augen zusammen und sah den

General an. Aber statt des Generals beantwortete die junge Dame seine stumme Frage.

»Simon hält dicht«, sagte sie tonlos. Sie näherte sich der Tür. »Ich werde gleich mit ihm sprechen.«

»Simon – schau, schau!« Vyland strich sich mit dem Daumennagel über die Schnurrbartspitze und musterte sie von oben bis unten. »Simon Kennedy, Chauffeur und Faktotum!«

Sie kehrte um, blieb vor Vyland stehen, fixierte ihn mit einem müden, aber festen Blick. Man sah die fünfzehn Generationen zurück bis zu den Pilgervätern der *Mayflower* vor sich und dazu jede einzelne der zweihundertfünfundachtzig Millionen. Sie sagte, Silbe für Silbe betonend: »Sie sind der abscheulichste Mensch, der mir je begegnet ist.« Damit ging sie hinaus und warf die Tür hinter sich zu.

»Ihre Nerven sind überreizt«, sagte der General hastig. »Sie...«

»Schwamm drüber, Herr General.« Vylands Stimme klang so glatt wie eh und je, aber er sah aus, als wären auch seine Nerven am Zerreißen. »Royale, führen Sie Jablonsky und Talbot in ihr Nachtquartier. Im neuen Flügel, an der Ostseite. Die Zimmer werden soeben hergerichtet.«

Royale nickte, aber Jablonsky hob die Hand. »Hat Talbot die Arbeit, die Sie von ihm verlangen, hier im Haus auszuführen?«

General Ruthven sah Vyland an, schüttelte dann den Kopf.

»Wo?« fragte Jablonsky. »Wenn der Mann das Haus verläßt und in einem Umkreis von, sagen wir, zweihundert Kilometern gesehen wird, sind wir verkauft. Vor allem heißt es dann: Lebwohl, du schönes Geld. Ich darf wohl verlangen, daß man mir in diesem besonderen Punkt gewisse feste Zusicherungen macht, Herr General.«

Wieder ein schneller Blickwechsel zwischen Ruthven und Vyland, wieder Vylands fast unmerkliches Kopfnicken.

»Ich glaube, wir können Ihnen Bescheid sagen«, erwiderte der General. »Die Arbeit ist auf X-13 auszuführen, meiner Bohrstelle draußen im Golf.« Er lächelte. »Fünfundzwanzig Kilometer von der Küste entfernt. Dort besteht keinerlei Gefahr, daß Passanten ihn zu Gesicht bekommen, Mr. Jablonsky.«

Jablonsky nickte, als würde er sich damit erst einmal zufrieden geben, und fragte nicht weiter. Ich starrte zu Boden. Ich wagte nicht aufzublicken. Royale sagte leise: »Machen wir uns auf den Weg.«

Ich leerte mein Glas und erhob mich. Die schwere Bibliothekstür ging nach außen auf. Royale trat mit gezückter Pistole zur Seite, um mich vorbeizulassen. Das war dumm von ihm. Vielleicht hatte er sich nur durch mein Gehumpel täuschen lassen. Die meisten Leute nehmen an, daß mein hinkender Gang mich behindere, aber sie irren sich. Valentino war verschwunden. Ich ging zur Tür hinaus, verlangsamte meinen Schritt und schob mich seitlings hinter die Kante, als wartete ich darauf, daß Royale mich einhole und mir den Weg zeige. Dann fuhr ich herum und schmetterte mit all der Schnelligkeit und Wucht, die ich aufbieten konnte, die rechte Schuhsohle gegen die Tür.

Royale wurde zwischen Tür und Pfosten eingeklemmt. Hätte es seinen Kopf erwischt, wäre es mit ihm aus gewesen. So aber traf ihn die Tür an den Schultern, und auch das genügte, um ihm einen leisen Schmerzensschrei zu entlocken und ihm die Waffe aus der Hand zu schlagen. Sie landete wenige Meter vor mir auf dem Fußboden des Korridors. Ich stürzte mich darauf, packte sie beim Lauf, hörte einen Schritt hinter mir, drehte mich blitzschnell um. Der Kolben der Pistole traf Royale ins Gesicht, ich wußte nicht genau, wo, aber es klang wie der Hieb einer schweren Holzfälleraxt, die in einen Baumstamm saust. Noch bevor er mich erwischte, war er bewußtlos – aber er erwischte mich. Keine Axt der Welt kann einen stürzenden Baum aufhalten. Ich brauchte nur zwei Sekunden, um ihn wegzustoßen und die Pistole am Kolben zu packen, aber für einen Mann wie Jablonsky würden zwei Sekunden immer genügen – mehr als genügen.

Sein Fuß traf meine rechte Hand. Die Pistole wirbelte durch die Luft. Ich warf mich gegen seine Beine, aber mit der Geschwindigkeit eines Fliegengewichtsmeisters wich er zur Seite, hob das Knie und schleuderte mich mit einem gewaltigen Krach gegen die offene Tür. Dann aber war es zu spät für mich. Er hielt bereits seine Mauser in der Hand und zielte auf meine Stirn. Ich gab auf.

Langsam erhob ich mich. Die Lust zu weiteren Abenteuern war mir vergangen. Der General und Vyland, letzterer mit einer Pistole in der Hand, kamen gelaufen, beruhigten sich aber sogleich, als sie sahen, daß Jablonsky mich in Schach hielt. Vyland bückte sich und half dem leise stöhnenden Royale auf. Royale hatte eine lange, heftig blutende Rißwunde über dem linken Auge.

»Wie sich zeigt, brauchen die Herren mich wirklich«, sagte Jablonsky jovial. »Ich hätte nie gedacht, daß sich jemand Royale gegenüber so etwas herausnehmen und es überleben würde. Aber man lernt nicht aus.« Er griff in die Tasche, zog ein Paar sehr schmaler, stahlblauer Handschellen hervor und legte sie mir sachkundig um die Handgelenke. »Ein Andenken an die alten, schlimmen Zeiten«, erklärte er entschuldigend. »Gibt es vielleicht ein zweites Paar und einen kräftigen Strick oder eine Kette im Haus?«

»Das läßt sich beschaffen«, erwiderte Vyland beinahe mechanisch. Er wollte noch immer nicht recht glauben, was seinem unfehlbaren Henkersknecht geschehen war.

»Gut.« Lächelnd blickte Jablonsky auf Royale hinab. »Sie brauchen heute nacht Ihre Tür nicht zuzusperren. Ich werde Ihnen Talbot vom Leibe halten.« Royale ließ seinen finsteren, bösen Blick von mir zu Jablonsky wandern, und soviel ich sehen konnte, änderte sich seine Miene nicht im geringsten. Ich fragte mich, ob Royale sich nicht mit dem Gedanken an ein Doppelbegräbnis vertraut zu machen begann.

Der Butler führte uns nach oben und durch einen langen Korridor in den rückwärtigen Teil des großen Hauses, zog einen Schlüssel aus der Tasche, sperrte eine Tür auf und ließ uns eintreten. Wir befanden uns in einem Schlafzimmer, spärlich, aber kostbar möbliert, mit einem Waschbecken in der Ecke und einem modernen Mahagonibett an der rechten Wand. Links führte eine Verbindungstür in ein angrenzendes Schlafzimmer. Der Butler zog abermals einen Schlüssel hervor und sperrte auch diese Tür auf. Der Raum war das genaue Spiegelbild des ersten, bis auf das Bett, einem altmodischen Eisengestell mit Gitterstangen und Messingknöpfen. Es sah aus, als sei es aus den Traversen verfestigt, die beim Bau einer Eisenbahnbrücke übriggeblieben waren. Es machte einen äußerst soliden Eindruck. Offenbar sollte es mein Nachtlager werden.

Wir kehrten in den anderen Raum zurück. Jablonsky streckte die Hand aus. »Die Schlüssel, bitte!«

Der Butler zögerte, sah ihn unschlüssig an, zuckte die Schultern, reichte ihm die Schlüssel und wandte sich zum Gehen. Jablonsky sagte in gemütlichem Ton: »Die Mauser, die ich in der Hand halte, lieber Freund – soll ich sie Ihnen zwei-, dreimal um die Ohren schlagen?«

»Leider verstehe ich nicht, was das heißen soll, Sir.«

»›Sir‹ – aha! Wie schön! Ich hätte nicht gedacht, daß in der Gefängnisbibliothek von Alcatraz Lehrbücher über das Butlermetier zu finden sind. Den anderen Schlüssel, mein guter Mann! Den zu der Tür zwischen Talbots Zimmer und dem Korridor, bitte!«

Mit finsterer Miene überreichte der Butler einen dritten Schlüssel und ging. Was immer er auch für Fachliteratur studiert haben mochte, er mußte das Kapitel übersprungen haben, das lehrt, wie man eine Tür hinter sich zu schließen hat, aber die Tür war kräftig und hielt es aus. Lächelnd sperrte Jablonsky ab. Er ließ das Schloß hörbar einschnappen. Dann zog er die Gardinen zu, sah sich hastig nach Gucklöchern in den Zimmerwänden um und kehrte zu mir zurück. Fünf- oder sechsmal knallte er seine massive Faust in seine ebenso massive Handfläche, stieß mit dem Fuß gegen die Wand und warf einen Sessel um, daß alles wackelte. Dann sagte er nicht zu leise und nicht zu laut: »Stehen Sie auf, sobald Sie Lust dazu haben, lieber Mann! Das war sozusagen eine kleine Warnung, damit Sie mir nicht mit solchen Geschichten kommen, wie Sie sie an Royale ausprobiert haben. Rühren Sie auch nur einen Finger, und Sie werden glauben, ein Wolkenkratzer sei Ihnen auf den Kopf gefallen.«

Ich rührte keinen Finger. Auch er nicht. Totenstille herrschte im Raum. Wir spitzten die Ohren. Draußen im Korridor war es nicht so still. Mit seinen Plattfüßen und seinem pfeifenden Atem war der Butler eine Fehlbesetzung für die Rolle des letzten Mohikaners. Er war bereits gute fünf Meter von der Tür entfernt, bevor der dicke Teppich endgültig seine Schritte verschluckte. Nichts war mehr von ihm zu hören.

Jablonsky zog einen Schlüssel aus der Tasche, öffnete geräuschlos die Handschellen, steckte sie ein und drückte mir die Hand, daß ich glaube, er würde mir sämtliche Finger brechen. Trotzdem war mein Grinsen genauso breit, genauso vergnügt wie das seine. Wir zündeten uns jeder eine Zigarette an und begannen die beiden Räume zu durchstöbern, suchten nach Mikrophonen und Abhörvorrichtungen.

Sie waren in Hülle und Fülle vorhanden.

Genau vierundzwanzig Stunden später stieg ich in den Sportwagen, der leer, aber mit dem Schlüssel in der Zündung vierhundert Meter vor der Zufahrt zum Besitz General Ruthvens stand. Es war eine Corvette – derselbe Wagen, den ich am Tag zuvor gestohlen hatte, als ich Mary Ruthven als Geisel mit mir herumschleppte.

Es regnete nicht mehr. Den ganzen Tag über war der Himmel blau und wolkenlos gewesen – für mich ein sehr langer Tag. Zwölf Stunden hintereinander angezogen und an die Stäbe eines Eisenbettes gekettet in einem Zimmer zu liegen, dessen geschlossene Fenster nach Süden gehen und in dem die Temperatur nach und nach auf vierzig Grad Celsius stieg – na, die Hitze und die Untätigkeit wären gerade das Richtige für eine Galapagos-Schildkröte gewesen.

Die Nachtluft war angenehm kühl und vom Salzgeruch des Meeres erfüllt.

Ich hatte das Verdeck zurückgeschlagen, und während ich südwärts fuhr, lehnte ich mich im Sitz ganz nach hinten und ein wenig zur Seite, damit der frische Wind die letzten Spinnweben aus meinem betäubten Hirn vertreibe. Nicht nur die Hitze hatte mich träge gemacht. Ich hatte auch zuviel geschlafen oder gedöst, und dafür mußte ich jetzt büßen. Aber ich würde ja schließlich in dieser Nacht nicht viel Schlaf finden. Ein paarmal dachte ich an Jablonsky, diesen schwarzen Riesen mit dem tiefgebräunten Gesicht und dem gewinnenden Lächeln, der dort oben brav in seinem Zimmer saß und pflichtgetreu mein leeres Schlafzimmer bewachte, alle drei Schlüssel in der Tasche. Ich griff in meine eigene Tasche. Sie waren noch da, die Duplikate, die Jablonsky hatte anfertigen lassen, als er am Vormittag einen kleinen Spaziergang in Richtung Marble Springs unternahm, um frische Luft zu schöpfen. Jablonsky war am Vormittag offenbar sehr beschäftigt gewesen.

Ich vergaß Jablonsky. Er wußte sich schon zu helfen. Mich erwarteten genug eigene Sorgen.

Die letzten Strahlen der untergegangenen Sonne waren soeben im Westen über dem weindunklen Golf erloschen, und die Sterne standen bereits hell am Himmel, als ich rechter Hand eine grün abgeschirmte Laterne erblickte. Ich fuhr an ihr vorbei. Dann kam eine zweite. An der dritten bog ich scharf nach rechts ab, lenkte die Corvette auf einen schmalen Steinpier hinunter und schaltete die Scheinwerfer aus, noch bevor ich den langsam dahinrollenden Wagen neben einem großen, kräftig gebauten Mann zum Stehen gebracht hatte, der eine kleine, bleistiftdünne Taschenlampe in der Hand hielt.

Er nahm mich beim Arm und führte mich wortlos über eine Holztreppe zu einer schwimmenden Landungsbrücke hinunter und von dort zu einem länglichen, schwarzen Gebilde, das sanft schaukelnd an der Brücke lag. Es gelang mir, ohne helfende Hand ein Stag zu fassen und in das Boot hinunterzuspringen. Ein vierschrötiger kleiner Mann erhob sich, um mich zu begrüßen.

»Mr. Talbot?«

»Ja, Kapitän Zaimis, wenn ich nicht irre.«

»John.« Der kleine Mann lachte in sich hinein und erklärte mit seinem seltsamen Akzent: »Meine Jungs würden mich auslachen, ›Kapitän Zaimis‹ würden sie sagen, ›was macht denn die *Queen Mary?*‹ würden sie sagen. Und so weiter. Jugend von heute, Kinder!« Der kleine Mann seufzte mit gespieltem Kummer. »Ach ja, ich glaube, ›John‹ genügt für den Kapitän der lütten *Matapan*.«

Ich blickte über seine Schulter und sah mir die Kinder an. Vorerst konnte ich nur ein paar schwarze Schatten vor einem kaum weniger schwarzen Horizont ausmachen, aber ich sah immerhin, daß sie allesamt im Durchschnitt eine Länge von etwa einem Meter achtzig hatten und dementsprechend gebaut waren. Auch die *Matapan* wirkte gar nicht so klein: mindestens vierzehn Meter lang, zweimastig, mit merkwürdigen Dwarsbauten und ungefähr mannshoher Reling achtern und vorn. Fahrzeug und Besatzung waren griechischer Herkunft. Ich fühlte mich plötzlich wunderbar geborgen an Bord dieses Fahrzeugs und in Gesellschaft eines solchen Mannes.

»Eine schöne Nacht für unser Vorhaben«, sagte ich.

»Vielleicht, vielleicht auch nicht.« Der Humor war aus seiner Stimme gewichen. »Ich glaube nicht. John Zaimis würde sich keine solche Nacht aussuchen.«

Ich machte ihn gar nicht erst darauf aufmerksam, daß es hier nichts auszusuchen gab, ich sagte: »Zu klar, wie?«

»Das ist es nicht.« Er wandte sich einen Augenblick ab und erteilte einige Befehle, offenbar auf griechisch. Die Matrosen begannen auf dem Deck hin und her zu laufen und die Taue von den Pollern auf der Landungsbrücke loszuwerfen. Dann wandte er sich wieder mir zu. »Entschuldigen Sie, wenn ich mit meinen Jungs in ihrer Muttersprache rede. Diese drei sind noch keine sechs Monate im Land. Meine Söhne wollen nicht tauchen. Ein hartes Leben, sagen sie, viel zu hartes Leben. Deshalb müssen wir uns junge Leute aus Griechenland holen... Das Wetter gefällt mir nicht, Mr. Talbot. Es ist eine zu schöne Nacht. Das ist nicht gut.«

»Das sagte ich doch.«

»Nein.« Er schüttelte heftig den Kopf. »Zu schön. Die Luft ist zu still, und die leichte Brise kommt aus Nordwest, nicht wahr? Das ist schlimm. Abends war die Sonne flammend rot. Auch das ist schlimm. Fühlen Sie die kleinen Wellen, die die *Matapan* schaukeln? Wenn das Wetter günstig ist, schlagen die Wellen alle drei, vielleicht alle vier Sekunden gegen den Rumpf. Heute nacht?« Er zuckte die Schultern. »Alle zwölf, vielleicht alle fünfzehn Sekunden. Seit vierzig Jahren segle ich vor Tarpon Springs. Ich kenne die hiesigen Gewässer, Mr. Talbot, ich würde lügen, wenn ich sagte, daß jemand sie besser kennt als ich. Ein schweres Unwetter ist im Anzug.«

»Ein schweres Unwetter?« Unwetter zur See habe ich nicht besonders gern. »Ist Sturmwarnung gegeben worden?«

»Nein.«

»Machen diese Anzeichen sich immer bemerkbar, wenn ein

Unwetter droht?« Kapitän Zaimis war nicht gewillt, mich aufzuheitern, also mußte ich es selbst versuchen.

»Nicht immer, Mr. Talbot. Einmal, vielleicht vor fünfzehn Jahren, wurde Alarm gegeben, aber die Anzeichen blieben aus. Die Fischer von South Caicos fuhren los. Fünfzig Mann sind ertrunken. Aber wenn wir September haben und die Anzeichen spüren, dann kommt ein schwerer Sturm. Immer.«

Es gelang mir heute abend nicht, mich aufzuheitern. »Wann kommt er?«

»In acht oder in achtundvierzig Stunden, ich weiß es nicht.« Er zeigte nach Westen, der Wiege des trägen Wellengangs. »Aber er kommt von dort her ... Ihr Taucheranzug liegt unten, Mr. Talbot.«

Zwei Stunden später, nachdem wir dreizehn Seemeilen zurückgelegt hatten, waren wir schon ungemütlich näher an den immer noch ziemlich weit entfernten Sturm herangekommen. Wir hatten volle Fahrt, aber das war auf der *Matapan* kein Grund, Hurra zu schreien. Vor nahezu einem Monat hatten zwei zu strengstem Stillschweigen verpflichtete Ingenieure den Auspuff an einen Unterwasserzylinder mit einem wunderlich angeordneten System von Schalldämpferplatten gekoppelt. Sie hatten gute Arbeit geleistet, der Auspufflärm der *Matapan* war jetzt nur noch ein heiseres Flüstern, aber der Staudruck hatte die Antriebskraft auf die Hälfte reduziert. Immerhin kamen wir schnell genug voran. Mir ging es viel zu schnell. Je weiter wir auf den sternbeglänzten Golf hinausfuhren, desto länger und tiefer wurden die Wellentäler, desto überzeugter war ich von der Aussichtslosigkeit meines Vorhabens. Aber jemand mußte es tun, und ich hatte den Schwarzen Peter gezogen.

5

Ich hatte schon von diesen schwimmenden Bohrtürmen gehört, hatte sie mir sogar von einem Techniker, der sie konstruierte, beschreiben lassen. Aber ich hatte noch nie einen gesehen, und jetzt, da ich ihn zu sehen bekam, merkte ich, daß die Beschreibung und meine Einbildungskraft nicht imstande gewesen waren, das Skelett aus Fakten und statistischen Daten mit Fleisch zu umhüllen.

Ich betrachtete X-13 und wollte ganz einfach meinen Augen nicht trauen.

Er war enorm. Er war kantig und ungeschlacht wie kein Bauwerk, das ich je mit meinen Augen gesehen hatte. Und vor allem erschien er mir völlig unwirklich, wie eine unheimliche Kreuzung zwischen Jules Verne und den kühnsten Phantastereien der Raumschiffromantiker.

Auf den ersten Blick, in dem Wechselspiel von Dunkelheit und mattem Sternenlicht, sah er aus wie ein Wald riesiger Fabrikschornsteine, die aus dem Meer aufragen. In halber Höhe waren diese Schornsteine durch eine tiefe, massive Plattform miteinander verbunden, deren Kanten sie durchstießen. Und ganz rechts auf der Plattform, geheimnisvoll in den Himmel ragend, ein zerbrechliches spinnwebenartiges Netzwerk aus ineinander verflochtenen, schlanken Eisenträgern, zweimal so hoch wie die Schornsteine, stand der Bohrturm.

Ich wußte, daß die ›Schornsteine‹ massive Metallrohre von fast unglaublicher Festigkeit waren, von denen jedes einzelne ein Gewicht von mehreren hundert Tonnen zu tragen vermochte. Auf dieser Anlage konnte ich nicht weniger als vierzehn solche Stützen zählen, sieben an jeder Seite, bei einem Abstand von mindestens hundertdreißig Metern zwischen den äußersten Pfosten. Erstaunlicherweise war diese gewaltige Plattform transportabel. Sie war hierher befördert worden, tief im Wasser treibend, die Beine hochgereckt bis fast an die oberste Spitze des Bohrturms. Sowie sie an der richtigen Stelle angelangt war, waren die Beine auf den Meeresgrund gesenkt worden, und dann hatte sich die gewaltige Plattform samt dem Bohrturm, alles in allem etwa vier- bis fünftausend Tonnen wiegend, mit Hilfe riesenhafter Motoren triefend so weit aus dem Wasser erhoben, daß sie sogar vor den höchsten Wogen des Golfes von Mexiko geschützt war.

Das alles hatte ich gewußt. Aber wissen und sehen ist zweierlei.

Eine Hand berührte meinen Arm. Ich zuckte zusammen. Ich hatte ganz vergessen, wo ich mich befand.

»Was halten Sie davon, Mr. Talbot?« Es war Kapitän Zaimis. »Gefällt es Ihnen?«

»Ja, sehr gut. Wieviel hat dieses kleine Spielzeug gekostet? Haben Sie eine Ahnung?«

»Vier Millionen Dollar.« Zaimis zuckte die Schultern. »Vielleicht auch viereinhalb.«

»Eine schöne Kapitalanlage«, sagte ich. »Vier Millionen Dollar.«

»Acht«, berichtigte Zaimis. »Man kann nicht einfach hingehen und zu bohren anfangen, Mr. Talbot. Zuerst muß man das Unterwassergelände erwerben. Vielleicht fünftausend Acres. Drei Millionen Dollar. Dann kostet es etwa eine Dreiviertelmillion, ein Loch zu bohren – ein einziges Loch, das vielleicht drei Kilometer tief ist. Wenn man Glück hat. Und nicht in jedem Falle steht einem das Glück bei!«

Acht Millionen. Und noch nicht einmal eine Kapitalanlage. Ein Hazardspiel. Die Geologen können sich irren, sie hauen nur allzuoft daneben. General Blair Ruthven war ein Mann, der es sich leisten konnte, acht Millionen Dollar wegzuwerfen. Was für ein kolossaler Preis mußte winken, wenn ein solcher Mann mit einem solchen Ruf bereit war, die Grenzen des Gesetzes zu überschreiten – und dazu war er offensichtlich bereit! Es gab nur einen Weg, um das herauszufinden. Fröstelnd drehte ich mich zu Kapitän Zaimis um.

»Können Sie dicht heranfahren? Ich meine, ganz dicht?«

»Ganz dicht?« Er deutete auf die uns zugekehrte Seite des riesigen Gerüsts. »Haben Sie das Boot nicht gesehen, das dort vertäut ist?«

Ich hatte es nicht gesehen, aber ich sah es jetzt, ein schmales, schwarzes, etwa achtzig Meter langes Gebilde, das neben dem wuchtigen Bauwerk zwergenhaft wirkte. Die Mastspitzen reichten kaum bis zur halben Höhe der Pfeiler. Ich sah Zaimis an.

»Wird uns das ins Handwerk pfuschen, John?«

»Sie meinen, uns im Weg sein? Nein. Wir schlagen einen weiten Bogen und nähern uns von Süden her.«

Er griff in die Speichen des Ruders, und die *Matapan* schwenkte nach Backbord, um X-13 auf der Südseite zu umfahren. Hätten wir uns nach rechts, gegen Norden zu, gehalten, dann wäre die *Matapan* in den Lichtkreis der Bogenlampen und Scheinwerfer geraten, die die große Arbeitsplattform rund um den Bohrturm beleuchteten. Selbst auf diese Entfernung hin sahen wir deutlich die Gestalten, die sich rund um den Bohrturm bewegten.

Das Boot begann heftig zu rollen. Wir gierten nach Südwest und bekamen den immer kräftigeren Seegang gegen Steuerbord. Die Wellen schlugen über die Reling. Ich wurde naß. Ich kroch unter eine Persenning neben dem Steuer, zündete mir unter ihrem Schutz eine letzte Zigarette an und blickte zu Kapitän Zaimis hinauf.

»Das Fahrzeug dort, John! Wird es bald abhauen?«

»Ich weiß es nicht; glaube kaum. Es bringt Lebensmittel, Getränke, Bohrmaterial und Unmengen Brennstoff. Schauen Sie genauer hin, Mr. Talbot. Es ist eine Art kleiner Tanker. Jetzt liefert er Öl für

Andreas saß geduldig wartend in dem Gummiboot. Sein fragender Blick war mehr zu spüren als zu sehen, und ich schüttelte den Kopf. Ich hätte es mir sparen können. Als er sah, daß ich meinen Gummihelm und die Sauerstoffmaske aufsetzte, war seine Neugier restlos befriedigt. Er half mir, eine Rettungsleine um die Taille zu knoten, und dazu brauchten wir eine volle Minute. Das Gummifloß stampfte und bockte so heftig, daß wir uns mit einer Hand festhalten mußten und nur mit der anderen arbeiten konnten.

Der geschlossene Sauerstoffkreislauf erlaubte mir eine ungefährliche Tauchtiefe von maximal acht Metern. Der Öltanker hatte einen Tiefgang von etwa fünf Metern, ich hatte also reichlich Spielraum. Die Unterwassersuche nach einem Drahtseil oder einem an einem Drahtseil hängenden Gegenstand bereitete mir weniger Schwierigkeiten, als ich erwartet hatte, denn schon in einer Tiefe von fünf Metern war der Seegang kaum mehr zu spüren. Andreas lockerte und straffte die Leine entsprechend meinen Bewegungen, als ob er sein Leben lang nichts anderes getan hätte. Zweimal tastete ich mich dicht an den Kiel und untersuchte jeden Fußbreit mit Hilfe einer starken Taucherlampe. Bei der zweiten Runde begegnete ich auf halbem Wege einer riesenhaften Muräne, die sich aus dem Dunkel hervorschlängelte. Ihr Kopf mit den bösartigen, starren Augen und den grausam giftigen Zähnen stieß gegen das Glas der Stablampe. Ich knipste ein paarmal aus und an, und das Biest war verschwunden. Aber das war auch alles, was ich zu sehen bekam.

Als ich zu dem Gummiboot zurückkehrte und mich an Bord hievte, war ich müde und schlapp. Müde, weil eine fünfzehn Minute lange Schwimmtour mit Sauerstoffmaske auf alle Fälle ermüdend ist. Aber ich wußte, daß von Müdigkeit keine Rede gewesen wäre, wenn ich gefunden hätte, was ich suchte. Ich war überzeugt gewesen, daß ich das, was ich suchte, an Bord oder unterhalb des Tankers finden würde. Ich fühlte mich geprellt.

Müde war ich, deprimiert und durchgefroren. Ich hätte gern eine Zigarette geraucht. Ich sehnte mich nach einem knisternden Holzfeuer, einer Tasse dampfenden Kaffee und einem kolossalen Whisky-Soda. Ich dachte an Jablonsky, der friedlich in seinem Mahagonibett schlummerte. Ich streifte Maske und Zylinder ab, schüttelte die Flossen von den Füßen, zog mit klammen Fingern Schuhe an, warf Hose, Jackett und Hut aufs Deck des Öltankers hinauf und kletterte hinterher. Drei Minuten später war ich fertig angekleidet, aber triefnaß wie ein Laken, das man soeben aus der Waschmaschine gezogen hat, und machte mich über die verschalte Gangway auf den Weg zu der etwa dreißig Meter über meinem Kopf schwebenden Bohrplattform.

Graues, ziehendes Gewölk hatte die letzten Sterne vom Himmel weggewischt, aber das nützte mir wenig. Ich hatte mir eingebildet, das Fallreep würde von oben her von einer schwachen Lampe beleuchtet, aber ich hatte mich geirrt, es waren die Sterne gewesen. Als ich bis auf drei Meter an die Unterseite der Plattform herangekommen war, erreichte ich den Lichtkreis eines Scheinwerfers. Und wenn das Fallreep bewacht war? Sollte ich behaupten, ich sei der Zweite Maschinist vom Tanker und leide an Schlaflosigkeit? Sollte ich mich hinstellen und eine plausible Geschichte erfinden, während die Nässe, die von dem Taucheranzug unter der Hose hervortröpfelte, zu meinen Füßen eine Pfütze bildete und mein Gegenüber interessiert die hochgeschlossenen Gummirüschen betrachtete, die mir Kragen und Schlips ersetzen? Ich war unbewaffnet und neigte zu der Ansicht, daß jeder, der in General Ruthvens und Mr. Vylands Dienst stand, morgens beim Aufstehen erst einmal den Schulterhalfter umschnallte und dann erst die Socken anzog. Auf jeden Fall war jeder, dem ich bisher begegnete, ein wahres Waffenarsenal gewesen.

Ich kletterte weiter, schob mich vorsichtig auf die Plattform, kroch ein paar Meter weit auf Händen und Knien und richtete mich dann im Schutz eines der riesenhaften Pfeiler auf. Nun lag die gesamte Bohranlage vor mir.

Ich ging ans andere Ende der Plattform, entdeckte dort eine in die Wand eingelassene Stahlleiter und kletterte auf das Arbeitsdeck hinunter.

Ich näherte mich dem ersten der Magazine.

Die Tür war mit einem kräftigen Stahlriegel gesichert, aber nicht versperrt. Ich klappte den Riegel hoch, schob die Tür zur Seite und trat ein. Drinnen war es stockfinster, aber mit Hilfe meiner Stablampe fand ich sofort den Wandschalter. Ich machte Licht und sah mich um.

Der Schuppen war etwa dreißig Meter lang. Zu beiden Seiten lagen auf nahezu leeren Regalen drei oder vier Dutzend mit Gewinden versehene Metallrohre, fast so lang wie der Schuppen selbst. An den Rohrenden waren tiefe Rillen zu erkennen, die aussahen, als ob schwere Metallklauen sich dort festgebissen hätten. Stücke des Bohrgestänges. Weiter nichts. Ich schaltete das Licht aus, ging hinaus, schob die Tür zu und verspürte eine schwere Hand auf meiner Schulter.

»Suchen Sie etwas, lieber Mann?« Es war eine tiefe, rauhe

Stimme, die mir sagte, daß ihr Besitzer, ein waschechter Ire, nicht mit sich spaßen ließ.

Ich drehte mich langsam, aber nicht allzu langsam um und hielt mit beiden Händen die Rockaufschläge zu, als wollte ich mich vor dem Wind und dem dünnen, kalten Regen schützen, der auf die Plattform zu prasseln begann. Der Mann war untersetzt, in mittleren Jahren, hatte ein verwittertes Gesicht, das je nach Bedarf freundlich oder roh wirken konnte. Im Augenblick tendierte es merklich nach der rohen Seite. Aber nicht sehr. Ich beschloß, es zu riskieren.

»Allerdings.« Statt meinen britischen Akzent zu bemänteln, kehrte ich ihn sogar noch hervor. Ein ausgeprägter englischer Oberklassenakzent erregt in den Staaten einzig und allein den äußerst mitleidigen Verdacht, man sei nicht ganz richtig im Kopf. »Der Werkmeister hat mir geraten, mich nach dem – äh – Vorarbeiter zu erkundigen. Sind Sie das?«

»Dunnerschlag.« Mein Akzent hatte ihn restlos überwältigt. Man sah förmlich, wie er sich mühsam aufrappelte. »Mr. Jerrold schickt Sie zu mir?«

»Ja, in der Tat. Eine erbärmliche Nacht, nicht wahr?« Ich zog den Hut tiefer in die Stirn. »Ich beneide Sie wirklich nicht um Ihre...«

Der Mann unterbrach mich. »Wenn Sie mich suchen, warum haben Sie dann dort drin herumgeschnüffelt?«

»Ach ja, gewiß, allerdings. Ich sah, daß Sie beschäftigt waren, und da er glaubt, sie hier verloren zu haben, dachte ich mir, vielleicht sollte ich...«

»Wer hat was wo verloren?« Er holte tief Atem, die personifizierte Geduld.

»Der Herr General. General Ruthven. Seine Aktenmappe mit wichtigen Privatdokumenten – und sehr dringend benötigten Papieren. Er war gestern zur Inspektion hier – mal sehen, ja, es muß am frühen Nachmittag gewesen sein –, als er die fatale Nachricht erhielt...«

»Als er hörte, daß seine Tochter entführt worden ist. Er begab sich sogleich zum Hubschrauber, dachte nicht mehr an die Aktenmappe und...«

»Na, jetzt habe ich endlich begriffen. Wichtig, was?«

»Sehr wichtig. General Ruthven sagt, er hätte sie in eine Türöffnung gestellt. Eine große Mappe, Saffianleder, mit den Initialin C. C. F. in Goldbuchstaben.«

»C. C. F.? Ich dachte, sie gehört dem General?« Fragend schaute er mich an.

»Die Papiere. Er hatte sich meine Mappe geborgt. Ich heiße Farnbourough und bin sein Privatsekretär.« Es war kaum zu befürchten, daß einem der zahlreichen Vorarbeiter, die der General beschäftigte, der wirkliche Name seines Privatsekretärs bekannt sein würde. »C. C. Farnbourough.«

»C. C., was?« Aller Argwohn, alle Grobheit waren wie weggeblasen. Er grinste übers ganze Gesicht. »Doch nicht am Ende Claude Cecil, was?«

»Zufälligerweise lautet wirklich einer meiner Vornamen Claude«, erwiderte ich gelassen. »Ich finde das keineswegs komisch.«

Ich hatte den braven Iren richtig eingeschätzt. Er war sogleich tief zerknirscht.

»Verzeihung, Mr. Farnbourough. Das war ungehörig. Nichts für ungut! Sollen wir Ihnen suchen helfen?«

»Ich wäre Ihnen sehr dankbar.«

»Wenn sie da ist, werden wir sie in fünf Minuten haben.«

Er ging, um seiner Kolonne die entsprechenden Weisungen zu erteilen. Aber ich war am Ergebnis der Suche nicht interessiert. Ich überlegte jetzt nur noch, wie ich mich möglichst schnell davonmachen konnte. Wir würden nichts finden. Keine Aktenmappe und auch sonst nichts. Mit der Nonchalance von Menschen, die nichts zu verbergen haben, öffneten die Leute eine Schiebetür nach der anderen. Ich gab mir nicht einmal die Mühe, einen Blick in die Schuppen zu tun. Daß die Türen alle nicht versperrt waren und daß man sich nicht scheute, sie in Anwesenheit eines Fremden wahllos zu öffnen, war mir Beweis genug dafür, daß es hier nichts zu verbergen gab.

Bald war die Suche, soweit ich sehen konnte, zu Ende. Türen wurden zugeknallt, der Vorarbeiter schickte sich an, zu mir zurückzukehren – da klingelte das Telefon an der Stahlwand. Er ging hin. Ich trat in den finstersten Schatten, den ich finden konnte, und knöpfte mein Jackett bis oben zu. Das würde nicht weiter auffallen. Der Wind wehte heftig, der kalte Regen peitschte fast waagrecht über die Plattform.

Der Vorarbeiter hängte ab und kam zu mir herüber. »Bedaure sehr, Mr. Farnbourough, wir hatten kein Glück. Ist die Mappe bestimmt hier verloren gegangen?«

»Ganz bestimmt, Mr. – äh...«

»Curran. Joe Curran. Tja, momentan ist sie aber nicht da. Und wir haben auch keine Zeit mehr, weiterzusuchen.« Er verkroch sich in sein schwarzes, glitzerndes Ölzeug. »Jetzt heißt es nämlich wieder mal das verfluchte Rohr 'raufhaspeln.«

»Ach, gewiß«, sagte ich höflich.

Lächelnd erklärte er mir, was gemeint war: »Der Bohrer wird hochgekurbelt und ausgewechselt.«

»In einer solchen Nacht, bei einem solchen Sturm! Das muß doch eine ganze Weile dauern.«

»Eine ganze Weile. Sechs Stunden, wenn wir Glück haben. Der verfluchte Bohrer sitzt vier Kilometer tief im Fels, Mr. Farnbourough.«

Ich zeigte mich gebührend erstaunt. Lieber hätte ich einen Seufzer der Erleichterung ausgestoßen. Mr. Curran würde bei diesem Wetter für die nächsten sechs Stunden auf dem Bohrturm beschäftigt sein und an anderes zu denken haben als an umherirrende Sekretäre.

Er wandte sich zum Gehen. Seine Leute waren bereits im Gänsemarsch vorbeimarschiert und kletterten eine steile Treppe zur nördlichen Plattform hinauf. »Kommen Sie mit, Mr. Farnbourough?«

»Noch nicht.« Ich lächelte matt. »Ich glaube, ich werde mich für ein paar Minuten ans Fallreep setzen, dort bin ich vor dem Regen geschützt und kann mir überlegen, was ich dem General sagen soll.« Mir kam eine Erleuchtung. »Sehen Sie, er hat nämlich gerade erst angerufen – vor fünf Minuten. Sie kennen ihn ja! Er kann entsetzlich wütend werden. Ich weiß bei Gott nicht, was ich ihm erzählen soll.«

»Ja, bitter, sehr bitter!« Seine Gedanken waren bereits mit dem Bohrer beschäftigt. »Auf Wiedersehen!«

»Auf Wiedersehen. Und besten Dank!« Ich blickte ihm nach, bis er verschwunden war. Zwei Minuten später saß ich wieder im Gummiboot. Weitere zwei Minuten, und wir hatten uns zur *Matapan* zurückgehievt.

«Sie sind viel zu lange weggeblieben, Mr. Tabot«, sagte Kapitän Zaimis vorwurfsvoll. Der Motorlärm war jetzt lauter als zuvor. Der Kapitän hatte die Umdrehungszahl erhöhen müssen, um dem Tau, mit dem die *Matapan* an dem Pfeiler festgemacht war, einen gewissen Spielraum zu lassen; außerdem rollte das Fahrzeug so heftig, daß fast jedesmal, wenn der Bug sich tief ins Meer senkte, der Auspuff unterhalb des Hecks mit einem kurzen, aber durchdringenden Knattern hochkam.

»Hatten Sie Erfolg?« schrie mir Kapitän Zaimis ins Ohr.

»Nein.«

»Hm. Das ist traurig. Aber egal. Wir müssen sofort weg.«

»Zehn Minuten, John! Nur noch zehn Minuten! Es ist furchtbar wichtig.«

»Nein. Wir müssen sofort weg.« Er wollte schon dem jungen Griechen, der im Bug saß, den Befehl erteilen, loszuwerfen, da packte ich ihn am Arm.

»Haben Sie Angst, Kapitän Zaimis?« Es war ein schäbiger Trick, aber ich wußte nicht mehr ein noch aus.

»Ich bekomme langsam Angst«, erwiderte er voll Würde. »Der kluge Mann weiß, wann es an der Zeit ist, sich zu fürchten, und ich bin hoffentlich kein Dummkopf, Mr. Talbot. Es gibt Stunden, wo es rücksichtslos ist, sich nicht zu fürchten. Ich habe sechs Kinder, Mr. Talbot.«

»Ich habe drei!« Ich hatte nicht einmal mehr eines. Ich war nicht einmal mehr verheiratet. Lange standen wir da, uns am Mast der *Matapan* festklammernd, während sie in der fast undurchdringlichen Finsternis im Schatten des Bohrgerüsts grausam rollte und stampfte. Ich wechselte die Taktik. »Menschenleben hängen davon ab, Kapitän Zaimis. Fragen Sie mich nicht, woher ich das weiß. Ich weiß es. Soll es heißen, daß Menschen sterben mußten, weil Kapitän Zaimis nicht zehn Minuten länger warten wollte?«

Eine endlos scheinende Pause. Weiß zischte der Regen in das wogende Dunkel des Wassers zu unseren Füßen. Dann sagte Kapitän Zaimis: »Zehn Minuten. Keine Sekunde länger!«

Ich legte hastig Schuhe und Kleider ab, vergewisserte mich, daß die Rettungsleine dicht über den Gewichten fest um meine Mitte gegürtet war, setzte die Sauerstoffmaske auf und stolperte nach vorn zum Bug. Wieder mußte ich an Hermann Jablonsky denken, der in seinem Magahonibett den Schlaf des Gerechten schlief. Ich wartete, bis eine besonders große Welle unter dem Kiel hinwegfegte und der Bug sich tief ins Wasser senkte, sprang über die Reling ins Leere und griff nach dem Tau, mit dem die *Matapan* am Pfeiler festgemacht war.

Hand vor Hand hievte ich mich auf den Pfeiler zu – er konnte nicht weiter als sieben Meter entfernt sein –, aber trotz des Halts, den das Tau mir gab, wurde ich ordentlich durchgebleut, und ohne die Maske hätte ich weiß Gott viel Wasser geschluckt. Ich prallte gegen den Pfeiler, ließ das Tau los und versuchte, mich an ihm festzuhalten. Bevor ich weggeschwemmt wurde, langte ich schnell wieder nach dem Tau und arbeitete mich um den massiven Stahlträger herum auf die dem Meer zugekehrte Seite. Das war nicht leicht. Jedesmal, wenn eine Woge den Bug der *Matapan* emporstemmte, straffte sich das Tau und preßte meine Hand gegen das Metall, aber solange keine Finger verlorengingen, machte ich mir nichts daraus.

Als ich die Dünung im Rücken hatte, ließ ich das Tau los, streckte Arme und Beine von mir und tauchte an dem Pfeiler nach unten, während Andreas genauso flink und geschickt wie zuvor die Leine handhabte. Drei Meter, sechs Meter: nichts. Zehn Meter: nichts. Zwölf Meter: nichts. Mein Herz begann unregelmäßig zu schlagen, mir wurde schwindelig. Ich hatte bereits die Sicherheitsgrenze meines Sauerstoffgeräts überschritten. Schnell kehrte ich halb schwimmend, halb kletternd nach oben zurück. Etwa fünf Meter unterhalb der Oberfläche hielt ich inne, an den gewaltigen Pfeiler geklammert wie eine Katze, die einen Baum hochgeklettert ist und nicht mehr herunter kann.

An den Schiffswänden und unten am Kiel war nichts zu finden. Das hätte ich beschwören können. Auch auf dem Gerüst selbst nicht. Das hätte ich gleichfalls beeiden können. Wenn es also oberhalb der Plattform nichts gab, mußte das Gesuchte unterhalb der Plattform sein, und wenn es sich unterhalb der Plattform befand, war es an einem Kabel oder an einer Kette befestigt. Dieses Kabel oder diese Kette mußte unter Wasser an einem der Tragpfeiler befestigt sein. Es gab gar keine andere Möglichkeit.

Ich stieg an die Wasseroberfläche empor, ruckte zweimal an der Leine, um Andreas wissen zu lassen, daß ich mehr Spielraum benötigte, stemmte beide Füße gegen das Metall, stieß mich kräftig ab und schwamm auf den Eckpfeiler zu. Die kurze Strecke kam mir endlos vor.

Durch den Pfeiler lief ein dumpfes Echo, eine Schwingung, die ich mit der Schläfe spürte. Dieser Pfeiler war zweifellos nicht mit Wasser, sondern mit Luft gefüllt. Nach einer Weile gelang es mir, das Geräusch zu identifizieren. Es war ein ganz bestimmtes Geräusch. Ich hätte es sofort erkennen müssen. Ich lauschte. Eine halbe, vielleicht eine volle Minute lang. Plötzlich hatte alles einen Sinn, und was für einen! Das war die Lösung, die ich mir nie hätte träumen lassen, die Lösung vieler Rätsel. Ich brauchte Zeit, um zu erkennen, daß es vielleicht die Lösung sein konnte, ich brauchte Zeit, um zu begreifen, daß es die Lösung sein mußte, aber als ich das begriffen hatte, bestand für mich keinerlei Zweifel mehr.

Ich zog dreimal an der Leine. Binnen einer Minute befand ich mich wieder an Bord der *Matapan*. Ich wurde so schnell und so unzeremoniös wie ein Sack Kohle an Bord gehievt und hatte noch nicht den Sauerstoffzylinder und die Maske abgelegt, da befahl Kapitän Zaimis bereits mit dröhnender Stimme, die Leine loszuwerfen.

Zehn Minuten später, als ich den Taucheranzug abgestreift, mich abgetrocknet und umgezogen hatte und soeben mein zweites Glas Cognac leerte, kam Kapitän Zaimis in die Kajüte herunter. Er lächelte, ich wußte nicht, ob befriedigt oder erleichtert, und schien alle Gefahren für überstanden zu halten. Freilich, nun, da die *Matapan* von den Wellen getrieben wurde, lag sie fast wie ein Fels im Meer. Er goß sich Cognac ein und machte zum erstenmal, seit ich an Bord gezerrt worden war, wieder den Mund auf.

»Es ist geglückt, nicht wahr?«

»Ja.« Ich fand die knappe Antwort ein wenig unhöflich. »Das habe ich Ihnen zu verdanken, Kapitän Zaimis.«

Er strahlte.

6

Es war Punkt zwei Uhr morgens, als Kapitän Zaimis die *Matapan* geschickt an den Holzpier heranmanövrierte, von dem wir abgefahren waren. Der Himmel war jetzt kohlschwarz, die Nacht so finster, daß man Land und Meer kaum unterscheiden konnte, und der Regen schlug wie ein Trommelfeuer gegen das Kajütendach. Aber ich mußte raus, und zwar schnell. Ich mußte ins Haus zurück, ohne gesehen zu werden, ich mußte mich ausführlich mit Jablonsky unterhalten, und ich mußte meine Kleider trocknen. Mein Gepäck lag noch im La Contessa, ich besaß im Augenblick nur diesen einen Anzug. Er mußte schon am Morgen wieder präsentabel aussehen. Ich durfte nicht damit rechnen, daß ich, wie gestern, bis abends niemanden zu sehen bekam. Der General hatte versprochen, mir binnen sechsunddreißig Stunden mitzuteilen, was das für ein Auftrag sei, den er mir zugedacht hatte. Heute früh um acht Uhr waren die sechsunddreißig Stunden um. Ich lieh mir einen langen Ölmantel, verabschiedete mich, bedankte mich und fuhr los.

Fünfzehn Minuten nach zwei parkte ich die Corvette auf dem Seitenweg, wo ich sie geholt hatte, und schlug die Richtung zu der Zufahrt ein, die zum Haus General Ruthvens führte. Die Straße hatte keinen Gehsteig, denn die Leute, die an diesem Küstenstrich wohnten, gingen nie zu Fuß. Die Rinnsteine waren kleine Gießbäche, das schmutzige Wasser lief über meine Schuhe. Wie würde ich sie rechtzeitig trocken kriegen?

Ich kam an dem Pförtnerhaus, in dem der Chauffeur wohnte – zumindest nahm ich das an –, und an der Zufahrt vorbei. Das

Torgewölbe war hell erleuchtet. In diesem grellen Licht über das hohe Gitter zu klettern, schien nicht ratsam. Und wer wußte, vielleicht löste die oberste Querstange eine elektrische Alarmanlage aus, wenn sie belastet wurde. Den Leuten, die in diesem Haus wohnten, war alles zuzutrauen.

Dreißig Meter hinter der Zufahrtsabbiegung zwängte ich mich durch eine fast unsichtbare Lücke in der prächtigen, drei Meter hohen Hecke, die an der Straßenseite des Besitzes entlanglief. Keine zwei Meter dahinter ragte eine ebenso prächtige, drei Meter hohe Mauer auf, oben auf gastfreundlichste Art mit riesigen, in Zement eingebetteten Glasbrocken verziert. Sämtliche Nachbarn waren auch so reich und vornehm, daß sie auf die Sicherung ihres Privatgrundes größtes Gewicht legten. Die meisten hatten ähnliche Vorkehrungen getroffen. Der Strick hing noch an dem knorrigen Ast der mächtigen Eiche auf der anderen Seite der Mauer, wie ich ihn zurückgelassen hatte. Stark behindert durch den engen Ölmantel, kroch ich an der Mauer hoch, schwang mich hinüber, landete wohlbehalten auf dem Boden, kletterte sodann auf die Eiche, band den Strick los und schob ihn unter eine freiliegende Wurzel. Ich rechnete nicht damit, daß ich ihn noch einmal brauchen würde, aber man konnte nie wissen. Eines allerdings wußte ich: Vylands liebe Spielgefährten durften ihn nicht finden.

Das Grundstück General Ruthvens unterschied sich doch von den anderen: Etwa sieben Meter hinter der Mauer lag ein Zaun. Von den fünf Drähten waren nur die obersten drei mit Stacheln versehen. Ein einigermaßen vernünftiger Mensch würde folglich den untersten der zwei glatten Drähte nach unten und den höheren nach oben drücken und hindurchschlüpfen. Ich aber wußte dank Jablonsky etwas, das der einigermaßen vernünftige Mensch nicht geahnt hätte: daß jede Berührung der beiden untersten Drähte ein Alarmsignal auslöste. Ich kletterte mühsam über die oberen drei Drähte weg, deren Stacheln das Ölzeug kreuz und quer zerfetzten, und ließ mich auf der anderen Seite hinunter. Andreas würde an seinem schönen Mantel nicht mehr viel Freude haben, wenn er ihn wieder zurückbekam. Falls er ihn überhaupt jemals zurückbekam.

Zwischen den dicht beisammenstehenden Bäumen war die Finsternis fast undurchdringlich. Ich hatte meine Taschenlampe bei mir, wagte aber nicht, sie anzuschalten. Ich mußte mich auf mein Glück und meinen Instinkt verlassen, um an dem großen Küchengarten, der an der Linkswand des Hauses lag, vorbeizukommen und die Feuerleiter auf der Rückseite zu erreichen. Ich hatte etwa zweihundert Meter zurückzulegen und rechnete nicht damit, daß ich es in weniger als einer Viertelstunde schaffen würde.

Ich bewegte mich so lautlos, wie sich die alte Plattnase von Butler in aller Unschuld zu bewegen geglaubt hatte, als sie sich von unserer Schlafzimmertür wegschlich.

Das war mein Glück. Zehn Minuten, nachdem ich den Zaun hinter mir gelassen hatte und ernsthaft zu befürchten begann, ich sei in eine falsche Richtung geraten, glaubte ich plötzlich zwischen den Bäumen, hinter dem stetig von den Eichen herabrieselnden Regen, einen schwachen Lichtschimmer zu sehen. Ein Aufflackern, dann war es weg. Vielleicht nur eine Einbildung, aber ich bilde mir nicht so leicht etwas ein. Da ich das wußte, ging ich noch langsamer, zog die Hutkrempe tief in die Stirn und schlug den Kragen hoch, damit die Blässe meines Gesichts mich nicht verriet. In einem Abstand von einem Meter hätte man das Rascheln meines Ölzeugs nicht mehr hören können.

Ich verwünschte das spanische Moos. Es wickelte seine langen, klebrigen Fangarme um meinen Kopf und zwang mich, die Augen in einem Moment zuzukneifen, wo das meinen Tod bedeuten konnte. Es behinderte meine Sicht dermaßen, daß ich Lust gehabt hätte, auf allen vieren weiterzukriechen, und vielleicht würde ich es sogar getan haben, aber ich befürchtete, das Rascheln des Ölmantels könnte mich verraten.

Dann tauchte der Lichtschein abermals auf. Er war nicht weiter als zehn Meter von mir entfernt und fiel nicht in meine Richtung, sondern beleuchtete einen Fleck auf dem Boden. Ich tat zwei Schritte nach vorn, um die Lichtquelle zu bestimmen und ihre Ursache festzustellen, und da mußte ich leider entdecken, daß mein Orientierungssinn mich völlig im Stich gelassen hatte. Der Küchengarten war von einem Drahtzaun umgeben, und beim zweiten Schritt stieß ich gegen die obere Holzleiste. Sie knarrte wie die Tür eines alten Burgverlieses.

Ein jäher Ausruf, Finsternis, Stille. Dann flammte die Stablampe wieder auf, aber der Lichtstrahl war nicht mehr auf den Erdboden gerichtet, sondern begann den Umkreis des Küchengartens abzutasten. Der Mann, der die Lampe hielt, war nervös wie ein Zitteraal; er wußte ungefähr, aus welcher Richtung das Geräusch gekommen war, und er hätte mich binnen drei Sekunden entdeckt, wenn er imstande gewesen wäre, ruhig und sorgfältig umherzuleuchten. So aber zuckte der Lichtstrahl ziellos hin und her, und ich hatte Zeit, einen langen, lautlosen Schritt nach rückwärts zu tun. Nur einen Schritt. Mehr Zeit blieb mir nicht. Soweit es menschenmöglich ist, mit dem Stamm einer Eiche zu verschmelzen, brachte ich dieses Kunststück fertig. Ich drückte mich an den Stamm, als ob ich ihn umwerfen wollte, und flehte den Himmel inbrünstig wie noch nie um eine Pistole an.

»Gib mir die Lampe!« Das war zweifellos die kalte, gelassene Stimme Royales. Der Lichtstrahl schwankte, wurde ruhig und beleuchtete wieder die Erde. »Weiter! Vorwärts!«

»Aber ich habe etwas gehört, Mr. Royale!« Das war Larry: ein schrilles, nervöses Gewisper. »Dort drüben! Bestimmt!«

»Ja, ja, ich habe es auch gehört. Schon gut.« Wenn man eine Stimme hat wie Royale, eine Stimme, die so warm ist wie ein Sektkübel, dann ist es schwer, beruhigend zu wirken. Aber er tat sein Bestes. »Nachts ist der Wald voller Geräusche. Heißer Tag, kalter Regen, das Holz zieht sich zusammen oder quillt auf, da knackt es und knarrt. Beeilt euch! Wolt ihr die ganze Nacht im Regen stehen?«

»Hören Sie zu, Mr. Royale!« Es klang nicht nur ernst, sondern verzweifelt. «Ich habe mich nicht geirrt, wirklich nicht, nein! Ich habe gehört...«

Royale unterbrach ihn brutal. Es war für ihn eine zu große Anstrengung, auch nur eine Minute lang freundlich zu sein. »Bist du heute abend um deine Spritze gekommen? Mein Gott, warum muß ich so ein klappriges Wrack auf dem Hals haben! Halt's Maul und mach weiter!«

Larry verstummte. Ich wunderte mich über Royales Bemerkung, weil ich mich schon die ganze Zeit über Larrys Anwesenheit wunderte, seit ich ihn zu Gesicht bekommen hatte, über sein Benehmen, die Freiheiten, die er sich herausnahm, die Tatsache, daß er mit Vyland und dem General verkehren durfte. Mächtige Verbrecherbanden, die es auf eine große Beute abgesehen haben – und wenn es hier nicht um eine große Beute ging, mußte ich mich sehr täuschen –, pflegen sich ihre Mitglieder genauso sorgfältig und umsichtig auszusuchen, wie ein Konzern seine Direktoren wählt. Sogar noch sorgfältiger. Eine Unachtsamkeit, eine Unklugheit seitens eines leitenden Angestellten wird einen Konzern nicht zugrunde richten, kann aber einen verbrecherischen Plan zunichte machen. Das organisierte Verbrechertum ist ein besonderer Wirtschaftszweig. Seine Spitzenfunktionäre befleißigen sich bei ihrer illegalen Tätigkeit der gleichen peinlichen Sorgfalt und administrativen Präzision wie ihre gesetzestreuen Kollegen. Wenn man sich, vielleicht ungern, entschließen muß, Konkurrenten oder Mitarbeiter zu beseitigen, die die Sicherheit des Apparats gefährden, dann wird diese Aufgabe stillen, höflichen Leuten wie Royale anvertraut. Larry aber konnte ihnen etwa so viel nützen wie ein Streichholz einem Pulvermagazin.

Zu dritt standen sie in der Ecke des Küchengartens: Royale, Larry und der Butler, dessen Aufgabenkreis anscheinend weit umfangreicher war, als normalerweise von den Vertretern seines Berufs in den Häusern des englischen Land- und Geldadels erwartet wird. Larry und der Butler waren mit Spaten bewaffnet, und zuerst dachte ich, sie seien dabei, eine Grube auszuheben. Royale schirmte das Licht der Taschenlampe mit der Hand ab, und bei diesem Regen war selbst auf drei Meter Entfernung kaum etwas zu sehen. Allmählich aber, mehr mit dem Ohr als dem Auge, erkannte ich, daß sie ein Loch mit Erde füllten. Ich lächelte vor mich hin. Ich hätte wetten mögen, daß sie etwas sehr Wertvolles vergruben, etwas, das nicht lange dort liegen bleiben würde. Ein Küchengarten ist schwerlich das ideale Versteck für heimliche Schätze.

Drei Minuten später waren sie fertig. Jemand fuhr mit einer Harke über der zugeschütteten Grube hin und her – ich nahm an, daß es sich um ein frisch umgegrabenes Gemüsebeet handelte und daß sie die Spuren ihrer Tätigkeit verwischen wollten. Dann begaben sie sich gemeinsam in den wenige Meter entfernten Gärtnerschuppen und stellten Spaten und Harke hinein.

Leise sprechend kehrten sie zurück, Royale mit der Taschenlampe an der Spitze. Sie gingen durch ein kaum fünf Meter entferntes Gattertor, aber ich hatte mich inzwischen tiefer ins Dunkel verzogen. Seite an Seite wanderten sie den Fußweg entlang, der zur Eingangstür führte, nach und nach verklangen die Stimmen. Als die Tür aufging, fiel ein Lichtstreifen auf die Fliesen des Vorbaus, dann hörte man die schwere Tür ins Schloß schnappen. Stille.

Ich blieb regungslos stehen. Der Regen wurde immer heftiger, das dichte Eichenlaub gewährte mir nicht mehr Schutz als ein Gazefetzen, aber ich rührte mich trotzdem keinen Zollbreit von der Stelle. Die Nässe sickerte mir unter das Ölzeug und den Regenmantel und rieselte am Rücken und an den Beinen hinab. Aber ich rührte mich nicht. Das Wasser lief mir in die Schuhe, ich rührte mich nicht. Ich fühlte, wie das Wasser bis zu meinen Knöcheln stieg, ich rührte mich noch immer nicht. Ich blieb stehen, eine menschliche Gestalt aus Eis geschnitzt, nur viel kälter. Meine Hände waren starr, die Füße steifgefroren, alle paar Sekunden überlief ein Frösteln meinen Körper. Ich hätte alles dafür gegeben, mich rühren zu dürfen. Aber ich rührte mich nicht. Nur meine Augen bewegten sich.

Mein Gehör nützte mir wenig. Der zunehmende Wind fuhr heulend durch die schwankenden Wipfel der Bäume, laut prasselte der Regen ins Laubwerk. Man hätte selbst achtlose Schritte in einem Abstand von wenigen Metern nicht gehört. Aber nachdem ich eine Dreiviertelstunde lang auf einer Stelle stand, hatten meine Augen sich vollkommen an die Dunkelheit gewöhnt und ich hätte jede achtlose Bewegung in einem Abstand von etlichen Metern gesehen. Ich sah sie.

Das heißt, ich sah eine Bewegung, aber keine achtlose. Eine vorsichtige Bewegung. Wahrscheinlich hatte ein jäher Windstoß oder ein plötzlicher Regenguß die Geduld des Schattens erschöpft, der sich nun aus dem Schutz eines nahen Baumstammes löste und lautlos auf das Haus zuging. Hätte ich nicht mit brennenden, entzündeten Augen unverwandt in die pechschwarze Finsternis gestarrt, wäre es mir entgangen, denn gehört hätte ich bestimmt nichts. So aber entging es mir nicht. Ein Schatten, der sich so lautlos wie ein Schatten bewegte. Mörderische Stille. Royale. Was er zu Larry gesagt hatte, war Bluff gewesen, für die Ohren des Lauschers bestimmt. Auch Royale hatte das von mir verursachte Geräusch gehört und es so fremdartig gefunden, daß er sich fragte, ob nicht doch am Ende jemand in der Nähe sei. Hätte er es mit Sicherheit gewußt, würde er die ganze Nacht auf die Gelegenheit gewartet haben zuzuschlagen. Wie eine Giftschlange. Ich stellte mir vor, was passiert wäre, wenn ich gleich nach dem Verschwinden der drei einen Spaten geholt und zu graben begonnen hätte – und es überlief mich noch um etliche Grade kälter. Ich sah vor mir, wie ich mich über das Loch beugte, wie Royale, unsichtbar, unhörbar herangeschlichen kam und mir dann die Kugel, ein einziges 22er Kupfernickelmantelgeschoß, in die Schädelbasis jagte.

Aber irgendwann einmal mußte ich mir einen Spaten holen und zu graben beginnen. Warum nicht jetzt gleich? Der Regen war zum Wolkenbruch ausgeartet, die Nacht finster wie ein Grab. Unter diesen Bedingungen schien es mir recht unwahrscheinlich, daß Royale zurückkehren würde, obwohl ich dem schlauen, argwöhnischen Gesellen alles zutraute; aber auch wenn er zurückkehrte, wäre er dem hellen Licht im Inneren des Hauses ausgesetzt gewesen und würde mindestens zehn Minuten brauchen, um seine Augen wieder an die Finsternis zu gewöhnen, bevor er umherzuschleichen wagte. Daß er sich keiner Taschenlampe bedienen würde, hielt ich für sicher. Wenn er einen Eindringling auf dem Grundstück vermutete, dann mußte er annehmen, daß dieser Eindringling mit angesehen hatte, was im Küchengarten vorging, ohne sich zu rühren. Also mußte er diesen Mann für gefährlich halten und davon überzeugt sein, daß er sich einer Kugel aussetzte, wenn er ihm mit einer Taschenlampe auf den Leib rückte. Royale konnte ja nicht wissen, daß der Eindringling unbewaffnet war.

Wahrscheinlich würden mir zehn Minuten genügen, um meine Neugier zu befriedigen, einmal, weil es sich nur um ein provisorisches Versteck handeln konnte, zum zweiten, weil weder Larry noch der Butler auf mich den Eindruck gemacht hatten, als würden sie gern einen Spaten schwingen oder auch nur einen Zentimeter tiefer graben, als absolut nötig war. Ich hatte recht. Ich holte einen Spaten aus dem Schuppen, machte mit einem schnellen Lichtstrahl aus meiner bleistiftdünnen Stablampe die frisch geharkte Erde aus, und von dem Moment an, da ich den Küchengarten durch das Gattertor betrat, bis zu dem Augenblick, da ich die drei oder vier Fingerbreit Erdreich beseitigt hatte, die eine Art Kiste aus ungestrichenen Kieferbrettern bedeckten, vergingen kaum fünf Minuten.

Die Kiste lag etwas schief in der Erde, und der Regen trommelte so heftig auf meinen gebeugten Rücken und den Kistendeckel, daß die Bretter binnen einer Minute reingespült und von der letzten Erdkrume befreit waren, während das schmutzige Wasser zu beiden Seiten abfloß. Vorsichtig knipste ich die Lampe an: kein Name, kein Firmenzeichen, nichts, das auf den Inhalt hätte schließen lassen.

An den Schmalseiten war die Kiste mit Holzgriffen versehen. Ich packte einen dieser Griffe mit beiden Händen und versuchte, die Kiste hochzureißen, aber sie war fast zwei Meter lang und schien mit Ziegeln gefüllt zu sein. Trotzdem hätte ich es geschafft, wenn die Erde rund um die Grube nicht so naß und weich gewesen wäre, daß meine Schuhe einsanken und in das Loch rutschten.

Wieder nahm ich meine Taschenlampe zur Hand, schirmte sie so ab, daß der Lichtkreis nicht größer war als eine Pennymünze, und begann den Deckel der Kiste abzuleuchten. Keine Metallspangen. Keine Schrauben. Soviel ich sehen konnte, war der Deckel an beiden Enden nur mit einigen Nägeln befestigt. Ich stemmte die Kante des Spatens unter den Deckel. Die Nägel protestierten ächzend und quietschend, aber ich ließ nicht locker und bekam den Deckel auf. Ich hob ihn hoch und leuchtete mit meiner Lampe in die Kiste.

Auch im Tode noch lächelte Jablonsky. Ein schiefes, krummes Lächeln, weil man ihn selbst schief und krumm hatte biegen müssen, um ihn in die enge Kiste zu zwängen, aber dennoch ein Lächeln. Seine Züge wirkten still und friedlich! Das winzige Loch zwischen seinen Augen hätte man mit einer Bleistiftspitze zudecken können. So ein Loch hinterläßt ein Kupfernickelmantelgeschoß aus einer 22er Pistole.

Zweimal im Lauf der Nacht hatte ich draußen auf dem Golf an den friedlich schlummernden Jablonsky gedacht. Ja, er hatte geschlummert. Schon seit Stunden. Seine Haut war kalt wie Marmor.

Ich machte mir nicht die Mühe, die Taschen des Toten zu durchsuchen. Das würden Royale und Vyland schon besorgt haben. Außerdem wußte ich, daß Jablonsky nichts Belastendes bei sich getragen hatte, nichts, das den wirklichen Grund seiner Anwesenheit angedeutet, nichts, das auf mich hingewiesen hätte.

Ich wischte die Regentropfen von dem starren Antlitz, ließ den Deckel sinken und hämmerte die Nägel mit dem Spatengriff fest. Ich hatte ein Erdloch geöffnet – nun schaufelte ich ein Grab zu. Royale konnte von Glück sagen, daß ich ihn jetzt nicht vor mir hatte.

Ich trug Spaten und Harke in den Schuppen zurück und verließ den Küchengarten.

An der Hinterseite des Pförtnerhauses war kein Licht zu sehen. Ich tastete mich zur Tür und zu zwei ebenerdigen Fenstern hin – es war ein einstöckiges Gebäude –, sie waren versperrt. Natürlich! Was war in diesem Haus eigentlich nicht versperrt?

Nur die Garage war nicht abgeschlossen. Niemand würde so verrückt sein, sich mit zwei Rolls-Royces davonzumachen, selbst wenn es möglich gewesen wäre, sie durch das elektrisch betätigte Tor zu befördern – und das war zweifellos unmöglich. Die Garage entsprach vollkommen den Wagen, die Werkbank mit ihrer Ausrüstung war der Traum jedes leidenschaftlichen Bastlers.

Ich ruinierte zwei ausgezeichnete Holzmeisel, aber in knapp einer Minute hatte ich eines der Fenster aufgestemmt. Ich hielt es nicht für wahrscheinlich, daß das Pförtnerhaus mit einer Alarmanlage versehen war, zumal man sich nicht einmal die Mühe gemacht hatte, einbruchssichere Riegel zu montieren. Aber ich wollte nichts riskieren, sah mich genau um und entdeckte die Leitungsdrähte. Vorsichtig kletterte ich darüber weg.

Es blieb mir erspart, auf einen erschrockenen Schläfer in seinem Bett hinunterzuplumpsen oder in der Küche einen Berg Schüsseln und Pfannen durcheinanderzuwerfen, und zwar aus dem einfachen Grund, weil ich mir einen Raum mit Mattglasfenster ausgesucht hatte und ziemlich sicher damit rechnen durfte, im Bad zu landen. Es war das Bad.

Im Korridor ließ ich den Lichtstrahl meiner Lampe nach links und rechts gleiten. Der Grundriß des Hauses war recht simpel. Der Korridor führte von der Eingangstür zur Hintertür. An den beiden Seitenwänden lagen je zwei Räume, das war alles.

Der Raum gegenüber dem Bad erwies sich als die Küche. Dort hatte ich nichts zu suchen. Möglichst leise, soweit meine quietschenden Schuhe es mir erlaubten, ging ich über den Korridor zurück, entschied mich für die Tür zur Linken, drückte die Klinke Millimeter um Millimeter herab und trat lautlos ein.

Ich hatte es richtig getroffen. Ich machte die Tür leise hinter mir zu und näherte mich dem tiefen, regelmäßigen Atemgeräusch an der linken Wand. Als ich noch etwa anderthalb Meter entfernt war, knipste ich meine Stablampe an und richtete sie auf die geschlossenen Augen des Schläfers.

Wie von der Tarantel gestochen fuhr der Mann hoch und stützte sich auf den einen Ellbogen, während er mit der freien Hand die geblendeten Augen abzuschirmen versuchte. Ich stellte fest, daß er sogar mitten in der Nacht, jählings aus dem Schlaf gerissen, so aussah, als habe er das schwarzschimmernde Haar erst vor zehn Sekunden gebürstet. Wenn ich aufwache, schaut meine Frisur aus wie ein halb getrockneter Mop.

Er unternahm nichts. Ein harter, tüchtiger, vernünftiger Bursche, der genau wußte, wann man zuzuschlagen hat und wann nicht. Und er wußte, daß im Augenblick die Gelegenheit nicht sehr günstig war. Man kann schwerlich etwas unternehmen, wenn man halb blind ist.

»Hinter dieser Lampe ist eine 32er auf Sie gerichtet, Kennedy«, sagte ich. »Wo haben Sie Ihre Waffe?«

»Was für eine Waffe?« Es klang keineswegs ängstlich. Weil er keine Angst hatte.

»Stehen Sie auf!« befahl ich. Wie ich mit Vergnügen konstatierte, war sein Schlafanzug nicht braun. »Stellen Sie sich neben die Tür!«

Er gehorchte. Ich langte unters Kissen.

»Diese Waffe!« sagte ich. Eine kleine, graue, automatische Pistole. Das Modell war mir unbekannt. »Setzen Sie sich aufs Bett.«

Die Lampe in der linken und die Pistole in der rechten Hand, sah ich mich hastig um. Ein einziges Fenster, die weinroten Gardinen fest zugezogen. Ich ging zur Tür, knipste die Deckenbeleuchtung an, warf einen Blick auf die Pistole und entsicherte sie. Das knackende Geräusch klang laut, scharf und nicht zum Spaßen.

Kennedy sagte: »Sie hatten also gar keine Waffe.«

»Jetzt habe ich eine!«

»Sie ist nicht geladen.«

»Erzählen Sie mir keine Geschichten!« erwiderte ich verdrossen. »Sie legen sie wohl nur unters Kissen, um die Laken mit Öl zu bekleckern? Wenn diese Pistole nicht geladen wäre, hätten Sie sich längst auf mich gestürzt.«

Nun sah ich mich genauer um. Ein freundlicher, sehr männlich wirkender Raum, spärlich, aber bequem möbliert, mit einem schönen Teppich (der freilich nicht mit dem Gerstenfeld in der Bibliothek des Generals konkurrieren konnte), zwei Sesseln, einem Tisch mit Damastdecke, einem kleinen Sofa und einem eingeglasten Wandschrank. Ich trat an den Schrank, öffnete ihn, nahm eine Flasche Whisky und zwei Gläser heraus. Ich sah Kennedy an. »Natürlich nur, wenn Sie gestatten.«

»Witzbold«, sagte er kalt.

Ich ließ mich nicht abschrecken und schenkte mir einen Schluck ein, einen ordentlichen Schluck. Ich hatte ihn nötig. Er schmeckte, wie er schmecken soll und nur allzu selten schmeckt. Ich beobachtete Kennedy. Er beobachtete mich.

»Wer sind Sie denn, lieber Freund?« fragte er.

Ich hatte vergessen, daß nur etwa ein Zehntel meines Gesichts zu sehen war. Ich schlug den Kragen des Ölmantels und den Kragen des Regenmantels zurück und nahm den Hut ab, der einem Badeschwamm ähnelte. Mein nasses Haar klebte mir am Schädel, leuchtete aber trotzdem, wie ich glaubte, nicht weniger rot als sonst. Die Art, in der Kennedy die Lippen zusammenkniff, und sein plötzlich leer werdender Blick sprachen Bände.

»Talbot«, sagte er langsam. »John Talbot. Der Mörder.«

»Ja, ich bin es«, erwiderte ich mit einem Kopfnicken. »Der Mörder.«

Er verhielt sich still und musterte mich. Es müssen ihm wohl ein Dutzend verschiedener Gedanken durch den Kopf geschossen sein, aber keinen einzigen konnte man von seinem Gesicht ablesen; es war so ausdrucksvoll wie das eines holzgeschnitzten Indianers. Nur die braunen, intelligenten Augen verrieten ihn. Er konnte die Feindseligkeit, den kalten Zorn nicht ganz daraus verbannen.

»Was wollen Sie von mir, Talbot? Was haben Sie hier zu suchen?«

»Sie wollen wissen, warum ich mich nicht schleunigst in die Büsche geschlagen habe?«

»Warum sind Sie zurückgekehrt? Seit Dienstag abend hält man Sie, Gott weiß warum, in diesem Haus gefangen. Sie sind entsprungen, aber Sie mußten dabei offenbar niemanden umlegen, sonst wäre es mir zu Ohren gekommen. Wahrscheinlich weiß man gar nicht, daß Sie weg waren, sonst hätte ich auch das gehört. Aber

Sie waren weg. Sie waren mit einem Boot draußen, ich rieche das Meer, und Sie haben einen Seemannsmantel an. Sie sind lange unterwegs gewesen. Sie könnten nicht durchnäßter sein, wenn Sie eine geschlagene Stunde unter einem Wasserfall gestanden hätten. Und dann kehren Sie zurück. Ein Mörder, der von der Polizei gesucht wird. Das Ganze kommt mir sehr seltsam vor.«

»Es ist wirklich sehr seltsam«, sagte ich zustimmend. Der Whisky war gut, zum erstenmal seit Stunden fühlte ich mich wieder wie ein Mensch. Ein kluger Kopf, dieser Chauffeur, ein Mann, der denken konnte und obendrein nicht denkfaul war. Ich fuhr fort: »Fast so seltsam wie die finsteren Gestalten, in deren Diensten Sie stehen.«

Er schwieg, und ich hätte auch nicht gewußt, warum er sich dazu äußern sollte. Ich würde mir an seiner Stelle gleichfalls nicht die Zeit damit vertrieben haben, mit einem zufällig hereingeschneiten Mörder über meine Arbeitgeber zu plaudern. Ich versuchte es noch einmal.

»Die Tochter des Generals, Miß Mary, ist wohl eine rechte Schlampe, wie?«

Das saß. Er sprang auf, mit wütendem Blick und geballten Fäusten, und war schon auf halbem Wege zu mir, bevor er sich der Waffe erinnerte, die auf seine Brust gerichtet war. Er sagte leise: »Das möchte ich gern noch einmal hören, Talbot, ohne daß Sie eine Pistole in der Hand halten.«

»So gefallen Sie mir schon bedeutend besser«, sagte ich beifällig. »Endlich ein Lebenszeichen. Endlich bekennen Sie sich zu einem Standpunkt. Es gibt eine alte Redensart: Taten sprechen deutlicher als Worte. Wenn ich Sie einfach gefragt hätte, was für ein Mensch Mary Ruthven ist, hätten Sie geschwiegen oder mich gebeten, Ihnen den Buckel runterzurutschen. Ich halte sie nämlich auch nicht für eine Schlampe. Ich weiß, daß sie keine ist. Ich halte sie für ein nettes Mädchen, für einen sehr feinen Menschen.«

»Und ob!« Seine Stimme klang erbittert, aber ich sah die ersten Schatten der Verwirrung über sein Gesicht huschen. »Deshalb haben Sie sie zu Tode erschreckt!«

»Das bedaure ich aufrichtig. Aber ich war dazu gezwungen, Kennedy, wenn auch nicht aus den Gründen, die Sie oder diese Mordgesellen drüben in der piekfeinen Villa vermuten.« Ich trank den Rest meines Whiskys, musterte Kennedy lange und forschend, warf ihm dann die Pistole zu. »Wollen wir uns aussprechen?«

Er war völlig überrumpelt, reagierte aber schnell. Er fing die Waffe auf, sah sie an, sah mich an, zögerte, zuckte dann lächelnd mit den Schultern. »Einige Flecken mehr werden dem Laken nicht schaden.« Er schob die Pistole unters Kissen, ging zum Tisch, schenkte sich Whisky ein, füllte mein Glas nach und blieb wartend stehen.

»Ich riskiere nicht so viel, wie Sie vielleicht annehmen«, begann ich. »Ich habe gehört, wie Mr. Vyland den General und Mary überreden wollte, Sie abzuschieben. Daraus konnte ich ersehen, daß Sie unter Umständen dem General und seinen Mamelucken, die ich vielleicht noch nicht alle kenne, gefährlich werden könnten. Ferner glaubte ich daraus zu ersehen, daß Sie in die Machenschaften der Bande nicht eingeweiht sind. Und Sie müßten eigentlich wissen, daß hier eine Menge sehr sonderbarer Dinge vorgehen.«

Er nickte. »Ich bin nur Chauffeur. Und was hat man Vyland geantwortet?« Sein Ton verriet, daß er keine wärmeren Gefühle für Mr. Vyland hegte.

»Sie stellten sich auf die Hinterbeine und lehnten glatt ab.«

Das freute ihn sichtlich. Er wollte es sich nicht anmerken lassen, aber es freute ihn.

»Anscheinend haben Sie vor nicht allzu langer Zeit der Familie Ruthven einen großen Dienst erwiesen«, fuhr ich fort. »Ein paar Gangster abgeknallt, die Miß Mary entführen wollten?«

»Ich hatte Glück.«

Wenn es sich um Flinkheit und Schlagkraft handelte, würde er meiner Schätzung nach immer Glück haben.

»Ich war in erster Linie nicht Chauffeur, sondern Leibwächter. Miß Mary ist eine verlockende Beute für sämtliches Pack in Amerika, das schnell ein Milliönchen verdienen möchte. Aber jetzt bin ich nur noch Chauffeur«, fügte er schroff hinzu.

»Ich habe Ihren Nachfolger kennengelernt. Valentino. Er könnte nicht einmal eine leere Kinderstube bewachen.«

»Valentino?« Er grinste. »Al Gunther, aber Valentino paßt besser zu ihm. Wie ich hörte, haben Sie ihm den Arm ruiniert.«

»Er hat mir mein Bein ruiniert. Es ist von oben bis unten schwarz, grün und blau.« Ich betrachtete ihn nachdenklich. »Haben Sie vergessen, daß Sie mit einem Mörder sprechen, Kennedy?«

»Sie sind kein Mörder«, sagte er rundheraus. Lange Zeit war es still. Dann wandte er den Blick von mir und starrte zu Boden.

»Wachtmeister Donnelly, hm?« fragte ich.

Er nickte wortlos.

»Donnelly ist so frisch und munter wie Sie«, fuhr ich fort. »Er wird vielleicht Mühe haben, die Pulverspuren aus der Hose zu entfernen, aber mehr ist ihm nicht passiert.«

»Abgekartete Sache?«

»Sie haben gelesen, was die Zeitungen über mich schreiben.« Ich deutete auf den Zeitschriftenständer in der Ecke. Man widmete mir noch immer die fettesten Schlagzeilen, und ein Foto war womöglich noch schlechter als das andere. »Den Rest haben Sie von Miß Mary gehört. Manches von dem, was Sie gelesen und gehört haben, stimmt, manches könnte gar nicht erlogener sein.

Ich heiße wirklich John Talbot und bin, wie vor Gericht erklärt wurde, Bergungsfachmann. Ich habe mich an all den Orten befunden, die der Richter erwähnte, mit Ausnahme Bombays. Auch die Zeiten stimmen einigermaßen. Doch ich war nie an irgendwelchen kriminellen Machenschaften beteiligt. Aber Mr. Vyland oder der Herr General oder alle beide sind pfiffige und mißtrauische Herren. Sie telegrafierten an Verbindungsleute in Holland, England und Venezuela – General Ruthven hat in diesen drei Ländern bekanntlich Ölanteile –, um meine Zuverlässigkeit zu prüfen. Die Auskünfte werden sie zufriedengestellt haben. Wir wandten sehr viel Zeit und Mühe auf, um den Grund dafür zu bereiten.«

»Woher wissen Sie, daß man telegrafiert hat?«

»Jedes Überseekabel, das in den letzten zwei Monaten Marble Springs verlassen hat, ist durch die Hände der Polizei gegangen. Natürlich benützt der General – alle Kabel lauten auf seinen Namen – eine Chiffre. Das ist gesetzlich erlaubt. Ganz in der Nähe der Post wohnt in einem möblierten Zimmer ein kleiner alter Herr aus Washington. Er ist ein Genie auf seinem Gebiet, und er behauptet, der Code des Generals sei in seinen Augen kindisch.«

Ich stand auf und begann umherzuwandern. Die Wirkung des Whiskys ließ allmählich nach. Ich kam mir wie eine kalte, nasse Flunder vor.

»Ich mußte mir Zutritt zum innersten Kreis verschaffen. Bis heute tappen wir noch im dunkeln, aber aus Gründen, die zu erklären jetzt zu viel Zeit beanspruchen würde, wußten wir, daß der General begierig die Gelegenheit ergreifen würde, einen Bergungsfachmann in seine Gewalt zu bekommen. Wir hatten uns nicht geirrt.«

»Wir?« Kennedy war noch nicht ganz überzeugt. Er zweifelte immer noch an meinen Worten.

»Meine Freunde. Keine Angst, Kennedy, ich arbeite nicht auf eigene Faust, ich habe sämtliche Justiz- und Polizeibehörden hinter mir. Damit der General den Köder schnappte, mußten wir uns seiner Tochter bedienen. Sie hat keine Ahnung, was eigentlich gespielt wird. Richter Mollison ist mit der Familie bekannt, ich veranlaßte ihn, Miß Mary zum Essen einzuladen und ihr vorzuschlagen, sie möchte doch erst einmal in den Gerichtssaal mitkommen und dort warten, bis er die restlichen Fälle erledigt habe.«

»Richter Mollison ist mit von der Partie?«

»Ja. Sie haben ein Telefon und ein Telefonverzeichnis. Wollen Sie ihn anrufen?«

Er schüttelte den Kopf.

»Mollison weiß Bescheid«, fuhr ich fort, »ebenso ein Dutzend Polizeibeamte. Alle mußten strengstes Stillschweigen geloben, alle wissen, ein Wort zur unrechten Zeit, und sie sitzen auf der Straße. Die einzige Zivilperson, die man eingeweiht hat, ist der Chirurg, der angeblich Donnelly operierte und der dann den Totenschein ausstellte. Er hatte Gewissensbisse, aber ich konnte ihn schließlich überreden.«

»Lauter blauer Dunst«, murmelte er. »Hier sehen Sie jemanden, der drauf 'reingefallen ist.«

»Alle sind drauf 'reingefallen. So war es ja beabsichtigt. Gefälschte Berichte der Interpol und der kubanischen Behörden – natürlich mit deren vollem Einverständnis –, Platzpatronen in den beiden ersten Kammern des Polizeirevolvers. Die Straßensperren: alles Komödie. Die Polizeifahndung: Komödie.«

»Aber die zerschossene Windschutzscheibe?«

»Ich hatte Miß Mary befohlen, sich auf den Boden zu legen. Dann schoß ich selber das Loch in die Scheibe. Auto und Garage: alles abgekartet. Und auch Jablonsky war eine Schachfigur.«

»Mary hat mir von Jablonsky erzählt«, sagte er langsam. ›Mary‹, stellte ich fest, nicht ›Miß Mary‹. Vielleicht besagte es nichts, vielleicht war daraus nur zu ersehen, was sie ihm in seinen Gedanken bedeutete. »›Ein korrupter Polizeimann‹«, sagte sie. »Ebenfalls Komödie?«

»Ebenfalls Komödie. Über zwei Jahre lang haben wir an dieser Sache gearbeitet. In einem früheren Stadium brauchten wir einen Mann, der das Karibische Meer in- und auswendig kannte. Dieser Mann war Jablonsky. Auf Kuba geboren und aufgewachsen. Vor zwei Jahren war er Polizeibeamter, Leiter der New Yorker Mordkommission. Er selbst kam auf die Idee, sich fälschlich beschuldigen zu lassen. Das war schlau. Es lieferte nicht nur die Erklärung dafür, daß einer der tüchtigsten Kriminalbeamten in ganz Amerika plötzlich von der Bildfläche verschwand, sondern verschaffte ihm gleichzeitig Zutritt zu den Kreisen der Unterwelt, für den Fall, daß sich das als notwendig erweisen sollte. In den letzten achtzehn Monaten ist er zusammen mit mir im karibischen Bereich tätig gewesen.«

»Riskant, nicht? Ich meine, Kuba ist eine beliebte Zuflucht für amerikanische Schwerverbrecher, und die Gefahr...« Er sprach den Satz nicht zu Ende.

»Er hatte sich verkleidet. Bart, Schnurrbart – Eigenbau selbstverständlich –, gefärbtes Haar, Brille. Seine eigene Mutter hätte ihn nicht erkannt.«

Lange Zeit herrschte Schweigen. Dann stellte Kennedy sein Glas ab und sah mich an. »Was geht hier vor, Talbot?«

»Bedaure, Sie müssen mir vertrauen. Je weniger einer weiß, desto besser. Mollison weiß nichts, keiner der Justizbeamten weiß etwas. Sie haben lediglich ihre Weisungen erhalten.«

»Ist es so wichtig?«

»Ja, so wichtig. Hören Sie zu, Kennedy, keine Fragen! Ich bitte Sie, mir zu helfen. Wenn Sie jetzt noch keine Angst um Miß Mary haben, ist es höchste Zeit, daß Sie aufwachen. Meiner Meinung nach weiß sie ebensowenig wie wir beide, was zwischen Vyland und dem General vorgeht, aber ich bin überzeugt, daß sie gefährdet ist. Äußerst gefährdet. Ihr Leben ist in Gefahr. Wir haben es mit großen Herren zu tun, die um hohe Einsätze spielen. Um zu gewinnen, begingen sie bereits acht Morde. Das heißt, acht Morde, von denen ich mit Sicherheit weiß. Wer sich einmischt, hat die fünfzigprozentige Chance, daß er mit einer Kugel im Rücken endet. Und ich mute Ihnen zu, sich einzumischen. Ich habe kein Recht dazu, aber ich tue es. Wie steht's mit Ihnen?«

Etwas Farbe war aus seinem Gesicht gewichen, aber nicht viel. Was ich soeben gesagt hatte, gefiel ihm zwar ganz und gar nicht, aber wenn seine Hände zitterten, dann war es zumindest nicht zu merken.

»Sie sind nicht dumm, Talbot«, sagte er langsam. »Vielleicht sind Sie sogar zu klug, wer weiß. Auf jeden Fall sind Sie klug genug, daß Sie mir das alles nicht erzählen würden, wenn Sie nicht wüßten, daß ich mitmache. Sie sagten, das Spiel gehe um hohen Einsatz: Ich glaube, ich habe Lust, mich an der Partie zu beteiligen.«

Ich verschwendete keine Zeit damit, ihm zu danken oder zu gratulieren. Wenn jemand den Hals in die Schlinge steckt, ist das kein Anlaß, ihn zu beglückwünschen. Statt dessen sagte ich: »Sie sollen Mary begleiten. Sie dürfen ihr nicht von der Seite weichen. Ich rechne fest damit, daß wir alle morgen früh – heute früh vielmehr – zur Bohrstelle fliegen. Mary wird bestimmt mitkommen. Es wird ihr keine Wahl bleiben. Und Sie werden sie begleiten.«

Er wollte mich unterbrechen, aber ich hob die Hand.

»Ich weiß, man hat Sie Ihres Amtes enthoben. Gehen Sie gleich in der Frühe unter irgendeinem Vorwand ins Haus, sprechen Sie mit Mary. Sagen Sie ihr, daß Valentino im Lauf des Vormittags einen kleinen Unfall erleiden wird und sie deshalb nicht begleiten kann.«

»Was heißt das, er wird einen kleinen Unfall erleiden?«

»Keine Bange«, erwiderte ich mit Nachdruck. »Das heißt, daß er einen kleinen Unfall erleiden wird. Er wird sich für geraume Zeit nicht einmal allein behelfen, geschweige denn auf jemanden aufpassen können. Sagen Sie Mary, sie soll darauf bestehen, daß man Sie wieder einsetzt. Wenn sie auftrumpft und fest bleibt, setzt sie sich bestimmt durch. Ihr Vater hat sicher nichts dagegen und Vyland wahrscheinlich auch nicht. Es handelt sich nur um vierundzwanzig Stunden. Übermorgen wird die Frage, wer auf Mary aufpassen soll, Vyland kein Kopfzerbrechen mehr bereiten. Fragen Sie mich nicht, woher ich das weiß, denn ich weiß es nicht. Ich rechne nur damit.« Ich hielt inne, fuhr dann fort: »Auf jeden Fall wird Vyland annehmen, daß Mary nur deshalb auf Ihrer Person besteht, weil sie seiner Meinung nach – na, sagen wir, eine Schwäche für Sie hat.« Er behielt seine Holzindianermiene bei und zuckte nicht mit der Wimper. »Ich weiß nicht, ob das stimmt, und es kümmert mich auch nicht. Ich erwähne nur, was Vyland meiner Meinung nach vermutet und warum er Marys Vorschlag akzeptieren wird. Dazu kommt, daß er Ihnen ohnedies nicht über den Weg traut und Sie sicher ganz gern mitnimmt, um Sie im Auge zu behalten.«

»Gut.« Als ob ich ihm einen kleinen Spaziergang vorgeschlagen hätte. Er war mir wirklich ein kaltblütiger Knabe.

»Ich werde mit ihr sprechen und tun, was Sie mir vorschlagen.« Er überlegte eine Weile, fügte dann hinzu: »Sie behaupten, daß ich Hals und Kragen riskiere. Vielleicht haben Sie recht. Vielleicht handle ich aus freiem Willen. Trotzdem bin ich der Meinung, daß ich nun von Ihnen ein klein wenig mehr Aufrichtigkeit verlangen darf.«

»Bin ich unaufrichtig gewesen?« Ich war nicht ärgerlich, aber unendlich müde – kein Wunder.

»Nur insofern, als Sie mir das Wichtigste verschweigen. Sie sagen, meine Aufgabe sei, auf die Tochter des Generals aufzupassen. Gemessen an der Größe der Aufgabe, die Sie sich gestellt haben, muß Marys Sicherheit Ihnen verdammt gleichgültig sein. Sonst hätten Sie sie ja vorgestern verstecken können, als sie in Ihrer Gewalt war. Sie haben es nicht getan. Sie haben sie hierhergebracht. Und nun behaupten Sie, Mary sei äußerst gefährdet. Sie selbst, Talbot, setzen sie dieser Gefahr aus. Okay, nun soll ich also auf sie aufpassen. Aber Sie erwarten doch noch etwas anderes von mir?«

Ich nickte. »Ja. Mir sind die Hände gebunden. Buchstäblich. Ich bin ein Gefangener. Ich brauche jemanden, auf den ich mich verlassen kann. Auf Sie kann ich mich verlassen.«

»Sie können sich auf Jablonsky verlassen«, erwiderte er ruhig.

»Jablonsky ist tot.«

Sprachlos starrte er mich an. Nach ein paar Sekunden ergriff er die Flasche und füllte unsere Gläser. Sein Mund war ein schmaler weißer Strich in dem gebräunten Gesicht.

»Schauen Sie!« Ich zeigte auf meine durchnäßten Schuhe. »Das ist Erde von Jablonskys Grab. Ich habe es soeben zugeschaufelt, kurz bevor ich hierherkam, vor knapp fünfzehn Minuten. Schußwunde in der Stirn. Er lächelte, Kennedy. Man lächelt nicht, wenn man den Tod kommen sieht. Jablonsky sah ihn nicht, er wurde im Schlaf ermordet.«

Ich schilderte ihm kurz die Ereignisse dieser Nacht, einschließlich der Fahrt mit dem Schwammfischerboot zur Bohrstelle X-13, bis zu meinem Auftauchen in seinem Schlafzimmer. Als ich fertig war, fragte er: »Royale?«

»Royale.«

»Sie können es nie beweisen.«

»Das wird nicht nötig sein.« Ich sagte es so hin, ohne mir darüber klar zu sein, was ich sagte. »Vielleicht wird Royale nie vor Gericht stehen. Jablonsky war mein bester Freund.«

Kennedy verstand genau, was das bedeutete.

Langsam leerte ich mein Glas. Der Whisky wirkte nicht mehr. Ich fühlte mich alt, matt, leer und tot.

Nach einer Weile fragte Kennedy: »Was haben Sie jetzt vor?«

»Ich werde mir von Ihnen ein Paar trockene Schuhe, Socken und Unterwäsche ausborgen. Dann kehre ich ins Haus zurück, begebe mich in mein Zimmer, trockne meinen Anzug, schließe mich mit den Handschellen ans Bett und werfe die Schlüssel weg. Bei Tagesanbruch wird man mich holen.«

»Sie sind verrückt!« sagte er leise. »Warum wurde Jablonsky ermordet?«

»Ich weiß es nicht.«

»Sie müssen es wissen!« sagte er eindringlich. »Warum sollte man ihn ermorden, wenn man nicht herausbekommen hat, wer er eigentlich war, was er eigentlich wollte? Man ermordete ihn, weil man den Schwindel durchschaut hat. Und wenn man das Ganze durchschaut hat, ist man sich auch über Ihre Rolle im klaren. Man wartet dort drüben in Ihrem Zimmer auf Sie, Talbot. Man rechnet mit Ihrer Rückkehr, weil man nicht weiß, daß Sie Jablonskys Leiche gefunden haben. Sowie Sie die Schwelle überschreiten, jagt man Ihnen eine Kugel durch den Kopf. Begreifen Sie das nicht, Talbot? Um Gottes willen, Mann, begreifen Sie das nicht?«

»Ich habe es längst begriffen. Vielleicht weiß man Bescheid, vielleicht auch nicht. Es gibt so vieles, das ich nicht weiß, Kennedy. Vielleicht wird man mich schonen. Vorläufig noch.« Ich stand auf.

Einen Augenblick lang befürchtete ich, er würde Gewalt anwenden, um mich zurückzuhalten. Meine Miene aber mußte ihn bewogen haben, auf diesen Versuch zu verzichten. Er legte die Hand auf meinen Arm.

»Wieviel bekommen Sie für diesen Job bezahlt, Talbot?«
»Ein paar Groschen.«
»Keine Prämie?«
»Keine.«

»Ja, um Gottes willen, was kann denn einen Menschen zu so einem hirnverbrannten Wagnis treiben?« Sein hübsches, braunes Gesicht war vor Besorgnis und Bestürzung verzerrt, er konnte meine Handlungsweise nicht verstehen.

Ich verstand sie selber nicht. Ich erwiderte: »Ich weiß es nicht... Doch – ich weiß es. Eines Tages werde ich es Ihnen erzählen.«

»So lange bleiben Sie nicht am Leben«, sagte er finster.

Ich ließ mir von ihm Schuhe und Wäsche geben, wünschte ihm gute Nacht und ging.

7

Niemand erwartete mich in meinem Zimmer im Haus des Generals. Ich sperrte die Korridortür vorsichtig mit dem Doppelschlüssel auf, den Jablonsky mir verschafft hatte, schob sie fast geräuschlos nach innen und trat ein. Niemand knallte mir eins vor die Stirn. Das Zimmer war leer.

Die schweren Gardinen waren geschlossen, wie ich sie zurückgelassen hatte, ich hütete mich jedoch, Licht zu machen. Möglicherweise wußten sie nicht, daß ich das Haus verlassen hatte. Wenn aber jemand in dem Zimmer eines ans Bett gefesselten Mannes Licht aufflammen sah, würde man im Handumdrehen nachschauen kommen. Nur Jablonsky hätte es anknipsen können, und Jablonsky war tot.

Mit der Taschenlampe leuchtete ich Fußboden und Wände ab, Zentimeter um Zentimeter. Nichts fehlte, nichts hatte sich verändert. Wenn jemand hier gewesen war, hatte er keinerlei Spuren hinterlassen. Aber das erwartete ich auch nicht.

Neben der Verbindungstür zu Jablonskys Zimmer stand ein großer elektrischer Heizofen. Ich stellte ihn auf volle Stärke, zog mich in dem rötlichen Lichtschimmer aus, rieb mich trocken, hängte Hose und Jackett über eine Stuhllehne. Ich zog die Unterwäsche und die Socken an, die ich von Kennedy geborgt hatte, stopfte meine eigene triefnasse Wäsche und die nassen Socken in die durchweichten Schuhe, öffnete Gardinen und Fenster und schleuderte sie, so weit ich konnte, in das dichte Gestrüpp hinterm Haus. Dort hatte ich schon, bevor ich die Feuerleiter heraufgeklettert war, Ölzeug und Regenmantel versteckt. Ich spitzte die Ohren, konnte aber nicht einmal die Schuhe ins Laubwerk fallen hören und war überzeugt, daß auch niemand anderer etwas gehört hatte. Das Heulen des Windes und das Geprassel des Regens erstickten sämtliche Geräusche.

Ich holte die Schlüssel aus der Tasche meines Jacketts, das bereits zu dampfen begann, und ging zur Verbindungstür, die ins Nebenzimmer führte. Vielleicht wartete dort drinnen das Empfangskomitee auf mich. Es machte mir nicht viel aus.

Kein Komitee. Auch dieses Zimmer war leer. Ich ging zur Korridortür und drückte die Klinke nieder. Die Tür war abgeschlossen.

Das Bett war, wie ich erwartet hatte, benützt. Laken und Decken hingen auf den Fußboden herab. Nichts deutete auf einen Kampf hin. Nicht einmal Spuren einer Gewalttat waren zu sehen. Bis ich das Kissen umdrehte.

Es sah scheußlich aus, hätte aber noch viel scheußlicher ausgesehen, wenn der Tod nicht augenblicklich eingetreten wäre. Das Geschoß mußte den Schädel glatt durchschlagen haben. Das konnte man bei einer 22er eigentlich nicht erwarten, aber Mr. Royale verwendete besonders exquisite Munition. Ich fand das Geschoß in den Daunen des Kissens. Nickelkupfer. Eine solche Unachtsamkeit sah Royale nicht ähnlich. Dieses kleine Stück Metall würde ich wie meinen Augapfel hüten. In einer Lade fand ich Heftpflaster, zog eine Socke aus und klebte das Geschoß unter die zweite und dritte Zehe, wo es mich beim Gehen nicht behinderte und keinem Druck ausgesetzt wäre. Auch bei einer gründlichen und gewissenhaften

Leibesvisitation würde man es übersehen. Houdini war jahrelang mit winzigen, an den Fußsohlen befestigten Stahlwerkzeugen herumgegangen, und kein Mensch kam je auf die Idee, dort nachzuschauen.

Ich ließ mich auf Hände und Knie nieder, richtete den Strahl meiner Lampe parallel zu den Teppichfasern und sah ihn mir an. Der Teppich war nicht sehr dick. Trotzdem waren deutlich zwei Furchen zu sehen, die Jablonskys Fersen hinterlassen hatten. Ich stand auf, griff nach einem Kissen, das auf dem Stuhl lag, und betrachtete es genau. Mit dem bloßen Auge war nichts zu entdecken, aber als ich mich bückte und dran roch, gab es keinen Zweifel mehr: Pulvergeruch bleibt tagelang an Stoffen haften.

Ich ging zu dem kleinen Tisch in der Ecke, goß mir etwas Whisky in ein Glas und setzte mich hin, um das Ganze zu überdenken.

Dann wendete ich die dampfenden Kleidungsstücke auf der Stuhllehne vor dem elektrischen Ofen und ging in Jablonskys Zimmer. Ich griff nach meinem Glas und betrachtete die Whiskyflasche. Sie war zu drei Vierteln voll. Die fehlende Menge hätte bei weitem nicht ausgereicht, um Jablonskys messerscharfe Sinne abzustumpfen. Ich hatte Jablonsky im Lauf eines Abends eine ganze Flasche Rum vertilgen sehen, und zwar ohne jede andere sichtbare Wirkung, als daß er noch etwas mehr lächelte als sonst.

Ich saß in der dumpfen Dunkelheit – ohne andere Beleuchtung als den rötlichen Schimmer des elektrischen Ofens hinter der geöffneten Verbindungstür – und hob mein Glas. Ein Prosit, ein Abschiedstrunk, ich weiß nicht, wie man es nennen sollte. Jablonsky zu Ehren. Ich trank langsam, ließ die Tropfen über die Zunge rollen, um das volle Bouquet des guten alten Scotch gründlich zu genießen. Zwei oder drei Sekunden lang blieb ich regungslos sitzen, dann stellte ich das Glas weg, ging schnell in die Ecke des Zimmers, spuckte den Whisky ins Waschbecken und spülte mir sorgfältig den Mund aus.

Der Whisky stammte von Vyland. Als Jablonsky mich gestern abend unten den Herrschaften vorführte, hatte Vyland ihm eine unangebrochene Flasche Whisky und zwei Gläser aufs Zimmer mitgegeben. Kaum waren wir oben angelangt, hatte Jablonsky uns beiden einen Schluck eingeschenkt, und ich wollte schon mein Glas zum Mund führen, als ich mir überlegte, daß es nicht ratsam sei, vor einer Tauchtour mit dem Sauerstoffgerät Alkohol zu trinken. Jablonsky hatte beide Gläser geleert und sich wahrscheinlich nachher, als ich schon weg war, noch einige Gläser gegönnt.

Royale und seine Kumpane brauchten Jablonskys Tür nicht mit Äxten einzuschlagen, weil sie Schlüssel besaßen, aber auch wenn sie Äxte genommen hätten, würde Jablonsky es nicht gehört haben. Diese Flasche Whisky enthielt eine Portion Betäubungsmittel, die ausgereicht hätte, einen Elefanten einzuschläfern. Jablonsky war nur noch imstande gewesen, zum Bett zu stolpern, bevor er zusammensackte. Ich wußte, daß es dumm von mir war, aber ich machte mir bittere Vorwürfe, daß ich nicht wenigstens ein paar Tropfen gekostet hatte. In der Flasche befand sich eine recht geschickte Mischung aus Schlafmittel und Whisky, aber ich glaube, ich hätte sofort Unrat gewittert. Jablonsky war kein Whiskytrinker. Vielleicht bildete er sich ein, Scotch müsse so schmecken.

Und Royale hatte zwei Gläser mit Whiskyresten vorgefunden. Infolgedessen mußte er annehmen, ich sei genauso bewußtlos wie Jablonsky. Sie beabsichtigten also nicht, auch mich aus dem Weg zu räumen.

Nun wurde mir alles klar, alles, mit Ausnahme der Frage, auf die es eigentlich ankam: Warum war Jablonsky ermordet worden? Hier tappte ich völlig im dunkeln. Und hatten sie sich die Mühe gemacht, einen Blick in mein Zimmer zu werfen? Kaum. Aber ich hätte keinen alten Hut darauf gewettet.

Hier zu sitzen und zu grübeln hatte nicht den geringsten Zweck. Trotzdem blieb ich etwa zwei Stunden lang sitzen und zermarterte mir den Kopf. Inzwischen waren meine Kleider trocken geworden, zumindest so weit trocken, daß die Feuchtigkeit keine Rolle mehr spielte. Vor allem die Hose war zerknittert und runzlig wie zwei Elefantenbeine. Aber man kann schließlich von einem Menschen, den man gezwungen hat, angekleidet zu schlafen, nicht verlangen, daß er tadellose Bügelfalten in der Hose hat. Ich zog mich an, bis auf Jackett und Schlips, öffnete das Fenster und wollte gerade die drei Doppelschlüssel zu den Zimmertüren und den Handschellen hinter den übrigen Sachen her ins Gestrüpp werfen, da hörte ich ein leises Klopfen an Jablonskys Tür.

Ich erstarrte zu Stein. Eigentlich hätten mir nun blitzschnell Gedanken durch den Kopf schießen müssen, aber nach den Ereignissen dieser Nacht und nach den ergebnislosen, unnützen Grübeleien der letzten zwei Stunden bewegten sie sich kaum noch im Schneckentempo. Ich blieb einfach stehen und stierte vor mich hin. Loths Frau hätte nicht mit mir konkurrieren können. Eine Unendlichkeit lang, die zehn Sekunden währte, kam mir kein einziger vernünftiger Einfall, nur einen Impuls hatte ich, einen übermächtigen Impuls: wegzulaufen. Aber wohin sollte ich laufen?

Royale, der stille, kalte Mörder mit seiner kleinen Pistole. Royale stand wartend vor der Tür, die kleine Pistole in der Hand. Er wußte also doch, daß ich weggewesen war. Er hatte nachgesehen. Er wußte auch, daß ich zurückkehren würde, weil er wußte, daß Jablonsky und ich unter einer Decke steckten und daß ich mir nicht soviel Mühe gegeben hatte, in General Ruthvens Haus zu gelangen, nur um mich bei der erstbesten Gelegenheit wieder davonzumachen. Er vermutete, daß ich schon zurückgekehrt war. Vielleicht hatte er mich sogar kommen sehen. Warum aber hatte er so lange gewartet?

Ich glaubte die Antwort auf diese Frage zu kennen. Royale wußte, daß ich damit rechnete, bei meiner Rückkehr Jablonsky vorzufinden. Seiner Meinung nach würde ich denken, Jablonsky sei aus privaten Gründen weggegangen, und da ich die Tür abgeschlossen und den Schlüssel hatte stecken lassen, könne Jablonsky mit seinem Schlüssel nicht öffnen. Also würde Jablonsky klopfen. Ganz leise. Und nachdem ich zwei Stunden lang auf die Rückkehr meines Kameraden gewartet hatte, wäre ich durch seine lange Abwesenheit dermaßen zermürbt, daß ich, sowie ich ein Klopfen hörte, Hals über Kopf zur Tür stürzen würde. Sodann würde Royale mir eines seiner Nickelkupfermantelgeschosse zwischen die Augen pfeffern. Wenn sie nämlich festgestellt hatten, daß Jablonsky und ich Hand in Hand arbeiteten, wußten sie, daß ich den Auftrag, den sie mir zudachten, nicht übernehmen und ihnen folglich nicht mehr von Nutzen sein würde. Also eine Kugel zwischen die Augen. Wie Jablonsky.

Dann dachte ich an Jablonsky, wie er eingezwängt in der billigen Kiste lag, und ich hatte keine Angst mehr. Ich schätzte meine Chancen nicht sehr hoch ein, aber ich hatte keine Angst. Leise schlich ich in Jablonskys Zimmer, legte die Finger um den Hals der Whiskyflasche, kehrte ebenso lautlos in mein Zimmer zurück und schob den Schlüssel in das Schloß der Tür, die auf den Korridor ging. Ohne das leiseste Knarren glitt der Riegel zurück. In diesem Augenblick wurde abermals geklopft, etwas lauter und anhaltender. Unter dem Schutz dieses Geräusches öffnete ich die Tür ein wenig, hob die Flasche wurfbereit und steckte den Kopf hinaus.

Ganz am Ende des langen Korridors brannte ein mattes Licht, aber diese trübe Beleuchtung genügte mir. Sie reichte aus, um mir zu zeigen, daß die Gestalt vor Jablonskys Tür keine Pistole in der Hand hielt. Sie reichte aus, um mir zu zeigen, daß es nicht Royale war, sondern Mary Ruthven. Ich ließ die Hand mit der Flasche sinken und wich geräuschlos in mein Zimmer zurück.

Fünf Sekunden später stand ich an Jablonskys Tür. Ich bemühte mich, so gut ich konnte, Jablonskys tiefe, heisere Stimme nachzuahmen. »Wer ist da?«

»Mary Ruthven. Lassen Sie mich ein. Schnell! Bitte!«

Ich ließ sie ein. Schnell. Mir lag ebensowenig daran wie ihr, daß man sie auf dem Korridor sah. Als Mary Ruthven eintrat, hielt ich mich hinter der Tür, machte sie dann hastig zu, bevor der Lichtschimmer ihr Gelegenheit gab, mich zu erkennen.

»Mr. Jablonsky!« Es war ein atemloses, verängstigtes Geflüster. »Ich mußte Sie aufsuchen. Ich konnte nicht anders. Ich dachte, ich würde es nicht schaffen, aber Gunther ist eingeschlafen, er kann jedoch jeden Augenblick aufwachen und sehen, daß ich...«

»Sachte, sachte!« Ich dämpfte meine Stimme. Auf diese Weise fiel es mir leichter, die von Jablonsky zu imitieren. Trotzdem war es eine der schlechtesten Imitationen, die ich je gehört hatte. »Warum kommen Sie zu mir?«

»Weil ich niemanden habe, an den ich mich wenden kann. Sie sind kein Mörder, Sie sind nicht einmal ein Verbrecher. Egal, was man von Ihnen behauptet, Sie sind kein schlechter Mensch.« Nicht dumm... Ihre weibliche Intuition, oder wie man es nennen will, war dem Scharfblick Vylands oder des Generals weit überlegen. »Sie müssen mir helfen – uns – Sie müssen uns ganz einfach helfen. Wir sind in einer sehr schlimmen Lage!«

»Wir?«

»Mein Vater und ich.« Pause. »Ehrlich gesagt, wie es mit meinem Vater steht, weiß ich nicht. Vielleicht arbeitet er freiwillig mit diesen – mit diesen abscheulichen Typen zusammen. Er kommt und geht, wie es ihm paßt. Aber – es sieht ihm so gar nicht ähnlich. Vielleicht muß er mit ihnen Hand in Hand arbeiten. Ach, ich weiß es nicht, ich weiß es nicht. Vielleicht haben sie ihn in der Gewalt, vielleicht kann er sich nicht wehren, vielleicht...« Sie schüttelte heftig den Kopf. Ich sah das blonde Haar glänzen. »Er – er war immer so gut, so anständig, so aufrichtig... Und jetzt...«

»Sachte!« sagte ich abermals. Ich konnte mein Täuschungsmanöver nicht mehr lange aufrechterhalten. Wäre sie nicht so verängstigt, so besorgt gewesen, hätte sie mich sofort durchschaut. »Fakten, Miß, wenn ich bitten darf.«

Im Nebenzimmer brannte noch immer der elektrische Ofen, die Verbindungstür stand offen, und es war nur eine Frage der Zeit, bis sie mich genau anschauen und entdecken würde, daß sie nicht mit Jablonsky sprach. Mein roter Haarschopf war allzu verräterisch. Ich kehrte dem Feuerschein den Rücken.

»Wo soll ich beginnen?« murmelte sie. »Wir haben offenbar unsere Handlungsfreiheit eingebüßt. Zumindest mein Vater. Nein, er ist kein Gefangener, aber wir fassen jetzt keine eigenen Entschlüsse mehr, das heißt, Papa beschließt, was ich zu tun habe, und meiner Meinung nach beschließen die anderen, was er zu tun hat. Ich darf mich nicht von der Stelle rühren. Papa sagt, ich müsse ihm jeden Brief zeigen, den ich schreibe, ich darf nicht telefonieren, ich darf keinen Schritt tun ohne diesen scheußlichen Gunther. Auch wenn ich einen guten Bekannten besuche, wie zum Beispiel Richter Mollison, geht mir diese Kreatur nicht von den Fersen. Papa behauptet, er habe in der letzten Zeit Briefe von Erpressern bekommen, die damit drohen, mich zu entführen. Das glaube ich nicht. Und wenn es stimmt, wäre Simon Kennedy viel besser geeignet, auf mich achtzugeben, als Gunther. Ich bin nicht eine Sekunde lang ungestört. Draußen auf der Bohranlage darf ich mich frei bewegen, da besteht ja auch keine Gefahr, daß ich weglaufe. In meinem Zimmer aber sind die Fenster festgeschraubt, und Gunther schläft die Nacht im Vorraum, um darauf zu achten...«

Die letzten drei Worte kamen nur zögernd über ihre Lippen und verebbten in einem entsetzten Schweigen. In ihrer Erregung, ihrem Verlangen, sich alle die Sorgen vom Herzen zu reden, die sie seit Wochen quälten, war sie dicht an mich herangetreten. Ihre Augen hatten sich inzwischen an die Dunkelheit gewöhnt. Sie begann zu zittern. Langsam hob sie die rechte Hand und faßte sich an die Lippen. Ihr Arm zuckte unaufhörlich wie der einer Marionette, ihre Augen weiteten sich immer mehr, bis rings um die Pupillen das Weiße zu sehen war. Dann taten sie einen tiefen, schaudernden Atemzug. Das Vorspiel eines Angstschreis.

Doch über das Vorspiel kam sie nicht hinaus. In meinem Metier werden keine Warnungssignale gegeben. Bevor sie entscheiden konnte, welche Tonart ihr am besten paßte, hatte ich eine Hand auf ihren Mund gepreßt und ihr den anderen Arm um die Schulter geschlungen. Ein paar Sekunden lang sträubte sie sich heftig, mit erstaunlicher – oder in Anbetracht der Umstände gar nicht so erstaunlicher – Kraft, dann sank sie an meiner Brust zusammen, schlapp wie ein totes Kaninchen. Darauf war ich nicht gefaßt. Ich dachte, die Zeit sei längst vorbei, da junge Damen vor Schreck in Ohnmacht fallen. Vielleicht aber unterschätzte ich den Ruf, den ich mir selbst verschafft hatte, vielleicht unterschätzte ich die Wucht des Schocks: Eine schlaflose Nacht lang hatte sie mühsam den Mut gesammelt, nach wochenlanger, endloser Spannung diesen verzweifelten Schritt zu wagen. Was auch immer der Grund sein mochte, sie spielte mir keine Komödie vor, ihre Ohnmacht war echt. Ich trug sie zum Bett. Dann packte mich ein jäher Widerwille. Ich brachte es nicht fertig, sie auf das Bett zu legen, in dem vor kurzem Jablonsky ermordet worden war, deshalb ging ich mit ihr ins Nebenzimmer zu meinem Bett.

Ich wußte, wie man bei Unglücksfällen Erste Hilfe leistete, aber ich hatte nicht die geringste Ahnung, was man tat, um eine junge Dame aus einer Ohnmacht zu erwecken. Ein vages Gefühl sagte mir, es könnte gefährlich sein, überhaupt etwas zu unternehmen, ein Gefühl, das sich sehr gut mit meiner totalen Ratlosigkeit vertrug. Deshalb gelangte ich zu der Überzeugung, es sei nicht nur das beste, sondern auch das einzig Richtige, sie von selbst aufwachen zu lassen. Aber ich wollte nicht, daß sie plötzlich zu sich kam und am Ende mit ihrem Geschrei das ganze Haus alarmierte. Ich setzte mich also auf die Bettkante und richtete den Lichtstrahl meiner Taschenlampe auf ihr Gesicht, dicht unterhalb der Augen, um sie nicht zu blenden.

Sie trug einen wattierten, blauseidenen Morgenrock über einem blauseidenen Schlafanzug. Ihre Pantoffeln waren blau, sogar das Haarband, das über Nacht die dicken, schimmernden Zöpfe zusammenhielt, besaß die gleiche Farbnuance. Ihr Gesicht leuchtete im Augenblick weiß wie Elfenbein. Nie würde es ein schönes Gesicht sein, aber ich vermute, wenn es schön gewesen wäre, dann hätte mein Herz sich nicht gerade diese Sekunde ausgesucht, um Purzelbäume zu schlagen. Drei lange, leere Jahre hindurch hatte es kein Lebenszeichen von sich gegeben, geschweige denn eine so extravagante Tätigkeit entfaltet. Ihre Züge schienen zu verschwimmen, wieder sah ich, wie vor zwei Nächten, das Kaminfeuer und die Pantoffeln vor mir, und zwischen uns standen nur schäbige zweihundertfünfundachtzig Millionen und die Tatsache, daß ich der einzige Mensch auf Gottes Erdboden war, dessen bloßer Anblick sie vor Entsetzen zusammenbrechen ließ. Ich schob meine Träume beiseite.

Sie bewegte sich und schlug die Augen auf. Eine innere Stimme sagte mir, die Technik, die ich Kennedy gegenüber angewandt hatte – nämlich zu behaupten, hinter der Lampe sei eine Pistole auf sie gerichtet –, würde in diesem Fall unliebsame Folgen nach sich ziehen. Deshalb nahm ich eine der Hände, die schlaff auf dem Bettüberzug lagen, beugte mich vor und sagte leise, vorwurfsvoll: »Wie kann man denn nur so dumm sein, so schrecklich dumm?«

Glück oder Instinkt oder beides zusammen hatten mir den richtigen Weg gezeigt. Ihre Augen waren immer noch groß, aber nicht mehr so starr, und in die Furcht mischte sich leises Staunen.

Es gibt eine gewisse Kategorie von Mördern, denen man nicht zutraut, daß sie einen bei der Hand halten und tröstende Worte murmeln. Giftmördern, ja, und vielleicht auch heimtückischen Messerstechern, aber nicht wilden Gesellen, die den Ruf genießen, brutal zuzuschlagen.

»Sie werden nicht wieder versuchen, laut zu schreien, nein?« fragte ich.

»Nein.« Ihre Stimme war heiser. »Es – es tut mir leid, daß ich mich so dumm benommen habe...«

»Schön!« sagte ich forsch. »Wenn Sie sich dazu imstande fühlen, wollen wir uns aussprechen. Es muß sein, und die Zeit drängt.«

»Wollen Sie nicht Licht machen?« bat sie.

»Nein. Man würde es durch die Gardinen sehen. Wir können gerade jetzt keine ungebetenen Besucher brauchen.«

»Die Fensterläden. Sämtliche Fenster sind mit hölzernen Läden versehen.«

Talbot mit dem Falkenblick! Einen ganzen Tag lang hatte ich nichts anderes getan, als zum Fenster hinauszustarren, aber die Läden hatte ich nicht entdeckt. Ich stand auf, machte sie zu und hakte sie fest, schloß die Verbindungstür zu Jablonskys Zimmer und schaltete das Licht an. Mary Ruthven saß auf der Bettkante und hielt die Arme fest verschränkt, als sei ihr kalt.

»Ich bin beleidigt«, sagte ich. »Sie brauchen Jablonsky nur einmal anzuschauen und merken sofort oder glauben zu merken, daß er kein Verbrecher ist. Aber je länger Sie mich betrachten, desto überzeugter sind Sie, daß Sie einen Mörder vor sich sehen.« Sie wollte etwas sagen. Ich hob die Hand. »Freilich, Sie haben Ihre Gründe. Scheinbar sehr triftige Gründe. Aber die sind alle falsch.« Ich zog das eine Hosenbein hoch und zeigte ihr einen elegant mit kastanienbrauner Socke und schlichtem schwarzen Schuh bekleideten Fuß. »Schon mal gesehen?«

Sie sah kurz hin, blickte dann zu mir auf. »Simon«, flüsterte sie. »Das sind Simons Sachen.«

»Die Sachen Ihres Chauffeurs.« Simon. Diese Intimität gefiel mir nicht besonders. »Er hat sie mir vor einigen Stunden geliehen. Freiwillig. Ich brauchte knappe fünf Minuten, um ihn davon zu überzeugen, daß ich kein Mörder bin. Sind Sie bereit, mir die gleiche Frist zu bewilligen?«

Sie nickte.

Es dauerte nicht einmal drei Minuten. Weil Kennedy mich

akzeptiert hatte, war die Schlacht für mich schon halb gewonnen. Ich ersparte ihr die Schilderung, wie ich Jablonsky gefunden hatte. Sie war nicht in der Verfassung, weitere Schläge zu ertragen – noch nicht.

Als ich geendet hatte, sagte sie beinahe fassungslos: »Sie waren also schon längst informiert – über Papa und mich, unsere Sorgen und...«

»Seit einigen Monaten. Natürlich wußten wir nicht, daß Sie persönlich sich Sorgen machen oder daß Ihr Vater Schwierigkeiten hat. Wir wußten nur, daß General Blair Ruthven in eine Angelegenheit verwickelt ist, mit der General Blair Ruthven von Rechts wegen nichts zu tun haben dürfte. Fragen Sie mich nicht, wer ›wir‹ sind oder wer ich bin. Ich weigere mich nicht gern, Fragen zu beantworten, was ich in Ihrem eigenen Interesse tun müßte. Wovor fürchtet sich Ihr Vater, Mary?«

»Ich – ich weiß es nicht. Ich weiß, daß er Royale fürchtet.«

»Er fürchtet Royale. Ich fürchte Royale. Wir alle fürchten Royale. Ich möchte wetten, daß Vyland Ihrem Vater alle möglichen Schauergeschichten erzählt, um ihm Angst zu machen. Aber darum handelt es sich nicht. Zumindest nicht in erster Linie. Er ist um Ihre Sicherheit besorgt. Ich vermute jedoch, daß er diese Befürchtungen erst hegt, seit er erkannte, mit was für Leuten er sich umgeben hat und was diesen Leuten zuzutrauen ist. Meiner Überzeugung nach hat er sich bewußt und aus persönlichem Interesse mit ihnen eingelassen, obwohl er nicht genau wußte, wohin das führen würde. Seit wann sind Vyland und Ihr Vater – sagen wir, Geschäftspartner?«

Sie dachte eine Weile nach, erwiderte dann: »Das kann ich Ihnen genau sagen. Es begann, als wir Ende April mit unserer Jacht *Temptress* eine Vergnügungsreise zu den Westindischen Inseln machten. In Kingston auf Jamaica bekam Paps eine Mitteilung von Mamas Anwälten, daß sie gedenke, sich von ihm scheiden zu lassen. Vielleicht haben Sie von der Affäre gehört«, fuhr sie mit unglücklicher Miene fort. »Ich glaube nicht, daß auch nur eine einzige Zeitung in ganz Nordamerika sich diese Sensation hat entgehen lassen. Manche Kommentare waren recht boshaft.«

»Sie meinen, weil General Ruthven seit ewigen Zeiten als vorbildlicher Bürger seines Landes galt und seine Ehe als eine Idealehe hingestellt worden war?«

»Ja, so ungefähr. Eine köstliche Zielscheibe für die giftigen Pfeile der Skandalpresse.« Ihr Ton wurde bitter. »Ich weiß nicht, was Mama eingefallen ist. Wir hatten uns immer gut vertragen. Aber da sieht man eben wieder einmal, daß Kinder nie genau wissen, wie die Eltern zueinander stehen.«

»Kinder?«

»Ich sagte das nur so.« Ihre Stimme klang verzagt, niedergeschlagen und müde, und sie sah auch so aus. Übrigens hätte sie sonst nie mit einem fremden Menschen so offen über diese Dinge gesprochen. »Aber ich habe eine Schwester, Jean. Sie ist zehn Jahre jünger als ich. Papa hat spät geheiratet. Jean lebt bei meiner Mutter. Es sieht so aus, als sollte sie bei ihr bleiben. Die Anwälte sind noch damit beschäftigt, die Einzelheiten festzulegen. Natürlich wird es zu keiner Scheidung kommen.« Sie lächelte ausdruckslos. »Sie kennen die Ruthvens aus New England nicht, Mr. Talbot. Sonst würden Sie wissen, daß gewisse Worte in ihrem Vokabular nicht existieren. Eines dieser Worte ist Scheidung.«

»Hat Ihr Vater sich nie um eine Aussöhnung bemüht?«

»Zweimal hat er Mama aufgesucht. Aber es führte zu nichts. Mich will sie überhaupt nicht sehen. Sie ist verreist, und außer Papa weiß niemand genau, wo sie sich aufhält. Wenn man Geld hat, läßt sich das alles leicht arrangieren.« Die Erwähnung des Geldes mußte ihre Gedanken in neue Bahnen gelenkt haben, denn als sie fortfuhr, hörte ich wieder die zweihundertfünfundachtzig Millionen in ihrer Stimme. »Ich verstehe nicht recht, was unsere Privatangelegenheiten Sie angehen sollten, Mr. Talbot.«

»Das verstehe ich auch nicht«, erwiderte ich, ohne mich zu entschuldigen. »Vielleicht lese ich gleichfalls die Skandalpresse. Mich interessiert das alles nur insofern, als es mit Vyland zusammenhängt. In diesem Augenblick also trat Mr. Vyland in Erscheinung?«

»Ungefähr. Ein bis zwei Wochen später. Papa war recht deprimiert und wahrscheinlich gern bereit, jeden Vorschlag anzuhören, der ihn von seinem Kummer ablenken würde, und – und...«

»Und sein geschäftlicher Scharfblick war natürlich ein wenig getrübt. Aber er brauchte nur um einen Bruchteil getrübt zu sein, damit Freund Vyland schnell den Fuß in den Türspalt klemmte. Vom Schnitt seines Schnurrbartes bis zu der Art, wie er das Taschentuch in der Brusttasche trägt, ist Vyland der große Industriekapitän, wie er im Buch steht. Er hat die gesamte Literatur über Wall Street studiert, er hat seit Jahren keinen einzigen samstäglichen Kinobesuch versäumt, er beherrscht jeden kleinsten Kniff aus dem Effeff. Ich nehme an, daß Royale erst später auf der Bildfläche erschienen ist.«

Sie nickte stumm. Ich hatte den Eindruck, sie sei nahe daran, in

Tränen auszubrechen. Tränen rühren mich tief, aber nicht, wenn die Zeit drängt. Und die Zeit war verzweifelt knapp. Ich knipste das Licht aus, trat ans Fenster, klappte einen der Läden auf und blickte hinaus. Der Wind wehte heftiger denn je, der Regen peitschte gegen die Scheiben, Wasser rann in kleinen Rinnsalen am Glas entlang. Viel wichtiger aber war, daß das nächtliche Dunkel sich im Osten grau zu färben begann. Die Dämmerung würde nicht mehr lange auf sich warten lassen. Ich schloß den Laden, machte Licht und blickte auf das erschöpfte junge Mädchen hinunter.

»Glauben Sie, daß es heute möglich ist, mit dem Hubschrauber zum X-13 hinauszufliegen?« fragte ich.

»Hubschrauber fliegen so ziemlich bei jedem Wetter.« Sie zuckte zusammen. »Wer behauptet denn, daß heute geflogen wird?«

»Ich.« Ich ließ mich auf keine näheren Erklärungen ein. »Nun werden Sie mir vielleicht ehrlich sagen, warum Sie mit Jablonsky sprechen wollten.«

»Ehrlich?«

»Sie sagten vorhin, daß Sie ihn für einen guten Menschen halten. Vielleicht ist er ein guter Mensch, vielleicht auch nicht. Aber das ist kein Grund. Dummes Zeug.«

»Ich verstehe, was Sie meinen. Nein, ich will Ihnen nichts verschweigen, wirklich nicht. Ich habe zufällig etwas gehört, das mich auf den Gedanken brachte, daß...«

»Zur Sache!« sagte ich barsch.

»Sie wissen, daß die Bibliothek präpariert ist, ich meine, daß man Abhörvorrichtungen eingebaut hat...«

»Ich habe davon gehört«, sagte ich geduldig. »Ich benötige keine Zeichnung davon.«

Ihre blassen Wangen wurden ein wenig rot. »Verzeihung. Ich saß zufällig nebenan, im Arbeitszimmer meines Vaters, da lag der Kopfhörer auf dem Schreibtisch. Ich weiß nicht warum, aber ich setzte ihn auf.« Ich lächelte in mich hinein: Wer andern eine Grube gräbt... »Vyland und Royale saßen in der Bibliothek. Sie unterhielten sich über Jablonsky!«

Mein Lächeln erlosch.

»Sie hatten ihn gestern früh, als er nach Marble Springs ging, beobachten lassen. Allem Anschein nach ging er in eine Eisenwarenhandlung. Sie wissen nicht, warum.« Diese Bildungslücke hätte ich ausfüllen können. Er hatte ein Seil gekauft, Doppelschlüssel anfertigen lassen und eine Menge Telefongespräche geführt. »Offenbar blieb er eine halbe Stunde drin, ohne sich blicken zu lassen. Sein Verfolger ging hinterher. Dann kam Jablonsky heraus, aber allein. Sein ›Schatten‹ war verschwunden.« Sie verzog den Mund zu einem matten Lächeln. »Jablonsky muß sich seiner angenommen haben.«

Ich lächelte nicht. Ich fragte nur: »Woher wissen die beiden das alles? Der Mann, der Jablonsky beobachtete, ist doch nicht wieder aufgetaucht?«

»Sie hatten drei Mann hinter ihm hergeschickt. Die beiden anderen bemerkte er nicht.«

Ich nickte müde. »Und dann?«

»Jablonsky ging aufs Postamt. Ich sah ihn selbst hineingehen, als wir – Papa und ich – zur Polizei unterwegs waren, um die Geschichte zu erzählen, die ich auf Papas Wunsch erzählen sollte, nämlich, daß Sie mich abgesetzt hätten und ich per Anhalter nach Hause gefahren sei. Also, Jablonsky hat sich anscheinend einen Block mit Telegrammformularen geholt, ist damit in die Zelle gegangen, hat ein Telegramm geschrieben und es dann aufgegeben. Einer von Vylands Leuten wartete, bis er die Zelle verlassen hatte, holte den Block heraus, riß das oberste Blatt ab – das unter dem Blatt gelegen hatte, welches Jablonsky verwendete – und brachte es hierher. Soviel ich hören konnte, war Vyland gerade dabei, es mit Hilfe irgendwelcher Pulver und Lampen zu untersuchen.«

Also hatte auch Jablonsky einen Fehler begehen können. Ich an seiner Stelle würde aber genauso gehandelt haben. Ganz genauso. Ich hätte ebenfalls angenommen, daß nichts mehr zu befürchten war, nachdem ich meinen Verfolger außer Gefecht gesetzt hatte. Vyland war schlau, vielleicht zu schlau für mich. Ich fragte: »Haben Sie außerdem noch etwas gehört?«

»Nicht viel, nur eine Kleinigkeit. Ich hatte den Eindruck, daß sie den größten Teil des Telegrammtextes entziffern konnten, aber den Inhalt nicht verstanden, weil er offenbar chiffriert war.« Sie hielt ein, fuhr sich mit der Zunge über die Lippen, fügte dann in ernstem Ton hinzu: »Aber die Adresse war natürlich nicht verschlüsselt.«

»Natürlich nicht.« Ich blickte starr auf sie hinunter. Ich kannte die Antwort auf meine nächste Frage bereits, aber ich mußte sie stellen. »An wen war das Telegramm adressiert?«

»An Mr. J. C. Curtin vom Bundeskriminalamt. Deshalb bin ich hiergeeilt. Das ist der wahre Grund. Ich wollte Mr. Jablonsky warnen. Mehr habe ich nicht gehört, es kam jemand den Korridor entlang, und da schlich ich mich durch eine Seitentür davon, aber ich glaube, er ist in Gefahr. Ich glaube, er schwebte in größter Gefahr, Mr. Talbot.«

Seit fünfzehn Minuten überlegte ich mir, wie ich ihr die Nachricht auf schonende Art beibringen sollte, jetzt aber gab ich es auf.

»Sie sind zu spät gekommen.« Ich hatte nicht die Absicht, einen so harten und kalten Ton anzuschlagen, aber es klang nun einmal nicht anders. »Jablonsky ist tot. Ermordet.«

Um acht Uhr früh kamen sie mich holen, Royale und Valentino.

Ich war angezogen bis aufs Jackett und mit einem Paar Handschellen an die Kopfstütze des Bettes gefesselt. Den Schlüssel hatte ich zusammen mit Jablonskys drei Doppelschlüsseln weggeworfen, vorher aber sämtliche Türen versprrt.

Es gab für die beiden keinen Grund, mich zu durchsuchen und ich hoffte so inbrünstig wie noch nie, sie möchten es bleiben lassen. Nachdem Mary mich tränenüberströmt und verzweifelt verlassen und mir zögernd, aber hoch und heilig versprochen hatte, auch ihrem Vater mit keinem Wort zu verraten, was geschehen war, dachte ich erneut nach. Bis dahin hatten meine Gedanken sich im Kreis gedreht, ich hatte mich dermaßen festgerannt, daß ich weder ein noch aus wußte. Plötzlich aber ging mir ein Licht auf, ein strahlendes Licht, ich hatte den ersten vernünftigen Einfall, seit ich in diesem Haus gelandet war. Eine weitere halbe Stunde wälzte ich ihn in meinem Kopf hin und her, dann holte ich mir ein dünnes Blatt Papier, schrieb es auf der einen Seite voll, faltete es zweimal zusammen, bis es nur noch fünf Zentimeter breit war, klebte es mit Klebefilm zu und adressierte es an Richter Mollison. Dann falzte ich es der Länge nach, schob es unter meine Krawatte und schlug den Hemdkragen herunter, so daß es völlig verborgen war. Als sie mich holten, hatte ich kaum eine Stunde auf dem Bett gelegen und überhaupt nicht geschlafen.

Aber ich stellte mich schlafend. Jemand rüttelte mich grob an der Schulter. Ich reagierte nicht. Er rüttelte mich abermals. Ich zuckte zusammen. Er gab es auf, mich sanft zu wecken, und schlug mir mit dem Handrücken ins Gesicht, alles andere als sanft. Das reichte mir. Stöhnend öffnete ich die Augen, blinzelte gequält, setzte mich mühsam auf, rieb mir mit der freien Hand die Stirn.

»Aufstehen, Talbot!« Abgesehen von der linken Gesichtshälfte, die einem Sonnenuntergang en miniature glich, den man durch einen rötlichen Dunstschleier betrachtete, wirkte Royale so gelassen und adrett wie immer und restlos ausgeschlafen. Ein weiteres Menschenleben auf seinem Gewissen würde ihm keine Sekunde lang den Schlaf rauben. Valentinos Arm lag noch immer, wie ich mit Vergnügen konstatierte, in einer Schlinge. Das würde mir die

Aufgabe erleichtern, ihn seiner Leibwächterpflichten zu entheben.

»Aufstehen!« wiederholte Royale. »Wieso nur ein Paar Handschellen?«

»Hm?« Ich wackelte mit dem Kopf hin und her und tat, als sei ich nach wie vor halb betäubt. »Was, zum Teufel, hat man mir denn gestern abend zu essen gegeben?«

»Zu essen?« Royale lächelte sein bleiches, stilles Lächeln. »Sie haben zusammen mit Ihrem Kerkermeister eine Flasche geleert. Das war Ihr Abendbrot.«

Ich nickte langsam. Royale fühlte sich sicher. Wenn ich betäubt worden wäre, hätte ich mich heute nur noch dunkel erinnern können, was sich abgespielt hatte, bevor ich in Schlaf sank. Ich musterte ihn finster und deutete auf die Handschellen. »Sperren Sie doch endlich das verfluchte Ding auf.«

»Warum nur ein Paar Handschellen?« fragte er abermals in ruhigem Ton.

»Was liegt denn daran, ob es ein Paar oder zwanzig Paar sind?« erwiderte ich gereizt. »Ich kann mich nicht erinnern. Mir scheint, Jablonsky hatte es sehr eilig, mich hier hereinzubugsieren, wahrscheinlich hat er das zweite Paar nicht gleich gefunden. Vielleicht war auch ihm ein bißchen übel.« Ich schlug die Hände vors Gesicht und rieb mir die Augen, als wollte ich mich mit Gewalt von den Nachwehen des Giftes befreien. Zwischen den Fingern sah ich, wie Royale befriedigt nickte. Da wußte ich, daß mir meine Komödie geglückt war. So mußte Jablonsky in Royales Augen gehandelt haben: Als er merkte, daß ihn heftige Müdigkeit überkam, hatte er mich schleunigst ans Bett gefesselt, bevor er zusammenklappte.

Die Handschellen wurden aufgeschlossen. Als wir durch Jablonskys Zimmer gingen, warf ich einen unauffälligen Blick auf den Tisch. Dort stand noch die Whiskyflasche. Leer. Royale dachte an alles. Oder Vyland?

Wir traten auf den Korridor hinaus, Royale voran, Valentino hinter mir. Plötzlich verlangsamte ich meine Schritte, und Valentino stieß mir den Lauf seiner Pistole ins Kreuz. Nichts, was der Mann tat, war sanft, aber für seine Verhältnisse gab er mir einen recht gelinden Stupser. Der Stoß hätte etwa zehnmal so kräftig sein müssen, um meinen Schmerzenslaut zu rechtfertigen. Ich blieb wie angewurzelt stehen, Valentino rannte gegen mich, Royale fuhr herum. Wieder hatte er sein Taschenspielerkunststück aufgeführt. Die kleine, todbringende Spielzeugpistole saß fest in seinen Fingern.

»Was geht hier vor?« fragte er kalt. Tonlos. Ohne die Stimme auch nur im geringsten zu heben. Ich hoffte, den Tag zu erleben, da es mir vergönnt sein würde, Royale zappeln zu sehen.

»Folgendes geht hier vor«, erwiderte ich mit zusammengebissenen Zähnen. »Sorgen Sie dafür, daß Ihr dressierter Affe mich in Ruhe läßt, Royale, sonst reiße ich ihn in Stücke. Da kann er zehnmal bewaffnet sein.«

»Laß die Finger von ihm, Gunther!« befahl Royale.

»Aber ich habe ihn doch kaum angerührt!« Wenn man die affenähnliche Stirn, die plattgedrückte Nase, die Blattern- und sonstigen Narben abzog, blieb auf Valentinos Gesicht nicht viel Raum für ein wechselndes Mienenspiel, aber das Wenige, das er zustande brachte, schien Verwunderung und gekränkte Unschuld auszudrücken. »Ich habe ihn bloß ein bißchen geknufft...«

»Ja, schon gut!« Royale hatte bereits kehrt gemacht und sich in Bewegung gesetzt. »Laß ihn in Ruhe.«

Royale war bereits mitten auf der Treppe, als ich sie erreichte. Wieder bremste ich unvermittelt, wieder rannte Valentino gegen mich. Ich fuhr herum und knallte ihm die Handkante gegen das rechte Handgelenk. Die Pistole fiel zu Boden. Valentino bückte sich hastig, um sie mit der linken Hand aufzuheben. Dann brüllte er vor Schmerz. Mein rechter Schuhabsatz zerquetschte ihm die Finger zwischen Leder und Metall. Ich hörte keine Knochen brechen, aber das war auch gar nicht nötig. Nun, da er beide Hände nicht mehr gebrauchen konnte, mußte Mary Ruthven einen neuen Leibwächter bekommen.

Ich machte keinen Versuch, die Waffe aufzuheben, rührte mich nicht von der Stelle. Ich hörte Royale langsam die Treppe heraufkommen.

»Weg von der Pistole, beide!« befahl er.

Wir wichen beide einen Schritt zurück. Royal hob die Pistole auf, trat zur Seite und scheuchte mich vor sich her die Treppe hinunter. Ich konnte nicht erkennen, was in seinem Kopf vorging. Sein Gesicht war so ausdruckslos, als hätte er dagestanden und zugeschaut, wie das Herbstlaub von den Bäumen fällt. Er sagte kein Wort, nahm sich nicht einmal die Mühe, einen Blick auf Valentinos Hand zu werfen.

Sie warteten in der Bibliothek auf uns, der General, Vyland und Larry, der Süchtige. Die Miene des Generals war wie üblich wegen seines Schnurrbarts und dem Spitzbart nicht zu lesen, aber seine Augen schienen mir ein wenig blutunterlaufen zu sein, und seine Haut wirkte grauer als vor sechsunddreißig Stunden. Doch vielleicht bildete ich mir das nur ein. An diesem Morgen kam mir alles düster vor. Vyland war so gewandt, geschniegelt, heiter und hart wie stets, frisch rasiert, mit klaren Augen. Er trug einen gutgeschnittenen mattgrauen Anzug, ein weiches weißes Hemd und eine rote Krawatte. Larry sah aus wie immer, leichenblaß, mit dem starren Blick der Rauschgiftsüchtigen. Er ging hinter dem Schreibtisch auf und ab. Aber er wirkte nicht so kribbelig wie sonst. Er lächelte sogar. Ich nahm also an, daß er gut gefrühstückt hatte, vor allem eine Portion Heroin.

»Guten Morgen, Talbot«, begrüßte mich Vyland. Heutzutage fällt es den Herren Schwerbrechern ebenso leicht, höflich zu sein, wie zu schnauzen und einem die Pistole um die Ohren zu schlagen, und es macht sich besser bezahlt. »Was war denn das für ein Geschrei, Royale?«

»Gunther.« Royale deutete mit einem gleichgültigen Kopfnicken auf Valentino, der soeben eingetreten war, die linke Hand unter den lädierten rechten Arm geklemmt und vor Schmerzen leise wimmernd. »Er hat Talbot zu hart angefaßt, und das hat Talbot nicht gefallen.«

»Verschwinden Sie, ich will das Gejaule nicht hören!« sagte Vyland kalt. Der wahre barmherzige Samariter. »Na, Talbot, sind wir heute wieder einmal ganz groß in Form?« Vyland versuchte gar nicht mehr, den Schein aufrechtzuerhalten, General Ruthven sei Herr im Hause oder dürfe auch nur mitreden. Still stand er im Hintergrund, einsam, würdevoll und in gewisser Weise tragisch. Vielleicht aber existierte die Tragik nur in meiner Phantasie, vielleicht irrte ich mich gewaltig. Das war durchaus möglich und konnte verhängnisvoll für mich sein.

»Wo ist Jablonsky?« fragte ich.

»Jablonsky?« Lässig zog Vyland die eine Braue hoch: George Raft hätte es nicht besser zuwege gebracht. »Was bedeutet Ihnen Jablonsky, Talbot?«

»Er hat auf mich aufzupassen«, erwiderte ich schroff. »Wo ist er?«

»Sie scheinen sehr neugierig zu sein, Talbot.« Er musterte mich lange und nachdenklich, und mir war gar nicht wohl dabei zumute. »Sie kommen mir bekannt vor. Auch dem General. Wenn ich mich nur besinnen könnte, an wen Sie mich erinnern.«

»An Donald Duck.« Ich bewegte mich auf äußerst gefährlichem Boden. »Wo ist er?«

»Weg. Er hat sich in Wohlgefallen aufgelöst. Samt seinen siebzigtausend Piepen.«

›In Wohlgefallen aufgelöst‹ war eine Entgleisung, aber ich ließ es hingehen. »Wo ist er?«

»Diese ewigen Wiederholungen beginnen mir auf die Nerven zu gehen, lieber Freund.« Er schnalzte mit den Fingern. »Larry, die Kabel!«

Larry nahm einige Papiere vom Schreibtisch, reichte sie Vyland, sah mich mit einem Lächeln an und begann wieder auf und ab zu gehen.

»Der General und ich sind vorsichtige Leute, Talbot«, fuhr Vyland fort. »Man könnte sagen, daß wir äußerst mißtrauisch sind. Es kommt auf dasselbe hinaus. Wir haben uns nach Ihnen erkundigt. In England, Holland und Venezuela.« Er fuchtelte mit den Papieren. »Diese Telegramme sind heute früh angekommen. Hier wird uns bestätigt, daß Sie der Mann sind, für den Sie sich ausgeben, einer der tüchtigsten Bergungsfachleute. Also können wir loslegen und Ihre Dienste in Anspruch nehmen. Also brauchen wir Jablonsky nicht mehr. Also haben wir ihn laufen lassen. Samt seinem Scheck. Er trägt sich mit dem Gedanken an eine Europareise.«

Es klang so gelassen, so überzeugend, so vollkommen aufrichtig. Vyland hätte es fertiggebracht, sogar den heiligen Petrus am Himmelstor zu beschwatzen. Ich machte ein Gesicht, ungefähr wie Petrus, wenn er drauf und dran war, sich überzeugen zu lassen. Dann aber äußerte ich diverse Worte, die Petrus nie über die Lippen gebracht hätte, und endete mit dem wütenden Ausruf: »So ein dreckiger Lügner und Betrüger!«

»Jablonsky?« Wieder der Trick mit den Augenbrauen.

»Ja, Jablonsky! Wenn ich mir überlege, daß ich mir angehört habe, was der Lump mir vorschwatzte. Auch nur fünf Sekunden lang! Er hat mir versprochen...«

»Na, was hat er Ihnen versprochen?« fragte Vyland in honigsüßem Ton.

»Jetzt kann es nichts mehr schaden«, murmelte ich. »Er ist überzeugt, daß es mir an den Kragen geht. Außerdem ist er überzeugt, daß die Beschuldigungen gegen ihn nur ein Trick waren, um ihn loszuwerden. Er ist überzeugt – zumindest hat er es behauptet –, daß er es beweisen könnte, wenn er nur Gelegenheit hätte, bestimmte Personen unter die Lupe zu nehmen und gewisse Polizeiakten einzusehen.« Wieder gab ich ein saftiges Schimpfwort von mir. »Wenn ich bedenke, daß ich...«

Vyland unterbrach mich schroff. »Zur Sache, Talbot!« Er beobachtete mich aufmerksam. »Weiter!«

»Er dachte, er könnte sich eine Chance erkaufen und gleichzeitig mir behilflich sein, während ich ihm half. Er verbrachte ein paar Stunden damit, sich einen alten FBI-Kode ins Gedächtnis zu rufen. Dann schrieb er ein Telegramm und erbot sich, interessante Informationen über General Ruthven zu liefern, falls man ihm als Entgelt die Möglichkeit gäbe, gewisse Akten einzusehen. Und ich Trottel bildete mir ein, er meine es ernst!«

»Sie erinnern sich nicht zufällig an den Namen des Mannes, an den er das Telegramm richtete?«

»Nein. Ich habe ihn vergessen.«

»Es wäre gut, wenn Sie sich erinnern könnten, Talbot. Sie würden sich vielleicht damit etwas erkaufen, das Ihnen sehr am Herzen liegt – Ihr Leben.«

Ich sah ihn ausdruckslos an, starrte dann zu Boden. Schließlich sagte ich, ohne aufzublicken: »Etwas wie Catin – Cartin – Curtin... Ja, Curtin. J. C. Curtin.«

»Und er hat sich nur erbötig gemacht, Informationen zu liefern, falls man auf seine Bedingungen eingeht? Stimmt das?«

»Ja.«

»Talbot, Sie haben sich soeben Ihr Leben erkauft.«

Bestimmt hatte ich mir mein Leben erkauft! Ich stellte fest, daß Vyland sich nicht näher darüber äußerte, wie lange es mir gestattet sein würde, mich meines Kaufs zu erfreuen. Vierundzwanzig Stunden, im allerbesten Fall. Es hing davon ab, wie meine Arbeit verlief. Aber das war mir im Augenblick egal. Die Genugtuung, die es mir dort oben im Korridor bereitet hatte, Valentino auf die Hand zu treten, war nichts im Vergleich zu der Freude, die nun mein Herz erwärmte. Sie waren auf mein Histörchen hereingefallen, sie hatten blindlings angebissen und den Köder mit Haut und Haaren geschluckt. Unter den gegebenen Umständen mußten sie auch drauf reinfallen, sofern ich meine Karten richtig ausspielte. Und ich hatte sie richtig ausgespielt. Sie wußten nicht, daß ich über die Vorgänge informiert war. Deshalb mußten sie annehmen, daß ich mir eine solche Geschichte unmöglich hätte ausdenken können. Sie konnten nicht ahnen, daß ich vom Tod Jablonskys wußte und davon, daß man ihn gestern verfolgt und die Telegrammadresse entziffert hatte. Und sie wußten auch nicht, daß ich mich nachts in der Nähe des Küchengartens aufgehalten, daß Mary Ruthven das Gespräch in der Bibliothek belauscht und mit mir gesprochen hatte. Hätten sie mich für einen Komplizen Jablonskys gehalten, hätten sie mich auf der Stelle abgeknallt. So aber durfte ich mit einer Galgenfrist rechnen. Sie würde nicht sehr lange sein. Aber vielleicht lange genug.

Ich sah Vyland und Royale einen Blick wechseln, einen flüchtigen Blick, ich sah, wie Vyland fast unmerklich mit den Schultern zuckte. Sie waren schon zwei harte Burschen, diese beiden, hart, kaltblütig, erbarmungslos, berechnend und gefährlich. In den letzten zwölf Stunden mußten sie ständig mit der Möglichkeit gerechnet haben, daß ihnen im nächsten Augenblick die Agenten des FBI auf den Pelz rückten, aber es war ihnen keinerlei Nervosität, keinerlei Unruhe anzumerken. Ich fragte mich, was für Augen sie machen würden, wenn sie erführen, daß die Agenten des DBI schon vor drei Monaten in der Lage gewesen wären, sie alle zu schnappen. Damals aber war die Zeit noch nicht reif gewesen. Sie war es immer noch nicht.

»Also, meine Herren, ist ein weiterer Aufschub nötig?« Es war das erstemal, daß der General den Mund aufmachte. Trotz seiner äußeren Ruhe klang seine Stimme etwas gepreßt. »Beeilen wir uns. Das Wetter wird schlechter. Sturmwarnung ist gegeben worden. Wir sollten uns so schnell wie möglich auf den Weg nach X-13 machen. Bei einem aufkommenden Sturm sind uns praktisch die Hände gebunden.«

Mit dem Wetter hatte er recht, nur nicht mit der Zeit, die er anwandte: Es war schon schlechter geworden. Der Wind fuhr mit einem schrillen, anhaltenden Sirenengeheul durch die schwankenden Wipfel der Eichen. Ab und zu setzte ein Regenguß ein, ganz kurz nur, aber von äußerster Heftigkeit. Tief hingen die Wolken am Himmel und ballten sich immer dichter zusammen. Ich hatte im Flur einen Blick auf das Barometer geworfen. Die Nadel näherte sich dem Tiefstand. Das waren recht ungemütliche Aussichten. Ich wußte nicht, ob das Sturmzentrum auf uns zukam oder an uns vorbeiziehen würde, aber wenn wir auf seinem Weg lagen, würde es in knapp zwölf Stunden über uns sein. Vielleicht noch früher.

»Wir brechen auf, Herr General. Alles ist klar. Petersen wartet unten in der Bucht auf uns.« Petersen war wohl der Hubschrauberpilot. »Zwei schnelle Touren, und in ungefähr einer Stunde sind wir alle draußen beisammen. Dann kann sich unser Freund Talbot an die Arbeit machen.

»Wir alle?« fragte der General. »Wer?«

»Sie, Herr General, ich, Royale, Talbot, Larry und natürlich Ihre Tochter.«

»Mary? Ist das nötig?«

Vyland schwieg, er zog nicht einmal die Augenbrauen hoch, sondern sah den General nur unverwandt an. Fünf Sekunden lang, vielleicht etwas länger. Dann lockerte General Ruthven die geballte Faust, und seine Schultern sackten ein paar Millimeter herab.

Aus dem Korridor kam das Geräusch schneller, leichter Frauenschritte, und Mary Ruthven betrat das Zimmer. Sie trug ein zitronengelbes, zweiteiliges Kostüm und darunter eine halsferne grüne Bluse. Ihre Augen waren schwarz umrändert, sie sah blaß und erschöpft aus, und ich fand sie wunderschön. Kennedy folgte ihr auf dem Fuß, blieb aber respektvoll draußen im Korridor stehen, die Mütze in der Hand, eine Rhapsodie in Braun mit hochglanzpolierten Lederstiefeln und der starren Miene des perfekten Privatchauffeurs, der nichts sieht und nichts hört. Ich schlenderte scheinbar uninteressiert auf die Tür zu und wartete darauf, daß Mary den Rat befolgen würde, den ich ihr vor zwei Stunden erteilt hatte, bevor sie in ihr Zimmer zurückgekehrt war.

»Ich fahre mit Kennedy nach Marble Springs, Papa«, begann Mary Ruthven ohne Umschweife. Es klang wie eine Erklärung, war aber in Wirklichkeit eine Bitte um Erlaubnis.

»Ja – aber – wir fliegen zur Bohrstelle, mein Kind«, sagte General Ruthven, unangenehm berührt. »Du sagtest doch gestern abend...«

Sie unterbrach ihn mit einem Anflug von Ungeduld. »Ich komme mit. Aber wir können ohnedies nicht alle auf einmal fliegen. Ich komme mit der zweiten Tour. Ich brauche nicht länger als zwanzig Minuten. Sie haben doch nichts dagegen, Mr. Vyland?«

»Leider stößt das auf gewisse Schwierigkeiten, Miß Ruthven«, erwiderte Vyland höflich. »Sehen Sie, Gunther hat sich verletzt...«

»Sehr schön!«

Nun zog er wieder die Braue hoch. »Für Sie gar nicht so schön, Miß Ruthven. Sie wissen, wie sehr Ihrem Vater daran liegt, daß Sie ständig beschützt werden.«

»Mir hat Kennedy genügt«, erwiderte sie kalt, »und er genügt mir noch immer. Außerdem weigere ich mich, mit Ihnen und Royale und dieser – dieser Kreatur« – sie ließ keinen Zweifel daran bestehen, daß sie Larry meinte – »zur Bohrstelle zu fliegen, wenn Kennedy nicht mitkommt. Dabei bleibt es. Und ich muß nach Marble Springs. Sofort.«

Ich hätte gern gewußt, wann zum letztenmal jemand Vyland gegenüber einen solchen Ton angeschlagen hatte. Aber die Politur auf seinem Gesicht ließ auch nicht den kleinsten Riß erkennen.

»Warum müssen Sie nach Marble Springs, Miß Ruthven?«

»Es gibt Fragen, die ein Gentleman nie an eine Dame richtet«, sagte sie eisig.

Er war platt. Er wußte nicht, was sie meinte, so wenig wie ich es an seiner Stelle gewußt hätte. Und das verschlug ihm einfach die Rede. Alle Blicke hingen an den beiden, bis auf die meinen: Ich sah Kennedy an, er sah mich an. Ich stand jetzt dicht an der Tür, mit dem Rücken zu den anderen. Es war nicht schwer gewesen, das Papier unter dem Kragen hervorzuziehen. Ich hielt es so an die Brust, daß Kennedy Richter Mollisons Namen lesen konnte. Er verzog keine Miene, und man hätte ein Mikrometer gebraucht, um sein Kopfnicken zu messen. Aber er hatte mich verstanden. Alles war in schönster Ordnung – bis auf die Gefahr, daß Royale mich mit einem Schuß zur Strecke brachte, bevor ich über der Schwelle war.

Da brach Royale die dumpfe Spannung und ermöglichte Vyland einen bequemen Rückzug. »Ich möchte gern ein bißchen frische Luft schöpfen. Ich könnte mit den beiden fahren.«

Ich schoß zur Tür hinaus wie ein Torpedo aus seinem Rohr. Kennedy hatte den Arm ausgestreckt, und ich klammerte mich daran fest. Wir stürzten krachend zu Boden und kollerten durch den Korridor. Binnen zwei Sekunden hatte ich ihm den Brief tief unter die Uniformjacke geschoben, aber wir balgten uns noch immer und schlugen aufeinander ein, auf die Schultern und den Rücken, wo es nicht sehr wehtat, bis wir das unverkennbare trockene Knacken einer Pistolensicherung hörten.

»Schluß damit!«

Wir machten Schluß. Ich erhob mich. Royales Pistole war auf mich gerichtet. Larry hatte ebenfalls seinen Revolver gezückt und hopste im Hintergrund umher. An Vylands Stelle hätte ich ihm nicht einmal eine Schleuder anvertraut.

»Das haben Sie gut gemacht, Kennedy«, sagte Vyland warm. »Ich werde es Ihnen nicht vergessen.«

»Danke, Sir«, erwiderte Kenney mit hölzerner Miene. »Ich habe nichts für Mörder übrig.«

»Auch ich nicht, mein Sohn, auch ich nicht«, sagte Vyland zustimmend. Er selbst beschäftigte sie wohl nur, um sie auf den Weg der Besserung zu führen! »Also schön, Miß Ruthven. Mr. Royale wird Sie begleiten. Aber beeilen Sie sich.«

Ohne ihm ein Wort oder mir einen Blick zu schenken, schritt sie an uns vorbei zur Tür hinaus. Hocherhobenen Hauptes. Ich fand sie immer noch wunderbar.

8

Der Flug mit dem Hubschrauber machte mir keinen Spaß.

Ich bin das Fliegen gewöhnt, habe selbst schon ein Flugzeug gesteuert und war sogar einmal an einer kleinen Charterlinie beteiligt, aber Hubschrauber liegen mir nicht. Nicht einmal bei schönem Wetter, und das Wetter an diesem Morgen war unbeschreiblich. Wir schaukelten, hopsten, sackten durch und flogen hoch, als ließe uns ein betrunkener Riese an seinem Jojo baumeln. Die meiste Zeit konnten wir gar nicht sehen, wo wir hinflogen, weil die Scheibenwischer der Sintflut, die gegen die Windschutzscheibe schlug, nicht Herr wurden. Aber Petersen war ein tüchtiger Pilot, und wir schafften es. Kurz nach zehn Uhr setzten wir auf dem Landedeck des X-13 auf.

Sechs Mann mußten die Maschine festhalten, damit sie einigermaßen ruhig stand, während der General, Vyland, Larry und ich über die Kurbelleiter hinunterkletterten. Petersen brachte den Motor auf Touren, startete in dem Augenblick, als der letzte von uns auf das Deck sprang, und war binnen zehn Sekunden in den wirbelnden Regenmassen verschwunden.

Hier draußen auf der ungeschützten Plattform war der Wind noch heftiger und böiger als auf dem Festland, und wir mußten uns alle Mühe geben, um auf dem schlüpfrigen Metall das Gleichgewicht nicht zu verlieren. Für mich war die Gefahr, hinzufallen, freilich nicht groß, zumindest nach hinten nicht, solange mir Larry seine Kanone unaufhörlich ins Kreuz stieß. Er trug einen der schweren Mäntel mit breitem Kragen, breiten Aufschlägen, breitem Gürtel, breiten Schulterklappen und dicken Lederknöpfen, die Hollywood als passende Mode bei solchem Wetter propagierte. Der Revolver steckte in einer der tiefen Taschen. Ich war nervös. Larry konnte mich nicht leiden. Ein Loch in dem schönen Mantel wäre ihm als ein geringer Preis für das Vorrecht erschienen, abdrücken zu dürfen. Ich war ihm von Anfang an ein Dorn im Auge gewesen, und dabei würde es bleiben. Selten genug richtete ich das Wort an ihn, aber wenn ich einmal etwas zu ihm sagte, versäumte ich nie, ihn mit drastischen Anspielungen auf sein Laster zu ärgern. Heute früh auf dem Weg zum Hubschrauber, hatte ich mich voller Besorgnis erkundigt, ob er dann auch daran gedacht habe, sein Necessaire mitzunehmen, und als er mich argwöhnisch fragte, was, zum Teufel, ich damit meine, erklärte ich ihm treuherzig, daß ich befürchte, er könnte die Spritze zu Hause vergessen haben. Vyland und der General mußten ihre ganzen Kräfte aufbieten, um mich aus seinen Klauen zu retten. Niemand ist so gefährlich und so unberechenbar wie ein Süchtiger, und niemand ist mehr zu bedauern. Mein Herz aber kannte kein Mitleid. Larry war das schwächste Glied der Kette, und ich nahm mir vor, so lange daran herumzufeilen, bis etwas entzweiging.

Wir kämpften gegen den Wind an, bis wir zu einer überdachten Einstiegklappe kamen. Eine breite Kajütentreppe führte zu der unteren Plattform. Dort erwartete uns eine Gruppe von Männern. Ich hatte den Kragen hochgestellt, die Hutkrempe heruntergeschlagen und wischte mit einem Taschentuch emsig den Regen vom Gesicht, aber ich hätte mir die Mühe sparen können. Joe Curran, der Vorarbeiter der Bohrturmkolonne, mit dem ich vor zehn Stunden gesprochen hatte, war nicht dabei. Ich versuchte mir vorzustellen, was passiert wäre, wenn er den General gefragt hätte, ob sein Privatsekretär C. C. Farnbourough die verschwundene Aktenmappe gefunden habe. Ich konnte es nicht, meine Phantasie reichte nicht aus. Wahrscheinlich würde ich mir schnell Larrys Revolver ausgeliehen und mir eine Kugel durch den Kopf gejagt haben.

Zwei Männer kamen auf uns zu. General Ruthven stellte vor: »Martin Jerrold, unser Werkmeister, und Tom Harrison, unser Erdöltechniker. Meine Herren, das ist John Smith, ein Maschinenbauspezialist, der mit dem Flugzeug aus England gekommen ist, um Mr. Vyland bei seinen Experimenten zu unterstützen.« John Smith war das sinnvolle Pseudonym, das der General rasch für mich ersonnen hatte.

Die beiden murmelten die üblichen Begrüßungsfloskeln. Larry stieß mir die Pistole ins Rückgrat, so daß ich mich bemüßigt fühlte, gleichfalls zu betonen, wie sehr erfreut ich sei, sie kennenzulernen. Aber ich interessierte sie offenbar nicht im geringsten. Beide machten einen besorgten und beunruhigten Eindruck, und beide bemühten sich nach Kräften, diesen Eindruck zu vertuschen. Aber dem General war es nicht entgangen.

»Ist etwas nicht in Ordnung, Harrison?« Hier draußen auf der Bohrstelle hielt sich Vyland allem Anschein nach im Hintergrund.

»Leider, Sir, leider«, Harrison, ein jüngerer Mann mit Bürstenfrisur und Hornbrille, sah aus, als gehörte er noch auf die Hochschule, aber er mußte wohl sehr tüchtig sein, wenn man ihm einen so verantwortungsvollen Posten anvertraute. Er zog eine kleine Karte aus der Tasche, faltete sie auseinander und zeigte mit einem Zimmermannsbleistift auf die einzelnen Kurven. »Die Karte ist verläßlich, General Ruthven. Sie könnte nicht genauer sein. Pride und Honeywell sind die besten Geologen, die es gibt. Aber wir haben die Grenze bereits um vierhundert Meter überschritten. Schon zweihundert Meter früher hätten wir auf Öl stoßen müssen. Dabei ist noch nicht einmal Gasgeruch zu spüren. Ich kann mir das nicht erklären, Sir.«

Ich hätte es ihm erklären können, aber der Zeitpunkt war kaum dazu geeignet.

»So etwas kommt vor, junger Mann«, erwiderte der General unbeschwert. Ich mußte den alten Knaben bewundern. Ich konnte mir inzwischen recht gut vorstellen, wie unmenschlich die Belastung war, der er sich ausgesetzt fühlte. Seine Selbstbeherrschung und seine Ruhe imponierten mir. »Wir können von Glück sagen, wenn es unter fünf Malen zweimal klappt. Kein Geologe wird behaupten, daß er seiner Sache hundertprozentig oder auch nur annähernd sicher ist. Gehen Sie noch dreihundert Meter tiefer. Auf meine Verantwortung.«

»Danke, Sir.« Harrison schien erleichtert zu sein, aber noch immer war ihm eine gewisse Unruhe anzumerken, und abermals spürte es der General sofort.

»Macht Ihnen noch etwas Kopfzerbrechen, Harrison?«

»Nein, Sir, keineswegs.« Das kam zu schnell, zu nachdrücklich. Er konnte nicht halb so gut schauspielern wie der alte Herr. »Durchaus nicht.«

»Hm.« Der General musterte ihn nachdenklich, sah dann Jerrold an. »Haben Sie auch etwas auf dem Herzen?«

»Das Wetter, Sir.«

»Freilich.« Ruthven nickte verständnisvoll. »Die neuesten Meldungen besagen, daß der Wirbelsturm Diana Marble Springs berühren wird. Also auch X-13. Sie brauchen mich nicht zu fragen, Jerrold, das wissen Sie. Sie sind Kapitän auf diesem Fahrzeug, ich bin nur Passagier. Ich verliere nicht gern zehntausend Dollar pro Tag, aber Sie müssen die Bohrarbeit in dem Augenblick stoppen, wo Sie es für richtig halten.«

»Darum handelt es sich nicht, Sir«, erwiderte Jerrold bedrückt. Er deutete mit dem Daumen über die Schulter. »Sollte man nicht den Träger, mit dem Sie experimentieren, in den Boden versenken, um ein Höchstmaß an Stabilität zu garantieren?«

Die Bohrmannschaft wußte also, daß in dem Pfeiler, den ich in der gestrigen Nacht untersucht habe, etwas vorging. Wenn ich es mir recht überlegte, war das zwar nicht unvermeidlich, aber durchaus klug. Lieber den Leuten eine plausible Erklärung geben, als einen Teil der Anlage abzuriegeln und Argwohn sowie unerwünschte, vielleicht sogar gefährliche Vermutungen zu entfesseln. Ich war neugierig, was für einen Bären man ihnen aufgebunden hatte. Ich sollte es gleich erfahren.

»Vyland?« Der General wandte sich dem Mann an seiner Seite zu und hob fragend die Brauen.

»Ich übernehme die volle Verantwortung, General Ruthven.« Vyland sprach in dem ruhigen, präzisen und zuversichtlichen Ton, den ein berühmter Experte angeschlagen hätte, obwohl er wahrscheinlich nicht einmal eine Schraube von einer Mutter unterscheiden konnte. Aber er war nicht um Argumente verlegen. »Der Sturm kommt vom Westen, die größte Belastung wird also auf der Landseite liegen. Auf dieser Seite, gegen das Meer zu, wird er die Anlage nur ein wenig emporheben.« Er zuckte geringschätzig mit den Schultern. »Ich finde es sinnlos, einen weiteren Pfeiler zu verankern, wenn die übrigen Pfeiler auf dieser Seite eine geringere Belastung auszuhalten haben als sonst. Außerdem, Herr General, stehen wir so kurz vor der Vollendung der neuen Methode, die die Unterwasserbohrtechnik revolutionieren wird, daß es geradezu ein Verbrechen wäre, durch eine Verankerung des Trägers unsere empfindliche Apparatur zu gefährden und damit den Abschluß der Arbeit vielleicht um mehrere Monate zu verzögern.«

Das also war die Masche. Nicht schlecht, wie ich zugeben mußte. Die Begeisterung und Hingabe in seiner Stimme hatten genau die richtige Nuance, ohne irgendwie übertrieben zu wirken.

»Das genügt mir«, sagte Jerrold. Er wandte sich wieder an General Ruthven. »Kommen Sie jetzt in Ihre Räume, Sir?«

»Später. Zum Essen. Bestellen Sie es bitte in meine Kabine. Mr. Smith will sich sofort an die Arbeit machen.« Na, und wie ich wollte!

Wir gingen durch einen breiten Korridor. Hier im Innern der Plattform waren die Geräusche des Windes und der aufgepeitschten Wellen, die gegen die Tragpfeiler schlugen, nicht zu hören. Vielleicht hätte man ein leises Echo vernommen, wenn dieser hell erleuchtete Stahltunnel nicht von dem Gesumme kräftiger Generatoren erfüllt gewesen wäre. Anscheinend gingen wir an einem Maschinenraum vorbei.

Am anderen Ende des Korridors bogen wir links ab und gelangten sozusagen in eine Sackgasse. Auch hier marschierten wir bis ans äußerste Ende und machten dann rechts vor einer Tür halt. Auf dieser Tür stand in großen, weißen Lettern ›Forschungsabteilung‹, darunter, in weniger pompösen Lettern, ›Privat. Geheim. Zutritt strengstens verboten‹.

Vyland klopfte an die Tür – ein langes Kodesignal. Ich prägte es mir ein: viermal kurz, zweimal lang, viermal kurz. Er wartete, bis drei lange Klopfzeichen ertönten, klopfte dann abermals, viermal schnell hintereinander. Zehn Sekunden später hatten wir alle die Tür durchschritten. Sie wurde hinter uns abgeschlossen und verriegelt. Die Schilder ›Privat‹ und ›Zutritt verboten‹ kamen mir daher ziemlich überflüssig vor.

Stahlboden, Stahlwände, Stahldecke – eine finstere, ungemütliche Kiste. Das heißt, drei Seiten sahen aus wie Kistenwände: das Schott, durch das wir soeben hereingekommen waren, das glatte Schott links und das dritte Schott rechts mit einer hohen Gittertür in der Mitte. Die vierte Wand war konvex, sie wölbte sich in fast vollkommenem Halbkreis in den Raum herein und war mit einem fest verschraubten Einstiegloch versehen: zweifellos die Außenhaut des gewaltigen Stahlpfeilers, der bis auf den Meeresboden reichte. Zu beiden Seiten des Einstieglochs hingen große Rollen sauber aufgewickelter, mit biegsamen Stahlringen armierter Gummischläuche. Unter jeder Rolle stand, an den Boden festgeschraubt, ein gewaltiger Motor. Der rechte war, wie ich wußte, ein Luftkompressor – ihn hatte ich in der vergangenen Nacht gehört. Der linke Motor trieb wahrscheinlich eine Wassersaugpumpe an. Was die Einrichtung betraf, so wäre sie sogar den alten Spartanern lausig erschienen: ein Holztisch, zwei Bänke und ein metallenes Wandregal.

In dem Raum befanden sich zwei Männer, der eine, der die Tür geöffnet hatte, und ein zweiter, der am Tisch saß, eine erloschene Zigarre im Mund, vor sich auf der Tischplatte schmierige Spielkarten. Beide waren aus dem gleichen Holz geschnitzt. Sie ähnelten einander nicht deshalb so sehr, weil sie beide in Hemdsärmeln waren und unter der linken Achsel Lederhalfter trugen, auch nicht, weil sie das gleiche Gewicht, die gleiche Größe und die gleichen breiten, massigen Schultern hatten. Die Ähnlichkeit lag vielmehr in den Gesichtern, harten, ausdruckslosen Gesichtern mit kalten, ruhigen, wachsamen Augen. Ich war schon öfter in meinem Leben diesen Schlägertypen begegnet, den geschulten und tüchtigen Landsknechten der Gangsterwelt. So einer wäre Larry für sein Leben gern gewesen, aber sein Wunsch würde sich nie erfüllen. Gerade weil ich erwartet hatte, daß Vyland sich solche Exemplare aussuchte, war mir die Anwesenheit eines Larry so unverständlich.

Vyland brummte einen kurzen Gruß, aber das war auch die einzige Zeitvergeudung, die er sich in den nächsten zehn Minuten gestattete. Er ging zu dem Wandregal, nahm eine längliche Papierrolle herunter, die mit Leinwand unterlegt und um einen Holzstab gewickelt war, breitete sie auf dem Tisch aus und beschwerte die Kanten, damit sie sich nicht wieder zusammenrollte. Es handelte sich um eine große, äußerst komplizierte Konstruktionszeichnung von etwa anderthalb Meter Länge und siebzig Zentimeter Breite. Er trat zurück und sah mich an.

»Kommt Ihnen das bekannt vor, Talbot?«

Ich beugte mich über den Tisch. Die Zeichnung stellte einen merkwürdigen, halb zylinder-, halb zigarrenförmigen Gegenstand dar, dessen Länge ungefähr viermal die durchschnittliche Breite betrug. An der oberen Seite und im mittleren Drittel des Bodens war er flach, an den beiden Enden leicht nach oben geschwungen. Mindestens achtzig Prozent des Volumens schienen von einer Art Vorratstanks ausgefüllt zu sein. Ich sah die Zuleitungen, die von einem brückenartigen Aufbau zu den Tanks führten. In der sogenannten Kommandobrücke lag außerdem der obere Rand eines senkrechten, zylindrischen Schachtes, der glatt durch den Rumpf lief, unten heraustrat und in scharfem Winkel nach links in eine ovale Kammer mündete, die unter der Zigarre hing. An beiden Seiten der ovalen Kammer und auch an der Unterseite der Zigarre waren längliche, vierkantige Behälter befestigt. Links, gegen das schmalere, spitzere Ende zu, befanden sich Scheinwerfer und lange, schlanke, an den Seitenwänden festgeschraubte, ferngesteuerte Greifarme.

Ich sah mir alles genau an, richtete mich dann auf. »Bedaure.« Ich schüttelte den Kopf. »So etwas habe ich noch nie in meinem ganzen Leben gesehen.«

Ich hätte mir die Mühe sparen können, mich aufzurichten, denn in der nächsten Sekunde lag ich auf dem Boden. Etwa fünf Sekunden später erhob ich mich auf die Knie und wackelte mit dem Kopf, um zur Besinnung zu kommen. Ich blickte stöhnend auf. Der Schmerz saß dicht hinter dem Ohr. Ich versuchte, das Flimmern vor meinen Augen zu verdrängen. Dann glückte es mir, denn ich sah Vyland neben mir stehen, die Pistole in der Hand. Er hielt sie am Lauf fest.

»Ich habe halb und halb mit dieser Antwort gerechnet, Talbot.« Eine wohlklingende, beherrschte Stimme; wir saßen am Teetisch des Herrn Pfarrers, und Seine Hochwürden ersuchten mich, den Kuchenteller herumzureichen. »Ihr Gedächtnis läßt Sie im Stich, Talbot. Vielleicht sollte man ihm noch einmal einen kleinen Stoß versetzen, wie? Ich glaube bestimmt, daß Ihr Erinnerungsvermögen zurückkehren wird.«

»Ist das wirklich notwendig?« General Ruthvens Ton war bekümmert. Er sah auch bekümmert aus. »Wir könnten bestimmt mit ihm...«

»Ruhe!« sagte Vyland schroff. Wir waren nicht länger beim Herrn Pfarrer zu Besuch. Er wandte sich mir zu, als ich mich mühsam hochrappelte.

»Was hat es für einen Zweck, mich zu schlagen?« sagte ich wütend. »Wie soll mir das ermöglichen, mich an etwas zu erinnern, das ich nie im Leben...«

Diesmal sah ich, was kam. Ich legte die Hand an die Schläfe und wich hastig zurück, so daß die Wucht des Schlages gemildert wurde. Ich taumelte gegen die Wand. Doch das Ganze war nur gespielt. Um die Wirkung zu vervollständigen, ließ ich mich zu Boden gleiten. Niemand sagte ein Wort. Vyland und seine beiden Gorillas betrachteten mich mit kühlem Interesse, der General war kreidebleich und biß sich auf die Lippen, Larrys Gesicht glich einer schadenfrohen Teufelsmaske.

»Erinnern Sie sich jetzt?«

Ich warf ihm ein Schimpfwort an den Kopf und richtete mich unsicher auf.

»Schön.« Vyland zuckte die Schultern. »Ich glaube, Larry hätte nichts dagegen, Ihnen gut zuzureden.«

»Darf ich? Darf ich wirklich?« Der Feuereifer in Larrys Zügen war abscheulich und erschreckend. »Soll ich ihn zum Sprechen bringen?«

Vyland nickte lächelnd. »Aber vergiß nicht, daß wir ihn nachher noch brauchen.«

»Ich werde dran denken.« Larrys große Stunde hatte geschlagen. Im Mittelpunkt zu stehen, mir meine Spötteleien heimzahlen, vor allem aber seine sadistischen Instinkte befriedigen zu dürfen – das würde einer der Höhepunkte seines Daseins sein. Er kam auf mich zu, der schwere Revolver in seiner Hand schwankte hin und her, unaufhörlich befeuchtete er seine Lippen. Er kicherte in einem schrillen, grauenhaften Falsett. »Erst innen am rechten Schenkel, ganz hoch oben. Er wird brüllen wie ein Schwein, das man absticht. Dann links. Und er wird immer noch arbeitsfähig sein.« Seine Augen waren weit aufgerissen, der Blick starr und irr. Zum erstenmal in meinem Leben sah ich einen Menschen vor mir, dessen Mund geiferte.

Vyland war ein guter Psychologe. Er wußte, Larrys teuflische Bosheit und seine neurotische Unberechenbarkeit würden mich zehnmal mehr einschüchtern als jede noch so berechnende Brutalität, die er oder seine beiden Rowdys aufbieten konnten. Ich hatte wirklich Angst. Außerdem hatte ich mich genug in Szene gesetzt. Sicher, sie erwarteten, daß ich mich weigerte, aber es hatte keinen Zweck, zu übertreiben.

»Es handelt sich um eine Weiterentwicklung der ersten französischen Bathyskaphen«, stieß ich hervor. »Dieses Modell ist eine Gemeinschaftsproduktion der britischen und der französischen Flotte, es ist zum Tauchen in geringeren Tiefen bestimmt, etwa einem Zwanzigstel der Tiefe, die seine Vorläufer erreicht haben – an die achthundert Meter. Es ist aber dafür schneller und leichter zu manövrieren und zum Unterschied von den früheren Typen für praktische Bergezwecke ausgerüstet.«

Noch nie hat ein Mensch einen anderen so glühend gehaßt, wie Larry mich in diesem Augenblick haßte. Er war ein kleiner Junge und ich das Spielzeug, das man ihm versprochen hatte, das herrlichste Spielzeug, das ihm je begegnet war, und als er zugreifen wollte, wurde es ihm weggenommen. Er hätte vor Wut und Enttäuschung am liebsten geheult. Noch immer tanzte er vor mir hin und her und fuchtelte mit dem Revolver.

»Er lügt!« Gellend, fast kreischend: »Er versucht bloß...«

Vyland unterbrach ihn schroff: »Nein, er lügt nicht.« Seine Stimme klang weder triumphierend noch befriedigt. Der Zweck war erreicht, vorbei ist vorbei. »Steck die Waffe weg!«

»Aber ich sage...« Larry unterbrach sich jäh mit einem gedämpften Schmerzensruf. Einer der beiden stummen Rüpel hatte sein Handgelenk gepackt und nach unten gebogen, bis die Mündung des Revolvers auf den Boden zielte.

»Steck die Pfeife in die Tasche, Bürschchen«, brummte der Rowdy. »Sonst nehme ich sie dir weg.«

Vor Wut an allen Gliedern zitternd, gehorchte Larry.

Vyland warf ihnen einen flüchtigen Blick zu, kümmerte sich dann nicht mehr um die beiden. »Sie wissen nicht nur, was das ist, Talbot, Sie haben sogar selbst an der Konstruktion mitgearbeitet. Der General verfügt über einwandfreie Gewährsleute in Europa, von denen wir heute früh Bescheid erhielten.« Er beugte sich über die Zeichnung und fuhr gelassen fort: »Sie hatten auch nachher mit diesem Modell zu tun. In allerjüngster Zeit. Unsere Informationsquellen auf Kuba sind sogar noch zuverlässiger als die in Europa.«

»Das mit der allerjüngsten Zeit stimmt nicht ganz.« Ich hob die Hand, als ich sah, wie Vyland die Lippen zusammenkniff. »Als man diesen Bathskaph mit einem Frachter in die geschützten Gewässer vor Nassau brachte, um dort damit eine Reihe erster

Tauchversuche ohne Bemannung vorzunehmen, hielten die Engländer und die Franzosen es für vernünftiger und billiger, an Ort und Stelle ein für den Zweck geeignetes Schiff zu chartern, statt eines aus Europa kommen zu lassen. Ich arbeitete damals bei einer Bergefirma in Havanna, die über ein Boot mit einem schweren Kran und einer Achterspiere verfügte. Es war geradezu ideal für diesen Job. Ich war zwar mit an Bord des Bootes, hatte aber mit dem Tauchgerät selbst nichts zu tun. Was für einen Sinn hätte es, zu leugnen, wenn es sich anders verhielte?« Ich verzog den Mund zu einem matten Lächeln. »Außerdem befand ich mich nur ungefähr eine Woche an Bord des Bergungsschiffes. Man bekam Wind davon, wo ich steckte. Ich wußte, daß man hinter mir her war, und mußte schleunigst verschwinden.«

»Man?« Vylands Brauen funktionierten so tadellos wie eh und je.

»Was spielt das jetzt noch für eine Rolle?« Mir selber klang es verdrossen in den Ohren. Die Stimme eines müden, geschlagenen Mannes.

»Freilich, freilich.« Vyland lächelte. »Nach Ihrer Vergangenheit zu schließen, könnte es die Polizei in jedem der Dutzend Länder gewesen sein, die mit Ihnen Bekanntschaft gemacht haben. Auf jeden Fall, Herr General, erklärt das eine Sache, die uns beunruhigte, nämlich wo wir dieses Gesicht schon gesehen haben.«

General Ruthven schwieg. Wenn ich je einen Beweis dafür benötigt hätte, daß er ein Werkzeug, eine Marionette Vylands war, jezt brauchte ich nicht mehr. Er war unglücklich, verzweifelt und hätte am liebsten mit allen diesen Geschichten nichts mehr zu tun gehabt. Das sah man ihm deutlich an.

Ich sagte, als ginge mir plötzlich ein Licht auf: »Haben Sie – sind Sie etwa für den Verlust des Bathyskaphen verantwortlich? Mein Gott, selbstverständlich! Es waren die Herren persönlich! Wie in aller Welt...«

»Sie glauben doch nicht, daß wir Sie hierherbrachten, um uns über die technischen Einzelheiten der Konstruktionszeichnung zu unterhalten?« Vyland gestattete sich ein vergnügtes Lächeln. »Natürlich sind wir es gewesen. Es war kinderleicht. Die Dummköpfe hatten es mit einer Drahttrosse in zehn Faden Tiefe vertäut. Wir ersetzen die heile Trosse durch eine zerfranste, damit es so aussah, als hätte der Bathyskaph sich losgerissen und sei von der Flut ins tiefe Gewässer hinausgetrieben worden. Dann transportierten wir ihn weg. Wir legten den größten Teil der Strecke bei Nacht zurück, und wenn wir einem Schiff begegneten, verlangsamten wir ganz einfach unsere Fahrt und hievten den Bathyskaph auf der Seite hoch, die man von dem Schiff aus nicht sehen konnte.« Wieder lächelte er. An diesem Morgen ließ er sich ordentlich gehen. »Es war wirklich nicht schwer. Wer rechnet schon damit, einer Jacht zu begegnen, die einen Bathyskaphen im Schlepptau hat?«

»Eine Jacht? Meinen Sie die...« Mir sträubten sich die Haare im Nacken. Beinahe hätte ich den Fehler begangen, der mit einem Schlag alles verdorben hätte. Der Name ›*Temptress*‹ lag mir auf der Zunge, aber niemand wußte, daß ich diesen Namen kannte – außer Mary Ruthven, von der ich ihn gehört hatte. »Sie meinen die Jacht General Ruthvens? Hat General Ruthven eine Privatjacht?«

»Larry und ich haben bestimmt keine«, erwiderte Vyland mit einem breiten Grinsen, »Larry und ich?« Das war eine merkwürdige Formulierung, aber sie besagte mir nichts, deshalb ließ ich es dabei bewenden. »Selbstverständlich war es die Jacht General Ruthvens.«

Ich nickte. »Und selbstverständlich haben Sie den Bathyskaph hier in der Nähe liegen. Würden Sie mir verraten, wozu in aller Welt Sie ein Tiefseetauchgerät brauchen? Für eine Bohrung wie diese hier...«

»Das will ich Ihnen gern verraten. Sie werden es ohnedies erfahren müssen. Wir befinden uns auf einer – äh – Schatzsuche, Talbot.«

»Kommen Sie mir doch nicht mit Seeräuberkamellen!« sagte ich höhnisch.

»Mir scheint, Sie sticht schon wieder der Hafer, Talbot! Nein, es handelt sich nicht um ein Märchen, und der Schatz, den wir suchen, liegt ganz in der Nähe.«

»Wie haben Sie ihn denn gefunden? Haben Sie bei der Suche den Bathyskaph eingesetzt?«

»Wie wir ihn gefunden haben?« Vyland hatte es auf einmal überhaupt nicht mehr eilig. Wie in jedem Verbrecher, steckte auch in ihm ein kleiner Schmierenkomödiant. Er würde keine Gelegenheit vorbeigehen lassen, sich in seinem eigenen Ruhm zu sonnen. »Wir wußten ungefähr, wo er liegt. Wir versuchten, ihn mit einem Schleppnetz zu bergen, aber ohne Erfolg. Dann lernten wir General Ruthven kennen. Wie Sie wahrscheinlich nicht wissen, stellt General Ruthven seine Jacht seinen Geologen zur Verfügung, wenn sie das Gelände sondieren, kleine Bomben auf dem Meeresgrund zur Explosion bringen und mit ihren seismographischen Instrumenten festzustellen versuchen, wo die ölhaltigen Schichten verlaufen. Während die Herren mit ihren Bomben beschäftigt waren, tasteten wir mit Hilfe eines überaus empfindlichen Echolots den Meeresboden ab. Und da fanden wir den Schatz.«

»Hier in der Nähe?«

»Ganz in der Nähe.«

»Warum haben Sie ihn dann noch nicht geborgen?« Mr. Talbot mimt den Bergefachmann, der sich dermaßen in ein Problem vertieft, daß er seine eigene Lage völlig vergessen hat...

»Wie würden Sie ihn bergen, Talbot?«

»Ich würde natürlich tauchen. Das dürfte in diesen Gewässern recht leicht sein. Wir haben hier schließlich ein riesiges Kontinentalschelf. Von jedem beliebigen Punkt an der Westküste Floridas aus muß man etwa hundert Seemeilen weit hinausgehen, bevor man auch nur eine Tiefe von zweihundert Metern erreicht, und wir befinden uns dicht vor der Küste. Dreißig Meter, fünfzig Meter?«

»Wie tief steht X-13, Herr General?«

»Dreiundvierzig Meter bei Ebbe«, erwiderte Ruthven mechanisch.

Ich zuckte mit den Schultern. »Na, da haben Sie es doch!«

»Nein, da haben wir's nicht.« Vyland schüttelte den Kopf. »Wie tief kann ein Taucher gehen, wenn er etwas ausrichten soll, Talbot?«

»Etwa hundert Meter.« Ich überlegte einen Moment. »Die größte Tiefe haben meines Wissens amerikanische Taucher vor Honolulu erreicht. Rund einundneunzig Meter. U-Boot F 4.«

»Sie sind wirklich ein Fachmann, Talbot, nicht wahr?«

»Das weiß jeder Taucher und jeder Bergungsingenieur, der sein Geld wert ist.«

»Einundneunzig Meter? Hm. Leider liegt unser Schatz in einem tiefen Loch, in einer Kluft im Meeresboden. Die Geologen General Ruthvens waren sehr interessiert, als wir dieses Loch entdeckten. Sie behaupteten, es sei ganz ähnlich wie – ja, was war es denn nun gleich, General Ruthven?«

»Die Hurd-Tiefe.«

»Richtig. Die Hurd-Tiefe. Eine tiefe Talsohle im Meeresboden. Dort versenken die Herren Engländer ihre alten Munitionsvorräte. Das Loch, mit dem wir es hier zu tun haben, ist hundertsechzig Meter tief.«

»Das ändert die Sache allerdings«, sagte ich langsam.

»Nicht wahr? Und wie würden Sie dieses Problem anpacken?«

»Das hängt davon ab, wie schwer das Bergegut zu erreichen ist. Mit dem neuesten Neufeldt-Kuhnke-Taucheranzug aus Panzerstahl könnte man es ungefähr schaffen. Aber ich bezweifle, daß ein

Taucher in dieser Tiefe etwas ausrichten kann. Er wäre einem Druck von hundert Kilogramm auf den Quadratzoll ausgesetzt und würde sich bei jeder Bewegung so vorkommen, als stecke er in einem Faß mit zähflüssigem Teer. Er könnte nur die allereinfachsten Manöver ausführen. Taucherglocken wären am geeignetsten. Galeazzi und meine frühere Firma, Siebe-Gorman, erzeugen die besten Modelle. Damit kann man in eine Tiefe von etwa fünfhundert Meter gehen. Man setzt sich hinein und dirigiert per Telefon die Sprengladungen, die Greifer, die Bagger. Auf diese Weise hat man aus der *Niagara* vor Neuseeland Gold im Wert von zehn Millionen Dollar und aus der *Egypt,* die in einer Tiefe von hundertdreißig Metern vor Ushant liegt, Gold im Wert von vier Millionen Dollar geborgen. Das sind die beiden klassischen Fälle aus neuerer Zeit, und so würde ich es angehen.«

»Dazu würde man aber mindestens zwei Überwasserfahrzeuge und eine umfangreiche Spezialausrüstung brauchen«, sagte Vyland. »Glauben Sie denn, wir könnten uns auf die Socken machen und Taucherglocken kaufen – falls es hierzulande welche zu kaufen gibt – und Bagger und Greifer und dann wochenlang an ein und derselben Stelle vor Anker legen, ohne Verdacht zu erregen?«

»Da haben Sie allerdings recht.«

»Daher der Batyhskaph.« Vyland lächelte. »Die Bodensenke ist knapp sechshundert Meter von hier entfernt. Wir nehmen Haken und Klammern mit, die an Drahtseilen befestigt sind. Die Drahtseile laufen über die Spulen nach außen an dem Bathyskaphen. Wir befestigen die Haken und Klammern – mit den Greifarmen vorn am Bathyskaphen lassen sich die kniffligsten Manöver bewältigen! Dann kehren wir hierher zurück und lassen dabei die Seile abrollen. Von X-13 aus holen wir die Seile wieder ein.«

»So einfach, ja?«

»So einfach, Talbot! Sehr klug, meinen Sie nicht?«

»Sehr!« Ich fand es gar nicht klug, ich glaubte nicht, daß Vyland auch nur die leiseste Ahnung von den Schwierigkeiten hatte, die mit einem Bergungsvorhaben verknüpft sind: Die endlosen, fruchtlosen Versuche im Zeitlupentempo – noch einmal und noch einmal und noch einmal und wieder ohne Erfolg –, das Ausmaß der erforderlichen Vorbereitungen, die Sachkenntnis und jahrelange Erfahrung, ohne die man nichts ausrichtete. Ich versuchte, mich zu erinnern, wie lange es gedauert hatte, Gold und Silber im Wert von zweieinhalb Millionen Dollar aus der *Laurentic* zu bergen, die in einer Tiefe von knapp vierzig Metern lag: An die sechs Jahre, wenn mich mein Gedächtnis nicht trog. Und Vyland redete daher, als ob er es im Lauf eines Nachmittags schaffen würde. »Wo befindet sich der Bathyskaph?« fragte ich.

Vyland deutete auf die halbkreisförmige Stahlwand. »Das ist einer der Tragpfeiler der Anlage, aber er hängt zehn Meter über dem Meeresboden. Unter ihm ist der Bathyskaph vertäut.«

»Unter ihm vertäut?« Ich starrte ihn an. »Was soll das heißen? Unterhalb des Pfeilers? Wie hat man ihn denn dorthin geschafft? Wie kommt man 'ran? Wie, um Gottes willen...«

Vyland unterbrach mich. »Sehr einfach. Wie Sie bereits bemerkt haben werden, verstehe ich nicht viel von technischen Dingen, aber ich habe einen – äh – guten Bekannten, der technisch geschult ist. Er ist auf einen äußerst simplen Ausweg verfallen. Quer über den unteren Rand des Pfeilers – eigentlich zwei Meter darüber – wurde ein äußerst widerstandsfähiger, wasserdichter Stahlboden gezogen und in den Boden ein spitz zulaufender, zwei Meter langer Stahlzylinder mit einem Durchmesser von einem Meter eingelassen. Der Zylinder ist oben und unten offen, aber oben kann man ihn mit einem Schraubdeckel abschließen. Der Deckel liegt platt an dem wasserdichten Stahlboden an. In einer Rille etwa siebzig Zentimeter unterhalb der oberen Zylinderkante liegt ein armierter Gummischlauch... Jetzt beginnt Ihnen ein Licht aufzugehen, Talbot, nicht wahr?«

»Es dämmert mir.« Schlaue, einfallsreiche Burschen, das mußte man ihnen lassen. »Auf irgendeine Weise haben Sie Ihre Bohringenieure veranlaßt, Ihnen an die Hand zu gehen. Sie haben behauptet, es handle sich um ein streng geheimes Forschungsprojekt. Deshalb dürfe niemand etwas merken, deshalb müsse es bei Nacht geschehen. Der Pfeiler war hochgezogen, der Bathyskaph lag auf dem Wasser, der Lukendeckel wurde geöffnet und der Pfeiler langsam herabgesenkt, bis der Zylinder über das Mannloch des Bathyskaphs gestülpt war. Dann wurde der Gummiring mit Preßluft vollgepumpt, um vollkommene Dichtheit zu erzielen. Danach senkte man den hohlen Pfeiler ins Wasser, und er schob den Bathyskaph vor sich her, während jemand, wahrscheinlich Ihr Freund, der Techniker, im Bathyskaph saß und das hydrostatische Ventil regulierte, und zwar so, daß eine der anstoßenden Kammern sich hinreichend mit Wasser füllte, um den Bathyskaph sachte sinken zu lassen, aber der leichte Auftrieb nicht verlorenging, der nötig war, damit die Niedergangsluke in den Zylinder am Fußende des Pfeilers gedrückt wurde. Und wenn Sie losfahren wollen, klettern Sie ganz einfach durch den hohlen Pfeiler in den Bathyskaph, verschließen sowohl die Zylinderluke als auch das Mannloch des Bathyskaphs, lassen von der Plattform aus die Luft aus dem Gummiring blasen, der das Mannloch des Bathyskaphs umgibt, füllen die Tanks, damit der Bathyskaph sich vom Pfeiler löst, und los geht's! Bei der Rückkehr der umgekehrte Prozeß. Aber da brauchen Sie die Saugpumpe, um das Wasser abzusaugen, das sich in dem offenen Zylinder angesammelt hat. Habe ich recht?«

»Bis ins letzte Detail!« Vyland gestattete sich abermals ein Lächeln: »Genial, meinen Sie nicht?«

»Nein. Das einzig Geniale war der Diebstahl des Bathyskaphen. Alles übrige muß jeder einigermaßen tüchtige Unterwasserspezialist beherrschen. Man hat lediglich das Prinzip der zweiteiligen Taucherglocke angewandt, die ungefähr auf die gleiche Art über die Rettungsluke fast jedes U-Boot-Typs gestülpt werden kann. Ein ganz ähnliches Prinzip wendet man bei Tiefbauten unter Wasser an, wenn man mit Hilfe von Senkkästen Brückenfundamente und dergleichen im Wasser verankert. Trotzdem, nicht übel! Ihr Freund, der Techniker, war nicht dumm. Schade um ihn, nicht wahr?«

»Schade?« Vylands Lächeln erlosch.

»Er ist doch tot, nicht?«

Es wurde sehr still im Raum. Nach etwa zehn Sekunden fragte Vyland sehr leise: »Was sagten Sie?«

»Daß er tot ist. Wenn einer Ihrer Angestellten plötzlich stirbt, Vyland, möchte ich annehmen, daß Sie keine Verwendung mehr für ihn haben. Aber der Schatz ist noch nicht gehoben, also muß es sich doch um einen Unglücksfall gehandelt haben.« Ich beobachtete sein Mienenspiel.

Wieder eine lange Pause. »Warum ein Unglücksfall? Wie kommen Sie auf diesen Gedanken?«

»Er war nicht mehr jung. Vyland, nicht wahr?«

»Warum ein Unglücksfall? Wie kommen Sie auf diesen Gedanken?« In jedem Wort eine leichte Drohung. Larry leckte sich wieder die Lippen.

»Der wasserdichte Boden, den man in den unteren Teil des Pfeilers montiert hat, war nicht ganz so wasserdicht, wie man sich einbildete. Er leckte, nicht wahr, Vyland? Vielleicht war das Leck winzig klein und saß in der Fuge zwischen Stahlboden und Pfeilerwand. Schlampig geschweißt. Aber Sie hatten Glück. Irgendwo weiter oben muß sich im Innern des Pfeilers noch ein Querschott befinden, eine strukturelle Versteifung sozusagen. Sie haben also diese Maschine« – ich zeigte auf einen der festgeschraubten Generatoren – »benützt, um Luft in den Pfeiler zu pressen, nachdem Sie jemanden hinuntergeschickt und den Zugang abgedichtet hatten. Als der Druck groß genug war, wurde das eingedrungene Wasser an der lecken Stelle hinausgepreßt. Nun konnte der Mann, der sich im Pfeiler befand – oder waren es mehrere? –, das Loch abdichten. Habe ich recht, Vyland?«

»Sie haben recht.« Er hatte die Fassung zurückgewonnen. Und was konnte es schaden, einem Menschen Dinge einzugestehen, der ja doch nicht lange genug leben würde, um sie weiterzutragen? »Woher wissen Sie das alles, Talbot?«

»Der Diener im Hause des Generals! Ich habe viele solche Fälle gesehen. Er leidet an der Caissonkrankheit, wie man früher sagte, und wird nie wieder gesund werden. Caisson- oder Taucherkrankheit. Wenn ein Mensch unter starkem Luft- oder Wasserdruck arbeitet und dieser Druck zu schnell gemindert wird, bilden sich Stickstoffblasen im Blut. Die Leute im Pfeiler standen unter einem Druck von etwa vier Atmosphären. Wenn sie länger als eine halbe Stunde dort unten waren, hätten sie mindestens eine halbe Stunde benötigt, um sich an den normalen Luftdruck zu gewöhnen. Vermutlich aber hat irgendein kriminelles Rindvieh den Druck zu schnell reduziert – wahrscheinlich ließ man die komprimierte Luft einfach entweichen. Auch im günstigsten Fall und unter den besten Bedingungen ist eine derartige Arbeit nur etwas für kräftige, junge Menschen. Ihr Freund, der Techniker, war nicht mehr jung und kräftig genug, deshalb mußte er sterben. Der Diener wird vielleicht noch lange leben, aber nie mehr ohne Schmerzen sein. Doch das nehmen Sie sich nicht sehr zu Herzen, nicht wahr, Vyland?«

»Wir verschwenden kostbare Zeit.« Ich sah die Erleichterung in Vylands Zügen. Eben noch hatte er befürchtet, ich – und vielleicht auch andere – könnten allzu genau über die Vorgänge auf X-13 informiert sein. Jetzt aber war er beruhigt und sehr erleichtert. Mich jedoch interessierte nur der General.

General Ruthven musterte mich auf eine recht sonderbare Weise. Staunen spiegelte sich in seinem Gesicht, ein Gedanke schien ihn zu beschäftigen. Viel schlimmer aber war, daß sich in ihm leise Zweifel regten, eine dunkle Ahnung, ein ungläubiges Verstehen.

Das gefiel mir nicht, das gefiel mir ganz und gar nicht. Schnell überdachte ich, was ich alles gesagt oder angedeutet hatte, und in solchen Dingen funktioniert mein Gedächtnis fast lückenlos, aber mir wollte nicht ein einziges Wort einfallen, das diesen Gesichtsausdruck gerechtfertigt hätte. Wenn ihm etwas aufgefallen war, dann hatte vielleicht auch Vyland es gemerkt. Vylands Miene aber verriet keinerlei Argwohn. Ein unbedachtes Wort, das den General stutzen ließ, mußte nicht unbedingt auch Vyland aufgefallen sein. General Ruthven war sicherlich ein kluger Mann. Dummköpfen gelingt es nicht, mit leeren Händen zu beginnen und im Lauf eines Menschenlebens an die dreihundert Millionen zusammenzuraffen.

Ich wollte Vyland keine Zeit lassen, den Gesichtsausdruck des Generals zu studieren und zu deuten – vielleicht war er schlau genug, gewisse Folgerungen zu ziehen. Ich sagte: »Ihr Ingenieur ist tot, und nun brauchen Sie einen Piloten für Ihren Bathyskaphen.«

»Falsch. Wir können selber mit ihm umgehen. Sie glauben doch nicht, daß wir solche Idioten sind, einen Bathyskaphen zu stehlen, ohne daß wir wüßten, was wir mit ihm anzufangen haben? Wir verschafften uns durch einen Verbindungsmann in Nassau komplette Wartungs- und Bedienungsvorschriften sowohl in französischer als auch in englischer Sprache. Keine Bange, wir wissen Bescheid.«

»So, das ist ja interessant.« Ohne um Erlaubnis zu fragen, setzte ich mich auf eine Bank und zündete mir eine Zigarette an. Eine ähnliche Geste würde man von mir erwartet haben. »Was wollen Sie dann von mir?«

Zum erstenmal während unserer kurzen Bekanntschaft sah Vyland verlegen aus. Nach ein paar Sekunden runzelte er die Stirn und sagte schroff: »Wir kriegen die gottverdammten Motoren nicht in Gang.«

Ich nahm einen tiefen Zug aus meiner Zigarette und versuchte, einen Rauchring zu blasen. Es glückte mir nicht. Mir glückte es nie.

»Schau, schau, schau!« murmelte ich. »Wie lästig! Für Sie natürlich. Mir könnte es gar nicht gelegener kommen. Sie brauchen nur die beiden kleinen Motoren anzulassen, und, hoppla, ein Vermögen liegt auf dem Tisch. Ich nehme an, daß es nicht um Groschen geht – bei diesem enormen Aufwand. Ohne mich können Sie die Motoren nicht in Gang bringen. Wie gesagt, das kommt mir sehr gelegen.«

»Sie wissen, wie man sie anläßt?« fragte er kalt.

»Vielleicht. Es dürfte gar nicht so kompliziert sein. Einfache Elektromotoren mit Batterieantrieb.« Ich lächelte. »Aber die Stromkreise, die Schaltungen und die Sicherungen sind recht knifflig. Sind sie in den Wartungsvorschriften beschrieben?«

»Ja.« In der Politur seines Gesichts zeigten sich deutliche Risse, seine Stimme klang wie das Knurren eines bösen Köters. »Sie sind chiffriert.«

»Wunderbar, einfach wunderbar!« Ich erhob mich gemächlich

und blieb vor Vyland stehen. »Ohne mich seid ihr aufgeschmissen, ja?«

Er schwieg.

»Dann müßt ihr zahlen, Vyland! Ich verlange Garantien für mein Leben.« Mir lag gar nichts an solchen Garantien, aber ich mußte Komödie spielen, sonst hätten sie Verdacht geschöpft. »Was für Garantien haben Sie mir zu bieten, Vyland?«

»Du lieber Gott, Mann, Sie brauchen doch keine Garantien!« sagte General Ruthven erstaunt und entrüstet. »Wer sollte es denn auf Ihr Leben abgesehen haben?«

»Passen Sie auf, Herr General!« erwiderte ich geduldig. »Vielleicht sind Sie ein gefürchteter Tiger, wenn Sie durch die Dschungel von Wall Street schleichen, aber in den Jagdgründen jenseits des Gesetzes können Sie es nicht einmal mit einem Miezekätzchen aufnehmen. Wer mit unserem Freund Vyland zu tun hat und zuviel weiß, wird unweigerlich ein böses Ende nehmen. Freilich erst dann, wenn er ihm nicht länger von Nutzen sein kann. Vyland will was für sein Geld haben – auch wenn es ihn nichts kostet.«

»Wollen Sie damit andeuten, daß auch mir ein ähnliches Schicksal drohen könnte?« fragte Ruthven.

»Ihnen nicht, Herr General. Sie haben nichts zu befürchten. Ich weiß nicht, was für übelriechende Bindungen zwischen Ihnen und Vyland bestehen, und es ist mir auch völlig egal. Vielleicht sind Sie ihm ausgeliefert, vielleicht stecken Sie bis über beide Ohren mit ihm unter einer Decke, es spielt so oder so keine Rolle. Sie brauchen nichts zu befürchten. Das Verschwinden des reichsten Mannes im Land würde die wildeste Menschenjagd des Jahrhunderts entfesseln. Entschuldigen Sie meinen Zynismus, Herr General, aber so sieht es nun einmal aus. Viel Geld, viel Ehr – und viel Polizei. Man würde Krethi und Plethi verhaften und unter Druck setzen, Herr General. Und Rauschgifthelden wie unser aufgeputschter junger Freund hier« – ich deutete mit dem Daumen über die Schulter in Larrys Richtung – »neigen sehr dazu, aus der Schule zu plaudern, wenn man sie unter Druck setzt. Das weiß Vyland. Sie haben nichts zu befürchten. Wenn erst einmal alles vorbei ist und wenn Sie nicht wirklich mit ihm auf Gedeih und Verderb verbündet sind, wird er Mittel und Wege finden, sich Ihr Schweigen zu sichern. Sie würden ihm nichts nachweisen können, es stünde nur Ihr Wort gegen sein Wort und die Aussage zahlreicher Zeugen, und ich nehme an, daß nicht einmal Ihre leibliche Tochter weiß, was hier vorgeht. Außerdem müssen wir mit dem braven Royale rechnen. Zu wissen, daß er frei umherschleicht und nur darauf wartet, daß irgend jemand den kleinsten Fauxpas begeht, ist eine ausreichende Garantie: Der Betreffende wird so mucksmäuschenstill sein, daß eine Auster im Vergleich zu ihm geradezu schwatzhaft wirkt.« Ich wandte mich Vyland zu und sah ihn lächelnd an. »Ich aber bin unentbehrlich, nicht wahr?« Ich schnalzte mit den Fingern. »Die Garantie, Vyland, die Garantie!«

»Ich gebe Ihnen diese Garantie, Talbot«, sagte General Ruthven ruhig. »Ich weiß, mit wem ich es zu tun habe. Ich weiß, daß Sie ein Mörder sind. Aber ich will nicht einmal einen Mörder ohne weiteres ans Messer liefern. Wenn Ihnen etwas passiert, werde ich die Karten auf den Tisch legen, ohne Rücksicht auf die Folgen. Vyland ist in erster Linie Geschäftsmann. Sie aus dem Weg zu räumen, würde ihn nicht annähernd für die Millionen entschädigen, die ihm dadurch entgingen. Sie brauchen keine Angst zu haben.«

Millionen. Zum erstenmal wurden die Beträge erwähnt, um die es sich handelte. Millionen. Und ich sollte sie ihnen verschaffen.

»Besten Dank, Herr General. Damit haben Sie sich einen Ehrenplatz unter den Erzengeln gesichert«, murmelte ich. Ich drückte meine Zigarette aus, drehte mich zu Vyland um und fuhr lächelnd fort: »Her mit dem Werkzeugkasten, lieber Freund. Wir wollen uns mal Ihr neuestes Spielzeug ansehen.«

9

Es ist nicht üblich, Grüfte in Form siebzig Meter langer Metallzylinder zu bauen, aber wenn, dann wäre dieser Pfeiler des X-13 eine Sensation gewesen. Ich meine, als Grabgruft. Er hatte alles, was zu einer Gruft gehört. Es war kalt, feucht und finster drin. Durch die drei winzigen Glühwürmchen oben, in der Mitte und unten wurde das Dunkel eher betont als gemildert. Gespenstisch, unheimlich, erschreckend. Das hohle, dröhnende Echo einer Stimme klang in diesem schwarzen, grottenhaften Rohr wie der Posaunenton des Racheengels.

Als Grabmal wunderbar, als Durchgang höchst beschwerlich. Die einzige Verbindung zwischen oben und unten bestand aus einer Reihe eiserner Leitern, die an die Wände des Pfeilers geschweißt waren. Ich zählte zwölf Leitern mit je fünfzehn Sprossen. Nirgends gab es eine Nische, eine Stelle, an der man sich hätte ausruhen können. Auf dem Rücken trug ich ein schweres elektrisches Meßgerät. Die Sprossen waren so naß und schlüpfrig, daß ich mich krampfhaft festhalten mußte, um nicht von der Leiter zu fallen. Meine Schulter- und Unterarmmuskeln mußten einiges aushalten. Die doppelte Strecke hätte ich nicht bewältigt.

Es ist Sitte, daß in einer fremden Umgebung der Gastgeber vorausgeht. Vyland verzichtete auf dieses Privileg. Vielleicht fürchtete er, ich würde, wenn ich ihn vor mir hätte, die Gelegenheit benützen, um ihm einen Tritt in den Nacken zu versetzen, damit er dreißig Meter weiter unten auf die eiserne Plattform fallen und sich den Hals brechen mußte. Wie dem auch sei, ich ging voraus. Mir auf dem Fuß folgten Vyland und die beiden fischäugigen Gesellen, die uns in der Stahlkammer erwartet hatten. Larry und der General waren oben geblieben, rnd bestimmt nahm niemand an, daß Larry fähig sei, auf jemanden aufzupassen. Der General konnte sich also frei bewegen, aber Vyland schien nicht zu befürchten, daß er seine Bewegungsfreiheit dazu benützen würde, um ihm einen Knüppel zwischen die Beine zu werfen. Das war mir unerklärlich gewesen, jetzt aber kannte ich des Rätsels Lösung. Zumindest glaubte ich sie zu kennen. Wenn ich mich irrte, würden unschuldige Menschen ihr Leben lassen müssen. Ich schob den Gedanken beiseite.

»Aufmachen, Cibatti!« befahl Vyland.

Der größere der beiden bückte sich, schraubte den Lukendeckel los, klappte ihn hoch und ließ ihn in eine an der Wand befestigte Schließe einschnappen. Ich warf einen Blick in den engen Stahlzylinder, der zu der Stahlkabine unter dem Bathyskaphen führte, und sagte zu Vyland: »Sie wissen doch, daß Sie die Durchgangskammer unter Wasser setzen müssen, bevor Sie sich auf die Suche nach dem Märchenschatz machen?«

»Wie, was?« Er musterte mich argwöhnisch. »Warum?«

»Hatten Sie etwa vor, sie leer zu lassen?« fragte ich erstaunt. »Für gewöhnlich wird diese Kammer in dem Augenblick mit Wasser gefüllt, da man zu tauchen beginnt – und das tut man normalerweise an der Meeresoberfläche, nicht wie hier in einer Tiefe von vierzig Metern. Freilich, freilich, die Wände machen einen soliden Eindruck, vielleicht würden sie sogar die doppelte Tiefe aushalten, ich weiß es nicht. Eines aber weiß ich: Die Kammer ist von Auftriebtanks umgeben, die insgesamt etwa fünfunddreißigtausend Liter Benzin enthalten und nach unten zu offen sind. Der Druck in diesen Behältern entspricht genau dem Wasserdruck von außen – deshalb genügte das dünnste Metallblech. Wenn aber die Durchgangskammer nichts als Luft enthält, lastet auf den Wänden ein Druck von mindestens hundert Kilogramm pro Quadratzoll, und das halten sie nicht aus. Sie reißen, das Benzin rinnt aus, der Auftrieb ist weg, und Sie sitzen da – in einer Tiefe von hundertsechzig Metern. Dort können Sie dann bis zum Jüngsten Tag hocken bleiben.«

In dem trüben Halbdunkel war es schwer, mit Sicherheit etwas festzustellen, aber ich hätte schwören mögen, daß alle Farbe aus Vylands Wangen gewichen war.

»Das hat Bryson nie gesagt.« Vylands Stimme klang heiser vor Zorn – und zitterte ein wenig.

»Bryson? Ihr Freund, der Techniker?« Ich erhielt keine Antwort, also fuhr ich fort: »Das kann ich mir denken. Er war nicht Ihr Freund, Vyland, wie? Ihm saß eine Pistole im Rücken, nicht? Und er wußte, daß die Pistole in dem Augenblick losgehen würde, wo Sie keine Verwendung mehr für ihn hatten. Warum, zum Teufel, sollte er Sie warnen?« Ich wandte mich ab und schulterte das Meßgerät wieder. »Es braucht niemand mitzukommen, das würde mich nur nervös machen.«

»Glauben Sie, ich lasse Sie allein dort hinunterklettern, damit Sie Dummheiten machen?« fragte er kalt.

»Unsinn«, erwiderte ich verdrossen. »Ich könnte mich vor das Schaltbrett oder vor den Sicherungskasten stellen und den Bathyskaphen so gründlich ruinieren, daß er sich nie mehr von der Stelle rührt – und weder Sie noch Ihre Kumpane würden etwas merken. Es liegt in meinem eigenen Interesse, das Gerät in Gang zu bringen, damit ich das Ganze so schnell wie möglich hinter mir habe. Je schneller, desto besser für mich.« Ich schaute auf meine Uhr. »Zwanzig vor elf. Ich werde etwa drei Stunden brauchen, um den Fehler zu finden. Mindestens. Um zwei Uhr mache ich Pause. Ich klopfe an den Lukendeckel, wenn ihr mich herauslassen sollt. Ich erwarte aber, daß dies schnell geschieht!«

»Nicht nötig.« Vyland war nicht sehr zufrieden mit diesem Arrangement, aber solange er mir keine verräterische Absicht nachweisen konnte, mußte er gute Miene zum bösen Spiel machen. Es blieb ihm nichts anderes übrig. »In der Kabine hängt ein Mikrophon, das durch ein Kabel mit der Wachstube oben im Pfeiler verbunden ist. Sie brauchen nur auf den Knopf zu drücken. Sagen Sie uns Bescheid, wenn Sie soweit sind.«

Ich nickte, kletterte die Sprossen hinunter, die in die Wand des Zylinders eingeschweißt waren, öffnete den oberen Deckel der Einstiegkammer des Bathyskaphen, zwängte mich mühsam hindurch – der nach unten führende Zylinder, der den oberen Rand der Einstiegkammer umfaßte, war nur wenige Zentimeter breiter, so daß man den Lukendeckel nicht ganz hochklappen konnte –, tastete nach den Sprossen, zog den Deckel hinter mir zu, schloß ihn und schob mich dann durch die qualvolle Enge der Kammer zur Kabine hinunter. Das letzte Stück verlief in einer fast rechtwinkligen Biegung, aber es gelang mir, mich und das Meßgerät durchzuschlängeln. Ich öffnete die schwere Stahltür der Kabine, wand mich durch den schmalen Spalt und machte dann die Tür fest hinter mir zu.

Nichts hatte sich verändert, genauso hatte ich's in Erinnerung. Die Kabine war größer als die des ursprünglichen Modells, leicht oval, statt rund; aber was dadurch an Festigkeit verlorenging, wurde durch die Geräumigkeit und Bewegungsfreiheit mehr als wettgemacht. Und da dieser Typ nur für Bergungsarbeiten bis zu einer Tiefe von etwa achthundert Metern bestimmt war, spielte die relative Einbuße an Widerstandsfähigkeit kaum eine Rolle. Drei Fenster waren vorhanden, das eine in den Boden eingelassen. Alle drei waren gleich der Eingangstür konisch, damit der Wasserdruck sie noch fester in die Fassung preßte. Sie sahen recht zerbrechlich aus, diese Fensterchen, aber ich wußte, daß das eigens konstruierte Plexiglas in dem größten – dessen äußerer Durchmesser nicht mehr als dreißig Zentimeter betrug – eine Belastung von zweihundertfünfzig Tonnen aushielt, ohne zu zerbrechen, das Vielfache der Belastung, der dieser Bathyskaph ausgesetzt sein würde.

Die Kabine selbst war ein technisches Meisterwerk.

Eine der Schaltvorrichtungen hatte ich noch nie gesehen, und sie machte mir eine Zeitlang Kopfzerbrechen: einen Rheostaten mit Plus- und Minusgraden auf den Skalen neben dem Knopf in der Mitte. Darunter ein Messingschild: ›Treidelleine‹. Ich hatte keine Ahnung, was das sein sollte, aber nach ein paar Minuten wußte ich es mit ziemlicher Sicherheit. Vyland – oder vielmehr Bryson auf Vylands Weisung – mußte an der Oberseite des Bathyskaphen, offenbar achteraus, eine kraftgetriebene Trommel montiert haben. Das Kabel, das um die Trommel lief, war mit einem schweren Riegel oder Ring am Pfeiler befestigt worden, bevor man ihn ins Wasser gesenkt hatte. Soweit ich die Sache beurteilen konnte, war diese Vorrichtung nicht dazu bestimmt, den Bathyskaphen, wenn etwas passierte, zu der Bohrplattform zurückzuziehen, sie diente vielmehr dazu, das äußerst schwierige Navigationsproblem zu lösen und die Rückkehr zu dem Pfeiler zu erleichtern. Ich schaltete eines der Suchlichter an, stellte den Strahl ein und blickte durch das Fenster zu meinen Füßen. Im Meeresboden sah ich noch den tiefen, kreisförmigen Ring, in den der Pfeiler ursprünglich eingebettet gewesen war, einen fast einen halben Meter tiefen Graben. Mit diesem Anhaltspunkt würde es nicht schwerfallen, den oberen Rand der Einstiegluke des Bathyskaphen in den Zylinder innerhalb des Pfeilers einzufügen.

Zumindest verstand ich nun, warum Vyland sich nicht allzu heftig dagegen gesträubt hatte, mich in der Kabine allein zu lassen. Ich hätte ohne weiteres die Einstiegkammer mit Wasser füllen, die Motoren starten, den Bathyskaphen in schaukelnde Bewegungen versetzen, ihn dadurch von der Gummidichtung lösen und davonsegeln können – in die Freiheit, in die Sicherheit. Ich wäre aber nicht weit gekommen, da ich durch ein dickes Kabel an den Pfeiler des X-13 gefesselt war. Vyland mochte seiner Kleidung, seinen affektierten Manieren und seiner Redeweise nach ein ausgemachter Fatzke sein, aber das änderte nichts an der Tatsache, daß er ein äußerst gerissener Bursche war.

Bis auf die Armaturen an der einen Wand war die Kabine so gut wie leer, abgesehen von drei schmalen Klappsitzen und einem Regal, auf dem alle möglichen Fotoapparate und ein Blitzlichtgerät lagen.

Mein erster Rundblick nahm nicht viel Zeit in Anspruch. Ich wandte meine Aufmerksamkeit gleich der Schaltdose des Handmikrophons neben dem Klappsitz zu. Es sah Vyland ähnlich, daß er sich vergewissern wollte, ob ich auch wirklich arbeitete. Er war imstande, die Drähte in der Dose so zu koppeln, daß das Mikrophon auch dann eingeschaltet war, wenn der Schalter auf ›Aus‹ stand. Dann würde er hören, ob ich arbeitete – wenn er auch nicht wissen konnte, was ich tat. Aber ich hatte ihn falsch beurteilt oder überschätzt. Die Drähte waren richtig gekoppelt.

In den nächsten fünf Minuten prüfte ich sämtliche Armaturen bis auf den Anlasser. Wenn sich noch jemand im unteren Ende des Pfeilers aufhielt, würde er die Schwingungen der Motoren spüren, falls sie ansprangen.

Als nächstes schraubte ich den Deckel von der größten Schaltdose ab, löste etwa zwanzig bunte Drähte aus ihren Klemmen und ließ sie in wildem Durcheinander herunterbaumeln. Ich verband ein Kabel des Meßgeräts mit einem der Drähte, öffnete zwei weitere Schaltdosen und Sicherungskästen und leerte den größten Teil meines Werkzeugs auf die kleine Werkbank unter dem Instrumentenbrett. Jedermann mußte überzeugt sein, daß hier brav und fleißig gearbeitet wurde.

Der Boden der Stahlkammer war so schmal, daß ich mich nicht einmal der Länge nach auf dem engmaschigen Rost ausstrecken konnte, aber das störte mich nicht. Ich hatte in der vergangenen Nacht kein Auge zugetan, in den letzten zwölf Stunden reichlich viel mitgemacht und war wirklich sehr müde. Ich würde schon schlafen.

Ich schlief. Kurz vor dem Einschlafen hatte ich noch das Gefühl, daß Wind und Seegang sich ordentlich verstärkt haben mußten. In einer Tiefe von mindestens fünfunddreißig Metern spürt man den Wellengang nur selten oder nie, aber der Bathyskaph schaukelte, wenn auch nur ganz sachte. Es wiegte mich in Schlaf.

Als ich aufwachte, war es auf meiner Armbanduhr halb drei. Höchst seltsam. Normalerweise kann ich in meinem Hirn einen Wecker stellen und fast genau zu einer bestimmten Zeit erwachen. Diesmal hatte ich verschlafen, aber das wunderte mich nicht. Der Kopf brummte mir, die Luft in der kleinen Kabine war schlecht. Meine Schuld. Schlamperei. Ich griff nach dem Schalter des Luftreinigers und stellte ihn auf Maximum. Als nach fünf Minuten mein Kopf etwas klarer geworden war, schaltete ich das Mikrophon ein und bat darum, daß der in den Pfeilerboden eingelassene Lukendeckel geöffnet würde. Der Mann namens Cibatti kam herunter und ließ mich heraus. Drei Minuten später stand ich oben in der kleinen Stahlkammer.

Vyland schnauzte mich an. »Sie haben sich verspätet.« Außer Cibatti, der soeben die Pfeilertür hinter mir zugeschraubt hatte, waren nur Vyland und Royale in dem Raum. Der Hubschrauber hatte offenbar auch die zweite Tour ohne Mißgeschick überstanden.

»Der verdammte Mist soll doch fertig werden oder wie?« erwiderte ich gereizt. »Ich mache das nicht zum Spaß, Vyland.«

»Das stimmt.« Der Gangsterchef persönlich würde niemanden unnützerweise ärgern. Er musterte mich scharf. »Was ist denn los mit Ihnen?«

»Was mit mir los ist?« fragte ich mürrisch. »Ich habe vier Stunden hintereinander in einem Sarg gehockt und geschuftet. Außerdem war der Lufreiniger schlecht eingestellt. Aber das ist jetzt in Ordnung.«

»Haben Sie etwas erreicht?«

»Verdammt wenig.« Rasch hob ich die Hand, als ich sah, daß er die Stirn runzelte und ein finsteres Gesicht machte. »Ich habe alles versucht. Ich habe jeden einzelnen Kontakt, jeden einzelnen Stromkreis kontrolliert, und erst in den letzten zwanzig Minuten ist mir aufgegangen, wo der Fehler stecken könnte.«

»Also?«

»Sie dürfen sich bei Ihrem verstorbenen Freund Bryson bedanken.« Ich sah ihn nachdenklich an. »Hatten Sie die Absicht, Bryson mitzunehmen, wenn es soweit war? Oder wollten Sie allein losziehen?«

»Ich wollte Royale mitnehmen, sonst niemanden. Ich dachte mir...«

»Ja, ja, ich weiß, es hätte nicht viel Zweck gehabt, ihn mitzunehmen. Ein Toter kann nicht mehr viel ausrichten. Entweder Sie haben eine Andeutung gemacht, daß er nicht mit dabei sein würde, und er kannte den Grund und arrangierte deshalb eine kleine posthume Rache, oder er haßte Sie dermaßen, daß er entschlossen war, falls Sie ihn mitnähmen, mit Ihnen gemeinsam zur Hölle zu fahren. Ja, Ihr Freund machte das sehr geschickt. Er hatte nur nicht genügend Zeit, um das Arrangement zu Ende zu führen, bevor ihn die Krankheit erwischte. Deshalb funktionieren die Motoren nicht. Er hatte es so eingerichtet, daß der Bathyskaph einwandfrei funktioniert hätte. Er wäre vorwärts und rückwärts, nach unten und nach oben gewandert, ganz nach Belieben – bis Sie mit ihm eine Tiefe von etwas über hundert Meter erreicht hätten. Dann wären gewisse hydrostatische Kurzschlüsse aufgetreten. Eine großartige Leistung.« Ich riskierte nicht viel. Ich wußte, daß sie von diesen Dingen nichts verstanden.

»Und dann?« fragte Vyland mit gepreßter Stimme.

»Dann? Nichts mehr. Der Bathyskaph wäre nie mehr über hundert Meter hinausgekommen. Nachdem sich entweder die Batterien oder das Sauerstoffgerät erschöpft hätten – also nach ein paar Stunden –, wären Sie erstickt.« Ich musterte ihn forschend. »Das heißt, nachdem Sie wahnsinnig geworden wären.«

Ich hatte mir schon früher einmal eingebildet, etwas Farbe sei aus Vylands rosigen Wangen gewichen. Diesmal aber bestand kein Zweifel mehr: Er wurde kreideweiß. Um seine Erregung zu bemänteln, fummelte er nach einem Zigarettenpaket und zündete sich eine Zigarette an. Das Zittern seiner Hände konnte er nicht verbergen. Royale, der am Tisch saß, lächelte nur sein stilles, geheimnisvolles Lächeln und hörte nicht auf, unbekümmert mit dem Fuß zu schlenkern. Das bedeutete nicht, daß Royale mutiger gewesen wäre als Vyland, wahrscheinlich hatte er nur weniger Phantasie. Nichts kann ein berufsmäßiger Mörder sich weniger leisten als Phantasie. Er würde sonst die Schatten seiner Opfer nie loswerden. Mein Blick wandte sich ihm zu. Ich gelobte mir hoch und heilig, daß ich eines Tages dieses Gesicht in eine Maske, in eine

Fratze des Entsetzens verwandeln würde, so wie Royale die Gesichter der anderen in der Sekunde grauenvoller Erkenntnis vor Angst und Entsetzen hatte erstarren lassen, bevor er auf den Abzug seiner todbringenden kleinen Pistole drückte.

»Sehr hübsch, nicht?« sagte Vyland schroff. Er hatte sich wieder ein wenig gefaßt.

»Nicht schlecht.« Ich nickte. »Zumindest sympathisiere ich mit der Absicht, die er verfolgte.«

»Sehr witzig! Äußerst witzig!« Es gab Zeiten, da Vyland vergaß, daß ein wohlerzogener Finanzmagnat sich nie dazu herbeiläßt, höhnische Bemerkungen zu machen. Er sah mich an, und sein Blick wurde fragend. »Sie tragen sich hoffentlich nicht mit ähnlichen Gedanken, Talbot? Mir einen Streich zu spielen, wie Bryson es versucht hat?«

»Ein reizvoller Gedanke!« Ich sah ihn lächelnd an. »Aber Sie beleidigen meine Intelligenz. Erstens: Wenn ich so etwas vorhätte, würde ich die Sache nicht zur Sprache gebracht haben. Zweitens beabsichtige ich, Sie auf dieser kleinen Expedition zu begleiten. Zumindest hoffe ich, daß es mir gestattet sein wird.«

»So, so!« Vyland hatte sich wieder völlig in der Gewalt. »Plötzlich sind Sie so überaus entgegenkommend, Talbot! Das finde ich merkwürdig.«

»Wie man es macht, ist es falsch«, erwiderte ich mit einem Seufzer. »Wenn ich gesagt hätte, daß ich keine Lust habe, mitzukommen, wäre Ihnen das noch viel verdächtiger erschienen. Seien Sie doch nicht kindisch, Vyland. Jetzt sieht es anders aus als noch vor einigen Stunden. Erinnern Sie sich nicht mehr an die Worte des Generals? Daß er sich für mein Wohlergehen verbürgt? Er meinte es ernst, durchaus ernst. Versuchen Sie nur, mir den Garaus zu machen – dann macht er Ihnen den Garaus. Sie sind ein viel zu tüchtiger Geschäftsmann, um sich auf einen so unvorteilhaften Handel einzulassen. Unser lieber Royale wird auf das Vergnügen verzichten müssen, mich abzuknallen.«

»Menschen zu erschießen, macht mir kein Vergnügen«, warf Royale gelassen ein. Er konstatierte eine Tatsache. Ganz einfach. Ich starrte ihn einen Augenblick lang völlig verdutzt an, so ungeheuerlich kam mir das vor.

»Habe ich recht gehört?« fragte ich langsam.

»Glauben Sie etwa, daß es einem Totengräber Spaß macht, Gräber auszuheben, Talbot?«

»Ich denke, ich verstehe Ihren Gesichtspunkt.« Lange konnte ich den Blick nicht von ihm wenden. Er war noch unmenschlicher, als ich mir vorgestellt hatte. Dann fuhr ich fort: »Auf jeden Fall, Vyland, jetzt, da ich nicht mehr um mein Leben zu zittern brauche, sehe ich alles in einem ganz anderen Licht. Je schneller die Sache überstanden ist, desto schneller werde ich Sie und Ihre lieben kleinen Kumpane los. Später hoffe ich dem Herrn General ein paar Tausender abknöpfen zu können. Ich glaube nicht, daß es ihm recht wäre, wenn sich herumspricht, daß er kriminelle Machenschaften allergrößten Kalibers nicht nur geduldet, sondern sogar unterstützt hat.«

»Sie meinen – Sie meinen, daß Sie nicht davor zurückschrecken würden, den Mann zu erpressen, der Ihnen das Leben gerettet hat?« Allem Anschein nach gab es noch immer etwas, das Vyland in Erstaunen zu versetzen vermochte. »Mein Gott, Sie können es mit uns aufnehmen.«

»Ich habe nie das Gegenteil behauptet«, erwiderte ich gleichgültig. »Harte Zeiten, Vyland! Der Mensch muß leben. Und ich habe es eilig. Deshalb schlage ich vor, daß Sie mich mitnehmen. Ach ja, ich gebe zu, auch ein Kind kann den Bathyskaph bedienen und auf- und niedertauchen lassen, wenn es die Betriebsanleitung einigermaßen studiert hat. Aber damit ist es nicht getan. Ihr werdet einen Bergungsfachmann brauchen. Das schaffen Dilettanten nicht. Glauben Sie mir, Vyland, ich weiß Bescheid. Ihr seid Dilettanten. Ich bin Fachmann. Das einzige, worauf ich mich wirklich verstehe! Sie nehmen mich also ganz bestimmt mit, ja?«

Vyland musterte mich lange nachdenklich, dann sagte er ganz sanft: »Ich würde mir nicht im Traum einfallen lassen, ohne Sie loszufahren, Talbot.«

Er machte kehrt, öffnete die Tür und bedeutete mir, vorauszugehen. Er und Royale folgten mir. Als wir durch den Korridor gingen, hörte ich Cibatti einen schweren Riegel vorschieben und einen Schlüssel im Schloß umdrehen. Sicher wie die Bank von England. Mit einer einzigen Ausnahme: In der Bank von England öffnen sich die Türen zu den Safes nicht automatisch, wenn man nach einem bestimmten Kode anklopft. Ich hatte mir den Kode gemerkt. Und selbst wenn ich ihn vergessen hätte, wäre er mir jetzt sicherlich wieder eingefallen, da Vyland ihn an einer Tür benützte, die ungefähr fünfzehn Meter weiter im Korridor lag.

Cibattis Doppelgänger öffnete. Der Raum hinter dieser Tür war nicht so kärglich möbliert wie die Wachstube, die wir soeben verlassen hatten, aber auch nicht viel gemütlicher. Keine Wandverkleidung, keine Fußbodenbretter, kein Teppich, nicht einmal ein Tisch. Nur eine Polsterbank an der einen Wand, und auf dieser

Bank saßen der General und seine Tochter. Kennedy saß steif auf einem Holzstuhl in der Ecke, Larry spazierte auf und ab und spielte den bösen Wachhund. Er hatte seine schwere Pistole gezückt, und seine Augen leuchteten fiebrig wie immer. Ich musterte sie alle mit verdrossener, finsterer Miene.

General Ruthven war wieder der alte, beherrscht und ruhig wie stets. Aber um seine Augen zogen sich dunkle Schatten, die ich vor zwei Tagen noch nicht gesehen hatte. Auch die Augen seiner Tochter waren blau umrändert, das Gesicht wirkte bleich, aber gefaßt, doch sie besaß nicht den eisernen Willen ihres Vaters. Sie ließ die Schultern hängen. Ich liebte Frauen mit eisernem Willen nie sehr. Wie gern hätte ich den Arm um diese müden Schultern gelegt, aber Zeit und Ort waren dafür kaum geeignet und die Wirkung nicht abzuschätzen. Kennedy war Kennedy, weiter nichts, das gutgeschnittene, harte Gesicht eine glatte, braune Maske. Er wirkte völlig unbekümmert. Ich stellte fest, daß seine kastanienbraune Livrée noch vollkommener saß als vordem, aber er war nicht etwa beim Schneider gewesen. Jemand hatte ihm seine Pistole weggenommen, und nun störte nicht der kleinste Buckel den straffen Sitz der Hose.

Als die Tür hinter uns zufiel, stand Mary Ruthven auf. Ihre Augen funkelten zornig. Vielleicht war sie aus härterem Holz geschnitzt, als ich vermutet hatte. Sie zeigte auf Larry, ohne ihm einen Blick zu gönnen.

»Ist das nötig, Mr. Vyland?« fragte sie in eisigem Ton. »Muß ich annehmen, daß wir jetzt das Stadium erreicht haben, da man uns wie Sträflinge behandelt – wie Verbrecher, die von bewaffneten Wächtern umgeben sind?«

»Kümmern Sie sich doch nicht um das süße kleine Bürschchen«, warf ich in besänftigendem Ton ein. »Die Kanone in seinen Fingern bedeutet ganz und gar nichts. Er will nur sich selbst Mut machen. Alle diese Giftschlucker werden nervös und kribbelig, wenn die nächste Spritze fällig ist. Hat er sie erst, dann wird er sich aufblähen wie ein Ochsenfrosch.«

Larry lief auf mich zu und stieß mir die Mündung seiner Pistole in den Magen. Nicht allzu sanft. Sein Blick war glasig, auf den leichenblassen Wangen leuchteten rote Flecken, sein Atem pfiff heiser durch die entblößten, zusammengebissenen Zähne.

»Ich habe Sie gewarnt, Talbot«, flüsterte er, »ich habe Sie ersucht, mich nicht zu reizen. Das ist das letztemal...«

Ich warf einen Blick über seine Schulter, sah ihn dann lächelnd an.

»Schau dich um, du Schafskopf!« sagte ich leise. Dabei richtete ich wieder den Blick über seine Schulter und nickte kurz.

Er war viel zu benebelt, um nicht drauf 'reinzufallen. Ich war meiner Sache so sicher, daß ich, schon als er sich umzudrehen begann, die rechte Hand nach seinem Revolver ausstreckte; als er sich ganz umgedreht hatte, war seine Hand fest in meinem Griff, die Mündung der Waffe zeigte nach unten, so daß niemand verletzt würde, wenn sie losging. Jedenfalls nicht direkt. Die Kraft und Richtung eines Querschlägers zwischen diesen Stahlwänden ließen sich nicht berechnen.

Larry fuhr herum, das Gesicht verzerrt vor Wut und Haß. Er fluchte leise vor sich hin, grob und ordinär. Mit der linken Hand versuchte er, die Pistole an sich zu reißen, aber Larry hatte nie schwerere Arbeit geleistet, als sich eine Injektionsnadel unter die Haut zu jagen, er bemühte sich vergebens. Ich entriß ihm die Waffe, trat zurück, stieß ihn, als er mir folgen wollte, mit ausgestrecktem Arm von mir, öffnete die Pistole, zog das Magazin heraus, schleuderte es in eine Ecke und die Pistole in eine andere. Larry lehnte kraftlos an der Wand, an der er gelandet war. Blut sickerte ihm aus der Nase, Tränen der Wut, der Enttäuschung und des Schmerzes rollten ihm über die Wangen. Wenn ich ihn nur ansah, wurde mir übel.

»Schon gut, Royale!« sagte ich, ohne den Kopf zu wenden. »Stecken Sie die Waffe weg! Die Vorstellung ist zu Ende.«

Aber sie war nicht zu Ende. Eine harte Stimme sagte: »Heben Sie die Pistole auf, Talbot! Setzen Sie das Magazin ein und geben Sie sie Larry zurück.«

Langsam drehte ich mich um. Vyland hielt eine Pistole in der Hand, und ich sah, wie der Fingerknöchel am Abzug weiß wurde. Das gefiel mir gar nicht. Er wirkte so geschniegelt wie immer, aber die starre Haltung seiner rechten Hand und sein etwas rascherer Atem verrieten ihn. Mir war es unverständlich. Menschen wie Vyland lassen sich nicht so leicht von ihren Gefühlen hinreißen, geschweige denn, daß sie sich um kleine Rotzjungen wie Larry kümmern.

»Hätten Sie nicht Lust, schnell mal nach oben zu gehen und ins Wasser zu springen?« fragte ich.

»Ich zähle bis drei.«

»Und dann?«

»Dann schieße ich.«

»Das wagen Sie nicht«, erwiderte ich verächtlich. »Sie sind kein Revolverheld. Deshalb haben Sie diesen bösen, bösen Henkersknecht engagiert. Außerdem, wer würde Ihnen dann den Bathyskaph reparieren?«

Ich zähle, Talbot.« In meinen Augen war er total verrückt geworden. »Eins – zwei...«

Ich unterbrach ihn: »Schön, schön, Sie können also gut zählen. Sie sind ein hervorragender Mathematiker; ich möchte wetten, daß Sie sgar bis zehn zählen können. Aber ich möchte auch wetten, daß Sie nicht bis zu den Millionen zählen können, die Ihnen entgehen, nur weil ich keine Lust habe, eine Pistole aufzuheben.«

»Ich werde schon jemanden finden, der mir die Arbeit macht.«

»Auf dieser Seite des Atlantik bestimmt nicht. Und gar so viel Zeit haben Sie auch nicht, Vyland. Wollen wir wetten, daß bereits ein Flugzeug mit FBI-Agenten nach Marble Springs unterwegs ist, um dem sonderbaren Telegramm nachzugehen, das Jablonsky abgeschickt hat? Wollen wir wetten, daß sie bereits da sind? Wollen wir wetten, daß sie in diesem Augenblick an die Tür des Generals klopfen und fragen: ›Wo ist General Ruthven?‹ Und der Butler sagt: ›Der Herr General ist soeben zu der Bohrstelle geflogen, meine Herren!‹ Dann sagen die FBI-Leute: ›Wir müssen sofort mit dem Herrn General sprechen, wir haben Wichtiges mit ihm zu besprechen.‹ Und sowie der Sturm sich gelegt hat, erscheinen sie hier, Vyland.«

»Ich fürchte, er hat recht, Mr. Vyland.« Die unerwartete Hilfe kam von Royale. »Wir haben nicht mehr viel Zeit.«

Vyland schwieg lange. Dann ließ er die Hand sinken, machte kehrt und ging.

Royale war wie immer nichts anzumerken, keinerlei Spannung, keinerlei Gefühl. Lächelnd sagte er: »Mr. Vyland ist vorausgegangen. Wir essen alle zusammen drüben!« Er trat zur Seite, um uns zur Tür hinauszulassen.

Die Episode war merkwürdig und befremdend, ich wurde nicht schlau daraus. Nicht im geringsten. Während Larry Pistole und Magazin aufhob, zermarterte ich mir den Kopf und versuchte eine Erklärung zu finden, aber es nützte nichts. Was immer ich mir überlegte, es ließ sich nicht mit den Tatsachen vereinen. Außerdem merkte ich plötzlich, daß ich hungrig war. Ich wartete, bis Larry den Raum verlassen hatte, nicht aus Höflichkeit, sondern um zu vermeiden, daß er mich hinterrücks erschoß. Dann beeilte ich mich – freilich ohne es mir anmerken zu lassen – Mary und Kennedy einzuholen.

Um auf die andere Seite der Plattform zu gelangen, mußten wir das etwa dreißig Meter breite Turmdeck überqueren, auf dem ich mich in den frühen Morgenstunden mit Joe Curran, dem Vorarbeiter der Bohrmannschaft, unterhalten hatte. Es waren die längsten, nassesten und windigsten dreißig Meter, die ich je zurückgelegt hatte.

Quer über das ganze Deck waren zwei Rettungsleinen gespannt worden, kräftige Drahtseile. Wir hätten ein paar Dutzend brauchen können. Die Wucht des Windes war phantastisch. Seit wir vor vier Stunden auf X-13 angekommen waren, schien seine Stärke sich verdoppelt zu haben. Nun konnten wir damit rechnen, daß, so lange das Unwetter anhielt, weder ein Schiff noch ein Hubschrauber sich der Bohranlage nähern würde. Wir waren von der Außenwelt restlos abgeschnitten.

Um halb drei Uhr nachmittags herrschte eine Finsternis, als sei die Sonne längst untergegangen, und aus der großen, schwarzen Wolkenmauer, die uns fast völlig eingekreist hatte, fauchte der Wind und stürzte sich auf X-13, als wollte er es von seinen dreizehn Pfeilern losreißen, umwerfen und in den Tiefen des Meeres begraben. Mit manischem Getöse fuhr der Sturm heulend über die Plattform, und selbst auf eine Entfernung von etwa siebzig Metern hörten wir deutlich, lauter noch, als das Dröhnen des Sturmes, die wilde Begleitmusik, das pfeifende Falsett der Winde, die durch die Traversen peitschten, aus denen das hochragende Gerüst des Bohrturms bestand. Wir mußten uns in einem Winkel von fast fünfundvierzig Grad in den Wind stemmen, um das Gleichgewicht nicht zu verlieren, und uns gleichzeitig an einer der Rettungsleinen festklammern. Wäre man ausgerutscht und hingefallen, hätte der Wind einen glatt über den Rand gerollt und ins Wasser geschleudert, so groß war seine Wucht. Es verschlug einem den Atem. Der Regen schlug stechend ins Gesicht wie ein Schwarm winziger Hagelkörner.

Mary ging voraus durch diese tobende Hölle. Gleich hinter ihr kam Kennedy, die eine Hand an der Rettungsleine, die andere fest um die Taille des Mädchens geschlungen. Zu einem anderen Zeitpunkt hätte ich mir vielleicht überlegt, wie ungerecht das Los der Menschen verteilt ist und wie manche das Glück gepachtet zu haben scheinen, aber mir lagen andere, dringendere Probleme am Herzen. Ich schob mich dicht an Kennedy heran, trat ihn auf die Fersen, näherte meinen Mund seinem Ohr und sagte laut, um das Getöse zu übertönen: »Nachricht?«

Ein kaltblütiger Bursche, dieser Chauffeur! Er blieb weder stehen, noch drehte er sich um, sondern schüttelte nur ganz leicht den Kopf.

»Verdammt!« Ich meinte es ehrlich. Zu dumm... »Haben Sie angerufen?«

Wieder schüttelte er den Kopf. Diesmal wirkte er ein wenig ungeduldig. Das konnte ich ihm nicht verübeln. Er dürfte nicht viel Gelegenheit gehabt haben, etwas zu hören oder festzustellen. Zuerst hatte Royale und dann Larry ihn nicht aus den Augen gelassen.

»Ich muß mit Ihnen sprechen, Kennedy!« schrie ich aus voller Kehle.

Auch diesmal hatte er mich verstanden. Sein Kopfnicken war zwar kaum zu sehen, aber ich hatte es doch bemerkt.

Wir erreichten die andere Seite der Plattform, durchschritten eine schwere, vernietete Tür und befanden uns plötzlich in einer anderen Welt. Nicht nur die jähe Stille, die Wärme, die Geborgenheit bewirkten dieses Gefühl, obgleich sie einiges dazu beitrugen: im Vergleich zu der sturmgepeitschten Regennacht, aus der wir kamen, sah es hier wie in einem Luxushotel aus.

An die Stelle der kahlen Stahlschotts waren urplötzlich freundliche, mit Kunststoff getäfelte und in angenehmen Pastellfarben gestrichene Wände getreten. Der Fußboden war mit einer dicken, schalldämpfenden Gummischicht bedeckt, und ein Läufer erstreckte sich durch den ganzen Korridor, der vor uns lag. Statt des grellen Lichts einzelner, nackter Deckenlampen herrschte hier der warme, diffuse Schein indirekter Beleuchtung. Zu beiden Seiten des Korridors lagen Türen, einige standen offen, und die Räume, in die man hineinschauen konnte, waren so elegant möbliert wie die Offizierskajüten an Bord eines Schlachtschiffes. Nach Erdöl bohren mochte ein hartes Metier sein, aber die Herren Ingenieure waren allem Anschein nach darauf bedacht, sich in ihrer Freizeit nichts abgehen zu lassen. Einem solchen Komfort in diesem Stahlkoloß zu begegnen, der meilenweit draußen wie ein Gebilde vom Mars aus dem Ozean emporwuchs, erschien mir irgendwie gespenstisch und völlig ungereimt.

Mehr als alle diese Attribute behaglichen Lebens freuten mich jedoch die in gewissen Abständen in die Wand eingelassenen Lautsprecher, aus denen Musik ertönte, leise Musik. Aber für meine Zwecke war sie vielleicht laut genug. Nachdem der letzte von uns die Tür durchschritten hatte, drehte Kennedy sich zu Royale um.

»Wo geht es hin, Sir?« Bis zuletzt der perfekte Chauffeur. Wer es über sich brachte, Royale mit ›Sir‹ anzureden, verdiente einen Orden.

»In die Kajüte des Herrn General. Gehen Sie nur voraus.«

»Ich esse für gewöhnlich in der Mannschaftsmesse«, erwiderte Kennedy steif.

»Heute nicht. Beeilen Sie sich!«

Kennedy folgte ihm aufs Wort. Er hatte die anderen sehr bald drei Meter hinter sich gelassen – alle bis auf mich. Und ich wußte, daß ich nicht viel Zeit hatte. Ich zog den Kopf ein, senkte die Stimme, vermied es, ihn anzuschauen.

»Können wir mit dem Festland telefonieren?«

»Nein. Nicht ohne Erlaubnis. Einer von Vylands Leuten sitzt neben dem Telefonisten und kontrolliert alle Gespräche, die hier ankommen und die von hier aus geführt werden.«

»Haben Sie mit dem Sheriff gesprochen?«

»Mit einem seiner Assitenten. Es wurde ihm ausgerichtet.«

»Wie wird man uns verständigen, wenn es geglückt ist?«

»Man wird dem General mitteilen, Sie oder ein Mann, der Ihnen ähnlich sieht, sei in Jacksonville auf der Fahrt nach dem Norden verhaftet worden.«

Ich hätte gern laut geflucht, begnügte mich aber damit, es in der Stille meines Herzens zu tun. Vielleicht hatte man sich in der Eile nichts Besseres ausdenken können, aber es war wirklich sehr mager und äußerst unzuverlässig. Der Telefonist würde freilich die Mitteilung an den General weiterleiten, und es bestand die Möglichkeit, daß ich mich gerade in der Nähe befand: Vylands Kontrolleur aber wußte, daß die Mitteilung nicht stimmen konnte, und würde sich überhaupt ersparen, sie weiterzuleiten, oder es erst nach Stunden tun, zum Spaß gewissermaßen. Und ich durfte auch dann nicht damit rechnen, daß sie mir zu Ohren kam. Alles konnte schiefgehen, aber auch alles, und vielleicht würden Menschen sterben, nur weil ich die Nachricht nicht erhielt, die ich brauchte. Bitter war die Enttäuschung, bitter mein Kummer, bitter die Zeitnot, die mich mit Verzweiflung erfüllte.

Plötzlich verstummte die Musik, aber wir bogen soeben um eine Ecke, so daß wir im Moment den Blicken der anderen entzogen waren. Da kam mir ein ausgefallener Gedanke.

»Der Funker. Ist er ständig im Dienst?«

Kennedy zögerte. »Weiß nicht. Ich glaube – eine Klingel!«

Ich wußte, was er meinte. Wenn aus diesem oder jenem Grund eine Funkstation nicht ständig besetzt sein kann, gibt es eine Vorrichtung, die eine Klingel auslöst, sobald auf der Hörfrequenz des Empfängers eine Durchsage kommt.

»Können Sie einen Kurzwellensender bedienen?« fragte ich leise.

Er schüttelte den Kopf.

»Sie müssen mir helfen. Es ist wichtig, daß...«

»Talbot!«

Royales Stimme. Er hatte mich gehört, davon war ich überzeugt. Wenn er auch nur den geringsten Verdacht schöpfte, hatte ich zum letztenmal mit Kennedy gesprochen und war erledigt. Aber statt schuldbewußt zusammenzuzucken und mitten im Schritt innezuhalten, verlangsamte ich gemächlich mein Tempo und sah mich fragend um. Royale war etwa drei Meter hinter uns, und seine Miene ließ weder Argwohn noch Feindseligkeit erkennen. Aber ihm war ja schließlich nie etwas anzumerken. Er hatte schon vor Jahren auf menschliche Regungen und ihren Ausdruck verzichtet.

»Wartet hier!« befahl er kurz. Er ging voraus, öffnete eine Tür, blickte hinein, sah sich gründlich um, winkte dann. »Gut. Hinein mit euch!«

Wir traten ein. Der Raum war groß, über sieben Meter lang, und luxuriös eingerichtet. Ein roter Teppich von Wand zu Wand, rote Gardinen an den vom Regen getrübten Fenstern, mit grünem und rotem Kattun überzogene Polstersessel, in der einen Ecke eine Cocktailbar mit rotledernen Hockern, neben der Tür ein mit einer Kunststoffplatte versehener Eßtisch für acht Personen und gegenüber der Bar eine durch einen Vorhang abgetrennte Nische: das Eßzimmer des Appartements, in dem der General sein Leben fristete, wenn er sich auf der Bohrstelle befand.

Vyland erwartete uns. Er schien seinen Gleichmut zurückgewonnen zu haben, und ich mußte zugeben, daß das glatte Gesicht mit dem nett gestutzten Schnurrbart und den distinguierten, grauen Schläfen sehr gut in diese Umgebung paßt.

»Mach die Tür zu!« sagte er zu Larry, wandte sich dann mir zu und deutete mit einem Kopfnicken auf die Nische. »Sie essen dort drin, Talbot.«

»Freilich«, sagte ich. »Das Personal ißt in der Küche.«

»Es hat seinen Grund. Sie sind ja auch auf dem Weg durch den Korridor keinem Menschen begegnet. Meinen Sie, uns liegt daran, daß unsere Arbeiter herumlaufen und laut verkünden, sie hätten soeben den gesuchten Mörder Talbot gesehen? Vergessen Sie nicht, die Leute haben ihre Radioapparate, und der Hubschrauber bringt jeden Tag Zeitungen... Ich glaube, jetzt können wir den Steward rufen, Herr General, meinen Sie nicht?«

Schnell setzte ich mich an den kleinen Tisch hinter dem Vorhang. Ich fühlte mich recht beklommen. Eigentlich hätte ich aufatmen müssen, weil Royale offenbar keinen Verdacht geschöpft und nur festgestellt hatte, ob die Luft rein war, bevor er uns eintreten ließ. Doch mir machte mein Ausrutscher Sorgen. Die brennenden Probleme des Augenblicks nahmen meine Aufmerksamkeit dermaßen in Anspruch, daß ich ganz vergessen hatte, die Rolle des Mörders zu spielen. Wäre ich ein echter Mörder gewesen, nach dem die Polizei fahndete, würde ich mein Gesicht sorgfältig versteckt, mich stets mitten in der Gruppe gehalten und mich an jeder Ecke ängstlich umgeschaut haben. Nichts dergleichen hatte ich getan. Wie lange würde es dauern, bis Royale sich fragte, warum ich mich so unverschämt benahm?

Die Eingangstür ging auf, jemand kam herein, wahrscheinlich der Steward. Nun trat der General wieder als Herr des Hauses auf, und Vyland war sein Angestellter und Gast. Die Geschicklichkeit, mit der Ruthven die Rollen zu wechseln wußte, seine unerschütterliche Selbstbeherrschung in jeder Situation imponierten mir von Mal zu Mal mehr. Ich begann mir Hoffnungen zu machen. Vielleicht wäre es ratsam, den General bis zu einem gewissen Grad in die wahren Zusammenhänge einzuweihen und in einem gewissen Punkt seine Hilfe zu erbitten. Ich war jetzt fest davon überzeugt, daß er, wenn die Umstände es verlangten, imstande sein würde, jedes Täuschungsmanöver, jede Komödie vollendet durchzuführen. Aber als ich mir überlegte, wie ich an ihn herankommen sollte, hatte ich das Gefühl, er könnte nicht ferner sein, wenn er auf dem Mond säße.

Der General hatte bestellt, die Tür fiel hinter dem Steward zu, und etwa eine Minute lang herrschte tiefe Stille. Dann stand jemand auf, ging durch den Raum, und das nächste, was ich zu hören bekam, war Flaschen- und Gläserklirren. Kleinigkeiten wie Mord, Zwang und die Bergung eines Millionenschatzes würden den Traditionen südlicher Gastfreundschaft keinen Abbruch tun. Ich hätte wetten mögen, daß General Ruthven persönlich die Pflichten des Barmixers übernahm, und ich hatte recht. Ich hätte noch mehr gewettet, daß er den Mörder Talbot übergehen würde – und da irrte ich mich. Der Nischenvorhang wurde zurückgeschoben, und General Ruthven selbst stellte ein Glas auf den schmalen Tisch. Ein paar Sekunden lang blieb er in gebeugter Haltung stehen, und der Blick, den er mir zuwarf, war nicht der Blick, mit dem man einen berüchtigten Mörder ansah, der einem die Tochter entführt und mit dem Tod bedroht hatte. Es war ein nachdenklicher, forschender Blick. Und dann – unglaublich, aber unmißverständlich – verzog sich sein Mund zu einem flüchtigen Lächeln, und er kniff zwinkernd das eine Auge zu. Im nächsten Augenblick war er verschwunden. Der Vorhang fiel zwischen mir und den übrigen Tischgästen herunter.

Ich hatte mir das nicht eingebildet, ich wußte, daß es keine Einbildung war. Der General durchschaute mich. Wieviel er erraten hatte, konnte ich nicht ahnen. Ich wußte auch nicht, aus welchem Grund er mißtrauisch geworden war. Jedenfalls nahm ich nicht an, daß sein Wissen von seiner Tochter stammte. Ich hatte ihr allzu nachdrücklich eingeschärft, daß sie strenges Stillschweigen wahren müsse.

Stimmengewirr drang zu mir herein. Nach einer Weile merkte ich, daß General Ruthven eine kleine Rede hielt.

»Es ist äußerst kränkend und äußerst lächerlich«, sagte er in einem Ton, den ich bisher bei ihm noch nie gehört hatte. Eine trockene, eiskalte Stimme. Ich konnte mir leicht vorstellen, daß er sich ihrer bediente, um widerspenstige Aufsichtsräte nachhaltig zum Kuschen zu bringen. »Ich kann Talbot keinen Vorwurf machen, mag er hundertmal ein Mörder sein. Dieses Pistolengefuchtel, diese Gefängnisallüren müssen ein Ende haben, ich bestehe darauf, Vyland... Du lieber Himmel, Mann, das ganze Getue ist völlig überflüssig, und ich hätte nie gedacht, daß ein Mensch wie Sie sich auf solche billigen, theatralischen Mätzchen einlassen würde.« General Ruthven begann sich richtig zu ereifern. »Schauen Sie sich doch das Wetter an, Mann! In den nächsten zwölf Stunden – allermindestens – kann niemand sich von hier entfernen. Wir sind gar nicht in der Lage, Ihnen Unannehmlichkeiten zu bereiten, und Sie wissen, ich wäre der letzte, der Lust hätte, Ihnen Unannehmlichkeiten zu bereiten. Ich verbürge mich persönlich für meine Tochter und für Kennedy.«

Scharf, messerscharf, schärfer als Vyland oder Royale. Sein Protest kam leider ein wenig verspätet. Meiner Meinung nach lag ihm nur daran, sich selbst und vielleicht auch dem Chauffeur größere Bewegungsfreiheit zu sichern. Und, siehe da, sie wurde ihm bewilligt. Vyland erklärte sich einverstanden, unter der Bedingung, daß der General, sein Chauffeur und Mary, wenn er und Royale in dem Bathyskaph stiegen, sich beim restlichen Wachpersonal in dem Raum oberhalb des Pfeilers aufhielten. Ich hatte immer noch keine Ahnung, wie groß die Zahl der Handlanger war, über die Vyland verfügte. Außer Larry, Cibatti und seinem Kumpan waren es vermutlich noch mindestens drei Mann: sehr wahrscheinlich alle vom gleichen Schlag wie Cibatti.

Als an die Tür geklopft wurde, verstummte das Gespräch. Ein Steward – vielleicht auch mehrere – tischte die Speisen auf, einer wollte servieren, wurde aber weggeschickt. Als die Tür zufiel, sagte Ruthven zu seiner Tochter:

»Mary, würdest du Talbot seinen Teller bringen?«

Leise scharrten Stuhlbeine über den Teppich, dann ertönte Kennedys Stimme: »Wenn es gestattet ist, Sir...«

»Danke, Kennedy. Einen Augenblick – meine Tochter legt vor.« Nach einer Weile wurde der Vorhang beiseite geschoben. Kennedy stellte mit großer Sorgfalt einen Teller vor mich hin. Dann legte er ein kleines, blaues, in Leder gebundenes Büchlein neben den Teller, sah mich ausdruckslos an und ging.

Er war verschwunden, bevor mir der Sinn seines Verhaltens zu Bewußtsein kam. Er wußte, daß die Konzessionen, die der General erzwungen hatte, sich nicht auf mich erstreckten. Ich würde unaufhörlich unter strenger Bewachung stehen, sechzig Sekunden in der Minute, sechzig Minuten in der Stunde. Unsere letzte Chance, miteinander zu sprechen, war dahin. Aber nicht die letzte Chance, uns miteinander zu verständigen.

Eigentlich war es kein Büchlein, sondern eher ein Heft, halb Kalender, halb Kontobuch, mit einem winzigen Bleistift in einer Lederschlaufe, ein Werbegeschenk, wie es Garagen und Autofirmen besonders um die Weihnachtszeit ihren zahlungskräftigeren Kunden verehren. Die meisten Chauffeure tragen so ein Heft bei sich, um in die dafür vorgesehenen Spalten die Ausgaben für Benzin, Öl, Service, Reparaturen sowie die Kilometerzahl und den Brennstoffverbrauch einzutragen. Das alles interessierte mich wenig. Mich interessierten die leeren Seiten und der kleine Bleistift.

Das eine Auge auf das Notizheft, das andere auf den Vorhang gerichtet, beide Ohren gespitzt, um die Stimmen und Geräusche hinter dem Vorhang zu beobachten, schrieb ich fünf Minuten lang eifrig, während ich die Gabel in der linken Hand hielt und mich notdürftig sättigte. Ich bemühte mich, in möglichst kurzer Frist und in möglichst knappen Worten alles aufzuschreiben, was ich Kennedy mitzuteilen hatte. Als ich fertig war, atmete ich erleichtert auf. Immer noch blieb vieles dem Zufall überlassen, aber ich hatte getan, was ich tun konnte. Bei diesem Spiel mußte man den Zufall mit einkalkulieren. Er war sozusagen die Quintessenz.

Etwa zehn Minuten, nachdem ich meine schriftstellerische Tätigkeit beendet hatte, kam Kennedy mit einer Tasse Kaffee. Das Büchlein war nirgends zu sehen, aber Kennedy griff ohne zu zögern unter die zerknüllte Serviette, die vor mir lag, nahm das Heft und ließ es in die Tasche gleiten. Ich hatte allmählich großes Vertrauen zu Simon Kennedy.

Fünf Minuten später führten Vyland und Royale mich auf die andere Seite der Plattform zurück. Dem Orkan zu trotzen, der über das Stahldeck fegte, war nicht leichter als zuvor. In der halben Stunde, die inzwischen vergangen war, hatte die Dunkelheit dermaßen zugenommen, so daß fast nachtschwarze Finsternis herrschte.

Zwanzig Minuten nach drei kletterte ich abermals in den Bathyskaphen hinunter und zog den Lukendeckel hinter mir zu.

10

Um halb sieben verließ ich den Bathyskaph. Ich war froh. Ich überließ es Cibatti, die Luke im Boden des Pfeilers zuzuschrauben, und kletterte allein die hundertachtzig Sprossen zu der Kammer in der Spitze hinauf. Dort saß Royale, mutterseelenallein.

»Fertig?« fragte er.

»Soweit ich es dort unten schaffen kann! Ich brauche Papier, Bleistift, die Betriebsanleitung. Wenn ich recht habe – und ich glaube, ich täusche mich nicht –, kann ich die Motoren binnen fünf Minuten in Gang setzen. Wo ist Vyland?«

»Der General hat ihn vor fünf Minuten rufen lassen.« Braver alter Herr, pünktlich auf die Sekunde. »Sie sind miteinander weggegangen, ich weiß nicht, wohin.«

»Egal. Ich werde höchstens eine halbe Stunde brauchen. Sagen Sie ihm, kurz nach sieben seien wir zum Aufbruch bereit. Jetzt brauche ich einen Bleistift, Papier und Ruhe für meine Berechnungen. Wo kann ich mich hinsetzen?«

»Geht es hier nicht?« fragte Royale in sanftem Ton. »Ich werde Cibatti beauftragen, Papier zu holen.«

»Wenn Sie sich einbilden, daß ich mich hier hinsetze und mich die ganze Zeit von Cibattis Fischaugen anglotzen lasse, dann irren Sie sich gewaltig.« Ich überlegte eine Weile. »Auf dem Rückweg sind wir im Korridor an einem richtigen Büroraum vorbeigekommen. Schreibtisch, Papier, Lineal, alles, was ich benötige. Ich verstehe nicht, aus welchem Grunde man mir immer wieder die einfachsten Dinge verweigert, die ich benötige.«

»Meinetwegen.« Royale zuckte die Schultern und trat zur Seite, um mich vorbeizulassen.

Der recht behaglich eingerichtete Büroraum erinnerte an das Arbeitszimmer eines Architekten. Zwei große Zeichenbretter standen auf Staffeleien mit Leuchtröhren an der oberen Kante. Ich bevorzugte den mit Leder überzogenen Schreibtisch und den bequemen Sessel.

Ryoale sah sich um, wie er sich in jedem Raum umsehen würde. Ich konnte mir unmöglich vorstellen, daß Royale sich irgendwo mit dem Rücken zur Tür oder mit dem Gesicht zu einer Lichtquelle niederlassen würde. Sogar in einer Kinderstube hätte er sich nicht anders aufgeführt. In diesem Fall aber schien er sich eher vergewissern zu wollen, daß der Raum als Gefängniszelle taugt, und was er sah, schien ihn zu befriedigen. Außer der Tür gab es nur ein Mattglasfenster, und das ging auf das Meer. Er stellte einen Stuhl direkt unter die Deckenlampe, zündete sich eine Zigarette an und blieb ruhig dort sitzen. Das dunkelblonde, glattgekämmte Haar schimmerte im Lampenlicht, das ausdruckslose Gesicht lag im Schatten. Er war keine zwei Meter von mir entfernt und hatte nichts in der Hand, aber bevor ich auch nur die Hälfte der Distanz zwischen mir und ihm zurückgelegt hätte, würde er seine kleine schwarze Pistole gezückt und mir zwei kleine, saubere Löcher in die Stirn gedrechselt haben. Außerdem stand momentan keine Gewaltanwendung auf dem Programm. Zumindest nicht für mich.

Ich verbrachte zehn Minuten damit, Ziffern auf ein Blatt Papier zu kritzeln, mit einem Rechenschieber herumzufummeln, einen Schaltplan zu Rate zu ziehen und auf der Stelle zu treten. Ich machte gar kein Hehl daraus, daß ich nicht vorwärtskam. Ungeduldig schnalzte ich mit der Zunge, kratzte mich mit dem stumpfen Ende des Bleistifts hinterm Ohr, kniff die Lippen zusammen und betrachtete mit wachsender Gereiztheit die Wände, die Tür, das Fenster. Meistens aber wanderte mein irritierter Blick zu Royale. Mit der Zeit begriff er. Er hätte sich geradezu anstrengen müssen, um nicht zu begreifen.

»Stört Sie meine Anwesenheit, Talbot?«

»Wie? Nein, eigentlich nicht. Aber es sieht so aus, als ob...«

»Als ob es nicht so leicht wäre, wie Sie anfangs glaubten, nicht?«

Stumm und gereizt starrte ich ihm ins Gesicht. Wenn der Vorschlag nicht von ihm kam, würde ich ihn machen müssen, aber er ersparte mir die Mühe.

»Vielleicht liegt mir genauso viel daran wie Ihnen, die Sache hinter mich zu bringen. Sie gehören wohl zu den Leuten, die keine Ablenkung vertragen.« Gemächlich stand er auf, warf einen Blick auf das Blatt Papier, das vor mir lag, nahm mit einer Hand den Stuhl und ging zur Tür. »Ich warte draußen.«

Ich nickte stumm. Er zog den Schlüssel aus dem Schloß, trat in den Korridor hinaus, machte die Tür zu und schloß ab. Ich erhob mich, schlich auf Katzenpfoten zur Tür und horchte.

Ich brauchte nicht lange zu warten. Binnen einer Minute hörte ich forsche Schritte durch den Korridor herankommen, hörte jemanden mit ausgeprägtem und unverkennbar amerikanischem Akzent sagen: »Oh, Verzeihung!« Fast unmittelbar darauf vernahm ich das dumpfe Geräusch eines schweren Schlages mit einem Knüppel. Ich zuckte zusammen, als wäre ich selber geschlagen worden. Eine Sekunde später drehte sich der Schlüssel im Schloß, die Tür ging auf, und ich half, eine gewichtige Last hereinzuziehen.

Es war Royale, starr und kalt wie eine Flunder. Ich zerrte ihn in die Mitte des Raumes, während die mit Ölzeug bekleidete Gestalt, die ihn über die Schwelle gehoben hatte, den Schlüssel holte und die Tür von innen zusperrte. Dann begann der Mann sofort, Südwester, Mantel und Gamaschen abzulegen. Die braune Uniform, die darunter zum Vorschein kam, war so makellos wie immer.

»Nicht übel«, murmelte ich. »Sowohl der Knüppel als auch der amerikanische Akzent! Sogar ich wäre ohne Zweifel drauf 'reingefallen.«

»Royale ist jedenfalls drauf 'reingefallen.« Kennedy bückte sich und betrachtete die Schramme an Royales Schläfe, die sich bereits rötlich zu färben begann. »Vielleicht habe ich zu kräftig zugeschlagen.« Er war so besorgt, wie ich es nicht hätte sein können, wenn ich zufällig auf eine Tarantel getreten wäre. »Er wird es überleben.«

»Ja, er wird es überleben. Es muß für Sie ein Vergnügen gewesen sein, auf das Sie lange gewartet haben.« Ich hatte das Jackett ausgezogen und schlüpfte so schnell wie möglich in das Ölzeug. »Alles in Ordnung? Sind die Sachen in der Werkstatt?«

»Aber, Mr. Talbot!« erwiderte er vorwurfsvoll. »Ich hatte drei volle Stunden Zeit.«

»Richtig. Und wenn unser Freund Anstalten macht, zu sich zu kommen?«

»Dann werde ich ihn wieder ein bißchen streicheln«, sagte Kennedy träumerisch.

Lächelnd verließ ich den Raum. Ich hatte keine Ahnung, wie lange es dem General glücken würde, Vyland unter irgendeinem Vorwand fernzuhalten, aber ich befürchtete, nicht allzu lange. Auch Vyland begann die Zeit Kopfzerbrechen zu machen. Ich hatte mir wahrscheinlich keinen großen Freundschaftsdienst erwiesen, als ich behauptete, daß die Agenten der Bundespolizei vielleicht nur auf einen Wetterumschlag warteten, bevor sie hierherkämen, um den General zu verhören. Aber da Vyland gedroht hatte, mich über den Haufen zu schießen, mußte ich nach dem dicksten Strohhalm greifen, den ich finden konnte.

Auf dem offenen Deck heulte und pfiff der Wind wie zuvor, doch die Richtung hatte sich geändert, und nun mußte ich fast direkt gegen ihn ankämpfen. Er kam von Norden her, also war offenbar das Zentrum des Wirbelsturms an uns vorbei in weitem Bogen auf Tampa zugewandert. Es sah aus, als würden sich Wind und Seegang binnen weniger Stunden legen. Im Augenblick aber wehte der Wind immer noch gewaltig, und ich mußte mich dermaßen ducken, daß mein Blick nach hinten fiel. Ich bildete mir ein, in der Dunkelheit eine Gestalt zu sehen, die sich hinter mir an der Rettungsleine vorwärtskämpfte, aber ich schenkte ihr keine Beachtung. Die Seile wurden wahrscheinlich den ganzen Tag über benützt.

Vorbei die Zeit, da ich sorgsam aufgepaßt und jedes Gefahrenmoment auf die Waagschale gelegt hatte. Jetzt hieß es alles oder nichts. Als ich an der anderen Seite der Plattform anlangte, ging ich durch den langen Korridor, in dem ich mich am frühen Nachmittag flüsternd mit Kennedy unterhalten hatte. Ich bog aber an seinem Ende nicht nach links, sondern nach rechts ab, blieb stehen, um mich zu orientieren, und wandte mich dann der breiten Treppe zu, die, wie Mary gesagt hatte, zum eigentlichen Bohrdeck hinaufführte. Ich begegnete allen möglichen Leuten, eine der offenen Türen, an denen ich vorbeikam, führte in einen von blauem Tabaksrauch erfüllten Aufenthaltsraum, in dem Männer in Arbeitskleidung saßen: Offenbar war die Arbeit am Bohrturm und am Kran ganz eingestellt worden. Den Bohrarbeitern machte das nichts aus, sie bekamen ihre Zehntageschicht von dem Augenblick an bezahlt, da sie das Festland verließen, bis sie es wieder betraten. Mir machte es erst recht nichts aus, da ich auf dem Arbeitsdeck zu tun hatte und die Stille dort oben mein Vorhaben nur erleichtern würde.

Als ich abermals um eine Ecke bog, wäre ich beinahe in zwei Männer gerannt, die sich in recht heftigen Tönen über irgend etwas zu zanken schienen: Vyland und der General. Vyland führte das große Wort, unterbrach sich jedoch, um mir einen finsteren Blick zuzuwerfen, als ich mich entschuldigte und weiterging. Ich war überzeugt, daß er mich für einen Arbeiter hielt. Ich hatte den Südwester tief in die Stirn gedrückt, der weite Kragen des Ölmantels reichte mir bis zur Nase, und – die allerbeste Verkleidung – ich hinkte nicht mehr. Trotz alledem hatte ich ein höchst unbehagliches Gefühl zwischen den Schulterblättern, bis ich um die nächste

Ecke gebogen und aus Vylands Blickfeld verschwunden war. Ich wußte nicht, ob diese offensichtlich böse Auseinandersetzung zwischen dem General und Vyland meinem Vorhaben zugute kam oder nicht. Wenn es dem General gelungen war, Vyland an einem für sie beide unmittelbar wichtigen Thema zu interessieren, dann schön und gut. Wenn aber Vyland sich über eine seiner Meinung nach unnötige Verzögerung beschwerte, konnte das äußerst unangenehm werden. Ich mochte gar nicht daran denken, was es für Folgen haben könnte, wenn er früher als ich auf die andere Seite der Plattform zurückkehrte. Also dachte ich nicht daran. Statt dessen fing ich an zu laufen, unbekümmert um die erstaunten Blicke der Leute, die mir begegneten und nicht begreifen konnten, warum ihr Kollege in seiner gutbezahlten Freistunde eine so emsige Tätigkeit entfaltete. Ich erreichte die Kajütentreppe und rannte hinauf, zwei Stufen auf einmal nehmend.

Hinter der verschlossenen Tür oben an der Treppe wartete Mary, fest in einen Regenmantel mit Kapuze gehüllt. Sie schrak zurück, als ich plötzlich vor ihr stehenblieb und den Kragen meines Ölmantels einen Moment lang herunterschlug, um mich ihr zu erkennen zu geben.

»Sie!« Sie starrte mich fassungslos an. »Das lahme Bein? Sie hinken ja nicht mehr?«

»Ich hatte nie ein lahmes Bein. Lokalkolorit. Garantiert zuverlässig. Jedem Mißtrauen gewachsen. Hat Kennedy Ihnen gesagt, wozu ich Sie brauche?«

»Ich soll aufpassen.«

»Richtig. Ich möchte nicht gern eine Kugel oder ein Messer in den Rücken kriegen, während ich vor dem Sender sitze. Tut mir leid, daß wir Sie dazu heranziehen müssen. Aber wir haben niemand anderen. Wo ist der Funkraum?«

»Durch diese Tür.« Sie streckte den Zeigefinger aus. »Etwa zwanzig Meter weiter.«

»Vorwärts!« Ich griff nach der Klinke und riß die Tür auf. Wenn ich sie nicht fest in der Hand gehabt hätte, wäre ich rücklings die Treppe hinuntergeflogen, so aber schleuderte mich der heulende Wind samt der Tür gegen die Wand, und das mit einer Wucht, die mir die Luft aus den Lungen jagte und mich vielleicht sogar betäubt hätte, wenn nicht der Südwester den Anprall gemildert hätte, als ich mit dem Hinterkopf an das Stahlschott knallte. Einen Augenblick lang hing ich da, in meinem Kopf wirbelte es bunt durcheinander, ich duckte mich, hustete krampfhaft, um den Schock und die Saugkraft des Windes zu überwinden und etwas Luft in die Lungen zu pumpen. Dann richtete ich mich auf und taumelte zur Tür hinaus, Mary hinter mir herziehend.

Arm in Arm torkelten wir wie zwei Betrunkene über das Deck auf ein Licht zu, das aus einem Fenster fiel. Wir erreichten eine Tür an der Südseite, die durch einen Vorsprung vor dem Wind geschützt war. Ich wollte mich soeben bücken und durchs Schlüsselloch schauen, da griff Mary nach der Klinke, öffnete die Tür und betrat einen kleinen, unbeleuchteten Gang. Ich kam mir recht dumm vor, richtete mich auf und folgte ihr. Lautlos zog sie die Tür zu.

»Der Funkraum liegt am äußersten Ende rechts«, flüsterte sie. Sie hatte beide Arme um meinen Hals geschlungen, um den Mund an mein Ohr zu drücken. Selbst aus einer Entfernung von zwanzig Zentimetern hätte man sie nicht hören können. »Ich glaube, es ist jemand drin.«

Ich rührte mich nicht, hatte noch Marys Arme um den Hals. Unter günstigeren Umständen wäre ich gern die ganze Nacht so stehengeblieben, aber die Umstände waren alles andere als günstig. Ich murmelte: »Hat der Funker vielleicht nur das Licht brennen lassen, um den Weg besser zu finden, falls die Klingel läutet?«

»Ich glaube, ich habe etwas gehört«, flüsterte sie.

»Wir haben keine Zeit, viel Umstände zu machen. Bleiben Sie im Korridor. Es wird schon gut gehen.« Ich drückte ihr aufmunternd die Hand, während ich ihre Arme von meinem Hals löste und mir voll Bitterkeit überlegte, daß der arme Talbot wie immer kein Glück hatte. Ich stapfte durch den Gang, öffnete die Tür und betrat den Funkraum.

Einen Augenblick lang war ich von dem grellen Licht geblendet und zwinkerte mit den Augen, aber trotzdem sah ich den stämmigen Burschen, der an dem Gerät saß. Als die Tür aufging, hatte er sich blitzschnell umgedreht. Wenn ich ihn auch nicht gesehen hätte, so würde ich ihn den Bruchteil einer Sekunde später deutlich gehört haben. Krachend flog der Stuhl zu Boden, als er aufsprang – mit einer für seine Körperfülle erstaunlichen Gewandtheit. Und was für eine Fülle, was für Muskeln! Er war größer als ich, bedeutend breitschultriger, schwerer und jünger. Er hatte das stahlblaue Kinn, die schwarzen Augen und Haare und die harten Züge, die man ab und zu bei der zweiten Generation italienischer Einwanderer antrifft, und wenn er ein echter Funker war, dann war ich die Königin von Saba.

»Wozu die Aufregung?« fragte ich schroff. Ich benützte meinen allerbesten amerikanischen Akzent, und er war furchtbar. »Der Chef schickt mich zu Ihnen.«

»Welcher Chef?« fragte er leise. Auch wenn man wie ein Schwergewichtler gebaut ist und ein entsprechendes Gesicht hat, muß man nicht unbedingt ein Halbidiot sein. Dieser Knabe war alles andere als dumm. »Lassen Sie sich mal näher anschauen, lieber Mann!«

»Was, zum Teufel, ist Ihnen denn über die Leber gelaufen?« Ich schlug den Mantelkragen zurück. »Sind Sie jetzt zufrieden?«

»Hut ab!« sagte er ruhig.

Ich nahm den Hut ab. Er flog ihm just in dem Augenblick ins Gesicht, als er ein einziges Wort ausstieß: »Talbot!« In der gleichen Sekunde hatte ich mich bereits auf ihn gestürzt und stieß ihm die linke Schulter in den Mangen. Ich hatte das Gefühl, gegen einen Baumstamm zu rennen, aber er war nicht so fest verwurzelt wie ein Baum und fiel hin.

Sein Kopf und seine Schultern schmetterten gegen die Wand, daß der ganze Funkraum in seinen Grundfesten erzitterte. Das hätte ihm eigentlich genügen müssen, aber es genügte ihm keineswegs. Der Bursche zuckte nicht einmal mit der Wimper. Er hob das Knie, und wenn der boshafte Tritt dort gelandet wäre, wo er hätte landen sollen, wäre es um mich geschehen gewesen. Aber er traf mich an der Brust und am Oberarm, allerdings so kräftig, daß ich zur Seite kippte. Im nächsten Augenblick wälzten wir uns auf dem Fußboden, mit Armen und Beinen strampelnd, Hand an der Gurgel, Daumen im Auge.

Ich war doppelt benachteiligt. Das schwere Ölzeug behinderte mich in meinen Bewegungen, es bremste zwar seine kurzen Haken, nahm aber gleichzeitig meinen eigenen Faustschlägen einen Teil ihrer Wirkung. Außerdem hatte er nichts dagegen, den ganzen Funkraum samt Möbeln und Funkgeräten in einen Trümmerhaufen zu verwandeln, aber das war bei Gott das letzte, was ich wollte: Alles, buchstäblich alles hing davon ab, daß der Sender intakt blieb. Wir rollten beide zum Funktisch hin, und ich sah, wie eines der Beine brach und unter dem Gewicht unserer Leiber einzuknicken drohte.

Mit äußerster Anstrengung gelang es mir, mich loszureißen und aufzuspringen. Er war ebenso schnell auf den Beinen. Wir tanzten umeinander herum, wechselten hastige Schläge und blufften. Ich versuchte, dem Funkgerät aus dem Weg zu gehen und manövrierte ihn zur Tür hin. Er preßte die Hände gegen die Wand, duckte sich, fletschte die Zähne, kniff die Augen zusammen und setzte zu einer neuen Attacke an. Ich machte mich bereit. Aber da sah ich plötzlich hinter ihm im Türspalt einen schlanken Arm und eine weißbehandschuhte Hand, die ein abgebrochenes Stuhlbein umklammerte.

Mary Ruthven schlug genauso zu, wie ich erwartete: ein zögernder Klaps auf den Kopf, ein Klaps, der nicht einmal einen Maikäfer umgeworfen hätte. Dennoch tat er seine Wirkung. Mein Widersacher drehte schnell den Kopf, um sich nach der Quelle dieser neuen Gefahr umzuschauen. Ich benützte die Gelegenheit, tat zwei Schritte auf ihn zu und versetzte ihm aus Leibeskräften einen Hieb gegen den Hals, dicht unterm Ohr, in die Höhlung hinter dem linken Backenknochen.

Dieser Schlag – einer der gefährlichsten Boxhiebe – hätte einem normalen Menschen das Kinn ausrenken oder den Nacken brechen können. Der Bursche aber war von einer phänomenalen Härte. Er knallte gegen die Wand und begann die Augen zu verdrehen und zusammenzusacken, aber noch im letzten Moment unternahm er einen verzweifelten Versuch, sich auf mich zu stürzen und die Arme um meine Beine zu schlingen, um mich zu Fall zu bringen. Aber er konnte seine Bewegungen nicht mehr richtig kalkulieren. Ich hatte Zeit, zurückzuweichen, und sein Gesicht schlug neben meinem rechten Fuß gegen den Boden.

Er blieb liegen, Arme und Beine von sich gestreckt und stumm. Ich war alles andere als stumm. Ich keuchte heftig, als hätte ich soeben ein Hindernisrennen absolviert. Meine Arme, meine Hände und mein Gesicht waren schweißbedeckt, und das brachte mich auf den Gedanken, mein Taschentuch hervorzuholen und mir das Gesicht abzuwischen. Aber ich blutete nicht und spürte auch keine Beulen. Gottlob, denn es wäre sehr schwer gewesen, Vyland, wenn ich ihm nachher begegnete, eine Erklärung für ein blaues Auge oder blutende Nase zu geben. Ich steckte das Taschentuch weg und betrachtete das Mädchen auf der Schwelle. Die Hand, die das Stuhlbein noch festhielt, zitterte leicht, ihre Augen waren aufgerissen, ihre Lippen blaß.

»Vielen Dank!« sagte ich kurz.

Ich drehte mich um – es war bereits eine kostbare Minute verstrichen, seit ich den Raum betreten hatte. Ich fand sogleich, was ich suchte. An mehreren Pflöcken hingen Drahtrollen, Material für Antennenleitungen und Radioreparaturen. Ich besorgte mir einige Meter Leitungskabel und Isolierband. Binnen einer Minute hatte ich den angeblichen Funker wie ein bratfertiges Huhn zurechtgeschnürt, einen Knoten um seinen Hals gelegt und das

Kabelende an ein Schrankbein gebunden. Vielleicht würde er versuchen, sich zu einem Klingelknopf oder einem Telefon zu wälzen, es aber gleich wieder aufgeben, wenn er feststellte, daß er dabei nur sich selber erdrosselte.

Nun zog ich mir den Stuhl, der ganz geblieben war, vor den Funktisch. Das Sendegerät war ein Standardmodell, das übliche Flugzeuggerät. Ich wußte damit umzugehen. Ich schaltete das Gerät ein, wählte die Wellenlänge, die der Sheriff mir durch Kennedy übermittelt hatte, und setzte einen Kopfhörer auf. Ich würde nicht lange warten müssen, das wußte ich: Die Polizei saß Tag und Nacht an ihren Kurzwellenempfängern. Binnen drei Sekunden, nachdem ich mein Rufsignal durchgegeben hatte, begannen die Kopfhörer an meinen Ohren zu knistern.

»Polizeipräsidium. Hier spricht Sheriff Prendergast. Bitte, fortfahren.«

Ich schaltete auf das Mikrophon um.

»Wagen neunzehn ruft.« Diese vereinbarte Bezeichnung war nicht dazu gedacht, mich zu identifizieren; jeder Streifenwagen in weitem Umkreis hatte strengste Weisung, nicht zu funken, und der Sheriff wußte, daß nur ich es sein konnte. Aber heutzutage, da es von Radioamateuren wimmelt, lauschen allerorts neugierige Ohren, und ich hätte Vyland, diesem großartigen Organisator, glatt zugetraut, daß er die Wellenlängen der Polizei ständig abhören ließ. Ich fuhr fort: »Verdächtige Person, auf die die Beschreibung zutrifft, in der Nähe der Ventura-Kreuzung angehalten. Sollen wir ihn einliefern?«

»Nein«, antwortete die Stimme scharf. Pause. »Wir haben unseren Mann gefunden. Bitte den Verhafteten freilassen.«

Mir war zumute, als hätte mir jemand eine Million Dollar geschenkt. Fast ohne es zu merken, ließ ich mich schwer gegen die Rücklehne des Stuhls sinken, die Spannung der letzten achtundvierzig Stunden war eine stärkere Belastung gewesen, als ich geglaubt hatte. Die Erleichterung, die tiefe Befriedigung, die ich nun empfand, übertraf alles, was ich bisher erlebt hatte.

»Wagen neunzehn«, wiederholte ich. Selbst in meinen Ohren klang meine Stimme nicht ganz fest. »Würden Sie das bitte wiederholen?«

»Lassen Sie den Verhafteten frei«, sagte Prendergast langsam und deutlich. »Wir haben unseren Mann gefunden. Ich wiederhole, wir haben unseren Mann...«

Das Sendegerät flog nach hinten, ein großes, zackiges Loch entstand mitten in der Einstellskala, und der Funkraum schien zu bersten, so ohrenbetäubend, so erschütternd war der Knall der schweren Waffe in diesen engen vier Wänden.

Ich sprang nicht mehr als einen halben Meter hoch, und nachdem ich wieder auf dem Stuhlsitz gelandet war, erhob ich mich auf normale Weise, aber äußerst langsam und vorsichtig. Ich wollte niemanden nervös machen. Wer immer es auch sein mochte, der diese Dummheit begangen, unnützerweise den Sender zerstört und damit die Polizei alarmiert hatte, mußte ohnedies schon reichlich nervös sein, fast so nervös wie ich es war, als ich mich langsam umdrehte, um festzustellen, wer mir hier einen Besuch abstattete.

Es war Larry. Der rauchende Colt war, soweit seine zitternde Hand es erlaubte, auf einen Punkt zwischen meinen Augen gerichtet. Die Waffe kam mir so groß vor wie eine Haubitze. Larrys strähniges, schwarzes Haar klebte ihm an der Stirn, das kohlschwarze Auge hinter dem wackelnden Lauf zuckte und funkelte irr. Das eine Auge. Das zweite war nicht zu sehen. Überhaupt war von ihm nichts zu sehen als die eine Gesichtshälfte, die rechte Hand mit der Waffe und der linke Unterarm, den er um Mary Ruthvens Hals geschlungen hatte. Ich sah sie vorwurfsvoll an.

»Sie haben aber gut aufgepaßt!« sagte ich leise.

»Maul halten!« stieß Larry hervor. »Ein dreckiger Polizist, was? Ein Lump und Betrüger!« Seine Stimme zischte vor Haß, und er überhäufte mich mit nicht wiederzugebenden Beschimpfungen.

»Sie befinden sich in Gesellschaft einer Dame, lieber Freund!« murmelte ich.

»Eine Dame? Ein – Luder!« Er preßte den Arm fester um ihren Hals, als bereite ihm das eine ganz besondere Freude. Ich vermutete, daß er einmal den Fehler begangen hatte, sich an sie heranzumachen, und kläglich abgeblitzt war. »Sie haben sich für besonders schlau gehalten, Talbot, was? Sie glaubten, alle Trümpfe in der Hand zu haben, Sie bildeten sich ein, daß Sie uns alle hereinlegen könnten, Sie Sherlock Holmes, was? Ich habe mich nicht von Ihnen hereinlegen lassen, Talbot! Ich habe Ihnen auf die Finger gesehen, ich bin Ihnen auf Schritt und Tritt nachgegangen, seit wir hier draußen sind.« Er war mit Rauschgift vollgepumpt, er zitterte und zappelte, als ob er den Veitstanz hätte. In seiner Stimme lag der rachsüchtige Triumph des ständig ignorierten und verlachten Niemands, der am Ende recht behält, während diejenigen, die ihn verachteten, als die Geprellten dastehen. Das war seine Sternstunde.

»Sie vermuteten nicht, Sie Schlauberger, daß ich wußte, wie Sie mit Kennedy unter einer Decke stecken, was?« fuhr er fort. »Und mit dieser Schlampe! Ich habe Sie beobachtet, als Sie vor zehn Minuten aus dem Bathyskaph nach oben kamen, ich habe gesehen, wie dieser geschniegelte Chauffeur Royale eins auf den Kopf versetzte, und...«

»Woher wissen Sie, daß es Kennedy war?« warf ich ein. »Er hatte sich verkleidet.«

»Ich habe an der Tür gehorcht, Sie Hornochse! Ich hätte euch gleich wegputzen können, aber ich wollte sehen, was ihr vorhabt. Glauben Sie denn, mir macht es was aus, wenn Royale eins über die Birne kriegt?« Er unterbrach sich mit einem wilden Fluch. Das Mädchen in seinen Armen war ohnmächtig geworden. Er versuchte sie zu halten, aber Heroin stärkt die Muskeln nicht, und so wurde ihm selbst ihr geringes Gewicht zuviel. Er hätte sie behutsam hinlegen können, aber er dachte nicht daran, sondern trat einfach zurück und ließ sie auf den Boden plumpsen.

Ich tat einen halben Schritt nach vorn, die Fäuste geballt, daß sich mir die Nägel ins Fleisch bohrten, Mordlust im Herzen und im Blick. Larry fletschte die Zähne wie ein Wolf und grinste mich an.

»Immer 'ran, du Bulle! Immer 'ran!« flüsterte er. Mein Blick wanderte von ihm zu der ohnmächtigen Mary. Langsam lockerte ich meine Hände. »Angst, was, du Polizeilümmel? Feiger Hund! Verschossen in die Kleine, was, du Schwein? Genau wie der Puppenjunge von Chauffeur!« Er lachte. Ein schrilles Kichern mit den Obertönen des Wahnsinns. »Ich fürchte, dem lieben Kennedy wird ein kleiner Unfall zustoßen, sobald ich wieder 'rüberkomme. Wer soll es mir verübeln, wenn ich ihn abknalle, nachdem ich gesehen habe, wie er Royale niederschlug, hm?«

»Schön!« sagte ich müde. »Sie sind ein Held und ein hervorragender Detektiv. Sprechen wir mit Vyland, damit wir es hinter uns kriegen.«

»Gleich haben Sie es überstanden!« sagte er und nickte eifrig. Seine Stimme klang mit einemmal ganz ruhig, und das gefiel mir noch weniger. »Aber Sie werden nicht mit Vyland sprechen, lieber Mann – Sie werden überhaupt mit keinem Menschen mehr sprechen. Ich befördere Sie jetzt ins Jenseits, Talbot! Auf der Stelle.«

Mein Mund fühlte sich an, als sei mir jemand mit einem besonders saugfähigen Löschpapier über die Zunge gefahren. Ich spürte das langsame, dumpfe Pochen meines Herzens. Meine Handflächen begannen zu schwitzen. Er meinte es ernst, er würde abdrücken. Und wenn er hundert Jahre alt werden sollte, würde ihm nie wieder etwas so große Freude bereiten. Aus. Aber es gelang mir, meine Stimme zu festigen.

»Sie wollen mich also ins Jenseits befördern«, sagte ich langsam. »Warum?«

»Weil ich Sie hasse und verabscheue wie ein Stinktier, Talbot – darum!« flüsterte er. Es war ein heiseres, zittriges Flüstern, widerlich anzuhören. »Weil Sie mich vom ersten Augenblick an verlacht und verhöhnt haben. Weil Sie in dieses Dämchen da verschossen sind – und wenn ich sie nicht kriegen kann, soll auch kein anderer sie kriegen. Keiner! Hören Sie! Und weil ich die Polente hasse.«

Ja, er hatte wenig für mich übrig, das war deutlich zu sehen. Auch wenn er schwieg, zuckte sein Mund wie bei einem Epileptiker. Er sagte mir Dinge, die er einem anderen Menschen gegenüber nie erwähnen würde, und ich wußte, warum. Tote können nichts weitererzählen. Und es würde nur noch eine Sekunde dauern, dann war ich tot. Mausetot wie Herman Jablonsky. Jablonsky lag einen Meter unter der Erde, Talbot würde vierzig Meter unter der Oberfläche des Meeres liegen. Aber wenn erst einmal alles vorbei ist, spielt es keine Rolle, wo man schlummert. Und es nützte auch nichts, wenn ich mir überlegte, daß ein zuckendes Neurosenbündel vom Schicksal dazu ausersehen war, mir den Garaus zu machen.

»Jetzt gleich?« Ich wandte kein Auge von dem bibbernden Finger am Abzug.

»Jawohl.« Er kicherte. »In die Kaldaunen, damit ich Sie noch ein bißchen zappeln sehe. Sie werden sich die Seele aus dem Hals schreien, und niemand wird es hören. Wie gefällt Ihnen das, Sie Polizistenschwein?«

»Heroinfresser!« sagte ich leise. Ich hatte nichts zu verlieren.

»Was?« Er sah mich erstaunt an, als wollte er seinen Ohren nicht trauen. Er kauerte über seiner Pistole, in einer Haltung, die unter anderen Umständen äußerst lächerlich gewesen wäre. Mir fiel es nicht schwer, das Lachen zu verbeißen. »Was haben Sie gesagt?«

»Heroinfresser!« wiederholte ich laut und deutlich. »Sie sind dermaßen mit Rauschgift vollgepumpt, daß Sie nicht mehr wissen, was Sie tun. Was wollen Sie denn mit einer Leiche anfangen?« Es war das erstemal, daß ich mir vorstellte, wie ich leblos auf dem Boden lag, und ich kann nicht behaupten, daß mir diese Vorstellung gefiel. »Zwei Mann von Ihrem Kaliber könnten mich hier nicht hinaustragen, und wenn man mich erschossen in diesem Kabuff findet, wird man wissen, daß Sie mich auf dem Gewissen haben. Dann geht es Ihnen an den Kragen, weil man meine Dienste noch immer dringend benötigt, dringender denn je. Sie werden sich nicht sehr beliebt machen, mein Junge!«

Er nickte verschmitzt, als ob er sich das alles selbst ausgedacht hätte.

»Richtig, Sie Bulle!« murmelte er. »Hier drin kann ich Sie nicht umlegen, nein. Wir müssen 'raus, was? An den Rand, damit ich Sie nachher gleich ins Wasser schubsen kann.«

»Sehr richtig.« Es klang äußerst makaber, dieses Arrangement zur Beseitigung meiner sterblichen Überreste, aber ich war keineswegs dem Wahnsinn verfallen wie Larry, ich setzte auf meine letzte Chance. Doch ich spielte wahrlich eine Wahnsinnspartie.

»Dann werden alle rumlaufen und Sie suchen«, murmelte Larry träumerisch. »Und ich werde mit rumlaufen und Sie suchen, wie Sie dort unten im Seegras zwischen den Barrakudas herumschaukeln. Und im stillen werde ich wissen, daß ich klüger bin als alle andern.«

»Sie haben eine charmante Vorstellungsgabe«, sagte ich.

»Ja, nicht wahr?« Wieder das schrille Kichern. Ich spürte, wie sich mir die Haare im Nacken sträubten. Er stieß Mary mit dem Fuß an, aber sie rührte sich nicht. »Sie läuft mir nicht weg, bis ich wiederkomme. Es wird nicht lange dauern, was? Los! Sie gehen voraus! Vergessen Sie nicht, daß ich eine Lampe und eine Pistole habe!«

»Keine Bange.«

Weder Mary noch der falsche Funker hatten sich gerührt. Ich war überzeugt, daß der Mann bis auf weiteres stillhalten würde, mir taten noch die Knöchel weh. Aber in bezug auf Mary war ich meiner Sache nicht ganz so sicher. Ich wußte nicht recht, ob sie nicht Komödie spielte. Ihr Atem kam mir zu schnell und unregelmäßig vor.

»Los jetzt!« befahl Larry ungeduldig. Er stieß mir die Mündung der Pistole ins Kreuz. »Raus!«

Ich ging zur Tür hinaus, durch den Korridor und trat dann durch die Außentür auf das von Wind und Regen gepeitschte Deck. Die Außentür war durch die Kante des Funkraums geschützt, aber im nächsten Augenblick würden wir der vollen Wucht des Orkans ausgesetzt sein, und ich wußte, dann hieß es, jetzt oder nie.

Den Revolver im Rücken, bog ich um die Ecke, duckte mich und warf mich in den Wind. Damit hatte Larry nicht gerechnet. Er war nicht nur viel schmächtiger als ich, sondern stand auch aufrecht da. Das jähe Schwanken des Lichtstrahls zu meinen Füßen sagte mir, daß der Wind ihn überrumpelt und vielleicht sogar ein paar Schritte zurückgeschleudert hatte. Ich senkte den Kopf noch tiefer, bis ich ungefähr dieselbe Haltung einnahm wie ein Schnelläufer bei den ersten zwei Schritten auf der Hundertmeterbahn, und versuchte, draufloszurennen.

Ich schaffte etwa acht Meter, bevor der frenetisch umhertastende Lichtstrahl mich wieder einfing und auf mir ruhen blieb, und vielleicht noch zwei Meter dazu, bevor Larry abdrückte.

Gangster sind bekanntermaßen die schlechtesten Schützen der Welt. Ihre Methode besteht im allgemeinen darin, dem Opfer erst einmal dicht auf den Leib zu rücken oder aber die Gegend mit einem so kräftigen Geschoßhagel vollzupfeffern, daß ihnen das Gesetz der Wahrscheinlichkeit zu Hilfe kommt. Mir war wiederholt erzählt worden, daß diese Burschen nicht imstande seien, aus zehn Schritt Entfernung ein Scheunentor zu treffen. Vielleicht aber hatte Larry nie davon gehört, oder die Regel gilt nur für Scheunentore.

Ein Eselstritt ist nichts im Vergleich zu der Stoppkraft eines 45er Geschosses. Es traf mich oben an der linken Schulter und riß mich herum, so daß ich einen kompletten Kreis beschrieb, bevor ich fiel. Aber gerade dieser Umstand rettete mir das Leben. Im Sturz noch fühlte ich, wie ein zweites Geschoß durch den Kragen meines Ölmantels fetzte. Larry schickte keine Warnschüsse hinter mir her: Er wollte mich zur Strecke bringen.

Und es würde ihm gelingen, wenn ich auch nur zwei Sekunden länger auf der Plattform blieb. Wieder hörte ich den gedämpften Knall der Pistole – selbst auf die kurze Distanz von zehn Metern wurde er beinahe vom Heulen des Windes übertönt –, ich sah wenige Zentimeter vor meinem Gesicht Funken aus dem Stahldeck sprühen, hörte das schrille Surren des Querschlägers, der ins nächtliche Dunkel sauste. Aber die Funken flößten mir Hoffnung ein, denn sie besagten, daß Larry gewöhnliche Stahlmantelgeschosse benützte, wie sie die Polizei verwendet, um durch Autokarosserien und versperrte Türen zu schießen. Sie verursachten bedeutend sauberere Wunden als weiche Dumdumgeschosse. Vielleicht hatte die Kugel meine Schulter glatt durchschlagen.

Ich sprang auf und lief wieder los. Ich sah nicht, wohin ich rannte, und es war mir auch egal. Mir kam es nur darauf an, schnell wegzulaufen. Ein prasselnder Regenguß fegte über das Deck, ich mußte beide Augen zukneifen, aber das war mir nur recht. Wenn ich die Augen zumachen mußte, dann mußte auch Larry es tun.

Plötzlich stieß ich gegen eine Metalleiter. Ich hielt mich daran fest, und bevor ich recht wußte, was ich tat, war ich bereits ein paar Meter über dem Deck und kletterte hastig weiter. Vielleicht folgte ich dem uralten Instinkt, der in grauer Vorzeit die Menschen veranlaßt hatte, wenn Gefahr drohte, in die Wipfel der Bäume zu klettern. Mit einemmal aber wurde mir klar, daß die Leiter zu irgendeiner Plattform hinaufführen mußte, die mir vielleicht Gelegenheit geben würde, Larry loszuwerden.

Die Kletterei war beschwerlich und grausam. Normalerweise hätte sie mir auch bei diesem Orkan nicht allzuviel Mühe bereitet, aber ich konnte nur eine Hand gebrauchen. Die linke Schulter tat mir zwar nicht sehr weh, die Schmerzen würden erst später einsetzen, aber der ganze Arm schien gelähmt zu sein, und jedesmal, wenn ich mit der rechten Hand eine Sprosse losließ und nach der nächsten langte, stieß der Wind mich von der Leiter weg, so daß meine Finger meistens erst bei voll ausgestrecktem Arm die höhere Sprosse erwischten. Dann mußte ich mich mit dem gesunden Arm hochziehen und die Prozedur wiederholen. Nach etwa vierzig Sprossen hatte ich das Gefühl, daß mein rechter Arm und die rechte Schulter lichterloh brannten.

Ich hakte den Unterarm über eine Sprosse, um Atem zu schöpfen, und blickte nach unten. Ein Blick genügte mir. Ich vergaß Schmerzen und Müdigkeit und begann schneller zu klettern denn je, zusammengeduckt wie ein riesiger Waschbär. Larry stand am Fuß der Leiter, leuchtete mit seiner Lampe nach allen Seiten, und selbst bei seinem Spatzenhirn würde es nur eine Frage der Zeit sein, bis er auf den Gedanken kam, den Lichtstrahl auch einmal nach oben zu richten.

Ein scharfes, vibrierendes Klirren an der eisernen Leiter war Larrys Methode, mir mitzuteilen, daß er mich entdeckt hatte. Das Geschoß hatte die Sprosse getroffen, auf der mein Fuß stand, und einen bitteren Augenblick lang befürchtete ich, mein Fuß sei verletzt. Als ich spürte, daß das Gott sei Dank nicht der Fall war, gestattete ich mir abermals einen Blick nach unten.

Larry kam hinter mir her. Ich konnte ihn nicht sehen, aber ich sah, wie die Stablampe in seiner Hand regelmäßige Kreise beschrieb, als er eilends die Leiter heraufstieg und ungefähr dreimal so schnell vorankam wie ich. Das sah ihm eigentlich gar nicht ähnlich. Ein Übermaß an Mut hatte man dem guten Larry nie vorwerfen können. Entweder stand er zu sehr unter dem Einfluß des Rauschgiftes, oder die Angst beflügelte ihn – die Angst, ich könnte entwischen und Vyland würde erfahren, daß er versucht hatte, mich umzubringen. Darüber hinaus bestand die Möglichkeit – eine erfreuliche Möglichkeit –, daß Larry nur noch eine oder zwei Patronen besaß: Er konnte sich also nicht leisten, sie zu vergeuden.

Plötzlich beruhigte sich der Lichtstrahl aus Larrys Lampe und stieß senkrecht nach oben, und da wurde mir beinahe übel: Ich sah, daß die Plattform über mir nicht aus einer soliden Metallplatte, sondern aus offenem Gitterwerk bestand, durch das jede meiner Bewegungen zu sehen sein würde. Dahin war meine fromme Hoffnung, oben zu lauern, bis Larrys Kopf über dem Rand erschien, um ihn dann mit einem wohlgezielten Fußtritt die Leiter hinunterzubefördern.

Ich blickte nach unten. Larry stand keine drei Meter unter mir, Pistole und Stablampe waren auf mich gerichtet; ich sah den dumpfen Abglanz des Lichtes auf dem Lauf der Waffe, sah das schwarze Loch in der Mitte, in dem der Tod saß. Ein kleiner Druck auf den Abzug, und aus diesem schwarzen Loch würde eine Feuerzange ins Dunkel zischen. Aus. Schluß. Ich überlegte mir idiotischerweise, ob meine Augen, bevor sie sich für immer schlossen, Zeit haben würden, die grelle Flamme zu sehen... Und dann wurde mir plötzlich klar, daß Larry nicht schießen würde, daß selbst Larry nicht so wahnsinnig war, just in diesem Augenblick abzudrücken. Das Gewicht meines stürzenden Körpers würde ihn wie eine Fliege von der Leiter fegen.

Larry folgte mir dicht auf den Fersen. Er signalisierte mit seiner Stablampe, und ich verstand, was er meinte. Ich trat zur Seite, hinter die kleine Hütte, wo in einer Nische eine Laterne hing und einen matten Lichtschein verbreitete. Ich wartete. Langsam, vorsichtig, ohne den Blick von mir zu wenden, tauchte Larry über die Kante empor und richtete sich auf.

Er hatte die Taschenlampe ausgeschaltet. Er wollte auf keinen Fall riskieren, daß jemand von unten her das Flackern seiner Stablampe entdeckte und sich fragte, was für ein Narr sich bei diesem Orkan dort oben herumtrieb.

Einen knappen Meter vor mir blieb er stehen. Er keuchte heftig und hatte wieder sein Wolfslächeln aufgesetzt. Die Mündung des Pistolenlaufes zeigte auf meine Brust.

»Marsch, weiter, Talbot!« schrie er mich an.

Ich schüttelte den Kipf. »Nicht einen Schritt weiter!« Eigentlich hatte ich gar nicht gehört, was er sagte, meine Antwort erfolgte rein automatisch: Denn ich erblickte etwas, das mich mit Entsetzen erfüllte. Eisige Kälte lief mir über den Rücken, kälter als der peitschende Regen. Ich hatte schon unten im Funkraum vermutet, daß Mary Ruthven Komödie spielte, und jetzt wurde meine Vermutung bestätigt. Sie war bei Bewußtsein gewesen und mußte uns sofort nachgeschlichen sein. Es gab keinen Zweifel: Ein dunkelblonder Kopf mit schweren Zöpfen erschien oben an der Leiter.

Wütend schoß mir durch den Kopf: Du bist ja verrückt, du bist ja wahnsinnig, du dummes, dummes kleines Ding! Keine Sekunde lang dachte ich daran, wie mutig es von ihr war, die Leiter heraufzuklettern, wie sie sich angestrengt und geängstigt haben mußte, ja, ich überlegte mir nicht einmal, daß ihr Kommen für mich einen leisen Hoffnungsschimmer bedeutete: Ich empfand nichts als Bitterkeit, Groll und Verzweiflung und die dunkle, ständig wachsende Überzeugung, daß ich gern mein Leben und die ganze Welt geopfert hätte, um Mary Ruthven zu retten.

»Marsch, weiter!« schrie Larry abermals.

»Damit Sie mich ins Meer stoßen können? Nein!«

»Drehen Sie sich um!«

»Damit Sie mir die Pistole auf den Kopf schlagen und man mich unten auf dem Deck findet, damit es aussieht wie ein Unglücksfall und niemand auf den Verdacht kommt, es sei nicht mit rechten Dingen zugegangen...« Jetzt war Mary nur noch zwei Meter entfernt. »O nein, Larry-Boy! Leuchten Sie mal auf meine Schulter, die linke Schulter.« Ich hörte, wie er die Taschenlampe anknipste und wie der Verrückte wieder zu kichern begann.

»Ich habe Sie also erwischt, was, Talbot?«

»Ja.«

Mary stand jetzt dicht hinter ihm. Das Heulen des Windes übertönte jedes unvorsichtige Geräusch, das sie verursacht haben mochte. Ich hatte sie von der Seite beobachtet, nun aber starrte ich sie plötzlich über Larrys Schulter hinweg an, und meine Augen weiteten sich hoffnungsvoll.

»Versuchen Sie nicht noch einmal, mich hereinzulegen, Sie Bulle!« sagte Larry und kicherte. »Ein zweitesmal lasse ich mich nicht überrumpeln!«

Ich flehte: Faß ihn um den Hals oder um die Beine, aber bitte, bitte, bitte, greif nicht nach der Hand mit der Waffe...

Natürlich griff sie nach der Hand mit der Waffe. Sie langte um seine rechte Seite herum, und ich hörte deutlich das Klatschen, als ihre rechte Hand sein Handgelenk packte.

Einen Augenblick lang blieb Larry stocksteif stehen. Wäre er hochgesprungen, oder zusammengezuckt, dann hätte ich mich wie ein Schnellzug auf ihn gestürzt, aber er rührte sich nicht. Gerade, weil der Schock so unerwartet kam, hatte er ihn vorübergehend gelähmt. Auch die Hand mit der Waffe war wie versteinert. Die Mündung zielte nach wie vor auf mich.

Sie zielte nach wie vor auf mein Herz, als er mit der linken Hand hastig nach Marys rechtem Handgelenk griff. Ein Ruck mit der Linken nach oben, ein Ruck mit der Rechten nach unten, und die Hand, die die Waffe hielt, war frei. Dann schob er sich ein wenig nach links, riß Mary nach vorn, preßte sie gegen das Stahlgerüst und begann ihr das Handgelenk umzudrehen. Jetzt wußte er, wer sich in seiner Gewalt befand, das wölfische Grinsen lag wieder auf seinen Lippen, die kohlschwarzen Augen und der Pistolenlauf waren unentwegt auf mich gerichtet.

Fünf, vielleicht zehn Sekunden lang rangen sie miteinander. Angst und Verzweiflung verliehen dem Mädchen Kräfte, die sie normalerweise nicht besaß, aber auch Larry war verzweifelt und setzte sein größeres Körpergewicht ein. Sie stieß einen halberstickten Schmerzensruf aus und sank vor ihm in die Knie, dann auf die Seite, während Larry ihr Handgelenk eisern festhielt. Ich sah nur noch den matten Schimmer ihres Haares, denn sie befand sich unterhalb des schwachen Lichtkreises der Laterne. Aber ich sah den Wahnsinn in den Zügen des Mannes und die Laterne in der Wandnische einen knappen Meter hinter ihm. Ich hob die rechte Ferse und versuchte, mir mit Hilfe des linken Fußes den Schuh abzustreifen. Die Chance war minimal.

»Kommen Sie näher 'ran, Mann!« sagte Larry kalt. »Näher 'ran, sonst verdrehe ich das Handgelenk Ihrer kleinen Freundin noch ein Stück, und dann können Sie ihr adieu winken.« Er meinte es ernst, er mußte sie auf jeden Fall aus dem Weg räumen, sie wußte schon zuviel.

Ich trat zwei Schritte näher. Meine Ferse war aus dem rechten Schuh gerutscht. Er stieß mir den Lauf der Pistole hart gegen den Mund, ich spürte, wie mir ein Zahn abbrach, und schmeckte das Blut aus einem Riß an der Innenseite der Oberlippe. Ich wandte den Kopf zur Seite, spuckte Blut. Da rannte er mir die Waffe in die Halsgrube.

»Angst, Talbot?« fragte er leise. Er flüsterte nur, aber ich hörte die Worte deutlich, sie übertönten die heulende Stimme des Windes. Vielleicht stimmt es doch, daß in der Stunde des Todes, wie viele Leute behaupten, die Sinne übernatürliche Schärfe gewinnen. Meine Todesstunde war gekommen.

Ja, ich zitterte vor Angst, bis in die Tiefen meiner Seele, wie ich noch nie gezittert hatte. Meine Schulter begann zu schmerzen, sie tat sehr weh. Ich hätte mich am liebsten übergeben, die verdammte Pistole saß mir an der Kehle, ich würgte krampfhaft. Dann zog ich den rechten Fuß zurück, so weit ich konnte, ohne das Gleichgewicht zu verlieren. Meine rechte große Zehe hatte ich in die Schuhzunge eingehakt.

»Das ist doch unmöglich, Larry!« krächzte ich. Der Druck auf meinen Kehlkopf war unerträglich, das Korn des Visiers bohrte sich grausam in mein Kinn. »Wenn Sie mich erschießen, ist der Schatz beim Teufel.«

»Da kann ich nur lachen!« Und er lachte, ein gackerndes Wahnsinnslachen. »Schau, schau, du Polizeilümmel, schau, wie ich lache! Ich würde ohnedies nichts davon zu sehen bekommen. Larry, der süchtige Larry, kriegt nie etwas ab! Das weiße Pulver, mehr gönnt der Alte seinem lieben Sohn nicht.«

»Vyland?« Ich hatte es seit Stunden gewußt.

»Mein Vater. Der Teufel soll ihn holen!« Jetzt senkte er die Pistole und zielte auf meinen Bauch. »Servus, du Polizistenhund!«

Ich schlenkerte, ohne daß Larry es merkte, den rechten Fuß kräftig nach vorn.

»Ich werde ihm schöne Grüße von dir ausrichten«, sagte ich. Der Schuh krachte gegen das Wellblech der kleinen Hütte und verursachte ein nicht zu überhörendes Geräusch.

Larry blickte blitzschnell über die rechte Schulter, um zu sehen, welche neue Gefahr ihm drohte. Für den Bruchteil einer Sekunde, bevor er sich wieder umzudrehen begann, war mir sein linker Backenknochen zugekehrt wie vor wenigen Minuten der des Funkers.

Ich schlug zu. Ich schlug so kräftig zu, als wäre er ein Satellit, den ich in eine Umlaufbahn um den Mond befördern müßte. Ich schlug zu, als hinge das Leben sämtlicher Menschen auf Erden von meinem Schlag ab.

Ich schlug zu, wie ich nie in meinem Leben zugeschlagen hatte – so kräftig, wie ich, das wußte ich in diesem Augenblick, nie wieder zuschlagen würde.

Ein dumpfes, hartes Geräusch. Der Colt entfiel seiner Hand und knallte auf das Gitter zu meinen Füßen. Zwei, drei Sekunden stand Larry aufrecht da. Dann fiel er mit der unglaublich langsamen, unaufhaltsamen Endgültigkeit eines einstürzenden Fabrikschornsteins ins Leere.

Kein Entsetzensschrei, kein wildes Umsichschlagen, als er auf das dreißig Meter tiefer gelegene Deck hinabstürzte.

Larry war schon vor dem Sturz tot, ich hatte ihm das Genick gebrochen.

Acht Minuten nach Larrys Tod und genau zwanzig Minuten, nachdem ich Kennedy und Royale in dem Arbeitsraum zurückgelassen hatte, langte ich wieder dort an und gab das hastig vereinbarte Klopfzeichen. Die Tür ging auf. Schnell trat ich ein. Kennedy drehte sofort den Schlüssel wieder um, während ich Royale betrachtete, der mit gespreizten Beinen und Armen auf dem Boden lag.

»Wie geht es dem Patienten?« fragte ich. Ich keuchte. Die vergangenen zwanzig Minuten waren verdammt anstrengend gewesen. Außerdem hatte ich die letzte Strecke im Laufschritt zurückgelegt.

»Er wurde unruhig.« Kennedy lächelte in sich hinein. »Ich mußte ihm noch einmal Beruhigungsmittel verabreichen.« Dann musterte er mich, und das Lächeln wich langsam aus seinem Gesicht, als er zuerst das Blut aus meinem Mund sickern und dann das Einschußloch im Ölmantel sah. »Sie sind ja verwundet! Was ist denn passiert?«

Ich zuckte die Schultern. »Vorbei ist vorbei!« So schnell ich konnte, schlüpfte ich aus dem Ölzeug. Mir war gar nicht wohl. »Ich habe die Funkverbindung bekommen. Alles läuft glatt. Das heißt bisher.«

»Wunderbar.« Er sagte es ganz automatisch. Die Nachricht machte ihm Freude, aber mein Anblick gefiel ihm nicht sehr. Behutsam half er mir aus dem Ölzeug, und ich hörte ihn nach Luft schnappen, als er den zerrissenen Hemdsärmel und die geröteten Wattepropfen sah, mit denen Mary im Funkraum schnell die Wunde auf beiden Seiten zugestopft hatte, nachdem wir die Leiter hinuntergeklettert waren. Das Geschoß hatte die Schulter durchschlagen, den Knochen verschont, aber den Deltamuskel zur Hälfte weggerissen.

Ich zog die Ölgamaschen aus und mußte dazu die Pistole in meinem Hosenbund zurechtrücken. Kennedy, der sich das Ölzeug wieder anzog, erblickte die Waffe.

»Larrys Pistole?«
Ich nickte.
»Hat er Sie so zugerichtet?«
Wieder ein Nicken.
»Und Larry?«
»Der braucht kein Heroin mehr.« Unter heftigen Schmerzen schlüpfte ich in mein Jackett und war heilfroh, daß ich es zurückge-

lassen hatte, als ich mich auf den Weg zum Funkraum machte. »Ich habe ihm das Genick gebrochen.«

Kennedy musterte mich lange forschend. »Ich gehe jetzt«, sagte er kurz. Er griff nach einer ledernen Brieftasche, die neben meinen Papieren auf dem Schreibtisch lag und steckte sie ein. »Die Brieftasche darf ich nicht vergessen! Bitte sperren Sie die Tür auf und schauen Sie nach, ob die Luft rein ist.«

Ich schaute in den Korridor hinaus und nickte. Er packte Royale unter den Armen, schleppte ihn durch die Tür und ließ ihn draußen ohne viel Umstände neben den umgeworfenen Stuhl fallen. Royale begann sich zu rühren und stöhnte leise. Er würde jeden Augenblick zu sich kommen.

Kennedy sah mich eine Weile an, als suchte er nach Worten, dann streckte er die Hand aus und klopfte mir leicht auf die heile Schulter.

»Viel Glück, Talbot!« murmelte er. »Wie gern würde ich mitkommen!«

»Und wie gern hätte ich Sie bei mir!« sagte ich von ganzem Herzen. »Keine Bange, es ist fast schon überstanden.« Das glaubte ich nicht einmal selbst, Kennedy wußte es. Ich machte die Tür hinter ihm zu. Ich hörte, wie er den Schlüssel im Schloß umdrehte und ihn stecken ließ. Ich spitzte die Ohren, hörte ihn aber nicht weggehen.

Als ich allein war und nichts zu tun hatte, setzten die Schmerzen mit doppelter Stärke ein. Schmerz und Übelkeit spülten in wechselnden Wellen über mich hinweg. Es wäre so leicht gewesen, mich gehenzulassen. Aber ich durfte mich nicht gehenlassen, gerade jetzt nicht. Jetzt war es zu spät. Was hätte ich nicht für eine schmerzstillende Spritze gegeben, für ein Pulver, das mir über die nächsten paar Stunden hinweghelfen würde! Ich war fast froh, als ich knapp zwei Minuten nach Kennedys Weggang Schritte näherkommen hörte.

Wir hatten den Zeitpunkt anscheinend sehr genau abgepaßt. Ich hörte einen Ausruf, die Schritte wurden schneller. Rasch setzte ich mich an den Schreibtisch und nahm einen Bleistift zur Hand. Die Deckenlampe hatte ich ausgeschaltet, und nun drehte ich die verstellbare Wandlampe so, daß sie mir direkt auf den Scheitel schien und mein Gesicht im Schatten ließ. Vielleicht sah man, wie Kennedy behauptet hatte, meinem Mund wirklich nichts an, aber ich hatte das dumpfe Gefühl, meine Lippe sei stark geschwollen, und wollte nichts riskieren.

Der Schlüssel knarrte im Schloß, die Tür wurde aufgestoßen und knallte gegen die Wand, und eine Schlägertype, die ich zum erstenmal sah – ungefähr vom gleichen Kaliber wie Cibatti –, stürzte herein. Hollywood hatte ihm gründlich beigebracht, wie man in solchen Situationen eine Tür öffnet. Es spielte keine Rolle, wenn man die Wandtäfelung oder die Türangeln oder den Stuck an der Decke beschädigte, das mußte ja doch der unglückliche Eigentümer berappen. Da die Tür hier aus Stahl bestand, hatte er nichts weiter beschädigt als seine Zehen, und man brauchte kein sehr hervorragender Menschenkenner zu sein, um zu merken, daß er nichts lieber getan hätte, als die Pistole abzufeuern, mit der er herumfuchtelte. Aber was sah er vor sich? Mich, der ich mit dem Bleistift in der Hand und einem sanft fragenden Ausdruck im Gesicht am Schreibtisch saß. Er warf mir einen bitterbösen Blick zu, machte kehrt und nickte kurz in den Korridor hinaus.

Vyland und General Ruthven schleppten den nur noch halb bewußtlosen Royale herein. Es tat mir ungeheuer wohl, ihn nur anzuschauen, wie er in einem Sessel hing. Wir beide – ich vor zwei Tagen und Kennedy heute abend – hatten ihn recht übel zugerichtet. Sein Gesicht versprach die schönste Sammlung bunter Blutergüsse zu werden, die mir je zu sehen vergönnt war. Ich überlegte mir mit rein sachlichem Interesse – denn ich konnte mir Royale gegenüber nichts anderes mehr leisten als kühle Sachlichkeit –, ob die Geschwulst noch zu sehen sein würde, wenn man ihn auf den elektrischen Stuhl schnallte. Ich nahm es an.

»Haben Sie im Lauf des Abends diesen Raum verlassen, Talbot?« Vyland war irritiert, nervös, verärgert und hatte seine Generaldirektormanieren vorübergehend aufgegeben.

»Freilich. Ich habe mich in Dampf aufgelöst und bin durchs Schlüsselloch hinausgeschwebt.« Interessiert betrachtete ich Royale. »Was ist unserem lieben Freund passiert? Ist ihm der Bohrturm auf den Kopf gefallen?«

»Es war nicht Talbot.« Royale stieß Vylands helfende Hand weg, griff unter die Jacke und zog seine Pistole hervor, die kleine, todbringende Waffe, die stets sein erster und letzter Gedanke sein würde. Er wollte sie wieder einstecken, da stutzte er. Er öffnete das Magazin. Intakt. Alle die lieben, kleinen Nickelkupfergeschosse saßen an Ort und Stelle. Er schob das Magazin in den Kolben und die Waffe ins Futteral zurück. Dann, als ob ihm nachträglich etwas eingefallen sei, griff er in die innere Brusttasche. In seinem heilen Auge war ein Zucken zu sehen, das man mit einiger Phantasie als den Ausdruck jäher Bestürzung und sodann ebenso jäher Erleichterung hätte deuten können. Er sagte zu Vyland: »Meine Brieftasche ist weg!«

»Ihre Brieftasche?« Vyland schien ebenfalls ein Stein vom Herzen zu fallen. »Ein Raubüberfall!«

»Ihre Brieftasche? Auf meiner Bohrstelle? Empörend, einfach empörend!« Der Schnurrbart des alten Herrn sträubte sich und zuckte auf und ab. Von ihm hätten sämtliche Schauspieler der Welt sich ein Stück abschneiden können. »Ich habe weiß Gott nicht viel für Sie übrig, Royale, aber auf meiner Bohrstelle! Ich werde sofort eine gründliche Durchsuchung anordnen, und der Schuldige...«

»Ersparen Sie sich die Mühe, Herr General«, warf ich trocken ein. »Der Schuldige hat das Geld schön in die Tasche gesteckt, und die Brieftasche liegt auf dem Grund des Meeres. Außerdem – wer Royale Geld stiehlt, verdient einen Orden.«

»Sie sind mir viel zu geschwätzig, lieber Mann«, sagte Vyland kalt. Er musterte mich nachdenklich, mit einer Miene, die mir gar nicht gefiel, und fuhr mit gedämpfter Stimme fort: »Der Diebstahl könnte ein Vorwand gewesen sein, eine Finte, vielleicht stecken ganz andere Gründe dahinter. Gründe, die Ihnen vielleicht bekannt sind, Talbot?«

Mir wurde kalt. Vyland war nicht leicht übers Ohr zu hauen, und mit dieser Wendung hatte ich nicht gerechnet. Wenn sie Verdacht schöpften, mich durchsuchten und entweder Larrys Pistole oder die Wunde entdeckten – und sie würden bestimmt beides entdecken –, dann ging es Mr. Talbot unwiderruflich an den Kragen. Im nächsten Augenblick lief es mir noch kälter über den Rücken. Royale sagte: »Ja, vielleicht ist es ein Schwindel!« Er erhob sich, kam auf wackligen Beinen zum Schreibtisch und betrachtete die Papiere, die vor mir lagen.

Nun war es soweit. Ich erinnerte mich an den betont beiläufigen Blick, den Royale auf die Bogen geworfen hatte, bevor er den Raum verließ. Ich hatte bis dahin etwa ein halbes Blatt mit Ziffern und Buchstaben vollgekritzelt und seither nicht eine Ziffer, nicht einen Buchstaben hinzugefügt. Einen besseren Beweis konnte sich Royale nicht wünschen. Ich sah ihn unverwandt an, wagte nicht, den Blick auf die Blätter zu senken, fragte mich, wie viele Kugeln Royale in mich hineinpumpen würde, bevor ich auch nur die Hand an den Hosenbund bekam, um Larrys Kanone herauszuziehen. Und dann hörte ich zu meinem tiefsten Erstaunen Royales Stimme.

»Wir sind auf dem Holzweg. Talbot hat eine saubere Weste. Er hat gearbeitet, Mr. Vyland. Pausenlos, wie mir scheint.«

Jetzt erst betrachtete ich die Bogen vor mir. Dort, wo ich eine halbe Seite mit Ziffern und Buchstaben zurückgelassen hatte, lagen jetzt zweieinhalb vollgekritzelte Seiten, mit demselben Bleistift beschrieben, den ich verwendet hatte. Man mußte sehr genau hinschauen, um festzustellen, daß es nicht dieselbe Handschrift war – und Royale sah sie verkehrt herum. Das Gekritzel war genauso sinnlos wie mein eigenes, aber es genügte, es genügte bei weitem, um mir das Leben zu retten – ein Freibrief, ein Geschenk Kennedys, der mich in diesem Fall an Scharfblick und Voraussicht übertroffen hatte. Schade, daß ich ihm nicht schon vor Monaten begegnet war.

»Okay, es war also jemand, der dringend Geld brauchte.« Vyland gab sich zufrieden. Für ihn war die Sache erledigt. »Was haben Sie erreicht, Talbot? Die Zeit beginnt knapp zu werden.«

»Seien Sie unbesorgt«, versicherte ich. »Alles klar. Garantiert. Fünf Minuten an den Kabeln unten in der Kabine des Bathyskaph, und wir sind reisefertig.«

»Ausgezeichnet.« Vyland sah zufrieden aus, aber nur, weil er nicht wußte, was ich wußte. Er wandte sich an den Handlanger, der die Tür aufgestoßen hatte. »Die Tochter von General Ruthven und sein Chauffeur sollen sofort kommen. Sie befinden sich in der Kajüte des Generals. Fertig, Talbot?«

»Fertig.« Ich erhob mich ein wenig unsicher, aber im Vergleich zu Royale machte ich einen geradezu kerngesunden Eindruck, und niemandem fiel etwas auf. »Ich habe einen langen und schweren Tag hinter mir, Vyland, ich möchte mich gern ein wenig stärken, bevor wir nach unten gehen.«

»Es sollte mich wundern, wenn Cibatti und sein Kumpan nicht genug auf Lager hätten, daß es für eine mittlere Bar reichen würde.« Vyland sah sich dem Ziel nahe, er war in glänzender Laune. »Kommen Sie nur!«

Wir marschierten durch den Korridor zu der Tür der Kammer, die zum Pfeiler führte. Vyland gab sein geheimes Klopfsignal – zu meiner Freude stellte ich fest, daß es noch das gleiche war –, und wir traten ein.

Vyland hatte recht gehabt. Cibatti und sein Kumpan waren wirklich reichlich mit Spirituosen versorgt. Ich trank drei kräftige Whiskys, und nach einer Weile gingen die zwei Männlein mit der Stahlsäge, die auf meiner Schulter saßen, vom Akkord zum Stundenlohn über, und ich fühlte mich nicht mehr versucht, mit dem Kopf gegen die Wand zu rennen. Ich glaubte, daß sich mein Befinden weiter bessern würde, wenn ich mir noch eine Dosis des schmerzstillenden Mittels genehmigte, und ich war gerade beim Einschenken, als die Tür aufging und der Gangster, den Vyland weggeschickt hatte, Mary Ruthven und Kennedy hereinführte.

Sie hatte dicke, blauschwarze Ringe um die Augen, war leichenblaß und machte einen erschöpften, kranken Eindruck. Aber weder Vyland noch Royale schienen Marys Aussehen ungewöhnlich zu finden. Sie hätten es wohl für eine Ausnahme der Regel gehalten, wenn Menschen, die sich gezwungenermaßen mit ihnen beschäftigten, nicht verschüchtert und erschüttert gewesen wären.

Kennedy wirkte weder verängstigt noch erschüttert. Er war – wie immer – der perfekte Chauffeur. Royale aber ließ sich ebensowenig täuschen wie ich. Er befahl Cibatti und seinem Kumpan: »Klopft mal den Burschen ab, ja, und seht nach, ob er etwas bei sich trägt, was er von rechts wegen nicht bei sich haben dürfte.«

Vyland warf ihm einen fragenden Blick zu.

»Vielleicht ist er so harmlos, wie er aussieht, aber ich bezweifle es«, erklärte Royale. »Er hat sich den ganzen Nachmittag herumgetrieben. Vielleicht erwischte er zufällig irgendwo eine Waffe. Er könnte auf den Gedanken verfallen, Cibatti und unseren anderen Freunden eins aufzubrennen, wenn sie gerade nicht hinschauen.« Royale deutete mit einem Kopfnicken auf die Tür in der konvexen Wand. »Es würde mir wenig Spaß machen, nach unserer Rückkehr dreißig Meter auf einer Leiter hochzuklettern, während Mr. Kennedy mit einer Pistole auf mich zielt.«

Sie durchsuchten Kennedy und fanden nichts. Royale war ein gerissener Bursche, was er übersah oder versäumte, hätte auf einem Fingernagel Platz gehabt. Manchmal aber war er doch nicht gerissen genug. Er hätte mich durchsuchen lassen müssen.

»Sie brauchen sich nicht zu beeilen, Talbot«, sagte Vyland gewollt sarkastisch.

»Sofort!« erwiderte ich. Ich stürzte die letzten Tropfen des Betäubungsmittels in die Kehle, betrachtete mit gerunzelter Stirn die Papiere in meiner Hand, faltete sie zusammen, steckte sie weg und wandte mich der Tür zum Pfeiler zu. Ich vermied es geflissentlich, Mary, den General oder Kennedy anzuschauen.

Vyland berührte meine verletzte Schulter. Ohne den Whisky wäre ich an die Decke gesprungen. Immerhin riß es mich etliche Zentimeter hoch, und die beiden fleißigen Heinzelmännchen begannen wieder drauflosznsägen, eifriger denn je.

»Wir werden langsam nervös, ja?« meinte Vyland höhnisch. Er deutete auf einen Magnetschalter, der auf dem Tisch lag. Ich hatte ihn vorhin aus dem Bathyskaphen mitgenommen. »Haben Sie nicht etwas vergessen?«

»Nein. Das Ding brauchen wir nicht mehr.«

»Schön... Vorwärts! Sie gehen voraus. Passen Sie gut auf die Herrschaften auf, Cibatti, ja?«

»Ich werde schon aufpassen, Chef«, versicherte Cibatti. Und ob. Wer auch nur einen hastigen Atemzug riskierte, würde den Lauf seiner Pistole um die Ohren bekommen. Der General und Kennedy würden sich keine Frechheiten erlauben dürfen, während Vyland und Royale mit mir unten im Bathyskaph weilten, sie würden brav warten, bis wir zurückkehrten. Ich war überzeugt, Vyland hätte der Sicherheit halber gern auch den General mitgenommen, aber abgesehen davon, daß in dem Bathyskaphen nur drei Personen einigermaßen bequem Platz hatten und Vyland sich ohne seinen treuen Schildknappen nie irgendeiner Gefahr aussetzen würde, wären die hundertachtzig Leitersprossen für den alten Herrn viel zu beschwerlich gewesen.

Sie wurden sogar mir fast zu viel. Nach der halben Strecke hatte ich das Gefühl, als steckten meine Schulter, der Arm und der Nacken in geschmolzenem Blei. Die stechenden Schmerzen wallten in meinem Kopf empor und verwandelten ihr Feuer dort in schwarze Nacht. Sie schossen mir durch Brust und Magen und wurden dort zu krampfartigem Brechreiz. Mehrmals hätten die Schmerzen, die Nacht und die Übelkeit mich fast überwältigt. Ich mußte mich mit der gesunden Hand mühsam festklammern, bis die Wellen sich legten und ich wieder zur Besinnung kam. Von Sprosse zu Sprosse wurden die Perioden der halben Bewußtlosigkeit länger und die Augenblicke der Klarheit kürzer. Die letzten dreißig bis vierzig Sprossen muß ich wie ein Automat zurückgelegt haben, von Instinkt, Erinnerung und einer seltsamen Art unbewußter Willenskraft geleitet. Das einzig Gute war nur, daß sie mich, höflich wie immer, vorausgeschickt hatten, damit ich nicht in Versuchung käme, ihnen etwas Schweres auf die Köpfe fallen zu lassen. Sie konnten also nicht sehen, wie sehr ich litt. Als ich die untere Plattform erreicht hatte und Cibattis Kumpan, der die Luke zumachen sollte, als letzter angelangt war, konnte ich wenigstens aufrecht stehen, ohne zu schwanken. Mein Gesicht muß weiß gewesen sein wie ein Blatt Papier; ich war in Schweiß gebadet, aber die winzige Lampe am Fußende dieser zylindrischen Gruft spendete so wenig Licht, daß kaum Gefahr bestand, Vyland oder Royale würden etwas merken. Ich vermutete, daß auch Royale sich nach dieser Kletterpartie nicht besonders wohl fühlte. Wer einen oder mehrere Hiebe auf den Kopf erhalten hat, die genügten, um ihn für eine halbe Stunde besinnungslos zu machen, ist fünfzehn Minuten nach seinem Erwachen nicht in allerbester Form. Was Vyland betraf, so hatte ich den leisen Verdacht, daß er sich nicht schlecht ängstigte und daß seine Hauptsorge im Augenblick seiner eigenen Person und dem Abenteuer galt, das vor uns lag.

Die Bodenluke stand offen. Wir kletterten durch die Einstiegkammer in die Stahlzigarre hinunter. Als wir an die scharfe, fast rechtwinklige Biegung kamen, die in die Beobachtungskabine führte, gab ich mir alle Mühe, meine wunde Schulter zu schonen, und es war gerade noch erträglich. Ich knipste die Deckenbeleuchtung an, trat an die Schaltdosen und überließ es Vyland, die Flutkammerluke zu schließen. Eine halbe Minute später kam er in die Beobachtungskabine gekrochen und machte die schwere, konische Tür hinter sich zu. Alles weitere lag nun in meinen Händen.

Beide, Vyland und Royale, zeigten sich sehr beeindruckt von dem Durcheinander der Drähte, die aus den Schaltdosen hingen. Noch mehr hätten ihnen die Schnelligkeit und Gewandtheit imponieren müssen, mit denen ich, lediglich meine Notizen zu Rate ziehend, sie alle wieder an Ort und Stelle festklemmte. Zum Glück saßen die Dosen in Hüfthöhe. Mein linker Arm war jetzt schon so lahm, daß ich ihn nur vom Ellbogen abwärts gebrauchen konnte.

Ich schraubte den letzten Leitungsdraht fest, machte die Dosendeckel zu und kontrollierte sämtliche Stromkreise. Vyland sah mir ungeduldig zu. Royale beobachtete mich mit einem Gesicht, das in seiner Ausdruckslosigkeit mit dem der großen Sphinx von Gizeh hätte konkurrieren können. Vylands Antreibermiene ließ mich völlig kalt. Ich saß schließlich auch in der Stahlzigarre und hatte keine Lust, ein unnützes Risiko einzugehen. Dann stellte ich die Steuerungsrheostate der beiden batteriegetriebenen Motoren an, wandte mich Vyland zu und zeigte auf zwei Skalenscheiben, deren Zeiger ausschlugen.

»Die Motoren! Hier drin sind sie kaum zu hören, aber sie funktionieren einwandfrei. Fertig?«

»Ja.« Er fuhr sich mit der Zunge über die Lippen. »Wenn Sie fertig sind.«

Ich nickte, drehte an dem Ventilschalter, um die Einstiegkammer unter Wasser zu setzen, zeigte auf das Mikrophon, das auf einer Gabel in Schulterhöhe zwischen mir und Royale lag, und stellte den Schalter auf ›Ein‹. »Wollen Sie bitte Bescheid sagen, daß man die Luft aus dem Dichtungsring läßt.« Ich blickte Vyland an.

Er nickte, erteilte die erforderliche Weisung und legte das Mikrophon auf die Gabel zurück. Ich schaltete aus und wartete.

Der Bathyskaph schaukelte sanft um etwa drei bis vier Grad längsschiffs. Plötzlich hörte die Bewegung auf. Ich warf einen Blick auf den Tiefenmesser.

»Wir haben uns vom Pfeiler gelöst«, sagte ich zu Vyland. Ich knipste das vertikale Suchlicht an und deutete auf das Plexiglasfenster zu unseren Füßen. Der Sandboden lag nur noch einen Faden unter uns. »Welche Richtung – schnell! Ich möchte nicht hier festfahren.«

»Geradeaus.«

Ich koppelte beide Motoren, ging auf halbe Fahrt und stellte die Stabilisatoren ein, um ein Maximum an Vorwärtsantrieb zu erzielen. Es handelte sich um nicht viel mehr als zwei Grad. Zum Unterschied vom Seitenfenster liefern die Stabilisatoren des Bathyskaphen nur ein Minimum an Steuerkraft, da sie für die Tauchzwecke von untergeordneter Bedeutung sind. Langsam ließ ich die Motoren auf höchste Touren gehen.

»Fast genau Südost.« Vyland studierte einen Zettel, den er aus der Tasche gezogen hatte. »Kurs 222.«

»Genau?«

»Was heißt genau?« fragte er ärgerlich. Nun, da er seine Wünsche erfüllt sah und der Bathyskaph funktionierte, war ihm gar nicht mehr wohl zumute. Platzangst, meiner Vermutung nach.

»Ist es der richtige Kurs oder der Kompaßkurs?« fragte ich geduldig.

»Kompaßkurs.«

»Hat man die Mißweisung berücksichtigt?«

Abermals warf er einen Blick auf seinen Zettel. »Ja. Und Bryson meinte, solange wir diese Richtung hielten, würde die Metallmasse des Pfeilers uns nicht stören.«

Ich schwieg. Bryson, der Techniker, der an der Taucherkrankheit zugrunde gegangen war – wo befand er sich jetzt? Keine fünfzig Meter weit von hier, davon war ich so ziemlich überzeugt. Um ein Bohrloch, sagen wir, etwa vier Kilometer tief in den Fels zu treiben, braucht man mindestens sechstausend Sack Zement, und die zwei Eimer voll, die man benötigte, um dafür zu sorgen, daß Bryson schön brav auf dem Meeresboden liegen blieb, bis er längst zu einem unidentifizierbaren Skelett geworden war, hatte bestimmt kein Mensch vermißt.

»Fünfhundertzwanzig Meter«, sagte Vyland. »Vom Pfeiler bis zu dem Flugzeug.« Zum erstenmal war von einem Flugzeug die Rede.

»Das heißt in der Horizontale. Rechnet man die Entfernung bis zu dem tiefsten Punkt der Senke hinzu, dann sind es ungefähr sechshundertzwanzig Meter. Hat Bryson behauptet.«

»Wo beginnt die Senke?«

»Nach etwa zwei Drittel der Strecke. In einer Tiefe von sechsundvierzig Metern. Das ist fast die gleiche Tiefe wie die, in der die Bohranlage verankert ist. Dann geht es in einem Winkel von zirka dreißig Grad in eine Tiefe von hundertsechzig Metern hinunter.«

Ich nickte stumm. Man hatte mir immer erzählt, ein Mensch sei nicht imstande, an zwei Stellen zugleich heftige Schmerzen zu empfinden, aber das stimmte nicht. Es geht ausgezeichnet. Mein Arm, die Schulter und der Rücken waren ein weites Meer von Qualen, außerdem zuckten stechende Schmerzen wie Lanzenstöße durch den Oberkiefer. Ich war zu keinerlei Gesprächen aufgelegt, ich war zu überhaupt nichts mehr aufgelegt. Ich versuchte, mich auf meine Aufgabe zu konzentrieren und darüber die Schmerzen zu vergessen.

Die Treidelleine, die uns mit dem Pfeiler verband, war, wie ich festgestellt hatte, um eine elektrisch getriebene Trommel gewickelt. Aber die Trommel wurde nur in einer Richtung angetrieben – um auf der Rückfahrt das Seil aufzuspulen. Jetzt lief das Seil gegen eine schwache Feder ab. In der Mitte des Seils war das isolierte Telefonkabel eingebettet. Die Umdrehungen der Trommel wurden auf einer Meßskala in der Beobachtungskabine angezeigt und vermittelten einen recht exakten Begriff von der zurückgelegten Strecke. Und auch von unserer Fahrtgeschwindigkeit. Die Höchstgeschwindigkeit des Bathyskaphen betrug zwei Knoten, aber die Bremswirkung, die das mitgeschleppte Seil ausübte, reduzierte sie auf einen Knoten. Doch das reichte. Wir hatten keinen weiten Weg zurückzulegen.

Vyland verbrachte die meiste Zeit damit, ängstlich durch das Seitenfenster ins Wasser hinauszuspähen. Royales gesundes Auge wich nicht von mir. Er beobachtete jede, auch die geringste meiner Bewegungen und jeden Handgriff, aber das geschah aus reiner Gewohnheit.

Langsam drifteten wir etwa drei Meter über dem Meeresboden dahin, den Bug durch die Zugkraft des Seiles leicht nach oben gekippt. Das Führungstau hing unterhalb der Beobachtungskabine, streifte ab und und zu die Fels- und Korallenformationen oder schleifte über ein Schwammriff hinweg. Wir waren von pechschwarzer Nacht umgeben, aber unsere beiden Scheinwerfer und das Licht, das durch die Plexiglasfenster hinausströmte, genügten uns reichlich. Einige Delphine schwammen träge an dem Fenster vorbei, zerstreut und geistesabwesend, mit ihren eigenen Problemen beschäftigt. Ein schlanker Barrakuda schlängelte sich auf uns zu, stieß den häßlichen Kopf gegen eines der Seitenfenster und starrte fast eine Minute lang zu uns herein, böse und regungslos. Ein Zug spanischer Makrelen leistete uns eine Weile Gesellschaft, stob dann aber jählings mit nervösem Gezappel auseinander, als ein Hai majestätisch aufkreuzte, sich mit kaum merklichen Schlägen seines langen, kräftigen Schwanzes vorantreibend. Meistens aber war der Meeresboden wüst und leer. Vielleicht hatten die Fische wegen des tobenden Unwetters tiefere Gewässer aufgesucht.

Genau zehn Minuten nach unserem Aufbruch fiel der Boden unter uns ab. In der jähen Finsternis, die unsere Scheinwerfer nicht durchdringen konnten, sah es aus, als befänden wir uns an der Oberkante einer senkrechten Felswand. Ich wußte, daß das eine Sinnestäuschung sein mußte. Vyland hatte sicherlich den Boden Dutzende Male mit dem Echolot abgetastet, und wenn er sagte, die Neigung betrage nicht mehr als dreißig Grad, dann mußte es wohl stimmen. Trotzdem war der Eindruck eines bodenlosen Abgrundes überwältigend.

»Wir sind da«, sagte Vyland mit gedämpfter Stimme. Ich sah auf seinen glatten, gleichsam polierten Wangen kleine Schweißtropfen glitzern. »Gehen Sie tiefer, Talbot! Hier müssen wir jetzt hinunter.«

»Nicht so hastig.« Ich schüttelte den Kopf. »Wenn wir sofort tauchen, reißt die Treidelleine, die wir unter uns herziehen, unser Achterteil hoch. Die Scheinwerfer leuchten nur nach vorn, aber nicht nach unten. Wie denn, wenn wir gegen einen Felsvorsprung stoßen, den wir nicht sehen können? Wollen Sie, daß wir den vorderen Benzintank kaputtschlagen? Vergessen Sie nicht, daß diese Behälter aus dünnem Blech bestehen. Es braucht nur einer zu platzen, dann haben wir zu wenig Auftrieb, um je wieder hochzukommen. Sie wissen, was das bedeutet, Vyland, ja?«

Nun glänzte sein ganzes Gesicht vor Schweiß. Wieder fuhr er sich mit der Zunge über die Lippen und sagte: »Machen Sie, was Sie für richtig halten, Talbot.«

Ich machte, was ich für richtig hielt. Ich blieb auf dem bisherigen Kurs, bis das Meßgerät der Treidelleine eine Entfernung von sechshundert Metern anzeigte und ließ sodann den leichten Untertrieb, den unsere Fahrt und die Schräglage der Stabilisatoren bisher kompensiert hatten, sich voll auswirken. Nach und nach sanken wir tiefer, in nervenaufreibendem Zeitlupentempo. Die Nadel des Tiefenmessers schien sich kaum zu rühren. Das Gewicht der Treidelleine, die wir hinter uns herschleppten, wirkte wie ein Bremsklotz, und zwischen dreißig und siebzig Faden mußte ich alle zehn Faden die Motoren in Gang setzen und mehr Leine abrollen lassen.

In einer Tiefe von genau sechsundsiebzig Faden trafen die Strahlen unserer Suchlichter den Meeresboden. Hier gab es weder Felsgestein noch Korallen noch Schwammbänke, nur kleine graue Sandflächen und lange, schwarze Schlammbahnen. Ich ließ abermals die Motoren an, brachte sie auf nahezu halbe Fahrt, stellte die Stabilisatoren ein und begann ganz langsam voranzukriechen. Wir brauchten nur fünf Meter zurückzulegen. Brysons Schätzung stimmte fast haargenau. Als das Meßgerät der Treidelleine 625 Meter zeigte, sah ich zur Linken, beinahe schon außerhalb unseres Gesichtskreises, undeutlich einen wuchtigen Gegenstand aus dem Meeresgrund emporragen. Es war die Höhenflosse eines Flugzeugs, wir mußten also rechts an unserem Ziel vorbeigeglitten sein, die Nase des Wracks wies in die Richtung, aus der wir gekommen waren... Ich schaltete die Motoren auf Rückwärtsgang, stellte die Treidelleinentrommel an, stieß etwa zwanzig Meter zurück, fuhr vorwärts und schwenkte nach links. Als ich an der richtigen Stelle angelangt war, schaltete ich abermals ganz kurz auf Rückwärtsgang und stellte dann die Motoren ab. Langsam und sicher begann der Bathyskaph zu sinken. Das lose Führungskabel berührte den Boden, aber diese Gewichtsverminderung genügte nicht (obgleich sie eigentlich hätte ausreichen müssen), um den Untertrieb auszugleichen, und der Kiel der Beobachtungskabine wühlte sich in den schwarzen Schlamm.

Nur fünfzehn Minuten waren verstrichen, seit ich das Luftreinigungsgerät klein gestellt hatte, aber die Luft in der Kapsel begann bereits schlecht zu werden. Weder Vyland noch Royale schienen es zu bemerken. Vielleicht hielten sie diese atmosphärischen Bedingungen für normal. Wahrscheinlich aber bemerkten sie es gar nicht. Beide waren restlos in den Anblick vertieft, der sich ihnen durchs vordere Beobachtungsfenster im hellen Licht des Scheinwerfers bot.

Gott mag wissen, daß auch meine Aufmerksamkeit bis zum äußersten gefesselt war. Hundertmal hatte ich mich gefragt, was ich wohl empfinden, wie ich reagieren würde, wenn ich endlich, wenn ich jemals das zu Gesicht bekäme, was dort draußen halb im Schlamm begraben lag. Zorn hatte ich erwartet, Zorn und Empörung und Entsetzen und Leid und vielleicht sogar Furcht. Aber ich verspürte nichts dergleichen, nur noch Mitleid und Trauer, die abgründigste Melancholie, die ich je empfunden hatte. Vielleicht reagierte ich nur deshalb anders, als ich erwartet hatte, weil die physischen Schmerzen mein Hirn benebelten, aber ich wußte, daß es daran nicht lag. Und es nützte mir wenig, wenn ich mir sagte, daß Mitleid und Melancholie nicht mehr den anderen, sondern mir selbst galten, daß mich Wehmut angesichts der Erinnerungen überkam, die allein mir geblieben waren, und das Selbstbedauern eines Menschen, der unwiderruflich in die Einsamkeit gestoßen wurde.

Das Flugzeug lag etwa anderthalb Meter tief im Schlamm. Die rechte Tragfläche fehlte. Sie mußte beim Aufprall aufs Wasser abgebrochen sein. An der linken Tragfläche fehlte die Spitze, aber Leitwerk und Rumpf waren völlig intakt bis auf den zerschossenen Bug und die zersplitterten Glasscheiben, die eindeutig bewiesen, auf welche Weise die DC den Tod gefunden hatte. Wir befanden uns dicht an dem Flugzeugrumpf, der Bug des Bathyskaphen hing über dem Führersitz der Maschine, die Beobachtungskabine war knappe zwei Meter von den zerschmetterten Fensterscheiben entfernt und fast auf derselben Höhe. Hinter den Scheiben sah ich zwei Gerippe, das auf dem Pilotensitz saß noch aufrecht, gegen das Seitenfenster gelehnt und durch den Sicherheitsgurt festgehalten, das auf dem Sitz des Copiloten war tief vornübergebeugt und fast unsichtbar.

»Wunderbar, wie, Talbot? Ist das nicht eine Sache?« Vyland, dessen Beklemmungen anscheinend nachgelassen hatten, rieb sich die Hände. »Nach so langer Zeit! Aber es hat sich gelohnt, es hat sich gelohnt. Und noch dazu völlig unversehrt! Ich befürchtete, es könnte über den Meeresboden verstreut sein. Einem erfahrenen Bergungsfachmann wie Ihnen, Talbot, dürfte das keinerlei Mühe machen, habe ich recht?« Er wartete die Antwort nicht ab, sondern wandte sich sofort wieder ab, um durchs Fenster zu schauen und sich an dem Enblick zu weiden. »Wunderbar!« wiederholte er. »Einfach wunderbar!«

»Ja, es ist toll«, sagte ich zustimmend. Ich wunderte mich über die Festigkeit, die Gleichgültigkeit meiner Stimme. »Mit Ausnahme der britischen Fregatte *De Braak*, die 1798 in einem Orkan vor der Küste von Delaware unterging, handelt es sich hier vermutlich um den größten Unterwasserschatz in der westlichen Hemisphäre. Zehn Millionen zweihundertfünfzigtausend Dollar: Goldbarren, Smaragde und ungeschliffene Diamanten.«

»Ja, Sir!« Vyland hatte die Rolle des Generaldirektors total vergesssen und rieb sich wieder die Hände. »Zehn Millionen zweihundert...« Langsam verebbte seine Stimme, verstummte zögernd. Dann: »Woher – woher wissen Sie das, Talbot?« fragte er flüsternd.

»Ich wußte es schon, bevor es Ihnen zu Ohren gekommen war, Vyland«, erwiderte ich gelassen. Beide, Vyland und Royale, hatten sich vom Fenster abgewandt und starrten mich an, Vyland mit einem Gemisch aus Verblüffung, Argwohn und erwachender Furcht, Royale zum erstenmal, seit ich ihn kannte, aus seiner Ruhe gerissen, mit seinem unverletzten, kalten Auge. »Ich fürchte, Sie sind bei weitem nicht so klug wie General Ruthven, Vyland. Übrigens ist er auch mir überlegen. Heute mittag hat er mich durchschaut. Ich weiß auch warum. Wissen Sie warum, Vyland? Wollen Sie es wissen?«

»Was soll das heißen?« Seine Stimme klang heiser.

»Er ist sehr schlau, der Herr General!« fuhr ich fort, als hätte ich den Einwurf nicht gehört. »Als wir heute früh auf der Bohrstelle landeten, fiel ihm auf, daß ich mein Gesicht nur so lange versteckte, bis ich mich vergewissert hatte, daß eine bestimmte Person nicht unter den Männern war, die uns erwarteten, und daß ich mich nachher nicht mehr darum kümmerte. Ich gebe zu, daß das unachtsam war. Aber ihm sagte es, daß ich unmöglich ein Mörder sein konnte – sonst hätte ich mich auch vor allen anderen versteckt. Außerdem schloß er daraus, daß ich schon einmal auf der Bohrstelle gewesen sein mußte und nun befürchtete, es würde mich jemand wiedererkennen. In beiden Punkten hatte er recht. Ich bin kein Mörder, und ich war auch schon einmal auf der Bohrstelle. In den frühen Morgenstunden des heutigen Tages.«

Vyland wußte nichts zu sagen. Die niederschmetternde Wirkung meiner Worte, die grenzenlosen, finsteren Perspektiven, die sich ihm eröffneten, hatten ihn völlig aus dem Gleichgewicht gebracht. Er war dermaßen verwirrt, daß er nicht einmal einen Versuch machte, seine widerstreitenden Gedanken zu formulieren.

»Und noch etwas anderes ist dem Herrn General aufgefallen«, fuhr ich fort. »Nämlich, daß ich, als von dem Bergungsvorhaben die Rede war, nie die selbstverständliche Frage gestellt habe: Was für ein Schatz soll geborgen werden? Wo befindet er sich, in einem Schiff? Einem Flugzeug? Nie habe ich auch nur eine einzige dieser Fragen gestellt, nicht wahr, Vyland? Ihnen aber ist es gar nicht aufgefallen. Doch General Ruthven fiel es auf. Er wußte, daß es dafür nur eine Erklärung gab: Ich wußte schon Bescheid.«

Etwa zehn Sekunden lang herrschte Stille, dann fragte Vyland leise: »Wer sind Sie, Talbot?«

»Auf keinen Fall Ihr Freund, Vyland.« Ich lächelte, soweit mein schmerzender Oberkiefer es zuließ. »Sie werden sterben, Vyland, Sie werden eines qualvollen Todes sterben, und mit Ihrem letzten Atemzug werden Sie meinen Namen und den Tag verfluchen, an dem Sie mir begegnet sind.«

Tiefe Stille. Ich hätte für mein Leben gern eine Zigarette geraucht, aber das war in dieser engen Kabine undenkbar. Die Luft war weiß Gott schon verdorben genug, unser Atem hatte sich unnatürlich beschleunigt, Schweißtropfen liefen uns über die Wangen.

»Ich will Ihnen eine kleine Geschichte erzählen«, fuhr ich fort. »Es ist zwar kein Märchen, aber wir wollen trotzdem mit ›Es war einmal‹ beginnen.

Es war einmal ein fremdes Land mit einer winzig kleinen Flotte – zwei Zerstörer, eine Fregatte, ein Kanonenboot. Damit ist nicht viel Staat zu machen, nicht wahr, Vyland? Also beschlossen die Machthabenden, ihre Flotte zu verdoppeln. Sie glaubten es sich leisten zu können, weil sie recht gut an ihrem Petroleum- und Kaffee-Export verdienten. Wohlgemerkt, sie hätten das Geld auf hunderterlei rentablere Art ausgeben können, aber in diesem fremden Land fanden sehr häufig Umwälzungen statt, und die Stärke der jeweiligen Regierung beruhte zum großen Teil auf der Stärke der bewaffneten Streitkräfte, über die sie verfügte. Wir wollen unsere Flotte verdoppeln, sagten die Herren. Welches Land, Vyland?«

Er wollte etwas sagen, aber es kam nur ein dumpfes Krächzen aus seiner Kehle. Er fuhr sich mit der Zunge über die Lippen und murmelte: »Kolumbien.«

»Ich frage mich nur, woher Sie das wissen? Kolumbien, sehr richtig. Man beabsichtigte, den Engländern zwei gebrauchte Zerstörer und den Vereinigten Staaten einige Fregatten, Minensuchboote und Kanonenboote abzukaufen. Dafür, daß diese gebrauchten Schiffe fast funkelnagelneu waren, konnten sie sie für einen reinen Ramschpreis bekommen: Zehn Millionen zweihundertfünfzigtausend Dollar. Aber die Sache hatte einen Haken. In dem kleinen Land Kolumbien drohten wieder einmal Umsturz, Bürgerkrieg und Anarchie, an den ausländischen Börsen sank der Kurs des Peso, Großbritannien und die Vereinigten Staaten weigerten sich, Pesos in Zahlung zu nehmen. Keine internationale Bank hätte auch nur einen Cent hergeliehen. Infolgedessen wurde vereinbart, in Sachwerten zu zahlen. Eine frühere Regierung hatte zu Industriezwecken ungeschliffene brasilianische Diamanten im Wert von zwei Millionen Dollar eingeführt, die nie verwendet worden waren. Dazu kamen Goldbarren im Wert von etwa anderthalb Millionen Dollar, an die zwei Tonnen in Barren zu je vierzehn Kilo. Zum größten Teil aber sollte die Zahlung in geschliffenen Smaragden erfolgen. Ich brauche Sie kaum daran zu erinnern, Vyland, daß die Muzo-Bergwerke in den östlichen Anden das berühmteste und wichtigste Smaragdvorkommen der Welt bilden. Das ist Ihnen sicherlich bekannt.«

Vyland schwieg. Er zog sein Taschentuch heraus und wischte sich das Gesicht ab. Er sah erbärmlich aus.

»Egal. Nun ging es um die Transportfrage. Ursprünglich wollte man die kostbare Ladung mit einer Avianca- oder Lansa-Maschine erst einmal nach Tampa fliegen, aber alle einheimischen Fluglinien erhielten Anfang Mai 1958 Startverbot, weil Neuwahlen vor der Tür standen. Einige hohe Staatsbeamte wollten das Geld so schnell wie möglich außer Landes schaffen, damit es nicht in unrechte Hände geriete, deshalb sahen sie sich nach einer ausländischen Flugfrachtlinie um. Sie entschieden sich für die Trans-Carib Air Charter Co. Lloyds erklärten sich bereit, die Versicherung zu übernehmen. Die Frachtmaschine der Trans-Carib meldete eine falsche Route an und startete von Barranquilla, um über die Yucatan-Straße Tampa anzufliegen.

Nur vier Personen befanden sich in der Maschine: der Pilot, ein Zwillingsbruder des Eigentümers der Fluglinie, der Copilot, der gleichzeitig als Navigator fungierte, eine Frau und ein kleines Kind, die man nicht zurücklassen wollte, denn es konnte ja geschehen, daß bei den Wahlen die Opposition siegte und entdeckte, was für eine Rolle die Trans-Carib bei der Verschiebung des Geldes ins Ausland gespielt hatte.

Man hatte eine falsche Route angegeben, Vyland, aber das nützte leider gar nichts, denn einer dieser edlen, patriotisch gesinnten Staatsbeamten, denen so viel daran lag, ihre Schulden an England und Amerika zu begleichen, war ein Gauner, wie er im Buch steht, und eine Ihrer Kreaturen, Vyland. Er kannte die richtige Route und verständigte sie auf funktelegrafischem Weg. Sie befanden sich in Havanna und hatten bereits Ihre Vorbereitungen getroffen, nicht wahr, Vyland?«

»Woher wissen Sie das alles?« krächzte Vyland.

»Weil ich der Eigentümer der Trans-Carib Air Charter Co. bin – war.« Ich fühlte mich unbeschreiblich müde, ich weiß nicht, ob es an den Schmerzen oder an der schlechten Luft lag oder nur daran, daß mir das Leben so grenzenlos leer vorkam. »Ich saß damals in Britisch-Honduras fest, in Belize. Aber es gelang mir, die Funkverbindung herzustellen – das heißt, nachdem meine Leute ihr Gerät repariert hatten. Sie teilten mir mit, daß jemand versucht hatte, die Maschine in die Luft zu sprengen, aber heute weiß ich, daß das nicht ganz stimmte, man wollte nur das Funkgerät zerstören, um die DC von der Außenwelt abzuschneiden. Beinahe wäre es gelungen – aber nicht ganz. Sie wußten nicht, Vyland, daß jemand mit der Maschine in Verbindung stand, kurz bevor sie abgeschossen wurde, nicht wahr? Ich hatte die Verbindung. Nur zwei Minuten lang, Vyland.« Ich musterte ihn nachdenklich, mit leerem Blick. »Zwei kurze Minuten, aber sie bedeuten, daß Sie heute nacht sterben müssen.«

Vyland starrte mich mit entsetzten Augen an. Er wußte, was ihm bevorstand – oder glaubte es zu wissen. Er wußte jetzt, wer ich war, er wußte jetzt, was es hieß, einem Menschen gegenüberzustehen, der alles verloren hatte, einem Menschen, für den Mitleid und Erbarmen nicht einmal mehr leere Worte waren. Langsam, als ob es ihm große Mühe und Schmerzen bereitete, wandte er den Kopf, um Royale anzusehen, aber zum erstenmal fand er dort keinen Trost, keine Sicherheit, keine Hilfe, denn es geschah jetzt endlich das Unglaubliche: Royale hatte Angst.

Ich drehte mich halb um und zeigte auf den zerschmetterten Führerstand der DC.

»Schauen Sie genau hin, Vyland«, sagte ich ruhig. »Schauen Sie sich genau an, was Sie getan haben, und seien Sie stolz darauf. Das Gerippe auf dem Pilotensitz war einmal mein Zwillingsbruder, Pete Talbot. Das daneben ist Elizabeth Talbot – meine Frau, Vyland. Hinten in der Maschine werden die sterblichen Reste eines kleinen Jungen zu finden sein. Das war mein Sohn, John Talbot. Dreieinhalb Jahre alt. Tausendmal habe ich darüber nachgedacht, wie mein kleiner Junge wohl ums Leben kam. Die Kugeln, die meinen Bruder und meine Frau töteten, dürften ihn nicht erwischt haben – er muß am Leben gewesen sein, bis die Maschine aufs Wasser schlug. Etwa zwei bis drei Minuten lang, während die Maschine vom Himmel stürzt, Vyland, weint der kleine Junge und schreit, halb wahnsinnig vor Angst, er ruft seine Mutter, aber sie kommt nicht. Immer wieder, immer wieder ruft er nach ihr! Aber sie kann ja nicht kommen, nicht wahr, Vyland? Sie sitzt tot auf ihrem Platz. Dann schlägt die Maschine auf dem Wasser auf, und vielleicht ist Johnny auch in diesem Augenblick noch am Leben. Vielleicht versinkt der Flugzeugrumpf erst nach einer Weile – das passiert nämlich sehr oft, Vyland –, vielleicht ist der Rumpf mit Luft gefüllt, die erst nach dem Sinken allmählich entweicht. Ich möchte wissen, wie lange es gedauert hat, bis die Wellen über ihm zusammenschlugen. Können Sie sich das vorstellen, Vyland, drei Jahre alt, er schreit und kämpft und stirbt, und kein Mensch ist bei ihm? Und dann haben Schreien und Kampf ein Ende, und mein kleiner Junge ertrinkt.«

Lange betrachtete ich die zertrümmerte Führerkanzel des Flugzeugs, jedenfalls kam mir die Zeit lang vor. Als ich mich abwandte, packte Vyland meinen rechten Arm. Ich stieß ihn weg, er rutschte auf dem glatten Stahlboden aus, fiel und starrte mich mit weit aufgerissenen, entsetzten Augen zu mir empor. Sein Mund stand offen, er atmete hastig und keuchend, zitterte an allen Gliedern. Royale konnte sich gerade noch beherrschen, aber wirklich nur mit knapper Not: Weiß waren die Knöchel seiner Hände, die auf den Knien lagen, seine Blicke irrten unablässig durch die Kabine, er glich einem gejagten Tier, das nach einem Fluchtweg Ausschau hält.

»Lange habe ich auf diesen Augenblick gewartet, Vyland«, fuhr ich fort. »Zwei Jahre und vier Monate lang, und ich glaube, ich habe während dieser ganzen Zeit nie auch nur eine Sekunde lang an etwas anderes gedacht.

Für mich gibt es nichts mehr, was mir das Leben lebenswert macht, Vyland, das werden Sie verstehen. Ich habe genug. Vielleicht ist es makaber – aber ich möchte gern hier bei den Meinen bleiben. Ich kann mir nicht länger einreden, daß es einen Sinn hätte, weiterzuleben. Es hat keinen Sinn mehr, deshalb kann ich ebensogut hier bleiben. Mein Leben ist sinnlos geworden, und nur eines hat mich bisher aufrecht gehalten: das Versprechen, das ich mir selber am dritten Mai 1958 gab, nämlich daß ich nicht ruhen und rasten würde, bis ich den Mann, der mein Leben zerstörte, ausfindig gemacht hätte. Das ist geschehen, und jetzt hat alles keinen Sinn mehr. Eigentlich müßte mir der Gedanke unangenehm sein, daß auch ihr beide hier zurückbleiben werdet, anderseits aber ist es vielleicht ganz passend. Die Mörder und ihre Opfer, alle im Tode vereint.«

»Sie sind wahnsinnig«, wisperte Vyland. »Sie sind wahnsinnig. Was sagen Sie da?«

»Nur noch folgendes: Erinnern Sie sich an den Schalter, der oben auf dem Tisch liegen blieb? Sie fragten mich, was damit los sei, und ich sagte: ›Das Ding brauchen wir nicht mehr.‹ Wir brauchen es wirklich nicht mehr! Es ist der Hauptschalter, der die Ballasttankventile öffnet. Ohne ihn sind sie blockiert, ohne ihn können wir den Ballast nicht abwerfen. Und mit dem Ballast ist es uns nicht möglich, an die Oberfläche zurückzukehren. Hier sind wir nun, Vyland, und hier bleiben wir. Für alle Zeiten.«

12

Der Schweiß lief uns in Bächen übers Gesicht. Die Temperatur betrug inzwischen vierzig Grad, die Luft war feucht und völlig verdorben. Unser heiseres Keuchen und Japsen nach Sauerstoff waren die einzigen Laute in der winzigen Stahlkugel, die auf dem Boden des Golfs von Mexiko lag, hundertsechzig Meter unter dem Meeresspiegel.

»Sie haben die Ballastventile blockiert?« Vylands Stimme war nur noch ein mattes, ungläubiges Flüstern, sein Blick war halb wahnsinnig vor Angst. »Wir sitzen hier fest – hier – in dieser...« Seine Stimme verebbte, er drehte den Kopf hin und her und begann sich verzweifelt und entsetzt wie eine gefangene Ratte umzuschauen, die weiß, daß sie sterben muß. Er war auch wirklich nichts weiter als eine gefangene Ratte.

»Es gibt keinen Ausweg, Vyland«, sagte ich finster. »Nur durch die Einstiegluke. Vielleicht wollen Sie versuchen, sie zu öffnen? In dieser Tiefe kann der Druck von außen nicht mehr als fünfzig Tonnen betragen. Wenn es Ihnen gelänge, die Luke zu öffnen, würden Sie an der Wand plattgedrückt wie eine Flunder. Nehmen Sie es nicht allzu schwer, Vyland – die letzten Minuten werden so qualvoll sein, wie Sie es nie für möglich gehalten hätten, Sie können in den allerletzten Sekunden beobachten, wie Ihre Hände und Ihr Gesicht sich blau und rot verfärben, bevor die größeren Blutgefäße in der Lunge zu platzen beginnen, aber gleich nachher werden Sie...«

»Halt! Halt!« schrie er. »Um Gottes willen, hören Sie auf! Retten Sie uns, Talbot! Ich gebe Ihnen, was Sie wollen, eine Million, zwei Millionen, fünf Millionen. Sie können alles behalten, Talbot, alles!« Mund und Gesicht zuckten wie bei einem Tobsüchtigen, die Augen traten aus den Höhlen.

»Mir wird übel, wenn ich Sie anschaue«, erwiderte ich kalt. »Auch wenn ich könnte, würde ich Sie nicht retten, Vyland. Und damit ich nicht in Versuchung geraten würde, Sie zu retten, habe ich den Hauptschalter oben liegen lassen. Wir haben noch fünfzehn oder zwanzig Minuten zu leben, wenn man die Tortur, die uns bevorsteht, leben nennen kann. Oder vielmehr die Tortur, die Ihnen beiden bevorsteht.« Ich griff an mein Jackett, riß den mittleren Knopf ab und steckte ihn in den Mund. »Ich werde nichts spüren, ich bin seit Monaten auf diese Situation vorbereitet. Das ist kein Knopf, Vyland, das ist eine Kapsel, die konzentrierte Blausäure enthält. Ein Biß, und ich bin tot, bevor ich weiß, daß es ans Sterben geht.«

Das warf ihn endgültig um. Mit geiferndem Mund, unzusammenhängende Worte ausstoßend, stürzte er sich auf mich. Was er damit bezweckte, weiß ich nicht. Er war dermaßen von Sinnen, daß er es selbst nicht wußte. Ich aber hatte es erwartet und mir einen schweren Schraubenschlüssel zurechtgelegt. Ich schlug zu, noch bevor seine Hände mich berührten. Der Hieb war nicht sehr kräftig, aber er reichte. Vyland taumelte nach hinten, schlug mit dem Kopf gegen die Stahlwand und brach zusammen.

Nun blieb nur noch Royale. Er kauerte auf dem schmalen Klappsitz, seine sphinxartige Selbstbeherrschung war beim Teufel, er wußte, daß er nur noch wenige Minuten zu leben hatte, sein Gesicht arbeitete krampfhaft, wohl um das Mienenspiel nachzuholen, das er in den ganzen Jahren unterdrückt hatte. Jetzt sah er das Schicksal nahen, das er selbst so lange Zeit hindurch zahlreichen Opfern bereitet hatte. Die Krallen der Angst bohrten sich tief in die verborgensten Winkel seiner Seele. Noch war er im Gegensatz zu Vyland nicht in Panik geraten, noch hatte er nicht die Besinnung verloren, aber er konnte nicht mehr logisch denken. Ihm fiel nur das ein, was ihm stets in kritischen Augenblicken einfiel: Er zog die kleine, todbringende Pistole und zielte auf mich, aber ich wußte, daß das völlig bedeutungslos war, eine reine Reflexbewegung, und daß er keineswegs die Absicht hatte, auch zu schießen. Zum erstenmal in seinem Leben begegnete Royale einem Problem, das er nicht mit einem Druck auf den Abzug der Pistole lösen konnte.

»Sie haben Angst, Royale, nicht wahr?« sagte ich leise. Ich mußte mich bereits anstrengen, um überhaupt noch einen Ton über die Lippen zu bringen, meine Atemtätigkeit war von der normalen Ziffer sechzehn auf fünfzig angestiegen, und ich hatte kaum Zeit, zwischendurch ein Wort hervorzustoßen.

Royale schwieg, er sah mich nur an, und alle Teufel der Hölle tanzten in der Tiefe seiner schwarzen Augen. Zum zweitenmal im Lauf von achtundvierzig Stunden, diesmal trotz der Feuchtigkeit, trotz der verdorbenen und stinkenden Luft, hätte ich schwören mögen, daß mir der Geruch frisch aufgeworfener nasser Erde in die Nase stieg. Der Geruch, den ein offenes Grab ausströmt.

»Der große Henker, der böse Wolf«, flüsterte ich heiser. »Royale, der Killer. Denken Sie doch an alle die Menschen, die gezittert haben, die heute noch zittern, wenn Ihr Name fällt! Wäre es nicht schön, wenn alle diese Menschen Sie jetzt sehen könnten, Royale, wäre das nicht wunderschön? Wenn sie sehen könnten, wie Royale vor Angst schlottert! Sie zittern doch vor Angst, Royale, nicht wahr? So gezittert haben Sie noch nie in Ihrem Leben. Nicht wahr, Royale?«

Wieder sagte er kein Wort. Noch tanzten die Teufel in seinen Augen, aber jetzt starrten sie nicht mehr mich an, jetzt trampelten sie auf ihm herum, schleuderten ihre Flammen in die finstersten Winkel seiner schwarzen Seele. Das wechselnde Mienenspiel auf seinem verzerrten Gesicht zeigte deutlich, wie sie ihn hin und her stießen, wie sie ihn schneller und schneller auf den schwarzen Abgrund des totalen Zusammenbruchs zu zerrten, einer unbezwinglichen Todesangst zu.

»Wie gefällt Ihnen das, Royale?« fragte ich keuchend. »Spüren Sie, wie Ihre Kehle, Ihre Lungen zu schmerzen beginnen? Ich spüre es bei mir. Und ich sehe, wie Ihr Gesicht sich blau verfärbt. Noch nicht sehr schlimm, es fängt erst unter den Augen an. Augen und Nase, die kommen immer zuerst dran.« Ich griff in die äußere Brusttasche und zog eine kleine, vierkantige, blankpolierte Chromstahlplatte hervor. »Ein Spiegel, Royale! Wollen Sie nicht einen Blick hineintun? Wollen Sie denn nicht selber sehen...«

»Der Teufel soll Sie holen, Talbot!« Er schlug mir den Stahlspiegel aus der Hand, halb schluchzend, halb schreiend: »Ich will nicht sterben! Ich will nicht sterben!«

»Aber Ihre Opfer wollten sterben, Royale, was?« Ich konnte mich nicht mehr recht verständlich machen, ich mußte drei- bis viermal Atem holen, um diesen einen Satz herauszubringen. »Es waren lauter Selbstmordkandidaten – und aus reiner Herzensgüte haben Sie den armen Schluckern über die Schwelle geholfen. Stimmt's, Royale?«

»Sie werden jetzt sterben, Talbot!« Ein wüstes Krächzen. Die zitternde Hand richtete die Pistole auf mein Herz. »Jetzt kommen Sie dran.«

»Daß ich nicht lache! Da kann ich wirklich nur lachen! Ich habe eine Blausäurekapsel zwischen den Zähnen.« Meine Brust schmerzte, die Wände der Stahlkammer begannen vor meinen Augen zu verschwimmen. Ich wußte, daß ich es nicht mehr lange aushalten würde. »Los!« stieß ich röchelnd hervor. »Los! Drücken Sie ab!«

Er musterte mich mit irrem, schielendem Blick und stopfte die Pistole mit zittriger Hand ins Futteral zurück. Jetzt machten sich die schweren Prügel bemerkbar, die er bezogen hatte. Er war noch weit schlimmer dran als ich. Er begann auf seinem Sitz hin und her zu schwanken. Plötzlich fiel er vornüber auf Hände und Knie, schüttelte heftig den Kopf, als wollte er einen Nebelschleier verscheuchen. Ich beugte mich über ihn – ich war selber kaum noch bei Bewußtsein –, umklammerte den Schalterknopf des Luftreinigungsgerätes und drehte ihn ganz auf. Zwei, vielleicht drei Minuten würde es dauern, bis eine merkliche Besserung eintrat, und an die zehn Minuten, bis die Atmosphäre im Innern der Stahlkabine wieder einigermaßen normal war. Im Augenblick spürte man noch gar nichts. Ich bückte mich.

»Sie sterben, Royale«, stieß ich japsend hervor. »Wie ist einem denn zumute, wenn man stirbt, Royale? Erzählen Sie mir doch, wie ist einem dabei zumute? Was ist es für ein Gefühl, zweihundert Meter unter dem Meeresspiegel begraben zu sein? Was ist das für ein Gefühl, wenn man weiß, daß man nie wieder die herrliche, reine, frische Luft dort oben atmen wird? Wenn man weiß, daß man nie wieder die Sonne sehen wird? Wie ist einem denn zumute, wenn man stirbt, sagen Sie doch, Royale, wie ist einem dabei zumute?« Ich beugte mich noch näher zu ihm hinunter. »Sagen Sie, Royale, hätten Sie große Lust, am Leben zu bleiben?«

Er erfaßte meine Worte nicht, er war schon zu weit hinüber.

»Hätten Sie Lust, am Leben zu bleiben, Royale?« Ich mußte es ihm beinahe ins Ohr brüllen.

»Ich – will – leben.« Seine Stimme war ein heiseres Stöhnen, er schlug mit der geballten Faust gegen das Stahldeck der Kabine. »O Gott, o Gott, ich will leben...«

»Vielleicht gibt es eine Chance für Sie, vielleicht. Sie liegen auf Händen und Knien, nicht wahr, Royale? Sie betteln um Ihr Leben, was, Royale? Ich habe mir geschworen, daß Sie eines Tages vor mir auf den Knien liegen und um Ihr Leben betteln würden, und nun ist es soweit, was, Royale?«

»Der Teufel soll Sie holen, Talbot!« Es war ein heiserer, verzweifelter, gequälter Aufschrei, sein Kopf wackelte hin und her, die Augen hatte er fest zusammengekniffen. Unten auf dem Fußboden enthielt die Luft überhaupt keinen Sauerstoff mehr. Sein Gesicht begann sich nun wirklich blau zu verfärben. Er atmete wie ein keuchender Hund, jeder seiner hastigen Atemzüge war von einem

Röcheln begleitet. »Retten Sie mich! Um Gottes willen, retten Sie mich...«

»Sie sind noch nicht tot, Royale«, schrie ich ihm ins Ohr. »Vielleicht werden Sie die Sonne noch einmal sehen. Vielleicht auch nicht. Ich habe Vyland belogen, Royale. Der Hauptschalter für die Ballasttankventile ist in Ordnung – ich habe nur ein paar Drähte falsch gekoppelt, weiter nichts. Ihr würdet Stunden brauchen, um herauszufinden, welche Drähte es sind. Ich könnte sie in dreißig Sekunden richtig anschließen.«

Er hörte auf, den Kopf zu schütteln, blickte mit bläulich verfärbtem, schweißglänzendem Gesicht und blutunterlaufenen Augen, in deren Tiefe sich leiser Hoffnungsschimmer regte, zu mir auf. »Retten Sie mich, Talbot«, flüsterte er. Er wußte nicht, ob ich ihm wirklich Hoffnungen machte, oder ob meine Worte nur eine weitere Verfeinerung der Folter waren.

»Ich könnte Sie ohne weiteres retten, Royale, ohne weiteres. Sehen Sie, hier habe ich den Schraubenzieher.« Mitleidlos und mit einem bösen Lächeln blickte ich auf ihn hinunter. »Aber ich halte noch immer die Blausäurekapsel im Mund, Royale.« Ich zeigte ihm den Knopf zwischen meinen Zähnen.

»Nicht!« Ein heiserer Schrei. »Nicht zubeißen! Sie sind wahnsinnig, Talbot, wahnsinnig! Mein Gott, was sind Sie für ein Mensch!« Aus Royales Mund war das wirklich köstlich.

»Wer hat Jablonsky ermordet?« fragte ich.

Mir fiel das Atmen nun schon bedeutend leichter, aber nicht Royale, der auf dem Boden hockte.

»Ich«, stöhnte er.

»Wie?«

»Ich habe ihn erschossen. Im Schlaf.«

»Und dann?«

»Wir haben ihn im Küchengarten begraben.« Immer noch schwankte er hin und her, leise in sich hineinstöhnend, aber er bot alle Kräfte auf, um seine wirren Gedanken zusammenhängend auszudrücken. Im Augenblick waren seine Forschheit, seine Kaltblütigkeit und seine Courage restlos beim Teufel. Er warb um sein Leben, das wußte er selbst ganz genau.

»Wer steht hinter Vyland?«

»Niemand.«

»Wer steht hinter Vyland?« fragte ich unerbittlich.

»Niemand.« Seine Stimme überschlug sich vor Verzweiflung, so sehr bemühte er sich, mich zu überzeugen. »Früher einmal waren es zwei Personen, ein Mitglied der kubanischen Regierung und ein hoher Staatsbeamter in Kolumbien namens Houras. Aber heute steht niemand mehr hinter ihm.«

»Was ist aus den beiden geworden?«

»Sie wurden – liquidiert«, erwiderte Royale erschöpft. »Ich habe das besorgt.«

»Wen haben Sie sonst noch liquidiert, seit Sie in Vylands Diensten stehen?«

»Niemanden.«

Ich zeigte ihm den Knopf zwischen meinen Zähnen. Ein Schauer überlief ihn.

»Den Piloten – den Piloten des Jagdflugzeuges, der diese Maschine abgeschossen hat. Er – er wußte zuviel.«

»Deshalb konnten wir den Mann nicht ausfindig machen.« Ich nickte. »Mein Gott, ihr seid mir eine schöne Gesellschaft! Aber Sie haben einen Fehler begangen, Royale, nicht wahr? Sie haben ihn zu schnell umgelegt. Bevor er euch genau schildern konnte, wo die DC abgestürzt war... Hat Vyland das alles angeordnet?«

Er nickte.

»Haben Sie meine Frage gehört?« Ohne Erbarmen hämmerte ich ihm die Worte in die Ohren.

»Vyland hat das alles angeordnet.«

Stille. Ich starrte zum Fenster hinaus, sah ein seltsames Geschöpf, das an einen Hai gemahnte, in den Lichtkreis tauchen. Es betrachtete gleichgültig den Bathyskaph und das Flugzeugwrack und entschwand dann mit einer trägen Schwanzbewegung in der Finsternis. Ich drehte mich um und klopfte Royale auf die Schulter.

»Versuchen Sie, Vyland zur Besinnung zu bringen!«

Während Royale sich zu seinem Arbeitgeber beugte, langte ich über ihn hinweg nach dem Schalter des Lufreinigungsgerätes. Die Luft sollte nicht allzu schnell wieder frisch werden, ich durfte jetzt nichts überstürzen.

Nach etwa einer Minute glückte es Royale, Vyland zu sich zu bringen. Vyland atmete äußerst unregelmäßig, er war bereits nahe am Ersticken gewesen, aber es hatte ihm doch immer nicht völlig die Luft genommen, denn als er die Augen öffnete, wild um sich blickte und mich mit dem Knopf zwischen den Zähnen dastehen sah, fing er zu schreien an, immer und immer wieder, ein grauenhafter, nervenzerrüttender Ton in dieser engen Metallkammer. Ich streckte die Hand aus, um den hysterischen Anfall durch eine rasche Ohrfeige zu stoppen, aber Royale kam mir zuvor. Royale hatte wieder ein kleines bißchen Hoffnung geschöpft, er wollte sich diese Chance nicht entgehen lassen. Er hob die Hand und ging nicht allzu sanft mit Vyland um.

»Aufhören!« Royale schüttelte ihn heftig. »Aufhören, aufhören, aufhören! Talbot sagt, er kann die Anlage reparieren. Hören Sie mich? Talbot sagt, er kann uns retten.«

Langsam erstarben die Schreie. In Vylands Augen begannen Furcht und Wahnsinn langsam einem ersten vagen Verständnis zu weichen.

»Was haben Sie gesagt?« wimmerte er heiser. »Was war das, Royale?«

»Talbot sagt, er kann uns retten«, wiederholte Royale eindringlich. »Er sagt, er hat gelogen, er sagt, der Schalter, den er oben liegen ließ, ist nicht wichtig. Er kann es reparieren! Er kann uns retten!«

»Sie – Sie können es reparieren, Talbot?« Vylands Augen weiteten sich, bis rund um die Iris ein weißer Ring sichtbar wurde, seine zitternde Stimme war ein inbrünstiges Gebet, seine Haltung die eines unterwürfigen Butlers. Er wagte noch nicht einmal, sich Hoffnungen zu machen, seine Seele war bereits allzu tief in die Schatten des Totenreichs getaucht, als daß er den Lichtstrahl, der ihm winkte, erblickt hätte. Oder wagte er vielleicht nicht hinzuschauen, voller Angst, er könnte sich getäuscht haben? »Sie können uns retten? Jetzt – auch jetzt noch...«

»Vielleicht werde ich euch retten – vielleicht auch nicht.« Meine Stimme hatte trotz ihres heiseren Gekrächzes den richtigen gleichgültigen Ton. »Ich erklärte, daß ich am liebsten hierbleiben möchte, und das meine ich ernst. Mal sehen... Kommen Sie her, Vyland!«

Mühsam erhob er sich und wackelte auf unsicheren Beinen auf mich zu. Er konnte sich kaum aufrecht halten, so heftig zitterte er an allen Gliedern. Ich packte ihn mit meiner gesunden Hand am Rockaufschlag und riß ihn dicht an mich heran.

»Wir haben vielleicht noch für fünf Minuten Luft, Vyland. Vielleicht nicht einmal so viel. Nun sagen Sie mir, aber schnell, was für eine Rolle Sie in dieser Angelegenheit gespielt haben – bis zu Ihrer Begegnung mit General Ruthven. Schnell!«

»Retten Sie uns!« stöhnte er. »Ich kriege keine Luft, keine Luft! Ich ersticke. Ich kann nicht – ich kann nicht mehr atmen.« Er übertrieb kaum, die stickige Luft fuhr mit dem Tempo eines normalen Herzschlags krächzend durch seine Kehle. »Ich kann nicht – sprechen... Ich kann nicht...«

»Sprechen Sie, verdammt noch mal! Sprechen Sie!« Royale hatte ihn von hinten an der Gurgel gepackt und rüttelte ihn so heftig, daß sein Kopf hin und her baumelte wie der einer zerbrochenen Puppe. »Sprechen Sie! Wollen Sie sterben, Vyland? Glauben Sie, ich will Ihretwegen sterben? Sprechen Sie!«

Vyland gehorchte. Binnen drei Minuten hatte er mir keuchend, hustend, würgend alles erzählt, was ich wissen wollte: Wie er mit einem Mitglied der kubanischen Regierung ein Abkommen getroffen und sich schon wochenlang vorher ein Jagdflugzeug gesichert, wie er den Leiter einer Radarpeilanlage auf Westkuba, sodann einen ganz hohen Beamten in Kolumbien bestochen hatte, wie die Frachtmaschine verfolgt, abgefangen und abgeschossen worden war und wie er alle diejenigen, die er für seine Zwecke als Werkzeuge benutzt hatte, durch Royale liquidieren ließ. Dann wollte er auf den General zu sprechen kommen, aber ich hob die Hand.

»Okay, das genügt, Vyland! Setzen Sie sich hin.« Ich drehte das Luftreinigungsgerät voll auf.

»Was machen Sie denn da?« flüsterte Vyland.

»Ich lasse ein bißchen frische Luft herein. Es ist recht muffig geworden hier, finden Sie nicht?«

Sie starrten einander und dann mich an, sagten aber kein Wort. Ich war auf alles mögliche gefaßt gewesen, Wut, Ärger, Gewalt, aber nichts dergleichen. Sie standen noch immer im Banne der Todesangst und waren keiner anderen Regung fähig, denn sie wußten, daß sie mir nach wie vor auf Gnade und Ungnade ausgeliefert waren.

»Wer – wer sind Sie, Talbot?« krächzte Vyland.

»Ich dürfte mich vielleicht als Privatdetektiv bezeichnen.« Langsam setzte ich mich auf einen der Klappstühle. Ich wollte die heikle Aufgabe, den Bathyskaph nach oben zu manövrieren, nicht eher anpacken, als bis die Luft und auch mein Kopf völlig klar geworden waren. »Ich war tatsächlich Bergungsfachmann und arbeitete mit meinem Bruder zusammen. Sie sehen ihn – oder vielmehr seine Reste – dort draußen auf dem Pilotensitz, Vyland. Wir waren tüchtig, wir verdienten viel Geld und benützten das Kapital, um eine Fluglinie zu gründen – im Krieg waren wir beide Bombenflieger gewesen, beide besaßen wir Zivilflugscheine. Es ging uns gut. Bis wir Ihnen begegneten.

Nachdem Sie das« – ich deutete mit dem Daumen auf das zertrümmerte, mit Tang und Muscheln überkrustete Flugzeugwrack – »angerichtet hatten, kehrte ich nach London zurück. Ich wurde verhaftet, man vermutete, ich könnte die Hand mit im Spiel gehabt haben. Es dauerte nicht lange, da war dieses Mißverständnis geklärt. Lloyds, die die Zeche bezahlen mußten, engagierten mich als Sonderbeauftragten. Sie waren bereit, praktisch unbegrenzte Summen auszugeben, um wenigstens einen Teil ihres Gelds zurückzubekommen. Und da es sich um Staatsgelder handelte, unterstützten mich die englischen und amerikanischen Behörden. Rückhaltlos. Noch nie hat ein Privatmann so mächtige Bundesgenossen gehabt. Die Amerikaner gingen so weit, mir einen erstklassigen Kriminalbeamten zur Verfügung zu stellen, einen Mann namens Jablonsky.«

Das war ein schwerer Schock für sie. Ihre Todesangst hatte sich ein wenig gelegt, sie waren wieder soweit in die Wirklichkeit zurückgekehrt, daß sie begriffen, was meine Worte bedeuteten. Sie wechselten einen hastigen Blick, sahen dann mich an. Ein aufmerksameres Publikum hätte ich mir nicht wünschen können.

»Das war ein Fehler, nicht wahr, meine Herren?« fuhr ich fort, »Jablonsky zu ermorden. Es genügt, um euch beide auf den elektrischen Stuhl zu befördern. Leute, die einen Polizeibeamten ermordet haben, sind bei den Gerichten äußerst unbeliebt. Das mag ungerecht sein, aber es ist nun mal so. Bring einen braven Bürger um, und du kannst dich vielleicht aus der Affäre ziehen. Bring einen Polizisten um, und du bist rettungslos verloren. Aber das spielt eigentlich gar keine Rolle. Was wir wissen, genügt, um euch zehnmal auf den elektrischen Stuhl zu bringen.«

Ich berichtete nun, wie Jablonsky und ich über ein Jahr damit verbracht hatten, meist von Kuba aus, den verschwundenen Schatz ausfindig zu machen, wie wir zu der Überzeugung gelangten, daß er noch nicht geborgen sein konnte. Nirgendwo auf den Weltmärkten war auch nur ein einziger der geschliffenen Smaragde aufgetaucht. Die Interpol hätte das in wenigen Tagen erfahren.

»Und wir glaubten auch mit ziemlicher Sicherheit zu wissen, warum der Schatz noch nicht geborgen war. Dafür gab es nur eine Erklärung. Jemand hatte es eilig gehabt, die einzige Person zu killen, die wußte, wo er lag – den Piloten des Jagdflugzeugs.

Unsere Nachforschungen konzentrierten sich auf die Westküste Floridas. Jemand suchte einen im Meer versunkenen Schatz. Dazu brauchte er ein Boot. Die *Temptress* General Ruthvens eignete sich vorzüglich dafür. Außerdem aber brauchten Sie einen besonders empfindlichen Tiefenmesser, Vyland, ein erstklassiges Echolot. Und da begingen Sie den entscheidenden Fehler. Wir hatten alle größeren Firmen in Europa und Amerika, die Schiffsausrüstungsgegenstände liefern, ersucht, uns sofort zu verständigen, wenn sie irgendein besonders empfindliches Tiefenmeßgerät an eine Person verkauften, die weder mit der Handelsschiffahrt noch mit der Hochseefischerei zu tun hatte. Ich hoffe, die Herren können mir folgen.«

Sie folgten mir sehr wohl. Sie fühlten sich nun besser, Haß und Mordlust sprachen aus ihren Augen.

»In den betreffenden vier Monaten wurden nicht weniger als sechs solche empfindlichen Tiefenmesser an Privatpersonen verkauft. Es handelte sich in sämtlichen Fällen um die Eigentümer großer Luxusjachten. Zwei davon befanden sich auf Kreuzfahrt rund um die Erde. Eine lag in Rio, eine im Long Island Sound, eine an der Küste des Stillen Ozeans – die sechste aber kreuzte vor der Westküste von Florida. General Blair Ruthvens *Temptress*.

Ihre Idee war genial. Das muß ich zugeben. Was könnte man für einen besseren Deckmantel finden, um ohne Verdacht zu erregen, jeden Quadratmeter des Meeresbodens vor der Küste Floridas abzutasten? Während die Geologen des Herrn Generals eifrig ihre kleinen Bomben explodieren ließen und die verschiedenen Felsformationen des Unterwassergeländes auf ihren seismologischen Karten verzeichneten, waren Sie damit beschäftigt, mit Hilfe des Tiefenmessers die kleinsten Unregelmäßigkeiten auf dem Meeresgrund festzuhalten. Sie brauchten dazu fast sechs Wochen, weil Sie zu weit nördlich anfingen. Damals schon beobachteten wir jeden Ihrer Schritte und hatten uns ein Spezialboot für nächtliche Streifen besorgt. Das Boot, mit dem ich heute nacht zur Bohrstelle hinausgefahren bin. Schön, es gelang Ihnen, das Flugzeugwrack zu finden. Sie versuchten sogar drei anstrengende Nächte lang, den Schatz mit Greifklauen zu bergen, förderten aber nur einen kleinen Teil der linken Tragflächenspitze ans Licht.« Ich zeigte zum Fenster hinaus. »Man sieht deutlich, daß die Bruchstelle neueren Datums ist.«

Woher wissen Sie das alles?« flüsterte Vyland.

»Weil ich mich als Aushilfsmaschinist auf der *Temptress* hatte anheuern lassen.« Ich kümmerte mich nicht um den Fluch, den Vyland ausstieß, es ließ mich kalt, daß er die Fäuste ballte. »Sie und der General glaubten mich an Bord des Bergungsschiffes aus Havanna gesehen zu haben, aber Sie irrten sich, obwohl ich damals bei der Firma angestellt war. Fünf Wochen lang befand ich mich an Bord der *Temptress*, und erst danach ließ ich mir die Haare feuerrot färben, mir von einem Chirurgen die Narbe verpassen und legte mir das Hinken zu. Sie haben nicht gut aufgepaßt, Vyland. Sie hätten dahinterkommen müssen!«

Nun war die Luft im Inneren der Kabine fast wieder normal. Freilich blieb es muffig und ungemütlich warm, aber es gab genug Sauerstoff, man konnte ohne Schwierigkeiten atmen. Mit jeder Sekunde wurden die beiden Herren frecher, sie schöpften neuen Mut und schossen finstere Blicke.

»Wie man sieht, wimmelte es förmlich von genialen Ideen«, fuhr ich fort. »Aber den schönsten Einfall, über den ihr beide zu guter Letzt gestolpert seid, hatte Jablonsky! Er meinte, es wäre doch recht nett von uns, wenn wir euch einen Bathyskaph liefern würden.«

Vyland fluchte leise in sich hinein, sah Royale an, sah wieder mich an. »Soll das heißen...«, begann er.

»Das Ganze war arrangiert«, sagte ich verdrossen. Es machte mir gar kein Vergnügen mehr. »Die französische und die britische Flotte hatten bis dahin ihre Tauchversuche im Golf von Lion vorgenommen, waren aber sofort bereit, sie hier draußen fortzusetzen. Wir sorgten für ein möglichst großes Tamtam in der Presse, wir sorgten dafür, daß immer wieder auf die Vorzüge dieses Verfahrens hingewiesen wurde, wir sorgten dafür, daß selbst der Dümmste begreifen mußte, wie sehr dieses Gerät geeignet war, einen auf dem Meeresgrund begrabenen Schatz im geheimen zu heben. Wir wußten, daß es nur eine Frage der Zeit sein konnte, bis die *Temptress* auftauchen würde. Und sie tauchte auf. Wir vertäuten also den Bathyskaph an einer recht einsamen und unbewachten Stelle. Vorher aber brachte ich die Apparatur so gründlich in Unordnung, daß nur der Elektriker, der ursprünglich die Leitungen gelegt hatte, und ich selber imstande waren, die Motoren in Gang zu setzen. Sie brauchten unbedingt einen Mann, der den Schaden beheben konnte, nicht wahr, Vyland? War es nicht ein glücklicher Zufall, daß ich rechtzeitig auf der Bildfläche erschien? Übrigens möchte ich gern wissen, was unsere Freunde, der Werkmeister und der Erdöltechniker, sagen werden, wenn sie erfahren, daß sie fast drei Monate lang etliche Seemeilen von der Stelle entfernt gebohrt haben, die die Geologen empfohlen hatten. Ich nehme an, daß Sie und Bryson die Navigationszeichen auf den seismologischen Karten geändert haben, um in die Nähe des Flugzeugwracks zu kommen, das meilenweit von den erdölhaltigen Schichten entfernt liegt. Wenn sie so weitermachen, werden sie eines schönen Tages mit ihrem Bohrer im Indischen Ozean landen und noch immer kein Öl gefunden haben.«

»Damit kommen Sie nicht durch, Mann!« sagte Vyland wütend. »Bei Gott, wenn Sie sich einbilden...«

Ich schnitt ihm verächtlich das Wort ab. »Maul halten! Sonst drehe ich hier an einem Knopf und dort an einem Schalter, und ihr liegt wieder auf den Knien vor mir und bettelt um euer Leben, wie ihr noch vor fünf Minuten gebettelt habt.«

Sie hätten mich auf der Stelle umbringen mögen, sie hätten zuschauen mögen, wie ich unter wilden Schmerzensschreien zugrunde ging, und Freudentränen wären ihnen über die Wangen gerollt. Noch nie hatte jemand so zu ihnen gesprochen, und sie wußten einfach nicht, was sie sagen, was sie tun sollten, denn ihr Leben lag nach wie vor in meiner Hand. Nach einer langen Pause lehnte Vyland sich auf seinem Klappstuhl zurück und lächelte. Sein Hirn hatte wieder zu funktionieren begonnen.

»Ich nehme an, Talbot, daß Sie sich mit dem Gedanken tragen, uns den Behörden auszuliefern. Stimmt das?« Er wartete auf eine Antwort, aber als er keine erhielt, fuhr er fort: »An Ihrer Stelle würde ich mir das sehr überlegen. Sie sind doch ein zweiter Sherlock Holmes, Talbot, aber in einem Punkt leider mit Blindheit geschlagen. Sie möchten doch nicht den Tod zweier unschuldiger Menschen auf dem Gewissen haben, nicht wahr, Talbot?«

»Was soll das nun wieder bedeuten?« fragte ich.

»Es handelt sich um den General.« Vyland warf Royale einen raschen Blick zu, einen Blick, der zum erstenmal wieder frei von Furcht war, einen triumphierenden Blick. »General Blair Ruthven. Und seine Frau. Und seine jüngere Tochter. Wissen Sie jetzt, wovon die Rede ist, Talbot?«

»Was hat die Frau des Generals mit...«

»Mein Gott! Und ich habe einen Augenblick lang geglaubt, daß wir Ihnen ausgeliefert sind!« Die Erleichterung in Vylands Miene war fast mit Händen zu greifen. »Sie Narr, Sie verblendeter Narr! Haben Sie sich nie überlegt, auf welche Weise wir ihn für uns gewonnen haben? Hatten Sie sich nie darüber gewundert, daß ein Mann wie General Ruthven uns seine Jacht, seinen Bohrturm, was immer wir verlangten, zur Verfügung stellte? Haben Sie sich nie gewundert, Talbot? Nie?«

»Ach, ich dachte...«

»Sie dachten!« sagte er höhnisch. »Sie armer Narr! Der alte Herr mußte uns unterstützen, ob er wollte oder nicht. Er wußte, daß das Leben seiner Frau und seiner jüngeren Tochter auf dem Spiel steht.«

»Das Leben seiner Frau und seiner jüngeren Tochter? Sie sind doch geschieden – ich meine, General Ruthven und seine Frau. Ich habe darüber in den Zeitungen gelesen.«

»Freilich, das haben Sie gelesen!« Nun, da er die Angst überwunden hatte, war Vylands Ton fast wieder jovial geworden. »Der General hat dafür gesorgt, daß diese Version eine möglichst große Verbreitung fand. Es wäre ein Jammer gewesen, wenn sie nicht die nötige Verbreitung gefunden hätte. Die beiden sind unsere Geiseln, Talbot. Wir haben sie an einem sicheren Ort untergebracht. Dort sitzen sie fest, bis wir hier mit unserem Vorhaben fertig sind.«

»Sie haben sie gekidnappt?«

»Endlich fällt der Groschen!« sagte Vyland höhnisch.

»Und das geben Sie ohne weiteres zu? Ein Verbrechen, das mit dem Tod bestraft wird! Und Sie geben es offen zu, ja? Und Sie fühlen sich jetzt wieder ganz sicher?«

»Ja. Warum nicht?« Vyland blähte sich auf. Aber er war plötzlich unsicher geworden. »Also wird es gut sein, wenn Sie darauf verzichten, uns der Polizei auszuliefern. Außerdem – wie stellen Sie sich vor, daß Sie uns nach oben und an Land befördern, ohne in Stücke gerissen zu werden? Ich halte Sie für total verrückt, Talbot.«

»Ja, ja«, murmelte ich geistesabwesend. »Und jeden Tag, Punkt zwölf Uhr mittags, schickten Sie ein Chiffretelegramm – im Firmenkode des Generals – an Ihre Zerberusse, die Mrs. Ruthven und Miß Jean bewachten. Sehen Sie, Vyland, ich kenne sogar den Namen der Tochter. Wenn das Chiffretelegramm nicht binnen vierundzwanzig Stunden eintraf, hatten Ihre Leute Order, die Damen anderswohin, in ein zuverlässigeres Versteck, zu bringen. Ich fürchte, Atlanta war nicht sicher genug.«

Vylands Gesicht wurde grau, seine Hände begannen wieder zu zittern. Seine Stimme klang gepreßt. »Was – was sagen Sie da?«

»Erst vor vierundzwanzig Stunden ist mir ein Licht aufgegangen«, erwiderte ich. »Ja, wir waren blind. Wir kontrollierten wochenlang alle Telegramme, die aus Marble Springs abgeschickt wurden, und übersahen die ankommenden Telegramme. Als ich endlich dahinterkam, genügte eine kurze Mitteilung an Richter Mollison, die Kennedy ihm überbrachte.«

»Das ist alles erstunken und erlogen«, stieß Vyland heiser hervor. Die Angst war zurückgekehrt, er klammerte sich an jeden Strohhalm. »Sie standen unaufhörlich unter Aufsicht...«

»Das würden Sie nicht sagen, wenn Sie jetzt im Funkraum stünden und sehen könnten, in welchem Zustand sich Ihre Kreatur befindet, der Kerl, der mich daran hindern wollte, den Sheriff anzufunken. Royale verdankt seine Beulen Kennedy. Kennedy hat ihn in den Büroraum geschleift und meine Bogen auf dem Schreibtisch vollgekritzelt, während ich nach oben ging, um alles Nötige zu besorgen. Sehen Sie, ich habe nicht gewagt zuzuschlagen, bevor die beiden Frauen befreit waren. Jetzt sind sie frei.«

Ich betrachtete das graue, verzweifelte, gehetzte Gesicht und sah schnell wieder weg. Es war kein schöner Anblick. Jetzt war es an der Zeit, den Rückweg anzutreten. Ich hatte erfahren, was ich wissen wollte, mehr Beweise gesammelt, als ich jemals brauchen würde. Ich öffnete eine Schaltdose, klemmte vier Drähte um, machte die Dose wieder zu und betätigte den ersten der vier elektromagnetischen Schalter, die den Bleischrotballast freisetzten.

Er funktionierte. Zwei graue Hagelwolken rieselten an den Seitenfenstern vorbei und verschwanden in dem schwarzem Schlamm. Aber der Bathyskaph rührte sich nicht. Die Gewichtsverminderung war zu gering.

Ich betätigte den zweiten Schalter, leerte den dritten und vierten Behälter. Wir saßen noch immer fest. Freilich steckten wir recht tief im Schlamm, ich wußte nicht wie tief, aber bei früheren Tauchversuchen war so etwas nie passiert. Ich setzte mich hin und rechnete nach, ob ich am Ende irgendeinen Faktor übersehen hätte. Nun, da die Spannung nachließ, spürte ich wieder die stechenden Schmerzen in der Schulter und im Mund, ich konnte nicht mehr klar denken. Ich nahm den Rockknopf aus dem Mund und steckte ihn zerstreut in die Tasche.

»Blausäure, ja?« Vylands Gesicht war noch immer grau.

»Qutasch! Hirschhorn bester Qualität.« Ich stand auf und betätigte gleichzeitig die beiden letzten Schalter. Sie funktionierten. Und abermals geschah nichts. Ich sah Vyland und Royale an, sah in ihren Gesichtern die Furcht, die sich auch in mir zu regen begann. Mein Gott, dachte ich bei mir, was wäre das für eine Ironie des Schicksals, wenn wir nun nach allem, was ich getan und gesagt hatte, wirklich hier unten zugrunde gehen müßten! Es hatte keinen Zweck, die Entscheidung hinauszuschieben. Ich setzte beide Motoren in Gang, kippte die Stabilisatoren auf maximalen Steigwinkel, ließ den Treidelleinenmotor an und drückte im selben Augenblick auf den Schaltknopf, der die beiden großen, an der Außenseite des Bathyskaphs befestigten elektrischen Batterien loskoppelte. Sie fielen gleichzeitig herab und prallten so heftig auf den Meeresboden, daß der Bathyskaph bebte. Schwarzer, häßlicher Schlamm wirbelte in einer dichten, sich langsam ausbreitenden Wolke empor. Eine Ewigkeit lang ereignete sich nichts, der letzte Pfeil war verschossen, die letzte Hoffnung dahin – da lief mit einemmal ein Zittern durch die Stahlzigarre, sie löste sich achtern aus dem

Saugegriff des Schlammes und begann emporzusteigen. Ich hörte Vyland vor Erleichterung aufschluchzen.

Ich schaltete die Motoren aus. Sachte und stetig schwebten wir nach oben. Ab und zu setzte ich den Treidelleinenmotor in Gang, um das Seil zu spannen. Wir befanden uns etwa dreißig Meter über dem Meeresboden, als Royale den Mund aufmachte.

»Es war also alles nur Komödie, Talbot. Sie hatten gar nicht die Absicht, uns dort unten festsitzen zu lassen.« Seine Stimme klang böse, die unversehrte Gesichtshälfte wirkte wieder leer und ausdruckslos.

»Sehr richtig«, erwiderte ich.

»Warum, Talbot?«

»Ich wollte genau feststellen, wo der Schatz liegt. Aber das war eigentlich von sekundärer Bedeutung. Ich wußte, daß die Entfernung nicht sehr groß sein konnte, ein staatliches Vermessungsfahrzeug hätte ihn binnen vierundzwanzig Stunden gefunden.«

»Warum, Talbot?« fragte Royale genauso monoton wie zuvor.

»Weil ich Beweise brauchte. Ich muß ausreichende Beweise haben, um euch beide auf den elektrischen Stuhl zu bringen. Bisher verfügten wir über keinerlei Beweise. Eure Fährte zerfiel in lauter wasserdichte Kammern mit versperrten Türen. Royale versperrte die Türen, indem er sämtliche Personen aus dem Weg räumte, die als Zeugen hätten dienen können. So unglaublich es klingt, es gab nicht die kleinste Kleinigkeit, die wir euch ankreiden konnten, nicht einen einzigen Menschen, der euch verpetzen konnte – aus dem einfachen Grunde, weil alle, die etwas auszusagen gehabt hätten, tot waren. Versperrte Türen. Heute aber habt ihr sie mir alle geöffnet. Die Angst war der Schlüssel zu all diesen Türen.«

»Sie haben keine Beweise, Talbot«, sagte Royale. »Ihr Wort gegen unseres. Und Sie werden nicht einmal lange genug am Leben bleiben, um gegen uns auszusagen.«

»Etwas Ähnliches habe ich erwartet.« Ich nickte. Wir befanden uns jetzt in einer Tiefe von etwa achtzig Metern. »Sie blasen sich wieder auf, Royale, was? Aber Sie werden nicht wagen, etwas gegen mich zu unternehmen. Ohne mich könnt ihr den Bathyskaph nicht heil nach Hause bringen, das wißt ihr genau. Außerdem besitze ich ein konkretes Beweisstück. Unter meinen Zehen klebt das Geschoß, das Jablonsky getötet hat.« Sie wechselten hastige, erschrockene Blicke. »Das geht euch an die Nieren, was? Ich kenne alle Einzelheiten. Ich habe sogar Jablonskys Leiche aus dem Küchengarten ausgegraben. Das Geschoß wird zu Ihrer Pistole passen, Royale, und vollauf genügen, um Sie ans Messer zu liefern.«

»Geben Sie es mir, Talbot. Geben Sie es mir sofort.« Die flachen Marmoraugen glitzerten, die Hand tastete nach der Pistole.

»Seien Sie doch nicht so kindisch! Was wollen Sie denn mit der Kugel anfangen – sie zum Fenster hinauswerfen? Sie wissen doch, daß Sie sie nicht loswerden können. Und wenn auch, es gibt noch etwas, das ihr nicht loswerden könnt. Den eigentlichen Grund für unsere heutige Expedition, den Grund, der bedeutet, daß ihr beide sterben müßt.«

Mein Ton wirkte überzeugend. Royale wurde ganz still, Vyland fahl im Gesicht. Er zitterte an allen Gliedern. Sie wußten, ohne zu wissen warum, daß das Ende gekommen war.

»Die Treidelleine«, sagte ich. »Das Seil mit dem Kabel, das von diesem Mikrophon zur Bohrstelle führte. Ihr seht hier den Mikrophonschalter, nicht wahr? Er steht auf ›Aus‹. Ich habe heute vormittag die Drähte umgekoppelt, so daß das Mikrophon immerzu eingeschaltet ist. Deshalb habe ich euch gewzungen, mit der Sprache herauszurücken und das meiste zweimal zu sagen, deshalb habe ich Sie, Vyland, dicht an mich herangezerrt, damit Sie sich ganz in der Nähe des Mikrophons befanden, als Sie Ihr Geständnis ablegten. Jedes Wort, das heute hier unten gesprochen wurde, jedes Wort, das wir jetzt äußern, geht über die Leitung nach oben. Und jedes Wort wird dreimal aufgezeichnet: von einem Tonbandgerät, einem Zivilstenographen und einem Polizeistenographen aus Miami. In aller Frühe, nachdem ich an Land zurückgekehrt war, habe ich die Polizei angerufen. Schon vor Tagesanbruch befanden sich die Beamten auf der Bohranlage. Wahrscheinlich machten deshalb der Werkmeister und der Öltechniker einen so nervösen Eindruck, als wir an Bord kamen. Seit zwölf Stunden hielten sie sich versteckt, aber Kennedy wußte, wo sie sind. Und in der Lunchpause, Vyland, habe ich ihm Ihr geheimes Klopfzeichen mitgeteilt. Cibatti und seine Leute müssen drauf reingefallen sein. Jetzt ist bereits alles vorbei.«

Beide schwiegen. Sie wußten nichts mehr zu sagen, zumindest nicht im Augenblick, nicht bevor ihnen der volle Sinn meiner Worte unwiderruflich klargeworden war.

Dann aber hielt Royale mit einemmal die Pistole in der Hand. »Ach so, ach so!« murmelte er. Offenbar war er auf den verrückten Gedanken verfallen, auf irgendeine Weise das Seil zu kappen und sich mit dem Bathyskaphen in Sicherheit zu bringen. «Wir haben uns also in Ihnen getäuscht, Talbot – Sie waren also schlauer als wir. Schön, ich gebe es zu. Sie verfügen über das nötige Beweismaterial, aber Sie werden den Schuldspruch der Geschworenen nicht

erleben. Man stirbt nur einmal. Ob so oder so, das ist völlig egal.«
Der Finger am Abzug straffte sich. »Adieu, Talbot!«

»Ich würde es bleiben lassen«, sagte ich. »An Ihrer Stelle würde ich es bleiben lassen. Möchten Sie sich nicht mit beiden Händen an den Armlehnen des elektrischen Stuhls festhalten, wenn die Stunde geschlagen hat?«

»Das Geschwätz hilft Ihnen nichts mehr, Talbot. Ich habe Ihnen erklärt...«

»Werfen Sie doch erst einmal einen Blick in den Lauf«, sagte ich wohlwollend. »Dann werden Sie wissen, was Sie tun müssen, wenn Sie sich die Hand abreißen wollen. Als Sie heute abend bewußtlos waren, trieb Kennedy mit Hammer und Dorn ein Stück Blei in den Lauf. Glauben Sie, ich wäre mit Ihnen losgefahren, wenn Sie eine geladene Pistole bei sich trugen? Sie brauchen sich nicht auf mein Wort zu verlassen. Drücken Sie nur ab!«

Royale blickte in den Lauf der Pistole. Sein Gesicht verzog sich zu einer bösartigen Grimasse. Binnen einer halben Minute hatte er eine zehnjährige Ration an saftigen Flüchen verbraucht – und es war ihm deutlich anzumerken, was er jetzt vorhatte. Ich wußte früher als er, die Pistole würde geflogen kommen, und duckte mich rechtzeitig. Sie schlug gegen das Plexiglas hinter mir und fiel harmlos vor meine Füße.

»An meiner Pistole hat niemand herumgepfuscht!« keuchte Vyland. Der aalglatte, gewandte Geschäftsmann mit den roten Backen war kaum wiederzuerkennen. Sein Gesicht war hager geworden, seltsam gealtert und mit einer grauen Schweißschicht bedeckt. »Sie haben zuletzt doch noch einen Fehler begangen, Talbot!« Sein Atem ging in kurzen, flachen Stößen. »Sie werden nicht...«

Er unterbrach sich, seine Hand hielt auf halbem Weg in die Brusttasche inne, er starrte in die Mündung des schweren Colts, der auf seine Stirn zielte.

»Wo – haben Sie die Waffe her? Ist das Larrys Pistole?«

»Sie war es. Ihr hättet mich durchsuchen müssen, nicht wahr? Mich, statt Kennedy. Ihr Dummköpfe! Freilich ist es die Pistole dieses Rauschgifthelden, der behauptet hat, er sei Ihr Sohn.« Ich sah ihm fest in die Augen. Ich wollte in einer Tiefe von fünfzig Metern keine Schießerei: Weiß der Teufel, was da passieren konnte. »Ich habe sie ihm heute abend weggenommen, Vyland. Vor einer knappen Stunde. Kurz bevor ich ihn ins Jenseits befördern mußte.«

»Kurz – kurz bevor...«

»Ja. Ich sah mich gezwungen, ihm das Genick zu brechen.«

Mit einem dumpfen Laut, halb Schluchzen, halb Stöhnen, stürzte sich Vyland quer durch die ganze Kabine auf mich. Aber seine Reaktionen waren langsam, seine Bewegungen noch langsamer, und er sank lautlos in sich zusammen, als der Kolben von Larrys Colt ihn an der Schläfe traf.

»Fesseln Sie ihn!« sagte ich zu Royale. Es lagen haufenweise Leitungsdrähte umher, und Royale war nicht so töricht, sich zu widersetzen. Er fesselte seinen Herrn und Gebieter, während ich durch ein Ventil Benzin abließ, um bei etwa vierzig Metern unseren Auftrieb zu bremsen. Als er fertig war und sich aufrichten wollte, versetzte ich ihm mit dem Pistolenkolben einen kräftigen Hieb hinters Ohr. Wenn ich mich jemals veranlaßt gefühlt haben sollte, ehrliches Spiel zu spielen und den Anstand zu wahren, so war diese Zeit nun längst vorbei. Ich fühlte mich so matt, so sehr den Schmerzen ausgeliefert, die mich wie eine Sintflut überfielen, daß ich unmöglich den Bathyskaph zum Bohrturm lenken und gleichzeitig auf Royale aufpassen konnte. Ich bezweifelte, daß ich es überhaupt schaffen würde.

Ich schaffte es, aber mit Mühe und Not. Ich erinnere mich, wie ich den Deckel der Luke öffnete, die aus dem Bathyskaphen in den Einstiegschacht führte, wie ich durchs Mikrophon mit einer mir selbst fremden Stimme darum ersuchte, daß Luft in den Gummiring gepumpt würde, und wie ich dann zur Tür torkelte, um den Türgriff aufzureißen. Das ist alles, woran ich mich erinnern kann.

Geheimkommando Zenica

Der wilde Haufen von Navarone

1. KAPITEL

Vorspiel: Donnerstag, 00.00 – 06.00

Commander Vincent Ryan, Angehöriger der Royal Navy, Captain und kommandierender Offizier des neuesten Zerstörers der S-Klasse Seiner Majestät des Königs, stützte seine Ellbogen bequem auf dem Geländer der Kommandobrücke auf, hob sein Nachtfernglas an die Augen und starrte nachdenklich über das ruhige und mondlichtübergossene Wasser der Ägäis.

Zuerst schaute er nach Norden über die riesige, schaumige und weißlich phosphoreszierende Welle, die der messerscharfe Bug seines schnellen Zerstörers aufwarf: In vier Meilen Entfernung, unter einem indigoblauen Himmel und glitzernden Sterndiamanten, lag die drohende Masse einer von zerklüfteten Felsen umgebenen Insel: Kheros, entlegener und monatelang belagerter Außenposten von zweitausend britischen Truppen, die erwartet hatten, in jener Nacht zu sterben und die nun am Leben bleiben würden.

Ryan schwenkte sein Fernglas um 180 Grad nach Süden und nickte wohlwollend. So sollte es sein: Die vier Zerstörer lagen achteraus in einer so geraden Linie, daß das Leitschiff die Rümpfe der drei anderen Schiffe völlig verbarg. Ryan richtete sein Fernglas nach Osten. Es ist seltsam, dachte er, wie wenig eindrucksvoll, ja sogar enttäuschend, die Nachwirkungen einer natürlichen oder von Menschen verursachten Katastrophe sein können. Wären nicht der Feuerschein und die Rauchfetzen gewesen, die aus dem oberen Teil der Klippen hervorquollen und der Szene eine fast dantesche Aura von uranfänglicher Bedrohung und Vorbedeutung gaben, so hätte die steil abfallende Hafenmauer in der Ferne ausgesehen, wie sie zu Zeiten Homers ausgesehen haben mag. Das große Felsenriff, das auf Entfernung so zerklüftet aussah, hätte von Wind und Wetter von Millionen Jahren geformt sein können, genausogut aber hätte es auch vor fünf Jahrtausenden von den alten Griechen bearbeitet worden sein können, die auf der Suche nach Marmor für ihre ionischen Tempel waren: Was fast unfaßbar war, was beinahe menschliches Begreifen überstieg, war die Tatsache, daß das Felsenriff vor zehn Minuten noch gar nicht existiert hatte, daß an seiner Stelle zehntausend Tonnen Gestein gewesen waren, die uneinnehmbarste Festung der Deutschen in der Ägäis, und vor allem die zwei riesigen Kanonen von Navarone, daß das alles nun hundert Meter unter dem Meer begraben lag. Mit einem bedächtigen Kopfschütteln senkte Commander Ryan das Fernglas und sah zu den Männern hinüber, die dafür verantwortlich waren, daß Menschen in fünf Minuten mehr erreicht hatten, als die Natur in fünf Millionen Jahren hätte erreichen können.

Captain Mallory und Corporal Miller. Das war alles, was er von ihnen wußte, das und die Tatsache, daß sie von einem seiner alten Freunde diesen Auftrag bekommen hatten, einem Marine-Captain namens Jensen, der, wie er erst vor vierundzwanzig Stunden zu seiner großen Überraschung erfahren hatte, der Leiter des Alliierten Nachrichtendienstes im Mittelmeerraum war. Aber das war auch alles, was er über sie erfahren hatte, und vielleicht stimmte nicht einmal das. Vielleicht hießen sie gar nicht Mallory und Miller. Vielleicht waren sie nicht einmal Captain und Corporal. Sie sahen nicht im entferntesten wie die Captains oder Corporals aus, die er bisher gesehen hatte. Genaugenommen sahen sie überhaupt nicht aus wie die Soldaten, die er im Laufe seines Lebens kennengelernt hatte. In ihren salzwassergetränkten und blutbedeckten Uniformen, verkommen, unrasiert, ruhig, wachsam und gelassen, machten sie es Ryan unmöglich, sie in irgendeine Kategorie von Männern einzuordnen. Das einzige, was er wirklich sicher wußte, als er die trüben, blutunterlaufenen Augen und die hageren, zerfurchten, mit Bartstoppeln bedeckten Gesichter der zwei Männer betrachtete, die ihre Jugend hinter sich gelassen hatten, war, daß er niemals zuvor Menschen gesehen hatte, die so erschöpft waren.

»Na, das wär's dann wohl«, sagte Ryan. »Die Truppen auf Kheros warten auf ihren Abmarsch, unsere Flotte ist auf dem Weg nach Norden, um sie abzuholen, und die Kanonen von Navarone haben keine Möglichkeit mehr, sie aufzuhalten. Zufrieden, Captain Mallory?«

»Das war ja auch der Zweck der Übung«, erinnerte ihn Mallory.

Ryan hob wieder das Glas an die Augen. Diesmal stellte er es auf ein Gummiboot ein, das gerade noch im Bereich seines Glases vor der felsigen Küste westlich vom Navarone-Hafen auf den Wellen schaukelte. Die beiden Gestalten in dem Boot waren nur Schemen, nicht mehr. Ryan senkte das Fernglas und sagte nachdenklich: »Ihr großer Freund und die Dame, die bei ihm ist, halten wohl nicht viel vom Herumsitzen. Sie haben mich – äh – ihnen nicht vorgestellt, Captain Mallory.«

»Ich hatte keine Möglichkeit dazu. Maria und Andrea. Andrea ist Colonel in der griechischen Armee: 19. Motorisierte Division.«

»Andrea *war* ein Colonel in der griechischen Armee«, berichtigte Miller. »Ich glaube, er hat sich gerade zurückgezogen.«

»Ich bin ziemlich sicher, daß er das getan hat. Sie mußten sich beeilen, Commander, denn sie sind beide patriotische Griechen, sie sind beide von der Insel, und für sie gibt es viel zu tun in Navarone. Außerdem, glaube ich, haben sie einige dringende persönliche Dinge zu erledigen.«

»Aha.« Ryan fragte nicht weiter, sondern schaute wieder hinüber zu den rauchenden Überresten der zerstörten Festung. »Na, das wär's dann wohl. Fertig für heute abend, Gentlemen?«

Mallory lächelte schwach: »Ich glaube schon.«

»Dann würde ich vorschlagen, Sie beide schlafen ein bißchen.«

»Was für ein wunderbarer Vorschlag.« Miller stieß sich mühsam von dem Geländer ab und stand leicht schwankend da, während er einen Arm hob und ihn über die schmerzenden Augen legte. »Wecken Sie mich in Alexandrien.«

»Alexandrien?« Ryan schaute ihn amüsiert an. »Das sind mindestens noch dreißig Stunden Fahrt.«

»Eben!«

Aber Miller bekam seine dreißig Stunden nicht. Er hatte gerade etwas länger als dreißig Minuten geschlafen, als ihn die allmähliche Erkenntnis weckte, daß ihm etwas in die Augen stach: Nachdem er gestöhnt und schwach protestiert hatte, brachte er es nach einiger Zeit fertig, ein Auge zu öffnen, und sah, daß das Etwas ein helles Deckenlicht in der Kabine war, die er mit Mallory teilte. Miller stützte sich auf einen wackligen Ellenbogen, konzentrierte sich darauf, sein zweites Auge zu justieren, und schaute böse zu den beiden Männern hinüber, die für die Unterbrechung seines Schlafes verantwortlich waren: Mallory saß am Tisch und schrieb irgend etwas, während Commander Ryan in der offenen Tür stand.

»Das ist eine Sauerei«, sagte Miller verbittert. »Ich habe die ganze Nacht kein Auge zugetan.«

»Sie haben fünfunddreißig Minuten fest geschlafen«, korrigierte Ryan. »Tut mir leid. Aber Kairo sagte, diese Botschaft für Captain Mallory sei von größter Dringlichkeit.«

»Ach nein, tatsächlich«, knurrte Miller mißtrauisch. Sein Gesicht hellte sich auf. »Wahrscheinlich geht es um Beförderungen und Orden und Abreise und so weiter.« Er schaute Mallory hoffnungsvoll an, der die Nachricht entschlüsselt hatte. »Habe ich recht?«

»Nicht direkt. Es geht ganz vielversprechend los, wärmste

Glückwünsche und was du sonst noch willst, aber danach wird der Ton leider ein wenig dienstlicher.«

Mallory las die Nachricht vor:

Signal empfangen Herzliche Glückwünsche Grossartige Leistung Ihr verdammten Narren warum habt ihr Andrea gehen lassen? Sofortiger Kontakt mit ihm absolut erforderlich Werden Evakuierung vor Sonnenuntergang vornehmen unter Ablenkungsangriff einer Division auf Behelfsflugplatz eine Meile südöstlich Madrakos. Sendet CE via Sirdar! Dringend 3. wiederhole dringend 3. viel Glück. Jensen.

Miller nahm die Nachricht aus Mallorys ausgestreckter Hand und rückte das Stück Papier so lange hin und her, bis er seine verschleierten Augen so weit hatte, daß er etwas sehen konnte, las die Botschaft in unheilvollem Schweigen, gab sie an Mallory zurück und streckte sich lang auf seiner Pritsche aus. »Oh, mein Gott«, stöhnte er und lag reglos da, als befände er sich in einem schweren Schockzustand.

»Treffend kommentiert«, sagte Mallory trocken. Er schüttelte müde den Kopf und wandte sich an Ryan. »Es tut mir leid, Sir, aber wir müssen Sie um drei Dinge bitten: ein Gummiboot, ein tragbares Funkgerät und umgehende Rückkehr nach Navarone. Bitte stellen Sie Ihr Funkgerät auf eine Sonderfrequenz ein, damit es ständig von Ihrem Funkraum aus überwacht werden kann. Wenn Sie ein CE-Signal empfangen, funken Sie es nach Kairo.«

»CE?« fragte Ryan.

»Mm. Genau.«

»Und das ist alles?«

»Wir könnten eine Flasche Brandy gebrauchen«, meldete sich Miller. »Etwas – irgend etwas, womit wir die Unbilden der langen Nacht, die uns bevorsteht, überstehen.«

Ryan zog eine Augenbraue hoch. »Eine Flasche ›Fünf Sterne‹, Corporal?«

»Würden Sie«, fragte Miller mürrisch, »einem Mann, der seinem Tod entgegengeht, etwa eine Flasche ›Drei Sterne‹ andrehen?«

Wie sich herausstellte, waren Millers düstere Erwartungen eines verfrühten Dahinscheidens grundlos – zumindest in jener Nacht, und die erwarteten schrecklichen Unbilden der langen Nacht, die vor ihnen lag, beschränkten sich auf körperliche Unbehaglichkeit.

Zu der Zeit, als die Sirdar sie zurück nach Navarone und so nah wie irgend möglich ans Ufer gebracht hatte, war der Himmel wolkenbedeckt, es regnete, und ein heftiger Südwestwind kam auf, und weder Mallory noch Miller wunderte es, daß sie sich, als sie mit ihrem Boot in Ufernähe waren, in einer ausgesprochen feuchten und miserablen Verfassung befanden. Und es war sogar noch weniger verwunderlich, daß sie, als sie den felsbrockenübersäten Strand endlich erreicht hatten, naß bis auf die Haut waren, denn ein Brecher hatte ihr Boot gegen einen ebenso schön geformten wie harten Felsen geschleudert, wobei es umkippte und sie beide ins Meer stürzten. Aber das war kaum von Bedeutung: Ihre Schmeisser Maschinenpistolen, ihr Funkgerät und ihre Taschenlampen waren sicher in wasserdichten Beuteln verpackt, und es war die Hauptsache, daß sie diese unbeschädigt bergen konnten. Alles in allem war es eine perfekte Landung, überlegte Mallory, verglichen mit dem letztenmal, als sie mit einem Boot nach Navarone gekommen waren: Damals waren ihre griechischen Nußschalen in die Fänge eines Sturms geraten und an dem senkrechten und allem Anschein nach nicht zu erkletternden Südkliff von Navarone zerschmettert worden.

Schlitternd, stolpernd und mit ätzenden Kommentaren kämpften sie sich über den nassen Kiesstrand und die riesigen runden Felsbrocken vorwärts, bis sie plötzlich vor einem jäh in die Nacht ansteigenden Felsen ankamen. Mallory holte eine bleistiftdünne Taschenlampe heraus und begann, Stückchen für Stückchen des Abhangs mit ihrem schmalen konzentrierten Strahl abzuleuchten. Miller berührte seinen Arm. »Wollen wir es versuchen? Das Ding da raufzuklettern, meine ich.«

»Auf keinen Fall«, sagte Mallory. »Heute abend ist bestimmt an der ganzen Küste kein einziger Soldat auf Wachtposten. Sie werden alle in der Stadt sein, um das Feuer einzudämmen. Außerdem gibt es für sie doch keinen ersichtlichen Grund mehr, Wache zu halten. Wir sind die Vögel, und die Vögel sind nach getaner Arbeit abgeflogen. Nur ein Irrer würde auf diese Insel zurückkommen.«

»Ich weiß, was wir sind«, sagte Miller gefühlvoll, »das brauchst du mir nicht zu sagen.«

Mallory lächelte in der Dunkelheit und fuhr mit der Untersuchung fort. Innerhalb einer Minute hatte er entdeckt, was er zu finden gehofft hatte – eine Rinne im Gestein. Er und Miller kletterten, so schnell es der trügerische Halt und ihr Gepäck erlaubten, zu der mit Tonschiefer und Felsbrocken übersäten Rinne hinauf: Nach fünfzehn Minuten hatten sie das Plateau darüber erreicht und hielten an, um Luft zu holen. Miller griff verstohlen in seinen Anorak. Gleich darauf hörte man ein leises Glucksen.

»Was machst du denn da?« fragte Mallory.

»Ich dachte, ich hätte meine Zähne klappern gehört. Was soll eigentlich dieses blöde ›dringend 3 wiederhole dringend 3‹ in der Nachricht heißen?«

»Ich habe es noch nie gesehen. Aber ich weiß, was es bedeutet. Irgend jemand ist irgendwo in Lebensgefahr.«

»Ich kann dir gleich zwei davon nennen. Und was ist, wenn Andrea nicht kommen will? Er ist schließlich kein Angehöriger der Armee. Er muß nicht kommen. Und außerdem hatte er gesagt, er werde sofort heiraten.«

Mallory sagte mit Bestimmtheit: »Er wird kommen.«

»Warum bist du dessen so sicher?«

»Andrea ist der verantwortungsbewußteste Mann, den ich jemals kennengelernt habe. Er hat ein großes Verantwortungsgefühl – erstens für andere, zweitens für sich selbst. Deshalb kam er zurück nach Navarone – weil er wußte, daß die Leute ihn brauchten. Und deshalb wird er Navarone verlassen, wenn er das ›dringend 3‹-Signal sieht, weil er dann weiß, daß ihn irgendwo anders irgend jemand noch nötiger braucht.«

Miller bekam die Brandyflasche von Mallory zurück und versenkte sie wieder in seinem Anorak. »So viel kann ich dir versprechen: Die zukünftige Mrs. Stavros wird bestimmt nicht besonders glücklich darüber sein.«

»Andrea Stavros auch nicht, und ich freue mich ganz und gar nicht darauf, ihm die Sache zu erzählen«, gestand Mallory. Er warf seinen Blick auf das Leuchtzifferblatt seiner Armbanduhr und sprang auf die Füße: »Bis Mandrakos haben wir noch eine halbe Stunde.«

Genau dreißig Minuten später huschten Mallory und Miller, die Schmeisser Maschinenpistolen schußbereit in der Hand, lautlos von Schatten zu Schatten durch die Johannisbrotbaumplantagen am Rande des Dorfes Mandrakos. Plötzlich hörten sie genau vor sich das Klirren von Gläsern und Flaschenhälsen. Für die beiden Männer war eine möglicherweise gefährliche Situation wie diese so alltäglich, daß sie einander nicht einmal anschauten. Schweigend ließen sie sich auf Knie und Hände nieder und krochen vorwärts, während Miller mit jedem Meter, den sie weiter vordrangen, die Luft genießerischer einzog: Der griechische harzige Schnaps Ouzu kann die Atmosphäre in einem beachtlichen Umkreis mit seinem Duft tränken. Mallory und Miller kamen zu einer Buschgruppe, ließen sich flach auf den Boden fallen und spähten geradeaus.

Nach den reichverzierten Westen, Kummerbünden und den prunkvollen Kopfbedeckungen zu urteilen, waren die beiden Gestalten, die an dem Stamm eines Baumes gelehnt auf der Lichtung saßen, offensichtlich Einheimische: Die Gewehre auf ihren Knien ließen daraus schließen, daß sie als Wachen fungierten; aus der Art zu schließen, wie sie die Ouzu-Flasche fast auf den Kopf stellen mußten, um das bißchen, das noch darin war, herauszubekommen, nahmen sie ihre Pflichten nicht allzu ernst und hatten dies auch seit geraumer Zeit nicht getan. Mallory und Miller zogen sich etwas weniger vorsichtig zurück, als sie sich angeschlichen hatten, standen auf und schauten einander an. Ein Kommentar erübrigte sich. Mallory zuckte mit den Schultern, wandte sich nach rechts und ging weiter. Auf ihrem Weg ins Zentrum von Madrakos, während sie durch die Johannisbrotwäldchen von einem Baum zum anderen huschten, stießen sie auf einige Posten, die sie aber leicht umgehen konnten, da sie damit beschäftigt waren, ihren Wachdienst angenehm zu gestalten. Miller zog Mallory in einen Hauseingang.

»Unsere Freunde da hinten«, sagte er, »was feiern die bloß?«

»Würdest du vielleicht nicht feiern? Navarone ist jetzt für die Deutschen nutzlos geworden. In einer Woche werden sie alle verschwunden sein.«

»Gut. Aber warum halten sie dann Wache?« Miller machte eine Kopfbewegung in Richtung auf eine kleine, weißgetünchte griechisch-orthodoxe Kirche, die in der Mitte des Dorfplatzes stand. Aus ihrem Inneren kam lautes Gemurmel. Außerdem drang durch die nur notdürftig verhängten Fenster ein heller Lichtschein. »Könnte es vielleicht etwas mit den Vorgängen da drin zu tun haben?«

»Es gibt einen Weg, das herauszufinden«, sagte Mallory.

Leise bewegten sie sich vorwärts, indem sie jede Deckungsmöglichkeit ausnutzten, bis sie endlich in den Schutz der zwei Strebepfeiler gelangten, die die Mauer der alten Kirche stützten. Zwischen den Pfeilern befand sich eins der sorgfältiger verhängten Fenster, durch das nur am unteren Rand ein schwacher Schimmer nach außen drang. Die beiden Männer blieben stehen und spähten durch die kleine Öffnung.

Das Innere der Kirche sah noch älter aus als die Außenmauer. Die hohen ungestrichenen Holzbänke waren aus dem Eichenholz längst vergangener Jahrhunderte zurechtgezimmert worden. Ungezählte Generationen von Kirchgängern hatten sie abgeschabt. Das Holz glänzte dunkel. Die getünchten Wände sahen aus, als brauchten sie innen ebenso dringend Stützpfeiler wie außen, sie waren so bröckelig, daß sie ihren Zweck wohl nicht mehr lang erfüllen würden, und das Dach machte den Eindruck, als ob es jeden Moment einstürzen könnte.

Das jetzt noch lautere Summen kam von Inselbewohnern fast jeden Alters und beiderlei Geschlechts, viele in feierlicher Kleidung, die nahezu alle Bänke in der Kirche besetzten. Das Licht kam von Hunderten von flackernden Kerzen, von denen viele alt und verbogen und verziert waren und die offensichtlich für diese besondere Gelegenheit angezündet worden waren. Sie standen auf dem Altar, entlang der Wände und im Mittelschiff. Vor dem Altar stand ein Priester, der geduldig auf irgend etwas wartete. Mallory und Miller schauten einander fragend an und wollten sich gerade aufrichten, als eine sehr tiefe und sehr ruhige Stimme hinter ihnen ertönte.

»Hände hinter den Kopf«, sagte sie liebenswürdig. »Und sehr langsam aufrichten. Ich habe eine Schmeisser Maschinenpistole in der Hand.«

Langsam und vorsichtig, wie es die Stimme verlangt hatte, taten Mallory und Miller wie befohlen.

»Umdrehen. Vorsichtig.«

Sie drehten sich um – vorsichtig. Miller schaute die mächtige dunkle Gestalt an, die tatsächlich eine Maschinenpistole in der Hand hatte, und sagte irritiert: »Würde es Ihnen etwas ausmachen, mit dem verdammten Ding woanders hinzuzielen?«

Die dunkle Gestalt stieß einen erschreckten Laut aus, senkte die Waffe und beugte sich vor. Das dunkle zerfurchte Gesicht drückte lediglich einen Moment lang so etwas wie leichte Überraschung aus. Andrea Stavros hielt nicht viel von unnötigen Gefühlsausbrüchen, und sein Gesicht wurde sofort wieder ausdruckslos. »Die deutschen Uniformen«, erklärte er entschuldigend. »Sie haben mich zum Narren gehalten.«

»Du hättest mich auch zum Narren halten können«, sagte Miller. Er schaute ungläubig auf Andreas Kleidung, die lächerlich bauschigen schwarzen Hosen, die schwarzen Wasserstiefel, die kunstvoll bestickte Weste und den grellroten Kummerbund, schauderte und schloß angewidert die Augen: »Hast du dem Leihhaus von Mandrakos einen Besuch abgestattet?«

»Das ist die Tracht meiner Vorfahren«, sagte Andrea nachsichtig lächelnd. »Seid ihr über Bord gefallen?«

»Nicht absichtlich«, sagte Mallory. »Wir sind zurückgekommen, um dich zu sehen.«

»Ihr hättet euch auch einen besseren Zeitpunkt dafür aussuchen können.« Er zögerte, blickte zu einem kleinen erleuchteten Gebäude auf der anderen Straßenseite hinüber und nahm sie an den Armen. »Hier können wir reden.«

Er schob sie hinein und schloß die Tür hinter sich. Nach den Bänken und der spartanischen Einrichtung zu urteilen, war der Raum offensichtlich eine Art Versammlungsort: Beleuchtet wurde er von drei stark rauchenden Öllampen, deren Licht freundlich von Dutzenden von Schnaps-, Wein- und Bierflaschen und Gläsern reflektiert wurde, die fast jeden Zentimeter der Fläche von zwei langen, auf Böcken liegenden Tischplatten bedeckten. Die willkürliche und lieblose Anordnung der Erfrischungen sprach dafür, daß hier eine sehr überstürzte und hastig improvisierte Feier vorbereitet worden war. Die langen Reihen von Flaschen legten beredtes Zeugnis davon ab, daß die nicht vorhandene Qualität durch Quantität ausgeglichen werden sollte.

Andrea ging zu einem Tisch hinüber, nahm drei Gläser und eine Flasche Ouzu in die Hand und goß ein. Miller fischte seinen Brandy heraus und bot ihn an, aber Andrea war zu beschäftigt, um es zu bemerken. Er gab ihnen die Gläser. »Auf euer Wohl.« Andrea leerte sein Glas in einem Zug und fuhr nachdenklich fort: »Ihr seid bestimmt nicht ohne einen guten Grund zurückgekommen, mein lieber Keith.«

Schweigend nahm Mallory die Nachricht aus Kairo aus seiner wasserdichten Brieftasche und reichte sie Andrea, der sie halb widerwillig entgegennahm und las. Sein Gesicht verfinsterte sich.

Er fragte: »Heißt ›dringend 3‹ das, was ich glaube?«

Wieder schwieg Mallory. Er nickte nur und schaute Andrea unverwandt an.

»Das kommt mir sehr ungelegen.« Sein Ausdruck wurde noch finsterer. »Ausgesprochen ungelegen. Es gibt viel für mich zu tun in Navarone. Die Leute werden mich vermissen.«

»Mir kommt es auch ungelegen«, warf Miller ein. »Es gibt auch Dinge, die *ich* im West End von London tun könnte. Sie vermissen mich auch. Fragt die Barmädchen. Aber darauf kommt es wohl kaum an.«

Andrea betrachtete ihn einen Moment lang ruhig und wandte sich dann an Mallory. »Und du sagst gar nichts?«

»Ich habe nichts zu sagen.«

Langsam erhellte sich Andreas Gesicht, obwohl das Stirnrunzeln blieb. Er zögerte und griff dann wieder nach der Flasche Ouzu. Miller schauderte zimperlich.

»Bitte.« Er hielt ihm die Flasche Brandy hin.

Andrea lächelte, kurz und zum erstenmal, goß etwas von Millers Five-Star in ihre Gläser, las die Nachricht noch einmal und gab sie an Mallory zurück. »Ich muß darüber nachdenken. Vorher muß ich auf jeden Fall noch etwas erledigen.«

Mallory schaute ihn forschend an: »Etwas erledigen?«

»Ich muß zu einer Hochzeit.«

»Zu einer Hochzeit?« fragte Miller höflich interessiert.

»Müßt ihr beide alles wiederholen, was ich sage? Ja, zu einer Hochzeit.«

»Aber wen kennst du denn schon?« fragte Miller. »Und noch dazu mitten in der Nacht.«

»Für manche Leute in Navarone ist die Nacht die einzig sichere Zeit«, entgegnete Andrea trocken. Er wandte sich ab, ging zur Tür, öffnete sie und zögerte.

Mallory fragte neugierig: »Wer heiratet denn?«

Andrea antwortete nicht. Statt dessen trat er an den Tisch, der ihm am nächsten stand, goß sich einen Becher voll Brandy und stürzte ihn in einem Zug hinunter. Er fuhr sich mit einer Hand durch das dicke dunkle Haar, rückte seinen Kummerbund zurecht, richtete sich gerade auf und ging entschlossen auf die Tür zu, die hinter ihm zugefallen war; dann starrten sie einander an.

Fünfzehn Minuten später starrten sie einander immer noch an, diesmal mit einem Ausdruck, der zwischen höchster Verwirrung und leichter Verblüffung wechselte. Sie saßen ganz hinten in der griechisch-orthodoxen Kirche auf einer Bank – der einzigen Sitzgelegenheit in der ganzen Kirche, die die Inselbewohner nicht okkupierten. Der Altar war mindestens achtzehn Meter von ihnen entfernt, aber da sie beide große Männer waren und nahe am Mittelschiff saßen, konnten sie recht gut sehen, was da vorn vor sich ging.

Um genau zu sein, es ging dort vorn gar nichts mehr vor. Die Zeremonie war vorüber. Gewichtig sprach der Priester den Segen, und Andrea und Maria, das Mädchen, das ihnen den Weg in die Festung von Navarone gezeigt hatte, drehten sich mit angemessener Würde um und schritten das Kirchenschiff entlang. Andrea beugte sich zu Maria hinunter, sein Gesichtsausdruck und sein Benehmen waren sanft und fürsorglich, und flüsterte ihr etwas ins Ohr, aber offensichtlich hatten die Worte wenig mit seinem Benehmen gemeinsam, denn in der Mitte des Kirchenschiffs kam es zu einem heftigen Wortwechsel zwischen den frisch getrauten Eheleuten. Zwischen ist vielleicht nicht das richtige Wort: Es war weniger ein Wortwechsel als vielmehr ein Monolog. Maria, mit gerötetem Gesicht und blitzenden dunklen Augen, gestikulierte wie wild herum und beschimpfte Andrea in keineswegs verhülltem Zorn in der heftigsten Weise. Was Andrea betraf, so versuchte er, sie mit Tadeln und gutem Zureden zu besänftigen, aber er hatte dabei genausoviel Erfolg wie Canute, als er die Flut aufhalten wollte, und ängstlich schaute er sich um. Die Reaktionsskala der Gäste reichte von Unglauben über fassungsloses Staunen bis zu schlichtem Entsetzen. Offensichtlich war jedenfalls, daß alle das Schauspiel als eine höchst ungewöhnliche Nachwirkung einer Trauung betrachteten.

Als das Paar auf der Höhe der Bank angelangt war, auf der Mallory und Miller saßen, war der Streit – wenn man das, was sich da tat, als solchen bezeichnen konnte – auf seinem Höhepunkt angelangt. Als sie an der letzten Bank vorbeikamen, lehnte sich Andrea mit vorgehaltener Hand zu Mallory herüber.

»Dies«, sagte er sotto voce, »ist unser erster Ehekrach.«

Er hatte keine Zeit, noch etwas hinzuzufügen. Eine befehlende Hand ergriff seinen Arm und zerrte ihn buchstäblich aus der Kirche. Sogar nachdem sie die Kirche schon verlassen hatten, konnte man Marias Stimme noch laut und deutlich hören. Miller riß seinen Blick von der verlassenen Kirchentür los und schaute Mallory nachdenklich an.

»Ausgesprochen guter Laune, das Mädchen, was? Ich wünschte, ich könnte Griechisch. Was sie wohl gesagt hat?«

Mallorys Gesicht ließ keine Regung erkennen. »Vielleicht: Was ist mit meinen Flitterwochen?« schlug er vor.

»Ah!« Millers Gesicht war ebenfalls ausdruckslos. »Sollten wir ihnen nicht besser nachgehen?«

»Warum?«

»Andrea wird mit den meisten Leuten fertig.« Das war eine von Millers üblichen Untertreibungen. »Aber diesmal hat er sich zuviel zugemutet.«

Mallory stand lächelnd auf und ging zur Tür, gefolgt von Miller, dem wiederum eine ungeduldig drängende Menge folgte, die verständlicherweise Wert darauf legte, sich den zweiten Akt dieser unvorhergesehenen Unterhaltung nicht entgehen zu lassen. Aber der Dorfplatz war menschenleer. Mallory zögerte keinen Augenblick. Mit dem Instinkt, den er im Laufe seiner langen Bekanntschaft mit Andrea entwickelt hatte, ging er geradewegs über den Platz auf die Versammlungshalle zu, in der Andrea die erste seiner beiden dramatischen Feststellungen getroffen hatte. Sein Instinkt hatte ihn nicht betrogen. Andrea stand mit einem großen Glas Brandy in der Hand in der Mitte des Raumes und fingerte verärgert an einem sich allmählich ausbreitenden roten Fleck auf seiner Wange herum. Er hob den Kopf, als Mallory und Miller eintraten.

Mürrisch sagte er: »Sie ist zu ihrer Mutter zurückgegangen.«

Miller warf einen Blick auf seine Uhr: »Eine Minute und fünfundzwanzig Sekunden«, sagte er bewundernd. »Ein absoluter Weltrekord.«

Andrea warf ihm einen drohenden Blick zu, und Mallory fuhr hastig dazwischen.

»Du kommst also mit.«

»Natürlich komme ich mit«, sagte Andrea irritiert. Ohne Begeisterung warf er einen Blick auf die Gäste, die jetzt hereinschwärmten und ganz unfeierlich an ihnen vorbeidrängten, als sie sich, wie Kamele auf eine Oase, auf die flaschenbeladenen Tische stürzten. »Einer muß doch auf euch beide aufpassen.«

Mallory schaute auf die Uhr. »Noch dreieinhalb Stunden, bis das Flugzeug kommt. Wir schlafen schon im Stehen, Andrea. Wo können wir uns hinhauen – möglichst an einem sicheren Platz. Eure Wachen sind stockbesoffen.«

»Das sind sie schon, seit die Festung in die Luft geflogen ist«, sagte Andrea ungerührt. »Kommt mit.«

Miller warf einen Blick auf die Inselbewohner, die unter fröhlichem Durcheinandergerede und Gelächter mit Flaschen und Gläsern beschäftigt waren. »Und was ist mit deinen Gästen?«

»Was soll mit ihnen sein?« Andrea schaute seine Begleiter schlecht gelaunt an. »Schaut euch den Haufen doch an. Habt ihr schon mal eine Hochzeitsgesellschaft erlebt, die sich um das Brautpaar gekümmert hat? Kommt jetzt.«

Sie machten sich auf den Weg, und Andrea führte sie durch das Dorf und am Südende in das offene Land hinaus. Zweimal wurden sie von Wachen angesprochen, zweimal runzelte Andrea die Stirn und brummte irgend etwas, und daraufhin beeilten sie sich, zu ihren Ouzu-Flaschen zurückzukommen. Es goß immer noch in Strömen, aber Mallorys und Millers Kleider waren bereits so aufgeweicht, daß ein bißchen mehr Regen kaum noch eine bedeutende Verschlechterung in ihrer Verfassung herbeiführen konnte, während Andrea überhaupt keine Notiz von dem Unwetter nahm. Er machte ein Gesicht wie ein Mann, der wichtigere Dinge im Kopf hat.

Nach fünfzehn Minuten blieb Andrea vor den Schwingtüren

einer halbverfallenen, offensichtlich unbenutzten Scheune am Straßenrand stehen.

»In der Scheune ist Heu«, sagte er. »Hier seid ihr sicher.«

»Fein«, sagte Mallory. »Jetzt noch eine Botschaft an die *Sirdar*, damit sie Ihr CE nach Kairo funken können und...«

»CE?« fragte Andrea. »Was ist das?«

»Um Kairo wissen zu lassen, daß wir mit dir Kontakt aufgenommen haben und bereit sind, abgeholt zu werden... Und danach drei herrliche Stunden Schlaf.«

Andrea nickte. »Drei Stunden höchstens.«

»Drei *lange* Stunden«, sagte Mallory träumerisch. Ein flüchtiges Lächeln erhellte Andreas zerfurchtes Gesicht, als er Mallory auf die Schulter schlug.

»In drei langen Stunden«, sagte er, »kann ein Mann wie ich eine ganze Menge fertigbringen.«

Er drehte sich um und verschwand eilig in der regenverschleierten Nacht. Mallory und Miller schauten mit ausdruckslosen Gesichtern hinter ihm her, wandten sich dann einander zu und stießen die Schwingtüren des Schuppens auf.

Der Flugplatz von Mandrakos hätte von keiner zivilen Luftfahrtbehörde der Welt eine Lizenz bekommen. Die Rollbahn war nur etwas über eine halbe Meile lang, und an beiden Enden dieses angeblichen Flugfeldes erhoben sich steile Hügel. Es war nicht breiter als sechsunddreißig Meter und mit Löchern übersät, die die Garantie dafür lieferten, daß das Fahrgestell jedes wie auch immer gearteten Flugzeugs ruiniert wurde. Aber die RAF hatte den Flughafen schon vorher benützt, und so lag es im Bereich des Möglichen, daß er wenigstens dieses einemal noch seinen Zweck erfüllen würde.

Auf der Südseite war der Behelfsflugplatz von Johannisbrotwäldchen begrenzt. Im kärglichen Schutz eines dieser Bäumchen saßen Mallory, Miller und Andrea und warteten. Wenigstens Mallory und Miller saßen, zusammengesunken und in ihren durchweichten Kleidern am ganzen Körper zitternd. Andrea jedoch hatte sich genießerisch ausgestreckt, die Hände hinter dem Kopf verschränkt, und schien die schweren Regentropfen nicht zu bemerken, die auf sein ungeschütztes Gesicht fielen. Er strahlte Zufriedenheit aus, ja fast sogar Behaglichkeit, wie er da lag und in die beginnende Morgendämmerung schaute, die die schwarzen Wolken über dem drohenden Massiv der türkischen Küste im Osten erhellte. »Sie kommen«, sagte er.

Mallory und Miller lauschten einige Sekunden lang angestrengt, dann hörten sie es auch – das entfernte Brummen näher kommender schwerer Flugzeuge. Die drei Männer standen auf und entfernten sich eilig vom Flugfeld. Eine Minute später überflog eine Schwadron von achtzehn Wellingtons, die man ebensogut hörte, wie man sie in dem noch schwachen Tageslicht sah, nach ihrem Flug über die Berge rasch tiefer gehend, in einer Höhe von weniger als dreihundert Metern den Flugplatz und verschwand in Richtung Navarone. Zwei Minuten später hörten die drei Männer die Detonation und sahen den herrlichen orangefarbenen Pilz, der über der zerstörten Festung im Norden aufstieg, nachdem die Wellingtons ihre Bomben abgeworfen hatten. Vereinzelte leuchtende Blitze zeigten, wie schwach und wirkungslos die Bodenverteidigung sich wehrte. Sie war offensichtlich nur im Besitz von Handfeuerwaffen. Als die Festung in die Luft geflogen war, waren alle Abwehrwaffen gegen Luftangriffe mit zerstört worden. Der Angriff war kurz und heftig: Weniger als zwei Minuten, nachdem das Bombardement begonnen hatte, hörte es so unvermittelt auf, wie es angefangen hatte; dann hing nur noch das schwächer werdende und schließlich ganz ersterbende Geräusch der verschieden lauten Motoren in der Luft, als die Wellingtons sich immer weiter in Richtung Norden entfernten, nach Westen abdrehten und über dem dunklen Wasser der unbewegten Ägäis verschwanden.

Etwa eine Minute lang standen die drei Beobachter schweigend und regungslos am Rande des Flugplatzes. Schließlich fragte Miller verwundert: »Was macht uns bloß so wichtig?«

»Ich weiß es nicht«, meinte Mallory nachdenklich, »aber ich kann mir nicht vorstellen, daß es dir viel Freude machen wird, es herauszufinden.«

»Und das wird bald der Fall sein«, versetzte Andrea. Er wandte sich um und schaute nach Süden zu den Bergen hinüber. »Hört ihr das?«

Sie hörten zwar nicht das geringste, aber sie zweifelten keinen Augenblick daran, daß es tatsächlich etwas zu hören gab. Andreas Gehör war ebenso sensationell wie seine Sehschärfe. Und dann hörten sie es plötzlich auch. Ein einzelner Bomber – ebenfalls eine Wellington – kam von Süden heran, kreiste ein paarmal über dem Flugplatz, als Mallory mit seiner Taschenlampe Blinkzeichen gab, schwebte ein, setzte schwer auf und holperte krachend über die mit Löchern übersäte Rollbahn auf sie zu. Weniger als dreißig Meter von ihnen entfernt kam er zum Stehen, und ein Licht begann auf der Kanzel aufzublinken.

Andrea sagte: »Also vergeßt nicht: Ich habe versprochen, in einer Woche zurück zu sein.«

»Man sollte nie Versprechungen machen«, rügte ihn Miller streng. »Was ist, wenn wir nicht in einer Woche zurück sind? Was ist, wenn sie uns in den Pazifik schicken?«

»Dann lasse ich euch bei meiner Heimkehr den Vortritt, und ihr dürft die Erklärungen abgeben.«

Miller schüttelte den Kopf. »Ich weiß nicht, die Idee will mir nicht so recht gefallen.«

»Deine Feigheit können wir später diskutieren«, sagte Mallory. »Kommt schon. Los.«

Die drei Männer rannten auf die wartende Wellington zu.

Die Wellington war seit einer halben Stunde unterwegs zu ihrem Bestimmungsort, wo immer dieser auch sein mochte, und Andrea und Miller versuchten erfolglos, auf den ungleichmäßig gefüllten Strohsäcken, die im Rumpf des Flugzeugs auf dem Boden lagen, eine bequeme Stellung zu finden und den Kaffee in dem Becher, den sie in der Hand hielten, nicht zu verschütten, als Mallory aus der Kanzel zurückkam. Miller schaute ihn mit müder Resignation an, auf seinem Gesicht lag keine Spur von Begeisterung oder Abenteuergeist.

»Was hast du rausgekriegt?« Sein Tonfall ließ erkennen, daß er auf das Allerschlimmste gefaßt war. »Wohin jetzt? Rhodos? Beirut? Zu den Fleischtöpfen von Kairo?«

»Termoli, sagte der Mann.«

»Termoli also. Wollte ich schon immer mal kennenlernen.« Miller machte eine Pause. »Wo zum Teufel liegt Termoli?«

»In Italien, glaube ich. Irgendwo an der südadriatischen Küste.«

»Oh, *nein*!« Miller rollte sich auf die Seite und zog sich die Decke über den Kopf. »Ich *hasse* Spaghetti.«

2. KAPITEL

Donnerstag, 14.00–23.00

Die Landung auf dem Flugplatz von Termoli war genauso holprig wie vorher der quälende Start über die Rollbahn des Behelfsflugplatzes von Mandrakos. Der Militärflughafen von Termoli wurde offiziell und optimistisch als neu bezeichnet, aber in Wirklichkeit war er erst halb fertig, und das merkte man deutlich bei der schmerzhaften Landung und dem wilden Hasengehoppel bis zu dem aus Fertigteilen hergestellten Kontrollturm am Osten des Feldes. Als Mallory und Andrea sich aus dem Flugzeug schwangen und endlich wieder feste Erde unter den Füßen hatten, machten beide nicht gerade glückliche Gesichter. Miller, der ziemlich unsicher hinter ihnen herstolperte und dafür bekannt war, einen beinahe schon pathologischen Widerwillen und Abscheu gegen alle Arten von Transportmitteln zu haben, sah sterbenskrank aus.

Aber es wurde ihm keine Zeit gegeben, Mitleid zu heischen oder zu finden. Ein mit Tarnfarbe angestrichener Armee-Jeep hielt neben dem Flugzeug, und der Sergeant hinter dem Steuer bedeutete ihnen schweigend, nachdem er sie flüchtig angesehen hatte, einzusteigen. Und dieses Schweigen behielt er stur bei, während sie durch das Trümmerfeld der kriegszerrissenen Straße von Termoli fuhren.

Mallory ließ sich von der Unfreundlichkeit nicht stören. Offensichtlich hatte der Fahrer strikte Anweisungen, nicht mit ihnen zu sprechen; eine Situation, die Mallory in der Vergangenheit schon oft genug erlebt hatte. Es gab nicht viele Gruppen von Unantastbaren, überlegte Mallory, aber seine Gruppe war eine: Niemand, mit vielleicht zwei oder drei Ausnahmen, hatte jemals die Erlaubnis gehabt, mit ihnen zu sprechen. Diese Maßnahme, das wußte Mallory, war völlig verständlich und berechtigt, aber es war auch eine Maßnahme, die mit den Jahren immer ermüdender wurde. Sie hatte zur Folge, daß man den Kontakt zu seinen Kameraden allmählich verlor.

Nach zwanzig Minuten hielt der Jeep außerhalb der Stadt am Fuße einer Freitreppe, die zu einem Haus hinaufführte. Der Jeepfahrer hob kurz die Hand, und ein bewaffneter Posten, der oben an der Treppe stand, erwiderte den Gruß mit einer ähnlich gleichgültigen Geste. Mallory nahm dies als Zeichen, daß sie ihr Ziel erreicht hatten, und stieg, da er dem Befehl des jungen Sergeant, absolutes Schweigen zu bewahren, nicht zuwiderhandeln wollte, ohne Aufforderung aus. Die anderen folgten ihm, und der Jeep setzte sich augenblicklich in Bewegung.

Das Haus – es sah eher aus wie ein bescheidener Palast – war ein prächtiges Beispiel für die Architektur der Renaissance – überall Säulengänge und Säulen und überall von Adern durchzogener Marmor –, aber Mallory interessierte sich mehr dafür, was sie im Haus erwartete als für die Außenansicht. Auf der obersten Treppenstufe verstellte ihnen der junge Corporal, bewaffnet mit einer

Lee-Enfield 303, den Weg. Er sah aus, als sei er aus der Highschool ausgerissen.

»Name bitte.«

»Captain Mallory.«

»Personalpapiere? Soldbücher?«

»Oh, mein Gott«, stöhnte Miller, »und mir geht es sowieso schon so mies.«

»Wir haben keine«, sagte Mallory sanft. »Führen Sie uns hinein, bitte.«

»Ich habe Anweisung...«

»Ich weiß, ich weiß«, fiel ihm Andrea ins Wort. Er beugte sich hinüber, nahm dem Corporal mühelos das Gewehr aus den verzweifelt verkrampften Händen, entfernte das Magazin, steckte es in die Tasche und gab das Gewehr zurück. »Bitte.«

Das Gesicht des Jungen wurde dunkelrot vor Wut, er zögerte einen Moment, sah die drei Männer etwas vorsichtig an, wandte sich um, öffnete die Tür und bedeutete ihnen, ihm zu folgen.

Vor ihnen lag ein langer mit Marmor ausgelegter Korridor mit hohen spitzzulaufenden Fenstern auf der einen und Ölschinken zwischen ledergepolsterten Doppeltüren auf der anderen Seite. Als sie die Hälfte des Ganges hinter sich gebracht hatten, tippte Andrea dem Corporal auf die Schulter und gab ihm ohne ein Wort das Magazin zurück. Der Corporal nahm es mit einem unsicheren Lächeln und schob es in das Gewehr. Nach weiteren zwanzig Schritten blieb er vor der letzten Doppeltür stehen, klopfte, hörte eine gedämpfte Antwort und stieß die Flügel der Tür auf, während er zur Seite trat, um die drei Männer vorbeizulassen. Dann trat er wieder auf den Gang hinaus und zog die Tür hinter sich zu.

Es war offensichtlich das Hauptarbeitszimmer des Hauses bzw. Palastes, und es war in mittelalterlicher Pracht eingerichtet, alles in dunkler Eiche gehalten, brokatbestickte Seidenvorhänge, Lederpolsterung, in den Regalen, die die Wände bedeckten, ledergebundene Bücher, die zweifellos von alten Meistern stammten. Ein flauschiger Teppich in einem matten Bronzeton schimmernd, reichte von einer Wand bis zur anderen. Alles in allem hätte sogar ein Mitglied des italienischen Vorkriegsadels hier nicht die Nase gerümpft.

Den Raum erfüllte ein angenehmer Duft, dessen Ursprung nicht schwer zu finden war: Man hätte einen kapitalen Ochsen in dem riesigen knisternden Kamin am anderen Ende des Raumes rösten können. Dicht beim Feuer standen drei junge Männer, die aber nicht die geringste Ähnlichkeit mit dem ziemlich unbrauchbaren Jungen hatten, der ihnen vorhin den Eintritt verwehren wollte. Vor allem waren sie wesentlich älter, wenn auch nicht gerade alte Männer. Sie waren grobknochig, breitschultrig und strahlten zähes und verbissenes Pflichtgefühl aus. Sie trugen die Uniformen einer Elitetruppe, der Marine Commandos, und sie paßten ausgezeichnet in diese Uniformen. Aber was die Aufmerksamkeit Mallorys und seiner beiden Begleiter fesselte, war weder die abgenutzte Pracht des Raumes und seines Mobiliars noch die völlig unerwartete Gegenwart der drei Commandos, sondern der vierte Mann, groß und respektgebietend, der lässig an einem Tisch in der Mitte des Zimmers lehnte. Das von tiefen Furchen durchzogene Gesicht, der autoritäre Ausdruck, der wundervolle graue Bart und die durchdringenden blauen Augen machten diesen Mann zum Prototyp eines klassischen englischen Kapitäns, der er, wie die untadelige Uniform, die er trug, bewies, auch war. Den drei Männern rutschte das Herz in die Hosen, und Mallory, Andrea und Miller starrten ohne die geringste Begeisterung zu der eindrucksvollen Piratengestalt von Captain Jensen hinüber. Er war Angehöriger der Royal Navy, Chef des Nachrichtendienstes der Alliierten im Mittelmeerraum und außerdem der Mann, der sie erst vor so kurzer Zeit mit dem selbstmörderischen Auftrag nach Navarone geschickt hatte, von dessen Erledigung sie gerade zurückgekehrt waren. Die drei Männer schauten einander an und schüttelten in stiller Verzweiflung die Köpfe.

Captain Jensen richtete sich auf, lächelte strahlend und kam mit ausgestreckter Hand auf sie zu, um sie zu begrüßen.

»Mallory! Andrea! Miller!« Zwischen den Worten machte er eine dramatische Fünf-Sekunden-Pause. »Ich weiß nicht, was ich sagen soll! Eine großartige Leistung, eine großartige...« Er brach ab und musterte sie nachdenklich. »Sie scheinen gar nicht überrascht zu sein, mich zu sehen, Captain Mallory?«

»Das bin ich auch nicht. Mit allem Respekt, Sir, wann immer und wo immer es nach schmutziger Arbeit riecht, kann man sicher sein...«

»Ja, ja, ja. Richtig, richtig. Und wie geht es Ihnen allen?«

»Müde«, sagte Miller energisch. »Schrecklich müde. Wir brauchen ein bißchen Ruhe. Ich jedenfalls.«

Jensen sagte ernst: »Und das ist genau das, was Sie bekommen werden, mein Junge. Ruhe. Und zwar *lange, sehr* lange.«

»*Sehr* lange?« Miller schaute ihn ungläubig an.

»Sie haben mein Wort.« Jensen strich sich in momentaner

Unsicherheit den Bart. »Jedenfalls, sobald Sie aus Jugoslawien zurück sind.«

»Jugoslawien?« Miller starrte ihn an.

»Heute nacht.«

»Heute nacht!«

»Mit dem Fallschirm.«

»Mit dem *Fallschirm*!«

Jensen sagte beherrscht: »Ich bin mir durchaus bewußt, daß Sie eine höhere Schulbildung haben und außerdem gerade von den griechischen Inseln zurückgekommen sind. Aber wir kommen auch ohne diesen Griechischen Chor aus, wenn es Ihnen nichts ausmacht.«

Miller schaute Andrea überaus schlecht gelaunt an: »Adieu Flitterwochen.«

»Was war das?« fragte Jensen scharf.

»Nur ein kleiner Scherz unter Freunden, Sir.«

Mallory wagte einen schüchternen Protest: »Sie vergessen, Sir, daß keiner von uns jemals mit einem Fallschirm abgesprungen ist.«

»Ich vergesse gar nichts. Man muß mit allem einmal anfangen. Was wissen Sie drei über den Krieg in Jugoslawien?«

»Über welchen Krieg?« fragte Andrea vorsichtig.

»Genau!« In Jensens Stimme lag Befriedigung.

»Ich habe davon gehört«, ließ sich Miller vernehmen. »Da ist eine Gruppe von wie-heißen-sie-doch-gleich – ach ja, Partisanen – wenn ich nicht irre, die den deutschen Besatzungstruppen einen Untergrund-Widerstand entgegensetzt.«

»Es ist Ihr Glück, daß die Partisanen Sie nicht hören können«, sagte Jensen streng, »es ist ein ganz beträchtlicher ›Übergrund‹-Widerstand. Nach der letzten Zählung waren es 350000, die achtundzwanzig deutsche und bulgarische Divisionen in Jugoslawien in Schach halten.« Er machte eine kurze Pause. »Das sind mehr, als die zusammengeschlossenen Armeen der Alliierten hier in Italien im Griff haben.«

»Das hätte mir doch jemand erzählen müssen«, beschwerte sich Miller. Dann erhellte sich seine Miene: »Wenn dort 350000 von denen herumwimmeln, wozu sollten sie ausgerechnet *uns* noch brauchen?«

Jensen sagte ätzend: »Sie müssen lernen, Ihre Begeisterung zu zügeln, Corporal. Das Kämpfen dürfen Sie den Partisanen überlassen – und sie führen den grausamsten, härtesten und brutalsten Krieg, der augenblicklich in Europa geführt wird. Einen erbarmungslosen und gemeinen Krieg, in dem keine der beiden Seiten auch nur um ein Jota nachgibt und eine Kapitulation nicht zur Debatte steht. Waffen, Munition, Nahrungsmittel, Kleidung brauchen die Partisanen dringend. Aber sie haben diese achtundzwanzig Divisionen festgenagelt.«

»Ich will nichts damit zu tun haben«, murmelte Miller.

»Was sollen wir tun, Sir?« fragte Mallory hastig.

»Dies.« Jensen löste seinen eiskalten Blick von Miller. »Niemand weiß das bis jetzt zu schätzen, aber die Jugoslawen sind unsere wichtigsten Verbündeten in Südeuropa. Ihr Krieg ist unser Krieg. Und sie führen einen Krieg, in dem sie nicht die geringste Aussicht haben, zu gewinnen. Wenn nicht...«

Mallory nickte: »Die Werkzeuge, um den Auftrag zu Ende zu bringen.«

»Nicht sehr originell, aber wahr. Die Werkzeuge, um den Auftrag zu Ende zu bringen. Wir sind die *einzigen* Leute, die hier sind, um sie mit Gewehren, Maschinengewehren, Munition, Kleidung und Medikamenten zu versorgen. Die anderen kommen nicht durch.« Er brach ab, nahm einen Stock in die Hand, ging mit fast zornigen Schritten zu der großen Wandkarte hinüber, die zwischen einigen der alten Meister hing, und schlug mit der Spitze des Bambusstocks dagegen. »Bosnien-Herzegowina, meine Herren. West-Mittel-Jugoslawien. Wir haben in den letzten zwei Monaten vier britische Militärmissionen abgeschickt, die mit den Jugoslawen Verbindung aufnehmen sollten – mit den jugoslawischen Partisanen. Die Leiter aller vier Missionen verschwanden spurlos. Neunzig Prozent unseres via Luftbrücke abgeschickten Nachschubs sind in die Hände der Deutschen gefallen. Sie haben alle unsere Funkcodes entschlüsselt und hier in Süditalien ein Netz von Agenten eingerichtet, mit denen sie offensichtlich Verbindung aufnehmen können, wann sie wollen. Verblüffende Fragen, meine Herren. Lebenswichtige Fragen. Ich will die Antworten haben. Kolonne 10 wird mir die Antworten beschaffen.«

»Kolonne 10?« fragte Mallory mit höflichem Interesse.

»Das ist die Codebezeichnung für Ihre Operation.«

»Warum gerade dieser Name?« fragte Andrea.

»Warum nicht? Haben Sie jemals eine Codebezeichnung gehört, die irgendeinen Bezug zu der Operation hatte, die sie bezeichnete? Das ist schließlich der Sinn der Sache, Mann.«

»Es könnte nicht vielleicht«, sagte Mallory hölzern, »etwas zu tun haben mit dem Frontalangriff auf irgend etwas, dem Sturm auf einen lebenswichtigen Ort?« Er beobachtete die nicht erfolgende

Reaktion Jensens und fuhr im gleichen Ton fort: »Auf der Beaufort-Liste heißt Kolonne 10 ›Sturmangriff‹.«

»Sturmangriff!« Es ist schwierig, einen Ausruf und ein angstvolles Stöhnen in einem einzigen Wort zu vereinen, aber Miller schaffte es ohne Schwierigkeiten. »Oh, mein Gott, und alles, was ich will, ist eine sichere Ruhestätte, für immer.«

»Meine Geduld hat Grenzen, Corporal Miller«, sagte Jensen. »Ich könnte – ich sagte, ich *könnte* – mir meine Befürwortung, die ich in bezug auf Ihre Person heute morgen aussprach, noch einmal überlegen.«

»Auf meine Person?« fragte Miller wachsam.

»Ich habe Sie für die ›Distinguished Conduct Medal‹ vorgeschlagen.«

»Sie wird großartig auf dem Deckel meines Sarges aussehen«, murmelte Miller.

»Was haben Sie gesagt?«

»Corporal Miller hat nur ersucht, seiner Freude Ausdruck zu verleihen.« Mallory trat näher an die Wandkarte heran und studierte sie kurz. »Bosnien-Herzegowina – ein ganz schön großes Gebiet, Sir.«

»Zugegeben. Aber wir können die fragliche Stelle – den Ort, an dem die Leute verschwanden – in einem Umkreis von zwanzig Meilen festlegen.«

Mallory wandte sich von der Karte ab und sagte langsam: »Für diese Sache sind ja beachtliche Vorbereitungen getroffen worden. Heute früh der Angriff auf Navarone. Die Wellington, die uns abholte. All das wurde – das schließe ich aus dem, was Sie uns gesagt haben – im Hinblick auf heute nacht inszeniert. Ganz zu schweigen...«

»Wir haben an dieser Sache fast zwei Monate gearbeitet. Sie drei hätten an sich schon vor einigen Tagen hierherkommen sollen. Aber – äh – na, Sie wissen es ja.«

»Wir wissen es.« Die Androhung, seine DCM zurückzuhalten, hatte Miller erstarren lassen. »Ich möchte noch etwas anderes fragen. Warum gerade wir, Sir? Wir sind Saboteure, Sprengstoffexperten, Nahkampftruppen – und dies ist eine Arbeit für Untergrundspione, die Serbokroatisch oder was immer sprechen können.«

»Sie werden schon gestatten müssen, daß ich das selbst beurteile.«

Jensen schenkte ihnen ein gefährliches Lächeln. »Außerdem haben Sie immer Glück.«

»Das Glück verläßt müde Männer«, sagte Andrea, »und wir sind sehr müde.«

»Müde oder nicht, es gibt in Südeuropa kein Team, das Ihnen, was Findigkeit, Erfahrung und Geschicklichkeit betrifft, das Wasser reichen kann. Und was wichtig ist: Sie sind vom Glück begünstigt. Ich muß gemein sein, Andrea. Ich tue es nicht gern, aber ich muß. Aber ich habe Ihre Erschöpfung einkalkuliert und entsprechende Maßnahmen getroffen: Ich gebe Ihnen ein Team als Rückendeckung mit.«

Mallory schaute zu den drei jungen Soldaten hinüber, die am Kamin standen, dann kehrte sein Blick fragend zu Jensen zurück, und Jensen nickte.

»Sie sind jung, ausgeruht und ganz wild darauf, mitzugehen. Marine Commandos, Mitglieder der am schärfsten ausgebildeten Truppe, die wir im Augenblick haben. Und sie haben vielseitige Begabungen, das kann ich Ihnen versichern. Nehmen Sie zum Beispiel Reynolds.« Jensen nickte einem sehr großen, dunkelhaarigen Sergeant von Ende Zwanzig zu, einem Mann mit wind- und wettergegerbtem Gesicht. »Er kann alles, angefangen von Unterwassersabotage bis zum Steuern eines Flugzeugs. Und er wird heute nacht ein Flugzeug steuern. Und, wie Sie unschwer selbst beurteilen können, ist er bestens geeignet, selbst Ihre schwersten Gepäckstücke zu tragen.«

Mallory sagte sanft: »Ich habe Andrea immer für einen ganz brauchbaren Träger gehalten, Sir.«

Jensen wandte sich an Reynolds: »Die Herren haben gewisse Zweifel. Geben Sie ihnen eine Kostprobe Ihres Könnens, damit sie sehen, daß Sie zu etwas nütze sind.«

Reynolds zögerte einen Moment, dann griff er nach einem schweren Feuerhaken aus Messing und begann, ihn allmählich mit bloßen Händen zusammenzubiegen. Offensichtlich war es nicht gerade ein leichtes Stück Arbeit, sein Gesicht lief rot an, die Adern auf seiner Stirn traten hervor und die Sehnen in seinem Nacken, und seine Arme zitterten vor Anstrengung, aber langsam und unerbittlich wurde der Feuerhaken zu einem ›U‹ zusammengebogen. Mit einem fast entschuldigenden Lächeln streckte Reynolds Andrea den Feuerhaken hin, der ihn widerwillig entgegennahm. Er wölbte die Schultern nach vorn, seine Fingerknöchel traten weiß hervor, aber der Feuerhaken blieb in seiner U-Form. Andrea sah nachdenklich zu Reynolds auf. Dann legte er schweigend den Feuerhaken weg.

»Sehen Sie, was ich meine?« sagte Jensen. »Sie sind müde. Oder nehmen Sie Sergeant Groves. Auf dem schnellsten Wege von London über den Mittleren Osten hierhergekommen. Ehemaliger Flugzeugnavigator, mit seinen Kenntnissen über Sabotage, Sprengstoffe und elektrische Finessen auf dem neuesten Stand der Technik.

Geradezu phantastisch für Todesfallen, Zeitbomben und verborgene Mikrophone, ein lebender Minendetektor. Und Sergeant Saunders ist ein Funker der Spitzenklasse.«

Miller sagte mürrisch zu Mallory: »Du bist ein zahnloser alter Löwe und schon längst aus dem Rennen.«

»Reden Sie keinen Unsinn, Corporal«, kam Jensens schneidende Stimme. »Sechs ist die ideale Zahl. Sie werden auf jedem Gebiet ein Double haben, und diese Männer können ihre Sache. Sie werden von unschätzbarem Wert sein. Falls das Ihrem Stolz guttun sollte: Sie waren ursprünglich nicht vorgesehen, Sie zu begleiten, sie waren als Reserveteam ausgewählt worden, falls Sie drei nun, äh –«

»Aha.« Von Überzeugung war in Millers Stimme nichts zu bemerken.

»Alles klar jetzt?«

»Nicht ganz«, sagte Mallory. »Wer hat das Kommando?«

Jensen war ehrlich erstaunt: »Sie natürlich.«

»So.« Mallory sprach ruhig und freundlich. »Ich weiß, daß das Schwergewicht der Ausbildung – besonders bei den Marine Commandos – heute auf Initiative, Selbstvertrauen und Unabhängigkeit in Gedanken und Taten liegt. Das ist ausgezeichnet – wenn sie allein gefangengenommen werden.« Er lächelte beinah mißbilligend. »Andernfalls erwarte ich augenblickliche und nicht in Frage gestellte Befolgung der Befehle. *Meiner* Befehle. Sofort und total.«

»Und wenn nicht?« fragte Reynolds.

»Eine überflüssige Frage, Sergeant. Sie kennen die Strafe für Ungehorsam gegen einen Offizier im Feld.«

»Gilt das auch für Ihre Freunde?«

»Nein.«

Reynolds wandte sich an Jensen. »Ich glaube nicht, daß mir das gefällt, Sir.«

Mallory ließ sich erschöpft in einen Sessel sinken, zündete sich eine Zigarette an, nickte zu Reynolds hinüber und sagte: »Ersetzen.«

»*Was!*« Jensen starrte ihn ungläubig an.

»Ersetzen Sie ihn, habe ich gesagt. Wir sind noch nicht weg, und schon hat er mein Urteil angezweifelt. Was soll dann erst werden, wenn wir draußen sind? Er ist gefährlich. Ich würde lieber eine tickende Bombe mit mir herumtragen.«

»Nun hören Sie mal, Mallory...«

»Ersetzen Sie *ihn* oder *mich*.«

»Und *mich*«, sagte Andrea ruhig.

»Und *mich*«, fügte Miller hinzu.

Für einen Moment herrschte ein feindseliges Schweigen, dann näherte sich Reynolds Mallorys Sessel.

»Sir.«

Mallory schaute ohne ein Zeichen der Ermutigung zu ihm auf.

»Es tut mir leid«, fuhr Reynolds fort. »Ich bin über das Ziel hinausgeschossen. Ich werde diesen Fehler nicht noch einmal machen. Ich *möchte* mitmachen, Sir.«

Mallory warf Andrea und Miller einen schnellen Blick zu. Auf Millers Gesicht lag lediglich der Schock über Reynolds' unglaublich idiotische Begeisterung für den Kampf. Andrea, dessen Gesicht wie üblich keine Regung zeigte, nickte fast unmerklich. Mallory lächelte und meinte: »Wie Captain Jensen sagte, ich bin sicher, Sie werden ein großes Plus für uns sein.«

»Also, dann ist das erledigt.« Jensen tat, als würde er die fast greifbare Entschärfung der Spannung im Raum nicht bemerken. »Jetzt ist der Schlaf wichtig. Aber vorher möchte ich noch einen kurzen Bericht über Navarone.«

Er schaute die drei Sergeants an.

»Vertraulich!«

»Jawohl, Sir«, sagte Reynolds. »Sollen wir zum Flugplatz hinuntergehen und die Flugpläne, den Wetterbericht, die Fallschirme und die Versorgung überprüfen?«

Jensen nickte. Als die drei Sergeants die Flügeltür hinter sich geschlossen hatten, ging Jensen quer durch den Raum zu einer anderen Tür, öffnete sie und sagte: »Kommen Sie bitte herein, General.«

Der Mann, der jetzt ins Zimmer trat, war sehr groß und hager. Er war wahrscheinlich Mitte Dreißig, sah aber viel älter aus. Sorgen, Erschöpfung, endlose Entbehrungen, die nicht zu trennen waren von zu vielen Jahren unaufhörlichen Kampfes um das nackte Leben, hatten das ursprünglich schwarze Haar fast weiß werden lassen, und körperliche und seelische Qualen hatten tiefe Furchen in das ledrige, sonnenverbrannte Gesicht gegraben. Die dunklen Augen leuchteten intensiv, es waren hypnotische Augen eines Mannes, der fanatisch auf ein bisher noch nicht realisiertes Ideal zuging. Er trug die Uniform eines britischen Offiziers, ohne Orden und Dienstgradabzeichen.

Jensen sagte: »Meine Herren, dies ist General Vukalovic. Der General ist stellvertretender Kommandeur der Partisanenstreitkräfte in Bosnien-Herzegowina. Die RAF hat ihn gestern herausgeflogen. Offiziell ist er als Arzt der Partisanen bei uns, der Medikamente holen will. General, das sind Ihre Männer.«

Vukalovic schaute sie prüfend der Reihe nach an, sein Gesicht war ausdruckslos. Er sagte: »Diese Männer sind müde, Captain Jensen. Es steht soviel auf dem Spiel... zu müde, um das zu tun, was zu tun ist.«

»Er hat recht«, sagte Miller ernst.

»Wahrscheinlich steckt ihnen die Reise noch in den Knochen«, sagte Jensen milde. »Es ist ein ganz schöner Schlauch von Navarone bis hierher. Also...«

»Navarone?« unterbrach ihn Vukalovic. »Das hier... das hier sind die Männer...«

»Man sieht es ihnen nicht an, da haben Sie recht.«

»Vielleicht habe ich mich in ihnen getäuscht.«

»Nein, das haben Sie nicht, General«, sagte Miller. »Wir sind erschöpft. Wir sind völlig...«

»Entschuldigen Sie«, fuhr Jensen scharf dazwischen. »Captain Mallory, mit zwei Ausnahmen wird der General der einzige Mensch in Bosnien sein, der weiß, wer Sie sind und was Sie tun. Ob der General die Identität der anderen preisgibt, ist ganz allein seine Sache. General Vukalovic wird Sie nach Jugoslawien begleiten, aber nicht mit demselben Flugzeug.«

»Warum nicht?« fragte Mallory.

»Weil sein Flugzeug zurückkommen wird. Ihres nicht.«

»Aha«, machte Mallory. Es herrschte ein kurzes Schweigen, während er, Andrea und Miller den Hintergrund von Jensens Worten zu erfassen versuchten. Zerstreut warf Andrea ein Holzscheit in das zusammengesunkene Feuer und sah sich nach einem Feuerhaken um, aber der einzige Feuerhaken im Zimmer war der, den Reynolds zu einem U zusammengebogen hatte. Andrea hob ihn auf. Geistesabwesend und ohne die geringste Anstrengung bog Andrea ihn wieder gerade, stocherte im Feuer herum, bis die Funken sprühten, und legte den Feuerhaken weg. Vukalovic hatte die Szene mit sehr nachdenklicher Miene beobachtet.

Jensen fuhr fort: »Ihre Maschine, Captain Mallory, wird nicht zurückkommen, weil Ihre Maschine geopfert werden muß, damit das Ganze glaubwürdig aussieht.«

»Wir auch?« fragte Miller.

»Sie werden nicht viel erreichen, wenn Sie nicht tatsächlich mit beiden Beinen auf dem Boden stehen, Corporal Miller. Wo Sie hingehen, kann ein Flugzeug unter keinen Umständen landen! Deshalb springen Sie – und das Flugzeug wird zerschmettert.«

»Das hört sich äußerst glaubwürdig an«, stieß Miller hervor.

Jensen überhörte den Einwurf. »Die Realitäten des totalen Krieges sind hart. Deshalb habe ich die drei jungen Burschen hinausgeschickt – ich will ihren Enthusiasmus nicht dämpfen.«

»Ich kann meine Begeisterung kaum zügeln«, sagte Miller kummervoll.

»Oh, halten Sie schon endlich den Mund. Es wäre schön, wenn Sie herausfinden könnten, warum achtzig Prozent unserer abgeworfenen Güter in die Hände der Deutschen fallen, es wäre auch schön, wenn Sie herausfinden könnten, wo unsere gefangengenommenen Anführer sich aufhalten, und sie retten könnten. Aber das ist nicht wichtig. Dieser Nachschub und diese Agenten sind zu ersetzen. Was aber nicht zu ersetzen ist, das sind die siebentausend Männer unter dem Kommando von General Vukalovic, siebentausend Männer, die halbverhungert und fast ohne Munition dasitzen, siebentausend Männer ohne Hoffnung auf ein Morgen.«

»Und *wir* sollen ihnen helfen können?« fragte Andrea besorgt. »Sechs Männer?«

Jensen entgegnete aufrichtig: »Ich weiß es nicht.«

»Aber Sie haben einen Plan?«

»Noch nicht. Nicht durchdacht. Die Andeutung einer Idee. Mehr nicht.« Jensen fuhr sich müde über die Stirn. »Ich bin selbst erst vor sechs Stunden aus Alexandrien angekommen.«

Er zögerte, dann zuckte er die Achseln. »Und heute abend? Wer weiß. Ein paar Stunden Schlaf heute nachmittag werden uns alle wieder auf die Beine bringen. Aber vorher möchte ich noch einen Bericht über Navarone. Es wäre sinnlos, wenn die anderen drei Herren warten würden – am Ende des Ganges liegen einige Schlafzimmer. Ich bin der Ansicht, Captain Mallory kann mir alles erzählen, was ich wissen möchte.«

Mallory wartete, bis sich die Tür hinter Andrea, Miller und Vukalovic geschlossen hatte, und sagte: »Wo soll ich meinen Bericht beginnen, Sir?«

»Welchen Bericht?«

»Über Navarone natürlich.«

»Zur Hölle mit Navarone. Das ist aus und vorbei.« Er nahm

seinen Zeigestock in die Hand, ging durch das Zimmer auf die Wand zu und zog zwei weitere Landkarten herunter. »Also.«

»Sie haben einen Plan«, sagte Mallory bedächtig.

»Natürlich habe ich einen Plan«, entgegnete Jensen ungerührt. Er klopfte auf die Karte. »Zehn Meilen nördlich von hier. Die Gustav-Linie. Über ganz Italien, entlang der Flußläufe des Sangro und Liri. Hier haben die Deutschen die uneinnehmbarsten Verteidigungspositionen in der Geschichte moderner Kriegführung aufgebaut. Monte Cassino hier – daran haben sich einige unserer besten alliierten Divisionen die Zähne ausgebissen, manche sind dabei draufgegangen. Und hier – der Anzio-Landekopf. Fünfzigtausend Amerikaner, die um ihr Leben kämpfen. Fünf Monate schlagen wir uns jetzt schon den Kopf ein an der Gustav-Linie und dem Anzio-Verteidigungsgürtel. Unsere Verluste an Männern und Maschinen – nicht auszudenken. Unser Gewinn – nicht ein einziger Zentimeter.«

Mallory sagte schüchtern: »Sie hatten etwas über Jugoslawien gesagt, Sir.«

»Darauf komme ich noch«, sagte Jensen widerwillig. »Nun, unsere einzige Hoffnung, die Gustav-Linie zu durchbrechen, liegt darin, die deutschen Verteidigungskräfte zu schwächen, und der einzige Weg, auf dem wir *das* schaffen, ist, sie dazu zu überreden, einige ihrer Divisionen zurückzuziehen. Also bedienen wir uns der Allenby-Technik.«

»Ich verstehe.«

»Sie verstehen überhaupt nichts. General Allenby, Palästina, 1918. Er hatte eine Ost-West-Linie vom Jordan zum Mittelmeer. Er plante einen Angriff von Westen – also überzeugte er die Türken, daß der Angriff von Osten kommen würde. Er erreichte dies, indem er im Osten eine riesige Zeltstadt aufbaute, die nur von ein paar hundert Männern besetzt war, die jedesmal, wenn sich ein Spähflugzeug näherte, aus ihren Unterkünften stürzten und so taten, als hätten sie alle Hände voll zu tun. Er erreichte dies, indem er den Aufklärern riesige Armee-Lastwagen-Konvois servierte, die den ganzen Tag auf das Lager zurollten. Was die Türken nicht wußten, war, daß die gleichen Lastwagen die ganze Nacht über auf dem Weg nach Westen waren. Er hatte sogar fünfzehntausend Pferde aus Segeltuch herstellen lassen. Nun, wir tun das gleiche.«

»Fünfzehntausend Segeltuchpferde?«

»Wirklich, sehr, sehr komisch.« Jensen tippte wieder auf die Karte. »Jeder Flugplatz von hier bis Bari ist vollgestopft mit Bomber- und Segelflugzeug-Attrappen. Vor Foggia steht das größte Militärlager von ganz Italien – besetzt mit zweihundert Mann. In den Häfen von Bari und Taranto liegen massenweise drohende Landungssturmboote, alle aus Sperrholz. Den ganzen Tag über rollen endlose Reihen von Lastwagen und Panzern auf die adriatische Küste zu. Wenn Sie, Mallory, den Oberbefehl über die deutschen Truppen hätten, was würden Sie daraus schließen?«

»Ich würde einen Luftangriff und eine Invasion von See her auf Jugoslawien vermuten, aber ich wäre nicht sicher.«

»Genau die Reaktion der Deutschen«, sagte Jensen mit sichtlicher Befriedigung. »Sie machen sich ganz schöne Sorgen, sie machen sich derartige Sorgen, daß sie schon zwei Divisionen aus Italien abgezogen und nach Jugoslawien geschickt haben, um der Bedrohung zu begegnen.«

»Aber sie sind nicht sicher?«

»Nicht ganz. Aber fast.« Jensen räusperte sich. »Wissen Sie, alle unsere gefangengenommenen Anführer trugen eindeutige Beweise für eine Invasion Zentraljugoslawiens Anfang Mai bei sich.«

»Sie trugen Beweise...« Mallory brach ab, warf Jensen einen langen forschenden Blick zu und fuhr dann ruhig fort: »Und wie haben es die Deutschen *fertiggebracht,* alle gefangenzunehmen?«

»Wir sagten ihnen, daß sie kommen würden.«

»Es war *Absicht!*«

»Es waren Freiwillige, alles Freiwillige«, sagte Jensen hastig. Es gab offensichtlich einige Dinge im totalen Krieg, die sogar ihm nicht besonders behagten. »Und es wird Ihre Aufgabe sein, mein Lieber, die Fast-Überzeugung zu einer absoluten Gewißheit zu machen.« Anscheinend nicht bemerkend, daß Mallory ihn ohne eine Spur von Begeisterung ansah, drehte er sich dramatisch um und bohrte seinen Zeigestock auf eine Stelle auf der in großem Maßstab gezeichneten Landkarte Zentraljugoslawiens.

»Das Tal von Neretva«, sagte Jensen. »Der lebenswichtige Abschnitt der Haupt-Nordsüdroute durch Jugoslawien. Wer immer dieses Tal unter Kontrolle hat, hat ganz Jugoslawien unter Kontrolle – und niemand weiß das besser als die Deutschen. Wenn ein Angriff kommt, dann wissen sie, daß er hier kommen muß. Sie sind sich durchaus bewußt, daß eine Invasion Jugoslawiens möglich und zu erwarten ist, sie haben eine Heidenangst vor einer Verbindung der Alliierten und der Russen, die aus dem Osten herankommen, und sie *wisssen,* daß ein solcher Zusammenschluß nur entlang dieses Tales erfolgen kann. Sie haben schon zwei bewaffnete Divisionen entlang dem Neretva-Tal, zwei Divisionen, die im Falle einer Invasion in einer Nacht ausradiert werden könnten. Von

Norden her – hier versuchen sie, sich den Weg nach Süden zum Neretva-Tal mit einem ganzen Armeekorps zu erzwingen – aber der einzige Weg führt durch den Zenica-Käfig. Und Vukalovic und seine siebentausend Mann blockieren den Weg.«

»Vukalovic weiß darüber Bescheid?« fragte Mallory. »Über das, was Sie tatsächlich vorhaben, meine ich?«

»Ja, und der Führungsstab der Partisanen. Sie kennen die Risiken und die Schwierigkeiten, die diese Sache mit sich bringt. Und sie akzeptieren sie.«

»Fotografien?« fragte Mallory.

»Hier.« Jensen zog einige Fotografien aus einer Schreibtischschublade, wählte eine aus, strich sie glatt und legte sie auf den Tisch. »Das hier ist der Zenica-Käfig. Ein guter Name dafür: Es ist ein perfekter Käfig, eine perfekte Falle. Im Norden und Westen unbezwingbare Berge. Im Osten der Neretva-Damm und die Neretva-Schlucht. Im Süden der Neretva-Fluß. Im Norden des Käfigs, bei der kleinen Lücke hier, versucht das Elfte Armeekorps der Deutschen durchzubrechen. Hier im Westen – sie nennen es die Westschlucht – versucht ein anderer Truppenteil der Elften das gleiche. Und hier im Süden liegen auf der anderen Seite des Flusses und in den Bäumen versteckt zwei bewaffnete Divisionen unter General Zimmermann auf der Lauer.«

»Und das hier?« Mallory deutete auf einen schmalen schwarzen Strich, der sich etwas nördlich von den zwei bewaffneten Divisionen über den Fluß spannte.

»Das«, sagte Jensen nachdenklich, »ist die Brücke über die Neretva.«

In Wirklichkeit sah die Neretva-Brücke bei weitem imposanter aus als auf der vergrößerten Fotografie: Es war eine Auslegerkonstruktion aus massivem Stahl. Die Fahrbahn war mit einer schwarzen Asphaltschicht überzogen. Unter der Brücke schäumte die grünlich-weiße Neretva. Die Schneeschmelze hatte den Fluß erheblich ansteigen lassen. Im Süden begrenzte ein schmaler Wiesenstreifen den Fluß, und am Südufer stand ein dunkler hoher Kiefernwald. Im sicheren Schutz der düsteren Tiefen des Waldes lagen die beiden Divisionen von General Zimmermann auf der Lauer.

Nahe am Waldrand stand der Funkwagen der Division, ein plumpes und sehr langes Vehikel, das sehr gut getarnt war.

General Zimmermann und sein Adjutant, Hauptmann Warburg, waren gerade im Wagen. Ihre Stimmung paßte zu dem ständigen Zwielicht des Waldes. General Zimmermann hatte ein hageres, intelligentes Gesicht mit einer hohen Stirn und einer markanten Nase. Eines jener Gesichter, die sehr selten eine Gefühlsbewegung verraten, aber jetzt zeigte er seine Gefühle, seine Besorgnis und seine Ungeduld, als er sein Käppi zurückschob und sich mit den gespreizten Fingern durch die sich lichtenden Haare fuhr. Er sagte zu dem Funker, der hinter ihm am Empfangsgerät saß:

»Noch kein Wort? Nichts?«

»Nichts Herr General.«

»Sie sind in ständiger Verbindung mit Hauptmann Neufelds Lager?«

»Jede Minute, Herr General.«

»Und sein Funker sitzt die ganze Zeit am Gerät?«

»Die ganze Zeit, Herr General. Nichts. Einfach nichts.«

Zimmermann drehte sich um und ging die Stufen hinunter, gefolgt von Warburg. Er ging schweigend mit gesenktem Kopf, bis er außer Hörweite des Funkwagens war, und sagte dann: »Verdammt! Verdammt! Gottverdammt noch mal!«

»Sie sind also ganz sicher, Herr General.« Warburg war ein hochgewachsener gutaussehender Mann von dreißig Jahren mit flachsblonden Haaren. Sein Gesicht drückte im Moment eine Mischung von Besorgnis und Unglücklichsein aus. »Daß sie kommen, meine ich?«

»Es steckt mir in den Knochen, mein Junge. Auf dem einen oder anderen Weg kommt es, kommt es, um uns alle zu vernichten.«

»Aber Sie können doch nicht *sicher* sein, Herr General!« protestierte Warburg.

»Da haben Sie recht«, seufzte Zimmermann. »Ich kann nicht sicher sein. Aber eines weiß ich sicher: Wenn sie tatsächlich kommen, wenn die Gruppe von der Elften nicht im Norden durchbrechen kann, wenn wir diese verdammten Partisanen im Zenica-Käfig nicht ausradieren können...«

Warburg wartete darauf, daß er fortfuhr, aber Zimmermann schien sich in Träumereien verloren zu haben. Offensichtlich ohne jeden Bezug auf ihre Unterhaltung sagte Warburg: »Ich würde Deutschland gern wiedersehen. Nur noch einmal.«

»Würden wir das nicht alle gern, mein Junge, würden wir das nicht alle?« Zimmermann ging langsam auf den Waldrand zu und blieb dann unvermittelt stehen. Lange Zeit starrte er über die Brücke ins Neretva-Tal hinüber. Dann schüttelte er den Kopf, wandte sich um und war augenblicklich in den dunklen Tiefen des Waldes verschwunden.

Das Kiefernholzfeuer in dem großen Kamin des Arbeitszimmers in Termoli war fast heruntergebrannt. Jensen warf noch ein paar Scheite hinein, richtete sich auf, goß zwei Drinks ein und reichte einen Mallory.

Er sagte: »Nun?«

»Das ist der Plan?« Keine Andeutung seiner Ungläubigkeit und seiner nahen Verzweiflung war auf Mallorys Gesicht zu sehen. »Das ist der *ganze* Plan?«

»Ja.«

»Auf Ihre Gesundheit.« Mallory machte eine Pause. »Und auf meine.« Nach einer noch längeren Pause sagte er gedankenvoll: »Es dürfte ganz interessant sein, Dusty Millers Reaktion zu hören, wenn er heute abend von dieser hübschen Geschichte erfährt.«

Wie Mallory vorausgesagt hatte, war Millers Reaktion interessant. Sechs Stunden später hörte Miller, der wie Mallory und Andrea jetzt die Uniform der britischen Armee trug, mit wachsendem Horror, wie sich Jensen ihren Arbeitsverlauf in den nächsten vierundzwanzig Stunden vorstellte. Als er zu Ende gesprochen hatte, wandte Jensen sich an Miller: »Na? Durchführbar?«

»Durchführbar?« Miller war entsetzt. »Das ist selbstmörderisch!«

»Andrea?«

Andrea zuckte die Achseln, hob seine Hände mit den Handflächen nach oben und sagte gar nichts.

Jensen nickte: »Es tut mir leid, aber ich habe keine Wahl. Ich glaube, es ist besser, wir gehen jetzt. Die anderen warten am Flugplatz.«

Andrea und Miller verließen den Raum und gingen den langen Flur hinter. Mallory zögerte in der Tür und blockierte den Durchgang vorübergehend, drehte sich dann zu Jensen um, der ihn mit überrascht hochgezogenen Augenbrauen ansah.

»Lassen Sie es mich wenigstens Andrea sagen.«

Jensen schaute ihn einen Moment überlegend an, schüttelte dann kurz den Kopf und drängte sich an ihm vorbei in den Flur hinaus.

Zwanzig Minuten später kamen die vier Männer, ohne inzwischen auch nur ein einziges Wort gewechselt zu haben, auf dem Flughafen von Termoli an, wo Vukalovic und zwei Sergeants auf sie warteten. Der dritte, Reynolds, saß schon am Instrumentenpult seiner Wellington, die mit einer anderen am Ende der Rollbahn stand. Die Propeller rotierten bereits. Wiederum zehn Minuten später waren die Maschinen schon in der Luft, Vukalovic saß in der einen, Mallory, Miller, Andrea und die drei Sergeants in der anderen, auf dem Weg zu ihren getrennten Zielen.

Jensen, der allein auf dem Flugfeld stand, beobachtete die Flugzeuge, die höher und höher stiegen, seine übermüdeten Augen folgten ihnen, bis sie in der wolkenverhangenen Dunkelheit des mondlosen Himmels verschwanden. Dann, genauso wie es General Zimmermann an diesem Nachmittag getan hatte, schüttelte er sorgenvoll den Kopf, wandte sich um und ging langsamen Schrittes davon.

3. KAPITEL

Freitag 00.30–0.20

Sergeant Reynolds wußte, wie man mit einem Flugzeug umgehen mußte, und ganz besonders mit diesem hier, dachte Mallory. Er handhabte seine Instrumente präzis und wirkte dabei völlig ruhig und entspannt. Nur sein Augenausdruck verriet seine Wachsamkeit. Nicht weniger fähig war Groves: Das schlechte Licht und die zu Verkrampfung führende Einengung seines winzigen Koppeltisches schienen ihn nicht zu stören, und als Flugzeugnavigator war er offensichtlich ebenso erfahren wie tüchtig. Mallory spähte durch das Glas der Kanzel hinaus, sah die weißen Schaumkämme der Wellen der Adria kaum dreißig Meter unter dem Rumpf des Flugzeugs vorbeirollen und wandte sich an Groves.

»Lauten die Anordnungen, daß wir so niedrig fliegen müssen?«

»Ja. Die Deutschen haben Radarkontrollen installiert auf einer der Inseln vor der jugoslawischen Küste. Wir gehen höher, wenn wir Dalmatien erreichen.«

Mallory nickte dankend und drehte sich um, um Reynolds weiter zu beobachten. »Captain Jensen hatte recht mit dem, was er über Sie sagte. Wie um alles in der Welt kommt ein Marine Commando dazu, eine von diesen Dingern zu kutschieren?«

»Ich habe genügend Übung«, sagte Reynolds. »Drei Jahre in der RAF, zwei davon als Sergeant-Pilot in einer Wellington-Bomber-Schwadron. Eines Tages in Ägypten flog ich eine Lysander ohne Erlaubnis. Alle taten das, aber die Kiste, die ich erwischte, hatte einen defekten Brennstoffmesser.«

»Wurden Sie heruntergeholt?«

»Allerdings.« Er grinste. »Es gab keine Schwierigkeiten, als ich um Versetzung bat. Sie hatten irgendwie das Gefühl, daß ich nicht so ganz der richtige Mann für die RAF war.«

Mallory schaute Groves an: »Und Sie?«

Groves lächelte breit: »Ich war sein Navigator in der alten Kiste. Wir wurden am gleichen Tag gefeuert.«

Mallory sagte bedächtig: »Nun, ich glaube, das könnte ganz nützlich sein.«

»Was ist nützlich?« fragte Reynolds.

»Die Tatsache, daß Sie mit dem Gefühl, in Ungnade zu fallen, vertraut sind. Es wird Sie dazu befähigen, Ihre Rolle um so besser zu spielen, wenn die Zeit kommt.«

Reynolds sagte vorsichtig: »Ich bin nicht ganz sicher...«

»Bevor wir springen, möchte ich, daß Sie – Sie alle – die Abzeichen und Rangkennzeichen auf Ihren Uniformen, die irgendeinen Aufschluß geben könnten, abreißen.« Er machte eine Handbewegung in Richtung auf Andrea und Miller, die hinten auf dem Flugdeck saßen, um zu zeigen, daß sie ebenfalls eingeschlossen waren, und dann wandte er sich an Reynolds. »Die Feldwebelstreifen, den ganzen Regimentspomp, die Ordensbänder – den ganzen Kram.«

»Warum, zum Teufel, sollte ich das wohl tun?«

Reynolds war nicht gerade fügsam, dachte Mallory.

»Ich habe mir die Streifen *verdient*, die Streifen und die Bänder und den ganzen Pomp. Ich sehe nicht ein...«

Mallory lächelte: »Ungehorsam gegen einen Offizier...«

»Seien Sie doch nicht so verdammt empfindlich, *Sir*«, Reynolds grinste plötzlich. »Okay, wer hat die Schere?«

»Sehen Sie«, sagte Mallory, »das allerletzte, was wir uns wünschen, ist, den Feinden in die Hände zu fallen.«

»Amen«, sagte Miller.

»Aber wenn wir die Informationen, die wir brauchen, beschaffen wollen, müssen wir nahe an ihrer Front oder sogar hinter ihren Linien operieren. Wir könnten erwischt werden. Deshalb haben wir unsere schöne Deck-Geschichte.«

Groves sagte ruhig: »Ist es erlaubt, die Deck-Geschichte zu erfahren, Sir?«

»Aber sicher ist es das«, sagte Mallory ärgerlich. Ernst fuhr er fort: »Ist Ihnen nicht klar, daß bei einem Auftrag wie diesem das Überleben nur von einer einzigen Sache abhängt – von völligem und gegenseitigem Vertrauen? Sobald wir anfangen, Geheimnisse voreinander zu haben, sind wir erledigt.«

In dem düsteren Zwielicht im rückwärtigen Flugdeck schauten

Andrea und Miller einander an und tauschten ein müde-zynisches Lächeln.

Als Mallory die Kanzel verließ, um nach hinten zu gehen, streifte seine Hand Millers Schulter. Nach etwa zwei Minuten gähnte Miller herzhaft, streckte sich und machte sich auf den Weg nach hinten. Mallory wartete am Ende des Rumpfes. Er hatte zwei zusammengefaltete Papierstücke in der Hand, von denen er eins auseinanderfaltete und Miller zeigte, während er gleichzeitig eine Taschenlampe aufblitzen ließ. Miller starrte für einen Moment darauf und hob fragend die Augenbraue.

»Und was soll das sein?«

»Das ist der Auslösemechanismus für eine 750-Pfund-Unterwasser-Mine. Lern es auswendig.« Miller schaute es ausdruckslos an und schielte dann nach dem anderen Blatt Papier, das Mallory in der Hand hielt.

»Und was hast du da?«

Mallory zeigte es ihm. Es war eine in großem Maßstab gezeichnete Karte, deren Mittelpunkt ein gewundener See war, dessen langer östlicher Ausläufer unvermittelt im rechten Winkel nach Süden abbog, wo er abrupt vor etwas endete, das wie ein Damm aussah. Unter dem Damm floß ein Fluß durch eine gewundene Schlucht.

»Für was hältst du das? Zeig die beiden Dinger Andrea und sag ihm, er soll sie vernichten.«

Mallory ließ Miller zurück, in seine Hausaufgaben vertieft, und ging wieder zum Cockpit nach vorn. Er beugte sich über Groves' Kartentisch.

»Immer noch auf Kurs?«

»Jawohl, Sir. Wir fliegen grade über die Südspitze der Insel Hvar. Sie können ein paar Lichter auf dem Festland da vorn erkennen.« Mallory folgte seinem ausgestreckten Zeigefinger, machte ein paar Lichtquellen aus und streckte dann eine Hand aus, um sich aufrecht zu halten, als die Wellington plötzlich steil hochstieg. Er warf Reynolds einen Blick zu.

»Wir steigen jetzt, Sir. Vor uns liegen ein paar ganz schöne hohe Dinger. Wir sollten in etwa einer halben Stunde die Landelichter der Partisanen sehen.«

»Dreiunddreißig Minuten«, sagte Groves. »Einszwanzig, wir sind fast da.«

Fast eine halbe Stunde lang blieb Mallory auf einem der Absprungsitze auf dem Cockpit sitzen und starrte vor sich hin. Einige

Minuten später verschwand Andrea und tauchte nicht wieder auf. Auch Miller kam nicht zurück. Jetzt fungierte Groves als Navigator, Reynolds steuerte die Maschine, Saunders preßte das Ohr an das tragbare Funkgerät. Ohne daß ein Wort fiel. Um ein Uhr fünfzehn stand Mallory auf, tippte Saunders auf die Schulter, sagte ihm, er solle seine Ausrüstung zusammenpacken, und ging nach hinten. Er fand Andrea und einen kreuzunglücklich aussehenden Miller, die die Schnappverschlüsse ihrer Fallschirme bereits an der Sprungleine befestigt hatten. Andrea hatte die Tür aufgeschoben und warf winzige Papierschnitzel hinaus, die im Luftschraubenstrahl davonwirbelten. Mallory schauderte unter der plötzlichen Kälte zusammen. Andrea grinste, bat ihn, den Ausstieg freizugeben, und deutete hinunter. Er schrie in Mallorys Ohr: »Ganz schön viel Schnee da unten!«

Es lag tatsächlich viel Schnee da unten. Mallory verstand nun Jensens absolute Ablehnung, in dieser Gegend ein Flugzeug landen zu lassen. Das Terrain unter ihnen war stark zerklüftet und bestand fast aussschließlich aus tiefen gewundenen Tälern und steil aufragenden Bergen. Vielleicht die Hälfte der Landschaft war mit Kiefernwäldern bedeckt. Und alles war verhüllt von einer dicken Schneedecke. Mallory zog sich in den dürftigen Schutz der Wellington zurück und schaute auf die Uhr.

»Ein Uhr sechzehn.« Wie Andrea vorher mußte auch er schreien, um sich verständlich zu machen.

»Vielleicht geht deine Uhr etwas vor?« schrie Miller unglücklich.

Mallory schüttelte den Kopf, und Miller zuckte hilflos mit den Schultern. Eine Klingel schrillte, und Mallory bahnte sich seinen Weg zum Cockpit, wobei er sich an Saunders vorbeidrängen mußte, der ihm entgegenkam. Als Mallory kam, wandte Reynolds kurz den Kopf und deutete dann geradeaus. Mallory beugte sich über seine Schulter und spähte nach unten. Er nickte.

Die drei Lichter, in der Form eines verlängerten ›V‹, lagen immer noch einige Meilen vor ihnen, aber sie waren deutlich zu sehen. Mallory drehte sich um, tippte Groves auf die Schulter und deutete nach hinten. Groves stand auf und ging. Mallory sagte zu Reynolds: »Wo sind die roten und grünen Signallichter für den Absprung?«

Reynolds deutete darauf.

»Drücken Sie den roten Knopf. Wie lange?«

»Dreißig Sekunden etwa.«

Mallory schaute wieder nach vorn und sagte zu Reynolds:

»Autopilot. Öffnen Sie die Tanks.«

»Die... ich soll die... aber der ganze Brennstoff, der noch drin ist...«

»Öffnen Sie die verdammten Tanks! Und machen Sie, daß Sie nach hinten kommen. Fünf Sekunden.«

Reynolds tat wie befohlen. Mallory wartete, warf noch einen kurzen Blick auf die Landelichter, stand auf und ging rasch nach hinten. Als er die Tür, durch die er hausspringen sollte, erreichte, war auch Reynolds, der letzte der fünf, verschwunden. Mallory befestigte die Schnappverschlüsse, packte den Türrahmen und stieß sich in die eisige bosnische Nacht hinaus.

Der unerwartet heftige Ruck, als der Fallschirm sich öffnete, ließ ihn nach oben schauen, aber der konkave Kreis des nun vollständig geöffneten Fallschirms wirkte beruhigend. Er blickte nach unten und sah erleichtert, daß sich die anderen fünf Fallschirme ebenfalls geöffnet hatten, zwei von ihnen schwankten ziemlich wild hin und her, wie sein eigener. Es gab eine Menge Dinge, dachte er, die er, Andrea und Miller noch lernen mußten. Unter anderem kontrollierte Fallschirmabsprünge.

Er schaute nach Osten, um zu sehen, ob er die Wellington ausmachen könnte, aber sie war nicht mehr zu sehen. Plötzlich – er lauschte angestrengt – hörte er, wie beide Motoren fast gleichzeitig aussetzten. Eine Ewigkeit schien zu vergehen, in der das Rauschen des Windes das einzige Geräusch in seinen Ohren war, dann hörte er eine Explosion, als der Bomber entweder am Boden – das konnte er nicht feststellen – oder an einer Bergwand zerschellte. Es waren keine Flammen zu sehen. Nur der Krach und dann Stille. Zum erstenmal in jener Nacht brach der Mond durch.

Andrea landete auf einem unebenen Stück Boden, überschlug sich zweimal, kam unsicher auf die Füße, stellte fest, daß alle Knochen heil waren, drückte den Löseknopf seines Fallschirms und wirbelte dann instinktiv – Andrea hatte einen eingebauten Computer für Sicherung des Überlebens – einmal um die eigene Achse. Aber keine unmittelbare Gefahr drohte, wenigstens war nichts Derartiges zu entdecken. Dann unterzog Andrea den Landeplatz einer eingehenderen Untersuchung.

Sie hatten, dachte er erleichtert, ausgesprochenes Glück gehabt. Wären sie hundert Meter weiter südlich aufgekommen, hätten sie den Rest der Nacht, und wie er schätzte, den Rest des Krieges damit verbracht, sich an den Spitzen der unglaublichsten Kiefern, die er je gesehen hatte, was die Höhe anbetraf, festzuklammern. Aber das Glück war wieder einmal auf ihrer Seite gewesen und hatte sie auf einer schmalen Lichtung landen lassen, die an den felsigen Steilhang eines Berges grenzte.

Um exakt zu sein, hatten alle Glück gehabt, bis auf einen. Vielleicht fünfzig Meter von der Stelle, an der Andrea gelandet war, bahnte sich eine Spitze des Waldes in die Lichtung. Der äußerste Baum dieser Spitze hatte sich zwischen einen der Abspringer und die Erde gestellt. Andreas Augenbrauen hoben sich in fragendem Erstaunen, dann rannte er mit großen Schritten auf den Baum zu.

Der Fallschirmspringer, der Ärger mit dem Baum bekommen hatte, baumelte am untersten Ast. Er hatte seine Hände in den Fallschirm gekrallt, seine Beine angezogen. Knie und Knöchel nahe aneinander in der klassischen Landehaltung, und seine Füße befanden sich etwa sechzig Zentimeter über dem Boden. Seine Augen hatte er fest zugekniffen. Corporal Miller schien sich ausgesprochen unglücklich zu fühlen.

Andrea richtete sich auf und tippte ihm sanft auf die Schulter. Miller öffnete die Augen und schaute Andrea an, der nach unten deutete. Miller folgte seinem Blick und streckte die Beine aus, wonach er sich noch etwa acht Zentimeter über dem Boden befand. Andrea zog ein Messer hervor, schnitt den zerfetzten Fallschirm ab, und Miller beendete seine Reise. Er rückte seine Jacke zurecht und hob mit völlig ausdruckslosem Gesicht fragend einen Ellbogen. Andrea deutete mit ebenso ausdruckslosem Gesicht die Lichtung hinunter. Drei der anderen Fallschirmspringer waren bereits sicher gelandet: Der vierte, Mallory, kam gerade herunter.

Zwei Minuten später, als alle sechs Männer sich ein wenig abseits von dem östlichsten Landelicht trafen, kündigte ein Ausruf das Erscheinen eines jungen Soldaten an, der vom Waldrand her auf sie zurannte. Augenblicklich fuhren die Gewehre der Männer hoch, wurden aber sofort wieder gesenkt: Das hier war keine Situation für Gewehre. Der Soldat hatte das Gewehr am Lauf gepackt und schwenkte die freie Hand wild zum Gruß. Er trug so etwas Ähnliches wie eine Uniform, ausgebleicht und zerfetzt, die aus einer großen Auswahl von Armeen zusammengestohlen war, hatte lange Haare, eine Klappe über dem rechten Auge und einen wildwuchernden rotblonden Bart. Daß er sie willkommen hieß, stand außer Zweifel. Während er immer wieder unverständliche Begrüßungsworte wiederholte, schüttelte er ihnen allen die Hand, und ein breites Grinsen spiegelte seine Freude wider.

Innerhalb von dreißig Sekunden hatte sich mindestens ein Dutzend anderer zu ihm gesellt, alle bärtig, alle in unbeschreiblichen Uniformen, von denen nicht einmal zwei sich glichen, alle in der gleichen fast feiertäglichen Stimmung. Dann, wie auf ein Zeichen, verstummten sie plötzlich und wichen langsam zur Seite, als ein Mann, offensichtlich ihr Anführer, am Waldrand erschien und auf sie zukam. Er ähnelte seinen Männern kaum: Er war glatt rasiert, trug eine britische Uniform, die aus einem Stück geschneidert zu sein schien, und er lächelte keineswegs. Er sah wie ein Mann aus, der selten lächelt, wenn überhaupt jemals. Er war hochgewachsen, hatte ein scharfgeschnittenes Gesicht. In seinem Gürtel steckten vier gefährlich aussehende Bowie-Messer, eine übertriebene Bewaffnung, die bei jedem anderen Mann unpassend und komisch ausgesehen hätte, die aber bei diesem Mann keine Heiterkeit auslöste. Sein Gesicht war dunkel und düster, und als er sprach, tat er dies auf englisch, langsam und gespreizt, aber deutlich.

»Guten Abend.« Er sah sich fragend um. »Ich bin Captain Droshny.«

Mallory trat einen Schritt vor: »Captain Mallory.«

»Willkommen in Jugoslawien, Captain Mallory – im Jugoslawien der Partisanen.«

Droshny nickte in Richtung auf die allmählich verlöschende Fackel, verzog sein Gesicht zu etwas, das ein Lächeln sein sollte, aber machte keine Anstalten, Mallory die Hand zu geben. »Wie Sie sehen, haben wir Sie erwartet.«

»Die Lichter waren eine große Hilfe«, sagte Mallory anerkennend.

»Danke.« Droshny schaute nach Osten, wandte sich dann wieder Mallory zu und schüttelte den Kopf: »Ein Jammer um das Flugzeug.«

»Der ganze Krieg ist ein Jammer.«

Droshny nickte. »Kommen Sie. Unser Hauptquartier ist ganz in der Nähe.«

Es wurde nichts mehr gesprochen. Droshny ging voraus und verschwand sofort im Schutz der Bäume. Mallory, der sich hinter ihm hielt, war verblüfft über die Fußspuren, die Droshny in dem tiefen Schnee deutlich sichtbar hinterließ. Sie waren äußerst seltsam, fand Mallory. Jede Sohle hinterließ drei V-förmige Eindrücke: Die rechte Seite des vordersten ›V‹ auf dem rechten Absatz hatte einen deutlich ausgeprägten Bruch. Ohne weiter darüber nachzudenken, notierte Mallory diese kleine Merkwürdigkeit. Es gab keinen Grund dafür als den, daß die Mallorys dieser Welt stets das Ungewöhnliche beobachten und festhalten. Es hilft ihnen, am Leben zu bleiben.

Die Böschung wurde steiler, der Schnee tiefer, und das Mondlicht schimmerte schwach durch die ausladenden schneebeladenen Zweige der Kiefern. Der leichte Wind kam von Osten. Die Kälte war durchdringend. Etwa zehn Minuten lang hörte man keinen Laut, dann wurde Droshnys Stimme hörbar, leise, aber deutlich und befehlend in seiner Dringlichkeit.

»Still!« Er deutete mit einer dramatischen Geste nach oben: »Still. Hören Sie!« Sie blieben stehen, schauten nach oben und lauschten angestrengt. Zumindest Mallory und Miller schauten nach oben und lauschten angestrengt. Die Jugoslawen hatten andere Dinge im Kopf: Schnell, geübt und gleichzeitig rammten sie die Läufe ihrer Maschinengewehre und Gewehre in die Seiten und Rücken der sechs Fallschirmspringer mit einer Kraft und kompromißlosen Autorität, die alle begleitenden Befehle überflüssig machten.

Die sechs Männer reagierten erwartungsgemäß. Reynolds, Groves und Saunders, die weniger an den Wechsel des Schicksals gewöhnt waren als ihre drei älteren Begleiter, zeigten eine Mischung aus Wut und fassungsloser Überraschung. Mallory sah nachdenklich aus. Miller hob fragend eine Augenbraue. Andrea zeigte überhaupt keine Reaktion, wie vorausgesehen: Er war zu sehr damit beschäftigt, seine Reaktion auf körperliche Gewaltanwendung zu zeigen.

Seine rechte Hand, die er sofort als scheinbare Geste des Ergebens halb in Schulterhöhe gehoben hatte, fiel auf den Lauf des Gewehrs der Wache zu seiner Rechten und zwang ihn damit von sich weg, während sich sein linker Ellenbogen zielsicher in den Solarplexus des Mannes bohrte, der vor Schmerz nach Luft schnappte und ein paar Schritte rückwärts taumelte. Andrea, dessen beide Hände nun auf dem Lauf der Waffe lagen, entwand diese der Wache mühelos, hob sie in die Luft und ließ den Lauf heruntersausen. Die Wache brach zusammen, als wäre eine Brücke über ihr zusammengefallen. Die linke Wache wand sich immer noch in Schmerzen, stöhnte gequält und versuchte, ihr Gewehr auf Andrea anzulegen, als dieser mit dem Kolben seiner Waffe zuschlug: Der Mann gab einen kurzen hustenden Laut von sich und fiel bewußtlos auf den Waldboden.

Die Jugoslawen brauchten die drei Sekunden, in denen sich dies alles abgespielt hatte, um sich aus ihrer Erstarrung zu lösen. Ein halbes Dutzend Soldaten stürzte sich auf Andrea und riß ihn zu Boden. In dem wilden Kampf, der folgte, schlug Andrea verzweifelt um sich, bis einer der Jugoslawen begann, seinen Kopf mit dem Knauf einer Pistole zu bearbeiten. Mit zwei Gewehrläufen im

Rücken und vier Händen an jedem Arm wurde Andrea auf die Beine gezogen. Zwei seiner Angreifer sahen ziemlich angeschlagen aus.

Droshny bohrte seine kalten und verbitterten Augen in Andreas, als er auf ihn zutrat, eines seiner Messer aus der Scheide zog und die Spitze mit einer solchen Wucht auf Andreas Kehle setzte, daß sie die Haut ritzte und ein paar Tropfen Blut über die Schneide rannen. Einen Moment lang sah es so aus, als wolle Droshny das Messer bis zum Heft hineinstoßen, aber dann glitt sein Blick ab und zu den beiden Männern, die zusammengekrümmt im Schnee lagen. Er winkte den am nächsten stehenden Mann mit einem Kopfnicken heran.

»Wie geht es den beiden?«

Ein junger Jugoslawe ließ sich auf die Knie nieder, untersuchte zuerst den Mann, der den Lauf des Gewehrs ins Gesicht bekommen hatte, berührte kurz seinen Kopf, untersuchte den zweiten Mann und stand auf. In dem schwachen Mondlicht war sein Gesicht unnatürlich blaß.

»Josef ist tot. Ich glaube, das Genick ist gebrochen. Und sein Bruder... atmet... aber sein Kiefer scheint...« Er brach ab.

Droshnys Blick kehrte zu Andrea zurück. Er zog die Lippen zurück, lächelte mit der Liebenswürdigkeit eines Wolfes und drückte das Messer ein wenig kräftiger gegen Andreas Kehle.

»Ich sollte Sie jetzt umbringen. Ich werde Sie später umbringen.« Er schob sein Messer zurück in die Scheide, hielt seine zu Klauen verkrampften Hände vor Andreas Gesicht und schrie: »Persönlich. Mit diesen Händen.«

»Mit diesen Händen!« Langsam und vielsagend glitt Andreas Blick über die acht Hände, die seine Arme lähmten, und blickte dann Droshny verächtlich an: »Ihr Mut beängstigt mich.«

Es folgte ein kurzes und ungläubiges Schweigen. Die drei jungen Sergeants starrten auf das Schauspiel, wobei ihre Gesichter verschiedene Grade von Bestürzung und Ungläubigkeit ausdrückten. Mallory und Miller beobachteten das Ganze ausdruckslos. Einen Moment lang sah Droshny aus, als glaube er, sich verhört zu haben, dann verzerrte sich sein Gesicht vor Zorn, und er schlug Andrea mit dem Handrücken mitten ins Gesicht. Blut sickerte aus Andreas rechtem Mundwinkel, aber er blieb regungslos.

Droshnys Augen verengten sich zu schmalen Schlitzen. Andrea lächelte kurz. Droshny schlug wieder zu, diesmal mit der anderen Hand. Der Effekt war der gleiche wie vorher, nur daß diesmal Blut aus dem linken Mundwinkel sickerte. Andrea lächelte wieder, aber ein Blick in seine Augen ließ einen erschauern. Droshny drehte sich abrupt um, ging ein paar Schritte, hielt an und näherte sich Mallory.

»Sie *sind* doch der Anführer dieser Männer, Captain Mallory?«

»Das bin ich.«

»Sie sind ein sehr *schweigsamer* Anführer, Captain!«

»Was soll ich zu einem Mann sagen, der seine Waffen gegen seine Freunde und Verbündeten richtet?« Mallory schaute ihn leidenschaftslos an. »Ich werde mit Ihrem kommandierenden Offizier sprechen, nicht mit einem Irren.«

Droshnys Gesicht verdunkelte sich. Er machte einen Schritt auf Mallory zu, die Hand zum Schlag erhoben. Sehr schnell, aber so weich und gelassen, daß die Bewegung nicht hastig schien, und ohne sich um die beiden Gewehrläufe zu kümmern, die sich in seine Seite bohrten, hob Mallory seine Luger und richtete den Lauf auf Droshnys Gesicht. Das Klicken, mit dem er die Waffe entsicherte, dröhnte wie ein Hammerschlag in der plötzlich unnatürlichen Stille.

Abgesehen von einer kleinen Bewegung, die so langsam war, daß man sie fast nicht wahrnehmen konnte, waren sowohl Partisanen als auch Fallschirmspringer zu einem Bild erstarrt, das einem Fries an einem ionischen Tempel alle Ehre gemacht hätte. Auf den Gesichtern der drei Sergeants wie auch auf den meisten der Partisanen standen Verblüffung und Ungläubigkeit. Die beiden Männer, die Mallory in Schach hielten, sahen Droshny fragend an. Droshny schaute Mallory an, als sei er übergeschnappt. Andrea schaute niemanden an, während Miller eine Miene von wehleidiger Teilnahmslosigkeit an den Tag legte, wie nur er sie fertigbrachte. Aber es war Miller, der die eine kleine Bewegung machte, eine Bewegung, die damit endete, daß sein Daumen auf dem Sicherungshebel seiner Schmeisser lag. Nach einem kurzen Augenblick nahm er seinen Daumen wieder weg: Es würde eine Zeit für Schmeissers kommen.

Droshny ließ seine Hand mit einer unendlich langsamen Bewegung sinken und trat zwei Schritte zurück. Sein Gesicht war immer noch rot vor Wut, die dunklen Augen grausam und unerbittlich, aber er bekam sich wieder in die Hand. Er sagte: »Wissen Sie nicht, daß wir Vorsichtsmaßnahmen treffen müssen? Bis wir sicher wissen, wer Sie sind?«

»Woher soll ich das wissen?« Mallory nickte zu Andrea hinüber. »Wenn Sie das nächstemal Vorsichtsmaßnahmen für richtig halten, meinen Freund betreffend, sollten Sie Ihren Männern vielleicht raten, ein bißchen Abstand zu halten. Er reagiert auf die einzige Weise, die er kennt. Und ich weiß warum.«

»Das können Sie später erklären. Geben Sie Ihre Waffen ab.«

»Nein.« Mallory schob die Luger zurück ins Halfter.

»Sind Sie verrückt? Ich kann Sie Ihnen abnehmen lassen.«

»Das stimmt«, sagte Mallory ruhig. »Aber dazu müßten Sie uns erst umbringen. Ich glaube nicht, daß Sie dann noch sehr lange Captain wären, mein Freund.«

Ein nachdenklicher Ausdruck löste die Wut in Droshnys Augen ab. Er gab einen scharfen Befehl auf serbokroatisch, und wieder richteten die Soldaten ihre Gewehre auf Mallory und seine fünf Kameraden. Aber sie machten keinen Versuch, den Gefangenen die Waffen abzunehmen. Droshny drehte sich um, machte eine Handbewegung und begann, den steil ansteigenden Weg weiterzugehen. Droshny war ein Mann, den man nicht unterschätzen sollte, dachte Mallory.

Ungefähr zwanzig Minuten lang kletterten sie stolpernd den rutschigen Abhang hinauf. Eine Stimme ertönte aus der Dunkelheit vor ihnen, und Droshny antwortete, ohne stehen zu bleiben. Sie passierten zwei mit Maschinenkarabinern bewaffnete Wachtposten und waren eine Minute später in Droshnys Hauptquartier.

Es war ein bescheiden großes Militärlager – wenn ein weiter Kreis von roh behauenen und mit einem Querbeil gezimmerten Holzhütten als Lager bezeichnet werden konnte –, das in einer der tiefen Mulden im Waldboden aufgeschlagen worden war, die Mallory allmählich charakteristisch für Bosniens Landschaft schienen. Vom Grund dieser Mulde erhoben sich zwei konzentrische Kreise von Kiefern, die bei weitem höher und dicker waren als alle Bäume, die man in Westeuropa findet, massive Kiefern, deren massive Äste vierundzwanzig bis dreißig Meter über dem Boden ineinandergriffen und eine schneebedeckte Kuppel bildeten, die so dicht war, daß nicht einmal eine dünne Schneeschicht auf der festgetretenen Erde des Lagers lag. Auf die gleiche Weise verhinderte die Kuppel, daß Licht nach oben durchdrang. Aus einigen Hüttenfenstern schimmerte Licht nach draußen, man machte keinen Versuch, sie zu verdunkeln. Man hatte sogar einige Öllampen im Freien aufgehängt, um das ganze Lagergelände zu beleuchten. Droshny blieb stehen und sagte zu Mallory: »Kommen Sie mit. Die übrigen bleiben draußen.«

Er führte Mallory zu der Tür der größten Hütte des Lagers. Andrea nahm unaufgefordert seinen Sack von den Schultern und setzte sich darauf, und die anderen taten nach anfänglichem

Zögern das gleiche. Die Wachen überprüften sie zögernd, zogen sich dann zurück und bildeten einen Halbkreis um sie. Reynolds wandte sich an Andrea, sein Gesicht drückte das absolute Gegenteil von Bewunderung oder Freundlichkeit aus.

»Sie sind verrückt.« Reynolds' Stimme war ein gedämpftes zorniges Flüstern. »Ein Vollidiot. Sie hätten umgebracht werden können. Ihretwegen hätten wir alle umgebracht werden können. Haben Sie eine Kriegsneurose?«

Andrea antwortete nicht. Er zündete sich eine seiner widerlichen Zigarren an und betrachtete Reynolds mit milder Nachdenklichkeit, jedenfalls so mild, wie es ihm irgend möglich war.

»Verrückt ist gar kein Ausdruck!« Groves war, wenn das überhaupt möglich war, noch hitziger als Reynolds. »Oder *wußten* Sie vielleicht nicht, daß es ein Partisan war, den Sie umgebracht haben? *Wissen* Sie nicht, was das bedeutet? *Wissen* Sie vielleicht nicht, daß Leute wie diese immer Maßnahmen ergreifen müssen?«

Ob er es wußte oder nicht, verriet Andrea nicht. Er paffte seine Zigarre und ließ seinen friedvollen Blick von Reynolds zu Groves hinüberwandern.

Miller sagte besänftigend: »Na, na. Seien Sie doch nicht so. Vielleicht *war* Andrea ein bißchen voreilig, aber...«

»Gott helfe uns allen«, sagte Reynolds wütend. Er warf seinen Kameraden einen verzweifelten Blick zu. »Tausend Meilen von zu Hause und jeder Hilfe entfernt, und dann auch noch mit diesem Haufen von schießwütigen Größen von gestern am Hals.« Er wandte sich an Miller: »Seien Sie doch nicht so.«

Miller setzte sein wehleidiges Gesicht auf und schaute weg.

Der Raum war groß, kahl und ohne jeden Komfort. Die einzige Konzession an Behaglichkeit war ein knisterndes Kiefernholzfeuer in einer primitiven Feuerstelle. Das Mobiliar bestand lediglich aus einem kurz vor dem Zusammenbrechen stehenden Holzbohlentisch, zwei Stühlen und einer Bank. Aber diese Dinge nahm Mallory nur oberflächlich wahr. Er hörte kaum, daß Droshny sagte: »Captain Mallory. Dies ist mein kommandierender Offizier.« Er war zu sehr damit beschäftigt, den Mann anzustarren, der hinter dem Tisch saß.

Der Mann war klein, gedrungen und etwa Mitte Dreißig. Die tiefen Linien um die Augen und den Mund konnten vom Wetter oder von Humor stammen oder von beidem. Gerade jetzt lächelte er leicht. Er trug die Uniform eines Hauptmanns der deutschen Armee und ein Eisernes Kreuz.

4. KAPITEL

Freitag, 02.00–03.30

Der deutsche Hauptmann lehnte sich in seinem Stuhl zurück und legte die Fingerspitzen aneinander. Er sah aus wie ein Mann, der den Augenblick genoß.

»Hauptmann Neufeld, Captain Mallory.« Er schaute auf die Stellen an Mallorys Uniform, an denen die Abzeichen hätten sein sollen. »Wenigstens vermute ich das. Sie sind überrascht, mich zu sehen?«

»Ich bin *entzückt*, Sie kennenzulernen, Hauptmann Neufeld.« Auf Mallorys Gesicht hatte ein Lächeln die Überraschung abgelöst, und nun seufzte er in tiefer Erleichterung auf. »Sie können sich nicht vorstellen, *wie* entzückt.« Immer noch lächelnd drehte er sich zu Droshny um, und das Lächeln machte Bestürzung Platz: »Aber wer sind *Sie*? Wer ist dieser Mann, Hauptmann Neufeld? Wer in Dreiteufelsnamen sind diese Männer da draußen? Sie müssen... sie müssen...«

Droshny unterbrach ihn heftig: »Einer seiner Männer hat heute nacht einen meiner Männer umgebracht.«

»Was!« Das Lächeln auf Neufelds Gesicht erlosch schlagartig, und er stand mit einem Ruck auf. Der Stuhl krachte zu Boden. Mallory ignorierte ihn und sah wieder Droshny an: »Wer *sind Sie*? Um Gottes willen, sagen Sie es mir!«

Droshny sagte langsam: »Man nennt uns Cetniks.«

»Cetniks? Cetniks? Was in aller Welt sind Cetniks?«

»Sie werden mir verzeihen, wenn ich lächle.« Neufeld hatte sich wieder gefangen, und auf seinem Gesicht lag eine seltsame Ausdruckslosigkeit, eine Ausdruckslosigkeit, in die nur seine Augen nicht eingeschlossen waren: Dinge, sehr unangenehme Dinge konnten Leuten passieren, die den Fehler machten, Hauptmann Neufeld zu unterschätzen.

»Sie? Der Anführer der Männer, die in diesem speziellen Auftrag in dieses Land geschickt wurden, Sie wollen mir erzählen, daß Sie nicht gut genug informiert wurden, um zu wissen, daß die Cetniks unsere jugoslawischen Verbündeten sind?«

»Verbündete? Ah!« Mallorys Gesicht klärte sich verstehend auf. »Verräter? Jugoslawische Kollaborateure? Ist das richtig?«

Aus Droshnys Kehle kam ein Stöhnen, und er bewegte sich auf Mallory zu, während sich seine rechte Hand um den Griff seines Messers schloß. Neufeld stoppte ihn mit einem scharfen Befehl und einer knappen abwinkenden Handbewegung.

»Und was meinen Sie mit speziellem Auftrag?« erkundigte sich Mallory. Er schaute die Männer nacheinander an und lächelte dann, als begriffe er endlich, worauf Neufeld hinauswollte. »Oh, wir sind in speziellem Auftrag hier, das stimmt, aber nicht so, wie Sie denken. Wenigstens nicht so, wie ich denke, daß Sie denken.«

»Nein?« Neufelds Technik, eine Augenbraue zu heben, war fast so gut wie die von Miller, dachte Mallory. »Warum haben Sie dann angenommen, daß wir Sie erwarteten?«

»Das weiß Gott«, sagte Mallory offen. »Wir dachten, die Partisanen würden uns erwarten. Deshalb mußte Droshnys Mann sterben, fürchte ich.«

»Deshalb mußte Droshnys Mann...« Neufeld betrachtete Mallory mit müdem Blick, hob seinen Stuhl auf und setzte sich nachdenklich hin. »Ich glaube, es wäre besser, wenn Sie mir reinen Wein einschenkten.«

Wie es sich für einen wohlerzogenen Mann gehörte, der im West End von London zu Hause ist, benutzte Miller eine Serviette zum Essen, und das tat er auch jetzt. Er hatte sie oben in seinen Anorak gesteckt, saß auf seinem Rucksack mitten in Neufelds Lager und genoß vornehm ein undefinierbares Gulasch aus einer Blechbüchse. Die drei Sergeants, die ganz in seiner Nähe saßen, betrachteten das Bild in fassungslosem Staunen und nahmen dann ihre leise Unterhaltung wieder auf. Andrea, eine seiner unvermeidlichen stinkenden Zigarren im Mund, strolchte durch das Lager, wobei er das halbe Dutzend der wachsamen und verständlicherweise unruhigen Posten einfach ignorierte, und verpestete die Luft, wohin er auch kam. Durch die klirrend kalte Nachtluft kam der Klang einer tiefen Stimme, die zu einer Gitarre sang. Als Andrea seinen Rundgang durch das Lager beendet hatte, schaute Miller auf und nickte in Richtung der Musik.

»Wer ist der Solist?«

Andrea zuckte die Achseln: »Radio, vielleicht.«

»Sie sollen ein neues Radio kaufen. Mein geschultes Ohr...«

»Hören Sie.« Reynolds' geflüsterte Unterbrechung war scharf und eindringlich. »Wir haben uns unterhalten.«

Miller machte ein bißchen Theater mit seiner Serviette und sagte liebenswürdig: »Tun Sie's nicht. Denken Sie an die gramgebeugten Mütter und Freundinnen, die Sie zurücklassen würden.«

»Was meinen Sie damit?«

»Ich spreche von dem Ausbruch, den Sie planen«, sagte Miller. »Ein anderesmal vielleicht?«

»Warum nicht jetzt?« fragte Groves kriegerisch. »Sie halten nicht Wache...«

»Soso.« Miller seufzte. »Schauen Sie noch mal genauer hin. Sie glauben doch nicht, daß Andrea Leibesübungen *liebt*?«

Die drei Sergeants schauten sich noch einmal um, vorsichtig und verstohlen, dann sahen sie fragend Andrea an.

»Fünf dunkle Fenster«, sagte Andrea. »Dahinter fünf dunkle Männer mit fünf dunklen Maschinengewehren.«

Reynolds sah zu Boden.

»Also.« Neufeld, fiel Mallory auf, hatte einen großen Hang dazu, die Fingerspitzen gegeneinanderzupressen. Mallory hatte einmal einen Scharfrichter mit genau der gleichen Neigung gekannt. »Das *ist* eine bemerkenswert seltsame Geschichte, die Sie uns da erzählen, Captain Mallory.«

»Da haben Sie recht«, stimmte Mallory zu. »Aber vergessen Sie nicht, die bemerkenswert seltsame Situation in Betracht zu ziehen, in der wir uns in diesem Moment befinden.«

»Sicher, sicher, das ist ein Punkt.« Langsam und nachdenklich zählte Neufeld weitere Punkte an seinen Fingern auf. »Sie haben, so behaupten Sie jedenfalls, einige Monate lang einen Penicillin- und Rauschgiftring in Süditalien geleitet. Als ein verbündeter Offizier der Alliierten hatten Sie angeblich keine Schwierigkeiten, Nachschub von der amerikanischen Armee und den Luftwaffenstützpunkten zu bekommen.«

»Es gab ein paar kleinere Schwierigkeiten gegen Ende«, gab Mallory zu.

»Darauf komme ich noch. Dieser Nachschub, behaupten Sie, wurde durch die Wehrmacht geschleust.«

»Ich wünschte, Sie hörten auf, das Wort ›behaupten‹ in diesem Tonfall zu gebrauchen«, sagte Mallory irritiert. »Prüfen Sie nach, was ich Ihnen erzählt habe. Fragen Sie Feldmarschall Kesselring, den Chef des Militärischen Nachrichtendienstes in Padua.«

»Mit Vergnügen.« Neufeld nahm den Hörer ab, gab eine kurze Anordnung durch und legte wieder auf.

Mallory sagte überrascht: »Sie haben direkte Verbindung zur Außenwelt? Von *hier* aus?«

»Ich habe direkte Verbindung zu einer Hütte, fünfzig Meter entfernt, wo wir ein Funkgerät mit starker Kapazität haben. Fahren wir fort. Sie behaupten weiter, Sie seien gefangengenommen und angeklagt worden und hätten auf die Verkündung Ihres Todesurteils gewartet. Habe ich das richtig verstanden?«

»Wenn Ihr Spionagesystem so gut ist, wie es immer heißt, dann wissen Sie morgen darüber Bescheid«, sagte Mallory trocken.

»Möglich, möglich. Sie sind dann ausgebrochen, haben die Wachen getötet und in einem Zimmer gehört, wie drei Agenten über einen Auftrag in Bosnien aufgeklärt wurden.« Wieder preßte er die Fingerspitzen gegeneinander. »Sie könnten die Wahrheit gesagt haben. Was für einen Auftrag erhielten die drei Agenten, sagten Sie?«

»Ich habe nichts gesagt. Ich habe wirklich nicht aufgepaßt. Es hatte etwas mit der Suche nach vermißten britischen Anführern und der Zerstörung Ihres Spionagenetzes zu tun. Ich bin aber nicht sicher. Wir hatten wichtigere Dinge im Kopf.«

»Das glaube ich Ihnen«, sagte Neufeld ironisch. »Zum Beispiel Ihre Haut. Was ist mit Ihren Epauletten passiert, Captain? Wo sind die Ordensbänder und die Knöpfe?«

»Sie haben offensichtlich noch nie einer englischen Gerichtsverhandlung beigewohnt, Hauptmann Neufeld.«

Neufeld sagte milde: »Sie hätten sie ja selbst abreißen können.«

»Und dann drei Viertel des Benzins, das in den Tanks war, ausleeren, bevor wir das Flugzeug stahlen?«

»Ihre Tanks waren nur Viertel voll?«

Mallory nickte.

»Und die Maschine ist abgestürzt, ohne Feuer zu fangen?«

»Wir hatten nicht vor, abzustürzen«, sagte Mallory müde. »Wir hatten vor zu landen. Aber wir hatten keinen Brennstoff mehr – und, wie wir jetzt wissen, kamen wir auch noch am falschen Platz an.«

Neufeld sagte geistesabwesend: »Jedesmal wenn die Partisanen Landefackeln setzen, machen wir es auch – *und* wir wußten, daß Sie – oder irgend jemand – kommen würden. Kein Brennstoff, was?« Wieder sagte Neufeld kurz etwas ins Telefon und wandte sich dann wieder an Mallory. »Das ist alles sehr befriedigend – wenn es wahr ist. Jetzt bleibt nur noch der Tod von Hauptmann Droshnys Mann zu klären.«

»Die Sache tut mir leid. Es war ein schreckliches Mißverständnis. Aber sicher können Sie es verstehen. Das allerletzte, was wir wollten, war, bei Ihnen zu landen und direkten Kontakt mit Ihnen aufzunehmen. Wir haben davon gehört, was mit britischen Fallschirmspringern passiert, die über deutschem Gebiet abspringen.«

Neufeld preßte wieder seine Fingerspitzen aneinander. »Wir befinden uns im Krieg. Fahren Sie fort.«

»Unsere Absicht war es, im Gebiet der Partisanen zu landen, uns über die Linien zu schleichen und uns zu ergeben. Als Droshny seine Gewehre auf uns richten ließ, dachten wir, es wären Partisanen, die erfahren hatten, daß wir das Flugzeug gestohlen haben. Und das konnte für uns nur eines bedeuten.«

»Warten Sie draußen. Hauptmann Droshny und ich werden in einer Minute nachkommen.«

Mallory verließ den Raum. Andrea, Miller und die drei Sergeants saßen geduldig auf ihren Rucksäcken. Aus der Ferne wehte immer noch die Musik herüber. Einen Moment lang hob Mallory den Kopf, um zuzuhören, und ging dann hinüber zu den anderen. Miller tupfte sich geziert die Lippen mit der Serviette ab und schaute zu Mallory auf.

»Nette Unterhaltung gehabt?«

»Ich habe ihm ein bißchen Seemannsgarn vorgesponnen. Die Geschichte, über die wir im Flugzeug gesprochen hatten.« Er sah die drei Sergeants an. »Spricht einer von Ihnen Deutsch?«

Alle drei schüttelten die Köpfe.

»Großartig. Vergessen Sie auch, daß Sie Englisch sprechen. Wenn Sie gefragt werden, wissen Sie gar nichts.«

»Wenn ich nicht gefragt werde«, sagte Reynolds bitter, »weiß ich deswegen auch nichts.«

»Um so besser«, sagte Mallory ermutigend. »Dann können Sie auch nichts sagen.«

Er brach ab und drehte sich um, als Neufeld und Droshny im Türrahmen erschienen. Neufeld kam auf ihn zu und sagte: »Wie wäre es mit einem Schluck Wein und etwas zu essen, während wir auf die Bestätigung warten?« Wie vorher hob Mallory den Kopf und hörte dem Singen zu. »Zuallererst müssen Sie unseren fahrenden Sänger kennenlernen.«

»Wir begnügen uns mit Wein und Essen«, sagte Andrea.

»Ihre Vorurteile sind unberechtigt. Sie werden sehen. Kommen Sie.«

Der Speisesaal, wenn man ihn mit einer so hochtrabenden Bezeichnung ehren wollte, lag etwa vierzig Meter entfernt. Neufeld öffnete die Tür, und man sah eine primitive Behelfshütte mit zwei wackligen Tischen und vier Bänken, die auf der nackten Erde standen. Am Ende des Raums brannte das unvermeidliche Kiefernholzfeuer in der unvermeidlichen steinernen Feuerstelle. Nahe am Feuer, an einem der entfernteren Tische, saßen drei Männer – nach den Wintermänteln und den Gewehren, die an ihrer Seite herunterhingen, zu urteilen, konnte es sich nur um zeitweise beurlaubte

Wachen handeln – und tranken Kaffee und lauschten dem Gesang eines Mannes, der vor dem Feuer auf dem Boden saß.

Der Sänger trug eine zerfetzte anorak-ähnliche Jacke, eine, wenn das möglich war, noch zerfetztere Hose und ein paar kniehohe Stiefel, die an jeder nur möglichen Naht aufklafften. Von seinem Gesicht war nicht viel zu sehen, außer einer Masse dunklen Haares und einer großen Brille mit dunklen Gläsern.

Neben ihm saß, offensichtlich schlafend, den Kopf an seine Schulter gelehnt, ein Mädchen. Sie trug einen Mantel der britischen Armee mit hohem Kragen, der sich in einem fortgeschrittenen Zustand der Auflösung befand. Er war so lang, daß er ihre angezogenen Beine völlig bedeckte. Die ungekämmten platinblonden Haare, die über ihre Schulter herunterfielen, hätten auf eine Skandinavierin schließen lassen, aber die hohen Backenknochen, die dunklen Augenbrauen und die langen dunklen Wimpern waren eindeutig slawisch.

Neufeld ging quer durch den Raum und blieb neben dem Feuer stehen. Er beugte sich über den Sänger und sagte: »Petar, ich möchte dir ein paar Freunde vorstellen.«

Petar ließ seine Gitarre sinken, blickte auf, drehte sich um und berührte das Mädchen zart am Arm. Augenblicklich hob das Mädchen den Kopf, und ihre Augen, große tiefschwarze Augen, öffneten sich weit. Sie hatte einen Augenausdruck wie ein gehetztes Tier. Sie schaute wild um sich, sprang auf die Füße, winzig in dem riesigen Mantel, der ihr fast bis zu den Knöcheln reichte, und hielt dem Gitarristen die Hand hin, um ihm aufzuhelfen. Als er aufgestanden war, stolperte er: Offensichtlich war er blind.

»Das ist Maria«, sagte Neufeld. »Maria, das ist Captain Mallory.«

»Captain Mallory.« Ihre Stimme war sanft und ein wenig heiser. Sie sprach ein beinahe akzentfreies Englisch. »Sind Sie Engländer, Captain Mallory?«

Es war jetzt wohl kaum der Moment und der Ort, seine Vorfahren aus Neuseeland zu verkünden, überlegte er. Er lächelte. »Nun, so etwas Ähnliches.«

Maria lächelte zurück. »Ich habe mir immer gewünscht, einmal einen Engländer kennenzulernen.« Sie machte einen Schritt auf ihn zu, schob seine ausgestreckte Hand beiseite und schlug ihn mit der offenen Hand und mit aller Kraft ins Gesicht.

»Maria!« Neufeld starrte sie an. »Er ist auf unserer Seite.«

»Ein Engländer *und* ein Verräter!« Sie hob wieder die Hand, aber ihr Arm wurde in der Bewegung von Andreas festem Griff aufgehalten. Sie versuchte einen Moment, sich loszumachen, aber als sie sah, daß es vergeblich war, gab sie auf, ihre dunklen Augen glänzten in dem zornigen Gesicht. Andrea hob seine freie Hand und rieb sich die eigene Wange in zärtlicher Erinnerung.

Er sagte bewundernd: »Teufel, sie erinnert mich an meine Maria.« Er grinste Mallory an. »Ganz schön geschickt mit ihren Händen, diese Jugoslawen.«

Mallory rieb sich kummervoll die Wange und wandte sich an Neufeld: »Vielleicht Petar... das war doch sein Name...«

»Nein.« Neufeld schüttelte den Kopf. »Später. Essen wir jetzt.«

Er ging voraus zu dem Tisch am anderen Ende des Raumes, bedeutete den anderen mit einer Handbewegung, sich zu setzen, setzte sich selbst und fuhr fort: »Es tut mir leid. Das war meine Schuld. Ich hätte es besser wissen sollen.«

Miller sagte vorsichtig: »Ist sie... ist sie in Ordnung?«

»Sie halten sie für ein wildes Tier?«

»Sie wäre wohl ein ziemlich gefährliches Haustier, meinen Sie nicht auch?«

»Sie hat an der Universität von Belgrad studiert. Sprachen. Mit ›cum laude‹ abgeschlossen, wurde mir erzählt. Einige Zeit nach Beendigung ihres Studiums kehrte sie in ihr Zuhause in den bosnischen Bergen zurück. Sie fand ihre Eltern und zwei kleine Brüder niedergemetzelt. Sie... nun... seitdem ist sie so.«

Mallory drehte sich auf seinem Stuhl um und schaute das Mädchen an. Ihre dunklen Augen waren unverwandt auf ihn gerichtet, und der Ausdruck darin war alles andere als ermutigend. Mallory drehte sich wieder zu Neufeld um.

»Wer hat das getan? Mit ihren Eltern, meine ich.«

»Die Partisanen«, sagte Droshny wild. »Ihre schwarzen Seelen sollen verdammt sein. Die Partisanen. Marias Leute waren unsere Leute. Cetniks.«

»Und der Sänger?« fragte Mallory.

»Ihr älterer Bruder.« Neufeld schüttelte den Kopf. »Blind von Geburt an. Wo sie auch hingehen, sie führt ihn an der Hand. Sie sieht für ihn, sie ist sein Leben.«

Sie saßen schweigend da, bis Wein und Essen gebracht wurden. Wenn eine Armee auf ihrem Magen marschieren müßte, würde diese nicht sehr weit kommen, dachte Mallory: Er hatte gehört, daß die Nahrungsmittelsituation bei den Partisanen verzweifelt war, aber wenn das hier ein repräsentatives Beispiel war, ging es den Cetniks und Deutschen nicht viel besser. Ohne jede Begeisterung nahm er ein bißchen von dem grauen Stew auf den Löffel – es wäre unmöglich gewesen, eine Gabel zu benutzen –, einem Stew, in dem kleine merkwürdige Stückchen nicht zu definierenden Fleisches verloren in einer schmierigen Bratensoße dunkler Herkunft herumschwammen. Er schaute hinüber zu Andrea und wunderte sich über die Gleichgültigkeit seiner Geschmacksnerven: Andreas Teller war schon fast leer. Miller wandte sich mit Grausen von seinem Teller ab und trank vorsichtig den schweren Rotwein.

Die drei Sergeants hatten bisher ihr Essen noch nicht eines Blickes gewürdigt. Sie waren ausschließlich damit beschäftigt, das Mädchen neben dem Feuer anzuschauen. Neufeld bemerkte ihr Interesse und lächelte.

»Ich bin auch der Meinung, daß ich noch nie so ein schönes Mädchen gesehen habe, und der Himmel weiß, wie sie erst aussähe, wenn sie gewaschen wäre. Aber sie ist nicht für Sie, meine Herren. Sie ist für keinen Mann bestimmt. Sie ist schon verheiratet.« Er blickte in die fragenden Gesichter und schüttelte den Kopf: »Nein, nicht mit einem Mann. Mit einer Idee, wenn Sie den Tod eine Idee nennen wollen. Den Tod der Partisanen.«

»Bezaubernd«, murmelte Miller. Kein anderer Kommentar wurde laut. Was hätte man auch sagen sollen? Sie aßen in einem Schweigen, das nur von dem leisen Gesang neben dem Feuer unterbrochen wurde. Die Stimme war melodisch, aber die Gitarre war jämmerlich verstimmt. Andrea stieß seinen leeren Teller zurück, schaute den blinden Musiker irritiert an und wandte sich an Neufeld.

»Was singt er da?«

»Ein altes bosnisches Liebeslied, habe ich mir sagen lassen. Sehr alt und sehr traurig. In Englisch gibt es das Lied auch.« Er schnalzte mit den Fingern. »Ja, das ist es. ›The girl I left behind me.‹«

»Sagen Sie ihm, er soll etwas anderes singen«, stieß Andrea hervor. Neufeld schaute ihn verwirrt an und wandte sich dann ab, als ein deutscher Feldwebel hereinkam und sich zu ihm herunterbeugte, um ihm etwas ins Ohr zu flüstern. Neufeld nickte, und der Feldwebel verließ die Hütte.

»So.« Neufeld blickte nachdenklich vor sich hin. »Eine Funknachricht von der Patrouille, die Ihr Flugzeug gefunden hat. Die Tanks waren tatsächlich leer. Ich glaube kaum, daß wir noch auf die Bestätigung aus Padua zu warten brauchen, was meinen Sie, Captain Mallory?«

»Ich verstehe nicht.«

»Macht nichts. Sagen Sie, haben Sie je von einem General Vukalovic gehört?«

»General, wie?«

»Vukalovic.«

»Der ist nicht auf unserer Seite«, sagte Miller überzeugt. »Nicht mit so einem Namen.«

»Sie müssen die einzigen Menschen in Jugoslawien sein, die ihn *nicht* kennen. Jeder sonst kennt ihn. Partisanen, Cetniks, Deutsche, Bulgaren, alle. Er ist einer ihrer sogenannten Nationalhelden.«

»Reichen Sie den Wein rüber.«

»Sie sollten lieber zuhören«, sagte Neufeld scharf. »Vukalovic befehligt fast eine Division von Partisanen-Infanteristen, die in einer Schlinge des Neretva-Flusses seit fast drei Monaten in der Falle sitzen. Wie die Männer, die er anführt, ist auch Vukalovic verrückt. Sie haben nicht den geringsten Schutz. Sie haben kaum Waffen, fast keine Munition mehr, und außerdem sind sie kurz vor dem Verhungern. Ihre Armee ist in Fetzen gekleidet. Sie sind erledigt.«

»Warum fliehen sie dann nicht?« fragte Mallory.

»Eine Flucht ist unmöglich. Der reißende Fluß schneidet ihnen den Weg im Osten ab. Im Norden und Westen sind unüberwindliche Berge. Der einzig denkbare Weg wäre die Brücke im Süden, die Brücke über die Neretva. Und dort warten zwei bewaffnete Divisionen von uns.«

»Keine Schluchten?« fragte Mallory. »Keine Durchgangsmöglichkeiten durch die Berge?«

»Zwei. Blockiert von unseren besten Kampftruppen.«

»Warum geben sie dann nicht auf?« fragte Miller vernünftig. »Hat ihnen niemand die Kriegsregeln beigebracht?«

»Sie sind verrückt, sage ich Ihnen. Komplett verrückt.«

Genau im gleichen Augenblick bewiesen Vukalovic und seine Partisanen einigen anderen Deutschen, wie hochgradig verrückt sie waren.

Die Westschlucht war eine schmale, gewundene, mit Felsbrocken übersäte und von Steilwänden begrenzte Schlucht, die den einzigen Durchgang durch die unüberwindlichen Berge bildete, die den Zenica-Käfig nach Osten abschlossen. Drei Monate lang hatten deutsche Infanterie-Einheiten – Einheiten, die seit kurzem eine steigende Anzahl von erfahrenen alpinen Truppen bei sich hatten – versucht, den Durchgang zu erzwingen: Drei Monate waren sie unter Blutvergießen zurückgetrieben worden. Aber die Deutschen gaben nicht auf, und in dieser klirrend kalten Nacht, in der der Mond immer wieder zwischen den Wolken hervorkam und zwischendurch sanfter Schnee fiel, versuchten sie es wieder. Die

Deutschen führten ihren Angriff mit der kalten berufsmäßigen Geschicklichkeit durch, die das Ergebnis langer und harter Erfahrung war. Sie drangen durch die Schlucht in drei ziemlich gleichmäßigen und klug angeordneten Linien vor. Die Kombination aus weißen Schneeanzügen, dem Ausnützen jeder noch so kleinen Deckung und die Tatsache, daß sie den Zeitpunkt für ihr kurzes Vorwärtshuschen so wählten, daß in diesen Momenten gerade der Mond zeitweise verdunkelt war, machte es fast unmöglich, sie zu sehen. Dennoch war es nicht schwierig, sie auszumachen. Sie hatten offensichtlich reichlich Munition für Maschinenpistolen und Gewehre, und das Mündungsfeuer blitzte ununterbrochen. Fast genauso ununterbrochen, aber in einiger Entfernung vor ihnen konnte man durch das scharfe flache Krachen gesprengter Felsbrocken den jeweiligen Standort der sich langsam vorwärtsschiebenden Artilleriebarriere feststellen, die den Deutschen durch den mit Felsbrocken übersäten Engpaß voranging.

Die jugoslawischen Partisanen warteten an der Spitze der Schlucht, verschanzt hinter einer Felsbarriere aus hastig aufgetürmten Steinen und zersplitterten Baumstämmen, die vom deutschen Artilleriefeuer zerstört worden waren. Obwohl der Schnee tief und der Wind aus dem Osten schneidend war, trugen nur einige der Partisanen Wintermäntel. Sie waren in außerordentlich verschiedene Uniformen gekleidet. Uniformen, die in der Vergangenheit Mitgliedern der englischen, deutschen, italienischen, bulgarischen und jugoslawischen Armee gehört hatten: Das einzige Erkennungszeichen, das sie alle gemeinsam hatten, war ein roter Stern, der auf die rechte Seite ihrer Feldmützen genäht war. Die Uniformen waren fadenscheinig und zerfetzt und boten wenig Schutz gegen die durchdringende Kälte, so daß die Männer am ganzen Körper zitterten. Ein großer Teil von ihnen schien verwundet zu sein: Überall sah man geschiente Beine, Arme in Schlingen und verbundene Köpfe. Aber eines war ihnen gemeinsam: Ihre verkniffenen und abgemagerten Gesichter, Gesichter, in denen die Zeichen der Entbehrungen übertroffen wurden von der ruhigen und absoluten Entschlossenheit von Männern, die nichts mehr zu verlieren haben.

In der Mitte der Gruppe der Partisanen standen zwei Männer im Schutz des dicken Stammes einer der Kiefern, die noch stehengeblieben waren. Das von weißen Fäden durchzogene Haar und das zerfurchte – und jetzt sogar noch erschöpftere – Gesicht von General Vukalovic waren unverkennbar. Aber die dunklen Augen leuchteten strahlend wie immer, als er sich vorbeugte und von dem

Mann, der mit ihm in Deckung stand, eine Zigarette entgegennahm und sich Feuer geben ließ. Es war ein Offizier mit dunkler Haut und einer Hakennase, dessen schwarzes Haar zur Hälfte unter einem blutdurchtränkten Verband verschwand. Vukalovic lächelte.

»Natürlich bin ich verrückt, mein lieber Stephan. Sie sind verrückt – oder Sie hätten diese Position vor Wochen aufgegeben. Wir sind alle verrückt, wußten Sie das nicht?«

»Ich weiß nur eins.« Major Stephan rieb sich mit einem Handrücken über den wochenalten Bart. »Ihre Fallschirmlandung vor einer Stunde. Das war verrückt. Warum Sie...« Er brach ab, als ein Gewehr nur ein paar Meter von ihnen entfernt krachte, ging zu einer Stelle hinüber, an der ein magerer Junge, nicht älter als siebzehn, in die weiße Düsternis der Schlucht über das Visier einer Lee-Enfield nach unten spähte. »Haben Sie ihn erwischt?«

Der Junge drehte sich herum und schaute auf. Ein Kind, dachte Vukalovic verzweifelt, ein richtiges Kind. Er hätte noch in die Schule gehen sollen. Der Junge sagte: »Ich weiß es nicht sicher, Sir.«

»Wie viele Patronen haben Sie noch? Zählen Sie sie.«

»Das ist nicht nötig. Sieben.«

»Schießen Sie nicht, bevor Sie ganz sicher sind.« Stephan wandte sich wieder Vukalovic zu: »Gott im Himmel, General, Sie wären den Deutschen fast in die Hände geflattert.«

»Ohne Fallschirm wäre ich noch schlimmer dran gewesen«, sagte Vukalovic milde.

»Es ist nur so wenig Zeit.« Stephan schlug sich mit der Faust in die Handfläche... »Nur noch so wenig Zeit. Es war verrückt von Ihnen, zurückzukommen. Sie brauchen Sie soviel nötiger als...« Er blieb abrupt stehen, horchte für den Bruchteil einer Sekunde, warf sich auf Vukalovic und riß ihn mit sich zu Boden, als eine winselnde Granate zwischen einigen lockeren Felsbrocken nur ein paar Meter entfernt niederging und beim Auftreffen explodierte. Ganz in der Nähe schrie ein Mann tödlich verwundet auf. Noch eine Granate landete, dann eine dritte und vierte, alle nur zehn Meter voneinander entfernt.

»Jetzt haben sie sich eingeschossen. Der Teufel soll sie holen.« Stephan stand auf und schaute die Schlucht hinunter. Einige Sekunden lang konnte er überhaupt nichts sehen, denn eine schwarze Wolkenbank hatte sich vor den Mond geschoben. Dann brach der Mond wieder durch, und er konnte den Feind deutlicher sehen, als ihm lieb war. Nach einem sicherlich vorher vereinbarten

Signal versuchten sie gar nicht mehr, Deckung zu finden: Sie trampelten mit der höchstmöglichen Geschwindigkeit die gewundene Schlucht heran, Maschinenpistolen und Gewehre schußbereit in den Händen – und im gleichen Moment, in dem der Mond durchbrach, zogen sie die Auslöser ihrer Waffen durch. Stephan warf sich hinter einen Felsbrocken.

»Jetzt!« schrie er. »Jetzt!«

Die erste Salve aus den Waffen der zerlumpten Partisanen dauerte nur ein paar Sekunden, dann fiel ein schwarzer Schatten über das Tal. Das Feuer wurde eingestellt. »Feuert weiter!« schrie Vukalovic. »Nicht aufhören! Sie schließen uns ein!« Er ließ eine Salve aus seiner eigenen Maschinenpistole los und sagte zu Stephan: »Sie wissen, was ihnen blüht, unsere Freunde da unten.«

»Das sollen sie auch.« Stephan machte eine Stabgranate scharf und schleuderte sie den Hügel hinunter. »Sehen Sie sich an, wieviel sie von uns gelernt haben.«

Wieder kam der Mond zum Vorschein. Die vordersten Männer der deutschen Infanterie waren nicht mehr als acht Meter entfernt. Auf beiden Seiten wurden Handgranaten geworfen, auf Kernschußweite abgefeuert. Einige deutsche Soldaten fielen, aber die meisten kamen durch und warfen sich auf die Verschanzung. Einen Moment herrschte ein wüstes Durcheinander. Hier und dort entwickelten sich Kämpfe von Mann zu Mann. Männer schrien einander an, fluchten einander an, brachten einander um. Aber die Barriere hielt stand. Plötzlich schoben sich wieder dicke schwarze Wolken vor den Mond, Dunkelheit legte sich über die Schlucht, und langsam wurde es still. In weiter Entfernung wurde das Donnern des Artilleriefeuers und der Granatwerfer zu einem gedämpften Rollen und verstummte schließlich ganz.

»Eine Falle?« fragte Vukalovic Stephan leise. »Glauben Sie, daß sie wiederkommen?«

»Nicht heute nacht.« Stephan war ganz sicher. »Sie sind tapfer, aber...«

»Aber nicht verrückt.«

»Aber nicht verrückt.«

Blut strömte über Stephans Gesicht. Eine Wunde hatte sich geöffnet, aber er lächelte. Er richtete sich mühsam auf und drehte sich um, als ein stämmiger Sergeant herankam und flüchtig salutierte.

»Sie sind weg, Major. Wir haben diesmal sieben Mann verloren. Vierzehn sind verwundet.«

»Stellen Sie zweihundert Meter weiter unten Wachtposten auf«, sagte Stephan. Er wandte sich an Vukalovic. »Haben Sie das gehört, Sir? Sieben Tote. Vierzehn Verwundete.«

»Bleiben wie viele?«

»Zweihundert. Vielleicht zweihundertfünf.«

»Von vierhundert.« Vukalovics Mund verzerrte sich. »Mein Gott, von vierhundert.«

»Und sechzig von ihnen sind verwundet.«

»Wenigstens können Sie sie jetzt zum Verbandsplatz hinunterschaffen.«

»Es gibt keinen Verbandsplatz«, sagte Stephan heftig. »Ich hatte keine Zeit, es Ihnen zu sagen. Er wurde heute früh zerbombt. Beide Ärzte sind tot. Alle Medikamente und ärztlichen Einrichtungen... puff. Einfach so.«

»Weg? Alles weg?« Vukalovic schwieg lange. »Ich lasse etwas vom Hauptquartier schicken. Die Männer, die gehen können, können selbst zum Hauptquartier laufen.«

»Die Verwundeten wollen nicht gehen, Sir. Nicht mehr.«

Vukalovic nickte verstehend und fuhr fort: »Wieviel Munition?«

»Für zwei Tage. Drei, wenn wir sorgfältig damit umgehen.«

»Sechzig Verwundete.« Vukalovic schüttelte langsam, ungläubig den Kopf. »Keine ärztliche oder sonstige Hilfe für sie. Munition fast am Ende. Keine Nahrung. Kein Schutz. Und sie wollen nicht weg. Sie sind auch verrückt?«

»Ja, Sir.«

»Ich gehe zum Fluß hinunter«, sagte Vukalovic. »Um Colonel Lazlo im Hauptquartier aufzusuchen.«

»Ja, Sir«, Stephan lächelte schwach. »Ich zweifle, ob Sie sein geistiges Gleichgewicht in einem besseren Zustand vorfinden werden als meins.«

»Ich glaube nicht, daß ich damit rechnen kann«, sagte Vukalovic.

Stephan salutierte und wandte sich ab, wischte Blut von seinem Gesicht, ging ein paar schwankende Schritte und kniete sich dann hin, um einem schwerverwundeten Mann zu helfen. Vukalovic schaute ihm mit verschlossenem Gesicht nach und schüttelte den Kopf. Dann ging auch er.

Mallory beendete seine Mahlzeit und zündete sich eine Zigarette an. Er sagte: »Was wird also mit den Partisanen geschehen, die im Zenica-Käfig, wie Sie ihn nennen, sitzen?«

»Sie werden ausbrechen«, sagte Neufeld. »Zumindest werden sie es versuchen.«

»Aber Sie haben doch selbst gesagt, daß das unmöglich ist.«

»Nichts ist für diese verrückten Partisanen so unmöglich, daß sie es nicht doch versuchen. Ich wünschte bei Gott«, sagte Neufeld bitter, »wir kämpften gegen normale Menschen wie Engländer oder Amerikaner. Jedenfalls haben wir die Information – eine verläßliche Information – erhalten, daß ein Ausbruchversuch droht. Dumm ist nur, daß es diese zwei Durchgänge gibt – vielleicht gehen sie sogar so weit, sich den Weg über die Neretva-Brücke zu erzwingen –, und wir wissen nicht, an welcher Stelle der Ausbruch erfolgen wird.«

»Das ist sehr interessant.« Andrea schaute säuerlich zu dem Blinden hinüber, der immer noch das gleiche alte bosnische Liebeslied sang. »Können wir jetzt vielleicht etwas schlafen?«

»Nicht heute nacht, fürchte ich.« Neufeld wechselte ein Lächeln mit Droshny. »*Sie* werden nämlich für uns herausfinden, an welcher Stelle der Ausbruch stattfinden soll.«

»Werden wir das?« Miller leerte sein Glas und griff nach der Flasche. »Ziemlich ansteckende Krankheit, dieser Wahnsinn.«

Neufeld überging den Einwurf. »Das Hauptquartier der Partisanen befindet sich etwa zehn Kilometer von hier. Sie werden dort Bericht erstatten als vertrauenswürdige Engländer, die sich verlaufen haben. Dann, sobald Sie ihre Pläne herausgefunden haben, sagen Sie ihnen, daß Sie zu Ihrem Hauptquartier in Dravar gehen, was Sie natürlich nicht tun. Sie kommen statt dessen hierher zurück. Was könnte einfacher sein?«

»Miller hat recht«, sagte Mallory mit Überzeugung. »Sie *sind* verrückt.«

»Langsam glaube ich, daß viel zuviel über diese Verrücktheit geredet wird.« Neufeld lächelte. »Wäre es Ihnen vielleicht lieber, wenn Hauptmann Droshny Sie seinen Leuten übergäbe? Ich kann Ihnen versichern, sie sind sehr aufgebracht über den – äh – plötzlichen Tod ihres Kameraden.«

»Das können Sie nicht von uns verlangen!« Mallorys Gesicht war verzerrt vor Wut. »Die Partisanen bekommen früher oder später eine Funknachricht über uns. Und dann... na, Sie wissen ja, was dann. Sie können das einfach nicht von uns verlangen.«

»Ich *kann* und ich *werde*.« Neufeld sah Mallory und seine fünf Kameraden ohne Begeisterung an. »Ich habe nämlich zufällig nicht besonders viel für Rauschgiftschmuggler und Drogenhändler übrig.«

»Ich glaube nicht, daß in gewissen Kreisen Ihre Meinung viel Gewicht haben dürfte«, sagte Mallory.

»Was soll das heißen?«

»Kesselrings Leiter des Militärischen Nachrichtendienstes wird das gar nicht gefallen.«

»Wenn Sie nicht zurückkommen, werden sie nie etwas erfahren. *Wenn* Sie wiederkommen« – Neufeld lächelte und berührte den Orden an seinem Hals – »werden sie mir wahrscheinlich hierzu noch Eichenlaub verehren.«

»Reizender Mensch, nicht wahr?« sagte Miller zu niemand bestimmtem.

»Kommen Sie also.« Neufeld stand vom Tisch auf. »Petar?«

Der blinde Sänger nickte, warf sich die Gitarre über die Schulter und stand auf, seine Schwester ebenfalls.

»Was soll das?« fragte Mallory.

»Führer.«

»Die beiden?«

»Nun«, sagte Neufeld vernünftig. »Sie können wohl nicht gut allein hinfinden, oder? Petar und seine Schwester..., nun seine Schwester... kennen Bosnien besser als die Füchse.«

»Aber werden die Partisanen nicht...«, begann Mallory, als Neufeld ihn unterbrach.

»Sie kennen Bosnien nicht. Diese beiden gehen hin, wo immer sie wollen, und niemand wird sie von seiner Tür wegjagen. Die Bosnier glauben, und weiß Gott mit genügend Grund, daß sie verflucht sind und das Auge des Bösen auf ihnen ruht. Dies ist ein Land des Aberglaubens, Captain Mallory.«

»Aber... aber wie wollen sie wissen, wohin sie uns bringen sollen?«

»Das werden sie schon wissen.« Neufeld nickte Droshny zu, der in schnellem Serbokroatisch auf Maria einredete. Sie wiederum sprach mit Petar, der einige merkwürdige Töne von sich gab.

»Das ist eine seltsame Sprache«, bemerkte Miller.

»Er hat einen Sprachfehler«, sagte Neufeld kurz. »Er wurde damit geboren. Er kann singen, aber nicht sprechen – warum, hat man noch nicht herausgefunden. Wundern Sie sich, daß die Leute glauben, verflucht zu sein?« Er wandte sich an Mallory: »Warten Sie mit Ihren Männern draußen.«

Mallory nickte und bedeutete den anderen, vorauszugehen. Neufeld hatte sich sofort in eine kurze, leise Diskussion mit Droshny vertieft, der nickte, einen seiner Cetniks zu sich beorderte und ihn mit einem Auftrag wegschickte. Als er draußen war, zog Mallory Andrea beiseite und flüsterte ihm etwas ins Ohr, unhörbar für alle außer Andrea, dessen genickte Zustimmung kaum zu bemerken war.

Neufeld und Droshny schoben sich aus der Hütte, gefolgt von Maria, die Petar an der Hand führte. Als sie sich Mallorys Gruppe näherte, ging Andrea wie zufällig auf sie zu, die unvermeidliche stinkende Zigarre im Mund. Er pflanzte sich vor einem sehr verwirrten Neufeld auf und blies ihm hochmütig den Rauch ins Gesicht.

»Ich glaube, ich mag Sie nicht besonders, Hauptmann Neufeld«, verkündete er. Er warf einen Blick auf Droshny hinüber: »Und diesen Stahlwarenhändler auch nicht.«

Neufelds Gesicht verfinsterte sich augenblicklich und verzerrte sich vor Wut. Aber er hatte sich schnell wieder in der Hand und sagte beherrscht: »Ihre Meinung über mich interessiert mich nicht.« Er nickte Droshny zu. »Aber laufen Sie nicht Hauptmann Droshny über den Weg, mein Freund. Er ist ein Bosnier, und ein stolzer noch dazu – und er versteht es, mit einem Messer umzugehen wie kein anderer im ganzen Balkan.«

»Wie kein anderer...« Andrea brach in schallendes Gelächter aus und blies Droshny den Rauch ins Gesicht. »Ein Messerschleifer in einer komischen Oper.«

Droshnys Fassungslosigkeit war vollkommen, aber von kurzer Dauer. Er fletschte die Zähne, daß es jedem bosnischen Wolf zur Ehre gereicht hätte, riß ein gebogenes Messer aus seinem Gürtel und warf sich auf Andrea, die Schneide schnellte nach oben, aber Andrea, dessen Klugheit nur noch von der außerordentlichen Schnelligkeit übertroffen wurde, mit der er seinen riesigen Körper beherrschte, war nicht mehr an der Stelle, als das Messer ankam. Aber seine Hand war da. Sie erfaßte das Gelenk der Hand, die das Messer hielt, als sie hinaufzuckte, und augenblicklich stürzten die beiden großen Männer zu Boden und rollten im Schnee herum, während sie um das Messer kämpften.

So unerwartet, so völlig unglaublich war die Geschwindigkeit, in der sich der Kampf von einem Augenblick zum anderen entwickelte, daß sich einige Sekunden lang niemand rührte. Die drei jungen Sergeants, Neufeld und die Cetniks zeigten nichts als fassungsloses Staunen. Mallory, der nahe neben dem Mädchen mit den großen Augen stand, rieb sich nachdenklich das Kinn, während Miller sorgsam die Asche von seiner Zigarette abstreifte und die Szene mit leicht gelangweilter Miene betrachtete.

Fast gleichzeitig warfen sich Reynolds, Groves und zwei Cetniks auf das ringende Paar auf dem Boden und versuchten, sie auseinanderzuziehen. Droshny und Andrea wurden auf die Beine gezogen, der erstere mit verzerrtem Gesicht und haßerfüllten Augen.

Andrea nahm wieder seine Zigarre zur Hand, die er irgendwo wiedergefunden hatte, nachdem sie getrennt worden waren.

»Sie Wahnsinniger!« schleuderte Reynolds Andrea wild ins Gesicht. »Sie geisteskranker Idiot! Sie... Sie sind ein verdammter Psychopath. Sie werden es noch schaffen, daß man uns alle umbringt!«

»Das würde mich nicht im geringsten überraschen«, sagte Neufeld nachdenklich. »Kommen Sie. Schluß mit diesen Narrheiten.«

Er führte sie vom Lagergelände, und auf ihrem Weg gesellte sich ein halbes Dutzend Cetniks zu ihnen, deren Anführer offensichtlich der junge Bursche mit dem roten Bart und der Augenklappe war, der Mann, der sie als erster begrüßt hatte, als sie gelandet waren.

»Wer sind diese Leute, und wozu sind sie hier?« fragte Mallory Neufeld. »Sie kommen nicht mit uns.«

»Eskorte«, erklärte Neufeld. »Nur für die ersten sieben Kilometer.«

»Eskorte? Was sollen wir mit einer Eskorte? Uns droht keine Gefahr von Ihrer Seite, und auch von der Seite der Partisanen ist nichts zu befürchten, wenn man Ihren Worten Glauben schenken kann.«

»Wir machen uns keine Sorgen um Sie«, sagte Neufeld trocken. »Wir machen uns Sorgen um den Wagen, der Sie den größten Teil der Strecke transportieren wird. Fahrzeuge sind sehr selten und sehr wertvoll in diesem Teil Bosniens – und es wimmelt nur so von Partisanenpatrouillen.«

Zwanzig Minuten später erreichten sie in einer nun endgültig mondfinsteren Nacht, und während es schneite, eine Straße – eine Straße, die nicht viel mehr war als ein gewundener Pfad, der sich durch das Tal schlängelte. Dort erwartete sie eines der seltsamsten vierrädrigen Gefährte, die Mallory und seine Kameraden jemals gesehen hatten, ein unglaublich alter und zerbeulter Lastwagen. Schwarze Rauchwolken quollen aus dem Inneren hervor, so daß er auf den ersten Blick zu brennen schien. In Wirklichkeit aber war es einer der lange vor dem Krieg gebauten Lastwagen, die von einem Holzfeuer vorangetrieben wurden, ein Gefährt, das auf dem Balkan einmal sehr gebräuchlich gewesen war.

Miller betrachtete das rauchumhüllte Vehikel und wandte sich an Neufeld: »Das nennen Sie ein Fahrzeug?«

»Nennen Sie es, wie Sie wollen. Wenn Sie lieber zu Fuß gehen möchten?«

»Zehn Kilometer? Ich werde mich der Erstickungsgefahr aussetzen.« Miller kletterte hinein, gefolgt von den anderen, bis nur noch Neufeld und Droshny draußen standen.

»Ich erwarte Sie noch vor Mittag zurück.«

»Wenn wir überhaupt zurückkommen«, sagte Mallory. »Wenn die Funknachricht durchgekommen ist...«

»Sie können kein Omelett machen, ohne Eier zu zerschlagen«, sagte Neufeld ungerührt.

Mit Geratter und Geschüttel, rauchausstoßend und dampfspukkend kam der Lastwagen in Bewegung, begleitet von dem Husten der rotäugigen Männer unter der Plane auf der Ladefläche, und bewegte sich langsam vorwärts, während Neufeld und Droshny ihm nachstarrten. Neufeld schüttelte seinen Kopf: »Solche gerissenen kleinen Kerle.«

»Solche *außerordentlich gerissenen* kleinen Kerle«, stimmte Droshny zu. »Aber ich will den Großen, Hauptmann.«

Neufeld schlug ihm auf die Schulter. »Sie werden ihn bekommen, mein Freund. Nun, sie sind außer Sicht. Es wird Zeit für Sie, zu gehen.«

Droshny nickte, stieß einen schrillen Pfiff durch die Finger aus. Augenblicklich erklang das entfernte Surren eines gestarteten Motors, und kurz darauf kam ein ältlicher Fiat hinter einer Baumgruppe hervor und näherte sich auf der festgefahrenen Schneedecke der Straße, während die Schneeketten laut klirrten, und hielt neben den beiden Männern. Droshny kletterte auf den Beifahrersitz, und der Fiat fuhr in der Spur des Lastwagens davon.

5. KAPITEL

Freitag, 03.30–05.00

Für die vierzehn Personen, die auf den schmalen Seitenbänken unter der Plane auf dem Lastwagen zusammengepfercht saßen, konnte die Fahrt nicht gerade als angenehm bezeichnet werden. Es gab kein Polster auf den Sitzen, das Fahrzeug schien überhaupt nicht gefedert zu sein. Und die zerrissene Plane ließ zu gleichen Teilen jede Menge eisige Nachtluft und in den Augen brennenden Rauch herein. Wenigstens, dachte Mallory, half ihnen das, nicht einzuschlafen.

Andrea saß ihm gegenüber und schien die erstickende Luft im Lastwagen gar nicht zu bemerken, eine Tatsache, die nicht im mindesten überraschend war, wenn man die beißende Rauchwolke in Betracht zog, die von dem schwarzen Stumpen herüberwehte, den Andrea zwischen den Zähnen hatte. Andrea schaute scheinbar träge zu Mallory hinüber, und ihre Blicke trafen sich. Mallory nickte einmal, eine Kopfbewegung von wenigen Millimetern, die nicht einmal der mißtrauischste Beobachter bemerkt hätte. Andrea senkte den Blick, bis seine Augen auf Mallorys rechter Hand lagen, die locker auf seinem Knie lag. Mallory lehnte sich zurück und seufzte, und dabei glitt seine rechte Hand herab, bis sein Daumen senkrecht nach unten zeigte. Andrea stieß eine beißende Rauchwolke aus wie ein Vulkan und blickte gleichgültig zur Seite.

Einige Kilometer lang klapperte und quietschte der Lastwagen über den Talboden, drehte dann nach links auf einen noch schmaleren Pfad ab und begann, eine Anhöhe hinaufzukeuchen. Weniger als zwei Minuten später nahm der Fiat, in dem ein ausdrucksloser Droshny saß, die gleiche Kurve.

Der Hang war jetzt so steil, und die Räder verloren so sehr den Halt auf der gefrorenen Oberfläche des Weges, daß der alte holzfeuerbetriebene Lastwagen nur noch in Schrittgeschwindigkeit vorwärts kam. Im Innern des Lasters waren Mallory und Andrea wachsam wie immer, aber Miller und die drei Sergeants schienen zu dösen, ob vor Erschöpfung oder wegen beginnender Bewußtlosigkeit, war schwer zu sagen. Maria und Petar, die Hand in Hand dasaßen, schienen zu schlafen. Die Cetniks jedoch hätten nicht wacher sein können und bewiesen plötzlich, daß die Schlitze und Löcher in der Plane nicht zufällig da waren: Droshnys sechs Männer knieten auf den Bänken und hatten die Läufe ihrer Maschinenpistolen durch die Löcher der Plane geschoben. Es war klar, daß der Lastwagen jetzt in das Gebiet der Partisanen kam, oder zumindest in ein Gebiet, das als Niemandsland in diesem wilden und zerklüfteten Gebiet galt.

Der Cetnik, der ganz vorn im Laster saß, zog seinen Kopf plötzlich von einem Loch in der Plane zurück und donnerte mit dem Kolben seiner Waffe gegen das Fenster, das zum Führerhaus ging. Der Lastwagen kam mit einem Kreischen zum Stehen, der rotbärtige Cetnik sprang vom Wagen, sah sich schnell nach einem möglichen Hinterhalt um und bedeutete dann den anderen, ebenfalls auszusteigen, wobei die drängenden Handbewegungen zeigten, daß er ganz und gar nicht scharf darauf war, an diesem Ort auch nur einen Moment länger zu bleiben, als unbedingt nötig war. Einer nach dem anderen sprangen Mallory und seine Kameraden auf den gefrorenen Schnee hinunter. Reynolds half dem blinden

Sänger vom Wagen und streckte dann die Hand aus, um Maria ebenfalls zu helfen, die mühsam über die Ladeklappe kletterte. Wortlos schlug sie seine Hand beiseite und sprang behende zu Boden. Reynolds starrte sie in verletztem Staunen an.

Mallory bemerkte, daß der Lastwagen neben einer kleinen Lichtung angehalten hatte. Hin und her rangierend und noch dickere Qualmwolken als vorher ausstoßend, wendete er in erstaunlich kurzer Zeit und klirrte mit bedeutend höherer Geschwindigkeit den Pfad hinunter, als er heraufgekommen war. Die Cetniks starrten ausdruckslos von der Ladefläche aus zurück.

Maria nahm Petars Hand, schaute Mallory eisig an, warf ihren Kopf zurück und betrat einen winzigen Fußpfad, der im rechten Winkel von der ›Straße‹ abbog.

Mallory zuckte die Achseln und ging ebenfalls los, gefolgt von den drei Sergeants. Einige Sekunden blieben Andrea und Miller, wo sie waren, und starrten nachdenklich auf die Kurve, um die der Laster gerade verschwunden war. Dann machten auch sie sich auf den Weg und sprachen leise miteinander.

Der alte holzfeuerbetriebene Lastwagen behielt seine hohe Geschwindigkeit nicht lange bei. Weniger als vierhundert Meter hinter der Kurve, die ihn außer Sichtweite von Mallory und seinen Kameraden brachte, kam er zum Stehen. Zwei Cetniks, der rotbärtige Anführer der Eskorte und ein anderer Mann mit schwarzem Bart, sprangen über die Ladeklappe und verschwanden in der schützenden Deckung des Waldes. Der Lastwagen ratterte davon, der Qualm hing schwer in der eisigen Nachtluft.

Einen Kilometer weiter unten auf der Straße spielte sich eine fast identische Szene ab. Der Fiat kam schlitternd zum Stehen, Droshny kletterte vom Beifahrersitz und verschwand zwischen den Kiefern. Der Fiat wendete und fuhr ebenfalls den Weg zurück, den er gekommen war.

Der Pfad, der den dichtbewaldeten Abhang hinaufführte, war sehr schmal und sehr gewunden. Der Schnee war nicht festgetreten, sondern sehr weich und tief und machte das Vorwärtskommen schwierig. Der Mond war jetzt endgültig verschwunden; der Schnee, den ihnen der Ostwind ins Gesicht blies, wurde ständig dichter, und die Kälte war durchdringend. Der Pfad gabelte sich immer wieder, aber Maria, die mit ihrem Bruder voranging, zögerte nicht ein einzigesmal, sie wußte oder schien genau zu wissen, wohin sie ging. Einige Male rutschte sie im tiefen Schnee aus, das letztemal so heftig, daß sie ihren Bruder mit sich zu Boden riß. Als es wieder passierte, ging Reynolds zu ihr und nahm sie am Arm, um ihr zu helfen. Sie schlug wild mit der Hand nach ihm und riß ihren Arm weg, Reynolds starrte sie erstaunt an und wandte sich dann an Mallory.

»Was, zum Teufel, ist denn los mit... ich meine, ich habe doch nur versucht, ihr zu helfen...«

»Lassen Sie sie in Ruhe«, sagte Mallory. »Sie sind einer von ihnen.«

»Ich bin einer von...«

»Sie tragen eine englische Uniform. Das ist alles, was das arme Kind versteht. Lassen Sie sie.«

Reynolds schüttelte verständnislos den Kopf. Er rückte seinen Rucksack zurecht, schaute den Weg zurück, wollte weitergehen und schaute wieder zurück. Er erwischte Mallory am Arm und deutete hinunter.

Andrea war bereits dreißig Meter zurückgefallen. Niedergedrückt vom Gewicht seines Rucksacks, seiner Schmeisser und der Last der Jahre, hatte er offensichtlich Mühe, den Aufstieg zu schaffen, und blieb jede Sekunde weiter zurück. Auf eine Handbewegung von Mallory machte der ganze Trupp halt, spähte durch das Schneetreiben hinunter und wartete darauf, daß Andrea aufholte. In diesem Moment begann Andrea wie ein Betrunkener zu stolpern und faßte sich an die rechte Seite, als hätte er Schmerzen. Reynolds schaute Groves an, dann schauten die beiden Saunders an: Alle drei schüttelten langsam den Kopf. Als Andrea bei ihnen ankam, war sein Gesicht vor Schmerz verzerrt.

»Es tut mir leid.« Seine Stimme kam abgerissen und heiser. »Es geht schon wieder.«

Saunders zögerte und trat dann auf Andrea zu. Er lächelte entschuldigend und streckte die Hand aus, um nach dem Rucksack und der Schmeisser zu greifen.

»Komm, Väterchen, gib das Zeug her.«

Für den Bruchteil einer Sekunde zuckte ein drohender Ausdruck über Andreas Gesicht, mehr geahnt als zu sehen, dann nahm er den Rucksack von den Schultern und reichte ihn müde an Saunders weiter. Saunders nahm ihn entgegen und versuchte, die Schmeisser ebenfalls an sich zu nehmen.

»Danke.« Andrea lächelte schwach. »Aber ohne sie käme ich mir verloren vor.«

Unsicher kletterten sie weiter und schauten sich immer wieder um, ob ihnen Andrea folgte. Ihre Zweifel waren begründet. Nach dreißig Sekunden blieb Andrea stehen, verdrehte die Augen und krümmte sich vor Schmerzen. Er sagte keuchend: »Ich muß mich ausruhen... Geht weiter. Ich komme nach.«

Miller sagte besorgt: »Ich bleibe bei dir.«

»Ich brauche niemanden«, sagte Andrea unfreundlich. »Ich kann mich um mich selber kümmern.«

Miller sagte nichts. Er schaute Mallory an und wandte sich dann abrupt ab, so daß er den Abhang hinaufschaute. Mallory nickte einmal kurz und machte dem Mädchen ein Zeichen. Widerwillig setzten sie sich in Bewegung und ließen Andrea und Miller zurück. Zweimal sah Reynolds über die Schulter zurück, sein Gesicht drückte eine seltsame Mischung von Besorgnis und Ärger aus. Dann zuckte er die Achseln und wandte sich dem Berg zu.

Andrea, mit finsterem Gesicht und immer noch seine Rippen umkrampfend, blieb zusammengekrümmt, bis der letzte des Trupps hinter der nächsten Kurve des aufwärts führenden Weges verschwunden war, dann richtete er sich mühelos auf, prüfte die Windrichtung mit einem angefeuchteten Zeigefinger, stellte fest, daß der Wind den Weg hinauf blies, holte eine Zigarre hervor, zündete sie an und rauchte in tiefen Zügen und mit offensichtlicher Zufriedenheit. Die unvermittelte Besserung seines Zustands war überraschend, aber Miller schien nicht überrascht. Er schaute grinsend den Berg hinunter und nickte. Andrea grinste zurück und ließ Miller mit einer eleganten Geste den Vortritt.

Dreißig Meter weiter unten, an der Stelle, von der aus sie fast hundert Meter des Weges übersehen konnten, verschwanden sie hinter dem mächtigen Stamm einer Kiefer. Etwa zwei Minuten lang standen sie regungslos und starrten den Hügel hinunter und horchten angestrengt, dann nickte Andrea plötzlich, bückte sich und legte seine Zigarre an einen geschützten trockenen Fleck hinter der Kiefer auf den Boden.

Sie wechselten kein Wort – es war nicht nötig. Miller kroch um den Kiefernstamm herum, bis er auf der talzugewandten Seite war, und legte sich dann sorgfältig ausgestreckt in den Schnee, die Arme ausgebreitet, das offensichtlich blinde Gesicht dem fallenden Schnee zugewandt. Hinter der Kiefer drehte Andrea seine Schmeisser um und hielt sie nun am Lauf, holte ein Messer aus einem geheimen Winkel seiner Kleidung und steckte es in seinen Gürtel. Beide Männer blieben so regungslos, als wären sie hier gestorben und im Laufe des langen und harten jugoslawischen Winters starrgefroren. Miller sah die zwei Cetniks viel eher als sie ihn, wahrscheinlich weil sein ausgebreiteter Körper so tief in den weichen Schnee eingesunken war, daß er ihn fast völlig verbarg. Zuerst waren sie nicht mehr als zwei verschwommene und geisterhafte Schemen, die allmählich Gestalt annahmen. Als sie näher kamen, erkannte er in ihnen den Leiter der Eskorte und einen seiner Männer.

Sie waren bis auf dreißig Meter herangekommen, als sie Miller entdeckten. Sie blieben abrupt stehen, starrten auf ihn hinunter, standen etwa fünf Sekunden regungslos da, sahen einander an, rissen sich die Maschinenpistolen von der Schulter und begannen, stolpernd den Hügel hinaufzurennen. Miller schloß die Augen. Er brauchte sie nicht mehr, seine Ohren gaben ihm alle Informationen, die er brauchte: Die näher kommenden knirschenden Schritte im Schnee, das abrupte Aufhören der Schritte und dann der schwere Atem, als ein Mann sich über ihn beugte.

Miller wartete, bis er den Atem des Mannes tatsächlich auf seinem Gesicht fühlte, dann öffnete er die Augen: Nicht einmal dreißig Zentimeter von seinen eigenen Augen entfernt waren die Augen des rotbärtigen Cetniks. Miller warf seine ausgebreiteten Arme nach oben und nach innen, seine sehnigen Finger gruben sich tief in die Kehle des erschrockenen Mannes über ihm.

Andrea hatte seine Schmeisser schon hoch in die Luft geschwungen, als er lautlos hinter dem Stamm der Kiefer hervorkam. Der schwarzbärtige Cetnik wollte seinem Freund gerade zu Hilfe kommen, als er Andrea entdeckte und beide Arme in die Luft warf, um sich zu schützen. Ein paar Strohhalme hätten ihm ebensoviel genützt. Andrea schnitt eine Grimasse über den physischen Schock, den der Angriff verursacht hatte, ließ die Schmeisser fallen, zog sein Messer heraus und warf sich auf den anderen Cetnik, der immer noch verzweifelt in Millers Würgegriff zappelte. Miller stand auf, und er und Andrea starrten auf die beiden toten Männer hinunter. Miller schaute verwirrt den rotbärtigen Mann an, beugte sich plötzlich nieder, griff nach dem Bart und zog daran. Er blieb ihm in der Hand und enthüllte ein glattrasiertes Gesicht und eine Narbe, die von einem Mundwinkel bis zum Kinn hinunter lief.

Andrea und Miller wechselten einen nachdenklichen Blick, aber keiner von beiden gab einen Kommentar. Sie zerrten die toten Männer vom Weg herunter in den Schutz des Unterholzes. Andrea hob einen dürren Ast auf, fegte die Schleifspuren im Schnee weg und am Fuß der Kiefer alle Spuren des Zusammentreffens. Innerhalb einer Stunde, das wußte er, würden die Spuren, die er mit dem Zweig hinterlassen hatte, unter einer neuen Schneeschicht verschwunden sein. Er hob seine Zigarre auf und warf den Ast weit in den Wald hinein. Ohne sich noch einmal umzusehen, gingen die beiden Männer mit schnellen Schritten den Hügel hinauf.

Und auch wenn sie zurückgeschaut hätten, wäre es ihnen unmöglich gewesen, das Gesicht zu sehen, das hinter dem Stamm eines Baumes weiter unten hervorspähte. Droshny war gerade im richtigen Moment an der Wegbiegung angekommen, um zu sehen, wie Andrea die Spuren verwischte und den Ast in den Wald warf. Was das bedeuten sollte, konnte er sich allerdings nicht vorstellen.

Er wartete, bis Andrea und Miller außer Sicht waren, wartete noch einmal zwei Minuten, um ganz sicher zu gehen, und lief dann schnell den Pfad hinauf, während sein dunkles Brigantengesicht eine Mischung aus Verwirrung und Mißtrauen zeigte. Er erreichte die Kiefer, an der die beiden Cetniks in die Falle gegangen waren, sah sich kurz in allen vier Himmelsrichtungen um und folgte dann den Spuren, die Andrea mit seinem Ast hinterlassen hatte, in den Wald. Seine Verwirrung wich, dann wurde das Mißtrauen durch völlige Gewißheit ersetzt.

Er teilte die Büsche und sah auf die beiden Cetniks hinunter, die halb begraben in einem Schneeloch lagen, in einer seltsamen zusammengesunkenen formlosen Haltung, die man nur im Tode hat. Nach einigen Augenblicken richtete er sich auf, drehte sich um und schaute den Hügel hinauf in die Richtung, in der Andrea und Miller verschwunden waren: Sein Gesichtsausdruck war alles andere als angenehm.

Andrea und Miller kamen gut voran. Als sie eine der ungezählten Biegungen des Weges erreichten, hörten sie vor sich leise Gitarrenmusik, seltsam gedämpft und sanft durch den fallenden Schnee. Andrea verlangsamte seinen Gang, warf seine Zigarre weg, beugte sich vor und krallte seine Hand in seine Rippen. Besorgt nahm Miller seinen Arm.

Der Haupttrupp befand sich, wie sie sahen, weniger als dreißig Meter vor ihnen. Auch sie kamen nur langsam voran. Die Tiefe des Schnees und das steilere Ansteigen des Hügels machten jede schnellere Bewegung unmöglich. Reynolds schaute zurück – Reynolds verbrachte eine ganze Menge Zeit damit, über seine Schulter nach rückwärts zu schauen, er schien reichlich nervös zu sein –, entdeckte Andrea und Miller und rief Mallory etwas zu, der den Trupp anhalten ließ und wartete, bis Andrea und Miller bei ihnen angelangt waren. Mallory schaute Andrea besorgt an.

»Wird es schlimmer?«

»Wie weit noch?« fragte Andrea heiser.

»Kann nicht mehr als eine Meile sein.«

Andrea sagte nichts, er stand nur da, atmete schwer und trug den verzweifelten Gesichtsausdruck eines kranken Mannes zur Schau, der über die Aussicht nachdenkt, noch eine Meile durch hohen Schnee bergauf zu klettern. Saunders, der schon zwei Rucksäcke trug, näherte sich schüchtern Andrea. Er sagte: »Ich würde gern helfen, wissen Sie, wenn...«

»Ich weiß.« Andrea lächelte schmerzlich, nahm die Schmeisser von der Schulter und reichte sie Saunders. »Danke, mein Sohn.«

Petar zupfte immer noch sanft an den Saiten seiner Gitarre, ein unbeschreiblich gespenstischer Klang in dem dunklen und geisterhaften Kiefernwald. Miller sah ihn an und fragte Mallory: »Was soll das Geklimper, während wir marschieren?«

»Ich könnte mir vorstellen, daß das die Parole ist.«

»Wie Neufeld sagte? Niemand rührt unseren singenden Cetnik an?«

»So was Ähnliches.«

Sie gingen weiter. Mallory ließ die anderen vorbei, bis er und Andrea am Schluß gingen. Mallory warf Andrea einen nicht sonderlich interessierten Blick zu, seine Miene drückte nur Anteilnahme an dem Zustand seines Freundes aus. Andrea fing seinen Blick auf und nickte kurz. Mallory schaute weg.

Fünfzehn Minuten später wurden sie von drei Männern, die alle mit Maschinenpistolen bewaffnet waren, angehalten. Die Männer schienen aus dem Nichts aufgetaucht zu sein. Die Überraschung war so vollkommen, daß nicht einmal Andrea etwas hätte tun können – nicht einmal wenn er sein Gewehr gehabt hätte. Reynolds sah Mallory drängend an, aber er bekam ein Lächeln und Kopfschütteln zur Antwort.

»Alles in Ordnung. Partisanen – sehen Sie sich den roten Stern auf ihren Feldmützen an. Nur ein paar Posten, die einen der Hauptwege bewachen.«

Und so war es auch. Maria sprach kurz mit einem der Soldaten, der zuhörte, nickte und den Weg hinauflief, wobei er dem Trupp mit einer Handbewegung bedeutete, ihm zu folgen. Die beiden anderen Partisanen blieben hinten und bekreuzigten sich, als Petar sanft über die Gitarrensaiten strich. Neufeld hatte nicht übertrieben, dachte Mallory, als er ihnen erzählt hatte, welch ehrfürchtiger Respekt und welche Furcht dem blinden Sänger und seiner Schwester entgegengebracht wurden.

Innerhalb von zehn Minuten erreichten sie das Hauptquartier der Partisanen, ein Hauptquartier, das in der Anlage und der Wahl des Ortes dem Lager von Neufeld seltsam ähnelte: Der gleiche Kreis von rohen Hütten, tief in die gleiche Hamba – Mulde – gebaut, mit ähnlichen riesigen Kiefern, die sich darüber auftürmten. Der Anführer sagte etwas zu Maria, und sie wandte sich an Mallory. Der Abscheu auf ihrem Gesicht machte deutlich, wie sehr es ihr gegen den Strich ging, überhaupt mit ihm zu sprechen.

»Wir sollen zur Gästehütte gehen. Sie müssen dem Kommandanten Bericht erstatten. Dieser Soldat wird Sie hinführen.«

Der Anführer nickte bestätigend. Mallory folgte ihm quer über das Gelände zu einer ziemlich großen, einigermaßen hell beleuchteten Hütte. Der Anführer klopfte, öffnete die Tür, winkte Mallory hinein und trat hinter ihm in den Raum.

Der Kommandant war ein hochgewachsener hagerer Mann mit dem aristokratischen Adlergesicht, das man so oft in den bosnischen Bergen findet. Er ging mit ausgestreckter Hand auf Mallory zu und lächelte.

»Major Broznik, zu Ihren Diensten. Es ist sehr spät, aber wie Sie sehen, sind wir noch immer auf. Obwohl ich sagen muß, daß ich Sie früher erwartet hatte.«

»Ich weiß nicht, wovon Sie sprechen.«

»Sie wissen nicht... Sie *sind* doch Captain Mallory, oder nicht?«

»Ich habe den Namen noch nie gehört.« Mallory schaute Broznik unverwandt an, warf einen blitzschnellen Seitenblick auf den Anführer und schaute dann wieder Broznik an. Broznik runzelte einen Moment lang die Stirn, dann klärte sich sein Gesicht auf. Er sagte etwas zu dem Anführer, der darauf den Raum verließ. Mallory streckte die Hand aus.

»Captain Mallory, zu Ihren Diensten. Es tut mir leid, Major Broznik, aber ich bestehe darauf, daß wir allein reden.«

»Sie vertrauen niemandem? Nicht einmal in meinem Lager?«

»Niemandem.«

»Nicht einmal Ihren eigenen Männern?«

»Ich traue ihnen zu, Fehler zu machen. Ich traue sogar mir zu, Fehler zu machen. Ich traue selbst Ihnen zu, Fehler zu machen.«

»Wie bitte?« Brozniks Stimme war so kalt wie seine Augen.

»Sind bei Ihnen jemals zwei Männer verschwunden, einer mit roten Haaren, der andere mit schwarzen, und der Rothaarige hatte eine Klappe über dem Auge und eine Narbe vom Mund bis zum Kinn?«

Broznik kam näher. »Was wissen Sie über diese beiden Männer?«

»Kannten Sie sie?«

Broznik nickte und sagte langsam: »Wir verloren sie in einem Gefecht. Letzten Monat.«

»Fanden Sie ihre Leichen?«

»Nein.«

»Es gab auch keine zu finden. Sie waren desertiert – übergelaufen zu den Cetniks.«

»Aber sie *waren* Cetniks – sie hatten sich auf unsere Seite geschlagen.«

»Sie wurden wieder umgedreht. Sie haben uns heute nacht verfolgt. Auf Befehl von Captain Droshny. Ich habe sie töten lassen.«

»Sie... haben... sie... töten... lassen?«

»Verstehen Sie doch, Mann«, sagte Mallory müde. »Wenn sie hierhergekommen wären – was sie ganz sicher nach einer angemessenen Zeit nach unserer Ankunft beabsichtigten –, hätten wir sie nicht erkannt, und sie hätten sie als entflohene Gefangene willkommen geheißen. Sie hätten über jede unserer Bewegungen Bericht erstattet. Und sogar, wenn wir sie nach ihrer Ankunft hier erkannt und etwas unternommen hätten, wäre es immerhin möglich, daß Sie hier noch andere Cetniks haben, die ihren Anführern berichtet hätten, daß wir ihre Wachhunde beiseite geschafft haben. Also entledigten wir uns ihrer ohne Aufsehen an einem sehr abgelegenen Ort und versteckten sie.«

»Es stehen keine Cetniks unter meinem Befehl, Captain Mallory.«

Mallory sagte trocken: »Man muß ein sehr schlauer Bauer sein, Major, um aus zwei schlechten Äpfeln, die ganz oben auf dem Faß liegen, sicher zu schließen, daß es weiter unten keine gibt.«

Mallory lächelte, um seinen Worten die Schärfe zu nehmen, und fuhr munter fort: »Und nun, Major, brauche ich einige Informationen über Hauptmann Neufeld.«

Es wäre eine beträchtliche Untertreibung gewesen, zu sagen, daß die Gästehütte wohl kaum eine so freundliche Bezeichnung verdiente. Als Schutz für ein wenig beachtetes Haustier wäre sie kaum zumutbar gewesen. Als Unterkunft für Menschen fehlte es ihr an allem, was unsere moderne europäische Gesellschaft als das Minimum für ein zivilisiertes Leben betrachtet. Sogar die Spartaner des alten Griechenland hätten sie für unzumutbar gehalten. Ein wackliger Tisch, eine Bank, ein sterbendes Feuer und jede Menge festgetretenen Erdbodens. Es reichte nicht ganz, um sich so weit von der Heimat entfernt zu Hause zu fühlen.

Es waren sechs Leute in der Hütte, drei standen, einer saß, zwei hatten sich auf dem holprigen Boden ausgestreckt. Petar, zum erstenmal alleine ohne seine Schwester, saß auf dem Boden, die Gitarre mit beiden Händen umklammert, und starrte blicklos in die langsam verglühenden Holzscheite. Andrea, in offensichtlich genüßlicher Behaglichkeit in einem Schlafsack ausgestreckt, paffte friedlich etwas, das, nach den häufigen leidenden Blicken, die in seine Richtung geworfen wurden, zu urteilen, eine noch widerlichere Zigarre als gewöhnlich zu sein schien. Miller, der sich ebenfalls genießerisch zurückgelehnt hatte, las etwas, das aussah wie ein dünner Gedichtband. Reynolds und Groves, die keinen Schlaf finden konnten, standen untätig an dem einzigen Fenster der Hütte und starrten geistesabwesend auf das trübe beleuchtete Lager hinaus. Sie wandten sich um, als Saunders sein Funkgerät aus der Tasche nahm und damit zur Tür ging.

Mit leichter Bitterkeit in der Stimme sagte Saunders: »Schlafen Sie gut.«

»Schlafen Sie gut?« Reynolds hob fragend eine Augenbraue. »Und wo gehen Sie hin?«

»Zum Funkgerät. Nachricht nach Termoli. Sie müssen sich nicht Ihren Schönheitsschlaf verderben lassen, während ich funke.«

Saunders verließ die Hütte. Groves setzte sich an den Tisch und bettete seinen müden Kopf in die Hände. Reynolds blieb am Fenster, beobachtete, wie Saunders das Lagergelände überquerte und eine verdunkelte Hütte am anderen Ende des Platzes betrat. Bald schimmerte Licht nach draußen.

Reynolds' Augen blickten in die Richtung, aus der plötzlich ein rechteckiger Lichtschein auf den Lagerplatz fiel. Die Tür von Major Brozniks Hütte hatte sich geöffnet, und einen Moment lang stand Mallory dort wie ein Schattenriß, in der Hand etwas, das wie ein Blatt Papier aussah. Dann schloß sich die Tür, und Mallory ging in die Richtung auf die Funkhütte davon.

Reynolds wurde plötzlich sehr wachsam, sehr still. Mallory hatte weniger als ein Dutzend Schritte gemacht, als eine dunkle Gestalt sich aus dem noch tieferen Schatten einer Hütte löste und sich ihm in den Weg stellte. Ganz automatisch glitt Reynolds' Hand zu der Luger an seinem Gürtel, zog sich dann aber langsam zurück. Was immer diese Gegenüberstellung für Mallory bedeutete, jedenfalls keine Gefahr, denn Maria, das wußte Reynolds, trug keine Waffe. Und fraglos war es Maria, die sich nun in so offensichtlich intensiver Unterhaltung mit Mallory befand.

Reynolds preßte verwirrt sein Gesicht gegen die Fensterscheibe.

Fast zwei Minuten lang starrte er auf diesen erstaunlichen Anblick des Mädchens, das Mallory mit soviel Bösartigkeit geohrfeigt hatte, das keine Gelegenheit hatte verstreichen lassen, um ihre Abneigung, die schon an Haß grenzte, deutlich zu machen, und das sich jetzt nicht nur lebhaft, sondern auch offensichtlich sehr freundschaftlich mit ihm unterhielt. Reynolds' Verständnislosigkeit über diese unerklärliche Wendung war so vollkommen, daß er in einen tranceähnlichen Zustand verfiel, eine Verzauberung, die sich abrupt löste, als er sah, daß Mallory einen schützenden Arm um ihre Schultern legte und sie in einer Weise tätschelte, die sowohl tröstend als auch leidenschaftlich oder auch beides zugleich sein konnte. Auf jeden Fall rief diese Geste keine Abwehrreaktion bei dem Mädchen hervor. Es war immer noch unerklärlich, aber die einzige Möglichkeit, diesen Vorfall zu deuten, war eine reichlich unheilverkündende. Reynolds wirbelte herum und nickte Groves schweigend und drängend zu, ans Fenster zu kommen. Groves stand schnell auf, ging ans Fenster und schaute hinaus, aber von Maria war nichts mehr zu sehen. Mallory war allein und ging über den Lagerplatz auf die Funkbude zu, das Blatt Papier immer noch in der Hand. Groves sah Reynolds fragend an.

»Sie waren zusammen«, flüsterte Reynolds. »Mallory und Maria. Ich habe sie gesehen. Sie haben sich unterhalten.«

»Was? Bist du sicher?«

»Ich schwöre es dir. Ich *habe* sie gesehen. Er hatte sogar seinen Arm um ihre... weg vom Fenster, Maria kommt!«

Ohne Eile drehten sie sich um und setzten sich gleichgültig an den Tisch. Sekunden später trat Maria ein und ging, ohne irgend jemanden anzuschauen oder anzusprechen, zum Feuer hinüber, setzte sich neben Petar und nahm seine Hand. Etwa eine Minute später kam Mallory herein und setzte sich auf einen Strohsack neben Andrea, der seine Zigarre aus dem Mund nahm und ihn leicht fragend ansah. Mallory vergewisserte sich verstohlen, daß er nicht unter Beobachtung stand, und nickte dann. Andrea wandte sich wieder seiner Zigarre und damit seiner Behaglichkeit zu.

Reynolds warf Groves einen unsicheren Blick zu und sagte dann zu Mallory: »Sollten wir nicht eine Wache aufstellen, Sir?«

»Eine Wache?« Mallory lächelte amüsiert. »Wozu denn, um Himmels willen? Dies ist ein Partisanenlager, Sergeant. Wir sind hier bei Freunden, wissen Sie. Und, wie Sie wohl gesehen haben, haben sie ihr eigenes ausgezeichnetes Bewachungssystem.«

»Man weiß nie...«

»*Ich* weiß. Schlafen Sie doch ein bißchen.«

Reynolds fuhr hartnäckig fort: »Saunders ist ganz allein da drüben. Mir gefällt der...«

»Er verschlüsselt und funkt eine kurze Nachricht für mich. Es dauert nur ein paar Minuten.«

»Aber...«

»Maul halten«, sagte Andrea grob. »Haben Sie nicht gehört, was der Captain gesagt hat?«

Reynolds fühlte sich mittlerweile reichlich unbehaglich, so unbehaglich, daß man es aus seiner feindseligen Entrüstung sofort entnehmen konnte.

»Maul halten? Warum sollte ich mein Maul halten? Ich nehme keine Befehle von Ihnen entgegen. Und wenn wir schon gerade dabei sind, einander zu sagen, was wir tun sollen, dann würde ich vorschlagen, daß Sie endlich diese verdammte stinkende Zigarre ausmachen.«

Miller senkte müde seinen Gedichtband.

»Ich bin ganz Ihrer Meinung, was die Zigarre betrifft, junger Mann. Aber vergessen Sie nicht, daß Sie mit einem Colonel im Dienst der Armee sprechen.«

Miller kehrte zu seiner Lektüre zurück. Ein paar Sekunden starrten Reynolds und Groves einander mit offenem Mund an, dann stand Reynolds auf und sah Andrea an. »Es tut mir außerordentlich leid, Sir. Ich... mir war nicht klar...«

Andrea brachte ihn mit einer Handbewegung zum Schweigen und vertiefte sich wieder in den Genuß seiner Zigarre. Die Minuten verstrichen in Schweigen. Maria saß vor dem Feuer, hatte ihren Kopf an Petars Schulter gelehnt und rührte sich nicht. Sie schien zu schlafen. Miller schüttelte seinen Kopf in hingerissener Bewunderung über etwas, das eine der esoterischen Enthüllungen der dichterischen Muse zu sein schien, schloß widerwillig das Buch und rutschte in seinem Schlafsack hinunter. Andrea drückte seine Zigarre aus und tat das gleiche. Mallory schien bereits zu schlafen. Groves legte sich hin, und Reynolds, der sich über den Tisch lehnte, legte seinen Kopf auf die Arme. Fünf Minuten lang, vielleicht auch mehr, verharrte Reynolds in dieser Stellung, unbehaglich vor sich hindösend, dann hob er den Kopf, setzte sich mit einem Ruck auf, schaute auf seine Uhr, ging zu Mallory hinüber und rüttelte ihn an der Schulter. Mallory fuhr hoch.

»Zwanzig Minuten«, sagte Reynolds drängend. »Zwanzig Minuten, und Saunders ist immer noch nicht zurück.«

»Gut, gut, dann sind es eben zwanzig Minuten«, sagte Mallory geduldig. »Er kann leicht so lange gebraucht haben, bis er Kontakt gekriegt hat, und funken soll er ja auch noch.«

»Jawohl, Sir. Darf ich es nachprüfen?«

Mallory nickte müde und schloß die Augen. Reynolds griff nach seiner Schmeisser, verließ die Hütte und zog die Tür leise hinter sich zu. Er entsicherte die Waffe und rannte quer über den Lagerplatz.

Das Licht in der Funkerhütte brannte noch. Reynolds versuchte, durch das Fenster zu spähen, aber der Frost der klirrend kalten Nacht hatte es völlig undurchsichtig gemacht. Reynolds glitt zur Tür. Er legte den Finger auf den Abzug und öffnete die Tür auf die Art, wie es allen Commandos beigebracht wurde – mit einem heftigen Tritt mit dem rechten Fuß.

Es war niemand in der Funkbude, wenigstens niemand, der ihm irgendwie schaden konnte. Langsam senkte Reynolds sein Gewehr und betrat die Hütte zögernd wie ein Schlafwandler, sein Gesicht war zu einer Maske des Schreckens erstarrt.

Saunders lehnte müde über dem Funkertisch, sein Kopf ruhte in einem unnatürlichen Winkel abgebogen darauf, beide Arme hingen seitlich schlaff bis auf den Boden herunter. Der Griff eines Messers ragte zwischen seinen Schulterblättern hervor. Fast unbewußt registrierte Reynolds, daß keine Blutspuren zu sehen waren – der Tod war unmittelbar eingetreten. Das Funkgerät lag auf dem Boden, eine verdrehte zerfetzte Masse von Metall, die offensichtlich unreparabel zerstört worden war. Versuchsweise, er wußte selbst nicht, warum, streckte er eine Hand aus und berührte den toten Mann an der Schulter. Saunders schien in Bewegung zu kommen, seine Wange glitt über die Tischplatte, er kippte nach einer Seite und stürzte schwer auf die zerschmetterten Überreste des Funkgeräts. Reynolds beugte sich über ihn. Graue Pergamenthaut hatte die Sonnenbräune abgelöst, blinde, gebrochene Augen bewachten ein Gehirn, das aufgehört hatte, zu arbeiten. Reynolds fluchte kurz und verbittert, richtete sich auf und rannte aus der Hütte.

Alle in der Gästehütte schliefen oder schienen zu schlafen. Reynolds trat zu Mallory, ließ sich auf ein Knie nieder und rüttelte ihn grob an der Schulter. Mallory kam in Bewegung, öffnete ein paar übermüdete Augen und stützte sich auf einen Ellbogen auf. Er warf Reynolds einen fragenden Blick zu, in dem keine Begeisterung lag.

»Bei Freunden, haben Sie gesagt.« Reynolds sprach leise, bösartig, fast zischend. »Sicher, haben Sie gesagt. Saunders geht es gut, haben Sie gesagt. Sie wüßten es, haben Sie gesagt. Sie haben es verdammt gewußt.«

Mallory sagte nichts. Er setzte sich abrupt auf seinem Strohsack auf, und im gleichen Moment waren seine Augen hellwach. Er sagte: »Saunders?«

Reynolds erwiderte: »Ich glaube, Sie kommen besser mit mir.«

Schweigend verließen die beiden Männer die Hütte, schweigend überquerten sie den verlassenen Lagerplatz, und schweigend betraten sie die Funkhütte. Mallory blieb in der Tür stehen. Vielleicht zehn Sekunden lang, die Reynolds jedoch unnötig lang erschienen, starrte Mallory auf den toten Mann und das zerstörte Funkgerät, ohne daß sich auf seinem Gesicht auch nur die geringste Gefühlsbewegung widerspiegelte. Reynolds mißverstand den Ausdruck beziehungsweise den Mangel an Ausdruck und konnte seinen angestauten Zorn nicht länger zurückhalten.

»Jeder Hund hat das Anrecht darauf, einmal zu beißen«, sagte Mallory milde. »Aber ich möchte diesen Ton nicht mehr hören. Was soll ich zum Beispiel unternehmen?«

»Was tun?« Reynolds kämpfte sichtbar um seine Beherrschung. »Finden Sie den netten Herrn, der das hier auf dem Gewissen hat.«

»Ihn zu finden dürfte sehr schwierig sein«, gab Mallory zu bedenken. »Unmöglich, würde ich sogar sagen. Wenn der Mörder einer aus dem Lager ist, dann wird er sich hier im Lager verkrochen haben. Wenn er von draußen kam, ist er bis jetzt schon eine Meile von hier weg und entfernt sich in jeder Sekunde weiter von uns. Gehen Sie Andrea und Miller und Groves wecken, und sagen Sie ihnen, sie sollen herkommen. Und dann gehen Sie zu Major Broznik und erzählen ihm, was passiert ist.«

»Ich werde ihnen schon sagen, was passiert ist«, sagte Reynolds bitter. »Und ich werde ihnen auch sagen, daß es niemals passiert *wäre*, wenn Sie auf mich gehört hätten. Aber Sie wollten ja nicht hören, o nein, Sie wollten nicht hören.«

»Also hatten Sie recht und ich unrecht. Und jetzt tun Sie, was ich Ihnen gesagt habe.«

Reynolds zögerte, er war offensichtlich an der Schwelle zur offenen Revolte. Mißtrauen und Herausforderung flackerten über sein zorniges Gesicht. Doch dann brachte etwas in Mallorys Gesichtsausdruck ihn dazu, wieder vernünftig zu denken und nachzugeben, und er nickte in mürrischer Feindseligkeit, drehte sich um und ging davon. Mallory wartete, bis er um die Ecke der Hütte verschwunden war, brachte seine Taschenlampe zum Vorschein und begann, ohne sich davon viel zu versprechen, den festgetretenen Schnee vor der Funkerhütte zu untersuchen. Aber fast sofort blieb er stehen, beugte sich nieder und brachte den Strahl seiner Taschenlampe ganz nahe an den Boden.

Es war wirklich nur eine Andeutung eines Fußabdrucks, nur die vordere Hälfte einer rechten Schuhsohle. Das Muster zeigte zwei V-förmige Zeichen, das vordere V mit einer sauber ausgeschnittenen Unterbrechung. Mallory, der sich nun schneller bewegte, folgte der Richtung, die die Schuhspitze anzeigte, und entdeckte noch zwei ähnliche Einkerbungen, schwach, aber eindeutig, bevor der gefrorene Schnee in die gefrorene Erde des Lagergeländes überging, eine Erde, die zu hart war, um irgendwelche Fußspuren zu zeigen. Mallory verfolgte seine Schritte zurück und löschte sorgfältig alle drei Abdrücke mit seiner Schuhspitze aus. Er erreichte die Funkerhütte nur zwei Sekunden, bevor Reynolds, Andrea, Miller und Groves ankamen. Major Broznik und einige seiner Männer kamen wenig später nach.

Sie suchten im Inneren der Hütte nach Hinweisen auf die Person des Mörders, aber es gab keine Hinweise. Zentimeter für Zentimeter suchten sie den festgetretenen Schnee rings um die Hütte ab, ebenfalls ohne den geringsten Erfolg. Unterstützt von mittlerweile vielleicht sechzig oder siebzig verschlafenen Soldaten, durchsuchten sie gleichzeitig alle Gebäude und den Wald rund um das Lagergebiet: Aber weder das Lager noch der Wald lieferten irgendwelche Hinweise. »Wir können die Sache genausogut abblasen«, sagte Mallory schließlich. »Er ist spurlos verschwunden.«

»Es sieht so aus«, stimmte Major Broznik zu. Er war sehr bestürzt und bitterböse, daß so etwas in seinem Lager hatte geschehen können. »Wir verdoppeln lieber die Posten für den Rest der Nacht.«

»Das ist nicht nötig«, sagte Mallory. »Unser Freund kommt nicht zurück.«

»Das ist nicht nötig«, äffte Reynolds ihn wild nach. »Es war auch für den armen Saunders nicht nötig, haben Sie gesagt. Und wo ist Saunders jetzt? Schläft er gemütlich in seinem Bett? Zur Hölle! Es ist nicht...«

Andrea stieß einen warnenden Laut hervor und trat einen Schritt näher an Reynolds heran, aber Mallory machte eine kurze beschwichtigende Geste mit seiner rechten Hand. Er sagte: »Es liegt natürlich ganz in Ihrer Hand, Major. Es tut mir leid, daß wir daran schuld sind, daß Sie und Ihre Männer eine schlaflose Nacht hatten. Bis morgen früh.« Er lächelte schief. »Das ist ja nicht mehr lang hin.« Er wandte sich zum Gehen und sah sich Groves gegenüber, der ihm den Weg verstellte, einem Groves, dessen gewöhnlich fröhliches Gesicht jetzt die erbitterte Feindseligkeit von Reynolds widerspiegelte.

»Er ist also spurlos verschwunden, was? Auf und davon. Und damit ist die Sache erledigt, wie?«

Mallory schaute ihn nachdenklich an. »Nicht ganz, nein. Das würde ich nicht sagen. Ein bißchen Zeit. Wir finden ihn.«

»Ein bißchen Zeit? Vielleicht sogar noch, bevor er an Altersschwäche stirbt?«

Andrea sah Mallory an. »Vierundzwanzig Stunden?«

»Weniger.« Andrea nickte, und er und Mallory wandten sich um und gingen auf die Gästehütte zu. Reynolds und Groves sahen den beiden Männern nach, während Miller nahe hinter ihnen stand, und schauten dann einander an. Ihre Gesichter waren immer noch niedergedrückt und verbittert.

»Sind das nicht zwei nette warmherzige Burschen? Völlig gebrochen über den Tod des armen Saunders'.« Groves schüttelte den Kopf. »Es macht ihnen nichts. Es macht ihnen einfach nichts.«

»Oh, das würde ich nicht sagen«, sagte Miller schüchtern. »Das sieht nur so aus. Und das ist nicht das gleiche.«

»Gesichter wie geschnitzte Indianer«, stieß Reynolds hervor. »Sie haben nicht einmal gesagt, daß es ihnen leid tut, daß Saunders umgebracht wurde.«

»Nun«, sagte Miller geduldig, »das ist zwar ein Klischee, aber verschiedene Leute reagieren verschieden. Zugegeben, Gram und Zorn sind die natürlichen Reaktionen in so einem Fall, aber wenn Mallory und Andrea ihre Zeit damit verbrächten, auf diese Weise auf alle Dinge zu reaieren, die ihnen in ihrem Leben schon passiert sind, hätten sie die letzten Jahre kaum überstanden. Deshalb reagieren sie nicht mehr so. Sie unternehmen etwas. So, wie sie gegen den Mörder Ihres Freundes etwas unternehmen werden. Vielleicht haben Sie es nicht mitbekommen, aber Sie haben soeben der Verkündigung eines Todesurteils beigewohnt.«

»Woher wissen *Sie* denn das?« fragte Reynolds unsicher. Er nickte in Richtung auf Mallory und Andrea, die gerade die Gästehütte betraten. »Und woher wissen *sie* das? Ohne zu sprechen, meine ich.«

»Telepathie.«

»Was meinen Sie mit Telepathie.«

»Es würde zu lang dauern«, sagte Miller müde. »Fragen Sie mich morgen früh noch einmal.«

6. KAPITEL

Freitag 08.00–10.00

Die verzweigten, schneebeladenen Kronen der Kiefern bildeten eine fast undurchdringliche Kuppel, die wirkungsvoll Major Brozniks Lager, dessen Hütten eng beieinander auf dem Grund der Jamba standen, gegen fast jeglichen Lichtschimmer vom Himmel abschirmten. Sogar an einem Mittag im Hochsommer herrschte hier unten nicht mehr als zwielichtige Dämmerung. An einem Morgen wie diesem, eine Stunde nach Tagesanbruch, während vom wolkenbedeckten Himmel dichter Schnee fiel, konnte man die Lichtverhältnisse genausogut für eine sternenhelle Nacht halten. Im Inneren der Speisehütte, in der Mallory und seine Begleiter mit Major Broznik frühstückten, war es außerordentlich düster, und die Dunkelheit wurde von den zwei rauchenden Öllampen, die die einzigen primitiven Beleuchtungsmöglichkeiten darstellten, eher verstärkt als gemildert.

Die düstere Atmosphäre wurde noch vertieft durch das Benehmen und die Mienen der Männer, die am Frühstückstisch saßen. Sie aßen in niedergedrücktem Schweigen, die Köpfe gesenkt, und sahen einander kaum an. Die Vorfälle der vergangenen Nacht hatten sie alle tief bestürzt, aber am schwersten hatten sie zweifellos Reynolds und Groves getroffen, deren Gesichter immer noch den Schock über Saunders' Ermordung widerspiegelten. Sie rührten ihr Essen nicht an und saßen bedrückt vor ihren Tellern.

Um die Atmosphäre stiller Verzweiflung vollkommen zu machen, war das Frühstück, das der Küchenchef der Partisanen am frühen Morgen servierte, kaum genießbar. Es wurde von zwei Partisankas – weiblichen Mitgliedern der Armee Marschall Titos – serviert und bestand aus Polenta, einem reichlich unappetitlichen Gericht, das aus Mais hergestellt wird, und Raki, einem jugoslawischen Geist, der an Schärfe seinesgleichen sucht. Miller löffelte sein Frühstück mit betontem Widerwillen hinein.

»Nun«, sagte er an niemanden gewandt, »es ist wenigstens mal was anderes.«

»Das ist alles, was wir haben«, sagte Broznik entschuldigend. Er legte seinen Löffel weg und stieß den Teller zurück. »Und nicht einmal das kann ich essen. Nicht heute morgen. Jeder Eingang zur Jamba ist bewacht, und trotzdem war ein Mörder heute nacht in meinem Lager. Aber vielleicht kam er gar nicht an den Wachen vorbei. Vielleicht war er schon drin. Stellen Sie sich das vor – ein

Verräter in meinem eigenen Lager. Und wenn das der Fall ist, kann ich ihn nicht einmal finden. Ich kann es nicht einmal glauben.«

Ein Kommentar war überflüssig, es gab nichts mehr zu sagen, was nicht schon gesagt worden war, und niemand schaute in Brozniks Richtung. Sein Unbehagen, seine Verwirrung und sein Zorn wurden aus seiner Stimme deutlich genug. Andrea, der seinen Teller bereits mit offensichtlichem Genuß leergegessen hatte, sah die zwei unberührten Teller an, die vor Reynolds und Groves standen, und sah dann fragend die beiden Männer an, die den Kopf schüttelten. Andrea streckte die Hand aus, stellte die beiden Teller vor sich und fuhr fort, mit großem Appetit zu essen. Reynolds und Groves blickten ihn in schockierender Fassungslosigkeit an, möglicherweise ehrfürchtig vor Andreas unverwöhnten Geschmacksnerven, aber wahrscheinlich eher überrascht über die Gefühllosigkeit eines Mannes, der so herzhaft essen konnte, nachdem erst ein paar Stunden vorher einer seiner Kameraden getötet worden war. Miller seinerseits sah Andrea entsetzt an, probierte noch eine winzige Löffelspitze von der Polenta und rümpfte die Nase in vornehmer Abscheu. Er legte seinen Löffel weg und schaute mürrisch zu Petar hinüber, der sich, mit der Gitarre über der Schulter, selbst auf eine seltsame Weise fütterte.

Miller fragte irritiert: »Schleppt er immer die verdammte Gitarre mit sich herum?«

»Unser Verlorener«, sagte Broznik leise. »So nennen wir ihn. Unser armer blinder Verlorener. Er trägt sie immer mit sich herum oder hat sie neben sich liegen. Sogar wenn er schläft – haben Sie das gestern abend nicht bemerkt? Die Gitarre bedeutet für ihn soviel wie sein Leben. Vor ein paar Wochen hat einer meiner Männer sie aus Spaß wegnehmen wollen. Petar hat ihn fast umgebracht, obwohl er blind ist.«

»Er muß stocktaub sein«, sagte Miller nachenklich. »Es ist das entsetzlichste Gitarrenspiel, das ich je gehört habe.«

Broznik lächelte schwach. »Zugegeben. Aber verstehen Sie denn nicht? Er kann sie fühlen. Er kann sie berühren. Sie gehört ihm. Es ist das einzige, was ihm auf der Welt noch geblieben ist, in einer dunklen und einsamen und leeren Welt. Unser armer Verlorener.«

»Er könnte sie wenigstens stimmen«, stieß Miller hervor.

»Sie sind ein guter Kerl, mein Freund. Sie versuchen uns von dem abzulenken, was heute vor uns liegt. Aber das kann niemand schaffen.« Er wandte sich an Mallory. »Ebensowenig wie Sie hoffen können, Ihren verrückten Plan auszuführen, Ihre gefangenen

Agenten zu retten und das deutsche Spionagenetz hier zu zerstören. Das ist Irrsinn. Irrsinn!«

Mallory machte eine vage Handbewegung. »Das müssen ausgerechnet Sie mir sagen. Wie sitzen Sie denn hier? Ohne Nahrung. Ohne Geschütze. Ohne Transportmöglichkeiten. Fast ohne Gewehre – und praktisch ohne Munition für diese wenigen Gewehre. Ohne Medikamente. Ohne Panzer. Ohne Flugzeuge. Ohne Hoffnung – und doch kämpfen Sie weiter. Finden Sie das normal?«

»Touché«. Broznik lächelte, schob die Flasche Raki über den Tisch, wartete, bis Mallory sein Glas gefüllt hatte, und sagte dann: »Auf die Irren dieser Welt.«

»Ich habe vorhin oben an der Westschlucht mit Major Stephan gesprochen«, sagte General Vukalovic. »Er hält uns alle für verrückt. Sind Sie auch dieser Meinung, Colonel Lazlo?«

Der Mann, der ausgestreckt neben Vukalovic lag, senkte sein Fernglas. Er war ein stämmiger, sonnenverbrannter, untersetzter Mann in mittleren Jahren, dessen schwarzer Schnauzbart aussah, als wäre er gewachst. Nach einem Moment des Nachdenkens sagte er: »Ganz ohne Zweifel, Sir.«

»Sogar Sie?« protestierte Vukalovic. »Mit einem tschechischen Vater?«

»Er kam aus der Hohen Tatra«, erklärte Lazlo, »da sind nur Verrückte.«

Vukalovic lächelte, stützte sich etwas bequemer auf seinem Ellenbogen auf, spähte zwischen zwei Felsen hindurch die Schlucht hinunter, hob sein Fernglas an die Augen und suchte die Gegend im Süden ab, wobei er das Glas langsam immer höher hob. Unmittelbar vor ihm fiel ein kahler felsiger Abhang ungefähr sechzig Meter weit sanft ab. Am Ende ging er allmählich in ein grasbewachsenes Plateau über, das an der breitesten Stelle nicht mehr als zweihundert Meter maß, das sich aber auf beiden Seiten in die Länge dehnte, so weit man sehen konnte. Auf der rechten Seite verlief das Plateau nach Westen, auf der linken Seite in einem Bogen nach Osten, dann nach Nordosten und schließlich nach Norden. Am Rande des Plateaus fiel das Land plötzlich steil ab und ging in das Ufer eines breiten und reißenden Flusses über, eines Gebirgsflusses, grün von dem schmelzenden Eis im Frühling und weiß an den Stellen, an denen er über die gezackten Felsen und kleinen Schwellen schäumte. Genau südlich von der Stelle, an der Vukalovic und Lazlo lagen, spannte sich eine grünweiß angestrichene stählerne Auslegerbrücke über den Fluß. Am anderen Flußufer erhob sich ein flacher grasbewachsener Hügel, der nach hundert Metern vor einem sich weit nach Süden erstreckenden Wald riesiger Kiefern endete. Verstreut zwischen den ersten Kiefern standen einige Metallungeheuer – Panzer. Jenseits des Flusses und des Waldes erhoben sich zerklüftete Berge, deren schneebedeckte Gipfel mit der Sonne, die sich weiter südöstlich durch die Schneewolken gekämpft hatte, um die Wette zu strahlen schienen.

Vukalovic senkte sein Fernglas und seufzte.

»Eine Ahnung, wie viele Panzer da drüben im Wald stehen?«

»Ich wünschte bei Gott, ich wüßte es.« Lazlo hob hilflos die Hände. »Vielleicht zehn. Vielleicht zweihundert. Wir haben keine Ahnung. Wir haben Späher hinübergeschickt, aber sie kamen nie zurück. Vielleicht wurden sie von der Strömung der Neretva weggeschwemmt.« Nachdenklich sah er Vukalovic an. »Durch die Zenica-Schlucht, durch die Westschlucht oder über die Brücke da – Sie haben nicht die geringste Ahnung, von wo der Angriff kommen wird, nicht wahr, Sir?«

Vukalovic schüttelte den Kopf.

»Aber Sie rechnen damit, daß er bald kommt?«

»Sehr bald.« Vukalovic schlug mit der geballten Faust auf den Boden. »Gibt es denn *keine* Möglichkeit, diese verdammte Brücke zu zerstören?«

»Fünfmal hat es die RAF versucht«, sagte Lazlo deprimiert. »An einem Tag siebenundzwanzig Flugzeuge verloren – entlang der Neretva lauern zweihundert AA-Gewehre, und der nächste Landeplatz für Messerschmitts ist nur zehn Flugminuten entfernt. Die Deutschen haben die britischen Bomber, die unser Ufer überqueren, auf den Radarschirmen – und die Messerschmitts warten bereits auf sie, wenn sie ankommen. Und vergessen sie nicht, daß die Brücke auf beiden Seiten in den Felsen eingelassen ist.«

»Also ein direkter Schlag oder gar nichts?«

»Ein direkter Schlag auf ein Ziel, das sieben Meter breit und dreitausend Meter entfernt ist. Es ist unmöglich. Und noch dazu ist das Ziel so gut getarnt, daß man es kaum aus fünfhundert Metern Entfernung erkennen kann. Doppelt unmöglich.«

»Und unmöglich für uns«, sagte Vukalovic kalt.

»Unmöglich für uns. Wir haben unseren letzten Versuch zwei Nächte zuvor gemacht.«

»Sie haben... und ich habe Ihnen ausdrücklich befohlen, es nicht zu tun.«

»Sie haben uns *gebeten*, es nicht zu tun. Aber ich, Colonel Lazlo, wußte es natürlich besser. Sie begannen Leuchtkugeln abzufeuern, als unsere Leute das Plateau zur Hälfte überquert hatten. Weiß der Himmel, woher sie wußten, daß wir kamen. Dann kamen die Suchscheinwerfer...«

»Und dann die Schrapnelle«, beendete Vukalovic den Satz. »Und die Oerlikons. Verluste?«

»Ein halbes Bataillon.«

»Ein halbes Bataillon! Und nun sagen Sie mir, mein lieber Lazlo, was in dem völlig unwahrscheinlichen Fall passiert wäre, wenn Ihre Leute die Brücke erreicht hätten?«

»Sie hatten Amatol-Sprengkapseln, Handgranaten...«

»Keine Knallfrösche?« fragte Vukalovic mit beißendem Spott. »Die hätten vielleicht etwas genützt. Die Brücke ist aus Stahl und im Felsen einbetoniert. Mann! Es war reiner Wahnsinn, diesen Versuch zu machen!«

»Ja, Sir.« Lazlo senkte den Blick. »Vielleicht sollten Sie mich entlassen.«

»Ich glaube, das sollte ich.« Vukalovic betrachtete aufmerksam das erschöpfte Gesicht seines Gegenübers. »Und ich würde es auch tun. Wenn nicht...«

»Wenn nicht...?«

»Wenn nicht alle meine anderen Regimentskommandeure ebenso wahnsinnig wären wie Sie. Und wenn die Deutschen angreifen – vielleicht sogar heute nacht?«

»Wir stehen hier. Wir sind Jugoslawen, und wir wissen nicht, wo wir sonst hin sollen. Was könnten wir anderes tun?«

»Was Sie tun könnten? Zweitausend Männer, bewaffnet mit Knallbüchsen! Die meisten dieser zweitausend Männer sind schwach, dem Verhungern nahe und haben kaum noch Munition. Und Sie stehen hier. Sie könnten sich jederzeit ergeben, das wissen Sie doch.«

Lazlo lächelte. »Bei allem Respekt, General, jetzt ist nicht der Augenblick für Witze.«

Vukalovic schlug ihm auf die Schulter. »Ich habe es auch nicht witzig gemeint. Ich gehe zum Damm hinauf, zum nordöstlichen Stützpunkt. Ich möchte nachsehen, ob Colonel Janzy genauso verrückt ist wie Sie. Und – Colonel?«

»Sir?«

»Wenn der Angriff kommt, werde ich vielleicht den Befehl zum Rückzug geben.«

»Rückzug?«

»Nicht Übergabe. Rückzug. Rückzug, damit wir hoffentlich siegen.«

»Ich bin sicher, der General weiß, was er sagt.«

»Das weiß der General nicht.« Vukalovic stand auf, um zu gehen. Die Möglichkeit, von einem Scharfschützen, der am anderen Neretva-Ufer lauerte, erschossen zu werden, schien ihn nicht zu beunruhigen. »Haben Sie jemals von einem Mann mit dem Namen Captain Mallory gehört? Keith Mallory, ein Neuseeländer?«

»Nein«, sagte Lazlo sofort. Er machte eine Pause und fuhr dann fort: »Warten Sie mal. Ein Bursche, der Berge hinaufkletterte?«

»Genau. Aber wie ich erfahren habe, hat er auch noch andere Fähigkeiten.« Vukalovic rieb sich sein Stoppelkinn. »Wenn alles, was ich über ihn gehört habe, stimmt, ist er ein ziemlich fähiger Mann.«

»Und was ist mit diesem ziemlich fähigen Mann?« fragte Lazlo.

»Nur dies: Wenn alles verloren ist und es keine Hoffnung mehr gibt, dann gibt es immer, irgendwo auf der Welt, einen Mann, an den man sich wenden kann. Vielleicht gibt es nur diesen einen Mann. Meistens gibt es nur diesen einen Mann. Aber dieser eine Mann ist immer da.« Er schwieg nachdenklich. »So heißt es wenigstens.«

»Ja, Sir«, sagte Lazlo höflich. »Aber was diesen Keith Mallory betrifft...«

»Bevor Sie heute abend einschlafen, beten Sie für ihn. Ich werde es auch tun.«

»Ja, Sir. Und was ist mit uns? Soll ich für uns auch beten?«

»Das«, sagte Vukalovic, »wäre gar keine schlechte Idee.«

Die Hänge der Mulde, in der Major Broznik sein Lager aufgeschlagen hatte, waren sehr steil und rutschig, und die Karawane von Männern und Ponys hatte Schwierigkeiten, hinaufzukommen. Das heißt, die meisten hatten Schwierigkeiten. Die Eskorte dunkelhäutiger und gedrungener bosnischer Partisanen, für die ein derartiges Terrain nichts Besonderes war, schien der Aufstieg nicht im mindesten anzustrengen. Und er machte auch Andrea nichts aus, der seine übliche stinkende Zigarre im Mund hatte und in regelmäßigen Abständen schwarze Rauchwolken ausstieß. Reynolds beobachtete ihn, und was er sah, verstärkte seine Zweifel und seine Verzweiflung.

Er sagte säuerlich: »Sie scheinen sich während dieser Nacht in Rekordzeit erholt zu haben, Colonel Stavros, Sir.«

»Andrea.« Die Zigarre wurde für einen Moment aus dem Mund genommen. »Ich habe einen Herzfehler. Es kommt und geht.« Die Zigarre wanderte wieder an ihren Platz.

»Den Eindruck habe ich auch«, stieß Reynolds hervor. Zum zwanzigstenmal schaute er mißtrauisch über seine Schulter. »Wo zum Teufel ist Mallory?«

»Wo zum Teufel ist *Captain* Mallory?« tadelte Andrea.

»Wo also?«

»Der Leiter einer Expedition hat viele Pflichten«, sagte Andrea. »Er muß viele Dinge erledigen. Captain Mallory erledigt wahrscheinlich gerade eines dieser Dinge.«

»Was Sie nicht sagen«, murmelte Reynolds.

»Wie bitte?«

»Nichts.«

Captain Mallory erledigte tatsächlich genau in diesem Augenblick etwas. Wieder zurück in Brozniks Hütte, standen er und Broznik über eine Karte gebeugt, die auf dem Tisch ausgebreitet lag. Broznik deutete auf eine Stelle an der oberen Kante der Karte.

»Ich gebe Ihnen recht. Dies ist der am nächsten gelegene Landestreifen für ein Flugzeug. Aber er liegt sehr hoch. Zu dieser Jahreszeit wird dort oben immer noch fast ein Meter Schnee liegen. Es gibt andere Stellen, bessere.«

»Daran zweifle ich nicht«, sagte Mallory. »Entferntere Felder sind immer grüner, vielleicht sogar entferntere Flugfelder. Aber ich habe keine Zeit.« Er bohrte seinen Zeigefinger in die Karte. »Ich will hier eine Landebahn, nur hier, und zwar bei Anbruch der Nacht. Ich wäre sehr dankbar, wenn Sie innerhalb einer Stunde einen Boten nach Konjic schicken und meine Bitte zu Ihrem Partisanenhauptquartier in Dvar funken ließen.«

Broznik sagte trocken: »Sie sind daran gewöhnt, daß Wunder sofort erledigt werden, nicht wahr, Captain Mallory?«

»Dies fällt nicht in die Rubrik ›Wunder‹. Nur tausend Mann. Die Füße von tausend Mann. Ein kleiner Preis für siebentausend Leben, oder?«

Er reichte Broznik ein Blatt Papier. »Wellenlänge und Code. Veranlassen Sie, daß Konjic das so schnell wie möglich durchgibt.« Mallory warf einen Blick auf seine Uhr. »Sie sind mir schon zwanzig Minuten voraus. Ich beeile mich wohl besser.«

»Der Meinung bin ich auch«, stimmte Broznik eilig zu. Er zögerte, suchte nach Worten und begann dann unbeholfen: »Captain Mallory, ich... ich...«

»Ich weiß. Machen Sie sich keine Sorgen. Die Mallorys dieser Welt werden ohnehin nicht alt. Wir leben zu gefährlich.«

»Tun wir das nicht alle?« Broznik drückte Mallorys Hand. »Heute nacht werde ich für Sie beten.«

Mallory schwieg einen Moment und nickte dann.
»Suchen Sie sich ein langes Gebet aus.«

Die bosnischen Führer stiegen nun wie alle anderen Mitglieder der Expedition auf ihre Ponys und ritten den gewundenen Weg voran durch das dichtbewaldete Tal, gefolgt von Miller und Andrea, die nebeneinander ritten, wiederum gefolgt von Petar – die Zügel seines Ponys hielt seine Schwester. Reynolds und Groves waren ein wenig zurückgefallen und unterhielten sich leise.

Groves sagte nachdenklich: »Ich möchte wissen, was Mallory und der Major so Wichtiges zu besprechen haben.«

Reynolds kniff die Lippen zusammen: »Wahrscheinlich ist es ganz gut, daß wir es nicht wissen.«

»Da kannst du recht haben. Ich weiß nicht.« Groves machte eine Pause und fuhr dann fast bittend fort: »Broznik ist kein Verräter. Ich bin ganz sicher. Es kann nicht sein.«

»Vielleicht. Und Mallory, hm?«

»Er ist bestimmt auch keiner.«

»Bestimmt?« Reynolds wurde wütend. »Menschenskind, Mann, ich habe ihn selbst gesehen.« Er blickte zu Maria, die etwa zwanzig Meter vor ihnen ritt, und sein Gesicht drückte Grausamkeit und Härte aus. »Das Mädchen hat ihn geschlagen – und *wie* sie ihn geschlagen hat – in Neufelds Lager hat sie ihn geschlagen, und das nächste, was ich sehe, ist, daß die beiden einen gemütlichen Plausch vor Brozniks Hütte halten. Seltsam, nicht wahr? Kurz darauf wurde Saunders ermordet. Reiner Zufall, nicht wahr? Ich sage dir, Groves, Mallory kann es selbst getan haben. Das Mädchen hätte *Zeit* gehabt, es zu tun, bevor sie Mallory traf – aber das ist ausgeschlossen, da sie nie die Kraft hätte, ein fünfzehn Zentimeter langes Messer bis zum Heft in Saunders' Rücken zu stoßen. Aber Mallory könnte es durchaus getan haben. Er hatte Zeit und Gelegenheit genug, als er diese verdammte Botschaft zur Funkerhütte hinüberbrachte.«

Groves widersprach heftig: »Aber warum um Gottes willen hätte er es tun sollen?«

»Weil Broznik ihm irgendeine dringende Information gegeben hat. Mallory *mußte* soviel Theater darum machen, daß diese Botschaft nach Italien durchgegeben wurde. Aber vielleicht war das allerletzte, was er wollte, daß diese Botschaft hinausging. Vielleicht verhinderte er es auf diese Weise und zertrümmerte das Funkgerät, um sicher zu sein, daß kein anderer eine Nachricht durchgeben konnte. Vielleicht hielt er mich deshalb davon ab, eine Wache aufzustellen oder nach Saunders zu schauen, um zu verhindern, daß ich entdeckte, daß Saunders bereits tot war. Denn hätte ich es entdeckt, wäre wegen des Zeitfaktors der Verdacht ganz automatisch auf ihn gefallen.«

»Du siehst Gespenster.« Trotz seines Unbehagens war Groves wider Willen beeindruckt von Reynolds' Argumenten.

»Bist du sicher? Und was war mit dem Messer in Saunders' Rücken?«

Innerhalb einer halben Stunde hatte Mallory die anderen eingeholt. Er schaukelte auf seinem Pony an Reynolds und Groves vorbei, die ihn ignorierten, an Maria und Petar vorbei, die das gleiche taten, und blieb hinter Andrea und Miller. Fast eine ganze Stunde lang ritten sie in dieser Reihenfolge durch die dichtbewaldeten bosnischen Täler dahin. Gelegentlich kamen sie zu Lichtungen, auf denen einmal kleine Dörfer gestanden und Menschen gewohnt hatten. Aber jetzt gab es hier keine Menschen und keine Häuser, denn die Dörfer existierten nicht mehr. Die Lichtungen sahen alle gleich aus, erschreckend gleich. Wo die hart arbeitenden, aber glücklichen Bosnier einst in ihren primitiven Hütten gelebt hatten, waren jetzt nur noch verkohlte Überreste von dem, was einmal blühende Gemeinschaften gewesen waren. In der Luft hing noch der beißende Geruch alten Rauches, der widerliche süß-saure Gestank von Fäulnis und Tod, Zeugen der Grausamkeit und Unerbittlichkeit dieses Krieges. Ab und zu fanden sie eines oder mehrere kleine Steinhäuser, bei denen man sich nicht die Mühe gemacht hatte, Bomben, Granaten, Mörser oder Benzin zu verschwenden. Aber kaum eines der größeren Gebäude war der totalen Zerstörung entgangen. Kirchen und Schulen waren anscheinend die beliebtesten Ziel gewesen. Einmal, das erkannten sie an einigen Metallgegenständen, die nur in einem Operationssaal zu finden sind, kamen sie an einem kleinen Dorfkrankenhaus vorbei, das so gründlich zerstört worden war, daß kein Teil der Ruine mehr als acht Zentimeter hoch war. Mallory fragte sich, was mit den Patienten passiert war, die sich zur Zeit der Zerstörung in dem Krankenhaus aufgehalten hatten. Aber er wollte nicht länger über die Hunderttausende von Jugoslawen nachdenken – 350000 war die von Captain Jensen geschätzte Zahl gewesen; wenn man die Frauen und Kinder dazurechnete, mußte die Zahl mindestens eine Million sein –, die sich unter dem Banner von Marschall Tito gesammelt hatten. Beseelt von ihrem Patriotismus und dem brennenden Wunsch nach Befreiung und Rache, gab es für sie keine

Möglichkeit, irgendwo anders hinzugehen. Sie waren ein Volk, dachte Mallory, dem buchstäblich nichts geblieben war, das nichts zu verlieren hatte als das Leben, das aber alles zu gewinnen hatte, wenn es den Feind vernichtete. Wenn er ein deutscher Soldat wäre, überlegte Mallory, wäre er sicherlich nicht besonders glücklich darüber, nach Jugoslawien geschickt zu werden. Es war ein Krieg, den die deutsche Wehrmacht nicht gewinnen konnte, den die Soldaten *keines* westeuropäischen Landes gewinnen konnten, denn die Völker, die in den hohen Bergen zu Hause sind, sind nicht zu besiegen. Mallory beobachtete, daß die bosnischen Führer weder nach links noch nach rechts sahen, als sie durch die leblosen, zerstörten Dörfer ihrer Landsleute kamen, von denen die meisten mit Sicherheit tot waren. Sie *brauchten* gar nicht hinzusehen, sie hatten ihre Erinnerungen, und sogar die Erinnerungen waren schon zuviel für sie. Wenn es möglich war, mit einem Feind Mitleid zu haben, dann hatte Mallory in diesem Moment Mitleid mit den Deutschen.

Ganz allmählich kamen sie von dem gewundenen Bergpfad auf eine schmale, aber vergleichsweise breite Straße, jedenfalls breit genug für Fahrzeugverkehr in einer Richtung. Der bosnische Führer, der an der Spitze ritt, hob die Hand und hielt sein Pony an.

»Anscheinend inoffizielles Niemandsland«, sagte Mallory. »Ich glaube, das ist die Stelle, an der sie uns heute morgen aus dem Lastwagen geschmissen haben.«

Mallorys Vermutung erwies sich als richtig. Die Partisanen wendeten ihre Pferde, lächelten breit, winkten, riefen einige unverständliche Abschiedsworte und ritten den Weg zurück, den sie gekommen waren.

Mit Mallory und Andrea an der Spitze und den beiden Sergeants am Schluß des Zuges ritten die sieben Männer die Straße entlang. Es hatte aufgehört zu schneien, die Wolken hatten sich verzogen, und das Sonnenlicht brach durch den sich allmählich lichtenden Kiefernwald. Plötzlich griff Andrea, der andauernd nach links gespäht hatte, nach Mallorys Arm. Mallorys Blick folgte der ausgestreckten Hand Andreas. Etwa hundert Meter vor ihnen hörte der Wald auf, und zwischen den Bäumen sah man in einiger Entfernung etwas leuchtend Grünes schimmern. Mallory drehte sich in seinem Sattel um.

»Da hinunter. Ich möchte mir das genauer ansehen. Keiner wagt sich aus dem Wald, verstanden?«

Die Ponys gingen, ohne zu straucheln, den steilen und rutschigen Abhang hinunter. Etwa zehn Meter, bevor sie zum Waldrand kamen, stiegen die Männer auf ein Zeichen von Mallory ab und gingen vorsichtig weiter, wobei sie von einem Baum zum anderen huschten. Die letzten Meter krochen sie auf Händen und Knien und legten sich schließlich auf den Bauch, verdeckt von den Stämmen der letzten Fichten. Mallory griff nach seinem Fernglas, wischte die beschlagenen Linsen ab und hob es an die Augen.

Mallory und seine Leute befanden sich etwa drei- oder vierhundert Meter oberhalb der Schneegrenze, die in einen Streifen nackten, mit Felsbrocken übersäten Erdreichs überging, an den sich ein spärlicher Grasgürtel anschloß. Längs des Grasgürtels sah er eine geteerte Straße, die für dieses Gebiet in bemerkenswert gutem Zustand war, fast parallel zu der Straße lief in einer Entfernung von etwa hundert Metern ein einzelner Schienenstrang mit außerordentlich schmaler Spurweite – ein von Gras überwucherter und verrosteter Schienenstrang, der aussah, als sei er seit vielen Jahren nicht mehr benützt worden. Unmittelbar hinter den Schienen fiel das Land über einer Klippe steil zu einem schmalen gewundenen See ab, der von hohen Steilhängen begrenzt war, die nahezu senkrecht in zerklüftete schneebedeckte Berge übergingen.

Von der Stelle aus, an der er lag, überschaute Mallory eine rechtwinkelige Biegung des Sees, eines Sees von unglaublicher Schönheit. In dem strahlenden Sonnenlicht dieses Frühlingsmorgens schimmerte er wie ein Smaragd. Die ruhige Oberfläche wurde nur ab und zu von gelegentlichen Böen gekräuselt, die den Smaragd in einen durchsichtigen Aquamarin verwandelten. Der See war nirgends breiter als eine Viertelmeile, aber offensichtlich mehrere Meilen lang. Der rechte Ausläufer, der sich zwischen den Bergen hindurchschlängelte, reichte, so weit man sehen konnte, nach Osten. Der kurze südliche Arm, eingeengt von immer steileren Wänden, endete vor den festen Mauern eines Dammes. Hingerissen beobachteten die Männer, wie sich die fernen Berge in dem schimmernden Smaragd spiegelten.

»Wunderschön«, murmelte Miller. Andrea warf ihm einen ausdrucksvollen Blick zu, betrachtete dann wieder aufmerksam den See.

Groves' Interesse war für einen Moment größer als seine Abneigung.

»Was für ein See ist das, Sir?«

Mallory senkte sein Fernglas. »Nicht die leiseste Ahnung. Maria?« Sie antwortete nicht. »Maria? Was – für – ein – See – ist das?«

»Das ist der Neretva-Stausee«, sagte sie mürrisch. »Der größte in Jugoslawien.«

»Dann ist er also wichtig?«
»Allerdings. Wer ihn unter Kontrolle hat, hat ganz Jugoslawien unter Kontrolle.«
»Und die Deutschen *haben* ihn unter Kontrolle, vermute ich.«
»Sie haben ihn unter Kontrolle. *Wir* haben ihn unter Kontrolle.«
Ein triumphierendes Lächeln lag auf ihrem Gesicht. »Wir – die Deutschen – haben ihn völlig abgeriegelt. Klippen auf beiden Seiten. Im Osten – da am oberen Ende – haben sie eine Brücke über eine Schlucht, die nur zehn Meter breit ist. Und auf dieser Brücke patrouillieren Tag und Nacht Posten. Ebenso auf dem Damm. Die einzige Möglichkeit, hineinzukommen, ist eine Treppe – besser gesagt eine Leiter –, die genau unter dem Damm an der Klippe befestigt ist.«
»Sehr interessant«, sagte Mallory trocken, »für eine Fallschirmspringerbrigade. Aber wir haben andere und dringendere Dinge zu tun. Kommt.« Er warf Miller einen Blick zu, der nickte und begann den Abhang wieder hinaufzuklettern, gefolgt von den beiden Sergeants, Maria und Petar. Mallory und Andrea blieben noch einen Moment zurück.
»Ich bin neugierig, wie sie aussehen wird«, murmelte Mallory.
»Wie was aussehen wird?« fragte Andrea.
»Die andere Seite des Dammes.«
»Und die Leiter an der Klippe?«
»Und die Leiter an der Klippe.«

Von der Klippe am westlichen Rand der Neretva-Schlucht, auf der er lag, konnte Vukalovic die in die Klippe eingelassene Leiter genau übersehen. Aber nicht nur das, auch die äußere Seite des Dammes und der Schlucht, die am Fuße der Mauer begann und sich nach Süden fast eine Meile lang erstreckte, bevor sie sich durch eine scharfe Rechtsbiegung den Blicken entzog.
Der Damm selbst war sehr schmal, nicht viel breiter als dreißig Meter, aber sehr hoch und verlief V-förmig zwischen überhängenden Klippen hindurch bis zum grünlich-weißen Wasserwirbel, der aus den Rohren auf der anderen Seite des Dammes hervorsprudelte. Am Ostende des Dammes, auf einer leichten Erhöhung, befanden sich die Kontrollstation und zwei kleine Hütten, von denen eine, nach den deutlich sichtbar auf dem Damm patrouillierenden Soldaten zu schließen, eine Wachhütte sein mußte. Über diesen Gebäuden ragten die Wände der Schlucht etwa zehn Meter senkrecht in die Höhe und hingen dann in beängstigendem Maße über.

Vom Kontrollraum aus führte eine grüngestrichene Eisenleiter, die mit Klammern an der Felswand befestigt war, im Zickzack hinunter auf den Grund der Schlucht. Am Fuß der Leiter begann ein schmaler Pfad, der etwa hundert Meter die Schlucht hinunterführte und unmittelbar vor einer Stelle endete, an der ein Erdrutsch eine große Narbe in der Felswand hinterlassen hatte. Von hier aus war eine Brücke über den Fluß geschlagen worden, von der man am anderen Flußufer wieder auf einen Pfad gelangte.

Was die Brücke betraf, so sah sie nicht gerade vertrauenerweckend aus. Es war eine Hängebrücke aus schiefen Latten, und sie machte den Eindruck, als würde allein ihr Eigengewicht schon ausreichen, um sie jeden Moment in den reißenden Fluß stürzen zu lassen. Noch schlimmer aber war die Tatsache, daß es schien, als hätte ein Wahnsinniger einen willkürlichen Ort für die Verankerung der Brücke ausgesucht: Sie lag direkt unter einem riesengroßen Felsbrocken, der so auf der Kippe stand, daß nur ein Irrer in Betracht gezogen hätte, die Brücke zu überqueren. Aber, wie sich auf den zweiten Blick herausstellte, war der Platz nicht willkürlich gewählt worden: Es gab keinen anderen.

Vom westlichen Ende der Brücke aus verlief der felsbrockenübersäte Pfad parallel zum Fluß, überquerte eine gefährlich aussehende Furt und verschwand dann gleichzeitig wie der Fluß aus dem Blickfeld. Vukalovic ließ sein Fernglas sinken, wandte sich an den Mann neben sich und lächelte.

»Alles ruhig an der Ostfront, eh, Colonel Janzy?«

»Alles ruhig an der Ostfront«, bestätigte Janzy. Er war ein kleiner, koboldhaft aussehender Mann mit einem Gesicht, dem man ansah, daß er Sinn für Humor hatte. Seine jugendlichen Gesichtszüge standen in krassem Widerspruch zu den schlohweißen Haaren. Er drehte sich um und schaute nach Norden. »Aber an der Nordfront ist es nicht ganz so ruhig, fürchte ich.«

Das Lächeln verschwand von Vukalovics Gesicht, als auch er sich umdrehte, sein Fernglas wieder an die Augen hob und ebenfalls nach Norden schaute. Weniger als drei Meilen entfernt und deutlich sichtbar, lag die dichtbewaldete Zenica-Schlucht – seit Wochen ein Territorium, um das sich Vukalovics nördliche Verteidigungskräfte unter dem Kommando von Colonel Janzy und Einheiten des 11. Armeekorps der Deutschen erbitterte Kämpfe lieferten. In diesem Augenblick sah man kleine Rauchwolken aufsteigen, und auf der linken Seite erhob sich spiralenförmig eine dicke Rauchsäule in den mittlerweile wolkenlosen Himmel. Unaufhörlich ratterten die Handfeuerwaffen. Nur ab und zu wurde dieses Geräusch von dem Krachen schwerer Artilleriegeschütze übertönt. Vukalovic ließ sein Glas sinken und schaute Janzy nachdenklich an.

»Ruhe vor dem Sturm?«

»Was sonst? Der letzte Angriff.«

»Wie viele Panzer?«

»Schwer zu sagen. Meine Leute schätzen hundertfünfzig.«

»Hundertfünfzig?«

»Das vermuten sie nur – und mindestens fünfzig davon sind Tiger-Panzer.«

»Hoffen wir, daß Ihre Leute nicht zählen können.« Vukalovic rieb sich müde die blutunterlaufenen Augen. Er hatte in der letzten Nacht kein Auge zugetan, in der Nacht davor ebenfalls nicht. »Gehen wir und stellen wir fest, wie viele *wir* zählen.«

Maria und Petar hatten nun die Führung übernommen. Reynolds und Groves, denen nicht nach Gesellschaft zumute war, irrten etwa fünfzig Meter hinter ihnen am Ende des Zuges. Mallory, Andrea und Miller ritten nebeneinander die schmale Straße entlang. Andreas Blick lag nachdenklich auf Mallorys Gesicht.

»Was sagst du zu Saunders' Tod? Irgendeine Vermutung?« Mallory schüttelte den Kopf. »Frag mich was anderes.«

»Die Botschaft, die du ihm zum Funken gegeben hast. Was war das?«

»Nur ein Bericht über die sichere Ankunft in Brozniks Lager.«

»Ein Irrer«, verkündete Miller. »Der reizende Mensch mit dem Messer, meine ich. Nur ein Irrer würde aus so einem Grund töten.«

»Vielleicht hat er nicht aus diesem Grund getötet«, gab Mallory zu bedenken. »Vielleicht dachte er, es stünde etwas anderes in der Nachricht.«

»Etwas anderes?« Miller hob in seiner unnachahmlichen Art eine Augenbraue. »Was sollte denn...« Seine Augen trafen Andrea, er brach ab und kam zu dem Schluß, daß es besser war, nichts mehr zu sagen. Er und Andrea schauten neugierig zu Mallory hinüber, der völlig in Gedanken versunken zu sein schien.

Was auch immer der Grund dafür gewesen sein mochte, die Versunkenheit dauerte nicht lange. Mit der Miene eines Mannes, der gerade zu einem Ergebnis gekommen ist, hob Mallory den Kopf, rief Maria zu, sie solle anhalten, und zügelte sein Pony. Gemeinsam warteten sie, bis Reynolds und Groves sie eingeholt hatten.

»Wir haben viele Möglichkeiten, zwischen denen wir wählen können«, sagte Mallory, »ich habe mich für folgende entschieden.

Auf diese Weise kommen wir am schnellsten hier heraus. Ich habe mit Major Broznik gesprochen und herausgefunden, was ich wissen wollte. Er sagte mir...«

»Sie *haben* also die Information für Neufeld, nicht wahr?« Wenn Reynolds versucht hatte, seine Verachtung nicht merken zu lassen, so war ihm das kläglich mißlungen.

»Zum Teufel mit Neufeld«, sagte Mallory leidenschaftslos. »Spione der Partisanen haben entdeckt, wo die vier gefangenen Agenten der Alliierten sich aufhalten.«

»Haben sie das?« fragte Reynolds. »Und warum unternehmen die Partisanen dann nichts?«

»Aus gutem Grund. Die Männer wurden tief in deutsches Gebiet gebracht. In ein uneinnehmbares Blockhaus hoch oben in den Bergen.«

»Und was werden *wir* in bezug auf die Agenten der Alliierten, die in diesem uneinnehmbaren Blockhaus festgehalten werden, unternehmen?«

»Das ist ganz einfach.« Mallory verbesserte sich. »Nun, wenigstens theoretisch ist es einfach. Wir holen sie dort heraus und brechen heute nacht durch.«

Reynolds und Groves starrten Mallory an, dann starrten sie einander an, auf ihren Gesichtern stand fassungsloser Unglaube. Andrea und Miller vermieden es sorgsam, einander oder jemand anderen anzusehen.

»Sie sind verrückt!« sagte Reynolds im Brustton der Überzeugung.

»Sie sind verrückt, *Sir*«, korrigierte Andrea tadelnd.

Reynolds sah Andrea verständnislos an und wandte sich dann wieder an Mallory.

»Sie müssen verrückt sein«, beharrte er. »Durchbrechen? Ja, wo wollen Sie denn hin?«

»Nach Hause. Nach Italien.«

»Italien!« Reynolds brauchte zehn Sekunden, um diese erschreckende Information zu verdauen. Dann fuhr er sarkastisch fort: »Wahrscheinlich werden wir dorthin fliegen, habe ich recht?«

»Es wäre ein bißchen weit, über die Adria zu schwimmen, sogar für einen Jungen mit Ihrer Kondition. Also fliegen wir.«

»Fliegen?« Groves sah aus wie vom Donner gerührt.

»Fliegen. Nicht ganz zehn Kilometer von hier gibt es ein sehr hohes Bergplateau, das in der Hand der Partisanen ist – zum größten Teil jedenfalls. Dort wird uns ein Flugzeug erwarten. Heute abend um neun.«

In der Art, wie Leute, die nicht ganz begriffen haben, was sie gehört haben, wiederholte Groves diese Feststellung in Form einer Frage: »Dort wird uns ein Flugzeug erwarten? Heute abend um neun? Haben Sie das gerade arrangiert?«

»Wie hätte ich das wohl machen sollen? Wir haben kein Funkgerät.«

Reynolds' durch und durch mißtrauisches Gesicht paßte zu seinem skeptischen Tonfall: »Aber woher wollen Sie so genau wissen, daß um neun Uhr...«

»Weil – beginnend heute abend um sechs – alle drei Stunden ein Wellington-Bomber über dem Flugfeld sein wird. Und das für die ganze nächste Woche, falls es nötig sein sollte.«

Mallory drückte seinem Pony die Knie in die Seiten, und der Zug setzte sich in Bewegung. Reynolds und Groves bildeten wieder die Nachhut. Lange Zeit, in der auf Reynolds' Gesicht Feindseligkeit und Nachdenklichkeit abwechselten, starrte er wie gebannt auf Mallorys Rücken. Dann wandte er sich an Groves.

»Na, das paßt ja alles glänzend zusammen. Zufällig werden wir zu Brozniks Lager geschickt. Zufällig weiß er, wo die vier Agenten festgehalten werden. Zufällig wird ein Flugzeug über einem bestimmten Flugfeld sein, und zufällig auch noch zu einer bestimmten Zeit. Und ganz zufällig weiß ich ganz genau, daß es auf dem hohen Plateau keinen Flugplatz gibt. Glaubst du immer noch, daß alles in Ordnung ist?«

Es war in Groves' unglücklichem Gesicht zu lesen, daß er nichts dieser Art glaubte. Er sagte: »Was um Himmels willen sollen wir denn tun?«

»Auf unsere Rücken aufpassen.«

Fünfzig Meter vor ihnen räusperte sich Miller und sagte vorsichtig: »Reynolds scheint etwas von seinem – äh – Vertrauen zu Ihnen verloren zu haben, Sir.«

Mallory sagte trocken: »Das ist nicht verwunderlich. Er glaubt, ich habe Saunders ermordet.«

Diesmal war es an Andrea und Miller, einen Blick zu wechseln, und ihre Mienen drückten soviel Verwunderung aus, wie es bei diesen beiden pokergesichtigen Männern möglich war.

7. KAPITEL

Freitag, 10.00–12.00

Eine halbe Meile vor Neufelds Lager wurden sie von Captain Droshny und einem halben Dutzend seiner Cetniks empfangen. In Droshnys Begrüßung lag nicht die geringste Herzlichkeit, aber er bemühte sich immerhin, neutral zu erscheinen.

»Sie sind also doch zurückgekommen?«

»Wie Sie sehen«, bestätigte Mallory.

Droshny warf einen fragenden Blick auf die Ponys. »Und Sie reisen sogar komfortabel.«

»Ein Geschenk von dem lieben Major Broznik.« Mallory grinste. »Er glaubt, wir sind für ihn unterwegs nach Konjic.«

Droshny schien nicht besonders daran interessiert zu sein, was Major Broznik glaubte. Er warf den Kopf zurück, wendete sein Pferd und ritt in schnellem Trab auf Neufelds Lager zu.

Als sie innerhalb des Lagergeländes von den Ponys gestiegen waren, führte Droshny Mallory sofort zu Neufelds Hütte. Auch Neufelds Begrüßung fiel nicht gerade begeistert aus, aber wenigstens gelang es ihm ein wenig Wohlwollen in seine Neutralität zu legen. Auch ihm war eine leichte Überraschung anzumerken.

»Ehrlich gesagt, Captain, ich hatte nicht erwartet, Sie wiederzusehen. Es gab so viele – äh – Imponderabilien. Und dennoch. Ich freue mich, Sie zu sehen – Sie wären nicht ohne die Informationen, die ich haben wollte, zurückgekehrt. Also, Captain Mallory, zum Geschäft.«

Mallory sah Neufeld ohne Begeisterung an. »Sie sind kein besonders guter Geschäftspartner, fürchte ich.«

»Bin ich das nicht?« fragte Neufeld höflich. »In welcher Beziehung?«

»Geschäftspartner erzählen einander keine Lügengeschichten. Sie sagten, Vukalovics Truppen sammelten sich. Das tun sie auch wirklich. Aber nicht, um auszubrechen, sie sammeln sich, um sich gegen den letzten Angriff der Deutschen zu verteidigen, den Angriff, der sie alle ein für allemal vernichten soll. Und sie glauben, daß dieser Angriff bevorsteht.«

»Hören Sie mal, Sie haben doch sicherlich nicht von mir erwartet, daß ich unsere militärischen Geheimnisse preisgebe – die Sie dann vielleicht – ich sage vielleicht – dem Feind verraten hätten, bevor Sie sich als vertrauenswürdig erwiesen hatten«, sagte Neufeld. »So naiv sind Sie doch nicht. Aber was diese beabsichtigte Attacke betrifft – woher haben Sie die Information?«

»Von Major Broznik.« Mallory lächelte, als er sich erinnerte. »Er war sehr mitteilsam.«

Neufeld beugte sich vor, seine Spannung spiegelte sich in seinem plötzlich reglos gewordenen Gesicht wider, in den Augen, die, ohne zu blinzeln, Mallory fixierten. »Und haben sie Ihnen gesagt, von welcher Seite sie den Angriff erwarten?«

»Ich weiß nur den Namen. Die Neretva-Brücke.«

Neufeld sank in seinem Stuhl zurück, atmete tief und erleichtert aus und lächelte, um seinen nächsten Worten die Schärfe zu nehmen: »Mein Freund, wenn Sie kein Engländer wären, kein Deserteur, kein Abtrünniger und kein Rauschgifthändler, dann würden Sie für diese Leistung das Eiserne Kreuz bekommen. Ach, übrigens«, er fuhr fort, als ob es ihm gerade zufällig einfiele, »ich habe die Bestätigung aus Padua bekommen. Die Neretva-Brücke? Sind Sie sicher?«

Mallory sagte irritiert: »Wenn Sie jedoch meine Worte bezweifeln...«

»Natürlich nicht, natürlich nicht. Das ist nur so eine Redensart.« Neufeld machte eine Pause, dann sagte er leise: »Die Neretva-Brücke.« In der Art, in der er sie aussprach, klangen die Worte fast wie eine Litanei.

Droshny sagte leise: »Das paßt zu allem, was wir vermutet haben.«

»Vergessen Sie, was Sie vermutet haben«, sagte Mallory grob. »Zu meinem Geschäft, wenn Sie nichts dagegen haben. Haben wir den Auftrag zufriedenstellend erledigt? Haben wir Ihre Bitte erfüllt? Haben Sie die Informationen, die Sie haben wollten?« Neufeld nickte. »Dann schaffen Sie uns schleunigst hier raus. Fliegen Sie uns irgendwo in deutsches Gebiet. Nach Österreich oder Deutschland direkt, wenn Sie wollen – je weiter weg von hier, desto besser. Wissen Sie, was mit uns passiert, wenn wir in die Hände der Engländer oder Jugoslawen fallen?«

»Dazu braucht man nicht viel Phantasie«, sagte Neufeld fast fröhlich. »Aber Sie beurteilen uns falsch, mein Freund. Ihre Abreise zu einem sicheren Platz ist bereits arrangiert. Ein gewisser Chef des militärischen Nachrichtendienstes in Norditalien würde gern Ihre persönliche Bekanntschaft machen. Er hat Grund zu glauben, daß Sie ihm von großem Nutzen sein könnten.«

Mallory nickte verstehend.

General Vukalovic stellte sein Fernglas auf die Zenica-Schlucht ein, ein schmales und dichtbewaldetes Tal zwischen zwei hohen und steilen Bergen, die in Form und Höhe fast identisch waren.

Die Panzer des 11. Armeekorps der Deutschen waren nicht schwierig zu finden, denn die Deutschen hatten keinen Versuch gemacht, sie zu tarnen oder zu verstecken, was, so dachte Vukalovic grimmig, bewies, wie hundertprozentig die Deutschen von sich und dem Ausgang der Schlacht, die bevorstand, überzeugt waren. Deutlich konnte er die Soldaten sehen, die an einigen parkenden Fahrzeugen arbeiteten. Andere Panzer fuhren herum und brachten sich in Position, als ob sie sich bereitmachten, sich in Formation für den letzten Kampf aufzustellen. Das tiefe grollende Donnern der schweren Motoren der Tiger-Panzer war ununterbrochen zu hören.

Vukalovic senkte sein Fernglas, schrieb einige Zahlen auf ein Blatt Papier, das bereits mit Zahlen übersät war, führte einige Additionen durch, legte das Blatt und den Bleistift mit einem Seufzer beiseite und wandte sich an Colonel Janzy, der mit ähnlichen Dingen beschäftigt war.

Vukalovic sagte mit einem gezwungenen Lächeln: »Bitte übermitteln Sie Ihren Leuten meine Entschuldigung. Sie können ebensogut zählen wie ich.«

Diesmal war von Captain Jensens großtuerischem Piratengehabe und dem strahlenden, optimistischen Lächeln nicht viel zu bemerken, besser gesagt, es war überhaupt nicht vorhanden. Es wäre für ein so großzügig geschnittenes Gesicht wie Jensens unmöglich gewesen, tatsächlich einen verhärmten Eindruck zu machen, aber das gefaßte, grimmige Gesicht zeigte eindeutige Anzeichen von Überanstrengung, Schlaflosigkeit und Besorgnis, als er im Hauptquartier der 5. Armee in Termoli in Italien auf und ab ging.

Er ging nicht allein auf und ab. Ein gedrungener, grauhaariger Offizier in der Uniform eines Generalleutnants der britischen Armee marschierte im Gleichschritt neben ihm hin und her. Das Gesicht des Offiziers trug den gleichen Ausdruck wie das Jensens. Als sie am Ende des Raumes ankamen, blieb der General stehen und warf dem Funker, der mit Kopfhörern vor dem RCA-Funkgerät saß, einen fragenden Blick zu. Der Sergeant schüttelte den Kopf. Die beiden Männer begannen wieder auf und ab zu gehen. Der General sagte unvermittelt: »Die Zeit wird knapp. Billigen Sie es, Jensen, daß man eine Großoffensive nicht mehr aufhalten kann, wenn man sie einmal in die Wege geleitet hat?«

»Ich billige es«, sagte Jensen ernst. »Wie sind die neuesten Aufklärungsberichte, Sir?«

»Berichte gibt es genug, aber der Himmel allein weiß, was man aus ihnen machen soll.« Die Stimme des Generals klang bitter. »Entlang der ganzen Gustav-Linie herrscht reges Treiben, an dem – soweit wir es uns zusammenreimen können – zwei Panzerdivisionen, eine deutsche Infanteriedivision, eine österreichische Infanteriedivision und zwei Jägerbataillone – ihre knallharten alpinen Truppen – beteiligt sind. Sie bereiten keine Offensive vor, das ist sicher, erstens, weil sie von dem Gebiet aus, in dem sie manövrieren, gar keine Offensive starten könnten, und zweitens, wenn sie eine Offensive planen würden, würden sie alles tun, um ihre Vorbereitungen geheimzuhalten.«

»Was soll dann diese ganze Aktivität, wenn sie keinen Angriff planen?«

Der General seufzte. »Nach Meinung des Informanten treffen sie die Vorbereitungen für einen Blitzangriff. Nach Meinung des Informanten! Das einzige, was mich interessiert, ist, daß alle diese versprengten Divisionen immer noch an der Gustav-Linie stehen. Jensen, was ist denn bloß schiefgegangen?«

Jensen hob mit einer hilflosen Bewegung die Schultern. »Es war alles vorbereitet für einen Funkkontakt mit Abstand von zwei Stunden, beginnend mit vier Uhr früh...«

»Aber es hat bisher keinerlei Kontakt bestanden.«

Jensen schwieg.

Der General sah ihn nachdenklich an. »Der beste in ganz Westeuropa, haben Sie gesagt.«

»Ja, das habe ich gesagt.«

Die unausgesprochenen Zweifel des Generals an den Qualitäten der Agenten, die Jensen für die Operation Kolonne 10 ausgesucht hatte, wären noch erheblich verstärkt worden, wenn er diese Agenten in diesem Augenblick in der Gästehütte von Hauptmann Neufelds Lager in Bosnien hätte sehen können. Sie zeigten nichts von Harmonie, Verständnis und unausgesprochenem gegenseitigen Vertrauen, wie man es bei einem Agententeam, das in seiner Branche zu den besten zählte, erwartet hätte. Statt dessen lag Spannung und Zorn in der Luft, die Atmosphäre des Mißtrauens war fast greifbar. Reynolds konnte seine Wut nur mühsam unter Kontrolle halten.

»Ich will es jetzt wissen!« Reynolds schrie Mallory die Worte ins Gesicht.

»Etwas leiser, wenn ich bitten darf«, sagte Andrea scharf.

»Ich will es jetzt wissen!« wiederholte Reynolds. Diesmal war seine Stimme kaum mehr als ein Flüstern, aber deswegen nicht weniger fordernd und beharrlich.

»Sie werden es schon erfahren, wenn die Zeit gekommen ist.« Wie immer war Mallorys Stimme ruhig und neutral, und er vermied sorgfältig jedes Zeichen von Erregung. »Aber nicht vorher. Was Sie nicht wissen, können Sie nicht ausplaudern.«

Reynolds ballte die Fäuste und trat einen Schritt vor. »Wollen Sie damit andeuten, daß...«

Mallory sagte beherrscht: »Ich deute gar nichts an. Ich hatte recht mit dem, was ich in Termoli über Sie sagte: Sie sind genauso angenehm wie eine tickende Bombe.«

»Vielleicht.« Reynolds konnte sich nicht mehr zurückhalten. »Aber wenigstens ist etwas Ehrliches an einer Bombe.«

»Wiederholen Sie das?« sagte Andrea ruhig.

»Was?«

»Wiederholen Sie es.«

»Schauen Sie, Andrea...«

»Colonel Stavros, mein Bester.«

»Sir.«

»Wiederholen Sie es, und ich garantiere Ihnen mindestens fünf Jahre für Insubordination im Feld.«

»Jawohl, Sir.« Reynolds' physische Anstrengung, sich wieder unter Kontrolle zu bringen, war offensichtlich. »Aber warum kann er uns nicht seine Pläne für den heutigen *Nachmittag* erläutern, wenn er uns alle zur gleichen Zeit wissen läßt, daß wir heute *abend* von diesem Ivenici-Dingsda abfliegen?«

»Weil unsere Pläne von den Deutschen durchkreuzt werden könnten«, erklärte Andrea geduldig. »Wenn sie dahinterkommen. Wenn einer von uns unter Druck etwas verriete. Aber gegen Ivenici können sie nichts tun – das ist in den Händen der Partisanen.«

Miller wechselte friedfertig das Thema: »Zweitausendeinhundert Meter hoch, sagst du. Der Schnee muß dort oben mehr als einen Meter hoch sein. Wie um Himmels willen kann jemand glauben, das alles wegräumen zu können?«

»Ich weiß nicht«, sagte Mallory unbestimmt. »Ich vermute, daß sich irgend jemand etwas einfallen lassen wird.«

Und zweitausendeinhundert Meter hoch, auf dem Ivenici-Plateau, hatte sich tatsächlich jemand etwas einfallen lassen.

Das Ivenici-Plateau war eine weiße Wildnis, eine öde und

verlassene und – für viele Monate des Jahres – eine kalte und feindliche Wildnis, über die der Wind heulend dahinfegte. Es war für Menschen unmöglich, dort oben zu leben, und es war auch beinah unerträglich, sich auch nur kurz dort aufzuhalten. Im Westen wurde das Plateau von einer teilweise senkrechten, teilweise zerklüfteten, hundertfünfzig Meter hohen Klippe begrenzt. Die Wasserfälle, die in den wenigen warmen Monaten über die Felsen herunterstürzten, waren zu Eis erstarrt. Aus einigen schmalen Vorsprüngen versuchten einige kümmerliche Kiefern zu überleben. Ihre starr gefrorenen Äste hatten sich unter der Last des Schnees, der seit Monaten auf ihnen lastete, tief gesenkt. Im Osten endete das Plateau abrupt an einer Felswand, die senkrecht in das Tal abfiel.

Das Plateau wurde von einer unberührten Schneeschicht bedeckt, die zwei Meter dick war und in der Sonne glitzerte, daß die Augen schmerzten. Es war etwa eine halbe Meile lang und nirgends mehr als hundert Meter breit. Am Südende stieg das Plateau steil an und endete jäh in einer Felsnase. Auf diesem Vorsprung standen zwei weiße Zelte, ein kleines und ein großes. Vor dem kleinen Zelt standen zwei Männer und unterhielten sich. Der größere und ältere der beiden, der einen schweren Wintermantel und eine Brille mit getönten Gläsern trug, war Colonel Vis, der Kommandant einer Brigade von Partisanen, die in Sarajewo ihren Standort hatte. Der jüngere war sein Adjutant, Captain Vlanovic. Beide Männer schauten über das Plateau, das in seiner ganzen Länge vor ihnen lag.

Captain Vlanovic sagte unglücklich: »Es muß einen einfacheren Weg geben, dies zu tun, Sir.«

»Sie sagen es, Boris, und ich werde eben diesen einfacheren Weg wählen.« Sowohl in seiner Erscheinung als auch in seiner Stimme lag Ruhe und Verläßlichkeit. »Bulldozer würden helfen, Schneepflüge wären ebenfalls nicht zu verachten. Aber Sie werden mir wohl recht geben, wenn ich sage, daß es eine gehörige Portion von Geschicklichkeit seitens der Fahrer erforderte, eben diese Fahrzeuge senkrechte Felswände hochzusteuern, um sie hierherzubringen.«

»Jawohl, Sir«, sagte Vlanovic gehorsam, aber mit offensichtlichen Zweifeln. Beide Männer schauten über die weiße Fläche des Plateaus nach Norden.

Nach Norden und darüber hinaus, über die Berge, von denen einige dunkel, zerklüftet und drohend, andere mit abgerundeten, schneebedeckten Kuppen in das wolkenlose Blau des Himmels ragten. Es war ein eindrucksvoller Anblick. Aber noch eindrucksvoller war das, was sich auf dem Plateau selbst abspielte. Eine Phalanx von tausend uniformierten Soldaten, vielleicht die Hälfte in den sandfarbenen Uniformen der Jugoslawen, die andere Hälfte in einem bunten Durcheinander von Uniformen, bewegte sich in einer Schlangenlinie über den Schnee.

Die Phalanx war fünfzig Mann breit, aber nur zwanzig Mann tief. Arm in Arm, Kopf und Schultern vorgebeugt, so stapften sie mühsam und aufreizend langsam durch den Schnee. Daß sie sich so langsam vorwärts bewegten, lag daran, daß die erste Reihe der Männer sich ihren Weg durch hüfthohen Schnee bahnen mußte, und schon jetzt lagen auf ihren Gesichtern deutliche Zeichen von Anstrengung und Erschöpfung. Es war eine unglaublich harte Arbeit, eine Arbeit, die in dieser Höhe den Pulsschlag verdoppelte. Die Männer mußten um jeden Atemzug kämpfen, ihre Beine wurden schwer, und jeder Schritt bedeutete Schmerzen.

Aber nicht nur den Männern ging es so. Hinter der ersten Reihe von Soldaten gingen fast ebenso viele Frauen und Mädchen in der Phalanx mit. Allerdings waren sie so vermummt, um sich gegen den beißenden Wind zu schützen, der in dieser Höhe blies, daß es schwierig war, die Frauen von den Männern zu unterscheiden. Die letzten beiden Reihen der Phalanx bildeten ausschließlich *Partisankas*, und auch sie versanken noch in knietiefem Schnee, es war mörderisch.

Der Anblick war phantastisch, aber keineswegs einzigartig in diesem Krieg in Jugoslawien. Die Flugplätze im Unterland waren ausschließlich in der Hand der bewaffneten Divisionen der deutschen Wehrmacht und deshalb für die Jugoslawen nicht zu benützen. Aus diesem Grund legten die Partisanen viele ihrer Flugplätze in den Bergen an. In Schneefeldern dieser Art und in Gebieten, die absolut unzugänglich für mechanische Hilfsmittel waren, hatten sie keine andere Möglichkeit.

Colonel Vis wandte sich ab und sagte zu Captain Vlanovic:

»Nun, mein lieber Boris, glauben Sie, Sie sind zum Wintersport hier oben? Sorgen Sie dafür, daß die Küchenabteilung funktioniert. Wir werden eine ganze Wochenration von warmem Essen für diesen einen Tag aufbrauchen.«

»Jawohl, Sir.« Vlanovic hob den Kopf und nahm seine mit Ohrenschützern ausgestattete Pelzmütze ab, um die wieder beginnenden weit entfernten Explosionen im Norden besser hören zu können. »Was in aller Welt ist das?«

Vis sagte sinnend: »In der reinen Luft unserer jugoslawischen Berge wird jeder Ton weit getragen, nicht wahr?«

»Bitte, Sir?«

»Das, mein Lieber«, sagte Vis mit sichtlicher Befriedigung, »sind die Geräusche, die den Untergang des Standortes der Messerschmitts in Novo Derventa begleiten.«

»Sir?«

Vis stieß einen tiefen, leidenden Seufzer aus und sagte geduldig: »Eines Tages werde ich auch aus Ihnen einen Soldaten machen, mein Lieber. Messerschmitts, Boris, sind Kampfflugzeuge, die alle Arten von häßlichen Kanonen und Maschinengewehre an Bord haben. Was ist in diesem Moment das beste Ziel in Jugoslawien?«

»Was ist...« Vlanovic brach ab und schaute wieder zu der langsam voranschiebenden Phalanx hinüber. »Oh!«

»Allerdings ›Oh!‹. Die englische Luftwaffe hat sechs ihrer besten Lancaster-Bomber-Geschwader von der italienischen Front abgezogen, damit sie sich um unsere Freunde in Novo Derventa kümmern.« Er nahm ebenfalls seine Kappe ab, um besser hören zu können. »Eifrigst bei der Arbeit. Wenn sie fertig sind, wird eine Woche lang keine einzige Messerschmitt diesen Flugplatz verlassen können. Das heißt, wenn überhaupt noch eine übriggeblieben ist, die wegfliegen könnte.«

»Wenn ich etwas sagen dürfte, Sir?«

»Sie dürfen, Captain Vlanovic.«

»Es gibt andere Kampffliegerbasen.«

»Stimmt.« Vis deutete nach oben. »Sehen Sie was?«

Vlanovic verrenkte sich den Hals, schirmte seine Augen mit der Hand gegen die strahlende Sonne ab, starrte in den leeren Himmel hinauf und schüttelte den Kopf.

»Ich auch nicht«, stimmte Vis zu. »Aber in siebentausend Metern Höhe patrouillieren bis zum Anbruch der Nacht Geschwader von Beau-Kampfflugzeugen, deren Besatzungen sicherlich noch kälter ist als uns.«

»Wer ist er, Sir? Wer ist der Mann, der verlangen kann, daß alle unsere Soldaten hier schuften und daß Geschwader von Bombern und Kampfflugzeugen eingesetzt werden?«

»Ich glaube, er heißt Mallory. Ein Captain.«

»Ein Captain? Wie ich?«

»Ein Captain. Aber ich zweifle daran, Boris«, fuhr Vis liebenswürdig fort, »daß er, abgesehen von seinem Rang, viel Ähnlichkeit mit Ihnen hat. Und sein Rang ist auch ganz unwichtig. Der Name zählt. Mallory.«

»Nie von ihm gehört.«
»Das kommt noch, mein Lieber, das kommt noch.«
»Aber... aber dieser Mallory, wofür will er das alles?«
»Fragen Sie ihn, wenn Sie ihn heute abend sehen.«
»Wenn ich... er kommt heute abend hierher?«
»Heute abend. Wenn«, fügte Vis düster hinzu, »er dann noch lebt.«

Neufeld betrat, gefolgt von Droshny, frisch und zuversichtlich seine Funkerhütte, die aus einem kahlen Raum bestand, dessen Einrichtung sich auf einen Tisch, zwei Stühle und ein großes, tragbares Funkgerät beschränkte. Der deutsche Unteroffizier, der vor dem Funkgerät saß, sah auf, als die beiden Männer eintraten.

»Das Hauptquartier des 7. Bewaffneten Korps an der Neretva-Brücke«, befahl Neufeld. Er schien ausgezeichneter Laune zu sein. »Ich möchte General Zimmermann persönlich sprechen.«

Der Unteroffizier nickte, gab den Ruf durch und bekam innerhalb von Sekunden Antwort. Er horchte kurz und schaute zu Neufeld auf. »Der General wird geholt.«

Neufeld griff nach dem Kopfhörer und machte dem Unteroffizier ein Zeichen, auf das hin sich dieser erhob und die Hütte verließ. Neufeld setzte sich auf den frei gewordenen Stuhl und rückte den Kopfhörer zurecht. Als er nach ein paar Sekunden eine leicht verzerrte Stimme hörte, nahm er unwillkürlich Haltung an.

»Hier ist Hauptmann Neufeld, General. Die Engländer sind zurückgekommen. Ihrer Information zufolge erwartet die Partisanendivision im Zenica-Käfig einen Großangriff aus dem Süden über die Neretva-Brücke.«

»Soso.« General Zimmermann, der hinten in dem Funkwagen, der am Waldrand südlich der Neretva-Brücke stand, bequem in einem Drehstuhl saß, machte keinen Versuch, die Befriedigung in seiner Stimme zu verbergen. Die Plane, die gewöhnlich über die Ladefläche des Lastwagens gespannt war, war zurückgerollt worden, und er nahm sein spitzes Käppi ab, um mehr von dem blassen Sonnenschein dieses Frühlingstages zu haben. »Interessant, sehr interessant. Sonst noch was?«

»Ja.« Neufelds Stimme kam blechern aus dem Lautsprecher. »Sie haben gebeten, aus der Gefahrenzone gebracht zu werden. Weit in unser Gebiet, möglichst nach Deutschland direkt. Sie fühlen sich hier nicht – äh – sicher genug.«

»Na so was. Tatsächlich. Sie fühlen sich nicht sicher.« Zimmermann machte eine Pause, überlegte und fuhr dann fort: »Sie sind über die Situation völlig im Bilde, Hauptmann Neufeld? Sind Sie sich bewußt, daß ganz sorgfältig vorgegangen werden muß?«

»Ja, Herr General.«

»Ich muß einen Moment nachdenken. Warten Sie.«

Zimmermann drehte sich langsam in seinem Drehstuhl hin und her, während er versuchte, eine Entscheidung zu treffen. Nachdenklich, aber ohne tatsächlich etwas wahrzunehmen, schaute er nach Norden, über die Wiesen, die sich am Südufer der Neretva erstreckten, auf den Fluß, über den sich die Eisenbrücke spannte, dann zu den Wiesen hinüber, die steil zu dem felsigen Stützpunkt aufstiegen, der Colonel Lazlos Partisanen als vorderste Verteidigungslinie diente. Als er sich mit seinem Stuhl umdrehte, blickte er im Osten auf das grün-weiß schäumende Wasser der Neretva, auf die Wiesen an beiden Ufern, die immer schmaler wurden, bis sie schließlich nach einer Nordbiegung vor dem Eingang der steilwandigen Schlucht verschwanden, aus der die Neretva hervortrat. Nach einer weiteren Vierteldrehung fiel sein Blick auf den Kiefernwald im Süden, der auf den ersten Blick so harmlos und ohne jedes Leben schien – aber nur so lange, bis sich das Auge an das gedämpfte Licht gewöhnt hatte und Dutzende von großen rechteckigen Ungetümen wahrnahm, die durch tarnende Planen, Netze und riesige Haufen toter Äste sowohl gegen Beobachtung aus der Luft als auch vom Nordufer der Neretva her geschützt waren. Der Anblick seiner beiden getarnten Panzerdivisionen half Zimmermann, seine Entscheidung zu fällen. Er hob das Mikrophon an die Lippen.

»Hauptmann Neufeld? Ich habe mich entschlossen, zu handeln, und Sie werden so freundlich sein und meinen Anordnungen absolut Folge leisten...«

Droshny nahm das zweite Paar Kopfhörer ab, das er getragen hatte, und sagte zweifelnd zu Neufeld: »Der General verlangt ganz schön viel von uns.«

Neufeld schüttelte beruhigend den Kopf. »General Zimmermann weiß *immer*, was er tut. Auf seine psychologische Beurteilung der Captain Mallorys dieser Welt kann man sich hundertprozentig verlassen.«

»Ich hoffe es.« Droshny war nicht überzeugt.

Neufeld sagte zu dem Funker: »Captain Mallory in mein Büro bitte und Feldwebel Baer!« und ging hinaus.

Als Mallory eintrat, waren Neufeld, Droshny und Baer bereits da. Neufeld gab sich kurz und dienstlich.

»Wir haben uns entschlossen, Sie mit einem Kufenflugzeug

herausfliegen zu lassen – das sind die einzigen Maschinen, die in diesen verdammten Bergen landen können. Sie haben noch Zeit, um ein paar Stunden zu schlafen – wir fliegen nicht vor vier. Irgendwelche Fragen?«

»Wo ist die Landebahn?«

»Auf einer Lichtung. Einen Kilometer von hier. Sonst noch was?«

»Nichts. Schaffen sie uns hier raus, das ist alles.«

»Darum brauchen Sie sich keine Sorgen zu machen«, sagte Neufeld spontan. »Mein einziger Wunsch ist zu wissen, daß Sie auf dem Weg sind. Offen gestanden, Mallory, Sie machen mich nervös, und je eher Sie weg sind, um so besser.«

Mallory nickte und ging hinaus. Neufeld wandte sich an Baer: »Ich habe eine kleine Aufgabe für Sie, Feldwebel Baer. Klein, aber sehr wichtig. Hören Sie genau zu.«

Mit nachdenklichem Gesicht trat Mallory aus Neufelds Hütte und ging langsam quer über den Lagerplatz. Als er zur Gästehütte kam, trat Andrea heraus und ging wortlos an ihm vorüber. Seine finstere Miene war durch die Wolke von Zigarrenrauch kaum zu erkennen. Mallory betrat die Hütte. Petar spielte wieder einmal die jugoslawische Fassung des Liedes ›The girl I left behind me‹. Es schien sein Lieblingslied zu sein. Mallory schaute zu Maria, Reynolds und Groves hinüber, die schweigend dasaßen. Dann fiel sein Blick auf Miller, der sich in seinem Schlafsack bequem zurückgelegt und seinen Gedichtband in der Hand hatte.

Mallory nickte zur Tür hin. »Irgend etwas hat unseren Freund geärgert.«

Miller grinste und nickte zu Petar hinüber. »Er spielt wieder Andreas Lied.«

Mallory lächelte und wandte sich an Maria. »Sag ihm, er soll aufhören zu spielen. Wir fliegen heute am Spätnachmittag, und wir brauchen jede Minute Schlaf.«

»Wir können im Flugzeug schlafen«, sagte Reynolds mürrisch. »Wir können schlafen, wenn wir unser Ziel erreicht haben – wo immer das auch sein mag.«

»Nein, schlafen Sie jetzt.«

»Warum jetzt?«

»Warum jetzt?« Mallorys Blick verlor sich in der Ferne. Leise sagte er: »Es ist vielleicht die einzige Zeit, die wir haben.«

Reynolds warf ihm einen seltsamen Blick zu. Zum erstenmal an diesem Tag lag weder Feindschaft noch Mißtrauen auf seinem Gesicht. Verwirrung und Nachdenklichkeit standen in seinen Augen, ein wenig Neugier und ein erstes Verstehen.

Auf dem Ivenici-Plateau bewegte sich die Phalanx immer noch vorwärts, aber die Bewegungen hatten nichts Menschliches mehr. In diesem fortgeschrittenen Stadium von Erschöpfung stolperten die Männer und Frauen wie Automaten dahin. Ihre Gesichter waren von Schmerz und unendlicher Müdigkeit verzerrt, ihre Glieder brannten, und ihr Verstand war vernebelt. Alle paar Sekunden stolperte und fiel einer hin, konnte nicht mehr aufstehen und mußte an den Rand des primitiven Weges geschleppt werden, wo schon viele andere lagen, die zusammengebrochen waren. Die Partisankas taten ihr Bestes, um ihre erfrorenen Glieder und ausgelaugten Körper mit heißer Suppe und großzügig bemessenen Portionen von Raki wiederzubeleben.

Captain Vlanovic wandte sich an Colonel Vis. Auf seinem Gesicht lag Verzweiflung, seine Stimme kam leise und ernst.

»Das ist Irrsinn, Colonel, Irrsinn. Es ist – es ist unmöglich, das sehen Sie doch! Wir werden nie – sehen Sie, Sir, zweihundertfünfzig sind in den ersten zwei Stunden ausgefallen. Die Höhe, die Kälte, die völlige körperliche Erschöpfung. Es ist Irrsinn!«

»Der ganze Krieg ist Irrsinn«, sagte Vis gelassen. »Gehen Sie ans Funkgerät, wir brauchen noch fünfhundert Mann.«

8. KAPITEL

Freitag, 15.00–21.15

Jetzt war es soweit, das wußte Mallory. Er sah Andrea und Miller, Reynolds und Groves an und wußte, daß auch sie es wußten. In ihren Gesichtern spiegelten sich seine Gedanken wider, die explosive Spannung, die intensive Wachsamkeit, die danach drängte, ihre Entladung in ebenso explosiver Aktion zu finden. Er kam immer, dieser Augenblick der Wahrheit, der Menschen so zeigte, wie sie wirklich waren. Mallory fragte sich, wie Reynolds und Groves sich verhalten würden. Er vermutete, daß sie ihre Schuldigkeit tun würden. Es kam ihm nicht in den Sinn, sich zu überlegen, wie sich Andrea und Miller verhalten würden, dazu kannte er sie zu gut: Miller wuchs in Momenten, in denen alles verloren schien, über sich selbst hinaus, während sich der gewöhnlich nicht besonders temperamentvolle, ja eher lethargische Andrea in ein völlig fremdes Wesen verwandelte, in eine Mischung aus eiskalt rechnendem Verstand und einer Kampfmaschine, die sich nicht im entferntesten mit irgend etwas vergleichen ließ, was Mallory bisher gekannt hatte. Als Mallory sprach, war seine Stimme so ruhig und unpersönlich wie immer.

»Wir wollen um vier abfliegen. Jetzt ist es drei. Wenn wir Glück haben, erwischen wir sie beim Mittagsschlaf. Alles klar?«

Reynolds sagte verwundert und ungläubig: »Sie meinen, wenn etwas schiefgeht, müssen wir uns den Weg freischießen?«

»Sie müssen schießen und müssen genau zielen. Das, Sergeant, ist ein Befehl.«

»Wahrhaftig«, sagte Reynolds, »ich habe nicht die geringste Ahnung, was eigentlich vorgeht.« Sein Gesichtsausdruck zeigte, daß er alle Versuche aufgegeben hatte, zu verstehen, was vorging.

Mallory und Andrea verließen die Hütte und schlenderten über den Lagerplatz auf Neufelds Hütte zu. »Wir stehen auf der Abschußliste«, sagte Mallory.

»Ich weiß. Wo sind Maria und Petar?«

»Vielleicht schlafen sie. Sie verließen die Hütte vor ein paar Stunden. Wir werden sie später suchen.«

»Später kann zu spät sein... sie sind in großer Gefahr, lieber Keith.«

»Was soll ich machen, Andrea? Während der letzten zehn Stunden habe ich über nichts anderes nachgedacht. Es ist ein großes Risiko, aber ich muß es auf mich nehmen. Sie sind zu ersetzen. Du weißt, was es bedeuten würde, wenn ich jetzt die Karten auf den Tisch legte.«

»Ich weiß, was es bedeuten würde«, sagte Andrea ernst. »Das Ende.«

Sie betraten Neufelds Hütte, ohne anzuklopfen. Neufeld, der hinter seinem Schreibtisch saß, schaute überrascht auf und sah auf seine Uhr. Droshny saß neben ihm.

Neufeld sagte kurz: »Vier Uhr, habe ich gesagt, nicht drei.«

»Unser Fehler«, entschuldigte sich Mallory. Er schloß die Tür. »Machen Sie bitte keine Dummheiten.«

Neufeld und Droshny machten keine Dummheiten. Sehr wenige Männer hätten versucht, Dummheiten zu machen, wenn sie sich gegenüber von zwei Luger-Pistolen mit perforierten Schalldämpfern gesehen hätten. Sie saßen einfach da, ohne eine Bewegung, nur sehr langsam verschwand der Schock aus ihren Gesichtern. Nach einer langen Pause sprach Neufeld. Die Worte kamen stockend.

»Ich habe den unverzeihlichen Fehler begangen, Sie zu unterschätzen...«

»Halten Sie den Mund. Brozniks Spione haben herausgefunden, wo sich die gefangenen Agenten der Alliierten ungefähr befinden.

Wir wissen genau, wo sie sich befinden. Sie werden uns hinbringen, und zwar sofort.«

»Sind Sie verrückt?« fragte Neufeld voller Überzeugung.

»Wir haben Sie nicht um Ihre Meinung gebeten.« Andrea trat hinter Neufeld und Droshny, nahm ihre Pistolen aus den Halftern, entfernte die Patronen und schob die Pistolen in die Halfter zurück. Dann ging er in eine Ecke der Hütte hinüber, nahm zwei Schmeisser-Maschinenpistolen, trat wieder vor den Schreibtisch und legte die Waffen auf die Platte, eine vor Neufeld, eine vor Droshny.

»Da sitzen Sie, meine Herren«, sagte Andrea gut gelaunt, »bewaffnet bis an die Zähne.«

Droshny sagte tückisch: »Und wenn wir nicht mitgehen?«

Andreas gute Laune verflog augenblicklich. Er ging gemächlich auf den Tisch zu und rammte den Schalldämpfer der Luger mit solcher Gewalt gegen Droshnys Zähne, daß er vor Schmerz nach Luft schnappte. »Bitte...«, Andreas Stimme war fast flehend, »bitte, reizen Sie mich nicht.«

Droshny reizte ihn nicht. Mallory ging zum Fenster hinüber und spähte auf den Lagerplatz hinaus: Mindestens ein Dutzend Cetniks hielten sich in einer Entfernung von zehn Metern vor Neufelds Hütte auf. Alle waren bewaffnet. Am anderen Ende des Lagers sah er, daß die Tür zu den Ställen offenstand: Miller und die beiden Sergeants waren auf ihren Posten.

»Sie werden quer über den Lagerplatz zu den Ställen hinübergehen«, sagte Mallory. »Sie werden mit niemandem sprechen, Sie werden niemanden warnen und auch keine Zeichen geben. Wir werden drei Meter hinter Ihnen hergehen.«

»Drei Meter hinter uns. Soll uns das vielleicht davon abhalten, einen Ausbruch zu versuchen? Sie würden es nicht wagen, dort draußen eine Waffe auf uns zu richten.«

»Das stimmt«, gab Mallory ihm recht. »Von dem Moment an, in dem Sie die Hütte verlassen, befinden Sie sich vor den Läufen von drei Schmeisser-Maschinenpistolen: Meine Männer sitzen drüben in den Ställen. Und wenn Sie irgend etwas – was auch immer – versuchen sollten, werden Sie durchsiebt. Deshalb halten wir uns in so großer Entfernung hinter Ihnen – wir wollen nicht ebenfalls durchlöchert werden.«

Auf eine Handbewegung von Andrea nahmen Neufeld und Droshny, blaß vor Wut, ihre leeren Waffen auf. Mallory schaute sie nachdenklich an und sagte: »Ich glaube, Sie sollten eine andere Miene aufsetzen. So, wie Sie jetzt aussehen, merkt jeder augenblicklich, daß etwas faul ist. Wenn Sie mit diesem Gesichtsausdruck hinausgehen, schießt Miller Sie über den Haufen, bevor Sie noch die unterste Stufe der Treppe erreicht haben. Bitte versuchen Sie, mir zu glauben.«

Sie glaubten ihm, und als Mallory die Tür öffnete, hatten sie ihre Gesichtsmuskeln so weit in der Gewalt, daß man ihnen nichts anmerkte. Sie gingen die Stufen hinunter und machten sich auf den Weg über den Lagerplatz. Als sie ihn halb überquert hatten, verließen Andrea und Mallory Neufelds Hütte und folgten ihnen. Ein oder zwei neugierige Blicke fielen auf sie, aber niemand hatte den Verdacht, daß etwas nicht stimmte. Sie erreichten die Ställe ohne Zwischenfall.

Und auch beim Verlassen des Lagers, zwei Minuten später, ereignete sich nichts. Neufeld und Droshny ritten, wie es sich gehörte und erwartet wurde, an der Spitze. Besonders Droshny sah mit seiner Schmeisser, der Pistole und den gefährlich gebogenen Messern im Gürtel sehr kriegerisch aus. Hinter ihnen ritt Andrea, der einige Schwierigkeiten mit der Handhabung seiner Schmeisser zu haben schien, denn er hielt sie in den Händen und untersuchte sie eingehend. Er vermied es sorgfältig, Neufeld oder Droshny anzusehen, und der Gedanke, daß der Lauf der Waffe, den Andrea wohlweislich auf den Boden gerichtet hielt, nur dreißig Zentimeter angehoben und der Abzug nur durchgezogen werden mußte, um die beiden Männer zu durchsieben, war so abwegig, daß nicht einmal der Mißtrauischste darauf gekommen wäre. Hinter Andrea ritten Mallory und Miller Seite an Seite. Wie Andrea schienen auch sie leicht gelangweilt. Reynolds und Groves bildeten den Schluß und brachten es fertig, beinah ebenso unbekümmert zu erscheinen wie die anderen drei. Nur ihre verkrampften Gesichter und ihre ruhelos umherschweifenden Augen verrieten den Druck, unter dem sie standen. Aber ihre Angst war unnötig, denn sie verließen das Lager nicht nur unbehelligt, sondern auch, ohne daß ihnen fragende Blicke folgten.

Über zweieinhalb Stunden ritten sie fast ununterbrochen aufwärts, und die Sonne ging gerade hinter den immer spärlicher wachsenden Kiefern unter, als sie zu einer Lichtung kamen und zum erstenmal wieder ein Stück ebener Erde unter sich hatten. Neufeld und Droshny hielten ihre Ponys an und warteten, bis die anderen sie eingeholt hatten. Mallory zügelte sein Pferd und starrte zu dem Gebäude hinüber, das in der Mitte der Lichtung stand. Es war ein niedriges, solide gebautes Blockhaus mit schmalen verbarrikadierten Fenstern und zwei Schornsteinen. Aus einem stieg eine Rauchsäule in die klare Luft.

»Sind wir da?« fragte Mallory.

»Überflüssige Frage.« Neufelds Stimme klang spröde, aber die mühsam unterdrückte Wut war durchaus zu erkennen. »Glauben Sie vielleicht, ich hätte diese ganze Zeit verschwendet, um Sie zu der falschen Stelle zu führen?«

»Es würde mich nicht überraschen«, sagte Mallory. Er musterte das Gebäude eingehender. »Es sieht ausgesprochen einladend aus.«

»Von jugoslawischen Armee-Munitionsdepots kann man nicht erwarten, daß sie wie Luxushotels aussehen.«

»Wahrscheinlich nicht«, stimmte Mallory ihm zu. Auf ein Zeichen von ihm lenkten sie ihre Ponys auf die Lichtung hinaus. Im gleichen Moment glitten zwei Metallplatten in der Vorderwand des Blockhauses zurück und gaben zwei Schießscharten frei, aus denen die Läufe von zwei Maschinenpistolen drohten. Ungedeckt wie sie waren, waren die sieben Männer auf ihren Pferden völlig in der Hand der Männer, die hinter den Gewehrläufen standen.

»Ihre Leute sind ausgesprochen wachsam«, sagte Mallory anerkennend zu Neufeld. »Um ein Haus wie dieses zu bewachen, brauchen Sie nicht viele Männer. Wie viele sind es?«

»Sechs«, kam widerwillig Neufelds Antwort.

»Wenn es sieben sind, sind Sie ein toter Mann«, warnte Andrea.

»Sechs.«

Als sie näher kamen, wurden die Waffen zurückgezogen, wahrscheinlich, weil die Männer Neufeld und Droshny erkannt hatten. Die Schießscharten wurden geschlossen, und die schwere metallene Eingangstür öffnete sich. Ein Feldwebel erschien im Türrahmen und salutierte respektvoll. Sein Gesicht zeigte Überraschung.

»Ein unerwartetes Vergnügen, Hauptmann Neufeld«, sagte er. »Wir haben keine Funknachricht bekommen, daß Sie uns besuchen.«

»Das Gerät ist im Moment außer Betrieb.« Neufeld bedeutete ihnen, in das Blockhaus zu gehen, doch Andrea bestand höflich, aber bestimmt darauf, daß der deutsche Offizier vorginge, und er gab seiner höflichen Geste Nachdruck durch einen heftigen Stoß mit der Schmeisser. Neufeld ging hinein, gefolgt von Droshny und den anderen fünf Männern.

Die Fenster waren so schmal, daß die brennenden Öllampen zweifellos notwendig waren. Die Helligkeit, die sie ausstrahlten, wurde beinahe verdoppelt durch das Holzfeuer, das in der Feuerstelle prasselte. Das alles konnte nicht über die Trostlosigkeit der vier kahlen Steinwände hinwegtäuschen, obwohl der Raum selbst überraschend gut möbliert war. Es gab einen Tisch, zwei Stühle, zwei Sessel und ein Sofa. Und auf dem Boden lag so etwas Ähnliches wie ein Teppich. Wenn man den Feldwebel mitrechnete, der sie begrüßt hatte, befanden sich drei bewaffnete Soldaten in dem Raum. Mallory warf Neufeld einen Blick zu. Der nickte. Sein Gesicht war verkrampft vor Zorn.

Neufeld sagte zu einer der Wachen: »Bringen Sie die Gefangenen heraus.«

Die Wache nickte, nahm einen schweren Schlüssel von der Wand und ging auf eine verbarrikadierte Tür zu. Der Feldwebel und die andere Wache schoben die metallenen Platten über den Schießscharten zurück. Andrea schlenderte auf die Wache zu, die ihm am nächsten stand. Mit einer plötzlichen Bewegung stieß er ihn gegen den Feldwebel. Beide Männer wurden gegen die Wache geschleudert, die gerade den Schlüssel ins Schloß geschoben hatte. Der dritte Mann ging krachend zu Boden. Die andern beiden taumelten wie betrunken hin und her, schafften es aber, das Gleichgewicht zu halten und auf den Beinen zu bleiben. Alle drei drehten sich um und starrten Andrea an. Wut und Fassungslosigkeit spiegelten sich auf ihren Gesichtern wider, aber alle drei waren klug genug, regungslos stehenzubleiben. Wenn man auf drei Schritt Entfernung in die Mündung einer Schmeisser-Maschinenpistole schaut, ist das einzig Vernünftige, sich nicht zu rühren. Mallory sagte zu dem Feldwebel:

»Es müssen noch drei andere Männer dasein? Wo sind sie?«

Er bekam keine Antwort. Die Wache starrte ihn nur herausfordernd an. Mallory wiederholte die Frage, diesmal in fließendem Deutsch. Die Wache ignorierte ihn und sah fragend zu Neufeld hinüber, der mit steinernem Gesicht dastand und die Lippen zusammenpreßte.

»Sind Sie verrückt?« fragte Neufeld den Feldwebel. »Sehen Sie nicht, daß diese Männer Killer sind? Sagen Sie es ihm.«

»Es sind noch die Nachtwachen da. Aber die schlafen jetzt.« Der Feldwebel deutete auf eine Tür. »Da drin.«

»Machen Sie auf. Sagen Sie ihnen, sie sollen herauskommen. Rückwärts, mit im Nacken verschränkten Händen.«

»Tun Sie genau, was er sagt«, befahl Neufeld.

Der Sergeant tat genau, was ihm gesagt wurde, ebenso die drei Wachen, die in dem hinteren Zimmer geschlafen hatten. Sie kamen genauso heraus, wie es ihnen befohlen worden war, und offensichtlich hatten sie nicht die Absicht, Widerstand zu leisten. Mallory wandte sich an den Mann mit dem Schlüssel, der taumelnd vom Boden hochgekommen war, und nickte zu der verbarrikadierten Tür hinüber.

»Aufmachen.«

Der Mann schloß auf und stieß die Tür weit auf. Langsam und unsicher kamen vier englische Offiziere aus dem Zimmer in den großen Raum. Das lange Eingeschlossensein hatte ihre Haut fahl werden lassen, aber abgesehen von ihrer Blässe waren sie zwar ziemlich mager, doch offensichtlich gesund. Der Mann, der als erster herauskam, trug die Rangabzeichen eines Majors und einen Sandhurst-Schnauzbart, und als er sprach, tat er das mit Sandhurst-Akzent. Er blieb abrupt stehen und starrte ungläubig auf Mallory und seine Männer.

»Gütiger Himmel! Was in aller Welt habt ihr Burschen...«

»Bitte«, unterbrach ihn Mallory. »Tut mir leid. Jetzt nicht. Nehmen Sie Ihre Mäntel und was Sie sonst noch an warmem Zeug haben und warten Sie draußen.«

»Aber... aber, wohin bringen Sie uns?«

»Nach Hause. Nach Italien. Heute abend. Bitte beeilen Sie sich.«

»Nach Italien! Sie sprechen...«

»Beeilen Sie sich.« Mallory sah ungeduldig auf die Uhr. »Wir sind sowieso schon spät dran.«

So schnell es den verwirrten Männern möglich war, sammelten sie ihre warme Kleidung zusammen und gingen nach draußen. Mallory wandte sich wieder an den Feldwebel. »Sie müssen Ponys hier haben.«

»Hinter dem Blockhaus«, sagte der Feldwebel sofort. Er hatte sich offensichtlich blitzschnell der neuen Lage angepaßt.

»Guter Junge«, lobte Mallory. Er sah Reynolds und Groves an. »Wir brauchen noch zwei Ponys. Bitte satteln Sie sie.«

Die beiden verließen das Haus. Während Mallory und Miller ihre Waffen auf sie gerichtet hielten, wurden die sechs Wachen von Andrea durchsucht. Die Suche verlief ergebnislos. Andrea scheuchte die Männer in das hintere Zimmer, schloß die Tür ab und hängte den Schlüssel an die Wand. Danach durchsuchte er ebenso sorgfältig Neufeld und Droshny. Als Andrea dessen Messer achtlos in eine Zimmerecke warf, war Droshny nahe daran, sich auf ihn zu stürzen.

Mallory sah die beiden Männer an und sagte: »Ich würde Sie erschießen, wenn es nötig wäre. Das ist es nicht. Vor morgen früh wird Sie niemand vermissen.«

»Möglicherweise werden sie noch eine ganze Reihe von Tagen nicht vermißt«, ließ sich Miller vernehmen.

»Sie sind sowieso eine zu große Last«, sagte Mallory gleichgültig. Er lächelte. »Ich kann es mir nicht verkneifen, Ihnen eine kleine Nettigkeit zum Abschied zu sagen, Hauptmann Neufeld. Sie haben dann ein bißchen etwas zum Nachdenken, bis jemand kommt und Sie hier findet.« Er schaute Neufeld nachdenklich an. Als Neufeld schwieg, fuhr er fort: »Es geht um die Information, die ich Ihnen heute vormittag gegeben habe.«

Neufeld sah ihn wachsam an: »Was ist damit?«

»Nur das: Ich fürchte, sie war nicht ganz richtig. Vukalovic erwartet den Angriff aus dem Norden, durch die Zenica-Schlucht, nicht über die Neretva-Brücke aus dem Süden. Wir wissen, daß in den Wäldern nördlich der Zenica-Schlucht an die zweihundert Panzer stehen – aber heute nacht um zwei, wenn Ihr Angriff beginnen soll, wird das nicht mehr so sein. Nicht, nachdem ich zu unseren Lancaster-Geschwadern in Italien durchgekommen bin. Stellen Sie sich vor, was das für ein wundervolles Ziel ist! Zweihundert Panzer, zusammengepfercht in einer Falle, die hundertfünfzig Meter breit und nicht mehr als dreihundert Meter lang ist. Um 1.30 Uhr wird die RAF zur Stelle sein. Und um zwei Uhr heute nacht wird kein einziger Panzer mehr vorhanden sein.«

Neufeld schaute ihn lange an, sein Gesicht war erstarrt. Schließlich sagte er langsam und leise: »Sie sollen verdammt sein! Sie sollen verdammt sein! Sie sollen verdammt sein!«

»Fluchen ist alles, was Ihnen noch bleibt«, sagte Mallory zustimmend. »Wenn Sie befreit werden – ich setze voraus, daß Sie befreit werden –, wird alles vorbei sein. Wiedersehen bis nach dem Krieg.«

Andrea sperrte die beiden Männer in ein Nebenzimmer und hängte den Schlüssel neben den anderen an die Wand. Dann gingen sie hinaus, verschlossen die Eingangstür, hängten den Schlüssel an einen Nagel neben der Tür, bestiegen die Ponys – Groves und Reynolds hatten bereits zwei weitere Tiere gesattelt – und begannen wieder, bergauf zu reiten. Mallory hatte eine Karte in der Hand und studierte in der hereinbrechenden Dämmerung den Weg, den sie nehmen mußten.

Der Pfad führte am Rand eines Kiefernwaldes entlang. Sie waren gerade eine halbe Meile geritten, als Andrea sein Pony anhielt, abstieg, den rechten Vorderlauf des Tieres anhob und sorgfältig untersuchte. Er sah zu den anderen auf, die ebenfalls angehalten hatten. »Ein Stein hat sich unter den Huf geklemmt«, erklärte er. »Sieht schlecht aus – aber nicht zu schlecht. Ich werde ihn rausschneiden. Wartet nicht auf mich – ich komme in ein paar Minuten nach.«

Mallory nickte und gab das Zeichen zum Weiterreiten. Andrea zog ein Messer heraus, hob den Fuß des Ponys und machte sich gestenreich daran, den Stein herauszuschneiden. Nach einer Minute blickte er auf und sah, daß der Rest des Trupps hinter einer Wegbiegung verschwunden war. Andrea steckte sein Messer weg und führte das Pony, dem ganz offensichtlich nicht das geringste fehlte, in den Schutz des Waldes. Dort band er es fest und ging zu Fuß ein Stück den Hügel in Richtung Blockhaus hinunter. Hinter einer Kiefer, die ihm Deckung gab, setzte er sich und holte sein Fernglas heraus.

Er mußte nicht lange warten. Kopf und Schulter eines Mannes kamen hinter einem Baum am Rande der Lichtung zum Vorschein. Der Mann spähte vorsichtig um sich. Andrea lag jetzt flach im Schnee, die eisigen Ränder seines Fernglases preßte er fest an seine Augen. Er hatte keine Schwierigkeiten, den Mann dort unten sofort zu identifizieren: Feldwebel Baer, mondgesichtig, kugelrund und etwa siebzig Pfund zu schwer für seine nicht gerade eindrucksvolle Größe, war körperlich gesehen eine so einmalige Gestalt, daß nur ein Schwachsinniger ihn vergessen hätte.

Baer zog sich in den Wald zurück und erschien kurz darauf wieder, eine Reihe von Ponys hinter sich herziehend, von denen eins einen zugedeckten, plumpen Gegenstand trug, der an einem Tragkorb festgebunden war. Zwei der nachfolgenden Ponys trugen Reiter, deren Hände an die Sattelknöpfe gefesselt waren. Ohne Zweifel handelte es sich um Petar und Maria. Hinter ihnen ritten vier Soldaten. Feldwebel Baer bedeutete ihnen, ihm über die Lichtung zu folgen, und innerhalb von Sekunden waren alle hinter dem Blockhaus verschwunden. Andrea starrte nachdenklich auf die nun menschenleere Lichtung hinunter, zündete sich eine Zigarre an und ging zu seinem Pony zurück.

Feldwebel Baer stieg ab, zog einen Schlüssel aus der Tasche, sah den Schlüssel, der neben der Tür an dem Nagel hing, steckte seinen wieder weg, nahm den anderen, schloß die Tür damit auf und ging hinein. Er schaute sich um, nahm einen der Schlüssel, die an der Wand hingen, und öffnete eine Seitentür damit. Hauptmann Neufeld trat heraus, warf einen Blick auf seine Uhr und lächelte.

»Sie sind sehr pünktlich, Feldwebel Baer. Haben Sie das Funkgerät?«

»Jawohl. Draußen.«

»Ausgezeichnet, ausgezeichnet.« Neufeld schaute Droshny an

und lächelte wieder. »Ich glaube, es ist Zeit, daß wir zum Ivenici-Plateau hinausschauen.«

Feldwebel Baer sagte respektvoll: »Wie können Sie so sicher sein, daß es das Ivenici-Plateau ist, Hauptmann Neufeld?«

»Wie ich so sicher sein kann? Einfach, mein lieber Baer. Weil Maria – Sie haben sie doch dabei?«

»Aber natürlich, Hauptmann Neufeld.«

»Weil Maria es mir gesagt hat. Deshalb bin ich so sicher.«

Die Nacht war hereingebrochen, und das Ivenici-Plateau lag im Dunkel, aber die Phalanx der erschöpften Soldaten war immer noch damit beschäftigt, die Landebahn für das Flugzeug auszutreten. Zu dieser Zeit war die Arbeit nicht mehr so mörderisch, denn der Schnee war jetzt schon niedergetrampelt und hart gestampft. Aber obwohl fünfhundert neue Soldaten dazugekommen waren, war die Müdigkeit so allgemein, daß die Phalanx in keiner besseren Verfassung war als die anderen, die sich als erste ihren Weg durch dieses Schneefeld gebahnt hatten.

Außerdem hatte die Phalanx ihre Form geändert. Anstatt fünfzig Mann breit und zwanzig tief, war sie jetzt zwanzig breit und fünfzig tief. Nachdem sie genügend Platz für die Tragflächen des Flugzeugs geschaffen hatten, waren sie nun damit beschäftigt, die Fläche, auf der die Räder der Maschine ausrollen würden, so hart wie möglich zu stampfen.

Der Dreiviertelmond stand weiß und leuchtend tief am Himmel, von Norden kamen schmale Wolkenstreifen, und als sie langsam vor dem Mond vorbeizogen, fielen schwarze Schatten auf das Plateau. Die Phalanx, in einem Moment in silbernes Mondlicht gehüllt, wurde im nächsten Moment von dichter Dunkelheit umgeben. Es war eine phantastische Szene, märchenhaft und unheimlich. Sie erinnerte, wie Colonel Vis, bar jeder romantischen Empfindung, gerade zu Captain Vlanovic geäußert hatte, an eine Szene aus Dantes Inferno, nur um einiges kälter. Allerdings um ein gutes Stück kälter, hatte Vis hinzugefügt, er sei nicht sicher, wie heiß es in der Hölle sei.

Es war dieser Anblick, der sich Mallory und seinen Männern bot, als sie um zwanzig vor neun auf dem Gipfel eines Hügels ankamen und ihre Ponys kurz vor dem Abgrund zügelten, der an die westliche Seite des Ivenici-Plateaus angrenzte. Mindestens zwei Minuten saßen sie da, auf ihren Ponys, regungslos, schweigend, hypnotisiert von dem unwirklichen Anblick von tausend Männern, die sich mit gesenkten Köpfen und vorgebeugten Schultern mit letzter Kraft über das Schneefeld dahinschleppten, hypnotisiert, weil sie alle wußten, daß sie Zeugen eines Schauspiels waren, das keiner von ihnen jemals vorher gesehen hatte oder jemals vergessen würde. Mallory befreite sich schließlich aus seinem Trancezustand, sah zu Andrea und Miller hinüber und schüttelte langsam den Kopf. Auf seinem Gesicht lag Fassungslosigkeit. Unglaube darüber, daß das, was seine Augen sahen, keine Fata Morgana war. Andrea und Miller beantworteten seinen Blick mit einem Kopfschütteln. Mallory lenkte sein Pony nach rechts und ritt die Felswand entlang bis zu der Stelle, an der sie in leicht ansteigenden Boden überging.

Zehn Minuten später wurden sie von Colonel Vis begrüßt.

»Ich hatte nicht erwartet, Sie zu sehen, Captain Mallory.« Vis schüttelte begeistert seine Hand. »Weiß Gott, ich habe nicht erwartet, Sie zu sehen. Sie und Ihre Männer müssen einen besonderen Schutzengel haben.«

»Sagen Sie das in ein paar Stunden noch einmal«, sagte Mallory trocken. »Wenn wir dann noch leben, will ich es glauben.«

»Aber es ist doch jetzt alles vorüber. Wir erwarten das Flugzeug...«

Vis sah auf die Uhr. »... in genau acht Minuten. Wir haben eine Landebahn, und es wird keine Schwierigkeiten bei der Landung und dem Abflug geben, vorausgesetzt, daß es sich nicht zu lange hier aufhält. Sie haben alles erledigt, was Sie vorhatten, und Sie haben es ausgezeichnet erledigt. Das Glück war auf Ihrer Seite.«

»Sagen Sie das in ein paar Stunden noch einmal«, wiederholte Mallory.

»Verzeihen Sie.« Vis konnte seine Verwirrung nicht verbergen. »Erwarten Sie, daß mit dem Flugzeug etwas passiert?«

»Ich erwarte nicht, daß mit dem Flugzeug etwas passiert. Aber das, was jetzt vorbei ist, war nur das Vorspiel.«

»Das... das Vorspiel?«

»Lassen Sie es mich erklären.«

Neufeld, Droshny und Baer banden ihre Ponys im Wald fest und gingen den leicht ansteigenden Pfad hinauf, der vor ihnen lag. Feldwebel Baer hatte Schwierigkeiten, sich durch den tiefen Schnee bergauf zu kämpfen, denn das große tragbare Funkgerät war auf seinen Rücken geschnallt. Kurz vor dem Gipfel ließen sie sich auf Hände und Knie nieder und krochen vorwärts, bis sie nur noch ein paar Meter von dem Rand des Felsvorsprungs entfernt waren, von dem aus man das Ivenici-Plateau überschauen konnte. Neufeld hob sein Fernglas und senkte es gleich darauf wieder: Der Mond war hinter einer Wolkenbank hervorgekrochen und beleuchtete die Szene. Der scharfe Kontrast von schwarzen Schatten und weißem Schnee, der so weiß glänzte, daß er fast zu phosphoreszieren schien, machte das Fernglas überflüssig.

Rechts lagen, deutlich sichtbar, Vis' Kommandozelte und gleich daneben einige hastig aufgebaute Suppenküchen. Vor dem kleinsten Zelt stand eine Gruppe von etwa zwölf Personen, die – das konnte man sogar auf diese Entfernung erkennen – in ein angeregtes Gespräch vertieft waren. Direkt unter der Stelle, an der sie lagen, konnten die drei Männer sehen, wie die Phalanx an dem Ende der Landebahn wendete und sich langsam, schrecklich langsam und zu Tode erschöpft, den schon ausgetretenen Weg zurückschleppte. Wie Mallory und seine Männer hielt das unheimliche und unwirkliche Bild auch Neufeld, Droshny und Baer momentan gefangen. Nur mit größter Willensanstrengung konnte sich Neufeld dazu bringen, den Blick abzuwenden und in die Wirklichkeit zurückzufinden.

»Wie ausgesprochen reizend von unseren jugoslawischen Freunden«, murmelte er, »daß sie so viel für uns tun.« Er wandte sich an Baer und deutete auf das Funkgerät. »Verbinden Sie mich mit dem General.«

Baer ließ das Gerät von den Schultern gleiten, stellte es in den Schnee, zog die Antenne aus, stellte die Frequenz ein und drehte an der Kurbel. Er hatte fast augenblicklich Kontakt, sagte ein paar Worte und reichte dann das Mikrofon und die Kopfhörer Neufeld hinüber, der sie aufsetzte und immer noch halb hypnotisiert auf die tausend Männer und Frauen hinunterstarrte, die wie Ameisen über die Ebene krochen. Plötzlich krachte es in seinen Kopfhörern, und der Bann war gebrochen.

»Herr General?«

»Ah, Hauptmann Neufeld.« Die Stimme des Generals kam schwach, aber sehr klar, völlig ohne Verzerrung oder statische Geräusche. »Na, was sagen Sie zu meinem psychologischen Urteil über den englischen Verstand?«

»Sie haben Ihren Beruf verfehlt, Herr General. Alles ist genauso eingetreten, wie Sie es vorausgesagt haben. Es wird Sie vielleicht interessieren, Sir, daß die Royal Air Force heute nacht genau um 1.30 Uhr einen Bombenteppich über die Zenica-Schlucht legen wird.«

»Soso«, sagte Zimmermann nachdenklich. »Das ist wirklich interessant, aber kaum überraschend.«

»Nein, Herr General.« Neufeld sah auf, als Droshny ihm auf die

Schulter tippte und nach Norden deutete. »Einen Moment, Herr General.«

Neufeld nahm die Kopfhörer ab und wendete den Kopf, um in die Richtung zu schauen, in die Droshnys ausgestreckter Arm zeigte. Er hob sein Fernglas, aber er konnte nichts sehen. Statt dessen konnte er etwas hören – das entfernte Brummen von Flugzeugmotoren, das näher kam. Neufeld setzte die Kopfhörer wieder auf.

»Wir müssen den Engländern eine Eins für Pünktlichkeit geben, Herr General. Das Flugzeug kommt.«

»Ausgezeichnet, ausgezeichnet. Halten Sie mich auf dem laufenden.«

Neufeld nahm die Kopfhörer herunter und starrte nach Norden. Man konnte immer noch nichts sehen. Der Mond war hinter einer Wolke verschwunden. Das Motorengeräusch wurde lauter. Plötzlich ertönten irgendwo unten auf dem Plateau drei schrille Pfiffe. Augenblicklich löste sich die marschierende Phalanx auf, die Männer und Frauen stolperten von der Landebahn in den tiefen Schnee auf der Ostseite des Plateaus und ließen – wie es offensichtlich vorher abgesprochen worden war – etwa achtzig Männer zurück, die sich auf beiden Seiten der Landebahn verteilten.

»Gut organisiert, das muß man ihnen lassen«, sagte Neufeld bewundernd. Droshny sah so liebenswürdig aus wie ein Wolf, als er lächelte: »Um so besser für uns, was?«

»Alle scheinen ihr Bestes zu geben, um uns heute nacht zu helfen«, stimmte Neufeld zu.

Am Himmel zog die schwarze Wolkenbank nach Süden ab, und das weiße Licht des Mondes beleuchtete das Plateau. Und in diesem Moment sah Neufeld das Flugzeug, weniger als eine halbe Meile entfernt; sein mit Tarnfarbe angestrichener Leib zeichnete sich deutlich in dem hellen Mondlicht ab.

Langsam glitt es auf die Landebahn zu. Noch ein scharfer Pfiff ertönte, und die Männer, die sich an den Seiten der Landebahn aufgestellt hatten, ließen Handlampen aufflammen, was allerdings in dieser fast taghellen Nacht überflüssig war, aber für den Fall, daß der Mond gerade hinter einer Wolke verschwinden würde, unerläßlich.

»Er kommt rein«, sagte Neufeld in das Mikrofon. »Es ist ein Wellington-Bomber.«

»Hoffen wir, daß er eine sichere Landung macht«, sagte Zimmermann.

»Allerdings, das wollen wir hoffen, Herr General.«

Der Wellington-Bomber machte eine sichere Landung, er machte eine perfekte Landung, wenn man die extremen Schwierigkeiten in Betracht zog. Die Motoren wurden gedrosselt, und mit gleichmäßiger Geschwindigkeit senkte sich die Maschine auf den Anfang der Landebahn herab.

Neufeld sagte ins Mikrofon: »Sicher gelandet, Herr General. Er rollt aus.«

»Warum bleibt er nicht stehen?« fragte Droshny.

»Sie können ein Flugzeug auf Schnee nicht genauso beschleunigen wie auf einer normalen Rollbahn«, sagte Neufeld. »Sie werden jeden Meter der Bahn für den Start brauchen.«

Ganz offensichtlich war der Pilot der gleichen Meinung. Er war noch etwa fünfzig Meter vom Ende der Rollbahn entfernt, als zwei Gruppen von Leuten aus den Reihen am Rande der Bahn ausbrachen. Eine Gruppe lief auf die bereits offene Tür an der Seite des Bombers zu, die anderen rannten zur Schwanzflosse des Flugzeugs. Beide Gruppen erreichten die Maschine, als sie gerade ausrollte und ganz am Ende der Rollbahn zum Stehen kam. Ein Dutzend Männer klammerten sich an die Schwanzflosse und drehten das Flugzeug um 180 Grad. Droshny war tief beeindruckt. »Mein Gott, die verlieren wirklich keine Zeit, was?«

»Sie können es sich nicht leisten. Wenn das Flugzeug an einem Fleck stehenbleibt, sinkt es in den Schnee ein.« Neufeld hob sein Fernglas und sprach in das Mikrofon.

»Sie gehen an Bord, Herr General. Ein, zwei, drei ... sieben, acht. Nein: neun.« Neufeld seufzte erleichtert, die Spannung wich. »Meine herzlichsten Glückwünsche, Herr General. Neun ist die Stichzahl.«

Die Schnauze des Flugzeugs zeigte bereits in die Richtung, aus der es gekommen war. Der Pilot stand auf der Bremse, die gedrosselten Motoren heulten, dann, zwanzig Sekunden, nachdem er zum Stehen gekommen war, war der Bomber bereits wieder auf dem Weg und beschleunigte rasch. Der Pilot wartete, bis er ganz am Ende der Rollbahn angekommen war, bevor er die Wellington hochzog. Aber als er es schließlich tat, kam sie sauber vom Boden ab und stieg stetig zum Nachthimmel auf.

»Gut abgekommen, Herr General«, berichtete Neufeld. »Alles genau nach Plan.« Er bedeckte das Mikrofon mit der Hand, sah dem verschwindenden Flugzeug nach und lächelte Droshny zu.

»Ich glaube, wir sollten ihnen eine gute Reise wünschen, meinen Sie nicht?«

Mallory, einer der Leute, die am Rande der Landebahn standen, senkte sein Fernglas. »Und eine recht gute Reise ihnen allen.«

Colonel Vis schüttelte traurig den Kopf. »All diese Arbeit nur, um fünf Männer zu einem Ferienaufenthalt nach Italien zu schicken.«

»Ich wage zu behaupten, daß sie diesen Urlaub nötig hatten«, sagte Mallory.

»Zum Teufel mit ihnen. Was ist mit uns?« fragte Reynolds. Entgegen seinen Worten zeigte sein Gesicht keine Wut, er sah nur leicht benommen und völlig verblüfft aus. »Wir hätten an Bord der verdammten Maschine sein sollen.«

»Nun ja, ich habe mich anders entschlossen.«

»Von wegen – anders entschlossen«, sagte Reynolds bitter.

In der Wellington betrachtete der Major mit dem Schnauzbart seine drei Mitentflohenen und die fünf Partisanensoldaten, schüttelte ungläubig den Kopf und wandte sich an den Captain, der neben ihm saß.

»Eine merkwürdige Geschichte, was?«

»Sehr merkwürdig, Sir«, sagte der Captain. Er blickte neugierig auf die Papiere, die der Major in der Hand hielt. »Was haben Sie da?«

»Eine Landkarte und Papiere, die ich einem bärtigen Marinemenschen aushändigen soll, wenn wir in Italien gelandet sind. Ein komischer Kauz, dieser Mallory, was?«

»Sehr komisch«, stimmte der Captain zu.

Mallory und seine Männer, ebenso Vis und Vlanovic, hatten sich von der Menge gesondert und standen vor Vis' Kommandozelt.

»Haben Sie für Seile gesorgt?« fragte Mallory Vis. »Wir müssen sofort weg.«

»Warum denn so schrecklich eilig, Sir?« fragte Groves. Wie bei Reynolds war auch bei ihm der Widerstand einer hilflosen Verwirrung gewichen. »Warum auf einmal?«

»Wegen Maria und Petar«, sagte Mallory grimmig. »Sie drängen uns zur Eile.«

»Was ist mit Petar und Maria?« fragte Reynolds mißtrauisch. »Was haben die denn mit der Sache zu tun?«

»Sie werden in dem Blockhaus gefangengehalten, das als Munitionsdepot dient. Und wenn Neufeld und Droshny dahin zurückkommen...«

»Dahin zurückkommen«, sagte Groves verwirrt. »Was meinen

Sie mit ›dahin zurückkommen‹? Wir... Wir haben sie doch dort eingesperrt. Und woher zum Teufel wissen Sie, daß Petar und Maria in dem Blockhaus festgehalten werden? Wie ist das möglich? Ich meine, sie waren doch nicht dort, als wir weggingen – und das ist schließlich noch gar nicht lange her.«

»Als sich Andreas Pony auf dem Weg hierher einen Stein eingetreten hatte, hatte es sich keinen Stein eingetreten. Andrea hielt Wache.«

»Wissen Sie«, erklärte Miller, »Andrea traut niemandem.«

»Er sah Feldwebel Baer, der Petar und Maria zum Blockhaus brachte«, fuhr Mallory fort. »Gefesselt. Baer befreite Neufeld und Droshny, und Sie können getrost Ihren Kopf wetten, daß die beiden oben auf dem Felsvorsprung waren, um sich zu vergewissern, daß wir tatsächlich abflogen.«

»Sie sagen uns nicht gerade viel, nicht wahr, Sir?« sagte Reynolds verbittert.

»Ich sage Ihnen so viel«, sagte Mallory bestimmt, »wenn wir nicht bald zu ihnen kommen, springen Maria und Petar über die Klinge. Neufeld und Droshny wissen es noch nicht, aber inzwischen müssen sie einigermaßen überzeugt davon sein, daß es Maria war, die mir verriet, wo die vier Agenten gefangengehalten wurden. Sie haben von Anfang an gewußt, wer wir wirklich sind – Maria hat es ihnen gesagt. Jetzt wissen sie, wer Maria ist. Gerade, bevor Droshny Saunders umbrachte...«

»Droshny?« Reynolds' Gesicht ließ erkennen, daß er kurz davor war, jeden Versuch, noch irgend etwas zu begreifen, endgültig aufzugeben. »Maria?«

»Ich hatte mich verrechnet.« Mallorys Stimme klang müde. »Wir hatten uns alle verrechnet, aber dieser eine Rechenfehler war besonders schlimm.« Er lächelte, aber das Lächeln erreichte seine Augen nicht. »Sie werden sich sicher daran erinnern, daß Sie sich über Andrea aufgeregt haben, als er sich vor der Kantine in Neufelds Lager mit Droshny in eine Schlägerei einließ.«

»Sicher erinnere ich mich. Es war einer der verrücktesten...«

»Sie können sich später zu einer passenderen Zeit bei Andrea entschuldigen«, unterbrach ihn Mallory. »Andrea provozierte Droshny in meinem Auftrag. Ich wußte, daß Neufeld und Droshny in der Kantine etwas ausbrüteten, nachdem wir hinausgegangen waren, und ich brauchte einen Moment Zeit, um Maria zu fragen, was sie besprochen hatten. Sie berichtete mir, daß sie uns ein paar Cetniks in Brozniks Lager nachschicken wollten – in passender Verkleidung, natürlich –, damit sie über uns Bericht erstatten konnten. Es waren zwei Männer, die uns in dem holzfeuerbetriebenen Lastwagen begleiteten. Andrea und Miller töteten sie.«

»Das sagen Sie uns *jetzt*«, sagte Groves tonlos. »Andrea und Miller töteten sie.«

»Was ich nicht wußte, war, daß Droshny uns ebenfalls folgte. Er sah Maria und mich zusammen.« Er sah Reynolds an. »Genau wie Sie. Zu der Zeit wußte ich noch nicht, daß er uns gesehen hatte, aber seit ein paar Stunden weiß ich es. Seit heute morgen war Maria so gut wie zum Tode verurteilt. Aber ich konnte nichts dagegen tun, bis jetzt jedenfalls. Wenn ich die Karten auf den Tisch gelegt hätte, wären wir geliefert gewesen.«

Reynolds schüttelte den Kopf. »Aber Sie haben doch gerade gesagt, daß Maria uns verraten hat...«

»Maria«, sagte Mallory, »ist eine englische Spitzenspionin. Vater Engländer, Mutter Jugoslawin. Sie war schon in diesem Land, bevor die Deutschen kamen. Als Studentin in Belgrad. Sie schloß sich den Partisanen an, die sie als Funker ausbildeten und dann ihren Übertritt zu den Cetniks arrangierten. Die Cetniks hatten einen Funker von einem der ersten englischen Einsätze gefangengenommen. Sie – die Deutschen – trainierten sie so lange darauf, die Eigenheiten des Funkers zu kopieren – jeder Funker hat seinen unverwechselbaren Stil –, bis ihre Arten zu funken nicht mehr zu unterscheiden waren. Und ihr Englisch war natürlich perfekt. Sie stand in direkter Verbindung mit dem Alliierten Nachrichtendienst in Nordafrika und Italien. Die Deutschen glaubten, sie hätten uns an der Nase herumgeführt. Tatsächlich war es aber genau umgekehrt.«

»Davon hast du mir auch nichts erzählt«, beschwerte sich Miller.

»Ich habe so viele Dinge im Kopf. Jedenfalls wurde sie auf direktem Weg von der Ankunft der letzten vier Agenten, die abspringen würden, in Kenntnis gesetzt. Selbstverständlich gab sie diese Information den Deutschen weiter. Und alle diese Agenten brachten Informationen, die die Deutschen in ihrer Meinung bestärkten, daß eine zweite Front – eine Invasion – drohte.«

Reynolds sagte bedächtig: »Sie wußten also auch, daß wir kamen?«

»Natürlich. Sie wußten genau über uns und unsere wahre Identität Bescheid. Was sie natürlich nicht wußten, war, daß wir wußten, daß sie wußten und daß das, was sie über uns wußten, zwar die Wahrheit, aber nur ein Teil davon war.«

Reynolds brauchte einige Zeit, um das Gehörte zu verdauen. Dann sagte er zögernd: »Sir?«

»Ja?«

»Ich glaube, ich habe Ihnen unrecht getan, Sir.«

»Das kommt vor«, sagte Mallory mit einem flüchtigen Lächeln. »Von Zeit zu Zeit kommt es vor. Sie haben mir unrecht getan, Sergeant, das stimmt, aber Sie taten es aus den besten Motiven. Der Fehler liegt bei mir. Nur bei mir. Aber mir waren die Hände gebunden.« Mallory legte ihm die Hand auf die Schulter. »Eines Tages werden Sie sich vielleicht dazu durchringen können, mir zu verzeihen.«

»Petar?« fragte Groves. »Er ist nicht Ihr Bruder?«

»Petar ist Petar. Nicht mehr. Ein Strohmann.«

»Da sind noch eine ganze Menge...«, begann Reynolds, aber Mallory unterbrach ihn.

»Das muß warten. Colonel Vis, die Karte bitte.« Captain Vlanovic holte sie aus dem Zelt, und Mallory richtete seine Taschenlampe darauf. »Sehen Sie. Hier. Der Neretva-Damm und der Zenica-Käfig. Ich habe Neufeld gesagt, daß Broznik mir gesagt hat, daß die Partisanen damit rechnen, daß der Angriff von Süden über die Neretva-Brücke erfolgt. Aber, wie ich gerade sagte, wußte Neufeld – er wußte es sogar schon, bevor wir ankamen –, wer und was wir wirklich sind. Deshalb war er überzeugt, daß ich log. Er war überzeugt, ich sei überzeugt, daß der Angriff von Norden durch die Zenica-Schlucht kommt. Immerhin hätte ich guten Grund gehabt, das zu glauben – schließlich stehen zweihundert deutsche Panzer da oben.«

Vis starrte ihn an. »Zweihundert!«

»Hundertneunzig davon sind aus Sperrholz. Also war die einzige Möglichkeit für Neufeld – und zweifellos auch für das deutsche Oberkommando –, wenn sie sicher sein wollten, daß diese außerordentlich wichtige Information nach Italien durchkommt, uns zu erlauben, diese Rettungskomödie zu spielen. Und sie taten das mit Vergnügen und halfen uns auf jede nur mögliche Weise, sie gingen sogar so weit in ihrer Begeisterung für ihre Zusammenarbeit mit uns, daß sie sich gefangennehmen ließen. Sie wußten natürlich, daß wir keine andere Wahl hatten, als sie gefangenzunehmen und sie zu zwingen, uns zu dem Blockhaus zu führen. Aber sie hatten eine Vorsorge getroffen und die einzige Person, die uns in dieser Sache hätte helfen können, versteckt: Maria. Und natürlich hatten sie – da sie ja alles vorher wußten – dafür gesorgt, daß Feldwebel Baer kam und sie befreite.«

»Ich verstehe.« Es war für alle offensichtlich, daß Colonel Vis gar nichts verstand. »Sie erwähnten einen Bombenangriff der RAF auf die Zenica-Schlucht. Der wird nun natürlich auf die Brücken gerichtet werden, nicht wahr?«

»Nein. Sie würden doch wohl nicht wollen, daß wir der Wehrmacht gegenüber wortbrüchig werden, oder? Wie versprochen findet der Angriff auf die Zenica-Schlucht statt. Als Ablenkung. Um sie, falls sie noch irgendwelche Zweifel haben sollten, davon zu überzeugen, daß wir genarrt worden sind. Außerdem wissen Sie so gut wie ich, daß die Brücke gegen einen Luftangriff aus großer Höhe immun ist. Sie muß auf andere Weise zerstört werden.«

»Auf welche Weise?«

»Es wird uns schon etwas einfallen. Die Nacht ist noch jung. Noch zwei Dinge, Colonel. Um Mitternacht wird noch eine Wellington kommen, und eine andere um drei Uhr früh. Lassen Sie beide durch. Die nächste, um sechs Uhr früh, halten Sie zurück, bis wir ankommen. Bis wir vielleicht ankommen. Mit ein bißchen Glück fliegen wir vor Tagesanbruch ab.«

»Mit ein bißchen Glück«, sagte Vis düster.

»Und treten Sie in Funkkontakt mit General Vukalovic. Erzählen Sie ihm, was ich Ihnen erzählt habe, schildern Sie ihm die genaue Situation. Und sagen Sie ihm, er soll um ein Uhr nachts ein intensives Handwaffenfeuer starten.«

»Worauf sollen sie dann feuern?«

»Von mir aus auf den Mond.« Mallory schwang sich auf sein Pony. »Los, machen wir uns auf den Weg.«

»Der Mond«, stimmte General Vukalovic zu, »ist ein Ziel von ausreichender Größe. Nur ein bißchen weit weg. Aber wenn unser Freund das will, soll er es haben.« Vukalovic machte eine Pause, sah Colonel Janzy an, der neben ihm auf einem abgebrochenen Ast im Wald südlich der Zenica-Schlucht saß, und sprach dann wieder ins Mikrofon.

»Jedenfalls vielen Dank, Colonel Vis. Die Neretva-Brücke also. Und Sie glauben, es wäre ungesund für uns, wenn wir uns nach ein Uhr nachts in der unmittelbaren Nähe der Brücke aufhielten. Machen Sie sich keine Sorgen. Wir werden nicht dort sein.« Vukalovic nahm die Kopfhörer ab und wandte sich an Janzy.

»Wir werden uns ganz still zurückziehen, um Mitternacht. Wir lassen ein paar Leute zurück, die dafür sorgen, daß genug Lärm gemacht wird.«

»Die Männer, die auf den Mond schießen werden?«

»Die Männer, die auf den Mond schießen werden. Rufen Sie Colonel Lazlo an der Neretva an. Sagen Sie ihm, wir werden vor dem Angriff bei ihm sein. Dann rufen Sie Major Stephan an. Sagen Sie ihm, er soll nur ein paar Leute zurücklassen, die die Stellung halten, aus der Zenica-Schlucht verschwinden und sich zu Colonel Lazlos Hauptquartier durchschlagen.« Vukalovic machte eine Pause und dachte nach. »Es scheinen uns ein paar interessante Stunden bevorzustehen.«

»Hat dieser Mallory überhaupt die geringste Chance?« Janzys Stimme ließ erkennen, daß er auf diese Frage keine Antwort erwartete.

»Nun, sehen Sie es mal so«, sagte Vukalovic erklärend, »natürlich hat er eine Chance. Er *muß* eine Chance haben. Es ist einfach eine Frage der verschiedenen Möglichkeiten, mein lieber Janzy, und wir haben keine andere Möglichkeit.«

Janzy antwortete nicht. Er nickte mehrmals langsam vor sich hin, als ob Vukalovic gerade etwas Unwiderlegbares gesagt hätte.

9. KAPITEL

Freitag, 21.15 bis Samstag 00.40

Der Ritt durch den dichten Wald vom Ivenici-Plateau zum Blockhaus hinunter kostete Mallory und seine Männer kaum ein Viertel der Zeit, die sie vorher für den mühevollen Aufstieg gebraucht hatten. Der Boden unter dem tiefen Schnee war im höchsten Grade trügerisch, der Zusammenstoß mit dem Stumpf einer Kiefer drohte jeden Moment, und keiner der fünf Reiter machte den Eindruck, sehr sattelfest zu sein, was zur Folge hatte, daß sie ebenso häufig wie schmerzhaft stolperten, rutschten und stürzten. Nicht einem der Männer blieb es erspart, unfreiwillig den Sattel zu verlassen und kopfüber in den tiefen Schnee zu fallen, aber ihre Rettung war, daß eben dieser Schnee ihren Aufprall dämpfte und daß die Ponys sich in ihren heimatlichen Bergen sicher bewegten. Was auch immer die Gründe dafür sein mochten, jedenfalls gab es trotz häufiger, gefährlich aussehender Stürze erstaunlicherweise keine gebrochenen Knochen.

Das Blockhaus kam in Sicht. Mallory hob warnend die Hand, sie verlangsamten ihr Tempo, bis sie noch etwa zweihundert Meter von ihrem Ziel entfernt waren. Dann zügelte er sein Pony, stieg ab und führte es zu einer Stelle, wo die Kiefern besonders dicht standen. Die anderen folgten ihm. Mallory band sein Pony an und befahl den anderen, das gleiche zu tun.

Miller beschwerte sich: »Dieses verdammte Pony hängt mir zum Halse raus, aber noch mehr hängen mir diese Märsche durch den tiefen Schnee zum Hals raus. Warum reiten wir denn nicht einfach hinunter?«

»Weil die da unten auch Ponys haben, und die werden anfangen zu wiehern, wenn sie andere Ponys hören, sehen oder wittern.«

»Wahrscheinlich fangen sie sowieso an zu wiehern.«

»Und sie werden Wachen aufgestellt haben«, gab Andrea zu bedenken. »Ich glaube nicht, Corporal Miller, daß Sie sich auf dem Rücken eines Ponys besonders unauffällig anschleichen können.«

»Wachen? Wozu denn? Nach Ansicht von Neufeld und seinen Leuten sind wir schon halb über der Adria.«

»Andrea hat recht«, sagte Mallory. »Was immer man auch gegen Neufeld sagen mag, er ist ein erstklassiger Offizier, der nichts riskiert. Es sind bestimmt Wachen da.« Er schaute zum Himmel hinauf, wo sich gerade eine dunkle Wolkenbank dem Mond näherte. »Siehst du das?«

»Ich sehe es«, sagte Miller unbehaglich.

»Dreißig Sekunden noch, würde ich sagen. Wir rennen zur Rückseite des Blockhauses – dort gibt es keine Schießscharten. Und um Himmels willen, verhaltet euch ruhig, wenn wir dort sind. Wenn sie irgend etwas hören, wenn sie auch nur den Schimmer eines Verdachts schöpfen, daß wir draußen sind, werden sie die Türen verbarrikadieren und Petar und Maria als Geiseln benutzen. Dann müssen wir sie zurücklassen.«

»Das würden Sie tun, Sir?« fragte Reynolds.

»Das würde ich tun. Ich würde mir lieber eine Hand abhacken, aber ich würde es tun. Ich habe keine Wahl, Sergeant.«

»Ja, Sir. Ich verstehe.«

Die schwarze Wolkenbank schob sich vor den Mond. Die fünf Männer brachen aus der Deckung der Kiefern hervor und rannten, so schnell das in dem hohen Schnee möglich war, auf die hintere Giebelwand des Blockhauses zu. Als sie noch dreißig Meter davon entfernt waren, verlangsamten sie ihren Lauf, damit die Geräusche ihrer knirschenden Schritte nicht von etwaigen Beobachtern, die an den Schießscharten Wache hielten, gehört werden konnten, und legten den Rest des Weges so schnell und so leise wie möglich zurück, wobei sie im Gänsemarsch gingen.

Unbemerkt erreichten sie die Giebelwand. Der Mond war immer noch von der Wolke verdeckt. Mallory nahm sich keine Zeit, sich oder die anderen zu beglückwünschen. Er ließ sich auf Hände und

Knie nieder und kroch um die Ecke des Blockhauses, wobei er sich nahe an die Steinmauer preßte.

Anderthalb Meter von der Ecke entfernt lag die erste Schießscharte. Mallory machte sich nicht die Mühe, sich tiefer in den Schnee zu ducken – die Schießscharten lagen so weit zurückgesetzt in den dicken Steinmauern, daß es für einen Beobachter nicht möglich war, irgend etwas zu sehen, das nicht mindestens zwei Meter von der Schießscharte entfernt war. Statt dessen konzentrierte er sich darauf, sich so leise wie nur irgend möglich zu bewegen, und es gelang ihm auch, denn er kam an der Schießscharte vorbei, ohne daß Alarm gegeben wurde. Die anderen kamen ebensogut durch, obwohl der Mond ausgerechnet in dem Moment wieder die Szene beleuchtete, als sich Groves, der den Schluß bildete, direkt unter der Schießscharte befand. Auch er blieb aber unbemerkt.

Mallory erreichte die Tür. Er bedeutete Miller, Reynolds und Groves, in Deckung zu bleiben. Er und Andrea richteten sich langsam auf und preßten die Ohren gegen die Tür.

Sofort vernahmen sie Droshnys Stimme, drohend und gepreßt vor Haß. »Eine Verräterin! Das ist sie. Eine Verräterin an unserer Sache. Bringen Sie sie um.«

»Warum haben Sie das getan, Maria?« Im Gegensatz zu Droshny sprach Neufeld beherrscht, ruhig, fast sanft.

»Warum sie es getan hat?« schnarrte Droshny. »Aus Geldgier. Darum hat sie es getan. Warum sonst?«

»Warum?« beharrte Neufeld ruhig. »Hat Captain Mallory Ihnen gedroht, Ihren Bruder umzubringen?«

»Schlimmer als das.« Sie mußten sich sehr anstrengen, Marias leise Stimme verstehen zu können. »Er drohte, mich umzubringen. Und wer hätte sich dann um meinen blinden Bruder kümmern sollen?«

»Wir verschwenden nur Zeit«, sagte Droshny ungeduldig. »Lassen Sie mich die beiden mit nach draußen nehmen.«

»Nein.« Neufelds Stimme, obwohl immer noch ruhig, duldete keinen Widerspruch. »Einen blinden Jungen? Ein zu Tode verängstigtes Mädchen. Was sind Sie für ein Mensch?«

»Ein Cetnik.«

»Und ich bin ein Offizier der deutschen Wehrmacht.«

Andrea flüsterte Mallory ins Ohr: »Gleich wird jemand unsere Fußspuren im Schnee entdecken.«

Mallory nickte, trat zur Seite und machte eine Handbewegung. Mallory hatte keine Minderwertigkeitskomplexe, was seine und

Andreas Fähigkeiten anging, Türen und Räume aufzubrechen, in denen sich eine Menge bewaffneter Männer aufhielten. Andrea beherrschte diese Kunst unübertroffen – und machte sich daran, sein Können wieder einmal in seiner gewalttätigen und ziemlich unorthodoxen Weise unter Beweis zu stellen. Ein Druck auf die Türklinke, ein kräftiger Tritt mit dem Schuh, und Andrea stand im Raum. Die mit einem Ruck aufschwingende Tür war noch nicht ganz an der Wand angestoßen, als die Wände des Raumes auch schon das Stakkato der Schüsse zurückwarfen, die Andrea mit seiner Schmeisser abfeuerte. Mallory, der über Andreas Schulter spähte, sah durch die grauschwarzen Rauchschwaden zwei deutsche Soldaten, die ein Opfer ihrer überschnellen Reaktion geworden und zusammengesunken waren. Seine eigene Maschinenpistole im Anschlag, folgte Mallory Andrea ins Haus.

Es wurden keine Schmeisser mehr benötigt. Keiner der anderen Soldaten, die sich in dem Raum aufhielten, trug eine Waffe, und Neufeld und Droshny, deren Gesichter in Fassungslosigkeit erstarrt waren, waren wenigstens für den Augenblick nicht fähig, sich zu bewegen, und selbst wenn, wäre ihnen nicht der Gedanke gekommen, durch einen Widerstand ihr Leben aufs Spiel zu setzen.

Mallory sagte zu Neufeld: »Sie haben gerade Ihr Leben gerettet.« Er wandte sich an Maria, nickte zur Tür hinüber, wartete, bis sie ihren Bruder hinausgeführt hatte, wandte sich dann wieder an Neufeld und sagte kurz: »Ihre Waffen.«

Neufeld brachte es irgendwie fertig, zu sprechen, aber seine Lippen bewegten sich seltsam mechanisch: »Was um Himmels willen...«

Mallory war nicht nach einem Schwatz zumute. Er hob seine Schmeisser: »Ihre Waffen.«

Neufeld und Droshny bewegten sich wie in Trance, als sie ihre Pistolen herauszogen und auf den Boden fallen ließen.

»Die Schlüssel.« Droshny und Neufeld sahen ihn in schweigendem Nichtbegreifen an. »Die Schlüssel«, wiederholte Mallory. »Sofort. Andernfalls werden die Schlüssel nicht mehr nötig sein.«

Einige Sekunden lang war es totenstill im Raum, dann kam Bewegung in Neufeld. Er sah Droshny an und nickte. Droshny machte ein mürrisches Gesicht – soweit es einem Mann, dessen Miene fassungsloses Erstaunen und mörderische Wut zugleich ausdrückt, gelingt, ein mürrisches Gesicht zu machen –, griff in seine Tasche und zog die Schlüssel heraus. Miller nahm sie ihm ab, schloß die Zelle auf und stieß wortlos die Tür weit auf. Mit einer

Bewegung seiner Maschinenpistole forderte er Neufeld, Droshny, Baer und die anderen Soldaten auf hineinzugehen, wartete, bis alle dem Befehl Folge geleistet hatten, schlug die Tür hinter ihnen zu, sperrte ab und steckte den Schlüssel ein. Wieder dröhnten die Schüsse durch den Raum, als Andrea das Funkgerät zerstörte. Fünf Sekunden später waren sie alle draußen. Mallory, der als letzter hinausging, schloß die Tür ab und schleuderte den Schlüssel weit von sich in den Schnee.

Plötzlich sah er einige Ponys, die vor dem Blockhaus angebunden waren. Sieben. Genau die richtige Anzahl. Er rannte zu der Schießscharte vor dem Zellenfenster und rief: »Unsere Ponys sind zweihundert Meter bergaufwärts von hier im Wald angebunden. Vergessen Sie es nicht.« Dann rannte er zurück und befahl den anderen sechs aufzusteigen. Reynolds sah ihn erstaunt an.

»*Daran* denken Sie? In *so* einem Moment?«

»Ich würde in jedem Moment an so etwas denken.« Mallory drehte sich zu Petar um, der gerade ungeschickt auf sein Pony kletterte, dann wandte er sich an Maria. »Sag ihm, er soll seine Brille abnehmen.«

Maria sah ihn überrascht an, nickte dann verstehend und sagte etwas zu ihrem Bruder, der sie verständnislos anschaute, dann gehorsam den Kopf senkte, die dunkle Brille abnahm und sie tief in seinem Mantel versenkte. Reynolds hatte die Szene erstaunt verfolgt und wandte sich nun an Mallory.

»Das verstehe ich nicht, Sir.«

Mallory wendete sein Pony und sagte kurz: »Das ist auch nicht nötig.«

»Verzeihung, Sir.«

Mallory wendete wieder sein Pony und sagte mit einem leisen Anflug von Müdigkeit: »Es ist schon elf, Junge, und schon fast zu spät für das, was wir zu tun haben.«

»Sir.« Reynolds war aus irgendeinem Grund tief beeindruckt, daß Mallory ihn ›Junge‹ genannt hatte. »Ich will es ja gar nicht wissen, Sir.«

»Sie haben gefragt. Wir werden alles aus den Ponys herausholen müssen, um möglichst schnell vorwärtszukommen. Ein Blinder kann Hindernisse nicht sehen, kann sich nicht den Bodenverhältnissen angleichen, kann sich nicht im voraus auf einen unerwarteten steilen Abfall des Geländes vorbereiten, kann sich nicht im Sattel in eine Kurve legen, die sein Pony kommen sieht. Kurz gesagt, ein Blinder ist hundertmal mehr gefährdet, bei einem Aufwärtsgalopp vom Pferd zu fallen, als wir. Es ist schlimm genug, sein Leben lang blind zu sein. Aber es wäre zuviel, wenn wir ihn der Gefahr aussetzen würden, mit seiner Brille schwer zu stürzen, ihn der Gefahr auszusetzen, nicht nur blind zu sein, sondern auch noch die Augen herausgeschnitten zu bekommen und den Rest seines Lebens mit unerträglichen Schmerzen zu verbringen.«

»Ich hatte nicht gedacht... entschuldigen Sie, Sir.«

»Hören Sie schon auf, sich zu entschuldigen, Junge. Es ist wirklich an mir, mich bei Ihnen zu entschuldigen. Passen Sie bitte auf ihn auf.«

Colonel Lazlo, das Fernglas an den Augen, starrte über den mondhellen felsigen Abhang unter sich zur Neretva-Brücke hinüber. Am Südufer des Flusses, auf den Wiesen zwischen dem Südufer und dem beginnenden Kiefernwald dahinter und – soweit Lazlo es erkennen konnte – auch in den Randbezirken des Kiefernwaldes selbst war es beunruhigend still. Nichts rührte sich. Lazlo dachte gerade über die Bedeutung dieser unnatürlichen und ungewohnten Stille nach, als eine Hand seine Schulter berührte. Er drehte sich um, schaute auf und erkannte Major Stephan, den Kommandeur der Westschlucht.

»Willkommen, willkommen. Der General hatte mir Ihre Ankunft angekündigt. Haben Sie Ihr Bataillon mitgebracht?«

»Was davon übriggeblieben ist.« Stephan lächelte freudlos. »Jeden Mann, der fähig war zu laufen. Und alle, die es nicht konnten.«

»Gott gebe, daß wir sie heute nacht nicht alle brauchen. Hat der General mit Ihnen über diesen Mallory gesprochen?« Major Stephan nickte und Lazlo fuhr fort: »Was wird aus uns, wenn er es nicht schafft? Wenn die Deutschen heute nacht die Neretva überschreiten...«

»Na und?« Stephan zuckte mit den Achseln. »Wir müssen heute nacht sowieso alle sterben.«

»Eine fabelhafte Einstellung«, lobte Lazlo. Er hob sein Fernglas und fuhr fort, die Neretva-Brücke zu beobachten.

Bis jetzt war unglaublicherweise weder Mallory noch einer der sechs anderen, die hinter ihm her galoppierten, vom Pferd gefallen. Nicht einmal Petar. Zugegeben, der Abhang war nicht so steil wie der Weg vom Ivenici-Plateau zum Blockhaus, aber Reynolds schob den Grund dafür, daß sie so sicher auf ihren Pferden saßen, auf die Tatsache, daß Mallory allmählich und fast unmerklich die Schnelligkeit ihres vorher gestreckten Galopps verlangsamte. Vielleicht, überlegte Reynolds, lag es daran, daß Mallory unbewußt versuchte, den blinden Sänger zu beschützen, der fast auf gleicher Höhe mit ihm ritt.

Er hatte die Zügel fallen lassen und klammerte sich verzweifelt am Sattelknopf fest. Die Gitarre hing über seiner Schulter. Ohne, daß er es wollte, kehrten Reynolds' Gedanken zu den Vorfällen im Blockhaus zurück. Sekunden später trieb er sein Pony an, bis er Mallory eingeholt hatte.

»Sir?«

»Was ist los?« Mallorys Stimme klang verärgert.

»Nur ein Wort, Sir. Es ist dringend. Wirklich.«

Mallory brachte den Trupp zum Stehen: »Aber schnell!«

»Neufeld und Droshny, Sir.« Reynolds stockte einen Moment lang unsicher, dann fuhr er fort: »Rechnen Sie damit, daß sie wissen, wohin Sie gehen?«

»Was soll diese Frage?«

»Bitte.«

»Ja, das tun sie, wenn sie nicht komplett schwachsinnig sind. Und das sind sie nicht.«

»Es ist ein Jammer, Sir«, sagte Reynolds überlegend, »daß Sie sie nicht doch erschossen haben.«

»Kommen Sie zur Sache«, sagte Mallory ungeduldig.

»Ja, Sir. Sie glauben, daß Feldwebel Baer sie das erstemal befreit hat?«

»Natürlich.« Mallory brauchte all seine Beherrschung. »Andrea sah ihn ankommen. Ich habe das alles doch schon erklärt. Sie – nämlich Neufeld und Droshny – waren zum Ivenici-Plateau hinaufgeritten, um sich davon zu überzeugen, daß wir wirklich abflogen.«

»Ich verstehe, Sir. Sie wußten also, daß Baer uns folgte. Wie ist er ins Blockhaus hineingekommen?«

Mallory verlor die Beherrschung. Er sagte zornig: »Weil ich beide Schlüssel draußen hängen ließ.«

»Ja, Sir, Sie erwarteten ihn. Aber Feldwebel Baer wußte nicht, daß Sie ihn erwarteten – und selbst wenn er es gewußt hätte, hätte er wohl nicht damit gerechnet, daß die Schlüssel so bequem zur Hand waren.«

»Um Himmels willen! Duplikate!« Wütend schlug Mallory mit einer Faust in die Handfläche der anderen. »Teuflisch, einfach teuflisch! Natürlich mußte er eigene Schlüssel haben.«

»Und Droshny«, sagte Miller gedankenvoll, »kennt vielleicht eine Abkürzung.«

»Das ist noch nicht alles.« Mallory hatte sich wieder völlig in der Gewalt. Die entspannte Ruhe seiner Züge zeigte nicht, daß sein Verstand auf Hochtouren arbeitete. »Es kommt noch schlimmer. Wahrscheinlich marschiert er geradewegs zum Lager und damit zum Funkgerät und warnt Zimmermann, seine bewaffneten Divisionen von der Neretva zurückzuziehen. Heute abend haben Sie gezeigt, was Sie wert sind, Reynolds. Danke, mein Junge. Wie weit ist es wohl bis zu Neufelds Lager, Andrea?«

»Eine Meile.« Die Worte kamen über seine Schulter, denn er war, wie immer in Situationen, die die Benützung seiner spezialisierten Talente erforderten, bereits auf dem Weg.

Fünf Minuten später lagen sie auf Händen und Knien am Waldrand, weniger als zwanzig Meter vom Lager Neufelds entfernt. Eine ganze Reihe von Hütten waren erleuchtet, Musik drang aus der Kantine, und einige Cetnik-Soldaten bewegten sich auf dem Gelände.

Reynolds flüsterte Mallory zu: »Wie gehen wir vor, Sir?«

»Wir unternehmen gar nichts. Das überlassen wir Andrea.«

Groves sagte leise: »*Einem* Mann? Andrea? Wir überlassen das *einem* Mann?«

Mallory seufzte: »Erklären Sie es ihnen, Corporal Miller.«

»Lieber nicht. Na, ich muß wohl. Die Sache ist die«, fuhr Miller freundlich fort, »Andrea kennt sich mit solchen Dingen ziemlich gut aus.«

»Wir auch«, sagte Reynolds. »Wir sind Commandos. Wir sind für solche Dinge ausgebildet.«

»Und sehr gut ausgebildet, ohne Zweifel«, stimmte Miller zu. »Noch sechs Jahre Erfahrung und sechs von euch können es vielleicht mit ihm aufnehmen. Obwohl ich es bezweifle. Bevor die Nacht vorüber ist, werden Sie es wissen – ich will Sie wirklich nicht beleidigen, Sergeants –, aber im Vergleich mit dem Wolf Andrea sind Sie nur harmlose Lämmchen, wie jeder, der sich im Moment in der Funkhütte aufhält.«

»Wie jeder, der sich ...« Groves drehte sich um und sah hinter sich. »Andrea? Er ist weg. Ich habe es gar nicht gemerkt.«

»Das merkt nie einer«, sagte Miller. »Und die armen Teufel werden ihn auch nicht kommen sehen.« Er schaute zu Mallory hinüber. »Die Zeit wird knapp.«

Mallory warf einen Blick auf das Leuchtzifferblatt seiner Uhr. »Halb zwölf. Die Zeit wird wirklich knapp.«

Fast eine Minute lang hörte man nichts außer den Bewegungen der Ponys, die hinter ihnen im dichten Wald angebunden waren, dann stieß Groves einen unterdrückten Laut aus, als Andrea neben ihm auftauchte. Mallory schaute auf und fragte: »Wieviel?«

Andrea hob zwei Finger und verschwand ohne ein Wort in die Richtung, in der ihre Ponys standen. Die anderen erhoben sich und folgten ihm. Die Blicke, die Groves und Reynolds wechselten, zeigten klarer als Worte, daß sie der Meinung waren, Andrea noch mehr unrecht getan zu haben als Mallory.

Im gleichen Moment, als Mallory und seine Männer in dem Wald, der an Neufelds Lager grenzte, auf die Ponys stiegen, senkte sich ein Wellington-Bomber einem gut erleuchteten Flugplatz entgegen – dem gleichen Flugplatz, von dem aus Mallory und seine Männer vor noch nicht vierundzwanzig Stunden ihre Reise angetreten hatten: Termoli, Italien. Er machte eine perfekte Landung, und als er ausrollte, kam ein Funkwagen der Armee auf ihn zu und fuhr dann die letzten hundert Meter neben ihm her. Auf dem linken Vordersitz und auf dem rechten Rücksitz des Wagens saßen zwei sofort erkennbare Personen: vorn die Piratengestalt des bärtigen Captain Jensen, hinter ihr der englische Generalleutnant, der Jensen vor kurzem bei seinen Wanderungen durch die Zentrale in Termoli begleitet hatte.

Flugzeug und Wagen kamen im gleichen Moment zum Stehen. Jensen, der sich mit einer für seine stattliche Gestalt erstaunlichen Geschwindigkeit bewegte, sprang auf den Boden und ging schnell über die Rollbahn. Er kam bei der Wellington an, als die Tür gerade geöffnet wurde und als der erste der Passagiere, der Major mit dem Schnauzbart, heraussprang.

Jensen blickte auf die Papiere, die der Major fest in der Hand hatte, und sagte ohne Einleitung: »Für mich?« Der Major blinzelte unsicher, nickte dann steif, sichtlich verärgert über die Begrüßung, die seiner Ansicht nach etwas kärglich ausgefallen war, wenn man in Betracht zog, daß er gerade aus einem Gefängnis kam. Jensen nahm ohne ein weiteres Wort die Papiere, kehrte auf seinen Sitz in dem Jeep zurück, holte eine Taschenlampe hervor und überflog die Papiere. Er drehte sich in seinem Sitz um und sagte zu dem Funker, der neben dem General saß: »Flugplan wie vorgesehen. Ziel gleichgeblieben. Los.« Der Funker drehte die Kurbel.

Etwa fünfzig Meilen südöstlich, in der Nähe von Foggia, vibrierten die Gebäude und Rollbahnen des Stützpunktes der schweren Bomber der RAF und warfen das Donnern von Dutzenden von Flugzeugmotoren zurück: Auf dem großen Gelände am Westende der Hauptrollbahn standen in einer Reihe einige Geschwader von schweren Lancaster-Bombern, bereit zum Abflug, offensichtlich auf das Startsignal wartend. Das Signal ließ nicht lange auf sich warten.

In der Mitte der Rollbahn stand genau der gleiche Jeep wie der, in dem Jensen in Termoli saß. Auf dem Rücksitz saß ein Funker über ein Funkgerät gebeugt. Er hatte Kopfhörer auf. Er lauschte konzentriert, dann sah er auf und sagte sachlich: »Anweisungen wie vorgesehen. Aufsteigen!«

»Anweisungen wie vorgesehen«, wiederholte ein Captain auf dem Vordersitz. »Aufsteigen.« Er griff nach einer Holzschachtel, entnahm ihr drei Very-Pistolen, zielte direkt über die Rollbahn und feuerte sie nacheinander ab. Die glänzenden Leuchtkugeln strahlten grün, rot und wieder grün, bevor sie in einem großen Bogen dem Boden entgegensanken. Das Donnern am anderen Ende des Flugplatzes steigerte sich zu einem ohrenbetäubenden Crescendo, und die erste Lancaster setzte sich in Bewegung. Innerhalb von Minuten hatte auch die letzte vom Boden abgehoben und stieg in den dunklen feindlichen Nachthimmel über die Adria.

»Ich habe gesagt, ich glaube«, bemerkte Jensen in leichtem Konversationston und zufrieden zu dem General auf dem Rücksitz, »daß es die besten Leute auf diesem Gebiet sind. Unsere Freunde aus Foggia sind auf dem Weg.«

»Die besten auf diesem Gebiet. Vielleicht. Ich weiß es nicht. Ich weiß aber, daß diese verdammten deutschen und österreichischen Divisionen immer noch an der Gustav-Linie stehen. Die Stunde Null für den Angriff auf die Gustav-Linie ist...«, er schaut auf die Uhr, »... in genau dreißig Stunden.«

»Zeit genug«, sagte Jensen zuversichtlich.

»Ich wünschte, ich könnte Ihre Zuversicht teilen.«

Jensen lächelte ihn gut gelaunt an, als der Jeep abfuhr, dann schaute er wieder geradeaus. Im gleichen Moment verschwand das Lächeln von seinem Gesicht, und seine Finger trommelten nervös auf den Sitz.

Der Mond war wieder durchgebrochen, als Neufeld, Droshny und ihre Männer in das Lager galoppierten und ihre Ponys anhielten, die mit ihren schweren dampfenden Flanken und dem verzweifelten Keuchen einen merkwürdig, unwirklichen Anblick in dem bleichen Mondlicht boten. Neufeld schwang sich vom Pferd und wandte sich an Feldwebel Baer.

»Wie viele Ponys sind noch in den Ställen?«

»Etwa zwanzig.«

»Schnell. So viele Ponys wie Männer. Satteln.«

Neufeld winkte Droshny zu sich herüber, und gemeinsam rannten sie auf die Funkerhütte zu. Die Tür stand offen – eine bemerkenswerte Tatsache, wenn man die Eiseskälte, die in dieser Nacht herrschte, in Betracht zog. Sie waren immer noch drei Meter von der Tür entfernt, als Neufeld rief: »Die Neretva-Brücke. Sagen Sie General Zimmermann...«

Er blieb unvermittelt in der Tür stehen, Droshny prallte gegen ihn und spähte über seine Schulter. Zum zweitenmal an diesem Abend spiegelten die Gesichter der beiden Männer Fassungslosigkeit und erschrecktes Nichtbegreifen wider.

Nur eine kleine Lampe brannte in der Funkerhütte, aber diese eine Lampe genügte. Zwei Männer lagen in grotesker Stellung auf dem Boden, einer halb über dem anderen. Beide waren tot. Neben ihnen lagen die Überreste dessen, was einmal ein Funkgerät gewesen war. Die Vorderseite war abgerissen worden, und das Innere des Gerätes war völlig zerstört. Neufeld starrte einige Zeit auf das Bild, das sich ihm bot, dann schüttelte er heftig den Kopf, als wollte er den Schock abschütteln, und drehte sich zu Droshny um.

»Der Große«, sagte er leise, »das hat der Große getan.«

»Der Große«, stimmte Droshny zu. Die Andeutung eines Lächelns huschte über sein Gesicht. »Erinnern Sie sich an das, was Sie versprochen haben, Hauptmann Neufeld? Der Große gehört mir.«

»Sie sollen ihn haben. Kommen Sie. Sie können nur ein paar Minuten Vorsprung haben.« Beide Männer drehten sich um und rannten über den Lagerplatz zurück zu der Stelle, an der Feldwebel Baer und eine Gruppe Soldaten bereits die Ponys sattelten.

»Nur Maschinenpistolen«, rief Neufeld. »Keine Gewehre. Heute nacht wird im Nahkampf gekämpft. Und Feldwebel Baer!«

»Hauptmann Neufeld?«

»Klären Sie die Leute darüber auf, daß wir keine Gefangenen machen werden.«

Wie die Ponys von Neufeld und seinen Leuten, waren auch die Tiere von Mallory und seinen sechs Kameraden beinah unsichtbar in den dichten Dampfwolken, die von ihren schweißüberströmten Körpern aufstiegen. Ihre schlürfende Gangart, die man nicht mehr als Trab bezeichnen konnte, machte es offensichtlich, daß sie kurz vor dem Zusammenbruch standen.

Mallory warf Andrea einen Blick zu, der nickte und sagte: »Ich bin der gleichen Ansicht. Wir kommen jetzt schneller zu Fuß vorwärts.«

»Ich fürchte, ich werde alt«, sagte Mallory, und einen Moment lang hörte er sich auch so an. »Ich werde alt, was?«

»Ich verstehe dich nicht.«

»Ponys! Neufeld und seine Männer werden frische Ponys aus den Ställen holen können. Wir hätten sie töten sollen – oder mindestens wegtreiben.«

»Alter ist nicht identisch mit zuwenig Schlaf. Ich bin auch nicht drauf gekommen. Ein Mann kann nicht an alles denken, mein Keith.«

Andrea brachte sein Pony zum Stehen und wollte gerade absteigen, als etwas auf dem Abhang unter ihnen seine Aufmerksamkeit erregte. Er deutete nach vorn.

Eine Minute später ritten sie an einer Eisenbahnlinie, mit sehr schmaler Spur entlang, wie sie in Zentraljugoslawien üblich ist. In dieser Höhe gab es keinen Schnee mehr, und sie konnten sehen, daß die Schienen überwuchert und rostig, aber trotz allem offensichtlich noch zu benützen waren. Zweifellos war es derselbe Schienenstrang, den sie gesehen hatten, als sie am Morgen auf dem Rückweg von Major Brozniks Lager angehalten hatten, um das grüne Wasser des Neretva-Stausees zu betrachten. Aber was sowohl Mallorys als auch Millers Aufmerksamkeit fesselte, war nicht der Schienenstrang selbst, sondern ein kleines Nebengleis, das zur Hauptschiene führte – und eine winzige holzfeuerbetriebene Lokomotive, die auf diesem Nebengleis stand. Die Lokomotive war praktisch ein fester Block aus Rost und sah aus, als wäre sie seit Beginn des Krieges nicht von der Stelle bewegt worden. Aller Wahrscheinlichkeit nach war es auch so.

Mallory zog eine im großen Maßstab gezeichnete Karte aus seinem Anorak und leuchtete mit seiner Stablampe darauf. Er sagte: »Kein Zweifel, das sind die Schienen, die wir heute früh gesehen haben. Sie laufen mindestens fünf Meilen an der Neretva entlang, bevor sie nach Süden abbiegen.«

Er machte eine Pause und fuhr dann nachdenklich fort: »Ich möchte wissen, ob wir das Ding in Bewegung bringen können.«

»Was?« Miller schaute ihn tödlich erschrocken an. »Es wird sich in seine Bestandteile auflösen, wenn du es anfaßt – es ist einzig und allein der Rost, der das verdammte Ding zusammenhält. Und das Gefälle.« Er spähte entsetzt den Abhang hinunter. »Wie hoch, glaubst du, wird unsere Endgeschwindigkeit sein, wenn wir mit einer der riesigen Kiefern zusammenstoßen, die ein Stückchen weiter unten neben den Schienen stehen?«

»Die Ponys sind erschöpft«, sagte Mallory milde, »und du weißt, wie gern du zu Fuß gehst.«

Miller warf einen abscheuerfüllten Blick auf die Lokomotive. »Es muß doch noch einen anderen Weg geben.«

»Pssst!« Andrea hob den Kopf. »Sie kommen. Ich höre sie kommen.«

»Bremsklötze weg von den Vorderrädern!« schrie Miller. Er rannte los, und nach einigen kräftigen und gutgezielten Tritten, bei denen er sich nicht im geringsten um den zukünftigen Zustand seiner Zehen kümmerte, gelang es ihm, den dreieckigen Block, der mit einer Kette vorn an der Lokomotive befestigt war, zu entfernen. Reynolds verfuhr auf ebenso energische Weise und ebenso erfolgreich mit dem anderen Bremsklotz.

Alle, sogar Petar und Maria, halfen, warfen sich mit ihrem ganzen Gewicht gegen die Rückseite der Lokomotive. Die Lokomotive blieb, wo sie war. Verzweifelt versuchten sie es noch einmal. Die Räder bewegten sich nicht den Bruchteil eines Zentimeters. Groves sagte mit einer seltsamen Mischung aus Drängen und Schüchternheit: »Sir, an einem Abhang wie diesem ist die Lokomotive sicherlich mit angezogenen Bremsen abgestellt worden.«

»Oh, mein Gott!« sagte Mallory kummervoll. »Andrea, schnell! Löse den Bremshebel.«

Andrea schwang sich auf die Plattform. »Hier oben sind ein Dutzend von diesen verdammten Hebeln«, beschwerte er sich.

»Dann löse eben das ganze Dutzend verdammter Hebel.« Mallory warf einen besorgten Blick die Schienen entlang. Vielleicht hatte Andrea wirklich etwas gehört, vielleicht auch nicht. Jedenfalls war noch kein Mensch zu sehen. Aber er wußte, daß Neufeld und Doshny, die bereits Minuten, nachdem Mallory und seine Leute das Blockhaus verlassen hatte, befreit worden sein mußten, und die die Wälder und Wege besser kannten als sie, inzwischen in der Nähe sein mußten.

Ein ohrenbetäubendes metallisches Kreischen erscholl aus dem Führerstand, begleitet von einer Flut von Schimpfworten, und nach etwa einer halben Minute sagte Andrea: »Das wär's.«

»Schieben!« befahl Mallory.

Sie schoben, die Fersen in die Eisenbahnschwellen gestemmt, die Rücken gegen die Lokomotive gepreßt, und diesmal setzte sich die Lokomotive so leicht in Bewegung, ungeachtet des gequälten Quietschens der eingerosteten Räder, daß die Männer, die ihre ganze Kraft eingesetzt hatten, um das Vehikel von der Stelle zu bekommen, überraschend den Halt verloren und zwischen den Schienen auf dem Rücken landeten. Augenblicke später waren sie wieder auf den Beinen und rannten hinter der Lokomotive her, die ihre Geschwindigkeit allmählich steigerte. Andrea half Maria und Petar ins Führerhaus und dann den anderen. Der letzte, Groves, streckte gerade die Hand nach der Plattform aus, als er bremste, herumwirbelte, zu den Ponys zurückrannte, die Kletterseile herunterriß, sie über die Schulter warf und wieder hinter der Lokomotive herrannte. Mallory reichte ihm eine Hand und half ihm auf die Plattform.

»Ich habe heute nicht gerade meinen besten Tag«, sagte Mallory betrübt. »Oder besser gesagt: Abend. Zuerst vergesse ich Baers Nachschlüssel, dann vergesse ich die Ponys. Dann die Bremsen und jetzt die Seile. Ich bin gespannt, was ich als nächstes vergessen werde.«

»Vielleicht Neufeld und Droshny.« Reynolds achtete darauf, daß in seiner Stimme keinerlei Ausdruck mitschwang.

»Was gäbe es da zu vergessen?«

Reynolds deutete mit dem Lauf seiner Schmeisser auf das Schienenstück, das hinter ihnen lag. »Erlaubnis zu feuern, Sir?«

Mallory fuhr herum. Neufeld, Droshny und eine nicht zu erkennende Anzahl anderer berittener Soldaten waren gerade um eine Kurve erschienen und kaum mehr als hundert Meter entfernt.

»Erlaubnis zu feuern«, stimmte Mallory zu. »Die anderen auf den Boden.«

Er hatte gerade seine eigene Schmeisser von den Schultern genommen und in Anschlag gebracht, als Reynolds den Abzug betätigte. Vielleicht fünf Sekunden lang vibrierten die geschlossenen Metallwände der winzigen Kabine unter dem ohrenbetäubenden Hämmern der beiden Maschinenpistolen. Dann, auf einen Wink von Mallory, stellten die beiden Männer das Feuer ein. Es gab nichts mehr, worauf man hätte schießen können. Neufeld und seine Männer hatten ein paar Schüsse abgefeuert, aber unmittelbar darauf erkannt, daß die wild schwankenden Sättel ihrer Ponys im Vergleich zum Führerhaus einer Lokomotive nicht gerade ein ruhiger Platz zum Zielen waren, und hatten ihre Ponys auf beiden Seiten der Schienen in den Wald gelenkt. Aber nicht alle hatten sich rechtzeitig zurückgezogen: Zwei Männer lagen regungslos und mit dem Gesicht nach unten im Schnee.

Miller richtete sich auf, warf wortlos einen Blick auf die Szene hinter ihnen und tippte Mallory auf den Arm. »Ich habe eine kleine

Frage, Sir. Wie bringen wir dieses Ding zum Halten?« Er starrte prüfend durch das Fenster des Führerhauses nach draußen. »Wir fahren bestimmt schon sechzig.«

»Na, mindestens zwanzig«, sagte Mallory liebenswürdig. »Aber schnell genug, um uns die Ponys vom Hals zu halten. Frag Andrea. Er hat die Bremse gelöst.«

»Er hat ein Dutzend Hebel bedient«, korrigierte Miller. »Jeder davon kann die Bremse gewesen sein.«

»Na, du sollst auch nicht bloß herumsitzen und nichts tun, nicht wahr?« sagte Mallory tadelnd. »Finde heraus, wie man dieses verdammte Ding anhalten kann.«

Miller warf ihm einen eisigen Blick zu und machte sich daran herauszufinden, wie man das verdammte Ding anhalten konnte. Mallory drehte sich um, als Reynolds seinen Arm berührte. »Nun?«

Reynolds hatte einen Arm um Maria gelegt, um sie auf der nun schwankenden Plattform aufrecht zu halten. Er flüsterte: »Sie kriegen uns, Sir, sie kriegen uns todsicher. Warum halten wir nicht an und lassen die beiden zurück, Sir? Geben wir ihnen eine Chance, in die Wälder zu fliehen!«

»Danke für die Überlegung. Aber seien Sie nicht böse. Mit uns haben sie eine Chance, eine kleine, zugegeben, aber immerhin eine Chance. Wenn sie zurückbleiben, werden sie niedergemetzelt.«

Die Lokomotive fuhr nicht mehr die zwanzig Stundenkilometer, die Mallory angenommen hatte, aber wenn sie auch nicht eine so hohe Geschwindigkeit erreichte, wie Miller so besorgt vermutet hatte, so fuhr sie doch schnell genug, um einen durch das Krachen, Ächzen und Schlingern befürchten zu lassen, daß sie in Kürze auseinanderbrechen würde. Inzwischen hatte der Wald rechts von den Schienen aufgehört, das dunkle Wasser des Neretva-Stausees lag klar sichtbar im Westen, und die Schienen liefen jetzt sehr nah an etwas entlang, das wie der Rand eines sehr steilen Abgrunds aussah. Mit Ausnahme von Andrea lag auf allen Gesichtern ein Ausdruck böser Vorahnung. Mallory sagte: »Schon 'rausgefunden, wie man das verdammte Ding anhält?«

»Leicht.« Andrea deutete auf einen Hebel. »Der da.«

Zur großen Erleichterung der meisten Passagiere im Führerhaus legte sich Andrea mit voller Kraft auf den Bremshebel. Ein durchdringendes Kreischen ertönte, ein Funkenregen sprühte an den Seitenwänden des Führerhauses vorbei, als die Räder blockierten, dann kam die Lokomotive langsam zum Stehen. Andrea, der seine Pflicht erfüllt hatte, lehnte sich auf seiner Seite aus dem Führerhaus, in seiner Haltung lag die gelangweilte Selbstsicherheit eines

Super-Lokomotivführers. Man hatte das Gefühl, daß alles, was er wirklich vom Leben erwartete, in diesem Moment ein öliger Lumpen und eine Schnur waren, um die Zugpfeife in Betrieb zu setzen.

Mallory und Miller kletterten vom Führerhaus und rannten zum Rand der Klippe, die nicht ganz zwanzig Meter entfernt lag. Wenigstens Mallory tat das. Miller bewegte sich um einiges vorsichtiger, die letzten paar Meter kroch er sogar auf Händen und Knien vorwärts. Er warf einen vorsichtigen Blick über den Rand des Abgrunds, kniff beide Augen zu und kroch ebenso vorsichtig wieder von dem Klippenrand weg: Miller behauptete, er könne nicht einmal auf der untersten Sprosse einer Leiter stehen, ohne dem überwältigenden Drang widerstehen zu können, sich in den Abgrund zu werfen.

Mallory starrte nachdenklich in die Tiefe. Sie befanden sich, wie er sah, direkt über dem Damm, der in dem Zwielicht, das der Mond darauf warf, unendlich weit in der Tiefe zu liegen schien. Die Oberfläche der Dammauer war durch Flutlicht erhellt, und mindestens ein halbes Dutzend deutscher Soldaten in Wasserstiefeln und Helmen patrouillierten hin und her. Hinter dem Damm, an der niedrigeren Seite, mußte die Leiter sein, von der Maria gesprochen hatte, aber sie war nicht zu sehen. Nur die zerbrechlich aussehende Hängebrücke, immer noch bedroht von dem riesigen Felsbrocken auf der Geröllhalde am linken Ufer, und weiter unten das weiße Wasser dessen, was wahrscheinlich eine passierbare Furt war, waren deutlich zu erkennen. Gedankenverloren starrte Mallory einige Zeit auf das Bild, erinnerte sich dann daran, daß die Verfolger inzwischen wieder unangenehm nahe gekommen sein mußten und beeilte sich, zu der Lokomotive zurückzukommen. Er sagte zu Andrea: »Ungefähr anderthalb Meilen, glaube ich, nicht mehr.« Er wandte sich an Maria. »Du weißt, daß unterhalb der Dammauer eine Furt ist. Gibt es einen Weg dort hinunter?«

»Für eine Bergziege!«

»Beleidigen Sie ihn nicht«, sagte Miller mißbilligend.

»Ich verstehe nicht.«

»Hören Sie gar nicht hin«, sagte Mallory. »Sagen Sie uns nur, wann wir dorthin kommen.«

Etwa fünf oder sechs Meilen unterhalb des Neretva-Dammes ging General Zimmermann am Rande des Kiefernwaldes auf und ab, der an die Wiese südlich der Neretva-Brücke grenzte. Neben ihm ging ein Oberst, einer seiner Divisionskommandeure. Südlich von ihnen konnte man nur undeutlich die Umrisse von Männern und Dutzenden von Panzern und anderen Fahrzeugen erkennen, deren schützende Tarnung jetzt entfernt war. Jeder Panzer und jedes Fahrzeug waren umringt von Männern, die letzte und wahrscheinlich völlig unnötige Handgriffe taten. Das Versteckspiel war zu Ende. Das Warten war zu Ende. Zimmermann sah auf die Uhr.

»Halb eins. Die ersten Infanteriebataillone gehen in etwa fünfzehn Minuten hinüber und verteilen sich am Nordufer. Die Panzer folgen um zwei.«

»Ja, Herr General.« Die Details waren viele Stunden vorher festgelegt worden, aber trotzdem fand man es nötig, die Instruktionen immer wieder zu wiederholen. Der Oberst blickte nach Norden. »Manchmal frage ich mich, ob überhaupt jemand dort drüben ist.«

»Der Norden macht mir keine Sorgen«, sagte Zimmermann düster. »Es ist der Westen.«

»Die Alliierten? Sie ... Sie glauben, daß ihre Luft-Armadas bald kommen werden? Spüren Sie es immer noch in den Knochen, Herr General?«

»Immer noch in den Knochen. Es kommt bald. Für mich, für Sie, für uns alle.« Er schauderte zusammen.

10. KAPITEL

Samstag, 00.40–01.20

»Wir sind gleich da«, sagte Maria. Ihr blondes Haar wehte im Wind, als sie aus dem Fenster des Führerhauses der klappernden, schwankenden Lokomotive spähte. Sie zog den Kopf zurück und wandte sich an Mallory: »Noch etwa dreihundert Meter.«

Mallory warf Andrea einen Blick zu: »Hast du gehört, Bremser?«

»Jawohl, Sir.« Andrea legte sich mit voller Kraft auf den Bremshebel. Das Resultat war wie zuvor ein wimmerndes Kreischen blockierter Räder auf rostigen Schienen und ein Funkenregen. Die Lokomotive kam stotternd zum Stehen. Als Andrea aus dem Fenster schaute, sah er genau gegenüber der Stelle, an der sie standen, einen V-förmigen Einschnitt am Rand der Klippe. »Maßarbeit, würde ich sagen.«

»Maßarbeit«, stimmte Mallory zu. »Falls du nach dem Krieg arbeitslos sein solltest, wirst du immer eine Stelle als Rangierer finden.« Er schwang sich von der Lokomotive, half Maria und Petar herunter, wartete, bis Miller, Reynolds und Groves heruntergesprungen waren, und sagte dann ungeduldig zu Andrea: »Los jetzt, wir müssen uns beeilen.«

»Komme schon«, sagte Andrea beschwichtigend. Er lockerte die Handbremse, sprang ab und gab der Lokomotive einen Stoß. Das alte Vehikel setzte sich augenblicklich in Bewegung und gewann schnell an Geschwindigkeit. »Man kann nie wissen«, sagte Andrea hoffnungsvoll, »vielleicht stößt sie irgendwo mit irgend jemandem zusammen.«

Sie rannten auf den Einschnitt in der Klippe zu, einen Einschnitt, der anscheinend von einem prähistorischen Erdrutsch herrührte, der in das Bett der Neretva hinuntergeglitten war. Tief unten wirbelte das schäumende Wasser, die reißenden Stromschnellen rührten von Dutzenden von Felsen her, die mit diesem Erdrutsch eines längst vergangenen Zeitalters in die Tiefe gestürzt waren. Mit einiger Phantasie hätte man diese Narbe in der Oberfläche der Klippe vielleicht für einen tief eingeschnittenen Wasserlauf halten können, aber es war eine fast senkrechte Geröllhalde mit Schiefergestein und kleinen Felsen, auf denen herumzuklettern höchst gefährlich war. Der ganze Abhang wurde nur durch einen kleinen Vorsprung ungefähr in der Hälfte der Wand unterbrochen. Miller riskierte einen kurzen Blick über die Klippe, trat hastig vom Rand zurück und starrte Mallory entsetzt und ungläubig an.

»Ich fürchte«, sagte Mallory.

»Aber das ist schrecklich! Sogar als ich die Südklippe in Navarone hinaufgeklettert bin...«

»Du bist die Südklippe in Navarone nicht hinaufgeklettert«, sagte Mallory unfreundlich. »Andrea und ich haben dich mit einem Seil hinaufgezogen.«

»Habt ihr das? Habe ich glatt vergessen. Aber dies... dies ist der Alptraum eines Bergsteigers.«

»Wir müssen ja nicht hinaufsteigen. Wir müssen uns nur hinunterlassen. Du wirst es schon schaffen – solange du nicht anfängst zu rollen.«

»Ich werde es schaffen, solange ich nicht anfange zu rollen«, wiederholte Miller mechanisch. Er beobachtete Mallory, der zwei Seile zusammenknüpfte und sie um eine gedrungene Kiefer führte. »Was ist mit Petar und Maria?«

»Daß Petar nichts sieht, spielt keine Rolle. Alles, was er tun muß, ist, sich an diesem Seil hinunterzulassen – und Petar hat Kräfte wie ein Pferd. Einer muß vor ihm unten sein, um ihm zu helfen, seine Füße auf den Vorsprung zu setzen. Andrea wird sich um die junge

Dame hier kümmern. Und jetzt los. Neufeld und seine Leute müssen jede Minute hier sein – und wenn sie uns an diesem Abgrund erwischen – dann gute Nacht. Andrea, nimm Maria, und dann nichts wie weg.«

Augenblicklich schwangen sich Andrea und das Mädchen über den Rand der Rinne und begannen, sich schnell an dem Seil hinunterzulassen. Groves beobachtete sie, zögerte und trat dann auf Mallory zu.

»Ich gehe als letzter, Sir, und nehme das Seil mit.«

Miller nahm ihn am Arm und führte ihn ein Stück weg. Er sagte freundlich: »Äußerst großzügig, mein Sohn, äußerst großzügig, aber es geht nicht. Nicht solange Dusty Millers Leben davon abhängt. In einer Situation wie dieser hängt unser aller Leben von dem letzten Mann ab. Und, das weiß ich sicher, der Captain ist der beste ›letzte Mann‹ der Welt.«

»Er ist *was*?«

»Es ist einer der ›Nichtzufälle‹, daß er sich entschlossen hat, diese Gruppe während dieses Auftrags anzuführen. Bosnien ist bekannt dafür, daß es überall Felsen und Klippen gibt. Mallory hat schon den Himalaja bestiegen, bevor Sie aus Ihrem Laufställchen geklettert sind, mein Kleiner. Sogar Sie sind nicht zu jung, um von ihm gehört zu haben.«

»*Keith* Mallory? Der Neuseeländer?«

»Genau. Er hat wohl früher mal Schafe durch die Gegend gescheucht, schätze ich. Kommen Sie, Sie sind dran.«

Die ersten fünf kamen gut hinunter. Sogar der vorletzte, Miller, brachte den Abstieg bis zu dem Felsvorsprung ohne Zwischenfall hinter sich, hauptsächlich dadurch, daß er seine beliebte Bergsteigertechnik anwandte, die Augen während der ganzen Zeit fest geschlossen zu halten. Als letzter kam Mallory. Er rollte das Seil immer weiter auf, während er sich schnell und sicher bewegte, fast nie einen Blick auf die Stelle werfend, an die er seinen Fuß setzte, und dennoch nicht den kleinsten Stein oder ein Stück Schiefer ins Rutschen brachte. Groves beobachtete seinen Abstieg mit beinah ehrfürchtigem Erstaunen.

Mallory spähte über den Rand des Vorsprungs. Die Schlucht über ihnen verlief in einer leichten Kurve, wodurch die Beleuchtung durch den Mond direkt unter der Stelle, an der sie standen, wie abgeschnitten endete, und während das phosphoreszierende Weiß des wirbelnden Wassers im Mondlicht glänzte, lag der untere Teil des Abhanges zu ihren Füßen im tiefen Dunkel. Während er angestrengt hinunterspähte, schob sich eine Wolke vor den Mond, und die ohnehin nur sehr undeutlich zu erkennenden Einzelheiten des Abhangs versanken völlig in der Dunkelheit. Mallory wußte, daß sie sich auf keinen Fall leisten konnten zu warten, bis der Mond wieder hervorkam, denn bis dahin konnten Neufeld und seine Männer längst da sein. Mallory schlang ein Seil um die Zacke eines Felsens und sagte zu Andrea und Maria: »Jetzt wird es wirklich gefährlich. Paßt auf lockere Felsen auf.«

Andrea und Maria brauchten weit über eine Minute für ihren unsichtbaren Abstieg. Ein zweimaliges Ziehen am Seil zeigte an, daß sie sicher unten angekommen waren. Auf ihrem Weg hatten sie mehrere kleine Lawinen ausgelöst, aber Mallory hatte keine Angst, daß der Mann, der als nächster folgen würde, der Andrea und Maria verletzen oder sogar töten würde, einen Steinschlag verursachen oder einen Felsen lösen konnte. Andrea hatte zu lange und zu gefährlich gelebt, um so unnötig und auf so dumme Art und Weise zu sterben – und er würde zweifellos den nächsten, der unten ankam, vor der gleichen Gefahr warnen. Zum zehntenmal schaute Mallory den Abhang hinauf, den sie gerade hinter sich gebracht hatten, aber wenn Neufeld, Droshny und seine Männer bereits angekommen waren, verhielten sie sich sehr ruhig und umsichtig. Und es war nicht schwierig, aus den Ereignissen der vergangenen Stunden den Schluß zu ziehen, daß Umsicht das letzte sein würde, was ihnen in den Sinn kam.

Als Mallory sich an den Abstieg machte, brach der Mond durch. Mallory verfluchte die Tatsache, die ihn zu einer großartigen Zielscheibe machte, falls plötzlich ein Feind oben auf der Klippe auftauchen sollte, wenn er auch wußte, daß Andrea sich dieser Gefahr genau bewußt war und ihn bewachte. Andrerseits gab ihm das Mondlicht die Möglichkeit, doppelt so schnell hinunterzusteigen, wie es vorher in der Dunkelheit möglich gewesen wäre. Die Beobachter unten verfolgten Mallory, der ohne die Hilfe des Seils den gefährlichen Abstieg wagte. Aber er bewegte sich mit schlafwandlerischer Sicherheit. Er kam sicher an dem felsbrockenübersäten Ufer an und starrte über die reißenden Stromschnellen.

Er wandte sich an niemand speziell, als er sagte: »Wißt ihr, was passiert, wenn sie oben ankommen und uns hier auf halbem Weg gut sichtbar im Mondlicht entdecken?« Die folgende Stille ließ keinen Zweifel darüber aufkommen, daß alle sehr wohl wußten, was dann passieren würde. »Jetzt oder nie. Reynolds, glauben Sie, daß Sie es schaffen?« Reynolds nickte. »Dann lassen Sie Ihre Waffe hier.«

Mallory knotete ein Seil um Reynolds' Taille und prüfte die Belastungsfähigkeit des Seils für alle Fälle mit Andrea und Groves. Reynolds ließ sich in das reißende Wasser hinunter und strebte auf den ersten der abgerundeten Felsen zu, der einen so trügerischen Halt in dem brodelnden Schaum bot. Zweimal verlor er den Boden unter den Füßen, zweimal fand er wieder Halt, erreichte den Felsen, aber unmittelbar dahinter wurde er von dem reißenden Wasser umgerissen und flußabwärts davongetrieben. Die Männer am Ufer zogen ihn zurück, während er hustete, spuckte und wie wild um sich schlug. Ohne ein Wort und ohne jemanden anzusehen, stürzte er sich wieder in die reißenden Fluten, und diesmal ging er mit so wütender Entschlossenheit vor, daß er das andere Ufer erreichte, ohne auch nur einmal die Balance verloren zu haben.

Er zog sich auf den steinigen Strand hinauf, blieb kurze Zeit liegen, um sich von seiner Erschöpfung zu erholen, stand auf, ging zu einer gedrungenen Kiefer hinüber, die am Fuß der Klippe stand, die auf der anderen Seite in die Höhe ragte, löste das Seil von seiner Taille und befestigte es sicher am Stamm des Baumes. Am anderen Ufer ging Mallory mit dem Seil zweimal um einen großen Felsen herum, um es zu befestigen, und gab Andrea und dem Mädchen ein Zeichen.

Mallory warf wieder einen Blick in die Rinne hinauf. Von den Feinden war immer noch nichts zu sehen. Aber trotzdem hatte Mallory das Gefühl, daß sie keine Zeit verlieren durften, daß sie ihr Glück schon überbeansprucht hatten. Andrea und Maria waren kaum zur Hälfte drüben, als er Groves bat, Petar beim Überqueren der Stromschnellen zu helfen. Andrea und Maria kamen sicher am anderen Ufer an. Sie hatten gerade einen Fuß auf festen Boden gesetzt, als Mallory Miller losschickte, der die automatischen Waffen über der linken Schulter trug.

Auch Groves und Petar kamen ohne Zwischenfall drüben an. Mallory selbst mußte warten, bis Miller angekommen war, denn er wußte, daß die Gefahr, von dem Fluß davongerissen zu werden, groß war, und wenn das passierte, würde Miller auch ins Wasser stürzen, und ihre Waffen wären nicht mehr zu gebrauchen.

Mallory wartete, bis er sah, daß Andrea Miller ins seichte Wasser half, dann war seine Zeit gekommen. Er band das Seil von dem Felsen los, wand es sich um die Taille und sprang ins Wasser. Genau an der gleichen Stelle, an der Reynolds bei seinem ersten Versuch von der Strömung weggerissen worden war, verlor auch er den Boden unter den Füßen und wurde schließlich von seinen

Freunden ans Ufer gezogen. Er hatte zwar ziemlich viel Wasser geschluckt, aber sonst war ihm nichts passiert.

»Irgendwelche Verletzungen, gebrochene Knochen oder Schädeldecken?« fragte Mallory. Er selbst fühlte sich, als hätte er den Niagara in einem Faß überquert. »Nein? Wunderbar.« Er sah Miller an. »Du bleibst hier bei mir. Andrea, nimm die anderen mit. Ihr wartet hinter der ersten Biegung auf uns.«

»Ich?« widersprach Andrea sanft. Er nickte in Richtung auf die Felsenrinne. »Wir haben ein paar Freunde, die jede Minute da herunterkommen können.« Mallory nahm ihn beiseite. »Wir haben auch ein paar Freunde«, sagte er ruhig, »die vielleicht flußabwärts von der Garnison, die am Damm stationiert ist, kommen können.« Er nickte zu den beiden Sergeants und Petar und Maria hinüber. »Was glaubst du, würde mit ihnen passieren, wenn sie einer Patrouille des Alpenkorps über den Weg liefen?«

»Ich warte hinter der Biegung.«

Andrea und die vier anderen machten sich auf den Weg den Fluß hinauf. Sie kamen nur langsam vorwärts, denn sie stolperten immer wieder und rutschten auf den nassen glitschigen Felsen aus. Mallory und Miller zogen sich in den Schutz von zwei riesigen Felsbrocken zurück und starrten nach oben.

Einige Minuten vergingen. Der Mond schien immer noch, und am oberen Rand der Rinne war noch immer kein Anzeichen für die Anwesenheit der Feinde zu sehen.

Miller sagte unbehaglich: »Was glaubst du ist schiefgegangen? Sie brauchen verdammt lange um aufzutauchen.«

»Nein, ich glaube viel eher, daß sie verdammt lange brauchen, um umzukehren.«

»Umzukehren?«

»Sie wissen nicht, wo wir hingegangen sind.« Mallory zog seine Landkarte heraus und studierte sie im sorgfältig abgeschirmten Licht seiner Stablampe. »Etwa eine dreiviertel Meile die Schienen hinunter ist eine scharfe Linkskurve. Aller Wahrscheinlichkeit nach dürfte die Lokomotive dort entgleist sein. Als Neufeld und Droshny uns zuletzt sahen, waren wir in der Lokomotive, und das logischste, was sie tun konnten, war, den Schienen zu folgen bis zu der Stelle, an der wir ihrer Meinung nach die Lokomotive verlassen hatten, in der Erwartung, uns irgendwo in der Nähe zu finden. Wenn sie die demolierte Lokomotive gefunden haben, dürfte ihnen natürlich klargeworden sein, was los ist – aber dann sind sie ungefähr noch zusätzlich anderthalb Meilen geritten – und die Hälfte davon bergauf und noch dazu mit müden Ponys.«

»So muß es sein. Ich wünschte bei Gott«, fuhr Miller grollend fort, »daß sie sich beeilen würden.«

»Was hast du denn?« fragte Mallory. »Dusty Miller sehnt sich nach Arbeit?«

»Nein, das nicht«, erklärte Miller entschieden. Er warf einen Blick auf seine Uhr. »Aber die Zeit wird knapp.«

»Die Zeit«, stimmte nüchtern Mallory zu, »wird tatsächlich ganz verteufelt knapp.«

Und dann kamen sie. Miller, der unverwandt nach oben starrte, sah ein flüchtiges metallisches Glitzern im Mondlicht, als ein Kopf sich vorsichtig über den Rand der Rinne schob und hinunterspähte. Er berührte Mallorys Arm.

»Ich sehe ihn«, murmelte Mallory. Gleichzeitig griffen beide Männer in ihre Anoraks, zogen ihre Luger-Pistolen hervor und entfernten die wasserdichten Schutzhüllen. Der Kopf mit dem Helm entwickelte sich langsam zu einer Gestalt, die sich im hellen Mondlicht als scharfer Schattenriß gegen den Horizont abhob. Er begann mit etwas, das offensichtlich ein vorsichtiger Abstieg sein sollte, aber dann warf er plötzlich beide Arme in die Luft und stürzte in die Tiefe. Falls er schrie, so konnten Mallory und Miller von der Stelle aus, an der sie sich befanden, es jedenfalls nicht hören – das rauschende Wasser übertönte jedes andere Geräusch. Der Körper schlug auf halbem Weg auf dem Felsenvorsprung auf, wurde hochgeschleudert, unglaublich weit hinausgetragen und landete dann mit weitausgebreiteten Armen an dem steinigen Flußufer, eine kleine Steinlawine nach sich ziehend.

Miller sagte grimmig philosophierend: »Nun, du hast ja gesagt, daß es gefährlich ist.«

Ein zweiter Mann erschien am Rand des Abgrunds, um als zweiter den Abstieg zu versuchen, und ihm folgten kurz nacheinander noch einige. Dann verschwand der Mond für einige Minuten hinter einer Wolke, währed Mallory und Miller über den Fluß starrten, bis ihre Augen schmerzten und ebenso angestrengt wie vergeblich versuchten, die Dunkelheit, die auf dem Abhang gegenüber lag, zu durchdringen.

Der vorderste Kletterer befand sich genau unter dem Vorsprung, als der Mond wieder zum Vorschein kam. Vorsichtig untersuchte er den unteren Teil des Hanges. Mallory zielte sorgfältig mit seiner Luger, der Kletterer erstarrte mitten in der Bewegung, kippte hintenüber und verschwand in der Tiefe. Der folgende Soldat, der nicht bemerkt hatte, was mit seinem Kameraden geschehen war, begann die untere Hälfte des Abhangs herunterzuklettern. Sowohl

Mallory als auch Miller richteten ihre Luger-Pistolen auf das deutlich sichtbare Ziel, aber in diesem Moment wurde der Mond wieder von einer Wolke verdeckt, und sie mußten ihre Waffen senken. Als der Mond wieder erschien, hatten vier Männer bereits sicher das gegenüberliegende Ufer erreicht. Zwei von ihnen, die mit einem Seil miteinander verbunden waren, begannen gerade, die Furt zu überqueren. Mallory und Miller warteten, bis sie sicher drei Viertel ihres Weges zurückgelegt hatten. Sie bildeten ein nahes und leichtes Ziel, und auf diese Entfernung war es unmöglich, daß Mallory und Miller sie verfehlten. Und sie verfehlten sie nicht. Einen Moment lang sah man stürzende Körper, dann wurden die beiden, immer noch zusammengebunden, durch die Schlucht davongerissen. Ihre Körper wurden so oft von dem reißenden Wasser hochgeschleudert, ihre herumwirbelnden Arme und Beine durchbrachen so oft die Wasseroberfläche, daß es fast aussah, als ob die Männer immer noch verzweifelt um ihr Leben kämpften. Jedenfalls betrachteten die beiden Männer, die jetzt noch am Ufer standen, den Vorfall nicht als Anzeichen dafür, daß irgend etwas nicht stimmte. Sie standen da und schauten erstaunt den verschwindenden Körpern ihrer Kameraden nach, ohne jedoch zu begreifen, was passiert war. Zwei oder drei Sekunden später hätten sie beinah keine Gelegenheit mehr gehabt, irgend etwas zu begreifen, aber wieder einmal schob sich ein Wolkenfetzen vor den Mond, und so blieb ihnen eine kleine, ganz kleine Galgenfrist. Mallory und Miller senkten ihre Waffen.

Mallory schaute auf seine Uhr und sagte irritiert: »Warum zum Teufel fangen sie nicht an zu schießen? Es ist fünf nach eins.«

»Warum beginnt *wer* nicht zu schießen?« fragte Miller irritiert.

»Das hast du doch gehört. Du warst dabei. Ich bat Vis, Vukalovic zu bitten, uns um eins geräuschmäßige Deckung zu geben. Oben bei der Zenica-Schlucht – weniger als eine Meile entfernt. Nun, wir können nicht länger warten. Es wird ...« Er brach ab und lauschte auf das plötzlich ausbrechende Gewehrfeuer, das erschreckend laut und ziemlich nahe zu hören war, und lächelte. »Nun, was bedeuten schon fünf Minuten hin oder her. Komm. Ich habe das Gefühl, daß Andrea sich langsam Sorgen um uns macht.«

Das tat er allerdings. Lautlos tauchte er aus der Dunkelheit auf, als sie um die erste Flußbiegung kamen. Vorwurfsvoll sagte er: »Wo seid ihr beide denn gewesen? Ich hatte schon das Schlimmste befürchtet.«

»Ich erkläre es dir im Laufe der nächsten Stunde irgendwann – wenn wir im Laufe der nächsten Stunde am Leben bleiben«, setzte

Mallory grimmig hinzu. »Unsere Freunde, die Banditen, sind nur zwei Minuten hinter uns. Ich glaube, sie werden ziemlich unternehmungslustig sein, obwohl sie bereits vier Männer verloren haben – sechs, wenn man die beiden mitzählt, die Reynolds von der Lokomotive aus erwischt hat. Du bleibst an der nächsten Biegung flußaufwärts und hältst sie auf. Du wirst es allein tun müssen. Glaubst du, daß du es schaffst?«

»Jetzt ist keine Zeit für Scherze«, sagte Andrea würdevoll. »Und dann?«

»Groves und Reynolds, Petar und Maria kommen mit uns flußaufwärts, Groves und Reynolds gehen so nah wie irgend möglich an den Damm heran, Petar und Maria suchen sich irgendwo einen geschützten Platz, möglichst in der Nähe der Hängebrücke – aber weit genug entfernt, um nicht von dem verdammten Felsbrocken erschlagen zu werden, der darüberliegt.«

»Hängebrücke, Sir?« fragte Reynolds. »Ein Felsbrocken?«

»Ich sah sie, als wir die Lokomotive verließen, um die Gegend etwas näher zu untersuchen.«

»*Sie* haben es gesehen. Andrea nicht.«

»Ich habe es ihm gegenüber erwähnt«, sagte Mallory ungeduldig. Er übersah den Unglauben im Gesicht des Sergeants und wandte sich an Andrea. »Dusty und ich können nicht mehr warten. Benütze deine Schmeisser, um sie zu stoppen.« Er deutete nach Nordwesten zur Zenica-Schlucht, wo das Knattern des Gewehrfeuers unaufhörlich hämmerte. »Bei dem ganzen Krach werden sie den Unterschied nicht erkennen.«

Andrea nickte, machte es sich hinter zwei großen Felsen bequem und schob den Lauf seiner Schmeisser in den V-förmigen Einschnitt. Die anderen Mitglieder der Truppe machten sich auf den Weg den Fluß hinauf, wobei sie unbeholfen über die glitschigen Felsen stolperten, die das rechte Ufer der Neretva bedeckten, bis sie zu einem nur in den Ansätzen vorhandenen Pfad kamen, den man zwischen den Steinen gebahnt hatte. Diesem Pfad folgten sie etwa hundert Meter weit, bis sie zu einer leichten Biegung der Schlucht kamen. Ohne daß ein entsprechender Befehl erfolgt wäre, blieben alle im gleichen Augenblick stehen und schauten nach oben.

Die sich hochtürmenden Wälle des Neretva-Dammes waren plötzlich in ihrer ganzen Größe in Sicht gekommen. Über dem Damm stiegen auf beiden Seiten steile Felswände in den Nachthimmel, zuerst senkrecht, dann wölbten sie sich und hingen schließlich so über, daß sich ihre Vorsprünge fast zu berühren schienen. Das allerdings war – wie Mallory gesehen hatte, als er das Bild von oben betrachtet hatte – eine optische Täuschung. Die Wachhütten und die Funkstation oben auf der Dammauer waren deutlich zu sehen, ebenso die zwergenhaften Gestalten einiger deutscher Soldaten, die auf Patrouille waren. Vom Ende der Ostseite des Dammes, wo die Hütten standen, führte eine Eisenleiter, die mit Eisenhaken am Felsen befestigt war – Mallory wußte, sie war grün angestrichen, aber in dem Halbschatten, den die Dammauer warf, sah sie schwarz aus –, im Zickzack auf den Grund der Schlucht hinunter, nahe der Stelle, an der die weißschäumenden Wasserstrahlen aus den Rohren am unteren Rand des Dammes sprudelten.

Mallory versuchte zu schätzen, wie viele Sprossen die Leiter wohl haben mochte. Zweihundert, vielleicht zweihundertfünfzig, und wann man einmal angefangen hatte, zu klettern oder hinunterzusteigen, mußte man immer weiter gehen, denn nirgends gab es eine Plattform oder eine Rückenstütze, auf der man einen Moment hätte ausruhen können. Außerdem war die Leiter an keiner einzigen Stelle vor den Blicken eventueller Beobachter, die sich auf der Brücke befanden, geschützt. Als Angriffsroute, überlegte Mallory, hätte er diesen Weg wohl kaum ausgewählt, er konnte sich keinen waghalsigeren denken.

Etwa in der Mitte zwischen der Stelle, an der sie standen, und dem Fuß der Leiter auf der anderen Seite, spannte sich eine Hängebrücke über das brodelnde Wasser, das durch die Schlucht schäumte. Nichts an ihrer alten, wackligen und windschiefen Erscheinung war dazu angetan, einem Vertrauen einzuflößen. Und was man sich an Vertrauen noch bewahrt haben mochte, wurde völlig weggewischt, wenn man den riesigen Felsen sah, der genau über dem östlichen Ende der Brücke lag und der jeden Moment aus seinem reichlich unsicheren Halt in der tiefen Rinne in der Felswand zu brechen drohte.

Reynolds nahm das Bild in sich auf und wandte sich dann an Mallory. Er sagte ruhig: »Wir sind sehr geduldig gewesen, Sir.«

»Sie sind sehr geduldig gewesen, Sergeant – und ich bin sehr dankbar dafür. Sie wissen natürlich, daß eine Division der Jugoslawen im Zenica-Käfig in der Falle sitzt – das ist direkt hinter den Bergen hier links von uns. Sie wissen auch, daß die Deutschen heute nacht um zwei Uhr zwei bewaffnete Divisionen über die Neretva-Brücke schicken und, wenn diese beiden Divisionen die Brücke überschreiten – und es ist nichts da, um sie aufzuhalten –, die Jugoslawen mit ihren Kindergewehren und beinahe ohne Munition in Stücke geschnitten werden. Wissen Sie, daß die einzige Möglichkeit, sie aufzuhalten, die Zerstörung der Neretva-

Brücke ist? Wissen Sie, daß dieser Gegenspionage- und Rettungsauftrag nur ein Deckmantel für die eigentliche Mission waren?«

Reynolds sagte bitter: »Ich weiß es – jetzt.« Er deutete die Schlucht hinunter. »Und ich weiß auch, daß die Brücke dort liegt.«

»Das tut sie allerdings. Ich weiß auch, daß wir diese Brücke, selbst wenn wir an sie herankommen könnten – was ziemlich unmöglich sein dürfte –, nicht mit einer Wagenladung Sprengstoff in die Luft jagen können; Stahlgerüste, die in Beton verankert sind, kann man nur mit großem Aufwand zerstören.« Er wandte sich um und blickte auf den Damm. »Also machen wir es anders. Sehen Sie die Dammauer da drüben – dahinter sind dreißig Millionen Tonnen Wasser, genug, um sogar die Sydney-Brücke davonzutragen, und erst recht, um die Brücke über die Neretva wegzuschwemmen.«

Groves sagte leise: »Sie sind verrückt«, und dann, nach kurzem Überlegen: »Sir.«

»Das kann sein. Wir werden die Brücke trotzdem in die Luft sprengen, Dusty und ich.«

»Aber der ganze Sprengstoff, den wir haben, besteht aus ein paar Handgranaten«, sagte Reynolds, der kurz davor war, endgültig zu verzweifeln. »In der Dammauer, da muß doch drei bis sechs Meter dicker Beton stecken. Sprengen? Wie?«

Mallory schüttelte den Kopf. »Tut mir leid.«

»Warum, Sie ewig Schweigender...«

»Halten Sie den Mund. Verdammt noch mal, werden Sie es denn nie begreifen? Bis zur letzten Minute besteht die Möglichkeit, daß Sie gefangengenommen und gezwungen werden zu reden – und was würde dann aus Vukalvics Divisionen, die im Zenica-Käfig sitzen? Was Sie nicht wissen, können Sie nicht ausplaudern.«

»Aber *Sie* wissen es.« Reynolds' Stimme war voller Groll. »Sie und Dusty und Andrea – Colonel Stavros. *Sie* wissen es. Groves und ich wußten die ganze Zeit, daß Sie es wußten, und *Sie* könnten auch zum Reden gezwungen werden.«

Mallory sagte beherrscht: »Andrea zum Reden bringen? Vielleicht – wenn man ihm androhte, ihm seine Zigarren wegzunehmen. Sicher, Dusty und ich könnten reden – aber irgend jemand mußte schließlich Bescheid wissen.«

Groves sagte mit der Stimme eines Mannes, der widerwillig das Unvermeidliche akzeptiert: »Wie kommen Sie hinter den verdammten Dammwall? Sie können das Ding doch nicht von vorn sprengen, oder?«

»Nicht mit den Mitteln, die uns im Augenblick zur Verfügung stehen«, stimmte Mallory zu. »Wir kommen schon dahinter. Wir klettern dort hinauf.« Mallory deutete auf die senkrechte Klippe auf der anderen Seite.

»Wir klettern dort hinauf, wie?« fragte Miller leichthin. Er sah völlig verdattert aus.

»Die Leiter hinauf. Aber nicht ganz. Wenn wir drei Viertel oben sind, verlassen wir die Leiter und klettern senkrecht die Klippe hinauf, bis wir etwa zwölf Meter über der Dammauer sind, an der Stelle, an der die Klippe überzuhängen beginnt. Von dort, da ist ein Vorsprung – nun, eigentlich mehr ein Spalt, wirklich...«

»Ein Spalt«, echote Miller heiser. In seinem Gesicht stand helles Entsetzen.

»Ein Spalt. Er erstreckt sich in einem ansteigenden Winkel von vielleicht zwanzig Grad etwa fünfundvierzig Meter lang über die Dammauer. Diesen Weg nehmen wir.«

Reynolds sah Mallory leicht betäubt und fassungslos an. »Das ist Irrsinn.«

»Irrsinn«, bekräftigte Miller.

»Ich würde ihn mir nicht aussuchen«, gab Mallory zu. »Aber es ist die einzige Möglichkeit, hineinzukommen.«

»Sie werden todsicher gesehen«, protestierte Reynolds.

»Nicht todsicher.« Mallory wühlte in seinem Rucksack und brachte einen schwarzen Froschmannsanzug aus Gummi zum Vorschein, während Miller widerwillig das gleiche tat. Während beide Männer begannen, in die Anzüge zu schlüpfen, fuhr Mallory fort. »Wir werden wie schwarze Fliegen auf einer schwarzen Wand aussehen.«

»Das hofft er«, stieß Miller hervor.

»Außerdem werden sie, wenn wir ein bißchen Glück haben, in die andere Richtung schauen, wenn die RAF mit ihrem Feuerwerk beginnt. Und wenn wir in die Gefahr kommen sollten, entdeckt zu werden – nun, dann kommen Sie und Groves ins Spiel. Captain Jensen hatte recht – wie sich die Dinge entwickelt haben, wären wir wirklich nicht ohne Sie zurechtgekommen.«

»Komplimente?« sagte Groves zu Reynolds. »Komplimente vom Captain? Ich habe das Gefühl, jetzt kommt ein ganz dicker Hund.«

»Er kommt«, gab Mallory zu. Er hatte den Anzug und die Kapuze zurechtgerückt und befestigte in seinem Gürtel einige Kletterhaken und einen Hammer. All das hatte er aus seinem Rucksack geholt. »Wenn wir in Schwierigkeiten geraten, veranstalten Sie beide eine kleine Ablenkung.«

»Welche Art von Ablenkung?« fragte Reynolds mißtrauisch.

»Von irgendeiner Stelle in der Nähe des Fußes der Dammauer

aus fangen Sie an, auf die Wachen zu schießen, die oben patrouillieren.«

»Aber ... aber, wir werden überhaupt keine Deckung haben.« Groves starrte zu der felsigen Geröllhalde hinüber, die das linke Flußufer am Fuße der Dammauer und am Fuße der Leiter bildete. »Da ist nirgends auch nur eine Andeutung von Deckung. Was für eine Chance werden wir haben?«

Mallory schloß seinen Rucksack und hängte sich ein zusammengerolltes Seil über die Schulter. »Eine ganz kleine, fürchte ich.« Er schaute auf das Leuchtzifferblatt seiner Uhr. »Aber dann, für die nächsten fünfundvierzig Minuten, sind Sie und Groves entbehrlich. Dusty und ich hingegen nicht.«

»Einfach so?« sagte Reynolds tonlos. »Entbehrlich?«

»Wollen Sie tauschen?« fragte Miller hoffnungsvoll. Er bekam keine Antwort, denn Mallory war schon auf dem Weg. Miller warf einen letzten schreckerfüllten Blick auf die sich auftürmenden Felsmassen über sich, gab seinem Rucksack einen letzten Ruck und folgte Mallory. Reynolds wollte sich auch gerade in Bewegung setzen, als Groves ihn am Arm zurückhielt und Maria ein Zeichen machte, mit Petar vorauszugehen. Er sagte zu ihr: »Wir warten ein bißchen und kommen dann nach. Nur um sicherzugehen.«

»Was ist los?« fragte Reynolds leise.

»Folgendes. Unser Captain Mallory hat zugegeben, daß er heute abend bereits vier Fehler gemacht hat. Ich glaube, er ist dabei, seinen fünften zu machen.«

»Ich verstehe nicht.«

»Er setzt alles auf eine Karte, und er hat ein paar Dinge übersehen. Zum Beispiel, was den Auftrag betrifft, daß wir beide am Fuß der Dammauer bleiben sollen. Wenn wir ein Ablenkungsmanöver inszenieren sollen, wird eine Maschinengewehrgarbe, die einer oben auf der Mauer abfeuert, uns in Sekunden alle beide erwischen. Ein Mann kann genauso wirkungsvoll eine Ablenkung schaffen wie zwei – und wo ist der Sinn, wenn wir beide umgebracht werden? Außerdem, wenn einer von uns am Leben bleibt, bleibt die Chance etwas zu tun, um Maria und ihren Bruder zu schützen. Ich beziehe am Fuß der Mauer Posten, während du ...«

»Warum solltest du gehen? Warum nicht ...«

»Warte, ich bin noch nicht fertig. Ich glaube auch, daß es reichlich optimistisch von Mallory ist anzunehmen, daß Andrea fähig ist, die ganze Bande, die hinter uns her ist, aufzuhalten. Es müssen mindestens zwanzig Mann sein, und sie sind nicht unterwegs, um sich einen netten Abend zu machen. Sie sind unterwegs, um uns zu töten. Was passiert also, wenn sie Andrea überwältigen und zu der Hängebrücke kommen, wo sie Maria und Petar finden, während wir beide damit beschäftigt sind, am Fuß der Mauer Zielscheiben zu spielen? Sie werden die beiden umbringen, bevor du einmal blinzeln kannst.«

»Oder vielleicht nicht umbringen«, stieß Reynolds hervor. »Was wäre, wenn Neufeld umgebracht würde, bevor sie die Hängebrücke erreichen? Was wäre, wenn Droshny das Kommando hätte – dann hätten Maria und Petar eine Galgenfrist.«

»Also bleibst du in der Nähe der Brücke und sorgst für Rückendeckung, während Maria und Petar irgendwo in der Nähe versteckt sind?«

»Du hast recht, ich bin sicher, daß du recht hast. Aber es gefällt mir nicht«, sagte Reynolds unbehaglich. »Er hat uns seine Befehle gegeben, und er ist kein Mann, der es mag, wenn seine Befehle mißachtet werden.«

»Er wird es nie erfahren – sogar wenn er jemals zurückkommt, was ich ganz entschieden bezweifle, wird er es nie erfahren. Und außerdem hat *er* angefangen, Fehler zu machen.«

»Nicht diese Art Fehler.« Reynolds fühlte sich immer noch ausgesprochen unbehaglich.

»Habe ich recht oder nicht?« fragte Groves.

»Ich glaube nicht, daß das am Ende dieses Tages eine große Rolle spielen wird«, sagte Reynolds müde. »Okay, machen wir es so, wie du es vorgeschlagen hast.« Die beiden Sergeants eilten hinter Maria und Petar her. Andrea lauschte auf die Tritte schwerer Stiefel, die über Steine scharrten, das gelegentliche metallische Klirren, wenn ein Gewehr gegen einen Felsen stieß, und er wartete, flach auf dem Bauch liegend. Der Lauf seiner Schmeisser ruhte in der Felsritze. Die Geräusche, die die verstohlene Annäherung entlang dem Flußufer ankündigten, waren nicht mehr als vierzig Meter entfernt, als Andrea sich etwas aufrichtete, den Lauf seiner Waffe nach unten drückte und den Abzug betätigte.

Die Reaktion erfolgte augenblicklich. Drei oder vier Waffen – wie Andrea erkannte, waren es alles Maschinenpistolen – ratterten im gleichen Moment los.

Andrea stellte das Feuer ein, ignorierte die Kugeln, die über seinen Kopf hinwegpfiffen und an den Felsen rechts und links von ihm abprallten, zielte sorgfältig auf das Mündungsfeuer einer der Maschinenpistolen und feuerte eine Ein-Sekunden-Garbe ab. Der Mann hinter der Maschinenpistole versteifte sich, sein hochgeworfener Arm schleuderte die Waffe weg, dann stolperte er wie betrunken zur Seite, stürzte in die Neretva und wurde von dem weißschäumenden Wasser davongewirbelt. Andrea feuerte wieder, und ein weiterer Mann drehte sich um die eigene Achse und fiel zwischen die Felsen. Dann erklang plötzlich ein gebellter Befehl, und die Waffen verstummten. Der Trupp bestand aus acht Männern, und jetzt löste sich einer von ihnen aus dem Schutz des Felsbrockens und kroch auf den zweiten Mann zu, den es erwischt hatte. Während er sich vorwärts bewegte, lag auf Droshnys Gesicht das wölfische Grinsen, aber es war klar, daß ihm absolut nicht nach Lächeln zumute war. Er beugte sich über die zusammengesunkene Gestalt, die auf den Steinen lag, und drehte sie auf den Rücken: Es war Neufeld. Blut strömte aus einer klaffenden Wunde an der Schläfe. Droshny richtete sich auf, sein Gesicht zeigte maßlose Wut. Er drehte sich um, als einer seiner Cetniks seinen Arm berührte.

»Ist er tot?«

»Nicht ganz. Aber es hat ihn schlimm erwischt. Er wird Stunden, vielleicht sogar Tage bewußtlos sein. Ich weiß es nicht, das kann nur ein Arzt beurteilen.« Droshny bat noch zwei andere Männer zu sich. »Ihr drei – bringt ihn über die Furt hinauf in Sicherheit. Zwei bleiben bei ihm, der andere kommt zurück. Und, um Himmels willen, sagt den anderen, sie sollen sich beeilen, herzukommen.«

Sein Gesicht war immer noch wutverzerrt, und er kümmerte sich nicht um die Gefahr, als er auf die Füße sprang und eine lange Maschinenpistolengarbe flußaufwärts feuerte, eine Handlung, die Andrea offensichtlich nicht im mindesten beeindruckte, denn er blieb regungslos, wo er war – friedlich an den Felsen gelehnt, der ihm Deckung gewährte –, und beobachtete nicht sonderlich interessiert und noch viel weniger besorgt die Querschläger und abgesplitterten Felsstücke, die in alle Richtungen flogen. Das Krachen der Schüsse wurde bis zu den Wachen getragen, die oben auf dem Dammwall patrouillierten. Aber das Durcheinander der Schüsse in der Umgebung und die verschiedenen Echos, die von den Felswänden, die die Schlucht begrenzten, zurückgeworfen wurden, waren so verwirrend, daß es unmöglich war, den Ursprung des plötzlich einsetzenden Hämmerns der Maschinenpistolen festzustellen. Bedeutsam jedoch war, *daß* es sich um Maschinenpistolenfeuer handelte und daß bis zu diesem Moment nur Gewehrschüsse zu hören gewesen waren. Und es schien aus dem Süden zu kommen, aus der Schlucht unterhalb des Dammes. Eine der Wachen eilte besorgt zu dem diensthabenden Hauptmann, sprach kurz mit ihm und lief dann zu einer kleinen Hütte auf der etwas höher gelegenen Betonplatte am Ostende des Dammwalles. In der Hütte, deren Vorderwand eine jetzt hochgerollte Zeltplane bildete, stand ein großes Funkgerät, vor dem ein Unteroffizier saß.

»Befehl des Hauptmanns«, sagte der Feldwebel, »Verbindung mit der Neretva-Brücke herstellen. Meldung an General Zimmermann, daß wir – das heißt, daß der Hauptmann besorgt ist. Sagen Sie ihm, daß um uns herum wie wild geschossen wird und daß ein Teil der Schützen sich anscheinend ein Stück flußabwärts aufhält.«

Der Feldwebel wartete ungeduldig, bis der Funker die Verbindung hergestellt hatte, und wurde noch ungeduldiger, als es zwei Minuten später in den Kopfhörern krachte und der Funker begann, die Botschaft niederzuschreiben. Nachdem die Durchsage beendet war, nahm er sie dem Funker aus der Hand und gab sie an den Hauptmann weiter, der sie laut vorlas.

»General Zimmermann sagt: ›Es besteht kein Grund zur Besorgnis, den Lärm veranstalten unsere jugoslawischen Freunde oben in der Zenica-Schlucht, die sich Mut machen wollen, weil sie jeden Moment einen Generalangriff durch Einheiten des 11. Armeekorps erwarten. Und es wird später noch viel lauter werden, wenn die RAF anfängt, ihre Bomben auf die falschen Plätze zu werfen. Aber sie werden sie nicht in Ihrer Nähe abwerfen, also machen Sie sich keine Sorgen.‹« Der Hauptmann senkte das Blatt Papier. »Das genügt mir. Wenn der General sagt, es besteht kein Grund zur Besorgnis, dann genügt mir das. Sie wissen, welchen Ruf der General hat, Feldwebel?«

»Ich weiß es, Herr Hauptmann.« In einiger Entfernung und in einer nicht feststellbaren Richtung hämmerte wieder eine Maschinenpistole. Der Feldwebel fuhr nervös hoch.

»Beunruhigt Sie immer noch etwas?« fragte der Hauptmann.

»Jawohl, Herr Hauptmann. Ich weiß, welchen Ruf der General hat, natürlich, und ich vertraue ihm blind.« Er machte eine Pause und fuhr dann besorgt fort: »Ich könnte schwören, daß die letzte Maschinenpistolengarbe von dort unten aus der Schlucht kam.«

»Sie benehmen sich wie ein altes Weib, Feldwebel«, sagte der Hauptmann freundlich. »Und Sie müssen sich bald bei dem Arzt unserer Division melden. Ihre Ohren bedürfen dringend einer Untersuchung.«

Der Feldwebel benahm sich nicht im geringsten wie ein altes Weib, und sein Gehör war bedeutend besser als das des Offiziers, der ihn getadelt hatte. Das anhaltende Maschinenpistolenfeuer kam, wie er annahm, aus der Schlucht, wo Droshny und seine Männer, deren Anzahl sich inzwischen verdoppelt hatte, sich einzeln oder höchstens zu zweit, schnell, aber jeweils nur eine ganz kurze Strecke, vorwärts bewegten, während sie unaufhörlich schossen. Ihre Schüsse, die ziellos abgegeben wurden, da die Männer auf dem steinigen Boden ständig stolperten und ausrutschten, riefen bei Andrea keinerlei Reaktion hervor. Möglicherweise weil er sich nicht bedroht fühlte, wahrscheinlich aber, weil er die Munition sparen wollte. Die zweite Vermutung schien eher zuzutreffen, denn Andrea hatte seine Schmeisser über die Schulter gehängt und untersuchte nun sorgfältig eine Stabgranate, die er gerade aus seinem Gürtel gezogen hatte.

Ein Stück flußabwärts blickte Sergeant Reynolds, der am Ostende der wackligen Holzbrücke stand, die sich an der schmalsten Stelle über das reißende und schäumende Wasser spannte, das dem, der das Pech hatte, hineinzufallen, keine Überlebenschance bot, unglücklich die Schlucht hinunter in die Richtung, aus der das Maschinenpistolenfeuer kam. Zum zehntenmal fragte er sich, ob er es wagen sollte, über die Brücke zurückzugehen und Andrea zu Hilfe zu kommen. Wenn er auch Andrea inzwischen in einem ganz anderen Licht sah als am Anfang, so schien es doch, wie Groves gesagt hatte, unmöglich, daß ein Mann über längere Zeit eine Horde von zwanzig Männern aufhalten konnte, die von dem Wunsch nach Rache beseelt waren. Andererseits hatte er Groves versprochen, hierzubleiben und sich um Maria und Petar zu kümmern. Wieder hämmerte eine Maschinenpistole los. Reynolds faßte einen Entschluß. Er würde Maria sein Gewehr geben, um ihr und Petar einen gewissen Schutz zu bieten, und sie nur so lange allein lassen, wie es nötig war, um Andrea die Hilfe zu geben, die er brauchte.

Er drehte sich um, um es ihr zu sagen, aber Maria und Petar waren nicht mehr da. Reynolds blickte wild um sich. Seine erste Vermutung war, daß sie in den reißenden Fluß gestürzt waren, eine Vermutung, die er sofort als lächerlich verwarf. Instinktiv schaute er zum Ufer am Fuße des Dammes hinüber, und obwohl der Mond gerade wieder von einer großen Wolkenbank verdunkelt war, sah er sie sofort: Sie bewegten sich auf den Fuß der Leiter zu, wo Groves stand. Einen Augenblick fragte er sich verwirrt, wieso sie ohne Erlaubnis flußaufwärts gegangen waren, dann erinnerte er sich, daß sowohl Groves als auch er vergessen hatten, den beiden den Befehl zu geben, bei der Brücke zu bleiben. Kein Grund zur Besorgnis, dachte er, Groves wird sie bestimmt gleich zur Brücke zurückschicken, und sobald sie ankamen, würde er ihnen sagen, daß er sich entschlossen hatte, Andrea zu helfen. Er fühlte sich erleichtert, nicht weil er Angst hatte vor dem, was ihn vielleicht erwartete, wenn er zu Andrea zurückging und sich Droshny und seinen Männern entgegenstellen mußte, sondern weil es die Notwendigkeit hinausschob, einer Entscheidung gemäß zu handeln, die vielleicht nur auf den ersten Blick berechtigt war.

Groves, der an den scheinbar endlosen, im Zickzack verlaufenden Sprossen der eisernen Leiter, die, wie es schien, so unsicher an der senkrechten Felswand befestigt war, hinaufgestarrt hatte, fuhr herum, als er leise Schritte auf dem Schiefergestein hörte, und starrte Maria und Petar an, die – wie immer Hand in Hand – auf ihn zukamen. Wütend sagte er: »Was in Dreiteufelsnamen macht *ihr* denn hier? Ihr habt kein Recht, hier zu sein. Könnt ihr nicht sehen, daß die Wachen nur mal herunterschauen müssen, damit ihr im nächsten Moment auch schon tot seid? Verschwindet, geht zurück zu Reynolds! Sofort!«

Maria sagte sanft: »Es ist lieb von Ihnen, daß Sie sich sorgen, Sergeant Groves. Aber wir wollen nicht gehen. Wir wollen hierbleiben.«

»Und wozu soll es um Himmels willen gut sein, wenn ihr hier herumsteht?« fragte Groves grob. Er machte eine Pause und fuhr dann beinah freundlich fort: »Ich weiß jetzt, wer Sie sind, Maria. Ich weiß, was Sie geleistet haben und wie gut Sie Ihre Aufgaben erledigen. Aber dies ist nicht Ihre Aufgabe. Bitte.«

»Nein.« Sie schüttelte den Kopf. »Ich kann mit einem Gewehr umgehen.«

»Sie haben keins. Und welches Recht haben Sie, über Petar zu bestimmen? Weiß er, wo er ist?«

Maria redete in unverständlichem Serbokroatisch auf ihren Bruder ein. Er antwortete, indem er in seiner Kehle die üblichen seltsamen Geräusche machte. Als er schwieg, wandte sich Maria an Groves.

»Er sagt, er weiß, daß er heute nacht sterben wird. Er hat das, was sie bei euch das Zweite Gesicht nennen, und er sagt, nach dieser Nacht gibt es keine Zukunft. Er sagt, er ist zu müde, um weiterzulaufen. Er sagt, er will hier warten, bis seine Zeit kommt.«

»Von allen sturen, dickköpfigen...«

»Bitte, Sergeant Groves.« Obwohl die Stimme immer noch leise war, schwang ein neuer, harter Unterton mit. »Er hat sich entschieden, und daran können Sie nichts ändern.«

Groves nickte. »Gut, aber vielleicht kann ich Sie umstimmen.«
»Wie meinen Sie das?«
»Petar kann uns sowieso nicht helfen. Kein Blinder könnte das. Aber Sie könnten es, wenn Sie wollten.«

»Sagen Sie mir, wie.«

»Andrea hält einen Haufen von mindestens zwanzig Cetniks und Deutschen in Schach.« Groves lächelte schief. »Ich habe inzwischen Grund zu der Annahme, daß Andrea als Guerilla-Kämpfer einzigartig ist, aber *ein* Mann kann auf die Dauer nicht *zwanzig* Männer aufhalten. Wenn es ihn erwischt, dann ist nur noch Reynolds übrig, um die Brücke zu bewachen – und wenn es ihn erwischt, dann werden Droshny und seine Männer rechtzeitig genug durchkommen, um die Wachen zu warnen, genug um eine Funknachricht an General Zimmermann durchzugeben und ihm zu sagen, daß er seine Panzer zurückziehen soll. Ich bin der Ansicht, Maria, daß Reynolds Ihre Hilfe brauchen kann. Es steht fest, daß Sie hier nichts tun können – aber wenn Sie bei Reynolds bleiben, könnten Sie für Erfolg oder Mißerfolg verantwortlich sein. Und Sie haben ja gesagt, Sie können mit einem Gewehr umgehen.«

»Aber wie Sie sehr richtig bemerken, *habe* ich keins.«

»Das war vorhin. Jetzt haben Sie eins.« Groves nahm seine Schmeisser von der Schulter und gab sie ihr und dazu Reservemunition.

»Aber...« Maria nahm die Waffe und die Munition widerwillig entgegen. »Aber jetzt haben *Sie* keine Waffe.«

»O doch, ich habe eine«, Groves zog seine Luger mit dem aufgesetzten Schalldämpfer aus seinem Anorak. »Das ist alles, was ich heute nacht benützen will. Ich kann es mir nicht leisten, Krach zu machen, nicht so nah am Damm.

»Aber ich kann meinen Bruder nicht allein lassen.«

»Oh, ich glaube, das können Sie schon. Und Sie werden es auch. Niemand auf der Welt kann Ihrem Bruder noch helfen. Jetzt nicht mehr. Beeilen Sie sich bitte.«

»Also gut.« Widerwillig ging sie ein paar Schritte, dann blieb sie stehen und drehte sich um: »Ich nehme an, Sie halten sich für sehr geschickt, Sergeant Groves?«

»Ich weiß nicht, wovon Sie reden«, sagte Groves hölzern. Sie blickte ihm einige Sekunden fest in die Augen, dann wandte sie sich ab und machte sich auf den Rückweg. Groves lächelte in der Dunkelheit. Das Lächeln verschwand ebenso blitzschnell, wie die Schlucht plötzlich von Licht überflutet wurde, als eine schwarze Wolke mit zackigen Rändern den Mond freigab. Groves rief Maria leise und drängend zu: »Mit dem Gesicht nach unten auf die Felsen und ruhig verhalten.« Er sah, daß sie seinen Befehl augenblicklich befolgte, und blickte dann an der grünen Leiter hinauf. Auf seinem Gesicht spiegelten sich Anspannung und Angst.

Ungefähr im dritten Viertel der Leiter klammerten sich Mallory und Miller, von strahlendem Mondlicht übergossen, an einen der abgewinkelten Abschnitte. Sie hingen so regungslos dort, als wären sie selbst aus dem Felsen gehauen. Ihre bewegungslosen Augen in den bewegungslosen Gesichtern waren auf den gleichen Punkt im Raum fixiert. Der Punkt lag fünfzig Meter entfernt links über ihnen. Zwei Wachen standen dort auf dem Damm und lehnten sich besorgt über das Geländer. Sie starrten die Schlucht hinunter in die Richtung, aus der die Schüsse kamen. Sie brauchten nur nach unten zu schauen, um Groves und Maria zu entdecken. Sie brauchten nur nach links zu schauen, um Mallory und Miller zu entdecken. Und für alle wäre das der sichere Tod gewesen.

11. Kapitel

Samstag, 01.20–01.35

Wie Mallory und Miller hatte auch Groves die beiden Posten gesehen, die sich über das Geländer des Dammes lehnten und besorgt die Schlucht hinunterstarrten. Um einem das Gefühl völliger Nacktheit, totalen Ausgeliefertseins und Verwundbarkeit zu geben, war diese Situation wie geschaffen, dachte Groves. Und wenn schon Groves dieses Gefühl hatte, wie mußte es dann erst Mallory und Miller zumute sein, die weniger als einen Steinwurf von den Wachen entfernt an der Leiter hingen? Groves wußte, daß beide Männer Luger-Pistolen mit Schalldämpfern bei sich hatten, aber die Waffen steckten in ihren Anoraks, und die Anoraks trugen sie unter ihren mit Reißverschlüssen verschlossenen Froschmänneranzügen, eine Tatsache, die die Waffen ziemlich unerreichbar machte. Jedenfalls waren sie unerreichbar, solange die Männer, die sich ja an der Leiter festhalten mußten, keine artistischen Verdrehungen veranstalteten, um an sie heranzukommen – und es war absolut sicher, daß auch die allerkleinste Bewegung ausgereicht hätte, um die Aufmerksamkeit der Wachen zu erregen und entdeckt zu werden. Wie es geschehen konnte, daß sie – auch ohne sich zu bewegen – noch nicht gesehen worden waren, war für Groves unverständlich. In dem Mondlicht, das den Damm und die Schlucht in so viel Helligkeit tauchte, wie es einem bedeckten Nachmittag entsprach, hätten sie von jedem Menschen mit normaler Sehschärfe sofort entdeckt werden müssen, und es war unwahrscheinlich, daß Angehörige irgendeiner Frontgruppe der Wehrmacht weniger als normale Sehschärfe hatten. Groves konnte es sich nur so erklären, daß die Intensität der Blicke der Wachen nicht unbedingt auch heißen mußte, daß sie etwas suchten, es war durchaus möglich, daß sie sich im Moment völlig auf das Hören konzentrierten, um so den Ursprung des unregelmäßigen Maschinenpistolenfeuers in der Schlucht festzustellen. Mit unendlicher Vorsicht zog Groves seine Luger aus dem Anorak und zielte. Auf diese Entfernung war die Chance, daß er eine der Wachen erwischte, selbst wenn er die hohe Mündungsgeschwindigkeit seiner Waffe in Betracht zog, so gering, daß es sich gar nicht lohnte, auch nur darüber nachzudenken. Aber immerhin war es als Geste besser als gar nichts. In zwei Punkten hatte Groves recht. Die beiden Wachen, die am Geländer lehnten, konzentrierten sich – ganz und gar nicht beruhigt von General Zimmermanns ermutigender Behauptung – tatsächlich darauf, dem Rattern der Maschinenpistolengarben zuzuhören, das immer heftiger wurde, nicht nur weil es näher zu kommen schien – was es sogar wirklich tat –, sondern auch, weil den Verteidigern der Partisanen in der Zenica-Schlucht langsam die Munition ausging und ihre Schüsse immer seltener wurden. Und Groves hatte auch recht, als er annahm, daß weder Mallory noch Miller irgendeinen Versuch gemacht hatten, an ihre Luger-Pistolen heranzukommen. In den ersten paar Sekunden hatte Mallory wie Groves mit Sicherheit angenommen, daß jede derartige Bewegung dazu geführt hätte, sofort Aufmerksamkeit zu erregen, aber unmittelbar danach, und lange bevor Groves zu dieser Feststellung kam, hatte Mallory erkannt, daß die Männer sich in einem tranceartigen Zustand befanden, in dem sie sich völlig auf ihr Gehör konzentrierten, so daß man mit einer Hand vor ihren Gesichtern hätte herumfuchteln können, ohne daß sie es bemerkt hätten. Und jetzt, dessen war Mallory sicher, war es unnötig, überhaupt etwas zu tun, denn von seinem erhöhten Standpunkt aus konnte er etwas sehen, das für Groves am Fuße des Dammes nicht zu sehen war: Eine weitere Wolkenbank war auf dem Weg, über den Mond hinwegzuziehen.

Innerhalb von Sekunden verwandelte ein Schatten, der sich über das Wasser des Neretva-Stausees legte, seine Farbe von Dunkelgrün in das tiefste Indigo, bewegte sich schnell über den Damm, löschte die Leiter und die beiden Männer aus, die daran hingen, und tauchte dann die Schlucht in Dunkelheit. Groves seufzte erleichtert und senkte seine Luger. Maria stand auf und ging flußabwärts auf die Brücke zu. Petar starrte mit blicklosen Augen hilflos um sich, und über ihnen begannen Mallory und Miller, augenblicklich weiterzuklettern. Oben an der Leiter angekommen, ließ Mallory eine Sprosse los und kletterte senkrecht an der Felswand hoch. Glücklicherweise war die Wand nicht völlig glatt, aber die Stellen, an denen Hände und Füße Halt finden konnten, waren äußerst selten, so daß der Aufstieg mühsam und mit technischen Schwierigkeiten verbunden war. Normalerweise, wenn Mallory seinen Hammer und die Kletterhaken benützt hätte, die in seinem Gürtel steckten, hätte er die Klettertour höchstens durchschnittlich schwierig gefunden, aber der Gebrauch von Kletterhaken war unmöglich. Mallory befand sich direkt gegenüber der Oberfläche der Dammauer und nicht mehr als 35 Meter von der nächsten Wache entfernt. Ein kleines Klimpern eines Hammers, der auf Metall schlug, mußte auch dem unaufmerksamsten Zuhörer auffallen – und, wie Mallory gerade beobachtet hatte, war unaufmerksames Zuhören das letzte, was man den Wachen auf dem Damm hätte nachsagen können. Also mußte Mallory sich mit seiner Begabung als Bergsteiger und der großen Erfahrung zufriedengeben, die er sich in vielen Jahren und an vielen Felswänden angeeignet hatte, und den Aufstieg auf diese Weise fortsetzen. Unter seinem Gummianzug rann ihm der Schweiß in Strömen herunter. Miller, der sich jetzt etwa zwölf Meter unter ihm befand, spähte zu ihm hinauf, und in seinem Gesicht stand so viel Spannung und Angst, daß Mallory vorübergehend seine eigene gefährliche Situation hoch oben auf einer der sehr schrägen Leitern vergaß, eine Lage, die ihn normalerweise in einen leicht hysterischen Zustand versetzt hätte. Auch Andrea starrte in diesem Moment auf etwas, das etwa fünfzehn Meter von ihm entfernt war, aber es hätte schon einer besonders ausgeprägten Phantasie bedurft, um in seinem dunklen zerfurchten Gesicht Anzeichen von Angst zu sehen. Wie die Wachen auf dem Damm es gerade getan hatten, lauschte auch Andrea intensiver, als er schaute. Von seinem Standort aus war alles, was er sehen konnte, ein dunkles und formloses Durcheinander von naßglänzenden Felsbrocken, an denen die Neretva entlangschäumte. Es war kein Lebenszeichen dort unten zu erkennen, aber das bedeutete nur, daß Droshny, Neufeld und seine Männer, nachdem ihnen auf sehr drastische Weise eine Lektion erteilt worden war, Zentimeter für Zentimeter auf Ellenbogen und Knien vorwärts krochen und sich nicht ein einzigesmal aus ihrer Deckung wagten, bis sie eine neue Deckungsmöglichkeit gefunden hatten. Andrea konnte nicht wissen, daß Neufeld verwundet war.

Eine Minute verging, dann hörte Andrea das Unvermeidliche:

Ein kaum wahrnehmbares »Klick«, als zwei Steine aneinanderstießen. Das Geräusch kam nach Andreas Schätzung etwas aus neun Meter Entfernung. Er nickte befriedigt, machte die Granate scharf, wartete zwei Sekunden und warf sie dann behutsam flußabwärts, während er sich im gleichen Moment hinter seinem schützenden Felsen flach auf den Boden fallen ließ. Gleich darauf hörte er das typische flache Knallen einer Granatenexplosion, begleitet von einem kurzen Lichtblitz, in dessen Schein er die Körper zweier Soldaten sehen konnte, die zur Seite geschleudert wurden.

Der Klang der Explosion erreichte auch Mallorys Ohr. Er bewegte sich nicht und drehte nur ganz langsam den Kopf, bis er auf den Damm hinunterschaute, der jetzt fast sechs Meter unter ihm lag. Die gleichen zwei Wachen, die vorher so angestrengt gelauscht hatten, unterbrachen ihren Patrouillengang ein zweites Mal, starrten wieder in die Schlucht hinunter, sahen einander unbehaglich an, zuckten unsicher die Achseln und nahmen ihren Gang wieder auf. Mallory kletterte weiter.

Er kam jetzt schneller voran. Die vorher nur seltenen Möglichkeiten sich anzuklammern waren von gelegentlichen Spalten im Gestein abgelöst worden, in die er den Kletterhaken einhaken konnte, der ihm eine Hebelwirkung bot, die auf andere Weise nicht zu erreichen gewesen wäre. Als er das nächste Mal innehielt und nach oben schaute, war er nicht mehr als zwei Meter unter der länglichen Felsspalte, die er gesucht hatte – und, wie er vorher zu Miller gesagt hatte, war es tatsächlich nicht mehr als eine Spalte. Mallory wollte gerade weitersteigen, als er sich anders besann und zum Himmel hinaufschaute.

Zuerst kaum hörbar gegen das Rauschen des Wassers der Neretva und das gelegentliche Handwaffenfeuer aus der Richtung der Zenica-Schlucht, aber mit jeder Sekunde anschwellend, war ein leises und entferntes Donnern zu hören, ein Geräusch, das für alle, die es während des Krieges gehört hatten, eindeutig war, ein Geräusch, das die Annäherung von einem Geschwader schwerer Bomber ankündigte. Mallory lauschte auf das schnell näher kommende Brummen von Dutzenden von Flugzeugmotoren und lächelte. In dieser Nacht lächelten viele Männer, als sie aus dem Westen die Geschwader von Lancaster-Bombern näher kommen hörten. Miller, der immer noch auf der Leiter hockte wie auf einer Hühnerstange und immer noch seine ganze Willenskraft aufbot, um nicht nach unten zu schauen, brachte es fertig zu lächeln, ebenso wie Groves am Fuße der Leiter und Reynolds bei der Brücke. Am rechten Ufer der Neretva lächelte Andrea in sich hinein, überlegte, daß der Lärm der schnell nahenden Flugzeugmotoren eine glänzende Tarnung für jedes ungewöhnliche Geräusch sein würde – und zog eine weitere Handgranate aus dem Gürtel. Vor einem Küchenzelt hoch oben in der beißenden Kälte des Ivenici-Plateaus lächelten Colonel Vis und Captain Vlanovic einander erfreut an und schüttelten sich feierlich die Hände. Hinter den südlichen Stützpunkten des Zenica-Käfigs senkten General Vukalovic und seine drei ranghöchsten Offiziere, Colonel Janzy, Colonel Lazlo und Major Stephan, einen Moment ihre Ferngläser, durch die sie so lange die Neretva-Brücke und die drohenden Wälder dahinter beobachtet hatten, und lächelten einander unendlich erleichtert an. Und General Zimmermann, der schon in seinem Kommandowagen im Süden der Neretva-Brücke im Wald saß, lächelte am breitesten von allen.

  Mallory begann wieder zu klettern. Er bewegte sich jetzt sogar noch schneller, erreichte den länglichen Spalt, arbeitete sich darüber hinweg, drückte einen Kletterhaken in einen geeigneten Riß im Felsen, zog den Hammer aus dem Gürtel und bereitete sich auf das Warten vor. Sogar jetzt war er nicht viel mehr als zwölf Meter über dem Damm, und den Kletterhaken, den er jetzt verankern wollte, würde er nicht mit einem Hammerschlag, sondern mit einem Dutzend Hammerschlägen befestigen, und noch dazu mit kräftigen. Der Gedanke, daß – sogar über das näher kommende Donnern der Lancaster-Motoren – das metallische Hämmern unbemerkt bleiben würde, war absurd. Das Geräusch der schweren Flugzeugmotoren vertiefte sich in diesem Moment. Mallory schaute direkt unter sich. Miller starrte zu ihm herauf, tippte auf seine Armbanduhr, so gut ein Mann das kann, wenn er beide Arme um die gleiche Leitersprosse geschlungen hat, und machte drängende Gesten. Mallory seinerseits schüttelte den Kopf und machte eine Bewegung mit seiner freien Hand, die bedeutete, daß er sich rückwärts zurückziehen sollte, Miller schüttelte resigniert den Kopf. Die Lancaster-Bomber waren jetzt genau über ihnen. Die erste Maschine flog in einem Bogen um den Damm, ging etwas höher, als sie zu den Bergen auf der anderen Seite kam, und dann bebte die Erde. Kleine Wellen kräuselten die Oberfläche des schwarzen Wassers des Neretva-Stausees, bevor die erste Explosion ihre Ohren erreichte, als die erste Ladung von 1000-Pfund-Bomben in der Zenica-Schlucht detonierte. Von diesem Moment an kamen die Explosionen der Bomben, die auf die Zenica-Schlucht herunterregneten, fast ununterbrochen. Die kurzen Pausen zwischen den einzelnen Detonationen wurden von den Echos überbrückt, die durch die Berge und Täler Zentralbosniens dröhnten.

Mallory brauchte sich jetzt keine Sorgen mehr über irgendwelche Geräusche zu machen. Er zweifelte sogar daran, daß er sich selbst hätte sprechen hören können, denn die meisten Bomben landeten auf einem sehr begrenzten Gebiet weniger als eine Meile von der Stelle entfernt, an der er an der Steilwand hing. Die Explosionen wurden von einem weißen blendenden Licht begleitet, das über den Bergen im Westen deutlich zu sehen war. Er schlug den Kletterhaken ein, wickelte ein Seil darum und ließ das Seil zu Miller hinunter, der es augenblicklich packte und zu klettern begann. Er sah einem dieser frühen christlichen Märtyrer verteufelt ähnlich, dachte Mallory. Miller war kein Bergsteiger, aber dennoch wußte er, wie man an einem Seil hochklettert. In bemerkenswert kurzer Zeit war er oben neben Mallory. Die Füße stemmte er fest in die längliche Felsspalte, mit beiden Händen klammerte er sich an dem Kletterhaken fest.

»Glaubst du, du kannst dich an diesen Haken hängen?« fragte Mallory. Er mußte beinahe schreien, um sich verständlich zu machen gegen den starken Donner der fallenden Bomben.

»Du brauchst bloß versuchen, mich wegzudrücken.«

»Das werde ich bleibenlassen«, grinste Mallory.

Er wickelte das Seil auf, das Miller für seinen Aufstieg benützt hatte, schlang es sich über die Schulter und begann, schnell an dem länglichen Spalt entlang zu balancieren. »Ich nehme es mit über den Damm und befestige es an einem anderen Haken. Dann kannst du nachkommen. Okay?«

Miller blickte in die Tiefe und schauderte. »Wenn du glaubst, daß ich hier bleiben werde, bist du verrückt.«

Mallory grinste wieder und entfernte sich.

Südlich der Neretva-Brücke lauschte General Zimmermann, einen Adjutanten neben sich, immer noch auf die Geräusche des Luftangriffs auf die Zenica-Schlucht. Er warf einen Blick auf seine Uhr.

»Jetzt«, sagte er. »Erste Linie der Angriffstruppen in Position.«

Augenblicklich setzte sich schwerbewaffnete Infanterie in Bewegung, die tief gebückt ging, um unter der Höhe des Geländers zu bleiben, und beeilte sich, über die Neretva-Brücke zu kommen. Auf der anderen Seite angelangt, verteilten sie sich nach Osten und Westen entlang am Nordufer des Flusses, vor den Partisanen durch den Kamm eines Hügels verborgen, der zum Flußufer hin abfiel. Jedenfalls glaubten sie, verborgen zu sein. In Wirklichkeit jedoch lag ein Späher der Partisanen, ausgestattet mit einem Nachtfernglas und einem Feldtelefon, flach auf dem Bauch in einem schmalen, an einer selbstmörderischen Stelle gelegenen Graben, weniger als hundert Meter von der Brücke selbst entfernt, und gab ununterbrochen Berichte an Vukalovic durch.

Zimmermann blickte zum Himmel und sagte zu seinem Adjutanten: »Halten Sie sie noch zurück. Der Mond kommt wieder durch.« Wieder schaute er auf seine Uhr. »Lassen Sie die Motoren der Panzer in zwanzig Minuten anlaufen.«

»Sie haben also aufgehört, über die Brücke zu kommen?« fragte Vukalovic.

»Ja, Sir.« Das war die Stimme seines vorgeschickten Kundschafters. »Ich glaube, sie machen nicht weiter, weil der Mond in ein oder zwei Minuten wieder durchbrechen wird.«

»Das glaube ich auch«, sagte Vukalovic. Grimmig fügte er hinzu: »Und ich schlage vor, daß Sie sich auf den Rückweg machen, bevor er wieder durchbricht, sonst werden Sie vielleicht keine Möglichkeit mehr haben, zurückzukommen.«

Auch Andrea betrachtete den Nachthimmel mit Interesse. Sein allmählicher Rückzug hatte ihn nun in eine besonders unbefriedigende Verteidigungsposition gebracht, und er war fast ohne alle Deckung. Eine ausgesprochen ungesunde Situation, überlegte er, als der Mond hinter den Wolken hervorkam. Er machte eine kurze nachdenkliche Pause, machte dann eine weitere Granate scharf und warf sie in die Richtung einer Ansammlung von undeutlich sichtbaren Felsbrocken, die etwa fünfzehn Meter entfernt lagen. Er wartete nicht, um die Wirkung zu sehen, sondern arbeitete sich schon mühsam flußaufwärts, bevor die Granate explodierte. Eine Wirkung hatte die Granate zweifellos: Sie stachelte Droshny und seine Männer zu dem wütenden Wunsch nach Vergeltung an. Mindestens ein halbes Dutzend Maschinenpistolen feuerten gleichzeitig auf die Stelle, die Andrea klugerweise kurz vorher verlassen hatte. Eine Kugel streifte den Ärmel seines Anoraks, sonst blieb er unbehelligt. Ohne Zwischenfälle erreichte er eine weitere Ansammlung von Felsbrocken und nahm dahinter eine neue Verteidigungsstellung ein. Sobald der Mond durchbrach, würden es Droshny und seine Männer sein, die sich der unangenehmen Aussicht gegenübersahen, eine Strecke ohne jede Deckung hinter sich zu bringen.

Reynolds, der – jetzt mit Maria neben sich – neben der Hängebrücke kauerte, hörte den flachen Knall der Granatenexplosion und schätzte, daß Andrea inzwischen nicht mehr als hundert Meter flußabwärts am anderen Ufer war. Und wie so viele Leute in genau diesem Moment, starrte auch Reynolds zu dem kleinen Stückchen Himmel hinauf, das er durch den schmalen Nord-Süd-Spalt zwischen den steilen Felswänden der Schlucht sehen konnte.

Reynolds hatte die Absicht gehabt, Andrea zu Hilfe zu kommen, sobald Groves Petar und Maria zu ihm zurückgeschickt hatte, aber drei Faktoren hatten ihn davon abgehalten, sofort zu handeln: Erstens war es Groves nicht gelungen, Petar zurückzuschicken, zweitens waren die ständigen Schüsse der Maschinenpistolen unten in der Schlucht, die immer näher kamen, Beweis genug dafür, daß Andrea sich geschickt zurückzog und immer noch in guter Kampfverfassung war, und drittens wußte Reynolds, daß er, falls Droshny und seine Männer Andrea erwischen sollten, die Feinde auf unbegrenzte Zeit daran hindern konnte, die Brücke zu überschreiten, wenn er hinter dem Felsen, der direkt über der Brücke hing, Stellung bezog.

Aber der Anblick eines großen Stückes sternenklaren Himmels, das hinter den dunklen Wolken, die den Mond bedeckten, hervorkam, ließ Reynolds seine taktischen Überlegungen und die Gründe für den Entschluß, zu bleiben, wo er war, augenblicklich vergessen. Es lag nicht in Reynolds' Natur, andere Menschen für austauschbar zu halten, und er hatte den starken Verdacht, daß Droshny, wenn er eine genügend lange Zeit zur Verfügung hatte, in der der Mond schien, diese Zeit dazu benützen würde, den letzten Ansturm zu starten, um Andrea zu überwältigen. Er berührte Maria an der Schulter.

»Sogar die Stavros' dieser Welt brauchen manchmal Hilfe. Bleiben Sie hier. Ich werde nicht lange weg sein.« Er drehte sich um und rannte über die schwankende Hängebrücke.

Verdammt, dachte Mallory verbittert, verdammt, verdammt, verdammt. Warum war der Himmel ausgerechnet in dieser Nacht nicht bedeckt? Warum konnte es nicht zum Beispiel regnen? Oder schneien? Warum hatten sie sich nicht eine mondlose Nacht für diesen Auftrag ausgesucht. Aber er wußte, daß alle diese Überlegungen sinnlos waren. Keiner hatte die Wahl, denn diese Nacht war die einzige, die sie zur Verfügung hatten. Oh, immer noch dieser verdammte Mond!

Mallory blickte nach Norden, wo der Nordwind Wolkenbänke über den Mond trieb und hinter ihnen ein großes Stück klaren Sternenhimmels freilegte. Bald würden der ganze Damm und die Schlucht für eine beträchtliche Zeit in Licht getaucht sein. Mallory dachte mit einem schiefen Lächeln, daß er sich für diesen Moment wahrhaftig eine bessere Position gewünscht hätte.

Zu diesem Zeitpunkt hatte er fast die Hälfte der länglichen Spalte hinter sich gebracht. Er warf einen Blick nach links und schätzte, daß er immer noch neun bis zwölf Meter zurücklegen mußte, bis er die Dammauer hinter sich gelassen hatte und über dem Stausee war. Er schaute nach rechts und sah, keineswegs überrascht, daß Miller immer noch an der Stelle war, wo er ihn verlassen hatte: Er klammerte sich mit beiden Händen an den Haken, als wäre er sein bester Freund auf Erden, was er in diesen Augenblicken wahrscheinlich auch war. Er blickte nach unten: Er befand sich jetzt direkt über dem Damm, etwa fünfzehn Meter darüber, zwölf Meter über dem Dach der Wachhütte. Wieder schaute er zum Himmel hinauf: Noch eine Minute, und der Mond würde frei sein. Was war es gewesen, was er an diesem Nachmittag zu Reynolds gesagt hatte: »Denn es ist vielleicht die einzige Zeit, die wir haben.« Ja, das war's. Er fing an, sich zu wünschen, er hätte es nicht gesagt. Er war Neuseeländer. Aber nur ein Neuseeländer in der zweiten Generation: Alle seine Vorfahren waren Schotten, und jeder wußte, wie die Schotten in solchen heidnischen Praktiken wie dem Zweiten Gesicht und Zukunftsvisionen schwelgten. Mallory beschäftigte sich kurz mit dem Verhältnis von Realität und ›Zweitem Gesicht‹ und setzte dann seinen Weg fort.

Am Fuß der Eisenleiter erkannte Groves, für den Mallory jetzt nicht mehr als ein halb sichtbarer, halb erahnter dunkler Schatten gegen die schwarze Felswand war, daß Mallory bald ganz aus seinem Gesichtsfeld verschwinden würde, und wenn das passierte, würde er nicht in der Lage sein, Mallory Deckung zu geben. Er berührte Petars Schulter und bedeutete ihm durch den Druck seiner Hand, daß er sich am Fuß der Leiter hinsetzen sollte. Petar starrte ihn aus blicklosen Augen verständnislos an, dann schien er plötzlich zu begreifen, was von ihm erwartet wurde, denn er nickte gehorsam und setzte sich hin. Groves schob die Luger mit dem aufgesteckten Schalldämpfer in seinen Anorak und begann zu klettern.

Eine Meile westlich bombardierten die Lancaster immer noch die Zenica-Schlucht. Eine Bombe nach der anderen erreichte mit überraschender Genauigkeit das winzige Zielgebiet. Bäume wurden entwurzelt, Erde und Steine flogen durch die Luft, überall entstanden Dutzende von kleinen Feuern, die bereits fast alle der deutschen Sperrholzpanzer in Brand gesetzt hatten. Sieben Meilen südlich lauschte Zimmermann immer noch interessiert auf das fortgesetzte Bombardement im Norden.

Er wandte sich an seinen Adjutanten neben sich.

»Sie werden zugeben müssen, daß wir der Royal Air Force gute Noten für Fleiß geben müssen, wenn schon für nichts anderes. Ich hoffe, unsere Truppen sind weit genug von dem Gebiet entfernt?«

»Es gibt keinen deutschen Soldaten im Umkreis von zwei Meilen von der Zenica-Schlucht, Herr General.«

»Ausgezeichnet, ausgezeichnet.« Zimmermann schien seine früheren Weissagungen vergessen zu haben. »Nun, fünfzehn Minuten. Der Mond wird bald durchkommen, also halten wir unsere Infanterie zurück. Der nächste Trupp kann mit den Panzern hinübergehen.«

Reynolds, der sich auf seinem Weg entlang des rechten Ufers der Neretva nach der Lautstärke der Schüsse richtete, blieb plötzlich, als er schon in der Nähe des Schußwechsels war, wie angewurzelt stehen. Die meisten Männer reagieren auf die gleiche Weise, wenn sich der Lauf eines Gewehrs gegen ihren Hals drückt. Sehr vorsichtig, um nicht den anderen zum Schießen zu veranlassen, wandte Reynolds die Augen und seinen Kopf leicht nach rechts und erkannte erleichtert, daß dies einer der Momente war, in denen er keine Angst vor einer Kurzschlußhandlung zu haben brauchte.

»Sie haben Ihre Befehle«, sagte Andrea. »Was machen Sie hier?«
»Ich ... ich dachte, Sie könnten vielleicht Hilfe gebrauchen. Ich kann mich natürlich auch getäuscht haben.«

»Kommen Sie. Es ist Zeit, daß wir zurückgehen und die Brücke überqueren.«

Für alle Fälle schleuderte Andrea schnell hintereinander noch ein paar Granaten flußabwärts und lief dann flußaufwärts, dicht gefolgt von Reynolds.

Der Mond brach durch. Zum zweitenmal in dieser Nacht erstarrte Mallory zu völliger Regungslosigkeit. Seine Zehen hatte er in den länglichen Spalt gekrallt, mit den Händen klammerte er sich an den Kletterhaken, den er dreißig Sekunden vorher in den Felsen getrieben und um den er das Seil geschlungen hatte. Weniger als drei Meter von ihm entfernt verharrte Miller unbeweglich, der mit Hilfe des Seils bereits den ersten Teil des Weges sicher hinter sich gebracht hatte. Beide Männer starrten auf den Damm hinunter.

Sechs Wachen waren zu sehen, zwei am hinteren oder westlichen Ende, zwei in der Mitte und die übrigen zwei fast genau unter

Mallory und Miller. Wie viele sich vielleicht noch in der Wohnhütte aufhielten, das festzustellen, fehlte Mallory und Miller jegliche Möglichkeit. Alles, was sie sicher wußten, war, daß sie sich hier oben auf dem Präsentierteller befanden und daß ihre Lage verzweifelt war.

Auch Groves, der bis zu diesem Augenblick drei Viertel der Eisenleiter hinter sich gebracht hatte, erstarrte mitten in der Bewegung. Von seinem Standort aus konnte er Mallory, Miller und die beiden Wachen deutlich sehen. Mit plötzlicher Überzeugung wußte er, daß es diesmal keine Fluchtmöglichkeit geben würde, daß sie unmöglich wieder so viel Glück haben konnten. Mallory, Miller, Petar oder er selbst – wer würde zuerst entdeckt werden? Alles in allem war es wohl wahrscheinlich, daß er der erste sein würde. Langsam schlang er seinen linken Arm um die Leiter, griff mit der rechten Hand in seinen Anorak, zog seine Luger hervor und legte sie auf seinen linken Unterarm.

Die beiden Wachen am östlichen Ende des Dammes waren erfüllt von Ruhelosigkeit, Besorgnis und Furcht. Wie vorher lehnten sie sich weit über das Geländer und starrten das Tal entlang. »Sie müssen mich sehen«, dachte Groves, »sie *müssen* mich sehen, mein Gott, ich bin fast direkt in ihrer Blickrichtung. Eine Entdeckung ist unvermeidlich.«

Das war sie auch, aber nicht für Groves. Irgendein seltsamer Instinkt ließ eine der Wachen nach links oben schauen, und seine Kinnlade fiel herunter, als er völlig überraschend zwei Männer in Gummianzügen sah, die wie Napfschnecken an der glatten Felswand hingen. Er brauchte einige Sekunden, bis er sich so weit erholt hatte, daß er blind nach hinten tastete und seinen Kameraden am Arm packte. Der Kamerad folgte der Blickrichtung der anderen Wache, und dann fiel auch sein Unterkiefer herunter, was ihm ein komisches Aussehen gab. Dann, im gleichen Augenblick, befreiten sich die beiden Männer aus ihrem Trancezustand, rissen ihre Waffen – eine Schmeisser und eine Pistole – hoch und richteten sie auf die beiden Männer, die hilflos an der Felswand klebten.

Groves legte seine Luger gegen seinen linken Arm und die Seite der Leiter, zielte ohne Hast entlang dem Lauf und zog den Abzug durch. Die Wache mit der Schmeisser ließ die Waffe fallen, schwankte einen Moment und drohte von der Staumauer zu stürzen. Fast drei Sekunden vergingen, bevor die andere Wache, im Moment erschreckt und fassungslos, die Hand ausstreckte, um den Kameraden zu packen, aber es war zu spät, er konnte ihn nicht einmal mehr berühren. Der Tote, dessen Bewegungen sich in

Zeitlupe zu vollziehen schienen, taumelte über das Geländer und stürzte kopfüber in die Schlucht hinunter.

Die Wache mit der Pistole lehnte sich weit über das Geländer und starrte entsetzt hinter seinem Kameraden her. Er begriff zunächst nicht im mindesten, was geschehen war, denn er hatte keinen Schuß gehört. Aber die Erkenntnis kam innerhalb einer Sekunde, als ein Stück Beton einige Zentimeter seines linken Ellenbogens wegriß und eine Kugel als Querschläger in den Nachthimmel davonheulte. Die Augen der Wache weiteten sich erschreckt, aber diesmal hatte der Schreck keinen hemmenden Einfluß auf die Schnelligkeit seiner Reaktion. Eher in blinder Hoffnung als in Erwartung auf Erfolg feuerte er zwei Schüsse ins Blaue ab und fletschte befriedigt die Zähne, als er Groves aufschreien hörte und sah, daß Groves mit seiner rechten Hand, deren Zeigefinger noch immer am Abzugshebel der Luger lag, die zerschmetterte Schulter umklammerte.

Groves war wie betäubt, sein Gesicht schmerzverzerrt, und über seinen Augen lag der Schleier unerträglichen Schmerzes, aber diejenigen, die dafür verantwortlich waren, daß Groves ein Commando-Sergeant wurde, hatten ihn nicht auf gut Glück ausgesucht, und Groves war noch nicht völlig erledigt. Er senkte seine Luger. Irgend etwas stimmte nicht mit seiner Sehschärfe, dachte er, und er hatte den Eindruck, daß die Wache am Geländer sich weit vorbeugte und die Pistole mit beiden Händen hielt, um ganz sicher zu sein, daß der Todesschuß im Ziel sitzen würde, aber er war sich dessen nicht sicher. Zweimal zog Groves den Abzug seiner Luger durch, und dann schloß er die Augen, denn der Schmerz war verschwunden, und er fühlte sich plötzlich sehr müde.

Der Wachtposten am Geländer taumelte, versuchte verzweifelt, sich am Geländer festzuhalten, aber um sich in Sicherheit zu bringen, hätte er sein Gleichgewicht zurückgewinnen müssen, aber dazu war er nicht mehr fähig. Seine Beine gaben nach, und er rutschte kraftlos über das Geländer, was bei einem Mann, dessen Lunge von zwei Kugeln durchschlagen worden war, nicht weiter erstaunlich war. Für einen Moment klammerten sich seine verkrampften Hände noch verzweifelt fest – dann öffneten sich seine Finger.

Groves schien bewußtlos zu sein. Sein Kopf hing auf seine Brust herunter, der linke Ärmel und die linke Seite seiner Uniform waren durchtränkt von dem Blut aus seiner schrecklichen Schulterwunde. Wäre nicht sein rechter Arm zwischen eine Leitersprosse und den Felsen eingeklemmt gewesen, wäre er mit Sicherheit abgestürzt.

Langsam öffneten sich die Finger seiner rechten Hand, und die Luger entglitt ihm.

Petar, der am Fuße der Leiter saß, schrak auf, als die Luger weniger als dreißig Zentimeter von ihm entfernt aufschlug. Instinktiv sah er nach oben, dann stand er auf, vergewisserte sich, daß die unvermeidliche Gitarre fest auf seinen Rücken geschnallt war, tastete nach der Leiter und begann zu klettern.

Mallory starrte hinunter und beobachtete den blinden Sänger, der zu dem verwundeten und bewußtlosen Groves hinaufkletterte. Nach ein paar Sekunden blickte Mallory, wie auf ein telepathisches Signal, zu Miller hinüber, der seinen Blick erwiderte. Millers Gesicht war angestrengt, fast hager. Für einen Moment ließ er mit einer Hand das Seil los und machte eine verzweifelte Handbewegung in Richtung auf den verwundeten Sergeant, Mallory schüttelte den Kopf.

Miller sagte heiser: »Entbehrlich, was?«

»Entbehrlich.«

Wieder schauten beide Männer nach unten. Petar war nun bis auf drei Meter an Groves herangekommen und Groves hatte, was Mallory und Miller nicht sehen konnte, seine Augen geschlossen, und sein linker Arm begann aus der Spalte zwischen der Leitersprosse und dem Felsen zu rutschen. Allmählich rutschte der Arm schneller, bis der Ellenbogen frei war und dann der ganze Arm, und langsam, ganz langsam begann er sich nach außen zu drehen. Aber Petar war schneller. Er stand eine Sprosse unter Groves und streckte seinen Arm aus, um ihn zu umfassen und ihn gegen die Leiter zu drücken. Petar hatte ihn gerade noch erreicht und hielt ihn fest. Aber das war alles, was er im Moment tun konnte.

Der Mond verschwand hinter einer Wolke.

Miller brachte die letzten drei Meter hinter sich, die ihn noch von Mallory trennten. Er sah Mallory an und sagte: »Sie werden alle beide draufgehen, weißt du das?«

»Ich weiß es.« Mallory hörte sich noch müder an, als er aussah. »Komm. Noch neun Meter, und wir sind am richtigen Platz.« Mallory ließ Miller, wo er war, und setzte seinen Weg entlang dem länglichen Felsspalt fort. Er bewegte sich jetzt sehr schnell und nahm Risiken auf sich, die selbst ein geübter Bergsteiger normalerweise nicht in Betracht gezogen hätte, aber er hatte keine Wahl, denn die Zeit wurde knapp. Innerhalb einer Minute hatte er eine Stelle erreicht, von der aus er feststellte, daß er weit genug gegangen war. Er schlug einen Kletterhaken in den Felsen und band das Seil darum, dann gab er Miller ein Zeichen, nachzukommen. Miller machte sich daran, den letzten Teil der Strecke zurückzulegen, und als er auf dem Weg war, nahm Mallory ein zweites Seil von der Schulter, ein achtzehn Meter langes Bergsteigerseil, in das im Abstand von dreißig Zentimetern Knoten geknüpft waren. Ein Ende dieses Seils befestigte er an dem gleichen Haken, der auch das andere hielt, mit dessen Hilfe Miller zu ihm herüberkam. Das andere Ende ließ er an der Klippe herunterhängen. Miller kam wohlbehalten an. Mallory berührte ihn an der Schulter und deutete nach unten. Das dunkle Wasser des Neretva-Stausees lag direkt unter ihnen.

12. KAPITEL

Samstag, 01.35–02.00

Andrea und Reynolds lagen zusammengekauert zwischen den Felsbrocken am Westende der altersschwachen Hängebrücke, die hier über die Schlucht führte. Andrea starrte die Brücke entlang, sein Blick schweifte über die steile Rinne dahinter und blieb schließlich an dem riesigen Felsen hängen, der gefährlich auf der Kante saß, an der der steile Abhang mit der senkrechten Klippe dahinter zusammentraf. Andrea rieb sich sein stoppliges Kinn, nickte nachdenklich und wandte sich an Reynolds.

»Sie gehen zuerst hinüber. Ich gebe Ihnen Deckung. Sie tun dasselbe für mich, wenn Sie auf der anderen Seite angekommen sind. Bleiben Sie nicht stehen. Schauen Sie sich nicht um. Los.«

Reynolds rannte gebückt auf die Brücke zu. Seine Schritte kamen ihm ungewöhnlich laut vor, als er die faulenden Planken der Brücke erreichte. Seine Handflächen glitten leicht über die Halteseile, die an beiden Seiten gespannt waren, er lief weiter, ohne sich umzusehen oder seine Geschwindigkeit zu verringern, wobei er Andreas Anweisung befolgte, nicht einmal einen kurzen Blick nach hinten zu riskieren. Er spürte ein seltsames Kribbeln zwischen seinen Schulterblättern. Zu seiner Überraschung erreichte er das andere Ende der Brücke, ohne daß ein Schuß abgefeuert worden war, und beeilte sich in den Schutz eines großen Felsblocks zu kommen, der ein Stück entfernt lag. Einen Moment lang war er erschrocken, als er Maria entdeckte, die sich hinter dem Felsen versteckt hatte, dann riß er seine Schmeisser von der Schulter.

Am anderen Ufer war nichts von Andrea zu sehen. Einen Augenblick fühlte Reynolds einen Anflug von Zorn, als er auf die

Idee kam, Andrea habe diesen Trick benutzt, um ihn loszuwerden, dann lächelte er in sich hinein, als er ein Stück flußabwärts am anderen Ufer das flache Knallen von zwei Explosionen hörte. Reynolds erinnerte sich, daß Andrea noch zwei Granaten übrig gehabt hatte, und Andrea war nicht der Mann, der solche Dinge unbenutzt rosten ließ. Außerdem, dachte Reynolds, würde diese Maßnahme Andrea wertvolle zusätzliche Sekunden garantieren, um gut wegzukommen. Und so war es, denn in diesem Augenblick erschien Andrea am anderen Ufer und brachte die Brücke wie Reynolds ohne Zwischenfall hinter sich. Reynolds rief leise, und Andrea gesellte sich zu ihnen.

Reynolds fragte leise: »Was nun?«

»Das Wichtigste zuerst.« Aus einer wasserdichten Schachtel brachte Andrea eine Zigarre zum Vorschein, strich das Streichholz im Schutz seiner riesigen Hände an und machte unendlich befriedigt ein paar tiefe Züge. Als er die Zigarre aus dem Mund nahm, beobachtete Reynolds, daß er sie mit dem brennenden Ende nach unten in seiner gewölbten Hand hielt. »Was nun? Ich werde Ihnen sagen, was nun. Sie werden über die Brücke kommen, um uns Gesellschaft zu leisten. Und sie werden bald kommen, sehr bald. Sie haben die verrücktesten Sachen gemacht und kein Risiko gescheut, um mich zu kriegen, und sie haben dafür bezahlt – was beweist, daß sie ziemlich verzweifelt sind. Verrückte versäumen keine Zeit. Sie und Maria verziehen sich fünfzehn oder achtzehn Meter näher zum Damm hinüber und verbergen sich dort – und richten Sie Ihre Gewehre auf das andere Ende der Brücke.«

»Sie bleiben hier?« fragte Reynolds.

Andrea stieß eine stinkende Wolke aus. »Für einen Augenblick, ja.«

»Dann bleibe ich auch.«

»Wenn Sie unbedingt umgebracht werden wollen, soll es mir recht sein«, sagte Andrea milde. »Aber diese wunderschöne junge Dame wird bestimmt nicht mehr so wunderschön sein, wenn Ihr der Kopf abgerissen wird.«

Reynolds war betroffen über diese ungeschminkten Worte. Wütend sagte er: »Was zum Teufel meinen Sie damit?«

»Das.« Andreas Stimme war jetzt keineswegs mehr milde. »Dieser Felsen gibt Ihnen ausgezeichneten Schutz, von der Brücke aus gesehen. Aber Droshny und seine Männer können noch zehn oder zwölf Meter auf ihrer Seite hinaufgehen. Was für eine Deckung haben Sie dann?«

»Darauf wäre ich nie gekommen«, sagte Reynolds.

»Es wird ein Tag kommen, an dem Sie das einmal zu oft sagen«, sagte Andrea ironisch, »und dann wird es zu spät sein, noch jemals an irgend etwas zu denken.«

Eine Minute später waren sie auf ihren Plätzen, Reynolds war hinter einem riesigen Felsblock versteckt, der ihm ausgezeichnete Deckung vor dem Einblick vom anderen Ende der Brücke bot, und ebenso vom anderen Ufer bis hinauf zu der Stelle, an der es auslief. Nur auf der Seite, auf der der Damm lag, gewährte ihm der Felsen keinen Schutz. Reynolds schaute nach links, wo sich Maria noch weiter hinter Felsen verkroch. Sie lächelte ihn an, und Reynolds wußte, daß er nie ein tapfereres Mädchen gesehen hatte, denn die Hände, die die Schmeisser hielten, zitterten. Er beugte sich ein wenig vor und spähte flußabwärts, aber am westlichen Rand der Brücke schien sich nichts zu rühren. Die einzige Bewegung, die überhaupt zu sehen war, kam von Andrea, der oben in der Rinne in der Nähe der Brücke, völlig abgeschirmt gegen jeden Einblick, eifrig dabei war, den Untergrund von Geröll und Erde um den Fuß des Felsbrockens zu lockern.

Der Anschein trog, wie es meistens der Fall ist. Reynolds war zu dem Schluß gekommen, daß sich am anderen Ende der Brücke niemand aufhielt, aber dort hielt sich sogar eine ganze Menge Leute auf, wenn sie sich auch ruhig verhielten. Etwa sechs Meter von der Brücke entfernt lag Droshny, ein Sergeant der Cetniks und etwa ein Dutzend deutscher Soldaten im Schutz der Felsen.

Droshny hatte ein Fernglas an den Augen. Er suchte das Gebiet am anderen Ende der Hängebrücke ab, richtete sein Fernglas nach links oben hinter den Felsbrocken, hinter dem Reynolds und Maria lagen, bis er den Damm vor der Linse hatte. Er hob das Glas, folgte dem undeutlich sichtbaren Zickzack der Eisenleiter, prüfte sie, stellte die Schärfe so fein wie möglich ein und starrte dann wieder durch das Glas. Es gab keinen Zweifel: Da klammerten sich kurz unterhalb des Geländers zwei Männer an die Leiter.

»Großer Gott!« Droshny senkte sein Fernglas. Auf seinen hageren scharfen Zügen lag Entsetzen. Er wandte sich an den Cetnik-Feldwebel, der neben ihm lag: »Wissen Sie, was die vorhaben?«

»Der Damm!« Der Gedanke war dem Feldwebel bis zu diesem Augenblick nicht gekommen, aber Droshnys fassungsloses Gesicht ließ ihn sofort begreifen. »Sie werden den Damm in die Luft sprengen!« Keinem der beiden Männer kam es in den Sinn, sich zu fragen, *wie* Mallory den Damm in die Luft sprengen wollte: Ebenso wie andere Männer vor ihnen, begannen Droshny und der Feldwebel zu begreifen, daß Mallory und seine Handlungsweisen von einer Zielstrebigkeit waren, die aus entfernten Möglichkeiten Wahrscheinlichkeiten machten.

»General Zimmermann!« Droshnys ohnehin schon rauhe Stimme klang jetzt ausgesprochen heiser. »Er muß gewarnt werden! Wenn der Damm hochgeht, wenn seine Panzer und Truppen die Brücke...«

»Ihn warnen? Ihn warnen? Wie um Gottes willen sollen wir ihn warnen?«

»Auf dem Damm gibt es ein Funkgerät.«

Der Feldwebel starrte ihn an. Er sagte: »Genausogut könnte es auf dem Mond sein. Es wird eine Nachhut dort sein, sie *müssen* eine Nachhut dort gelassen haben. Einige von uns werden getötet werden, wenn sie die Brücke überqueren, Captain.«

»Glauben Sie?« Droshny starrte düster zum Damm hinauf. »Und was glauben Sie, wird mit uns *allen* passieren, wenn *das* da klappt?«

Langsam, lautlos und nur für ein geübtes Auge zu sehen, schwammen Mallory und Miller durch das dunkle Wasser des Neretva-Stausees nordwärts, weg vom Damm. Plötzlich stieß Miller, der ein Stückchen vorausschwamm, einen leisen Ruf aus und verharrte auf der Stelle.

»Was ist los?« fragte Mallory.

»Das ist los.« Mit einiger Anstrengung hob Miller etwas hoch, das ein schweres Drahtseil zu sein schien. »Niemand hat es für nötig gehalten, diese Kleinigkeit zu erwähnen.«

»Niemand«, stimmte Mallory zu. Er tastete unter der Wasseroberfläche herum. »Und darunter ist ein Stahlnetz.«

»Ein Auffangnetz für Torpedos?«

»Genau.«

»Warum?« Miller deutete nach Norden, wo der Damm in einer Entfernung von weniger als zweihundert Metern in einer scharfen Rechtsbiegung zwischen den steilen Klippen verlief. »Es ist unmöglich, für jeden Torpedo-Bomber – für jeden Bomber – ein Torpedo auf den Damm loszulassen.«

»Jemand hätte das den Deutschen sagen sollen. Sie riskieren nichts – und uns erschwert es die ganze Sache außerordentlich.« Er warf einen Blick auf seine Uhr. »Wir sollten uns lieber beeilen. Wir sind spät dran.«

Sie schoben sich über das Drahtseil und begannen wieder zu schwimmen, diesmal bedeutend schneller. Einige Minuten später, nachdem sie gerade die Ecke des Dammes umrundet und den Damm aus dem Blickfeld verloren hatten, berührte Mallory Millers

Schulter. Beide Männer traten Wasser, drehten sich um und schauten in die Richtung zurück, aus der sie gekommen waren. Im Süden, nicht mehr als zwei Meilen entfernt, wurde der Nachthimmel plötzlich von vielfarbigen Lichtern erhellt, als Dutzende von Leuchtfallschirmen, rot, grün, weiß und orange, langsam auf die Neretva herunterschwebten.

»Sehr hübsch, wirklich«, gab Miller zu. »Und wem soll das helfen?«

»*Uns* soll es helfen. Aus zwei Gründen. Erstens wird jeder, der das betrachtet – und jeder *wird* es betrachten –, mindestens zehn Minuten brauchen, um seine Augen wieder auf die Dunkelheit einzustellen, was bedeutet, daß alle merkwürdigen Vorgänge in diesem Teil des Stausees nur mit geringer Wahrscheinlichkeit beobachtet werden: Und wenn alle damit beschäftigt sind, in jene Richtung zu sehen, können sie nicht gleichzeitig in diese Richtung sehen.«

»Sehr logisch«, lobte Miller. »Unser Freund, Captain Jensen, läßt nicht viel aus, was?«

»Es geht das Gerücht, daß er immer an alles denkt.« Mallory drehte sich wieder um und schaute nach Osten. Er hatte den Kopf gehoben, um besser hören zu können. Er sagte: »Du mußt es ihnen überlassen. Der Tod kommt ins Ziel, und er kommt pünktlich. Ich höre ihn kommen.«

Die Lancaster kam, nicht mehr als hundertfünfzig Meter über dem Damm, von Osten herein. Ihre Motoren waren fast auf Sackflug gedrosselt. Sie war immer noch zweihundert Meter von der Stelle entfernt, an der Mallory und Miller wassertraten, als unter ihr plötzlich riesige silberne Fallschirme aufblühten. Fast im gleichen Moment beschleunigte die Maschine und stieg steil hoch und drehte, um einen Zusammenstoß mit den Bergen auf der anderen Seite des Dammes zu vermeiden.

Miller starrte auf die langsam sinkenden Fallschirme, drehte sich um und schaute zu den Leuchtfallschirmen im Süden hinüber. »Am Himmel«, verkündete er, »ist ganz schöner Betrieb heute nacht.«

Er und Mallory schwammen auf die Fallschirme zu.

Petar war der völligen Erschöpfung nahe. Seit endlosen Minuten hielt er nun schon Groves' leblosen Körper fest und preßte ihn gegen die Eisenleiter, und seine schmerzenden Arme begannen vor Anstrengung zu zittern. Er hatte die Zähne zusammengebissen, sein Gesicht, über das Schweißbäche rannen, war verzerrt. Lange konnte er nicht mehr durchhalten, dachte Petar.

Erst durch das Licht, das von den Leuchtfallschirmen herkam, sah Reynolds, der immer noch mit Maria hinter dem großen Felsblock kauerte, die üble Lage von Petar und Groves. Er drehte sich um und schaute Maria an. Ein Blick in ihr entsetztes Gesicht sagte ihm, daß sie es auch gesehen hatte.

Reynolds sagte heiser: »Bleiben Sie hier. Ich muß ihnen helfen.«

»Nein.« Sie packte seinen Arm und bot alle ihre Willenskraft auf, um sich unter Kontrolle zu behalten: In ihren Augen stand, wie in dem Augenblick, als Reynolds sie zum erstenmal gesehen hatte, der Ausdruck eines gehetzten Tieres.

»Bitte, Sergeant, tun Sie es nicht. Sie müssen hierbleiben.«

Reynolds sagte verzweifelt: »Ihr Bruder...«

»Es gibt wichtigere Dinge...«

»Für Sie nicht.« Reynolds wollte aufstehen, aber sie hängte sich mit überraschender Kraft an seinen Arm, so daß er sich nicht frei machen konnte, ohne ihr weh zu tun. Beinahe sanft sagte er: »Komm, Mädchen, laß mich los.«

»Nein! Wenn Droshny und seine Männer herüberkommen...« Sie brach ab, als der Leuchtfallschirm erlosch und die Schlucht in – wie es durch den Gegensatz schien – totaler Finsternis versank. Maria fuhr schlicht fort: »Jetzt *müssen* Sie hierbleiben, nicht wahr?«

»Jetzt muß ich dableiben.«

Reynolds löste sich aus dem Schutz des Felsens und hob sein Nachtfernglas an die Augen. Auf der Hängebrücke und, soweit er das beurteilen konnte, auch am anderen Ufer schien nach wie vor niemand zu sein. Er ging ein Stück die Rinne hinauf und konnte die Umrisse von Andrea erkennen, der mit seinen Unterhöhlungen fertig war und sich hinter dem großen Felsen ausruhte. Mit einem ebenso unbestimmten wie tiefen Gefühl der Beunruhigung stellte Reynolds sein Glas wieder auf die Brücke ein. Plötzlich erstarrte er. Er senkte das Fernglas, wischte die Linsen sorgfältig ab, rieb sich die Augen und hob wieder das Glas.

Seine Augen, die durch die Leuchtfallschirme zeitweise geblendet worden waren, hatten sich jetzt beinahe wieder an die Dunkelheit gewöhnt, und es gab keinen Zweifel, daß das, was er sah, nicht seiner Phantasie entsprang: Sieben oder acht Männer, Droshny vornweg, schoben sich, flach auf dem Bauch liegend, Zentimeter für Zentimeter über die Holzplanke der Hängebrücke.

Reynolds senkte sein Fernglas, richtete sich auf, machte eine Granate scharf und warf sie, so weit er konnte, in Richtung der Brücke. Sie explodierte im gleichen Moment, in dem sie aufschlug, mindestens vierzig Meter vor der Brücke. Daß sie nichts zur Folge hatte als einen flachen Knall und das harmlose Splittern von Schiefer, war nicht wichtig, denn sie hatte die Brücke gar nicht erreichen sollen. Sie sollte ein Signal für Andrea sein, und Andrea verlor keine Zeit.

Er stemmte sich mit beiden Fußsohlen gegen den Felsen, preßte seinen Rücken gegen die Klippe und schob. Der Felsbrocken bewegte sich um einen Bruchteil eines Zentimeters. Andrea ruhte sich einen Moment aus und ließ den Felsblock zurückrollen und wiederholte dann den Vorgang. Diesmal war die Vorwärtsbewegung des Felsens bereits durchaus wahrnehmbar. Wieder hielt Andrea inne, dann schob er zum drittenmal. Unten auf der Brücke waren Droshny und seine Männer, die sich über die Bedeutung der explodierten Granate nicht schlüssig waren, zu Unbeweglichkeit erstarrt. Nur ihre Augen bewegten sich, sie schweiften verzweifelt von einer Seite zur anderen, um den Ursprung der Gefahr festzustellen, die so deutlich in der Luft lag, daß sie fast greifbar war.

Der Felsblock schwankte jetzt erheblich. Mit jedem weiteren Stoß, den Andrea ihm versetzte, rollte er einen weiteren Zentimeter vor und einen weiteren Zentimeter zurück. Andrea war immer weiter und weiter heruntergerutscht und lag jetzt fast flach auf dem Rücken. Er schnappte nach Luft, und der Schweiß rann ihm in Strömen über das Gesicht. Der Felsblock rollte zurück, und es schien, als würde er auf ihn rollen und ihn zerquetschen. Andrea holte tief Luft und versteifte Rücken und Beine zu einem letzten gigantischen Schub. Einen Moment lang schwankte der Felsen hin und her, dann kippte er über und stürzte hinunter.

Droshny konnte ganz sicher nichts gehört und in der dichten Dunkelheit auch nichts gesehen haben. Es konnte nur ein instinktives Erahnen des bevorstehenden Todes gewesen sein, das ihn in der plötzlichen Überzeugung, daß von dort die Gefahr drohte, nach oben schauen ließ. Der riesige Felsblock, der nur langsam rollte, als Droshnys entsetzte Augen ihn sahen, begann in diesem Moment immer schnellere Sprünge zu machen und sauste schließlich den Abhang herunter genau auf sie zu, wobei er eine kleine Steinlawine hinter sich herzog. Droshny schrie eine Warnung. Er und seine Männer sprangen verzweifelt auf, eine instinktive Reaktion, die nicht mehr als eine nutzlose Geste angesichts des auf sie zukommenden Todes war, denn für die meisten von ihnen war es schon zu spät, und sie konnten nirgends hin flüchten.

Mit einem letzten großen Sprung krachte der herabsausende Felsblock direkt in die Mitte der Brücke, zerschlug die schwache Konstruktion und riß sie auseinander. Zwei Männer, die direkt in der Linie des Felsbrockens gestanden hatten, waren sofort tot. Fünf andere wurden in den reißenden Fluß geschleudert und von der Strömung davongerissen. Auch sie kamen nicht mit dem Leben davon. Die beiden Hälften der Brücke, die immer noch durch die Halteseile an beiden Ufern gesichert waren, hingen in das brodelnde Wasser hinunter. Die untersten Teile schlugen wild gegen das felsige Ufer.

Es mußte mindestens ein Dutzend Fallschirme an den drei dunklen zylindrischen Gegenständen befestigt gewesen sein, die jetzt mehr als zur Hälfte unter der Wasseroberfläche in dem ebenfalls dunklen Wasser des Neretva-Stausees trieben. Mallory und Miller schnitten die Fallschirme mit ihren Messern ab und banden die drei Zylinder aneinander, wozu sie kurze Drahtschnüre benutzten, die genau für diesen Zweck vorgesehen waren. Mallory untersuchte den vordersten Zylinder und schob behutsam einen Hebel zurück, der auf der Oberseite angebracht war. Ein gedämpftes Brummen ertönte, als Druckluft das Wasser hinter dem vordersten Zylinder aufwühlte und ihn vorwärtstrieb, wobei er die beiden anderen Zylinder hinter sich herzog. Mallory legte den Hebel wieder um und nickte zu den beiden anderen Zylindern hin.

»Diese Hebel auf der rechten Seite kontrollieren die Flutklappen. Öffne den da, bis das Ding nicht sinkt. Ich mache das gleiche mit diesem hier.« Miller drehte vorsichtig an einer Absperrvorrichtung und nickte zu dem ersten Zylinder hin.

»Wozu ist der?«

»Hast *du* vielleicht Lust, anderthalb Tonnen Amatol-Sprengstoff zum Damm 'rüberzuziehen? Irgendeine Antriebseinheit. Sieht für mich wie der abgesägte Abschnitt einer Einundzwanzig-Inch-Torpedo-Röhre aus. Druckluft, die mit einem Druck von vielleicht tausend Pfund auf ein Quadratinch durch das Untersetzungsgetriebe läuft. Sollte genau das richtige für diese Aufgabe sein.«

»Solange Miller es nicht zu tun braucht.« Miller schloß die Absperrvorrichtung. »Ungefähr so?«

»Ungefähr so.« Alle drei Zylinder schwammen jetzt knapp unter der Wasseroberfläche. Wieder legte Mallory den Drucklufthebel am vordersten Zylinder zurück. Es gab ein dumpfes Gurgeln, ein plötzliches Flirren von kleinen Wasserbläschen am hinteren Ende, und dann waren alle drei Zylinder auf dem Weg und schwammen auf die scharfe Biegung zu, während beide Männer an dem vordersten Zylinder hingen und ihn lenkten.

Als die Hängebrücke unter dem Felsbrocken zusammengebrochen war, wurden sieben Männer getötet, aber zwei lebten noch.

Droshny und sein Sergeant wurden von dem reißenden Wasser übel herumgestoßen, aber sie klammerten sich verzweifelt an das abgerissene Ende der Brücke. Zuerst konnten sie nichts anderes tun als sich festhalten, aber allmählich und nach einem erschöpfenden Kampf gelang es ihnen, sich aus der Reichweite der Wasserwirbel hochzuarbeiten, und dann hingen sie dort, Arme und Beine um die zerfetzten Überreste der Brücke geschlungen, und schnappten mühsam nach Luft. Droshny gab einigen für ihn nicht sichtbaren Männern auf der anderen Seite der Stromschnellen ein Zeichen und deutete dann nach oben, von wo der Felsbrocken gekommen war.

Zwischen den Felsen am anderen Ufer zusammengekauert, sahen drei Cetniks – die glücklichen drei, die noch nicht auf der Brücke gewesen waren, als der Felsblock heruntergedonnerte – das Zeichen und verstanden. Etwa 21 Meter über der Stelle, an der sich Droshny – auf dieser Seite völlig von dem hohen Ufer gedeckt – immer noch verzweifelt an das klammerte, was von der Brücke übrig war, hatte Andrea, nun völlig ungedeckt, mit dem gefährlichen Abstieg von seinem vorherigen Versteck begonnen. Am anderen Ufer zielte einer der drei Cetniks und drückte ab. Zum Glück für Andrea ist das Bergauffeuern im Halbdunkel selbst für den besten Schützen eine kitzlige Sache. Zentimeter von Andreas linker Schulter entfernt schlugen die Kugeln in den Felsen. Wie durch ein Wunder ließen ihn die heulenden Querschläger unverletzt. Andrea wußte, daß die Männer das nächstemal besser zielen würden. Er warf sich zur Seite, verlor das Gleichgewicht und das bißchen Halt, das er gehabt hatte, und rutschte und taumelte hilflos die Geröllhalde hinunter. Auf seinem Weg den Abhang hinunter schlugen viele Kugeln dicht neben ihm ein, denn die Cetniks, die jetzt überzeugt davon waren, daß Andrea der einzige war, gegen den sie noch kämpfen mußten, waren aufgestanden, direkt an den Fluß herangetreten und konzentrierten ihr Feuer auf Andrea. Zum Glück für Andrea dauerte diese Konzentration nur einige Sekunden. Reynolds und Maria kamen aus dem Schutz des Felsblocks hervor und rannten das Ufer entlang. Immer wieder blieben sie für Augenblicke stehen, um auf die Cetniks am anderen Ufer zu feuern, die sofort Andrea vergaßen, weil sie sich gezwungen sahen, einer neuen und unerwarteten Bedrohung zu begegnen. In diesem Moment prallte Andrea, der in der Mitte einer kleinen Steinlawine immer noch wild, aber hoffnungslos darum kämpfte, seinen Fall zu bremsen, hart auf dem Ufer auf, schlug mit dem Kopf gegen einen großen Stein und brach zusammen. Kopf und Schultern hingen über dem reißenden Strom, der unter ihm vorbeiwirbelte.

Reynolds warf sich flach auf das Schiefergestein am Flußufer, zwang sich, die Kugeln zu ignorieren, die rechts und links von ihm einschlugen und über ihn hinwegpfiffen, und zielte langsam und sorgfältig. Er feuerte, bis das Magazin seiner Schmeisser leer war. Die drei Cetniks brachen tot zusammen. Reynolds stand auf. Erstaunt bemerkte er, daß seine Hände zitterten. Er blickte zu Andrea hinüber, der bewußtlos und gefährlich nahe am Uferrand lag, machte ein paar Schritte in seine Richtung, schaute prüfend umher und drehte sich um, als er ein Stöhnen hinter sich hörte. Reynolds rannte los.

Halb sitzend, halb liegend kauerte Maria am steinigen Ufer. Mit beiden Händen umklammerte sie ihr Bein direkt über dem rechten Knie. Blut sickerte zwischen ihren Fingern hindurch. Ihr Gesicht, das immer sehr blaß war, hatte jetzt eine aschgraue Tönung und war schmerzverzerrt. Reynolds fluchte bitter, aber lautlos, holte sein Messer hervor und begann, den Stoff um die Wunde herum abzuschneiden. Sanft zog er den Stoff weg, der die Wunde bedeckte, und lächelte dem Mädchen ermutigend zu. Sie hatte ihre Unterlippe zwischen die Zähne gezogen und blickte ihn unverwandt aus tränenverschleierten Augen an.

Es war eine scheußliche Fleischwunde, aber Reynolds sah sofort, daß sie nicht gefährlich war. Er griff nach seinem Verbandskasten, lächelte ihr ermutigend zu und vergaß im gleichen Augenblick, was er eigentlich hatte tun wollen: Marias Augen waren vor Entsetzen geweitet, sie schaute zu Andrea hinüber.

Reynolds fuhr herum. Droshny hatte sich gerade über den Uferrand heraufgezogen, war aufgestanden und ging jetzt zielbewußt auf Andrea zu. Reynolds nahm an, daß Droshny den bewußtlosen Mann in die Schlucht stürzen wollte. Reynolds nahm seine Schmeisser und zog den Abzug durch. Die einzige Folge war ein Klicken – er hatte vergessen, daß er das Magazin leergeschossen hatte. Der Panik nahe, blickte er sich nach Marias Gewehr um, konnte es nirgends entdecken, konnte aber auch nicht länger warten. Droshny war nur noch ein paar Schritte von Andrea entfernt. Reynolds packte sein Messer und rannte das Ufer entlang. Droshny sah ihn kommen, und er sah auch, daß Reynolds nur mit einem Messer bewaffnet war. Er lächelte böse, nahm eines seiner tückischen, gebogenen Messer aus seinem Gürtel und wartete.

Die beiden Männer gingen langsam aufeinander zu und umkreisten einander vorsichtig. Reynolds hatte noch nie in seinem Leben in der Wut ein Messer gehandhabt, und deshalb machte er sich keine Illusionen über seine Chancen. Hatte Neufeld nicht gesagt, daß Droshny der beste Messerkämpfer im ganzen Balkan sei? Jedenfalls sah er zweifellos so aus, dachte Reynolds. Sein Mund war völlig ausgetrocknet.

Dreißig Meter entfernt kroch Maria, schwindlig und schwach vor Schmerzen, ihr verwundetes Bein hinter sich herziehend, zu der Stelle, an der sie ihrer Ansicht nach ihr Gewehr hatte fallen lassen, als sie getroffen worden war.

Nach einer Ewigkeit – wenigstens kam es ihr so vor – fand sie es halb verborgen zwischen den Felsen. Halb ohnmächtig vor Schmerzen zwang sie sich, sich aufzusetzen, und hob das Gewehr an die Schulter. Dann senkte sie es wieder.

Sie erkannte, daß es in der augenblicklichen Situation unmöglich für sie war, Droshny zu treffen, ohne fast ebenso sicher Reynolds zu treffen. Sie hätte sogar Reynolds töten und Droshny überhaupt nicht treffen können. Denn beide Männer standen ganz dicht voreinander, und die linke Hand des einen umklammerte die Rechte des anderen, die das Messer hielt.

Die Augen, in denen noch vor einem Moment Schmerz und Schrecken und Furcht gestanden hatten, drückten jetzt nur noch eins aus – Verzweiflung.

Wie Reynolds kannte auch Maria Droshnys Ruf – aber im Gegensatz zu Reynolds hatte Maria Droshny mit diesem Meser töten sehen und wußte nur zu gut, wie tödlich die Kombination dieses Mannes und dieses Messers war. Ein Wolf und ein Lamm, dachte sie, ein Wolf und ein Lamm. Wenn er Reynolds umgebracht hat – ihre Gedanken wirbelten durcheinander –, werde ich ihn umbringen. Aber erst würde Reynolds sterben, das konnte sie nicht verhindern. Und dann verschwand die Verzweiflung aus ihren Augen und machte einer verzweifelten Hoffnung Platz, denn sie wußte mit instinktiver Sicherheit, daß man, wenn man Andrea an seiner Seite hatte, die Hoffnung nie aufgeben mußte.

Nicht daß Andrea bis jetzt an irgend jemandes Seite war. Er hatte sich mühsam auf Hände und Knie hochgerappelt und starrte verständnislos auf das weiße wirbelnde Wasser hinunter und schüttelte seinen Löwenkopf hin und her, um die Schleier vor seinen Augen zu verscheuchen. Und dann erhob er sich, immer noch den Kopf schüttelnd, und als er aufrecht dastand, schüttelte er nicht mehr den Kopf. Trotz ihrer Schmerzen lächelte Maria.

Langsam und unerbittlich drehte der riesige Cetnik Reynolds' Hand, die das Messer hielt, von sich weg und brachte gleichzeitig die scharfe Spitze seines eigenen Messers näher an Reynolds' Kehle. Reynolds' schweißnasses Gesicht spiegelte seine Verzweiflung und sein Erkennen der bevorstehenden Niederlage und des drohenden Todes wider. Er schrie vor Schmerz auf, als Droshny sein Handgelenk so weit umdrehte, daß es fast brach, und ihn damit zwang, die Hand zu öffnen und das Messer fallen zu lassen. Im gleichen Moment versetzte Droshny ihm einen tückischen Stoß mit dem Knie und befreite seine linke Hand, um Reynolds einen heftigen Stoß zu versetzen, der ihn mit dem Rücken auf die Steine krachen ließ. Er wand sich vor Schmerzen und schnappte krampfhaft nach Luft.

Droshny lächelte befriedigt sein Wolfslächeln. Obwohl er genau wußte, daß größtmögliche Eile geboten war, nahm er sich die Zeit, die Hinrichtung mit der entsprechenden Muße und mit Genuß zu vollziehen, jeden Moment voll auszukosten.

Um das Messer werfen zu können, wechselte er fast widerwillig den Griff und hob es langsam hoch. Das Grinsen war jetzt breiter denn je, ein Grinsen, das von seinem Gesicht wie weggewischt war, als er spürte, daß ihm ein Messer aus seinem eigenen Gürtel gezogen wurde. Er wirbelte herum. Andreas Gesicht war ausdruckslos, wie aus Stein gemeißelt.

Droshny lächelte wieder. »Die Götter haben es gut mit mir gemeint.« Seine Stimme war leise, fast ehrerbietig, wie ein liebkosendes Flüstern.

»Davon habe ich geträumt. Es ist besser, wenn Sie auf diese Weise sterben. Mein Freund, Sie...«

Droshny, der hoffte, Andrea unvorbereitet zu erwischen, brach mitten im Satz ab und sprang wie eine Katze vorwärts. Wieder verschwand das Lächeln augenblicklich, als er in fast komischer Fassungslosigkeit auf sein Handgelenk herunterschaute, das Andreas linke Hand umklammert hielt.

Innerhalb weniger Sekunden war das Bild wieder das gleiche wie beim Beginn des vorhergehenden Kampfes: Das Gelenk der Hand des Gegners umklammert. Beide Männer verharrten regungslos. Andreas Gesicht war ausdruckslos, Droshny hatte seine weiß schimmernden Zähne gefletscht, aber diesmal lächelte er nicht. Er knurrte bösartig, und in diesem Knurren lagen Haß und rasende Wut und Verblüffung – denn diesmal mußte Droshny fassungslos feststellen, daß er seinen Gegner nicht im geringsten beeindrucken konnte. Diesmal war *er* der Schwächere.

Maria, die für den Moment den Schmerz in ihrem Bein fast vergaß, und Reynolds, der sich langsam wieder erholte, starrte fasziniert auf Andreas linke Hand, als diese ganz langsam Millimeter für Millimeter Droshnys rechtes Handgelenk so weit herumdrehte, daß das Messerblatt allmählich von ihm wegzeigte und die Hand des Cetniks sich zuerst fast unmerklich öffnete. Droshny, dessen Gesicht dunkel wurde und dessen Adern auf der Stirn und am Nacken hervortraten, legte seine ganze Kraft in seine rechte Hand. Andrea, der sehr richtig spürte, daß sich Droshnys ganze Kraft und sein ganzer Wille darauf konzentrierten, sich aus dem zermalmenden Griff zu befreien, riß seine rechte Hand weg, holte mit dem Messer aus und stieß von unten nach oben mit ungeheurer Kraft zu. Das Messer drang bis zum Heft unter dem Brustbein ein. Ein oder zwei Sekunden lang stand der Riese regungslos. Seine Lippen waren weit zurückgezogen, die Zähne immer noch gefletscht, das ganze Gesicht erstarrt zu einer ausdruckslosen lächelnden Grimasse. Dann, als Andrea zurücktrat, stürzte Droshny, das Messer immer noch in der Brust, wie in Zeitlupe über den Rand der Schlucht. Der Cetnik-Sergeant, der sich immer noch an die zertrümmerten Überreste der Brücke klammerte, starrte fassungslos auf Droshny, als dieser kopfüber, den Messergriff gut sichtbar in der Brust, in die brodelnden Stromschnellen stürzte und fortgerissen wurde.

Reynolds erhob sich mühsam und schwankend und lächelte Andrea an. Er sagte: »Anscheinend habe ich Sie immer noch unterschätzt. Danke, Colonel Stavros.«

Andrea zuckte die Achseln. »Ich habe mich nur revanchiert, mein Junge. Vielleicht habe ich Ihnen unrecht getan.« Er warf einen Blick auf seine Uhr. »Zwei Uhr! *Zwei* Uhr! Wo sind die anderen?«

»Mein Gott, das hatte ich fast vergessen. Maria ist verletzt. Groves und Petar sind auf der Leiter. Ich bin nicht sicher, aber ich glaube, Groves ist ziemlich übel dran.«

»Sie brauchen sicher Hilfe. Versuchen Sie, sie herzuholen. Ich kümmere mich um das Mädchen.«

Am Südende der Neretva-Brücke stand General Zimmermann in seinem Kommandowagen und beobachtete den Sekundenzeiger seiner Uhr, bis er auf der Zwölf angekommen war.

»Zwei Uhr«, sagte Zimmermann im Konversationston. Er ließ seine rechte Hand wie ein Beil herabsausen. Ein Pfiff schrillte, und augenblicklich röhrten Panzermotoren auf, und feste Schritte dröhnten, als die vorderste Linie von Zimmermanns erster bewaffneter Division die Brücke über die Neretva zu überqueren begann.

13. KAPITEL

Samstag, 02.00–02.15

»Maurer und Schmidt! Maurer und Schmidt!« Der diensthabende Hauptmann der Dammwache kam aus der Wachhütte gerannt, blickte sich fassungslos um und packte seinen Feldwebel am Arm. »Wo um Himmels willen sind Maurer und Schmidt? Hat keiner sie gesehen? Holen Sie den Suchscheinwerfer.«

Petar, der den bewußtlosen Groves immer noch gegen die Leiter gepreßt hielt, hörte zwar, daß etwas gerufen wurde, aber verstand es nicht. Petar, der beide Arme um Groves gelegt hatte, hatte seine Unterarme in einem fast unmöglichen Winkel zwischen die Seitenstangen der Leiter und die Felswand dahinter geklemmt. In dieser Stellung konnte er, solange seine Handgelenke und Unterarme nicht brachen, Groves ziemlich lange halten. Aber Petars schweißbedecktes, gequältes Gesicht lieferte den deutlichen Beweis für die fast unerträgliche Tortur, die er durchmachte.

Auch Mallory und Miller hörten die eindringlich gerufenen Befehle, aber wie Petar, war es auch ihnen unmöglich, die Worte zu verstehen. Es würde etwas sein, dachte Mallory vage, das vielleicht nichts Gutes für sie bedeutete, aber dann verscheuchte er den Gedanken. Es gab andere und dringendere Dinge, denen er seine Aufmerksamkeit widmen mußte. Sie hatten die Grenze des Torpedonetzes erreicht, und er hatte das Stützkabel in einer Hand und ein Messer in der anderen, als Miller einen unterdrückten Schrei ausstieß und ihn am Arm packte.

»Um Himmels willen, nicht!« Die Eindringlichkeit von Millers Stimme ließ Mallory erstaunt zu ihm hinüberschauen. »Mein Gott, wofür habe ich bloß meinen Kopf! Das ist kein Draht.«

»Das ist kein...«

»Es ist ein isoliertes Starkstromkabel. Siehst du das nicht?«

Mallory sah es sich genau an. »Du hast recht.«

»Ich wette, da sind mindestens zweitausend Volt drin.« Millers Stimme klang immer noch erschüttert. »Die Spannung, die sie für den Elektrischen Stuhl haben. Wir wären bei lebendigem Leibe geröstet worden. Und es hätte eine Alarmglocke ausgelöst.«

»Drüber mit ihnen«, sagte Mallory.

Strampelnd und stoßend, schiebend und ziehend, denn es waren nur dreißig Zentimeter Wasser zwischen dem Kabel und der Wasseroberfläche, schafften sie es, den Druckluftzylinder hinüberzuheben, und es war ihnen gerade geglückt, die Nase des ersten der Amatol-Zylinder zum Kabel hochzuhieven, als weniger als hundert Meter entfernt oben auf dem Damm ein Suchscheinwerfer mit zwölf Zentimeter Durchmesser aufflammte. Einen Moment lang blieb der Strahl horizontal, dann wurde er mit einem Ruck gesenkt und begann, nahe am Damm entlang über das Wasser zu gleiten.

»Das ist genau das, was wir noch brauchen«, sagte Mallory verbittert. Er stieß die Spitze des Amatol-Blocks von dem Kabel zurück, aber die Drahtschnur, die ihn mit dem Druckluftzylinder verband, hielt ihn in einer Position, in der er zwanzig Zentimeter aus dem Wasser ragte. »Laß ihn. Tauche. Hänge dich ans Netz.«

Als der Feldwebel oben auf dem Damm seine Suche mit dem Scheinwerfer fortsetzte, ließen sich die beiden Männer nach unten sinken. Der Lichtstrahl glitt über die Spitze des ersten Amatol-Zylinders, aber ein schwarz angestrichener Zylinder ist in dunklem Wasser kaum zu erkennen, und der Hauptmann sah ihn nicht. Das Licht wanderte weiter über das Wasser am Damm entlang, dann ging es aus. Diese Gefahr war an ihnen vorübergegangen.

Mallory und Miller tauchten vorsichtig auf und sahen sich rasch um. Für den Augenblick schien keine neue Gefahr zu drohen. Mallory schaute auf das Leuchtzifferblatt seiner Uhr. Er sagte: »Schnell! Um Gottes willen, schnell! Wir sind fast drei Minuten zu spät dran.«

Sie beeilten sich. In ihrer Verzweiflung schafften sie es, die beiden Amatol-Zylinder in zwanzig Sekunden über das Kabel zu hieven. Sie öffneten die Druckluft-Absperrvorrichtung des vordersten Zylinders und hatten innerhalb der nächsten zwanzig Sekunden die massive Mauer des Dammes erreicht. In diesem Augenblick teilten sich die Wolken und gaben den Mond wieder frei, der das dunkle Wasser des Stausees in silbernes Licht tauchte. Mallory und Miller waren jetzt völlig ungeschützt, aber es gab nichts, was sie dagegen tun konnten, und das wußten sie. Ihre Zeit war abgelaufen, und es blieb ihnen nichts anderes übrig, als die Amatol-Zylinder so schnell wie möglich anzubringen und zu schärfen. Ob sie entdeckt wurden oder nicht, konnte immer noch von großer Bedeutung sein, aber es gab nichts, was sie unternehmen konnten, um ein Entdecktwerden zu verhindern.

Miller sagte leise: »Zwölf Meter voneinander entfernt und zwölf Meter unter der Wasseroberfläche, sagen die Experten. Wir werden zu spät kommen.«

»Nein, es ist noch nicht zu spät. Der Plan ist, die Panzer hinüber zu lassen und die Brücke zu zerstören, bevor die Lastwagen und der Hauptteil der Infanteriebataillone sie überqueren.«

Oben auf dem Damm kam der Feldwebel mit dem Suchscheinwerfer vom westlichen Ende der Mauer zurück und berichtete dem Hauptmann.

»Nichts, Herr Hauptmann. Niemand zu sehen.«

»Ausgezeichnet.« Der Hauptmann nickte zur Schlucht hinüber. »Versuchen Sie Ihr Glück auf der anderen Seite. Vielleicht finden Sie dort jemanden.«

Also machte sich der Feldwebel daran, die andere Seite zu untersuchen, und er entdeckte mehr, als er gesucht hatte: Zehn Sekunden, nachdem er seine Suche begonnen hatte, fiel das Licht des Scheinwerfers auf den bewußtlosen Groves und den erschöpften Petar und auf Sergeant Reynolds, der in gleichmäßigem Tempo die Leiter hinaufkletterte. Alle drei saßen hilflos in der Falle und konnten nichts mehr unternehmen, um sich zu verteidigen. Reynolds hatte nicht einmal mehr eine Waffe. Auf dem Damm blickte ein Wehrmachtsoldat, der seine Maschinenpistole anlegte, erstaunt auf, als der Hauptmann den Lauf seiner Waffe herunterschlug.

»Idiot!« fuhr ihn der Hauptmann an. »Ich will sie lebend. Sie beide holen Seile und schaffen sie hier herauf, damit ich sie verhören kann. Wir *müssen* auf jeden Fall herausfinden, was sie vorhatten.«

Die Worte erreichten die beiden Männer im Wasser klar und deutlich, denn genau in diesem Augenblick hörte das Bombardement auf, und das Handwaffenfeuer verstummte. Der Kontrast war fast unerträglich, die plötzliche Stille unheilvoll.

»Hast du das gehört?« flüsterte Miller.

»Ich habe es gehört.« Mallory sah, daß sich wieder Wolken, spärliche Wolken, aber trotzdem Wolken, dem Mond näherten. »Befestige diese Schwimmsaugnäpfe an der Mauer, ich übernehme den anderen.« Er drehte sich um und schwamm, den zweiten Amatol-Zylinder hinter sich herziehend, langsam davon.

Als der Lichtstrahl des Suchscheinwerfers oben auf dem Damm aufleuchtete und dann nach unten gerichtet wurde, war Andrea darauf vorbereitet gewesen, augenblicklich entdeckt zu werden, aber die Entdeckung von Groves, Reynolds und Petar hatten Maria und ihn gerettet. Die Deutschen schienen der Meinung zu sein, alle erwischt zu haben, die es zu erwischen gab, und konzentrierten sich, anstatt den Rest der Schlucht mit den Scheinwerfern abzuleuchten, darauf, die drei Männer, die sie auf der Leiter gestellt hatten, auf den Damm zu bringen. Ein Bewußtloser – das muß Groves sein, dachte Andrea – wurde mit einem Seil heraufgezogen. Die beiden anderen hatten den restlichen Aufstieg aus eigener

Kraft hinter sich gebracht, wobei einer dem anderen half. All das hatte Andrea gesehen, während er Marias verletztes Bein bandagierte, aber er hatte ihr nichts davon gesagt.

Andrea machte den Verband fest und lächelte sie an. »Besser?«

»Besser.« Sie versuchte, dankbar zu lächeln, aber es gelang ihr nicht.

»Sehr gut. Höchste Zeit, daß wir abhauen.« Andrea sah auf die Uhr. »Wenn wir noch länger hierbleiben, werden wir sehr, sehr naß werden, fürchte ich.«

Er stand auf, und es war diese plötzliche Bewegung, die ihm das Leben rettete. Das Messer, das seinen Rücken treffen sollte, fuhr glatt durch seinen linken Oberarm. Einen Augenblick lang starrte Andrea fassungslos auf die Spitze des schmalen Messers, die aus seinem Arm herausschaute, dann drehte er sich, die mörderischen Schmerzen völlig außer acht lassend, langsam um und wand mit dieser Bewegung dem Mann das Messer aus der Hand.

Der Cetnik-Feldwebel, der einzige Mann außer Droshny, der die Zerstörung der Hängebrücke überlebt hatte, starrte Andrea hilflos an, wahrscheinlich, weil er nicht verstehen konnte, warum es ihm nicht gelungen war, Andrea zu töten, und weil er nicht begreifen konnte, daß ein Mann eine solche Verwundung ohne einen Laut ertrug und auch noch fähig war, ihm das Messer zu entwinden. Andrea hatte jetzt keine Waffe mehr, aber er brauchte keine. Mit fast grotesker Langsamkeit hob er den rechten Arm, aber im nächsten Augenblick traf ein furchtbarer Handkantenschlag den Nacken des Cetnik-Feldwebels. Der Mann war tot, bevor er den Boden berührte.

Reynolds und Petar saßen mit dem Rücken zu der Wachhütte am Ostende des Dammes. Neben ihnen lag der immer noch bewußtlose Groves. Sein Atem rasselte, und sein aschgraues Gesicht war wächsern geworden. Von oben schien eine helle Lampe auf sie herunter, die auf dem Dach der Wachhütte angebracht war, während ganz in ihrer Nähe ein Posten stand, der seinen Karabiner auf sie gerichtet hatte. Der wachhabende Hauptmann der Wehrmacht stand über ihnen. Ein fast ehrfürchtiger Ausdruck lag auf seinem Gesicht.

Ungläubig sagte er: »Sie hatten gehofft, einen Damm wie diesen mit ein paar Stangen Dynamit in die Luft jagen zu können? Sie müssen verrückt sein!«

»Niemand hat uns gesagt, daß der Damm so groß ist«, sagte Reynolds mürrisch.

»Niemand hat Ihnen gesagt..., großer Gott, dieses Geschwätz von verrückten Hunden und Engländern! Und wo ist dieses Dynamit?«

»Die Holzbrücke brach auseinander.« Reynolds ließ entmutigt die Schultern sinken. »Wir verloren das ganze Dynamit – und alle unsere Kameraden.«

»Man sollte es nicht für möglich halten, man sollte es wirklich nicht für möglich halten.« Der Hauptmann schüttelte den Kopf, wandte sich um und wollte davongehen, als Reynolds ihn ansprach. Er blieb stehen und drehte sich um: »Was ist los?«

»Mein Freund«, Reynolds deutete auf Groves. »ist sehr schwer verletzt. Er braucht ärztliche Hilfe.«

»Später.« Der Hauptmann wandte sich an den Soldaten, der in der offenen Funkerhütte saß. »Was gibt es Neues aus dem Süden?«

»Sie haben gerade begonnen, die Neretva-Brücke zu überschreiten, Sir.«

Die Worte erreichten Mallory, der in diesem Moment ziemlich weit entfernt von Miller war. Er war damit fertig geworden, sein Schwimmgestell an der Mauer zu befestigen, und wollte sich gerade auf den Weg zu Miller machen, als er am Rande seines Blickfeldes einen Lichtstrahl aufflammen sah. Mallory verharrte bewegungslos und schaute nach rechts oben.

Ein Posten ging nahe am Geländer den Damm entlang und lehnte sich weit hinaus, um mit einer Stablampe nach unten zu leuchten. Mallory erkannte, daß eine Entdeckung unvermeidlich war. Einer oder beide Zylinder mußten gesehen werden. Ohne Hast und indem er sich gegen die Mauer lehnte, um sich aufrecht zu halten, öffnete Mallory seinen Gummianzug, griff unter seinen Anorak, holte seine Luger heraus, wickelte sie aus der wasserdichten Umhüllung und entsicherte die Waffe.

Der Lichtstrahl wanderte über das Wasser, nahe am Damm entlang. Deutlich zu erkennen lag im Zentrum des Lichtkegels ein kleines torpedoförmiges Objekt, das mit Saugnäpfen an der Dammmauer befestigt war, und direkt daneben ein Mann mit einem Gummianzug und einer Waffe in der Hand. Die Waffe – der Posten erkannte sofort, daß ein Schalldämpfer aufgeschraubt war – deutete auf ihn. Die Wache öffnete den Mund, um einen Warnruf auszustoßen, aber der Ruf kam nicht. Aus einem kleinen Loch in seiner Stirn sickerte Blut, und er lehnte sich müde nach vorn. Die obere Hälfte seines Körpers hing über das Geländer, seine Arme hingen kraftlos herunter. Die Stablampe entglitt seiner leblosen Hand.

Die Stablampe schlug klatschend auf dem Wasser auf. In der tiefen Stille mußte es von den Leuten auf dem Damm gehört werden, dachte Mallory. Er wartete gespannt, die Luger schußbereit, aber als nach zwanzig Sekunden immer noch nichts geschehen war, entschied Mallory, daß er nicht länger warten konnte. Er warf Miller einen Blick zu, der den Laut deutlich gehört hatte, denn er starrte Mallory und die Waffe in Mallorys Hand mit einem verwirrten Stirnrunzeln an. Mallory deutete nach oben auf die Wache, die über das Geländer hing. Millers Züge klärten sich auf, und er nickte verstehend. Der Mond verschwand hinter einer Wolke.

Andrea, dessen linker Ärmel blutdurchtränkt war, trug die humpelnde Maria beinahe über das Schiefergestein zwischen den Felsen hindurch. Sie konnte den rechten Fuß kaum auf den Boden aufsetzen. Am Fuße der Leiter angekommen, starrten beide nach oben auf den abschreckenden Aufstieg, auf die anscheinend unendlichen Zickzack-Sprossen der Eisenleiter, die in die Nacht hinauffragte. Mit einem verletzten Mädchen und seinem eigenen verwundeten Arm waren die Aussichten nicht gerade vielversprechend, dachte Andrea. Und nur Gott wußte, wann der Damm hochgehen würde. Andrea schaute auf die Uhr. Wenn alles genau nach Zeitplan verlief, dann mußte er jetzt in die Luft fliegen. Andrea betete, daß Mallory, dessen große Leidenschaft Pünktlichkeit war, dieses einemal ein bißchen zu spät dran war. Das Mädchen sah ihn an und verstand.

»Lassen Sie mich hier«, sagte sie. »Bitte.«

»Kommt nicht in Frage«, sagte Andrea bestimmt. »Maria würde mir das nie verzeihen.«

»Maria?«

»Nicht Sie.« Andrea hob sie auf seinen Rücken und legte ihre Arme um seinen Hals.

»Meine Frau. Ich glaube, ich stehe schrecklich unter dem Pantoffel. Es wird sich noch herausstellen.«

Um besser sehen zu können, wie die letzten Vorbereitungen für den Angriff klappten, hatte General Zimmermann seinen Kommandowagen auf die Neretva-Brücke hinausfahren lassen und parkte nun genau in der Mitte an der rechten Seite. Nur ein paar Meter von ihm entfernt klirrte und klapperte und brummte eine endlose Reihe von Panzern, Geschützen und Selbstfahrlafetten und Lastwagen, die mit Angriffstruppen beladen waren, vorbei. Sobald Panzer, Geschütze und Lastwagen das nördliche Ende der

Brücke erreicht hatten, schwärmten sie nach Osten und Westen aus und gingen hinter der steilen Böschung in Deckung, bis die Zeit für den geplanten letzten Angriff gekommen war.

Von Zeit zu Zeit hob Zimmermann sein Fernglas an die Augen und suchte den Himmel im Westen ab. Ein dutzendmal bildete er sich ein, das entfernte Donnern von näher kommenden Luft-Armadas zu hören, ein dutzendmal täuschte er sich. Immer wieder sagte er sich, daß er ein Narr war, ein Opfer nutzloser und angstvoller Einbildungen, die zu einem General der deutschen Wehrmacht nicht paßten. Aber trotzdem blieb dieses Gefühl tiefen Unbehagens, trotzdem suchte er immer wieder den Himmel im Westen ab. Es kam ihm nicht einmal in den Sinn, denn er hatte keinen Grund dafür, daß er in die falsche Richtung schaute.

Weniger als eine halbe Meile weiter nördlich senkte General Vukalovic sein Fernglas und wandte sich an Colonel Janzy.

»Das wär's.« Vukalovics Stimme klang müde und unaussprechlich traurig.

»Sie sind drüben – jedenfalls beinahe. Noch fünf Minuten. Dann starten wir den Gegenangriff.«

»Dann starten wir den Gegenangriff«, wiederholte Janzy tonlos. »Wir werden in fünf Minuten tausend Mann verlieren.«

»Wir haben das Unmögliche verlangt«, sagte Vukalovic. »Wir bezahlen für unsere Fehler.«

Mallory, eine lange Abzugsleine hinter sich herziehend, kam bei Miller an. »Fertig?«

»Fertig.« Auch Miller hatte eine Abzugsleine in der Hand. »Wir ziehen an diesen Leinen, um die hydrostatischen chemischen Zünder zu betätigen, und verschwinden?«

»Wir haben drei Minuten Zeit. Weißt du, was mit uns passiert, wenn wir nach diesen drei Minuten noch im Wasser sind?«

»Sprich nicht davon«, bat Miller. Plötzlich hob er den Kopf und warf Mallory einen Blick zu. Auch Mallory hatte die eiligen Schritte auf dem Damm gehört. Er nickte Miller zu. Beide Männer sanken unter die Wasseroberfläche. Der wachhabende Hauptmann, der einen leichten Hang zum Dickwerden und sehr lobenswerte Ideen darüber hatte, wie ein Offizier der Wehrmacht sich benehmen sollte, ließ sich gewöhnlich nicht dazu hinreißen, zu rennen. Er war sehr schnell und reichlich nervös den Damm entlang gegangen, als er eine seiner Wachen in einer Haltung über dem Geländer lehnen sah, die er nur als unsoldatisch und nachlässig bezeichnen konnte. Aber dann kam es ihm in den Sinn, daß ein Mann, der sich über ein Geländer lehnt, für gewöhnlich seine Hände und Arme benützt, um sich aufzustützen, und er konnte weder die Hände noch die Arme der Wache sehen. Er erinnerte sich daran, daß Maurer und Schmidt spurlos verschwunden waren, und rannte los.

Der Posten schien ihn nicht kommen zu hören. Der Hauptmann packte ihn grob an der Schulter und trat dann entsetzt einen Schritt zurück, als der Tote vom Geländer rutschte und mit dem Gesicht nach oben vor seinen Füßen liegenblieb. Die Stelle, die einmal seine Stirn gewesen war, sah nicht besonders angenehm aus. Wie gelähmt stand der Hauptmann da und starrte sekundenlang auf den Toten hinunter, dann zog er mit großer Willensanstrengung seine Stablampe und seine Pistole hervor. Er ließ die Lampe aufflammen, entsicherte die Waffe und riskierte einen kurzen Blick über das Geländer.

Es war nichts zu sehen. Besser gesagt, es war *niemand* zu sehen, weit und breit kein Zeichen des Feindes, der die Wache innerhalb der letzten Minute getötet haben mußte. Aber es gab *etwas* zu sehen, einen zusätzlichen Beweis, wenn er unbedingt noch einen Beweis dafür brauchte, daß der Feind dagewesen war: ein torpedoförmiges Objekt – nein, *zwei* torpedoförmige Objekte waren genau auf der Höhe des Wasserspiegels an der Dammmauer befestigt. Zuerst starrte der Hauptmann nicht begreifend auf die beiden Zylinder, dann traf ihn die Erkenntnis wie ein Schlag. Er richtete sich auf und rannte auf das Ostende des Dammes zu, während er »Funker! Funker!« schrie.

Mallory und Miller tauchten auf. Die Schreie des Hauptmanns wurden über das stille Wasser des Stausees getragen. Mallory fluchte.

»Verdammt, verdammt und noch mal verdammt!«

Mallorys Stimme klang grimmig vor Kummer und Enttäuschung. »Er kann Zimmermann sieben, vielleicht sogar acht Minuten vorher warnen. Zeit genug für ihn, seine Panzer in Sicherheit zu bringen.«

»Also, was nun?«

»Nun ziehen wir an diesen Abzugsleinen und machen, daß wir wegkommen.«

Der Hauptmann, der den Damm entlangraste, war bereits weniger als dreißig Meter von der Funkerhütte und der Stelle entfernt, an der Petar und Reynolds mit dem Rücken zur Wachhütte saßen.

»General Zimmermann!« rief er. »Nehmen Sie Verbindung auf!

Sagen Sie ihm, er soll seine Panzer in Sicherheit bringen! Die verfluchten Engländer haben den Damm vermint!«

Petar nahm seine dunkle Brille ab und rieb sich die Augen.

»Na endlich!« seufzte er. »Alles hat einmal ein Ende.«

Reynolds sah ihn starr vor Staunen an.

Ohne es zu wollen, griff er nach der dunklen Brille, die Petar ihm reichte, automatisch folgte sein Blick Petars Hand, die sich zurückzog, und dann beobachtete er wie hypnotisiert den Daumen dieser Hand, der auf einen Verschluß auf einer Seite der Gitarre drückte. Die Rückseite des Instruments klappte herunter und der Abzug, das Magazin und der ölglänzende Mechanismus einer Maschinenpistole wurden sichtbar.

Petars Zeigefinger krümmte sich um den Abzug. Die Maschinenpistole, deren erstes Geschoß das Ende der Gitarre zerschlug, sprang und stotterte in Petars Hand. Die dunklen Augen waren zusammengekniffen, wachsam und kaltblütig. Petar hatte den Überraschungseffekt auf seiner Seite.

Der Soldat, der die drei Gefangenen bewachte, brach zusammen und starb, durchsiebt von der ersten Geschoßgarbe. Zwei Sekunden später ereilte den Unteroffizier vor der Funkerhütte, während er noch verzweifelt versuchte, seine Schmeisser von der Schulter zu reißen, das gleiche Schicksal. Der Hauptmann, der auf sie zugerannt kam, feuerte mit seiner Pistole immer wieder auf Petar, aber noch war Petar in der besseren Position. Er ignorierte den Hauptmann, ignorierte eine Kugel, die ihn an der rechten Schulter erwischte, und leerte den Rest des Magazins in das Funkgerät. Dann stürzte er seitwärts zu Boden. Die zerfetzte Gitarre entfiel seinen leblosen Händen.

Der Hauptmann steckte seinen rauchenden Revolver in die Tasche und starrte auf den bewußtlosen Petar hinunter. Es lag kein Zorn auf seinem Gesicht, nur Traurigkeit, das düstere Akzeptieren der endgültigen Niederlage. Er hob den Blick, und seine Augen trafen Reynolds. In einem Augenblick seltenen Verstehens schüttelten beide Männer den Kopf.

Mallory und Miller, die an dem mit Knoten versehenen Seil hinaufkletterten, waren fast genau gegenüber dem Damm angekommen, als die letzten Echos der Schüsse über dem Stausee verwehten. Mallory schaute zu Miller hinunter.

Miller zuckte die Achseln – so gut ein Mann, der an einem Seil hängt, die Achseln zucken kann – schüttelte wortlos den Kopf. Die beiden Männer kletterten weiter, jetzt noch schneller als vorher.

Auch Andrea hatte die Schüsse gehört, aber er hatte keine Ahnung, was sie bedeuteten. Und in diesem Moment war es ihm auch ziemlich gleichgültig. Sein linker Oberarm fühlte sich an, als brenne in ihm ein wildes Feuer, auf seinem schweißüberströmten Gesicht lagen Schmerz und Erschöpfung. Er wußte, daß er noch nicht einmal die Hälfte der Leiter hinter sich hatte. Er machte eine kurze Pause, als er merkte, daß sich der Griff des Mädchens um seinen Hals lockerte, schob sie vorsichtig auf die Leiter zu, legte seinen linken Arm um ihre Taille und setzte seinen schmerzhaften Aufstieg verbissen fort. Er konnte nicht mehr gut sehen, was er auf den hohen Blutverlust schob. Sein linker Arm wurde allmählich taub, und der Schmerz konzentrierte sich immer mehr auf seine rechte Schulter, auf der auch noch Marias Gewicht lastete.

»Lassen Sie mich zurück«, sagte Maria wieder. »Um Gottes willen, lassen Sie mich zurück! Allein haben Sie eine Chance.«

Andrea lächelte, oder jedenfalls versuchte er zu lächeln, und sagte freundlich: »Sie wissen nicht, was Sie reden. Außerdem, Maria würde mich ermorden!«

»Lassen Sie mich! Lassen Sie mich!« Sie strampelte wild und stieß einen unterdrückten Schmerzensschrei aus.

»Dann hören Sie auf, sich zu wehren«, sagte Andrea ruhig. Er nahm die nächste Sprosse in Angriff.

Mallory und Miller erreichten die längliche Felsspalte, die über den Damm lief, und schoben sich eilig an der Spalte und dem Seil entlang, bis sie sich direkt über den Bogenlampen befanden, die auf der Dachrinne der Wachhütte, die etwa fünfzehn Meter unter ihnen lag, angebracht waren. In der strahlenden Beleuchtung sahen die Männer, was sich abgespielt hatte. Die beiden Bewußtlosen, Groves und Petar, die beiden toten Deutschen, das zerstörte Funkgerät und vor allem die Maschinenpistole, die immer noch in der zerfetzten Gitarrenhülle lag, erzählten eine eindeutige Geschichte. Mallory schob sich noch weitere drei Meter an der Spalte entlang und spähte wieder nach unten: Andrea hatte nun fast zwei Drittel der Leiter hinter sich gebracht, wobei das Mädchen versuchte, ihm, so gut sie konnte, zu helfen, indem sie sich an den Sprossen hochzog, aber er kam nur schrecklich langsam vorwärts. Sie werden es niemals rechtzeitig schaffen, dachte Mallory verzweifelt, sie können es einfach nicht rechtzeitig schaffen. Für uns alle kommt einmal der Moment, dachte Mallory müde, eines Tages, muß der Moment für uns alle kommen, aber daß er für den unverwüstlichen Andrea kommen sollte, das konnte man selbst, wenn man an Schicksal glaubte, nicht akzeptieren. So etwas war unfaßbar, und das Unfaßbare schien jetzt zu geschehen.

Mallory kehrte zu Miller zurück. Hastig band er das Seil los, das Miller für seinen Abstieg zum Neretva-Damm benutzt hatte, knotete es an das, das über der länglichen Felsspalte entlanglief und ließ es hinunter, bis es das Dach der Wachhütte berührte. Er nahm seine Luger in die Hand und wollte sich gerade hinunterlassen, als der Damm in die Luft flog.

Die beiden Explosionen erfolgten zwei Sekunden nacheinander. Die Detonation von eintausendfünfhundert Pfund Sprengstoff hätte normalerweise von ohrenbetäubendem Lärm begleitet sein müssen, aber wegen der Tiefe, in der sie erfolgte, klangen die Explosionen gedämpft und waren eher zu spüren, als zu hören. Zwei große Wassersäulen stiegen hoch über die Dammauer auf, aber sonst schien sich für eine Ewigkeit, die jedoch höchstens fünf Sekunden dauerte, nichts zu ereignen. Dann stürzte das Mittelstück des Dammes, das mindestens vierundzwanzig Meter breit und ebenso hoch war, ganz langsam, beinahe widerwillig in die Schlucht hinunter. Der ganze Abschnitt schien immer noch aus einem Stück zu bestehen.

Andrea hielt inne. Er hatte kein Geräusch gehört, aber er spürte, daß die Leiter heftig vibrierte, und er wußte, was geschehen war und was nun kam. Er schlang beide Arme um Maria und die Seitenstangen der Leiter, preßte das Mädchen gegen die Leiter und schaute über ihren Kopf hinweg. Zwei senkrechte Risse erschienen allmählich außen in der Dammauer, dann fiel der ganze Damm wie in Zeitlupe auf sie zu, beinahe, als würde er sich in einem Scharnier bewegen, und dann verschwand er plötzlich, als ungezählte Millionen Liter dunkelgrünen Wassers durch die zerstörte Dammauer brodelten. Das Krachen, das die tausend Tonnen Mauerwerk verursachten, als sie in die Schlucht stürzten, hätte man unter normalen Umständen meilenweit hören müssen, aber Andrea hörte nichts als das Donnern der Wassermassen, die alles andere übertönten. Er hatte nur einen Moment Zeit gehabt, um den Damm verschwinden zu sehen, und jetzt war da nur noch der mächtige reißende Strom, der am Anfang seltsam ruhig und glatt war, sich dann, als er in die Schlucht hinunterstürzte, in einen weißschäumenden Mahlstrom verwandelte, bevor er über ihnen war. In einer Sekunde löste Andrea eine Hand von der Leiter, drehte den Kopf des entsetzten Mädchens zu sich um und drückte ihr Gesicht fest an seine Brust, denn er wußte, daß der Anprall des

Wassers, das Sand und Steine und weiß Gott was noch alles mit sich brachte, die Haut von ihrem Gesicht reißen würde und daß sie – falls sie tatsächlich überleben würde – für immer verunstaltet wäre. Er duckte seinen Kopf gegen den kommenden Ansturm und verschränkte seine Hände hinter der Leiter.

Der Aufprall des Wassers preßte ihm die Luft aus den Lungen. Begraben unter einer fallenden, zerschmetternden grünen Mauer, kämpfte Andrea um sein Leben und um das des Mädchens. Die Belastung, der er, zerschlagen und fast zerschmettert von den Hammerschlägen dieses herabstürzenden Wasserfalls, der es darauf abgesehen zu haben schien, ihn augenblicklich zu töten, ausgesetzt war, war auch ohne das schreckliche Handikap seiner schweren Armverletzung kaum tragbar. Er hatte das Gefühl, als würden ihm jeden Moment die Arme ausgerissen, und er dachte einen Moment, daß es das einfachste wäre, die Hände voneinander zu lösen und den Tod anstelle des unerträglichen Schmerzes hinzunehmen, der seine Glieder und Muskeln zu zerreißen schien. Aber Andrea ließ nicht los, und Andrea zerbrach nicht. Andere Dinge zerbrachen. Einige der Klammern, mit denen die Leiter an der Wand befestigt war, wurden abgerissen, und es schien, als müßten sowohl die Leiter als auch Andrea und das Mädchen unweigerlich weggeschwemmt werden. Die Leiter drehte sich, bog sich und lehnte sich weit von der Wand weg, so daß Andrea nun ebenso unter der Leiter lag wie er daran hing. Aber immer noch ließ Andrea nicht los, und immer noch hielten einige Klammern. Dann sank ganz allmählich und nach einer Zeit, die dem betäubten Andrea wie eine Ewigkeit erschien, der Wasserspiegel des Stausees, die Wucht des Wassers ließ nach, und Andrea begann wieder zu klettern. Immer wieder lockerte sich sein Griff, als er die Hände an den Sprossen wechselte, und immer wieder war er in Gefahr, fortgerissen zu werden. Er fletschte die Zähne in unvorstellbarer Anstrengung, die großen Hände packten fest zu und klammerten sich wieder fest. Nach einer Minute unbarmherzigen Kampfes kam er schließlich so weit aus dem Wasser, daß er wieder atmen konnte. Er schaute auf das Mädchen in seinen Armen hinunter. Das blonde Haar klebte auf den aschgrauen Wangen, die Augen waren geschlossen. Die Schlucht schien fast bis oben mit den weißen kochenden Wassermassen angefüllt zu sein, die alles vor sich hertrieben.

Ihr Donnern klang, als sie sich mit höherer Geschwindigkeit als ein Eilzug die Schlucht hinunterwälzten, wie eine Serie von Explosionen, begleitet von einem schauerlichen Kreischen.

Nachdem der Damm in die Luft geflogen war, verstrichen fast dreißig Sekunden, bis Mallory sich wieder bewegen konnte. Er hatte keine Ahnung, warum er so lange regungslos verharrt hatte. Er konnte es sich nur so erklären, daß ihn das hypnotisierende Schauspiel des allmählich sinkenden Wasserspiegels und der Anblick der großen Schlucht, die fast bis oben mit weißschäumendem Wasser gefüllt war, gefesselt hatte. Aber ohne es vor sich selbst zuzugeben, wußte er, daß der Hauptgrund ein anderer war, wußte er, daß er die Erkenntnis, daß Andrea und Maria den Tod gefunden hatte, nicht akzeptieren konnte. Was Mallory nicht wissen konnte, war, daß Andrea in diesem Augenblick, völlig ausgepumpt und nicht mehr wissend, was er tat, vergeblich versuchte, die letzten Sprossen der Leiter hinter sich zu bringen. Mallory packte das Seil und ließ sich, so schnell er konnte, daran herunter. Er spürte die Haut in seinen Handflächen brennen, aber er ignorierte es. In seinem Kopf war nur noch der unvernünftige Wunsch nach Mord – unvernünftig, da er selbst es gewesen war, der die Explosion ausgelöst hatte, die Andrea das Leben gekostet hatte.

Und dann, als seine Füße das Dach der Wachhütte berührten, sah er wie eine geisterhafte Erscheinung, die Köpfe von Andrea und der bewußtlosen Maria oben an der Leiter auftauchen. Mallory bemerkte, daß Andrea nicht mehr weiter konnte. Er klammerte sich mit einer Hand um die oberste Sprosse und machte krampfhafte Bewegungen, mit denen er sich hochziehen wollte, aber er kam nicht weiter. Mallory wußte, daß Andrea am Ende war.

Mallory war nicht der einzige, der Andrea und das Mädchen gesehen hatte. Der Hauptmann der Wache und einer seiner Männer starrten verständnislos auf das schreckliche Bild der Zerstörung, aber eine zweite Wache war herumgewirbelt, hatte Andrea entdeckt und seine Maschinenpistole hochgerissen. Mallory, der immer noch an dem Seil hing, hatte nicht genug Zeit, um seine Luger in Anschlag zu bringen und zu entsichern, und Andrea hätte in diesem Augenblick sterben müssen. Aber Reynolds hatte sich in einem verzweifelten Sprung nach vorn geworfen und den Lauf der Waffe genau in dem Moment nach unten geschlagen, als der Schuß losging. Reynolds starb augenblicklich. Die Wache starb zwei Sekunden später. Mallory richtete die noch rauchende Mündung seiner Luger auf den Hauptmann und den Posten.

»Lassen Sie die Waffen fallen«, befahl er.

Sie ließen ihre Waffen fallen. Mallory und Miller schwangen sich vom Dach der Wachhütte, und während Miller die beiden Deutschen in Schach hielt, rannte Mallory zu der Leiter hinüber, streckte eine Hand aus und half dem schwankenden Andrea hinauf, der das bewußtlose Mädchen festhielt. Er sah auf Andreas erschöpftes blutiges Gesicht, die zerfetzte Haut der Handflächen, den blutdurchtränkten linken Ärmel und fragte streng: »Und wo zum Teufel bist du gewesen?«

»Wo ich gewesen bin?« fragte Andrea vage. »Keine Ahnung.« Er stand da, auf zitternden Beinen, kaum noch bei Bewußtsein, fuhr sich mit seiner Hand über die Augen und versuchte zu lächeln. »Ich muß wohl stehengeblieben sein, um die Aussicht zu bewundern.«

General Zimmermann saß immer noch in seinem Kommandowagen, und der Wagen stand immer noch mitten auf der Brücke am rechten Rand. Wieder hatte Zimmermann das Fernglas an den Augen, aber diesmal schaute er weder nach Westen noch nach Norden. Statt dessen starrte er nach Osten, flußaufwärts zu der Öffnung der Neretva-Schlucht. Nach einiger Zeit wandte er sich an seinen Adjutanten. Zuerst drückte sein Gesicht Unbehagen aus, dann löste Begreifen das Unbehagen ab, und schließlich wich das Begreifen einem Ausdruck, der unverkennbar Angst war.

»Hören Sie das?« fragte er.

»Ich höre es, Herr General.«

»Und spüren Sie es auch?«

»Ich spüre es auch.«

»Was um Himmels willen kann das sein?« fragte Zimmermann. Er lauschte auf das Dröhnen, das ständig lauter wurde und die Luft um sie herum anfüllte. »Das ist kein Donner. Es ist viel zu laut für Donner. Und viel zu beständig. Und dazu noch dieser Wind – der muß aus der Schlucht kommen.« Das Dröhnen, das von Osten her auf sie zukam, war jetzt so ohrenbetäubend, daß er sich selbst nicht mehr hören konnte. »Es ist der Damm. Der Damm an der Neretva. Sie haben den Damm gesprengt! Weg von hier!« schrie er dem Fahrer zu. »Um Gottes willen, bloß weg von hier.«

Der Kommandowagen fuhr mit einem Ruck an, aber es war zu spät für General Zimmermann – ebenso wie für seine massierten Panzerstaffeln und Tausende von Angriffstruppen, die sich an den Ufern der Neretva hinter der Böschung verborgen hatten –, der die siebentausend unglaublich starrsinnigen Verteidiger in der Zenica-Schlucht ausrotten sollte. Eine vierundzwanzig Meter hohe weiße Wand, hinter der der Druck von Millionen Tonnen von Wasser stand und die einen riesigen Rammbock aus Felsen und Bäumen vor sich herschob, brach aus der Öffnung der Schlucht hervor.

Gnädigerweise lagen zwischen der Erkenntnis des drohenden

Todes und dem Tod selbst für die meisten Männer von Zimmermanns bewaffnetem Korps nur Sekunden. Die Neretva-Brücke und alle darauf befindlichen Fahrzeuge, Zimmermanns Kommandowagen eingeschlossen, wurden augenblicklich weggeschwemmt. Der gewaltige Wirbel ließ beide Flußufer unter einer sechs Meter hohen Flut versinken und schob Panzer, Waffen, bewaffnete Wagen, Tausende von Soldaten und alles andere, was ihm im Weg stand, vor sich her. Als die große Überschwemmung sich verlaufen hatte, gab es keine grasbewachsenen Ufer mehr an der Neretva. Ein- oder zweihundert Kampftruppen auf beiden Seiten des Flusses gelang es, sich weiter oben in Sicherheit zu bringen, jedoch nicht für lange, auch ihr Schicksal war besiegelt. Aber für fünfundneunzig Prozent von Zimmermanns beide bewaffneten Divisionen war die Vernichtung ebenso plötzlich wie vollkommen. In sechzig Sekunden war alles vorüber. Das bewaffnete Korps der Deutschen war vollständig vernichtet. Aber immer noch brodelte die mächtige Wand aus Wasser aus der Öffnung der Schlucht.

»Ich bete zu Gott, daß ich nie wieder etwas Derartiges sehen werde.« General Vukalovic senkte sein Fernglas und wandte sich an Colonel Janzy. Auf seinem Gesicht lag weder Begeisterung noch Befriedigung, nur Grauen, gemischt mit tiefem Mitleid. »Menschen sollten nicht auf diese Weise sterben, auch nicht unsere Feinde.« Er schwieg eine Zeitlang, dann fiel ihm etwas ein: »Ich schätze, daß sich ein- oder zweihundert Mann ihrer Infanterie auf dieser Seite in Sicherheit bringen konnten, Colonel. Werden Sie sich um sie kümmern?«

»Ich werde mich um sie kümmern«, sagte Janzy düster. »Dies ist eine Nacht, um Gefangene zu machen, nicht zum Töten, denn es wird keinen Kampf geben. Das ist genausogut, General. Zum erstenmal in meinem Leben freue ich mich nicht auf einen Kampf.«

»Ich verlasse Sie jetzt.« Vukalovic schlug Janzy auf die Schulter und lächelte ein sehr müdes Lächeln.

»Ich habe eine Verabredung. Am Neretva-Damm, oder besser gesagt, an seinen Überresten.«

»Mit einem gewissen Captain Mallory?«

»Mit Captain Mallory. Wie fliegen noch heute nacht nach Italien. Wissen Sie, Colonel, wir hätten den Mann auch überschätzen können.«

»Ich habe nie an ihm gezweifelt«, sagte Janzy bestimmt.

Vukalovic lächelte und wandte sich ab.

Neufeld, dessen Kopf mit einem blutbefleckten Verband umwikkelt war, stand, gestützt von zwei Männern, schwankend oben an der Rinne, die zu der Furt hinunterführte. Entsetzen und Unglauben spiegelten sich auf seinem Gesicht wider, während er auf den weißen Mahlstrom hinunterstarrte, dessen schäumende Oberfläche nicht mehr als sechs Meter unter ihm lag und der fast alles ausfüllte, was einmal die Neretva-Schlucht gewesen war. Unendlich müde schüttelte er langsam den Kopf. Er hatte die endgültige Niederlage akzeptiert. Er wandte sich an einen Soldaten zu seiner Linken, einen Jungen, der ebenso fassungslos aussah, wie sich Neufeld fühlte.

»Nehmen Sie die beiden besten Ponys«, sagte Neufeld. »Reiten Sie zu dem nächsten Kommandoposten nördlich der Zenica-Schlucht. Sagen Sie ihnen, daß General Zimmermanns bewaffnete Divisionen ausradiert worden sind – wir *wissen* es zwar nicht, aber es kann nicht anders sein. Sagen Sie ihnen, daß das Neretva-Tal ein Todestal und niemand mehr übrig ist, um es zu verteidigen. Sagen Sie ihnen, daß die Allierten ihre Luftlandedivisionen morgen herabschicken können und daß nicht ein einziger Schuß abgegeben werden wird. Sagen Sie ihnen, sie sollen sofort Berlin benachrichtigen. Haben Sie verstanden, Lindemann?«

»Ich habe verstanden, Herr Hauptmann.« Nach Lindemanns Gesichtsausdruck zu schließen, hatte er nur sehr wenig von dem verstanden, was ihm gesagt worden war, dachte Neufeld. Aber er war unsagbar müde und hatte keine Lust, seine Instruktionen zu wiederholen.

Lindemann stieg auf ein Pony, schnappte sich die Zügel eines anderen und trieb sein Pony bergauf, an den Schienen entlang.

Neufeld sagte mehr zu sich selbst: »Kein Grund zur Eile, mein Junge.«

»Herr Hauptmann?« Der Soldat sah ihn fragend an.

»Jetzt ist es zu spät«, sagte Neufeld.

Mallory blickte auf das noch immer schäumende Wasser in der Schlucht hinunter, drehte sich um und schaute auf den Stausee hinab, dessen Wasserspiegel sich bereits um mindestens fünfzehn Meter gesenkt hatte. Wieder drehte er sich um und sah die anderen an. Er fühlte sich unaussprechlich müde.

Andrea, zerschunden, zerschlagen und blutend, demonstrierte wieder einmal seine beträchtlichen Fähigkeiten, was schnelle Erholung betraf. Wenn man ihn ansah, wäre man nicht auf die Idee gekommen, daß er erst zehn Minuten zuvor dem Zusammenbruch nahe gewesen war. Er hielt Maria wie ein Kind in den Armen. Sie kam langsam zu sich. Miller verarztete die Kopfwunde von Petar, der vor ihm saß und bereits wieder ganz munter war, dann ging er zu Groves hinüber und beugte sich über ihn. Nach ein paar Sekunden richtete er sich wieder auf und starrte auf den jungen Sergeant hinunter.

»Tot?« fragte Mallory.

»Tot.«

»Tot.« Andrea lächelte traurig. »Tot – und wir sind am Leben. Weil dieser Junge tot ist.«

»Er war entbehrlich«, sagte Miller.

»Und der junge Reynolds?« fragte Andrea müde. »Er war auch entbehrlich. Was war es doch, was du heute nachmittag zu ihm gesagt hast, mein Keith – es ist vielleicht die einzige Zeit, die wir haben. Und so war es. Für Reynolds. Er hat mir heute nacht das Leben gerettet – zweimal. Er rettete Marias Leben. Er rettete Petars Leben. Aber er war nicht clever genug, sein eigenes zu retten. *Wir* sind die Cleveren, die Klugen, die Erfahrenen. Die Alten sind am Leben, und die Jungen sind tot. So ist es immer. Wir haben uns über sie lustig gemacht, wir haben sie ausgelacht, wir haben ihnen mißtraut, wir haben über ihre Jugend und ihre Dummheit und ihre Unwissenheit gestaunt.« Mit einer zärtlichen Geste strich er Maria das nasse blonde Haar aus dem Gesicht, und sie lächelte ihn an. »Und am Ende waren sie besser als wir...«

»Vielleicht in diesem Fall«, sagte Mallory. Er sah Petar traurig an und schüttelte den Kopf: »Wenn man sich vorstellt, daß alle drei tot sind, Saunders, Groves, Reynolds, und keiner von ihnen hatte eine Ahnung, daß Sie der Chef der britischen Spionage im Balkan sind.«

»Ahnungslos bis zum letzten Augenblick.« Miller wischte sich mit der Rückseite seines Ärmels zornig über die Augen. »Mancher lernt's nie. Mancher lernt's nie.«

EPILOG

Wieder einmal befanden sich Captain Jensen und der englische Generalleutnant in der Operationszentrale in Termoli, aber jetzt gingen sie nicht mehr nervös auf und ab. Diese Zeit war vorüber. Die beiden Männer sahen zwar immer noch sehr müde aus, und in ihren Gesichtern hatten sich ein paar Falten vertieft, aber die Gesichter waren nicht länger eingefallen, in den Augen lag keine Angst mehr, und wenn sie auf und ab gegangen wären, statt bequem in tiefen Sesseln zu sitzen, hätte man vielleicht bemerkt, daß ihre Schritte leichter waren. Jeder der beiden Männer hatte ein Glas in der Hand, ein großes Glas.

Jensen nippte an seinem Whisky und sagte lächelnd: »Ich dachte, der Platz eines Generals sei an der Spitze seiner Truppen?«

»Nicht heutzutage«, sagte der General bestimmt. »Im Jahre 1944 führt der kluge General seine Truppen an, indem er sich hinter ihnen hält – etwa zwanzig Meilen hinter ihnen. Außerdem marschieren die bewaffneten Divisionen in einem Tempo, daß es mir ganz unmöglich wäre, mit ihnen Schritt zu halten.«

»Marschieren sie tatsächlich so schnell?«

»Nicht ganz so schnell wie die deutschen und österreichischen Divisionen, die sich in der letzten Nacht von der Gustav-Linie zurückzogen und nun auf die jugoslawische Grenze zurennen. Aber sie sind auch nicht schlecht.« Der General nahm einen großen Schluck Whisky und gestattete sich ein äußerst befriedigtes Lächeln. »Täuschung gelungen, Durchbruch gelungen. Im großen und ganzen haben Ihre Männer ganz gute Arbeit geleistet.«

Beide Männer drehten sich in ihren Sesseln um, als ein respektvolles Klopfen ertönte und sich gleich darauf die schweren ledergepolsterten Türen öffneten. Mallory trat ein, gefolgt von Vukalovic, Andrea und Miller. Alle vier waren unrasiert, alle vier sahen aus, als hätten sie seit einer Woche nicht geschlafen. Andrea trug seinen Arm in einer Schlinge.

Jensen erhob sich, leerte sein Glas, stellte es auf einen Tisch, blickte Mallory gelassen an und sagte: »Das haben Sie aber gerade noch geschafft, was?«

Mallory, Andrea und Miller wechselten amüsierte Blicke. Nach einer ziemlich langen Pause sagte Mallory: »Manche Dinge dauern länger als andere.«

Petar und Maria lagen Hand in Hand nebeneinander in zwei Armeebetten im Militärkrankenhaus von Termoli, als Jensen, gefolgt von Mallory, Miller und Andrea, eintrat.

»Ausgezeichnete Berichte über euch beide. Freut mich, freut mich«, sagte Jensen forsch. »Ich habe nur ein paar – äh – Freunde mitgebracht, die sich verabschieden wollen.«

»Was ist denn das für ein Krankenhaus?« sagte Miller streng. »Wie steht es denn mit der hohen Moral der Armee? Haben die denn hier keine getrennten Abteilungen für Männer und Frauen?«

»Die beiden sind seit beinahe zwei Jahren miteinander verheiratet«, sagte Mallory milde. »Habe ich vergessen, dir das zu erzählen?«

»Natürlich hast du es nicht vergessen«, entgegnete Miller angewidert, »du hast nur nicht daran gedacht.«

»Weil wir gerade von Ehe reden –« Andrea räusperte sich und fing noch einmal an. »Captain Jensen wird sich erinnern, daß er in Navarone...«

»Ja, ja.« Jensen hob beschwichtigend die Hand. »Ich erinnere mich, ganz bestimmt, ich erinnere mich. Aber ich dachte, daß vielleicht... also, die Sache ist die... Nun, es trifft sich zufällig, daß sich ein kleiner Auftrag... wirklich nur ein ganz winziger Auftrag... und da dachte ich, wo Sie nun schon mal hier sind...«

Andrea starrte Jensen an. Auf seinem Gesicht lag Entsetzen.

Die Überlebenden der Kerry Dancer

1

Berlin hatte er vier Jahre nicht mehr gesehen. Daß er ein Deutscher war, durfte niemand wissen. Daß sich hinter dem Holländer van Effen der Oberstleutnant der deutschen Abwehr Alexis von Effen verbarg, war Geheimste Kommandosache. Er konnte sich kaum mehr erinnern, wie er einmal wirklich ausgesehen hatte, damals, als er in Berlin fast jeden Tag seinen Morgenritt durch den Tiergarten oder den Grunewald machen konnte. Er hatte kein Foto, weder von sich noch von den Mädchen, die ihn gern geheiratet hätten. Aber ein Mann der Abwehr ließ besser die Finger von den Mädchen. Für alle Fälle...

Seit vier Jahren spielte er die Rolle eines Schattens. Sein Schatten fiel auf einen Engländer namens Foster Farnholme, der Chef der britischen Abwehr in Südostasien war. Und Farnholme hatte keine Ahnung, wer dieser Holländer van Effen war, den er in seinen Stab aufgenommen hatte; denn außer ihm sprach nur noch der Holländer so viele asiatische Sprachen, vom Japanisch begonnen bis zu den vielen Dialekten der malaiischen Inselgruppen.

Um Mitternacht, am 14. Februar 1942, saß Foster Farnholme im Wartezimmer der britischen Kommandantur von Singapur. Draußen, in einem engen Kreis rings um die Stadt, lagen die triumphierenden, unaufhaltsam vordringenden Japaner geduckt vor den letzten Verteidigungsstellungen. Sie warteten nur auf die Dämmerung, um zum letzten Schlag gegen Singapur auszuholen.

Auch Foster Farnholme dachte daran. Die Kerzen beleuchteten sein Gesicht mit dem dichten weißen Haar, dem struppigen, weißen Schnurrbart unter der Adlernase. Wie ein Pensionär sah er aus, der mit sich und der Welt zufrieden zu sein schien.

Die Tür hinter ihm wurde geöffnet. Ein junger, müde aussehender Sergeant kam herein. Farnholme wandte langsam den Kopf und hob in stummer Frage die buschigen Brauen.

»Ich habe Ihren Wunsch ausgerichtet, Sir. Captain Bryceland wird gleich kommen.«

»Bryceland?« Die weißen Augenbrauen Farnholmes vereinigten sich über den tiefliegenden Augen zu einer schnurgeraden Linie.

»Wer, zum Teufel, ist Captain Bryceland? Hören Sie, ich habe den Colonel, den Kommandanten, verlangt, und ich muß ihn sprechen. Auf der Stelle! Sofort! Haben Sie verstanden?«

»Vielleicht kann ich Ihnen irgendwie behilflich sein?« Hinter dem Sergeanten war ein anderer Mann in der Tür erschienen.
»Bryceland?«
Der junge Offizier nickte wortlos.
»Sicher können Sie mir behilflich sein«, sagte Farnholme. »Führen Sie mich zu Ihrem Colonel – und zwar sofort.«
»Nicht zu machen.« Bryceland schüttelte den Kopf. »Er schläft. Der erste Schlaf seit drei Tagen und drei Nächten – und Gott allein weiß, daß wir morgen...«
»Ich weiß es auch«, unterbrach Farnholme den Offizier. »Trotzdem, Singapur bedeutet gar nichts – verglichen mit meiner Angelegenheit.« Er langte unter das Hemd und hielt plötzlich eine schwere Pistole in der Hand. »Sollte ich ihn selbst suchen müssen, werde ich das da benutzen und ihn finden. Ich denke, es wird nicht nötig sein. Sagen Sie Ihrem Colonel, Brigadegeneral Farnholme sei da. Er wird kommen!«
Bryceland sah ihn eine Weile zögernd an, dann entfernte er sich wortlos. Innerhalb von drei Minuten war er zurück und trat an der Tür beiseite, um dem Colonel den Vortritt zu lassen.
Der Colonel war, nach Farnholmes Schätzung, ein Mann von Vierzig – höchstens Fünfzig. Er sah aus wie Siebzig. Es fiel ihm schwer, die Augen offenzuhalten. Aber er erzwang sich ein Lächeln ab.
»Guten Abend, Sir«, sagte er.
»'n Abend, Colonel. Sie kennen mich also?«
»Ich weiß, wer Sie sind.«
»Gut, das spart uns eine Menge von Erklärungen. Und für Erklärungen habe ich keine Zeit.« Er wandte sich halb zur Seite, als die Detonation einer ganz in der Nähe einschlagenden Granate den Raum erzittern ließ. Dann sagte er sehr ruhig: »Ich brauche eine Maschine, die mich aus Singapur hinausfliegt, Colonel. Es ist mir einerlei, wohin die Maschine fliegt – nach Burma, Indien, Ceylon, Australien –, das ist mir alles einerlei. Ich möchte eine Maschine haben, und zwar sofort.«
»So eine Maschine möchten wir alle haben«, sagte der Colonel tonlos, mit hölzerner Stimme. »Die letzte Maschine ist längst fort...«
Farnholme starrte auf den Koffer, der neben ihm stand. »Kann ich Sie allein sprechen, Colonel?« fragte er dann.
»Natürlich.« Der Colonel wartete, bis sich die Tür hinter Bryceland und dem Sergeanten geschlossen hatte. »Die letzte Maschine ist trotzdem fort, es tut mir leid, Sir«, sagte er dann mit einem leisen Lächeln.

Farnholme begann sein Hemd aufzuknöpfen. »Sie wissen, wer ich bin, Colonel? Ich meine, Sie wissen etwas mehr als nur meinen Namen?«

Zum erstenmal betrachtete der Colonel seinen Besucher mit unverhohlener Neugier. »Ich weiß es – und man vermutete seit drei Tagen, Sie könnten hier in der Nähe sein. Und ich weiß, daß Brigadegeneral Farnholme seit siebzehn Jahren Chef der Abwehr in Südostasien ist.«

Farnholme hatte sein Hemd aufgeknöpft und schnallte einen breiten, mit Gummi überzogenen Gürtel los, den er um die Taille trug. Er öffnete zwei der an dem Gürtel befindlichen Taschen und legte ihren Inhalt auf den Tisch.

»Sehen Sie doch mal, ob Sie daraus schlau werden, Colonel!«

Der Colonel sah auf die Fotokopien und Filmrollen, die auf dem Tisch lagen. Er setzte eine Brille auf, holte eine Taschenlampe aus der Hosentasche und saß drei Minuten da, ohne den Blick zu heben oder ein Wort zu sagen. Von draußen kam in Abständen das Krachen krepierender Granaten. Farnholme, einen neuen Stumpen im Mund, hatte sich in dem bequemen Lehnstuhl ausgestreckt und schien völlig gleichgültig.

Nach einer Weile begann der Colonel sich zu bewegen und sah Farnholme an. Die Hände, in denen er die Fotokopien hielt, zitterten. Seine Stimme war unsicher: »Ich brauche kein Japanisch, um zu sehen, was das ist. Mein Gott, wo haben Sie denn das erwischt?«

»In Borneo. Zwei unserer besten Leute und zwei Holländer sind dabei draufgegangen. Ist aber jetzt völlig unwichtig. Wichtig ist einzig und allein, daß ich das Zeug habe und daß die Japaner es nicht wissen.«

Der Colonel schien nichts gehört zu haben. »Das ist phantastisch«, murmelte er, »das ist ja phantastisch. Das ganze nördliche Australien – die japanischen Pläne für eine Invasion!«

»Vollständig – die vorgesehenen Häfen und Flugplätze, die Zeiten, bis auf die Minute genau, die Streitkräfte – bis auf das letzte Infanteriebataillon«, sagte Farnholme ganz ruhig.

Der Colonel runzelte die Stirn. »Aber da ist eine Sache, die...«

»Ich weiß«, unterbrach ihn Farnholme, »wir haben den Schlüssel nicht. Und die Geheimkodes der Japaner sind nicht zu entschlüsseln, nicht einer. Niemand kann das, das heißt mit Ausnahme eines kleinen, alten Mannes in London. Er sieht aus, als könne er seinen Namen nicht schreiben.«

Der Colonel starrte Farnholme an. »Diese... diese Dokumente

sind unbezahlbar, Sir. Aller Reichtum der Erde ist nichts, verglichen mit diesem hier. Das bedeutet Leben oder Tod, Sieg oder Niederlage. Unsere Leuten müssen das... sie müssen das unbedingt in London in die Hand bekommen...«

»Ganz meine Meinung«, sagte Farnholme. Er griff nach den Filmen und Fotokopien und verstaute sie wieder sorgfältig in den Taschen des wasserdichten Gürtels. »Vielleicht verstehen Sie jetzt allmählich, weshalb ich so erpicht darauf bin, rauszukommen aus Singapur.«

Der Colonel nickte müde, sagte jedoch nichts.

»Wenn kein Flugzeug, auch kein U-Boot?« fragte Farnholme.

»Nein.«

Farnholme machte schmale Lippen. »Zerstörer, Fregatte, sonst ein Marinefahrzeug?«

»Nein.« Und nach einer Pause: »Und selbst wenn, Sie kämen keine hundert Meilen weit. Ringsum wimmelt es von japanischen Flugzeugen.«

»Keine freundliche Wahl: Meeresgrund oder japanisches Gefangenenlager.«

»Warum, zum Teufel, sind Sie überhaupt hergekommen«, fragte der Colonel mit bitterer Stimme, »ausgerechnet nach Singapur, ausgerechnet jetzt? Wie in aller Welt sind Sie überhaupt noch bis Singapur gekommen?«

»Per Schiff von Borneo«, sagte Farnholme. »Mit der ›Kerry Dancer‹. Ein schwimmender Sarg sozusagen. Der Kapitän ist eine aalglatte, verdächtige Type mit Namen Siran. Möchte schwören, daß er ein abtrünniger Engländer ist, der es mit den Japanern hält. Wieviel Zeit haben wir noch, Colonel?«

»Wir kapitulieren morgen.«

»Morgen?« Farnholme stand auf, stieß wütend die Luft aus. »Nun gut, dann hilft es eben nichts. Also zurück auf die alte ›Kerry Dancer‹. Gott schütze Australien!«

»Zurück auf die ›Kerry Dancer‹?« fragte der Colonel. »Sie wird eine Stunde nach Sonnenaufgang auf dem Meeresgrund liegen. Ich sagte Ihnen doch, es wimmelt hier von japanischen Flugzeugen!«

»Haben Sie einen besseren Vorschlag?«

»Ich weiß, ich weiß. Doch selbst, wenn Sie Glück haben sollten, wer garantiert Ihnen, daß der Kapitän dorthin fährt, wohin Sie wollen?«

»Keiner«, gab Farnholme zu. »Aber ich habe einen sehr brauchbaren Mann an Bord, einen Holländer, van Effen. Ihm oder mir – oder ihm und mir wird es schon gelingen.«

»Und wenn der Kapitän mit der ›Kerry Dancer‹ inzwischen aus Singapur wieder ausgelaufen ist? Haben Sie eine Garantie, daß der Kapitän auf Sie gewartet hat?«

Farnholme klopfte auf den schäbigen Koffer, der neben seinem Stuhl stand. »Das ist meine Garantie – ich hoffe es jedenfalls. Siran, der Kapitän, glaubt, der Koffer sei vollgestopft mit Diamanten... Ich habe ihn mit einigen Diamanten geschmiert, damit er überhaupt hierher fuhr... Genauso lange, wie er hofft, mir den Koffer mit den Diamanten abnehmen zu können, wird er an mir hängen wie ein Blutsbruder.«

»Und der Kapitän Siran hat keine Ahnung, wer Sie wirklich sind?«

»Ausgeschlossen. Er hält mich für einen versoffenen alten Gauner, der mit Reichtümern finsterer Herkunft abhauen möchte.«

»Hoffentlich. Aber damit Sie sich nicht nur auf sich selbst und auf...«

»Den Holländer van Effen...«, ergänzte Farnholme.

»...und den Holländer van Effen verlassen müssen, werde ich einen Offizier und zwei Dutzend Mann von einem Hochland-Regiment abkommandieren, um Sie auf der ›Kerry Dancer‹ zu begleiten.«

»Bin Ihnen verdammt dankbar, Colonel. Das wird eine große Hilfe sein.« Farnholme knöpfte das Hemd wieder zu. Er nahm seinen Koffer und streckte die Hand aus. »Besten Dank für alles, Colonel. Klingt komisch, wenn man daran denkt, daß Sie ein japanisches Gefangenenlager erwartet – trotzdem: alles Gute!«

»Danke, Sir. Und Ihnen viel Glück – Sie werden es, weiß Gott, nötig haben.«

Er warf einen Blick dorthin, wo unter dem Hemd der Gürtel mit den Fotokopien war.

»Vielleicht kommen Sie trotzdem durch – nach London«, sagte er abschließend mit düsterer Stimme.

Als Farnholme in die Nacht hinaustrat, waren der Offizier und die vierundzwanzig Mann des Hochland-Regiments schon angetreten. In der Luft lag ein seltsames Gemisch von Pulverdampf, Tod und Fäulnis. Das Granatfeuer hatte aufgehört. Vermutlich hielten es die Japaner für sinnlos, in einer Stadt, die ihnen bei Sonnenaufgang ohnedies in die Hände fallen würde, noch allzu großen Schaden anzurichten.

Farnholme und seine Eskorte schritten in dem jetzt einsetzenden Regen durch die leeren Straßen Singapurs. Nach wenigen Minuten waren sie am Hafen. Die leichte östliche Brise verwehte den Rauch, und im nächsten Augenblick machte Farnholme eine Entdeckung, die ihn veranlaßte, den Griff seines Koffers fester zu umklammern: Das kleine Beiboot der ›Kerry Dancer‹, das an der Kaimauer angelegt hatte, als er zur Kommandantur gegangen war, war fort. Eine böse Ahnung stieg in ihm auf. Er hob den Kopf und starrte nach draußen. Doch es war nichts zu sehen.

Die ›Kerry Dancer‹ war verschwunden, als ob es sie nie gegeben hätte. Nur der Regen fiel. Und ein leichter Wind wehte durch die Uferstraßen. Von links hörte Farnholme das leise, herzzerreißende Schluchzen eines kleinen Jungen, der in der Dunkelheit weinte.

»Das Schiff, Sir, ist fort«, sagte der Offizier, der das Kommando über die vierundzwanzig Soldaten des Hochland-Regiments hatte. Er hieß Leutnant Parker.

Farnholme spielte den Überraschten. »Tatsächlich?« sagte er. Er rieb sich das Kinn. »Hören Sie das Kind weinen?« fragte er plötzlich.

»Jawohl, Sir.«

»Schicken Sie einen Soldaten in die Richtung. Er soll das Kind herbringen.«

»Aber...«, begann Leutnant Parker. Doch er verstummte vor den kalten, unbewegenlichen Augen Farnholmes.

»Und dann schicken Sie ein paar Mann nach beiden Seiten am Kai entlang. Sie sollen alle Leute, die sie treffen, hierherbringen. Vielleicht können sie uns irgendeine Aufklärung über das verschwundene Schiff geben.«

Farnholme schlenderte einige Meter weiter ins Dunkle. Leutnant Parker war innerhalb einer Minute wieder bei ihm. Farnholme brannte sich einen neuen Stumpen an, musterte den jungen Offizier und fragte unvermittelt: »Wissen Sie, wer ich bin?«

»Nein, Sir.«

»Brigadegeneral Farnholme. Und nachdem Sie es nun wissen, vergessen Sie es wieder. Sie haben meinen Namen nie gehört, verstanden?«

»Ja, Sir.«

»Und reden Sie mich von jetzt an nicht mehr mit ›Sir‹ an. Von nun an bin ich für Sie ein älterer, versoffener Tramp, den man nicht ganz für voll nimmt. Sie haben mich getroffen, wie ich in den Straßen umherirrte und nach irgendeiner Fahrgelegenheit aus Singapur heraus suchte. Übrigens: Unser Reiseziel ist Australien, selbst wenn wir mit einem Ruderboot fahren müßten.« Er brach ab und sah sich um. Aus der Richtung der Kalangbucht kam das

Geräusch von Schritten: der abgemessene Gleichschritt von Soldaten und das rasche, ungleichmäßige Geklapper weiblicher Absätze.

Parker starrte die Ankömmlinge an, die aus der Dunkelheit auftauchten, dann wandte er sich an den Soldaten, der sie hergeführt hatte. »Was sind das für Leute?«

»Krankenschwestern, Sir. Wir trafen sie, wie sie am Hafen entlangirrten.«

Parker sah das hochgewachsene Mädchen an, das ihm am nächsten stand. Das dichte, blauschwarze Haar fiel in nassen Strähnen in ihr Gesicht. »Was, zum Teufel, soll das heißen, daß ihr mitten in der Nacht in Singapur herumlauft?« brummte er.

»Wir sollten das Gelände am Hafen nach Verwundeten absuchen, Sir«, antwortete das hochgewachsene Mädchen, das sich immer wieder das Haar aus der Stirne zu streichen versuchte.

»Wer sind die vier andern?«

»Auch Krankenschwestern, zwei Malaiinnen und zwei Chinesinnen, Sir.«

»Wie heißen Sie?«

»Drachmann.«

Die Stimme des Leutnants wurde jetzt um einen Grad weniger dienstlich. Er konnte sehen, daß die Mädchen sehr müde waren und im Regen vor Kälte zitterten. »Miß Drachmann, haben Sie irgend etwas von einem kleinen Motorboot gehört oder von einem Küstendampfer... irgendwo hier... in der Nähe des Hafens...?« fragte er.

»Draußen auf der Reede liegt ein Schiff vor Anker, Sir!« sagte Miß Drachmann.

»Was?« Farnholme kam einen Schritt nach vorn und faßte das Mädchen an der Schulter. »Da draußen liegt ein Schiff? Sind Sie sicher?«

»Natürlich bin ich sicher«, sagte das Mädchen. »Ich hörte, wie es Anker warf, vor vielleicht zehn Minuten.«

»Wieso wissen Sie das so genau?« fragte Farnholme. »Vielleicht hat das Schiff auch die Anker gelichtet und...«

Das Mädchen schüttelte die Hand Farnholmes von ihrer Schulter ab. »Hören Sie mal, Sir, ich bin zwar müde und sehe verdreckt aus. Aber ich leide nicht an Halluzinationen. Ich weiß, was ich sehe und was ich nicht sehe.«

»Und wo liegt dieses... dieses Schiff vor Anker?«

»Nur etwa eine Meile von hier – gleich hinter Malay-Point, Sir. Und auf der Kaimauer liegen verwundete englische Soldaten, wir wußten nicht, wohin mit ihnen. Haben sie nur notdürftig verbinden können, Sir.«

Sie stapften durch die Nacht am Kai entlang, dem Malay-Point zu. Das Gewehrfeuer am Rande der Stadt hatte nachgelassen. Die Stille vor dem Sturm. Nach etwa zehn Minuten sagte Miß Drachmann: »Hier, Sir, hier ungefähr habe ich es gehört.«

»Aus welcher Richtung?« fragte Farnholme. Er sah dorthin, wohin die Hand des Mädchens zeigte. Aber es lag Rauch über dem Wasser. Man konnte nichts sehen.

Parker trat dicht hinter Farnholme. »Blinken?« flüsterte er ihm zu.

Einen Augenblick lang war Farnholme unschlüssig. Doch nur einen Augenblick. Sie hatten nichts mehr zu verlieren. Dunkel hoben sich vom Pflaster die Schatten der Verwundeten ab, ihr Stöhnen drang durch die Finsternis. Ein kleines Kind irrte zwischen ihnen herum und weinte. »Verstehen Sie etwas von Kindern, Miß Drachmann?« fragte Farnholme. Und als das Mädchen nickte, fuhr er fort: »Dann kümmern Sie sich um dieses weinende Etwas!«

Fünf Minuten vergingen, zehn Minuten. Die Taschenlampe eines Sergeanten gab Blinkzeichen, an – aus, an – aus. Keine Antwort kam. Und wieder vergingen fünf Minuten, Minuten, in denen aus dem sanften Regen ein Wolkenbruch wurde, bis sich endlich Leutnant Parker räusperte.

»Ich höre was rankommen«, sagte er wie beiläufig.

»Was denn? Wo denn? fragte Farnholme liese.

»Irgendein Ruderboot. Ich höre die Riemen. Kommt genau auf uns zu, scheint mir.«

Bald konnte es jeder hören, das Ächzen der Riemen, die sich knirschend in den Dollen drehten. »Was soll aus den andern werden – den Verwundeten, den Krankenschwestern«? fragte Parker leise.

»Sollen mitkommen, wenn sie wollen«, antwortete Farnholme. »Aber unsere Aussichten sind gering, machen Sie das allen klar, Parker. Sagen Sie allen, sie sollen das Maul halten und von der Kaimauer zurückgehen. Ganz gleich, wer da ankommt – aber es muß ja das Beiboot der ›Kerry Dancer‹ sein. Sobald Sie das Boot an der Kaimauer scheuern hören, kommen Sie nach vorn und übernehmen das Kommando!«

Parker wollte noch etwas antworten, doch Farnholme bedeutete ihm durch eine Geste, zu schweigen. Er nahm einem Sergeanten die Taschenlampe aus der Hand und ging vor an den Rand der

Kaimauer. In dem Lichtkegel, den die Lampe auf das Wasser warf, war das Boot jetzt als undeutlicher Umriß zu erkennen, knapp hundert Meter noch vom Kai entfernt. Farnholme konnte sehen, wie jetzt ein Mann, der hinten im Heck stand, ein Kommando gab. Die Matrosen tauchten die Riemen ein und hielten kräftig gegen, bis das Boot zum Halten kam. Lautlos und regungslos lag es da, ein verschwommener Schatten in der Dunkelheit.

»Seid Ihr von der ›Kerry Dancer‹?« rief Farnholme.

»Ja.« Deutlich drang eine tiefe Stimme durch den fallenden Regen. »Wer da?«

»Farnholme – wer denn sonst?« Er hörte, wie der Mann im Heck ein neues Kommando gab und die Matrosen sich wieder in die Riemen legten.

»Van Effen?«

»Ja, van Effen!«

»Mann, van Effen, Gott sei Dank!« Die Wärme in Farnholmes Stimme war echt. Das Boot war inzwischen auf fünf Meter herangekommen.

»Was war denn los, van Effen?«

»Nichts Besonderes.« Der Holländer sprach ein perfektes Umgangsenglisch, mit einer kaum hörbaren Spur von Akzent. »Unser ehrenwerter Kapitän hatte beschlossen, nicht auf Sie zu warten. Er war schon abgefahren, als ich ihn doch überreden konnte, es sich noch einmal anders zu überlegen.«

»Aber wie wollen Sie wissen, daß die ›Kerry Dancer‹ nicht doch losfährt, ehe Sie wieder an Bord sind? Mein Gott, van Effen, Sie hätten an Bord bleiben sollen. Diesem Schurken von Kapitän ist nicht von Zwölf bis Mittag zu trauen.«

»Ich weiß.« Van Effen, die Hand an der Ruderpinne, steuerte das Boot an die Kaimauer heran. »Sollte die ›Kerry Dancer‹ abfahren, dann ohne ihren Kapitän. Der sitzt nämlich hier unten im Boot, die Hände auf dem Rücken gebunden und meine Pistole im Genick. Ich schätze, Kapitän Siran ist nicht sonderlich glücklich darüber.«

Farnholme leuchtete mit der Taschenlampe nach unten, der Lichtkegel fiel auf das Gesicht des Kapitäns. Es war glatt, braun und ausdruckslos wie immer.

»Um ganz sicherzugehen«, fuhr van Effen fort, »habe ich die beiden Maschinisten gefesselt in der Kabine von Miß Plenderleith, unserer alten Dame an Bord, untergebracht.«

»Großartig, Sie denken wirklich an alles«, sagte Farnholme anerkennend, »wenn nur nicht...«

»Schon gut. Machen Sie Platz, Farnholme«, sagte Parker, der

plötzlich aus dem Dunkel aufgetaucht war und den hellen Strahl seiner Lampe ins Boot und auf die Gesichter der Männer im Boot richtete. In diesem Augenblick hob van Effen die Hand mit der Pistole.

»Lassen Sie den Unsinn!« sagte Parker scharf. »Stecken Sie das Ding weg! Wir haben hier ein Dutzend Gewehre und Maschinengewehre!«

Langsam ließ van Effen die Hand mit der Pistole sinken. »Wußte nicht, daß Sie den Mann kennen, Farnholme«, sagte van Effen, der blitzschnell reagiert hatte, als er merkte, daß Farnholme nicht allein war.

»Ja, britische Soldaten, unsere Freunde, van Effen«, sagte Farnholme.

Parker sah hinunter auf das Boot, hinab auf van Effen. »Ist ja ein Motorboot. Warum haben Sie dann rudern lassen?«

»Ist doch klar«, lächelte van Effen, »es hätten ja schon Japaner auf der Kaimauer sein können. Und denen wollte ich ebensowenig in die Hände fallen wie Farnholme oder Sie.«

Er drehte das Gesicht ab, so daß niemand sehen konnte, welche Verbitterung und Enttäuschung um seinen Mund lag. Er hatte nur mit Farnholme gerechnet, mit Farnholme ganz allein, aber nicht mit den englischen Soldaten. Scheinbar gleichgültig bückte er sich, drückte dem Kapitän Siran die Pistole in die Rippen und gab ihm den Befehl, den Motor anzulassen.

Eine halbe Stunde später waren alle Verwundeten, die englischen Soldaten und auch Miß Drachmann mit einem weinenden Jungen auf dem Arm an Bord der ›Kerry Dancer‹. Die anderen Krankenschwestern, Malaiinnen und Chinesinnen, waren an Land zurückgeblieben.

Es war kurz vor halb drei Uhr morgens, als die ›Kerry Dancer‹ auf der Reede vor Singapur die Anker lichtete. Vier Stunden später fiel Singapur in die Hände der Japaner.

Farnholme war in dem tristen, dunstigen Achterdeck der ›Kerry Dancer‹ damit beschäftigt, Miß Drachmann und Miß Plenderleith, der alten Dame, beim Verbinden und Versorgen der Verwundeten zu helfen. Manchmal wechselte er mit Miß Plenderleith einen schnellen Blick, dann schienen beide zu lächeln, um in der nächsten Sekunde wie Fremde nebeneinander weiterzuarbeiten.

Van Effen lag an Deck, unter einem Rettungsboot, direkt neben dem Ruderhaus und keine zwei Meter von der Funkkabine entfernt. Als er Leutnant Parker die Stufen zum Achterdeck hinuntergehen sah, huschte er in die Funkkabine.

Der Funker, Willie Loon, machte Platz für van Effen. Er spähte durch das Bullauge nach draußen. Zwei Minuten später, als niemand an Deck den Ausgang der Funkkabine beobachten konnte, huschte van Effen wieder heraus. Seinem Gesicht war nichts anzumerken. Gleichgültig suchte er seinen Platz unter dem Rettungsboot wieder auf.

Farnholme hörte ein Klopfen an der Tür. Er machte das Licht aus, ging auf den Gang und sah schattenhaft eine Gestalt.

»Leutnant Parker?«

»Ja.« Parker deutete in der Dunkelheit nach oben. »Vielleicht gehen wir besser ans Oberdeck. Dort können wir reden, ohne daß uns jemand hört.«

Gemeinsam kletterten sie die eiserne Leiter hoch und gingen nach achter an die Reling. Der Regen hatte aufgehört, die See war ruhig. Farnholme beugte sich über die Reling, starrte nach unten auf die phosphoreszierenden Wirbel im weißlich schäumenden Kielwasser der ›Kerry Dancer‹ und zog eine Whiskyflasche aus der Tasche. Er mußte den Ruf wahren, den er an Bord der ›Kerry Dancer‹ hatte; den Ruf eines versoffenen alten Tramps. Er setzte die Flasche an den Mund und verschüttete absichtlich etwas Whisky über sein Hemd.

»Alles klar an Bord?« fragte Farnholme.

»Ja. Der Kapitän wird keine Schwierigkeiten machen. Es geht für ihn genauso um Kopf und Kragen wie für uns. Darüber ist er sich wohl vollkommen klar. Es ist wenig wahrscheinlich, daß die Bombe oder das Torpedo, die uns erwischen, nicht auch ihn treffen sollten. Einer meiner Männer hat Auftrag, auf ihn aufzupassen. Ein anderer bewacht den Rudergänger, ein dritter hält ein Auge auf den diensthabenden Maschinisten.«

»Sehr gut.« Farnholme nickte zustimmend. »Im übrigen – nehmen Sie keine Notiz von mir, soweit das möglich ist. Sie könnten übrigens etwas für mich erledigen. Sie kennen die Funkbude?«

»Ich habe sie gesehen, hinter dem Ruderhaus.«

»Den Funker, Willie Loon oder so ähnlich, halte ich für einen anständigen Burschen. Der Himmel mag wissen, was er an Bord dieses schwimmenden Sargs verloren hat. Ich möchte mich aber lieber nicht selber mit ihm in Verbindung setzen. Fragen Sie ihn doch mal, wie groß der Sendebereich seines Geräts ist, und lassen Sie es mich vor Tagesanbruch wissen. Vermutlich werde ich etwa um diese Zeit einen Funkspruch loslassen müssen.«

»Jawohl, Sir. Ich werde gleich hingehen. Gute Nacht, Sir.«
»Gute Nacht, Leutnant.«

Farnholme blieb noch ein paar Minuten an der Reling stehen, dann drehte er sich um und ging nach unten.

In der Funkkabine erfuhr Leutnant Parker von dem Funker Willie Loon, daß die Reichweite seines Senders knapp fünfhundert Meilen betrage. Er lächelte, während er es dem Leutnant sagte. Parker dankte ihm für die Auskunft. Auf dem Weg zur Tür sah er auf dem Tisch neben dem Funkgerät eine runde, mit Zuckerguß überzogene Torte, die offenbar nicht von einem Fachmann gebakken war.

»Was hat das zu bedeuten?« fragte er.

»Das ist eine Geburtstagstorte. Hat meine Frau gemacht. Schon vor zwei Monaten, um sicher zu sein, daß ich sie rechtzeitig habe. Das da ist ihr Bild.«

»Und wann haben Sie Geburtstag?«

»Heute. Deshalb habe ich die Torte hingestellt. Ich werde heute vierundzwanzig.«

»Na, dann alles Gute«, sagte Parker, wandte sich um, stieg über die Sturmleiste und machte die Tür leise hinter sich zu. Van Effen, der unter dem Rettungsboot lag, sah er nicht.

Willie Loon starb an seinem vierundzwanzigsten Geburtstag, am hohen Mittag, während das harte Licht der Sonne des Äquators sengend durch das vergitterte Oberlicht über seinem Kopf hereinschien.

Doch Willie Loon sah die Sonne nicht mehr, auch nicht die Torte, nicht das Bild seiner Frau, nicht die Kerze, die vor dem Bild flackerte; denn er war blind. Ein furchtbarer Hammerschlag hatte ihn am Hinterkopf getroffen. Aber noch war eine winzige Spur von Leben in ihm. Und auf der Funkerschule hatte er gelernt, daß man erst dann ein richtiger Funker ist, wenn man in der schwärzesten Finsternis genauso gut funken kann wie am hellichten Tag. Und außerdem hatte er gelernt, daß ein Funker bis zuletzt auf seinem Posten bleiben muß, daß er erst zusammen mit seinem Kapitän von Bord zu gehen hat.

Deshalb ging Willie Loons Hand auf und ab, bewegte die Taste, um wieder und wieder den gleichen Funkspruch zu senden:

»SOS, feindlicher Luftangriff, 0.45 Nord, 104.24 Ost, Schiff brennt – SOS, feindlicher Luftangriff, 0.45 Nord, 104.24 Ost, Schiff brennt – SOS...«

Einen Augenblick lang, nur für einen kurzen Augenblick, kehrte ihm das Bewußtsein zurück. Seine rechte Hand war von der Taste herabgerutscht. Er war sich klar darüber, wie ungeheuer wichtig es war, daß er die Hand wieder auf die Taste hob. Doch in seinem rechten Arm schien keine Kraft mehr zu sein. Er schob die linke Hand hinüber, ergriff das rechte Handgelenk und versuchte, die Hand zu heben. Doch sie war viel zu schwer, sie war so unbeweglich, als wäre sie am Tisch angenagelt.

Dann sank er stumm, ohne Seufzer, vornüber auf den Tisch. Der Kopf fiel auf seine verschränkten Hände, sein linker Ellbogen drückte den Rand der Torte platt, daß die Kerze sich neigte, bis sie fast waagerecht stand. Nach einer Weile begann die Kerze zu flackern, sie beleuchtete die drei kleinen, rotumränderten Löcher im Hinterkopf von Willie Loon. Sie flammte noch einmal hell auf – und verlosch, sie verlosch wie in dieser Sekunde das Leben Willie Loons, des Funkers auf der brennenden ›Kerry Dancer‹.

Weit im Süden stampfte die ›Viroma‹, ein 12 000-Tonnen-Motorschiff der Britisch-Arabischen Tanker-Reederei, durch die stürmische See. Sie hatte zehntausendvierhundert Tonnen Dieselöl geladen und hochexplosives Flugzeugbenzin. In einer Ecke des Ruderhauses auf der Kommandobrücke der ›Viroma‹ saß Kapitän Francis Findhorn. Er nahm die weiße Mütze mit der Goldlitze ab und fuhr sich mit dem Taschentuch über das dunkle, schon gelichtete Haar. Neben ihm stand John Nicolson, sein Erster Offizier, ein Hüne von Gestalt, mit hellen Haaren und tiefgebräunter Haut.

Das Telefon im Ruderhaus schrillte. Nicolson nahm den Hörer ab. »Hier Brücke. Was gibt's?«

Sekunden später sah Nicolson den Kapitän an. »Wieder ein SOS«, sagte er schnell. »Irgendwo nördlich von uns.«

Schweigen. Nicolson hatte den Hörer am Ohr, dann hängte er ihn langsam ein. Er wandte sich zum Kapitän:

»Fliegerangriff, Schiff in Brand, möglicherweise sinkend«, sagte er kurz. »Position 0.45 Nord, 104.24 Ost. Das wäre also die südliche Einfahrt zu Rhio-Kanal. Name des Fahrzeugs zweifelhaft. Der Funker sagt, der Spruch sei zunächst sehr schnell und deutlich gekommen, dann rasch schlechter geworden und schließlich nur noch Unsinn gewesen. Er nimmt an, daß der Funker schwer verletzt war und zum Schluß über seinem Tisch und der Morsetaste zusammengebrochen ist; denn als letztes kam ein Dauerzeichen. Es kommt auch jetzt noch. Der Name des Schiffes war so ähnlich wie ›Kenny Danke‹.«

»Nie gehört«, murmelte der Kapitän. »Sehen Sie doch mal im Register nach. Unter K.«

Nicolson schien zu überlegen, seine blauen Augen hatten einen abwesenden Ausdruck. Er griff zum Register und sagte: »Ich werde mal unter ›Kerry Dancer‹ nachsehen. So 'n Schiff gibt es, glaube ich, in dieser verdammten Gegend.«

Er strich eine Seite des Schiffsverzeichnisses glatt. »Ja, habe mich nicht getäuscht: ›Kerry Dancer‹, 540 Tonnen, gebaut 1922. Reederei ist die Sulamaiya Trading Company...«

»Kenn ich«, unterbrach ihn Kapitän Findhorn. »Eine arabische Firma, mit chinesischem Kapital im Hintergrund. Reederei hat nicht den besten Ruf. Transportiert Schußwaffen, Opium, Perlen, Diamanten – und das wenigste davon legaler Herkunft.«

»SOS bleibt SOS, Käpt'n«, sagte Nicolson.

»Unser Kurs ist 130 und wir halten ihn!« befahl der Kapitän.

»SOS bleibt SOS, Käpt'n«, wiederholte Nicolson noch einmal. »Außerdem, wer sagt Ihnen, daß die ›Kerry Dancer‹ noch immer ein... ein Piratenschiff ist? Könnte auch requiriert sein und – zum Beispiel – Verwundete aus Singapur herausbringen, im letzten Augenblick, ehe sich die Japaner über die Stadt hermachen. Könnte doch sein, Käpt'n? Oder?«

Findhorn schwieg. Er brannte sich, unter Mißachtung der von der Reederei und von ihm selber erlassenen Vorschriften, eine Zigarette an. Kühl sagte er: »Und wenn das SOS eine Falle ist, in die wir hineintappen sollen? Es ist Krieg. Die Japaner würden sich die Hände reiben, unser Öl und unser hochexplosives Flugzeugbenzin zu kapern.«

»Das SOS hat noch keiner mißbraucht, Käpt'n, nicht einmal die Piraten dieser Gegend – und auch die Japaner noch nicht.«

Findhorn unterdrückte einen Fluch. Einen Fluch auf die Zeit, auf Nicolson, auf sein Leben. Sein Leben war ihm ohnehin egal. Der Bungalow am Rande von Singapur ausgebombt von Japanern, die beiden Söhne als Flieger der RAF tot, abgeschossen, der eine über Flandern, der andere über dem Kanal. Die Frau, seine Frau Ellen, bei der Geburt des zweiten Sohnes gestorben. Herzinsuffizienz, hatte der Arzt festgestellt. Ein medizinischer Ausdruck, der ziemlich genau dasselbe besagte wie: gebrochenes Herz.

Er sah Nicolson an, den besten Offizier, mit dem er es in dreißig Jahren als Kapitän zu tun gehabt hatte. Demnächst würde auch dieser Nicolson Kapitän sein, wenn er davonkam, wenn er mit dem Tanker nicht in die Luft flog. Und er wußte, daß ihm dieser Nicolson näherstand als jeder andere Mensch auf der Welt. Ihre beiden Frauen hatten in Singapur gelebt. Beide waren innerhalb der gleichen Woche gestorben, knapp hundert Meter voneinander entfernt. Missis Findhorn zu Hause, vor Gram. Missis Nicolson bei einem Autounglück, als Opfer eines betrunkenen Wahnsinnigen, der selbst ohne jede Schramme davongekommen war.

»Also gut, hol Sie der Teufel!« sagte Findhorn gereizt. »Zwei Stunden haben Sie Zeit, um Kurs auf die ›Kerry Dancer‹ zu nehmen. Dann kehren wir um.«

Er sah auf seine Uhr. »Es ist jetzt genau sechs Uhr fünfundzwanzig. Ich gebe Ihnen Zeit bis acht Uhr dreißig.«

Er sprach kurz mit dem Rudergänger. Die ›Viroma‹ drehte bei. Der Regen war kein Regen mehr, sondern eine Sintflut, die waagrecht herantrieb, eiskalt und schneidend scharf. Das Geräusch des Windes in der Takelage war kein Wimmern mehr, sondern ein lautes Heulen in allen Tonlagen, das in den Ohren weh tat. Die ›Viroma‹ war auf dem Weg in das Zentrum eines Taifuns.

Sie fanden die ›Kerry Dancer‹ um acht Uhr siebenundzwanzig, drei Minuten vor Ablauf der gesetzten Frist. Sie fanden sie, weil Nicolsons Schätzung unheimlich genau zutraf. Sie fanden sie, weil ein langer Blitz das düstere Wrack für einen kurzen Augenblick so hell beleuchtete wie die Mittagssonne. Doch sie hätten die ›Kerry Dancer‹ nie gefunden, wäre nicht der Taifun abgeflaut zu einem kaum spürbaren Lüftchen, hätte nicht der peitschende Regen, der jede Sicht nahm, so plötzlich aufgehört, als habe jemand am Himmel einen riesigen Hahn zugedreht.

Falls auf der ›Kerry Dancer‹ noch jemand am Leben war, konnten die Bedingungen für die Bergung nicht günstiger sein als jetzt.

Falls noch jemand am Leben war...

Nach allem aber, was sie im Licht ihrer Scheinwerfer und der Signallampe an der Steuerbordseite sehen konnten, als sie langsam auf das Schiff zuliefen, schien das wenig wahrscheinlich. Mehr noch, es schien unmöglich.

Finster und schweigend starrte Kapitän Findhorn hinüber, dorthin, wo die ›Kerry Dancer‹, halb schon versunken, im Lichtkegel der Scheinwerfer lag. Tot, dachte er bei sich, wenn es jemals ein totes Schiff gegeben hat – so die ›Kerry Dancer‹.

»Ja, Johnny, da liegt sie nun«, sagte er leise, und er redete seinen Ersten Offizier Nicolson mit dem Vornamen an, was er nur sehr selten tat. »Da liegt sie, auserkoren dazu, heimzukehren in das Sargasso-Meer, wo alle toten Schiffe sind. War eine nette Fahrt. Und nun wollen wir umkehren.«

»Ja, Sir.« Nicolson schien ihn nicht gehört zu haben. »Bitte um Erlaubnis, mit einem Boot ranzufahren, Sir!«

»Nein.« Findhorns Ablehnung kam ohne Erregung, aber mit Nachdruck. »Wir haben alles gesehen, was wir sehen wollten.«

»Wir sind einen weiten Weg gefahren, um es zu sehen. Ich schlage vor: Vannier, der Bootsmann, Ferris, ich selbst und noch ein paar. Wir würden es schaffen.«

»Vielleicht. Aber vielleicht auch nicht. Ich habe jedoch nicht die Absicht, auch nur ein einziges Leben aufs Spiel zu setzen, um das festzustellen.«

Nicolson sagte nichts. Mehrere Sekunden verstrichen, dann wandte sich Findhorn ihm zu, und in seiner Stimme war jetzt ein leiser Unterton gereizter Schärfe: »Verdammt noch mal, Mann, da lebt doch kein Schwanz mehr, sehen Sie das denn nicht? Behakt und ausgebrannt, daß sie aussieht wie ein Sieb. Sollten tatsächlich noch Überlebende an Bord sein, dann müßten sie doch unser Licht sehen, unsere Scheinwerfer. Warum springen sie dann nicht auf dem Oberdeck herum? Warum schwenken sie dann nicht die Hemden über ihren Köpfen? Können Sie mir das erklären?«

»Keine Ahnung, nur eine Bitte, Sir«, sagte Nicolson trocken. »Lassen Sie unsere Scheinwerfer ein- und ausschalten, außerdem ein paar Zwölfpfünder und ein halbes Dutzend Raketen losfeuern.«

Findhorn überlegte einen Augenblick und nickte dann. »Gut – das kann ich noch verantworten, wobei ich hoffe, daß sich im Umkreis von fünfzig Meilen kein Japaner befindet. Also, tun Sie es, Mister Nicolson.«

Doch das Auf- und Abblenden der Scheinwerfer, das dumpfe Krachen der Zwölfpfünder waren wirkungslos. Die ›Kerry Dancer‹ war ein treibendes, ausgebranntes Skelett, das immer tiefer sank. Es bewegte sich nichts an Bord.

»Ja, das wäre es denn wohl.« Kapitän Findhorns Stimme klang müde. »Sind Sie nun zufrieden, Nicolson?«

»Käpt'n, Sir!« Es war Vannier, der sprach, ehe Nicolson antworten konnte. Er sprach mit lauter, aufgeregter Stimme: »Da drüben, Sir! Sehen Sie?«

Findhorn hatte sich auf die Brüstung gestützt und hob das Fernglas an die Augen. Sekundenlang stand er unbeweglich, dann fluchte er leise, setzte das Glas ab und drehte sich zu Nicolson herum.

Nicolson kam ihm zuvor: »Ich kann es sehen, Sir. Brecher. Knapp eine Meile südlich der ›Kerry Dancer‹. Sie muß in zwanzig

Minuten auflaufen. Das muß das Riff von Metsana sein, das gefährlichste Riff in dieser ganzen Gegend.«

»Scheinwerfer aus! Volle Kraft voraus, Kurs neunzig Grad!« befahl Findhorn.

Da spürte er Nicolsons Hand auf seinem Oberarm, die sehnigen Finger preßten sich in sein Fleisch. Mit dem Finger der ausgestreckten linken Hand zeigte er auf das Heck des sinkenden Schiffes:

»Ich habe eben ein Licht gesehen – unmittelbar nachdem unsere Scheinwerfer aus waren.« Seine Stimme war sehr leise, fast flüsternd. »Ein ganz schwacher Lichtschein – vielleicht eine Kerze, oder auch nur ein Streichholz. Unmittelbar neben der achteren Luke.«

Findhorn sah ihn an, starrte hinüber zu der dunklen schattenhaften Silhouette der ›Kerry Dancer‹ und schüttelte den Kopf.

»Ich kann leider nichts sehen, Nicolson. Vermutlich eine optische Täuschung, weiter nichts.«

»Irrtümer dieser Art passieren mir nicht«, unterbrach ihn Nicolson mit unbewegter Stimme.

Mehrere Sekunden verstrichen, Sekunden völliger Stille, dann fragte Findhorn: »Hat sonst noch jemand dieses Licht gesehen?«

Wieder das gleiche Schweigen, nur noch länger als vorhin, bis schließlich Findhorn kurz kehrt machte. »Volle Kraft voraus, Rudergänger, und ... he, Nicolson, was machen Sie denn da?«

Nicolson hängte den Hörer, in den er eben gesprochen hatte, ohne jede Hast wieder ein. »Ich habe nur darum gebeten, ein wenig Licht auf den strittigen Punkt fallen zu lassen«, sagte er, drehte dem Kapitän den Rücken zu und sah wieder hinaus aufs Meer.

Findhorn preßte die Lippen zusammen, als der Scheinwerfer über das Wasser strich und schließlich die Hütte der ›Kery Dancer‹ anleuchtete.

Alle sahen es, sahen es deutlich: die schmale Luke, die sich nach innen öffnete, und dann den langen, nackten Arm, der sich herausstreckte und ein weißes Laken schwenkte, diesen Arm, der plötzlich wieder verschwand und dann ein brennendes Bündel aus Papier oder Lumpen hinaushielt, es solange festhielt, bis die Flammen um das Handgelenk züngelten.

Und schon war Nicolson am Geländer der Teakholzleiter nach unten gerutscht. Er schlug die Sperriegel der Zurrung des Rettungsbootes beiseite. Während er die Davits ausschwenkte, rief er dem Bootsmann zu, die Notbemannung zu alarmieren.

Minuten später schwang sich Nicolson, in der einen Hand eine Feuerwehraxt, in der anderen eine große, in einer Gummihülle steckende Taschenlampe, an Bord der ›Kerry Dancer‹.

2

Mit wenigen Schritten überquerte Nicolson das Deck der ausgebrannten ›Kerry Dancer‹. Noch durch die Stiefel und die Handschuhe aus dickem Leinen spürte er die Hitze, die das Schiff ausstrahlte. Er ließ sich auf das Achterdeck hinabfallen, weil die Leiter verkohlt war. Mit dem Stiel seiner Axt schlug er gegen die Stahltür der Hütte.

»Jemand drin?« rief er.

Zwei oder drei Sekunden blieb es völlig still, dann drang ein verworrenes Durcheinander von Stimmen nach draußen. Nicolson ließ den Schein seiner Taschenlampe über die Stahltür streichen. Der eine Riegel hing lose und pendelte hin und her, die übrigen sieben waren fest verrammelt. Auf solchen Schiffen hatte man früher Sklaven transportiert, dachte Nicolson.

Der Bootsmann McKinnon, der hinter Nicolson stand, hob den schweren Vorschlaghammer, schlug siebenmal zu, dann hatte sich die Stahltür durch ihr eigenes Gewicht in den Angeln gedreht. Es war dunkel im Raum und kalt wie in einem Kerker und so niedrig, daß ein großer Mann knapp aufrecht stehen konnte. An beiden Wänden zogen sich dreistöckige Metallkojen entlang, über jeder Koje war ein schwerer eiserner Ring an der Wand befestigt.

Nicolson schätzte, daß etwa zwanzig Menschen im Raum waren. »Wer hat hier das Kommando?« fragte er. Seine Stimme wurde von den eisernen Wänden als dumpfes Echo zurückgeworfen.

»Ich denke, der da«, kam eine hohe spitze Stimme. Nicolson drehte sich in die Richtung und sah dicht hinter sich eine ältliche Dame, klein und zierlich, sehr aufrecht, das silberne Haar in einem festen Knoten nach hinten gelegt, auf dem Haar einen allzu reich dekorierten Strohhut.

»Nanu«, entfuhr es Nicolson, als er diese Dame sah. Aber als Seemann hatte er die unwahrscheinlichsten Dinge schon erlebt. Warum also nicht auch eine Dame mit Strohhut auf einem üblen Schiff wie der ›Kerry Dancer‹? Die Dame zeigte auf einen Mann, der vor einer halbgeleerten Whiskyflasche am Tisch hockte. »Natürlich ist er wieder mal betrunken, ist aber sein Normalzustand«, fuhr die ältliche Strohhutdame fort.

»Betrunken, Madam? Haben Sie gesagt, ich sei betrunken?« stammelte der Mann am Tisch vor der Whiskyflasche. Er mühte sich hoch, seine Hände zogen die Jacke seines zerknitterten, weißen Leinenanzugs straff. »Bei Gott, Madam, wenn Sie ein Mann wären...«

Nicolson schob ihn zur Seite. Diese Art von Männern war nicht sein Fall. »Ich weiß«, sagte er. »Sie würden Madam mit der Reitpeitsche grün und blau schlagen. Jetzt halten Sie den Mund.« Er wandte sich wieder der Strohhutdame zu: »Wie heißen Sie, bitte?«

»Miß Plenderleith. Constance Plenderleith.«

»Das Schiff sinkt, Miß Plenderleith«, sagte Nicolson rasch. »Das Vorschiff sackt von Minute zu Minute tiefer. In etwa einer halben Stunde sitzen wir fest auf dem Riff, und der Taifun kann jeden Augenblick wieder losbrechen. Wir sind mit einem Rettungsboot da, es liegt an der Backbordseite, keine zehn Meter von hier. Wie viele von denen da, die hier sind, können noch laufen?«

»Fragen Sie Miß Drachmann, sie ist Krankenpflegerin.« Sie sagte es und warf dabei dem Mann am Tisch vor der Whiskyflasche einen schnellen Blick zu. Keiner hatte ihn bemerkt, nur Nicolson. Und er hatte gesehen, daß es ein sehr merkwürdiger Blick war. Was war zwischen diesen beiden, dem Whiskymann und der Strohhutdame?

»Miß Drachmann?« fragte Nicolson in den Raum hinein.

Hinten in der Ecke wandte sich ein Mädchen um und sah zu ihm hin. Ihr Gesicht lag im Schatten. »Leider nur fünf, Sir.«

»Leider? Warum leider?«

»Weil die anderen gestorben sind«, sagte sie und legte den Arm um ein Kind, das neben ihr auf einem Hocker stand.

Nicolson wurde lauter: »Also ab ins Boot! Und wer gehen kann, hilft den Kranken oder Verwundeten.« Er tippte dem Whiskytrinker auf die Schulter: »Sie gehen als erster!«

»Ich?« Er war entrüstet. »Ich habe hier die Verantwortung. Ich bin praktisch der Kapitän – und ein Kapitän geht immer als letzter.«

»Sie gehen als erster«, widerholte Nicolson ungeduldig und ärgerlich.

»Erzählen sie ihm doch, wer Sie sind, Foster«, schlug Miß Plenderleith mit spitzer Stimme vor. Nicolson dachte: Sie kennt sogar seinen Vornamen!

»Das werde ich allerdings tun«, sagte der Whiskymann. Er hatte sich erhoben und stand jetzt, in der einen Hand einen schwarzen Reisekoffer, in der anderen die halbgeleerte Flasche, vor Nicolson. »Mein Name ist Farnholme – Brigadegeneral Farnholme!« Er machte eine ironische Verbeugung.

»So? Freut mich.« Nicolson glaubte es nicht. Betrunken, dachte er. Ein Säufer, der sich immer dann, wenn er besoffen war, einbildete, Brigadegeneral zu sein. Und Miß Plenderleith? Nicolson hatte keine Zeit, darüber nachzudenken, was zwischen den beiden war. Irgend etwas, sicher und in Dreiteufelsnamen. Denn Foster Farnholme kam drohend auf ihn zu:

»Verdammt noch mal, Sir«, sagte er wütend, »wo bleibt die Tradition der See? Frauen und Kinder zuerst? Scheinen mir ein merkwürdiger Seemann zu sein.«

»Mag sein. Wenn es Ihnen lieber ist, können wir auch an Deck antreten und wie Ehrenmänner sterben – oder wie Brigadegeneräle, während die Musik spielt. Ich befehle Ihnen zum letztenmal, Farnholme, Sie hauen jetzt ab – ins Rettungsboot...«

»Für Sie noch immer Brigadegeneral Farnholme, Sie...«

Doch Nicolson versetzte Farnholme, der den Griff seines Koffers umklammert hielt, einen Stoß, der ihn rücklings in die Arme des Bootsmannes taumeln ließ. McKinnon hatte ihn in weniger als vier Sekunden nach draußen befördert. Miß Plenderleith schrie spitz auf.

»Kann Ihnen doch gleichgültig sein, Madam. Sie sind doch nicht mit ihm verheiratet?« sagte Nicolson. Er kümmerte sich nicht weiter um sie. Später, auf der ›Viroma‹, würde genug Zeit für alles bleiben. Jetzt ging es um Leben und Tod. Obwohl weniger als zehn Minuten vergangen waren, lag die ›Kerry Dancer‹ schon tiefer im Wasser. An der Steuerbordseite begannen die Brecher das Deck zu überspülen. In der nächsten Sekunde taumelte er und wäre beinahe gefallen, als die ›Kerry Dancer‹ mit einem heftigen Ruck und kreischendem Geräusch kratzenden Metalls auf ein Unterwasserriff auflief und das Deck sich steil nach backbord legte.

Die letzten, die von Deck der sinkenden ›Kerry Dancer‹ gingen, waren Nicolson und Miß Drachmann. Die Gesunden, die Kranken und die Verwundeten kauerten im Rettungsboot.

Es nahm seinen Kurs zum Tanker ›Viroma‹. Es war keine Zeit mehr geblieben, die ›Kerry Dancer‹ nach weiteren Überlebenden zu durchsuchen.

Das Rettungsboot tanzte in der aufgewühlten See auf und nieder. Nicolson starrte auf das sinkende Schiff.

»Komisch«, sagte er mehr zu sich als zu einem andern, »keine Spur vom Rettungsboot der ›Kerry Dancer‹.«
»Vielleicht verbrannt?« antwortete McKinnon.
»Sieht nicht danach aus. Ein paar Reste hätte man auf Deck finden müssen. Komische Sache...«
Er saß neben Miß Drachmann. Seine Taschenlampe beleuchtete die rechte Seite ihres Gesichts. Noch nie hatte er ein Auge von solch intensivem Blau gesehen...
Minuten später wollte Nicolson einen letzten Blick auf die ›Kerry Dancer‹ werfen. Doch sie war nicht mehr zu sehen. Sie war verschwunden, als hätte es sie nie gegeben.

Eine Stunde später befand sich die ›Viroma‹, gleichmäßig schlingernd, in voller Fahrt auf südwestlichem Kurs. Nicolson stand in der Nähe des Windfangs auf der Brücke, als Kapitän Findhorn zu ihm trat. Er klopfte Nicolson leicht auf die Schulter.
»Kommen Sie doch bitte auf ein Wort in meine Kabine, Nicolson.«
»Ja, Sir, natürlich.«
Findhorn ging durch den Kartenraum voraus zu seiner Kabine, schloß die Tür, überzeugte sich, daß die Verdunkelungsblenden geschlossen waren, schaltete Licht an und bat Nicolson mit einer Handbewegung, sich auf das kleine Sofa zu setzen. Er füllte zwei Gläser drei Finger breit mit Whisky und schob das eine Glas Nicolson hinüber.
»Also Johnny, was für einen Eindruck hatten Sie von ihr?« fragte der Kapitän.
»Von der ›Kerry Dancer‹? Ein Sklavenhändlerschiff«, antwortete Nicolson und trank. »Überall Stahltüren, die meisten davon nur von außen zu öffnen. Eiserne Ringe über jeder Koje...«
»Und das im zwanzigsten Jahrhundert, wie?« sagte Findhorn leise. »Kauf und Verkauf von Menschen.«
»Ja«, sagte Nicolson trocken, »lassen Sie diesen Krieg mal länger dauern, dann wird er schlimmer als Sklavenhandel: Giftgas, Konzentrationslager, Luftangriffe auf offene Städte. Ich frage mich, was schlimmer ist, Käpt'n.«
Findhorn schien es überhört zu haben. »Übrigens«, sagte er, »ich habe mir diesen angeblichen Brigadegeneral vorgeknöpft.«
»So«, antwortete Nicolson grinsend. »Wenn es nach ihm ginge, würde er mich morgen wohl am liebsten vor ein Kriegsgericht stellen lassen, nehme ich an.«
»Wie bitte?«

»Nun, an Bord der ›Kerry Dancer‹ – Gott hab' sie selig – war er nicht ganz mit mir einverstanden.«

»Dann scheint er seine Meinung über Sie revidiert zu haben. Fähiger junger Mann, das sagte er, sehr fähig, aber – hm – ein wenig ungestüm.«

»Halten Sie ihn für einen Angeber, Käpt'n?«

»Ein bißchen, nicht viel. Ein pensionierter Offizier der Army ist er auf jeden Fall. Hat sich vermutlich einen etwas höheren Rang zugelegt...«

»Und was, zum Teufel, hat so ein Mann an Bord der ›Kerry Dancer‹ zu suchen?« fragte Nicolson.

»In diesen Zeiten werden alle möglichen Leute zusammengewürfelt, Johnny«, erwiderte Findhorn. »Die ›Kerry Dancer‹ sollte ursprünglich nach Bali gehen. Aber Farnholme erzählte, er hätte den Kapitän – Siran soll er heißen und ein übler Gauner soll er sein – überredet, Singapur anzulaufen. Warum er dorthin wollte, wo doch die Japaner sozusagen schon vor der Haustür waren, das wissen die Götter. Aber in Singapur scheint die ›Kerry Dancer‹ von der englischen Army requiriert worden zu sein. Waren angeblich noch mehr Soldaten an Bord, sind wahrscheinlich alle verbrannt, als die Japaner das Schiff bombardierten.«

»Den Kapitän scheint der Teufel geholt zu haben«, sagte Nicolson. »Er ist nicht unter den Geretteten.« Er schwieg, überlegte und fuhr fort: »Falls er sich nicht im Rettungsboot der ›Kerry Dancer‹ davongemacht hat. Ich hatte den Eindruck, Sir, das Rettungsboot wurde flottgemacht, bevor die Japaner die ›Kerry Dancer‹ angriffen.«

Findhorn hob die Augenbrauen. »So, meinen Sie?« Dann machte er eine verächtliche Handbewegung. »Bei dieser See im Rettungsboot, Johnny? Da können es auch gleich Bomben sein. Es kommt aufs gleiche heraus.«

Er trank sein Whiskyglas leer, hielt es in der Hand und drehte es hin und her. Er beugte sich vor und starrte seinen Ersten Offizier lange an. Dann brummte er: »Aber wenn es stimmen sollte, daß das Rettungsboot der ›Kerry Dancer‹ nicht verbrannte, dann bedeutet das, daß sich irgendwelche Leute, die an Bord waren, vor dem Angriff der Japaner aus dem Staub gemacht haben – ganz so, als hätten sie gewußt, wann die Japaner die ›Kerry Dancer‹ bombardieren würden. Ist ja alles etwas merkwürdig: dieser versoffene Brigadegeneral, die alte Dame.«

Findhorn stand unvermittelt auf: »Kommen Sie, Nicolson, wir wollen unser Verhör mal etwas genauer fortsetzen. Vielleicht bringen wir aus Miß Drachmann einiges heraus... und dann aus Miß Plenderleith... wenigstens die Namen von den Leuten, die noch an Bord waren.«

Auch Nicolson erhob sich und brummte: »Tja, da scheint einiges nicht zu stimmen.«

Sie gingen nach unten und betraten gemeinsam die Messe. Es war ein großer Raum mit zwei langen Tischen, aber nun war nur Miß Drachmann dort, leicht gegen die Anrichte gelehnt. Findhorn und Nicolson sahen sie, als sie in den Raum kamen, nur im Profil. Sie hatte eine gerade, sehr fein geformte Nase, eine hohe, glatte Stirn und langes, seidiges schwarzes Haar, das in einer tiefen Nackenrolle endete. Doch als sie den Kopf zu den Männern drehte, erschraken Findhorn und Nicolson. Das Lampenlicht war auf die linke Seite ihres Gesichts gefallen. Eine tiefe, rissige Narbe, kaum verheilt, notdürftig und ungeschickt vernäht, lief quer über das ganze Gesicht, oben vom Haaransatz an der Schläfe bis hinunter zum weichen, runden Kinn. Kurz oberhalb des Backenknochens war sie über einen Zentimeter breit.

Miß Drachmann versuchte zu lächeln und legte die linke Hand auf die Narbe. »Ich fürchte, es sieht nicht sehr hübsch aus«, sagte sie. Ihre Stimme hatte einen seltsamen Ton von Mitleid, aber es war nicht Mitleid mit sich selbst.

Nicolson ging rasch auf sie zu. »Guten Abend, Miß Drachmann«, sagte er. »Sind alle Ihre Patienten gut untergebracht?«

»Ja, danke, Sir.«

»Sagen Sie nicht Sir zu mir.« Er hob die Hand und berührte vorsichtig die Wange mit der Narbe. Sie zuckte nicht zurück, sie rührte sich überhaupt nicht, nur ihre blauen Augen weiteten sich einen kurzen Augenblick.

»Unsere kleinen, gelben Freunde – nehme ich an?« fragte Nicolson. Seine Stimme war so sanft wie seine Hand.

»Ja, ich fiel ihnen in die Hände.«

»Ein Bajonett?«

»Ja.«

»Eins von diesen schartig geschliffenen Bajonetten für besondere Gelegenheiten, nicht wahr?« Er sah sich die Narbe aus der Nähe an, sah den schmalen, tiefen Einstich am Kinn und den breiten Riß unterhalb der Schläfe.

»Und wie sind Sie davongekommen?«

»Ein großer Mann kam in das Zimmer des Bungalows, den wir als Feldlazarett benutzten. Ein sehr großer Mann mit roten Haaren. Er sagte, er sei von einem Hochland-Regiment. Er entriß dem

Japaner, der nach mir gestochen hatte, weil ich mich nicht vergewaltigen lassen wollte, das Bajonett. Dann meinte er, ich solle besser wegsehen. Als ich mich wieder umdrehte, lag der Japaner tot am Boden.«

»Und wer hat die Narbe genäht?«

»Derselbe Mann – er sagte allerdings, er sei in solchen Dingen nicht sehr geschickt.«

»Man hätte es besser machen können«, gab Nicolson zu. »Das kann man übrigens immer noch.«

»Es ist scheußlich!« Ihre Stimme schnellte bei dem letzten Wort in die Höhe. »Ich weiß, daß es scheußlich ist.« Sie sah sekundenlang zu Boden, dann hob sie den Blick wieder zu Nicolson und versuchte zu lächeln. Es war kein sehr glückliches Lächeln.

»Miß Drachmann«, sagte Nicolson leise, als sollte es keiner außer ihr hören, »ich glaube, Sie sind mehr als gutaussehend – Sie sind schön, und bei Ihnen sieht es – entschuldigen Sie den Ausdruck – verdammt übel aus. Sie müssen nach England.« Er brach unvermittelt ab, als er Findhorn näherkommen hörte.

»Nach England?« Die Haut über ihren hohen Backenknochen rötete sich. »Ich verstehe Sie nicht ganz.«

»Ja, nach England. Ich bin ziemlich sicher, daß es in dieser Ecke der Welt keinen Chirurgen gibt, der für so eine Gesichtsoperation geschickt genug wäre. Aber es gibt zwei oder drei Männer in England – ich glaube nicht, daß es überhaupt mehr gibt –, die diese Narbe so hinkriegen könnten, daß nur ein dünner Strich zu sehen bleibt.«

Sie schaute ihn schweigend an. Der Blick ihrer klaren, blauen Augen war ohne Ausdruck. Dann sagte sie ruhig, mit nüchterner Stimme: »Sie vergessen, daß ich Krankenschwester bin. Ich kann Ihnen daher leider nicht glauben.«

»Der Mensch glaubt nichts so fest wie das, was er glauben möchte, Miß Drachmann«, sagte Nicolson lächelnd.

»Es gibt hier also noch Kavaliere«, antwortete Miß Drachmann. Es schien, als wollte sie nach Nicolsons Hand fassen, aber sie unterließ es, als Findhorn nahe vor sie hintrat:

»Er hat recht. Nur drei Männer in England – hat er gesagt, und einer von den dreien ist sein Onkel.«

Er machte mit der Hand eine abschließende Geste. »Aber wir sind nicht gekommen, um über chirurgische Fragen zu diskutieren. Miß Drachmann, es handelt sich um die Leute von der ›Kerry Dancer‹, die nicht...«

Er brach mitten im Satz ab, als plötzlich die Sirene durch das

Schiff schrillte: lang, lang, kurz – lang, lang, kurz – der Befehl zur Besetzung der Alarmstationen.

Nicolson war als erster an der Tür, Findhorn folgte ihm auf den Fersen.

Im Norden und im Osten donnerte es dumpf am fernen Horizont. Über der ›Viroma‹ türmten sich die Wolken höher und höher. Die ersten schweren Regentropfen fielen auf das Ruderhaus. Doch im Süden und im Westen war noch kein Regen, kein Donner. Nur in der Ferne zuckte gelegentlich ein Blitz. Die Dunkelheit war nachher noch undurchdringlicher als zuvor.

Findhorn und Nicolson standen auf der Brücke der ›Viroma‹, die Ellbogen auf die Brüstung gestützt und die Nachtgläser unbeweglich vor den gespannt spähenden Augen. Sie sahen nun zum fünftenmal innerhalb von zwei Minuten das gleiche Blinksignal. Es leuchtete im Südwesten aus der Dunkelheit auf – jeweils etwa sechs Blinkzeichen hintereinander, kaum zu sehen und jedesmal insgesamt nicht länger dauernd als zehn Sekunden.

»Diesmal zwei Strich an Steuerbord, Käpt'n«, sagte Nicolson. »Also fast dauernd auf der gleichen Stelle, Sir.«

»Oder mit so geringer Fahrt, daß es praktisch auf dasselbe herauskommt.«

Findhorn setzte das Glas ab, rieb sich mit dem Handrücken über die schmerzenden Augen, nahm das Glas wieder hoch und wartete.

»Überlegen Sie doch mal, Nicolson«, sagte er.

Nicolson setzte das Glas ab und schaute nachdenklich in die Dunkelheit hinaus.

»Könnte ein Leuchtfeuer, eine Boje oder eine Bake sein. Ist es aber nicht. Die nächste Insel liegt wenigstens sechs Meilen von hier in südwestlicher Richtung. Dieses Licht ist nicht weiter als zwei Meilen entfernt.«

Findhorn ging zur Tür des Ruderhauses, befahl halbe Fahrt und kam dann wieder zurück. Überlegen Sie weiter«, sagte er zu Nicolson.

»Könnte ein japanisches Kriegsschiff sein – ein Zerstörer. Ist es aber auch nicht. Jeder einigermaßen vernünftige Kommandant würde sich nicht verraten, bis er uns aus nächster Nähe mit seinen Scheinwerfern fassen kann.«

Findhorn nickte. »Denke genauso. Aber was meinen Sie, ist es nun wirklich? Da, sehen Sie, schon wieder!«

»Ja, und diesmal noch näher... Könnte vielleicht ein U-Boot

sein, das uns mit seinem Horchgerät als dicken Brocken ausmacht, sich aber nicht ganz klar ist über unsern Kurs und unsere Geschwindigkeit. Es möchte uns vielleicht dazu verleiten, auf seine Blinkzeichen zu antworten, damit es ein Ziel für seine Aale hat.«

»Klingt nicht, als ob Sie selbst davon ganz überzeugt wären.«

»Beunruhigt mich auch nicht, Sir. Bei einem Wetter wie heute nacht stampft jedes U-Boot so sehr, daß es nicht einmal die ›Queen Mary‹ auf hundert Meter treffen würde.«

»Ganz Ihrer Meinung. Wahrscheinlich ist es das, was für jeden, der nicht so mißtrauisch ist wie wir, von vornherein klar wäre...«

»Und was, Sir?«

»Ganz einfach: Jemand in Seenot. Ein offenes Boot oder ein kleineres Fahrzeug, das dringend Hilfe braucht. Aber wir können nichts riskieren. Geben Sie Befehl an alle, die schießen können: Sagen Sie den Männern, sie sollen dieses Licht dort aufs Korn nehmen und den Finger am Abzug halten. Und geben Sie Anweisung für den Maschinenraum: Langsame Fahrt voraus. Außerdem schicken Sie mir Vannier herauf, den Vierten Offizier!«

»Aye, aye, Sir!«

Nicolson ging in das Ruderhaus. Findhorn hob erneut das Glas an die Augen. Dann brummte er ärgerlich, weil ihn jemand mit dem Ellbogen in die Seite stieß. Er drehte den Kopf, setzte das Glas ab und wußte, wer neben ihm stand, noch ehe der Mann ein Wort gesagt hatte. Selbst hier im Freien war die Whiskyfahne überwältigend.

»Was, zum Teufel, ist hier los, Kapitän?« sagte Foster Farnholme aufgebracht und wütend. »Was soll der ganze Unfug? Diese verdammte Sirene hätte mir fast das Trommelfell gesprengt!«

»Tut mir leid, Brigadier.« Findhorns Stimme war beherrscht, höflich, aber unbeteiligt kalt. »Unser Signal für Alarmbereitschaft. Wir haben ein verdächtiges Licht gesichtet. Kann möglicherweise Ärger bedeuten.« Dann wurde seine Stimme um eine Nuance schärfer: »Und ich muß Sie leider bitten, hier augenblicklich zu verschwinden. Niemand darf die Brücke ohne Erlaubnis betreten.«

»Was?« Farnholme begehrte auf. »Sie wollen doch wohl nicht sagen, daß das auch für mich gelten soll?«

»Genau das wollte ich sagen, Sir. Bedaure.«

Der Regen wurde heftiger, die dicken Tropfen trommelten auf seine Schultern, und er wiederholte noch einmal – und wiederum eine Nuance schärfer:

»Ich muß Sie bitten, nach unten zu gehen, Brigadier!«

Farnholme protestierte nicht mehr. Seltsamerweise. Er sagte

überhaupt nichts, machte auf dem Absatz kehrt und verschwand in der Dunkelheit.

Findhorn hätte wetten mögen, daß er nicht nach unten gegangen war, sondern in der Dunkelheit an der Achterseite des Steuerhauses wartete.

Während der Kapitän das Glas hob, kam das Lichtzeichen wieder. Diesmal noch näher, viel näher, aber schwächer – die Batterie der Taschenlampe schien zu Ende zu gehen. Und es waren diesmal nicht die gleichbleibenden Signale der letzten Minuten, sondern unverkennbar ein SOS, drei kurz, drei lang, drei kurz: das internationale Seenotzeichen, heilig wie das Rote Kreuz...

»Sie haben mich rufen lassen, Sir?«

Findhorn ließ das Glas sinken und sah sich um. »Ach, Sie sind es, Vannier. Tut mir leid, daß ich Sie in diesem Sauwetter auf die Brücke holen muß, aber ich brauche jemanden, der gut morsen kann. Haben Sie das Blinksignal eben gesehen?«

»Jawohl, Sir. Jemand in Not, nehme ich an.«

»Hoffentlich«, sagte Findhorn grimmig. »Holen Sie unsere Blinklampe und fragen Sie an, wer es ist.«

Die Windschutztür ging auf, und Findhorn sagte nach rückwärts: »Sind Sie es, Nicolson?«

»Ja, Sir. Alle Mann liegen mit ihren Schußwaffen im Anschlag. Ich habe nur Angst, einer könnte zu früh losschießen. Sind ja alle so verdammt gereizt. Außerdem habe ich dem Bootsmann befohlen, an Steuerbord auf Tank Nummer drei ein paar Tiefstrahler zu installieren. Ferner habe ich von drei Matrosen außenbords ein Kletternetz anbringen lassen.«

»Danke, Nicolson. Sie denken immer an alles. Und was halten Sie vom Wetter?«

»Naß und unberechenbar«, sagte Nicolson unfroh. Er hörte auf das Klicken der Morselampe und beobachtete den weißen Lichtstrahl, der sich seinen Weg durch den strömenden Regen bahnte. Dann schüttelte er seinen Kopf wie ein nasser Hund, daß die Regentropfen wegspritzten. Unverwandt starrte er auf das gelbliche Pünktchen, das undeutlich durch die Dunkelheit zur ›Viroma‹ herüberblinkte.

»Erzählt irgendwas von Sinken«, sagte Findhorn und wandte sich an Vannier.« »Und was sagt er sonst noch?«

»Van Effen, sinkend. Das ist alles, Sir. Jedenfalls denke ich, daß das alles war. Die Morsezeichen waren ziemlich undeutlich.«

»Mein Gott, heute nacht bin ich aber wirklich vom Glück verfolgt.« Findhorn schüttelte den Kopf. »Erst die ›Kerry Dancer‹ –

und nun die ›Van Effen‹. Wer hat schon jemals etwas von einem Schiff namens ›Van Effen‹ gehört? Sie vielleicht, Mister Nicolson?«

»Nein, noch nie.«

Nicolson drehte sich um und rief durch die Tür ins Ruderhaus: »Schlagen Sie im Register nach, schnell! Die ›Van Effen‹! Zwei Worte. Holländisch. So schnell Sie können!«

»Van Effen? Hörte ich recht, daß hier jemand van Effen sagte?«

Die Stimme war unverkennbar, sie roch immer noch nach Whisky, aber sie klang diesmal erregt. Aus der Dunkelheit hinter dem Ruderhaus löste sich Farnholmes mächtiger Schatten.

»Ich wußte, daß Sie lauschen. Ich hätte darauf gewettet«, knurrte Findhorn und fuhr fort: »Sie kennen ein Schiff mit diesem Namen, Brigadier?«

»Das ist kein Schiff – das ist ein Mann, ein Holländer, van Effen. Ging gemeinsam mit mir in Borneo an Bord der ›Kerry Dancer‹. Muß mit dem Rettungsboot losgefahren sein, nachdem das Schiff in Brand geraten war – die ›Kerry Dancer‹ hatte, soviel ich weiß, nur ein einziges Rettungsboot.«

Farnholme war inzwischen vorgetreten und starrte aufgeregt über die Reling in die Dunkelheit, ohne sich um den Regen zu kümmern, der auf ihn herunterprasselte.

»Fischen Sie ihn auf, Mann, fischen Sie ihn auf, ehe es zu spät ist!«

»Woher sollen wir wissen, daß dies keine Falle ist?« antwortete die kalte Stimme des Kapitäns. Sie wirkte auf Farnholme wie eine Dusche. »Vielleicht ist es dieser van Effen, vielleicht auch nicht. Und wenn er es ist, wie sollen wir wissen, ob wir ihm trauen können?«

»Was meinen Sie wohl, warum ich noch lebe und hier stehe?« sagte Farnholme fast schreiend, um aber dann ruhiger fortzufahren: »Und weshalb die Krankenschwester am Leben ist und die Verwundeten, die Sie vor einer Stunde von der ›Kerry Dancer‹ heruntergeholt haben? Nur aus einem einzigen Grund: Als der Kapitän der ›Kerry Dancer‹ sich aus Singapur davonmachen wollte, um die eigene Haut zu retten, setzte ihm ein Mann die Pistole an die Rippen und zwang ihn, umzukehren.«

»Und dieser Mann war van Effen?«

»Dieser Mann war van Effen. Und er ist jetzt da draußen in dem Boot.«

»Danke, Brigadier«, sagte der Kapitän kühl. Er wandte sich zu Nicolson: »Nicolson, den Scheinwerfer! Sagen Sie dem Bootsmann, er soll die beiden Lampen einschalten, sobald ich Befehl dazu gebe. Maschine stopp! Langsame Fahrt zurück!«

Der Strahl des Scheinwerfers drang hinaus in die Dunkelheit. Er tastete sich durch den Regen, der so dicht wie ein Vorhang fiel. Dann hatte er das Rettungsboot erfaßt, ganz in der Nähe. Es schwankte heftig auf und nieder, während es in den kurzen, harten Wellen trieb. Es schienen sieben oder acht Mann in dem Boot zu sein. Sie bückten sich und kamen wieder hoch, sie bückten sich und kamen wieder hoch, während sie um ihr Leben Wasser schöpften – ein hoffnungsloser Kampf; denn das Boot lag schon tief und sank von Minute zu Minute tiefer.

Nur ein Mann im Boot war offensichtlich von allem unberührt: er saß im Heck, mit dem Gesicht zum Tanker. Zum Schutz gegen das grelle Licht des Scheinwerfers hielt er den Unterarm vor die Augen. Oberhalb dieses Unterarms schimmerte irgend etwas weißlich im Licht.

In wenigen Sekunden war Nicolson zur Steuerbordseite gerannt, Farnholme blieb ihm dicht auf den Fersen. Genau in dem Augenblick, als Nicolson nach der Reling faßte, um sich hinauszulehnen, gingen gleichzeitig die beiden Tiefstrahler an.

Zwölftausend Tonnen hatte die ›Viroma‹ und nur eine Schraube. Doch Findhorn manövrierte das große Schiff selbst bei dieser hohen See, als sei es ein kleiner Zerstörer.

Die Männer im Boot hatten aufgehört Wasser zu schöpfen. Sie drehten sich auf den Bänken herum, starrten hinauf zum Deck des Tankers und machten sich bereit zum Sprung nach dem Kletternetz.

Nicolson sah aufmerksam zu dem Mann im Heck. Es war jetzt deutlich zu erkennen, daß das Weiße auf seinem Kopf ein behelfsmäßiger Verband war, blutgetränkt. Und dann fiel ihm noch etwas auf – die steife, unnatürliche Haltung des rechten Arms.

Nicolson drehte sich zu Farnholme um und zeigte auf den Mann im Heck. »Ist das van Effen, der da sitzt?«

»Das ist van Effen.«

Nicolson sah auf den Mann – und sah in der rechten Hand van Effens eine Pistole aufblitzen, die er unbeweglich auf die anderen Männer im Rettungsboot gerichtet hielt.

Auch Farnholme sah es, und er stieß einen leisen Pfiff aus.

»Warum?« fragte Nicolson den Brigadier.

»Weiß ich nicht, ich habe nicht die geringste Ahnung. Aber das eine können Sie mir glauben, Mister Nicolson: Wenn van Effen die

Pistole für notwendig hält, dann hat er bestimmt seine guten Gründe dafür.«

Van Effen stand in der Messe gegen das Schott gelehnt, einen großen Whisky in der Hand. Aus seinen klatschnassen Kleidern troff das Wasser und bildete auf dem Fußboden kleine Pfützen. Knapp und überzeugend erzählte er, was geschehen war. Findhorn, Nicolson und Farnholme hörten aufmerksam zu. Aber Nicolson betrachtete van Effen mit zusammengekniffenen Augen.

»Wir hatten uns mit dem Rettungsboot rasch von der brennenden ›Kerry Dancer‹ entfernt. Als der Sturm losbrach, lagen wir einige Meilen weiter südlich im Schutz einer kleinen Insel. Wir warteten. Als der Wind plötzlich aufhörte, sahen wir kurze Zeit später im Nordwesten Raketen aufsteigen«, erzählte van Effen langsam – als überlege er jedes Wort, ja jeden Buchstaben.

»Das waren unsere Raketen«, sagte Findhorn. »Und daraufhin entschlossen Sie sich zu dem Versuch, uns zu erreichen?« fragte der Kapitän.

»Ich entschloß mich!« Die ernsten braunen Augen des Holländers zeigten ein frostiges Lächeln, während er auf die dunkelhäutigen und dunkeläugigen Männer zeigte, die sich in einer Ecke zusammendrängten. »Kapitän Siran und seine werten Genossen waren von meiner Idee nicht sehr begeistert. Sie sind keine ausgesprochenen Freunde der Alliierten.« Van Effen leerte den Rest seines Glases in einem Zug. »Aber zum Glück hatte ich meine Pistole.«

»Und dann?« fragte Nicolson lauernd.

»Dann fuhren wir los, mit nordwestlichem Kurs. Zuerst machten wir gute Fahrt. Dann aber schlugen ein paar hohe Brecher ins Boot und setzten den Motor unter Wasser. Nichts mehr zu machen, wir lagen da, ich dachte schon, es wäre aus – als ich das phosphoreszierende Kielwasser Ihres Schiffes sah. Wenn es so dunkel ist wie heute nacht, kann man es ziemlich weit sehen. Aber wir sahen Sie – und ich hatte meine Taschenlampe.«

»Und Ihre Pistole«, setzte Findhorn hinzu. Er sah van Effen mit kaltem, kritischem Blick an.

Van Effen lächelte schief. »Es ist nicht schwer zu erraten, was Sie damit sagen wollen, Herr Kapitän.« Er hob die Hand, schnitt eine Grimasse und riß sich den blutgetränkten Leinenverband vom Kopf. Eine tiefe, klaffende Wunde, dunkelrot an den Rändern, zog sich von der Stirn zum Ohr.

»Was glauben Sie wohl, wo ich das her habe?« fragte er schneidend.

»Nicht besonders hübsch«, gab Nicolson zu. »Siran?«

»Einer seiner Leute. Die ›Kerry Dancer‹ brannte, das Boot hing ausgeschwenkt in den Davits, und Siran hier und alle, die von der Crew noch übrig waren, wollten eben einsteigen.«

»Um das eigene teure Leben zu retten?« warf Nicolson ein.

»Ja, nur das eigene teure Leben«, bestätigte van Effen. »Ich hatte Siran an der Gurgel gepackt und drückte ihn rücklings über die Reling, um ihn zu zwingen, mit mir durchs Schiff zu gehen...«

»Durchs brennende Schiff?« fragte Findhorn.

»Es brannte noch nicht überall«, stellte van Effen kalt fest und fuhr fort: »Das war mein Fehler. Ich hätte von meiner Pistole Gebrauch machen sollen. In diesem Augenblick traf mich ein Schlag einer der Leute Sirans. Sind ja alle von der gleichen üblen Sorte. Als ich wieder zu mir kam, lag ich unten im Rettungsboot.«

»Wo lagen Sie?« fragte Findhorn ungläubig.

»Sagten Sie im Rettungsboot, van Effen?« wandte auch Nicolson zweifelnd ein.

»Ich weiß!« Van Effen lächelte, ein etwas müdes Lächeln war es. »Klingt völlig unsinnig, wie eine dicke, bärendicke Lüge, nicht wahr?«

»Allerdings«, sagte Nicolson. »Man könnte es auch Ammenmärchen nennen, was Sie uns da erzählen.«

Van Effen schien es überhört zu haben.

»Logischerweise sollte man annehmen, diese dunklen Burschen da in der Ecke hätten Sie auf der brennenden ›Kerry Dancer‹ in Ihrem eigenen Saft schmoren lassen«, meinte der Kapitän.

In van Effens Gesicht zuckte kein Muskel, es blieb unbeweglich, als er sagte: »Die Logik ist manchmal eine seltsame Sache, meine Herren. Logik hin oder her – jedenfalls lag ich im Boot –, und nicht nur lebendig, sondern sogar sorgfältig verbunden. Sonderbar, nicht wahr, Kapitän?«

Findhorn antwortete nichts. Aber Nicolson trat vor, streckte die Hand aus, nahm die Pistole, die van Effen in seinen Gürtel gesteckt hatte, und sagte:

»Sie gestatten – und wie wäre es, wenn Sie uns jetzt die Wahrheit sagen, Mister... van Effen?«

3

Van Effen stand noch immer in der Messe der ›Viroma‹ gegen das Schott gelehnt und goß sich aus einer Whiskyflasche sein Glas drei Finger breit voll. Mit einem gleichgültigen Blick aus seinen festen braunen Augen streifte er Nicolson, den Ersten Offizier der ›Viroma‹, der ihm die Pistole aus dem Gürtel genommen hatte. Aber auf solche Tricks fiel er, van Effen, nicht herein. In seinem Gesicht bewegte sich kein Muskel. Es blieb auch unbewegt, ohne eine Spur von Genugtuung oder einem Lächeln, als Farnholme sagte:

»Er hat die Wahrheit erzählt, Kapitän Findhorn. Davon bin ich absolut überzeugt.«

»Ach wirklich? Und was macht Sie so sicher, Brigadier?«

»Na, schließlich kenne ich van Effen länger als alle anderen hier. Und außerdem muß die Geschichte, die er erzählt hat, wahr sein. Wäre sie es nicht, wäre er jetzt nicht hier.«

Kapitän Findhorn nickte nachdenklich, sagte aber nichts. Schweigend nahm er seinem Ersten Offizier die Pistole aus der Hand, ging quer durch die Messe in die Ecke, wo die Crew der untergegangenen ›Kerry Dancer‹ stand. Vor dem vordersten Mann blieb er stehen. Es war ein großer, breitschultriger Bursche, mit einem braunen, glatten, ausdruckslosen Gesicht. Er hatte einen schmalen Schnurrbart, lange, schwarze Koteletten und schwarze, gleichgültige Augen.

»Sie sind Siran?« fragte Findhorn beiläufig.

»Kapitän Siran, jawohl.« Die Betonung lag auf dem Wort Kapitän. Das Gesicht blieb völlig ausdruckslos.

»Unwichtig. Sie sind der Kapitän – waren der Kapitän der ›Kerry Dancer‹. Sie haben Ihr Schiff verlassen und die Menschen im Stich gelassen, die an Bord geblieben sind. Sie haben sie sterben lassen, eingesperrt hinter stählernen Türen.«

Siran klopfte sich lässig gegen den Mund, um ein gelangweiltes Gähnen zu unterdrücken. »Wir haben für diese Unglücklichen alles getan, was in unserer Macht stand.«

»So?« sagte Findhorn und musterte dann Sirans sechs Matrosen. Einer von ihnen, ein Kerl mit einem schmalen Gesicht, der auf einem Auge blind war, schien besonders nervös und ängstlich zu sein. Er trat dauernd von einem Bein aufs andere. Findhorn wandte sich an ihn.

»Sprechen Sie englisch?«

Der Mann zog die Schultern hoch und machte mit den Händen die auf der ganzen Welt übliche Geste des Nichtverstehens.

»Sie haben sich den Richtigen rausgesucht, Kapitän Findhorn«, sagte van Effen langsam und gedehnt, »Er spricht englisch fast so gut wie Sie.«

Findhorn brachte rasch die Hand mit der Pistole hoch, setzte ihm die Mündung an den Mund und stieß sie ihm ziemlich kräftig gegen die Zähne. Der Mann wich zurück, und Findhorn drückte nach. Nach dem zweiten Schritt stand der Mann mit dem Rücken an der Wand. Das eine sehende Auge starrte entsetzt auf die Pistole, deren Lauf gegen seinen Mund drückte.

»Wer hat alle Riegel am Schott zum achten Logis zugeschlagen?« fragte Findhorn leise. »Ich gebe Ihnen fünf Sekunden Zeit.« Er verstärkte den Druck der Pistole, die er gleichzeitig entsicherte. »Eins – zwei –«

»Ich, ich!« Seine Lippen zuckten, die Zähne klapperten ihm fast vor Angst.

»Auf wessen Befehl?«

»Auf Kapitän Sirans Befehl.« Der Mann sah zu Siran hinüber, schlotternde Angst im Blick. »Das wird mich das Leben kosten.«

»Vermutlich«, sagte Findhorn ungerührt. Er senkte die Pistole, schob sie in die Tasche und ging zurück zu Siran. »Sehr interessant diese kleine Unterhaltung, finden Sie nicht auch, Kapitän Siran?«

»Der Mann ist ein Narr«, sagte Siran verächtlich. »Jeder Angsthase wird alles sagen, was man von ihm will, wenn man ihm eine Pistole vors Gesicht hält.«

»Im Vorschiff waren englische Soldaten, zwanzig, fünfundzwanzig, ich weiß es nicht genau.«

»Und ich weiß nicht, wovon Sie reden. Was wollen Sie eigentlich mit diesem törichten Geschwätz erreichen, Kapitän Findhorn?«

»Nichts hoffe ich zu erreichen.« Auf Findhorns Gesicht waren grimmige Falten, der Blick seiner blassen Augen wurde hart und kalt. »Das ist keine Frage des Wollens, Siran, sondern des Wissens –, daß Sie des Mordes für schuldig befunden werden. Morgen früh werden wir die unbeeinflußten Aussagen sämtlicher Männer Ihrer Crew zu Protokoll nehmen und im Beisein neutraler Zeugen aus meiner Besatzung unterschreiben lassen. Ich betrachte es als meine persönliche Pflicht, dafür zu sorgen, daß Sie sicher und bei guter Gesundheit in Australien ankommen.«

Findhorn war schon halb im Weggehen, als er schloß: »Man wird Ihnen auf faire Weise den Prozeß machen, Kapitän Siran. Doch er dürfte nicht allzu lange dauern. Und welche Strafe auf Mord steht, wissen Sie ja.«

Zum erstenmal zerbrach Sirans unbeteiligte Maske. Seine dunklen Augen zeigten einen Schatten von Furcht. Doch Findhorn sah es nicht mehr. Er war schon dabei, die Stufen der Leiter zur Brücke der ›Viroma‹ hinaufzusteigen.

Diese Nacht schien kein Ende nehmen zu wollen. Stunde um Stunde steuerte Findhorn seinen stampfenden, schlingernden Tanker durch den Wirbelsturm und die hohen, drohenden Wogen nach Süd-Ost. Er dachte nur daran, möglichst viele Meilen zwischen das Schiff und Singapur zu bringen, bevor der Tag anbrach und der Feind sie wieder entdecken konnte.

Etwa in der Hälfte der Hundswache überredete Nicolson den Kapitän, in seine Kajüte zu gehen und wenigstens zwei oder drei Stunden zu schlafen.

Etwa zur gleichen Zeit tastete sich van Effen zur Kabine des Funkers, der Walters hieß. Als er huschende Schritte hörte, drückte er sich in eine Nische. Ein Schatten tauchte auf, van Effen erkannte die Umrisse: Farnholme. Verdammt, dachte er, hat er etwa das gleiche Ziel wie ich? Doch dann sah er Farnholme in einer Kajüte verschwinden, von der er wußte, daß dort Miß Plenderleith behelfsmäßig untergebracht war. Er nickte verständnisvoll vor sich hin.

Niemand sah, wie van Effen in der Kabine des Funkers verschwand. Niemand auf der ›Viroma‹ ahnte, was in der nächsten halben Stunde dort geschah.

Er stieß die Tür auf und sah Walters auf seiner Pritsche. Das Gesicht kreideweiß, von übler Seekrankheit befallen.

»Entschuldigen Sie«, sagte er. »Ich habe mich wohl in der Tür geirrt. Ist auch kein Wunder, wenn man zum erstenmal in seinem Leben auf einem Tanker ist.«

Der Funker sah ihn aus glasigen Augen an. Van Effen griff in die Tasche, holte eine Pille und gab sie Walters.

»Das Beste, was es gibt«, sagte er. »Nehmen Sie.«

Walters war viel zu benommen, um sich zu wundern... Als er wieder zu sich kam, war er allein. Draußen lag noch die Nacht. Er raffte sich auf, fuhr sich über die Stirn und versuchte sich zu erinnern. Es gelang ihm nicht. »Wasser«, dachte er, »nur Wasser«.

Er stolperte zum Waschraum durch den langen Gang im Mitteldeck, da sah er weit vorn eine Gestalt aus einer Kabine kommen und um die Ecke verschwinden. Er wußte, es war die Kabine, in der die komische alte Dame untergebracht war.

Minuten später war er wieder in der Funkkabine. Er fühlte sich frischer. Als Nicolson die Kontrollrunde machte, saß er vor seinem

Gerät, als sei nichts geschehen. Er winkte den Ersten Offizier heran, flüsterte ihm etwas zu, und dann fingen beide schallend an zu lachen.

»Und sonst?« fragte Nicolson.

Walters erinnerte sich dunkel an van Effen. Aber er schwieg darüber. Der Erste Offizier sollte nicht wissen, daß ein Landhase wie dieser van Effen ihm das beste Mittel gegen Seekrankheit gegeben hatte, das ihm je unter die Finger gekommen war. Er sagte zu Nicolson:

»Völlige Funkstille, Mister Nicolson. Kein SOS von draußen... und wir werden uns hüten, unsere Position zu verraten, meinen Sie nicht auch?«

»Und ob ich das meine«, antwortete Nicolson und ging.

Fast von einer Minute zur anderen legte sich der Wind, die Wolken rissen auf, es regnete nicht mehr. Als der Morgen kam, lag ein klarer Himmel über der See, die Sonne schien, wie stets in diesen Breiten, senkrecht in den Himmel zu steigen. Gegen halb acht Uhr war sie bereits so heiß, daß die vom Regen und von der See durchnäßten Decks und Aufbauten der ›Viroma‹ dampfend trockneten.

Der Taifun der Nacht war vorbei, die mächtigen Winde verschwunden, als hätten sie nie geweht. Wäre nicht die salzige Kruste gewesen, die die Decks und Aufbauten überzog, und die Dünung, die noch stundenlang nach Stürmen anhält, so hätte alles wie ein Traum gewesen sein können.

»Morgen, Johnny. Ziemliche Veränderung, nicht wahr?« Findhorns leise Stimme, dicht hinter ihm auf der Kommandobrücke, ließ Nicolson herumfahren.

»Morgen, Käpt'n.«

Findhorn hatte kaum drei Stunden geschlafen, aber er sah aus, als hätte er mindestens acht Stunden ausgeruht.

»Irgendwas Besonderes?« fragte der Kapitän.

»Keine Vorkommnisse.«

»Und unsere nichtzahlenden Gäste?«

»Etwas seekrank.«

»Van Effen, Ihr spezieller Freund?«

»Saß die ganze Nacht in der Messe, um Siran und seine Genossen mit seiner Pistole in Schach zu halten. Scheint doch ein erstaunlicher Mann zu sein. Glaube, ich habe mich in ihm getäuscht, Sir«, sagte Nicolson.

Findhorn nahm es zur Kenntnis, ohne etwas zu sagen. Er fragte: »Und Miß Drachmann?«

»Ein erstaunliches Mädchen, Sir. Ich würde die ganze nichtzahlende Bande – einschließlich des Brigadiers und van Effens – eintauschen gegen dieses Mädchen.«

»Eine schreckliche Sache«, sagte Findhorn. »Wie grauenhaft haben die Japaner ihr Gesicht zugerichtet.« Seine Augen sahen Nicolson scharf an. »Wieviel war eigentlich wahr von dem, was Sie ihr gestern abend erzählten?«

»Sie meinen, was die Chirurgen für sie tun können?«

»Ja.«

»Nicht viel, Sir.«

»Ja, zum Teufel, Mann – dann hatten Sie aber kein Recht dazu, dem Mädchen das einzureden.«

»Iß und trink und sei guter Dinge«, sagte Nicolson. »Glauben Sie denn im Ernst, daß wir England jemals wiedersehen, Sir?«

Findhorn sah ihn lange an, die buschigen Augenbrauen zusammengezogen, dann nickte er langsam und sah beiseite.

»Komisch, daß man immer noch so reagiert, als wäre Friede und alles normal«, sagte er leise. »Tut mir leid, Johnny, seien Sie mir nicht böse. Und unsere alte Dame, die Miß Plenderleith?«

»Hat heute nach einen Besucher in ihrer Kabine empfangen, Sir – einen Mann.«

»Was? Hat sie Ihnen das vielleicht auch noch selbst erzählt?«

»Nein, Walters, der Funker. War auf dem Weg vom oder zum Waschraum und sah einen Mann aus ihrer Kabine kommen.«

»Ein nächtliches Stelldichein bei Miß Plenderleith?« Findhorn hatte sich noch immer nicht ganz von seinem Erstaunen erholt. »Und ich hätte gedacht, die würde sich in so einem Fall die Lunge aus dem Hals schreien.«

»Nein, die doch nicht!« Nicolson grinste und schüttelte energisch den Kopf. »Sie ist eine Säule der Ehrbarkeit. Sie würde jeden nächtlichen Besucher hereinholen, ihm mit vorgehaltenem Zeigefinger die Leviten lesen und ihn dann als geläuterten Menschen wieder entlassen.«

»Hat Walters irgendeine Ahnung, wer der nächtliche Besucher war?«

»Nicht die geringste. Er sagte, er sei auch selber viel zu schläfrig und zu müde gewesen, um sich irgendwelche Gedanken zu machen.«

Findhorn nahm seine weiße Mütze vom Kopf und wischte sich mit einem blütenweißen Taschentuch über die Stirn. Er schwieg eine Weile, während seine Augen den wolkenlosen Horizont absuchten. Dann fuhr er unvermittelt fort:

»Ein wunderschöner Tag heute.«

»Ein wunderschöner Tag, um zu sterben«, sagte Nicolson düster. Dann erhaschte er einen Blick des Kapitäns und lächelte. »Die Zeit wird lang, wenn man wartet. Aber die Japaner sind höfliche Leute – Sie brauchen nur Miß Drachmann zu fragen. Ich denke jedoch nicht, daß sie uns noch lange warten lassen werden.«

Die ›Viroma‹ schlingerte auf südöstlichem Kurs unter einem leeren Himmel. Nur diesen Tag überleben, dachte Kapitän Findhorn. Wir machen gute Fahrt – die Karinata-Straße – dann der Schutz der Dunkelheit der nächsten Nacht – das Java-Meer – und dann konnten sie auf Heimkehr hoffen...

Vierundzwanzig Minuten nach zwölf Uhr war es mit dieser Hoffnung vorbei. Eine stechende, brennende Sonne stand fast senkrecht über der ›Viroma‹.

Einer der Kanoniere an den Flakgeschützen hatte ihn zuerst gesehen: einen winzigen, schwarzen Punkt in weiter Ferne am Südwesthimmel. Immer klarer zeichnete sich dieser Punkt im flirrenden Dunst ab, bis der Umriß des Rumpfs und der Flügel deutlich zu erkennen war. Ein japanisches Flugzeug, zusätzlich mit Benzintanks für Langstreckenflug.

Die Maschine kam gleichmäßig dröhnend näher, verlor von Sekunde zu Sekunde an Höhe und hielt genau auf sie zu. Aber in einer Entfernung von etwa einer Meile drehte der Pilot scharf nach Steuerbord und begann, das Schiff in einer Höhe von rund einhundertfünfzig Metern zu umkreisen. Er machte keinerlei Anstalten, anzugreifen, und von der ›Viroma‹ fiel kein Schuß.

Fast zehn Minuten umkreiste die Maschine das Schiff. Dann kamen aus südwestlicher Richtung zwei weitere Maschinen, gleichfalls Jagdflugzeuge. Zweimal umkreisten sie zu dritt das Schiff, dann löste sich die erste Maschine aus dem Verband und überflog die ›Viroma‹ in einer Höhe von knapp hundert Metern zweimal von vorn nach achtern.

Der Pilot hatte das Dach der Kanzel zurückgeschoben, so daß man von der Brücke aus sein Gesicht sehen konnte, jedenfalls das wenige, was davon unter dem Helm, der Schutzbrille und dem Mikrophon des Sprechfunks zu sehen war.

Dann zog er in einer scharfen Kurve davon und flog zu den anderen zurück. Innerhalb von Sekunden hatten sie sich wieder zum Verband formiert, tippten dreimal ironisch grüßend die Flügel und flogen in nordwestlicher Richtung davon.

Nicolson drehte sich zu Findhorn herum. »Der Bursche hat keine

Ahnung, was er für Glück hatte.« Er zeigte auf die Flakgeschütze an Deck der ›Viroma‹. »Sogar Knallerbsenverkäufer hätten Kleinholz aus ihm machen können.«

»Ich weiß, ich weiß.« Mit düsterer Miene starrte Findhorn den entschwundenen Maschinen nach. »Was wäre gewonnen, Johnny? Wir hätten nur wertvolle Munition vergeudet. Er hat längst unsere Position, Kurs und Geschwindigkeit seiner Leitstelle durchgegeben, ehe er uns zu nahe kam.«

Findhorn setzte das Fernglas ab und wandte sich um, langsam und schwer. »Bleibt nur eine Hoffnung«, fuhr er fort, »unseren Kurs zu ändern. Bitte, gehen Sie auf 200 Grad, Nicolson. Besser, irgend etwas tun als nichts, auch wenn es letzten Endes sinnlos ist.«

Über Findhorns Stimme lag ein Schatten von Müdigkeit, als er fortfuhr: »Tut mir leid, Johnny, tut mir leid um das Mädchen und um all die anderen. Sie werden uns erwischen. Sie haben die ›Prince of Wales‹ und die ›Repulse‹ erwischt – uns werden sie massakrieren. In etwas mehr als einer Stunde werden sie da sein.«

»Warum dann noch den Kurs ändern, Sir?«

»Vielleicht dauert es dann zehn Minuten länger, bis sie uns ausgemacht haben. Eine Geste, mein Junge. Sinnlos, ich weiß, dennoch wenigstens ein Geste.«

Sie sahen einander eine Weile schweigend an, dann sagte der Kapitän: »Der sicherste Raum ist die Pantry. Bringen Sie unsere nichtzahlenden Passagiere dorthin, Johnny.«

»Sicher ist gut«, sagte Nicolson und verschwand. Zehn Minuten später stand er wieder auf der Brücke neben dem Kapitän.

»Alle versorgt?« fragte Findhorn.

»Beinahe. Der alte Farnholme wollte zuerst nicht. Doch als ich ihm klarmachte, die Pantry sei der einzige Raum über Deck ohne Außenwand, aus stählernen Platten statt der üblichen hölzernen Wände, außerdem vorn und achtern mit doppelten – und an beiden Seiten mit dreifachen Schutzwänden ausgestattet, da war er drüben wie ein geölter Blitz.«

Findhorn schüttelte den Kopf. »Unsere tapfere Armee«, sagte er. »Colonel Bumm, immer an der Spitze seiner Truppe – nur nicht, wenn scharf geschossen wird. Schmeckt mir gar nicht, Johnny, und paßt auch nicht zu diesem Typ.«

»Verstehe es auch nicht ganz, Sir. Mir scheint, er macht sich über irgend etwas Sorgen, sehr heftige Sorgen. Er mußte einen ganz bestimmten Grund haben, so schnell in Deckung zu gehen. Hatte aber meiner Meinung nach nichts damit zu tun, daß er etwa darauf bedacht wäre, das eigene Fell zu retten.«

»Vielleicht haben Sie recht.« Findhorn zog die Schultern hoch. »Und van Effen?« fragte er.

»War nicht zu bewegen, die Messe zu verlassen. Sitzt immer noch da, wie in der Nacht, um Siran und seine Genossen in Schach zu halten.«

»Wirklich ein erstaunlicher Mann, Johnny, habe es – glaube ich – schon einmal gesagt, kann es nur wiederholen.«

Dann aber schob Findhorn die Lippe vor: »Paßt mir eigentlich nicht. Die Messe ist völlig ungeschützt gegen jeden Luftangriff von vorn. Eine kleine Granate würde nicht einmal die Rolläden an den Fenstern zur Kenntnis nehmen.«

Nicolson zuckte nur die Schultern. Seine kalten blauen Augen waren völlig gleichgültig.

Mit seinem Glas suchte er den von der Sonne verschleierten Horizont im Norden ab.

Zwölf Minuten nach zwei Uhr erschienen die Japaner erneut, und zwar mit einer gewaltigen Streitmacht. Drei oder vier Maschinen hätten genügt – die Japaner kamen mit fünfzig.

Von dem Augenblick an, in dem der erste Jäger in Deckhöhe heranbrauste und die Geschosse aus seinen beiden Bordkanonen in die Brücke schlugen, bis das letzte Torpedoflugzeug hochzog und abdrehte, um vom Luftdruck der Detonation seines eigenen Torpedos wegzukommen, vergingen nicht mehr als drei Minuten. Doch es waren drei Minuten, die aus der ›Viroma‹, dem modernsten Schiff der Anglo-Arabischen Tankerflotte, aus zwölftausend Tonnen makellosen Stahls, einen zerschlagenen, rauchenden Trümmerhaufen machten. Ein Schiff, dessen Maschinenraum zerstört war und von dessen Besatzung fast alle im Sterben lagen oder tot waren.

Ein Massaker, erbarmungslos, unmenschlich. Aber ein Massaker, das nicht in erster Linie dem Schiff galt, sondern den Männern seiner Besatzung. Die Japaner, die offenbar nach sehr genauen Befehlen operierten, hatten diese Befehle ausgeführt – und zwar brillant. Sie hatten ihre Angriffe auf den Maschinenraum, die Brücke, das Vorschiff und die Geschütze konzentriert.

Findhorn und Nicolson lagen flach am Boden hinter den stählernen Schotten des Ruderhauses. Sie waren noch halb betäubt vom Luftdruck und der Erschütterung der Detonationen. Aber sie begriffen dunkel, was dieser Angriff zu bedeuten hatte. Die Japaner hatten gar nicht die Absicht, die ›Viroma‹ zu versenken. Sie wollten nur die Besatzung vernichten, das Schiff aber schonen. Wenn von der Besatzung der ›Viroma‹ niemand mehr am Leben war, um das schwer angeschlagene Schiff in die Luft zu sprengen oder die Bodenventile zu öffnen, dann fielen ihnen zehntausend Tonnen Öl in die Hände: Millionen von Litern Treibstoff für ihre Schiffe, Panzer und Flugzeuge.

So jedenfalls dachten Findhorn und Nicolson in ihrer Deckung hinter dem Ruderhaus.

Nicolson richtete sich mühsam auf Hände und Knie auf, griff nach der Klinke der Windschutztür – und ließ sich im nächsten Augenblick wie ein Stein zu Boden fallen, als dicht über seinem Kopf weitere Granaten hinwegpfiffen. Er fluchte leise. Wie konnte er nur so dumm sein, sich einzubilden, die Japaner seien bis auf die letzte Maschine wieder nach Hause geflogen? Es war doch selbstverständlich, daß einige um die ›Viroma‹ kreisen würden, um jeden Überlebenden, der sich an Deck zeigte, abzuschießen.

Er blieb in Deckung. Nach langer Zeit richtete er sich langsam auf, und dann sah er etwas, was die Wachsamkeit der japanischen Maschinen, die am Himmel lauerten, sinnlos machte.

Ihre Bomben und Torpedos fielen präzise, dachte er. Aber dennoch – sie haben sich verrechnet. Sie konnten nicht wissen, daß der vordere Laderaum und das darunterliegende Zwischendeck voll waren, gerammelt voll von Fässern mit vielen tausend Litern hochexplosiven Flugzeugbenzins.

Und diese Fässer brannten. Die Flammen schlugen mehr als fünfzig Meter hoch in den Himmel, eine riesige Glutsäule, fast weiß und ohne jeden Rauch. Unten im Laderaum explodierten weitere Fässer – und das war nur der Anfang, darüber war sich Nicolson klar.

Schon spürte er die Hitze des Brandes sengend auf seiner Stirn. Wieviel Zeit blieb ihm noch, ihm und denen, die auf der ›Viroma‹ noch lebten? Vielleicht nur zwei Minuten, vielleicht auch zwanzig. Aber bestimmt nicht mehr als zwanzig Minuten...

Der Kapitän saß auf der anderen Seite der Brücke, mit dem Rücken gegen das Schott, die Hände rechts und links auf das Deck gestützt, und schaute zu ihm hinüber. Nicolson sah ihn mit plötzlicher Sorge an.

»Sind Sie in Ordnung, Sir?«

Findhorn nickte und setzte zum Sprechen an. Doch es kamen keine Worte, nur ein sonderbares, rasselndes Husten. Und plötzlich stand auf seinen Lippen heller Blutschaum. Blut rann das Kinn herunter. Blut tropfte langsam auf sein frisches, blütenweißes Hemd.

Nicolson vergaß jede Vorsicht, im nächsten Augenblick war er hoch und fiel wenige Meter weiter vor dem Kapitän auf die Knie.

Findhorn lächelte und wollte etwas sagen. Doch es wurde wieder nur ein Husten... und noch mehr Blut, hellrotes Blut. Die Augen des Kapitäns waren matt und verglast.

Nicolson suchte überall nach der Wunde. Zunächst konnte er nichts entdecken, doch dann sah er es plötzlich. Wie klein so ein Loch ist, dachte Nicolson im ersten Schreck – und wie harmlos sieht es aus. Fast genau in der Mitte der Brust war das Loch. Es saß ungefähr zwei oder drei Zentimeter links vom Brustbein und fünf Zentimeter über dem Herzen...

Vorsichtig nahm Nicolson den Kapitän bei den Schultern. Und schon holte McKinnon, der Bootsmann, sein Messer aus der Tasche, schlitzte das Hemd des Kapitäns hinten auf dem Rücken auf, sah Nicolson an und schüttelte den Kopf.

»Erfolglos, meine Herren, wie?« Findhorns Stimme war nur ein mühsames Röcheln, ein Kampf gegen das Blut, das in seiner Kehle hochstieg.

»Haben Sie Schmerzen, Sir?« wich Nicolson der Frage seines Kapitäns aus.

»Nein.« Findhorn schloß für einen Moment die Augen, dann schlug er sie wieder auf. »Bitte beantworten Sie meine Frage: Ist es ein Durchschuß?«

»Nein, Sir.« Nicolsons Stimme war sachlich, fast klinisch. »Das Geschoß muß wohl die Lunge angekratzt haben und hinten in den Rippen steckengeblieben sein. Wir werden es rausholen müssen, Sir.«

»Ich danke Ihnen. Das Rausholen werden wir verschieben müssen, Johnny. Aber wie steht es mit dem Schiff?«

»Es sinkt«, sagte Nicolson. Er zeigte mit dem Daumen über die Schulter. »Sie können die Flammen selbst sehen, Sir. Fünfzehn Minuten noch, wenn wir Glück haben. Sie gestatten, daß ich nach unten gehe, Sir?«

»Aber natürlich. Selbstverständlich. Wo habe ich denn meine Gedanken?« Findhorn lehnte sich erschöpft gegen das Schott und schaute mit einem halben Lächeln zu McKinnon hinauf. Dann drehte er den Kopf zur Seite, um etwas zu Nicolson zu sagen. Doch Nicolson war schon verschwunden.

Er ging durch die Tür auf der Steuerbordseite in die Messe. Als er hineinkam, sah er van Effen neben der Tür auf dem Boden sitzen, die Pistole in der Hand, unverletzt.

»Ziemlich viel Lärm, Mister Nicolson«, sagte van Effen. »Ist es vorbei?«

»Mehr oder weniger. Mit dem Schiff jedenfalls. Leider. Es sind noch zwei oder drei Jäger draußen, die auf den letzten Blutstropfen warten. Irgendwelchen Ärger gehabt?«

»Mit denen da?« Van Effen ließ den Lauf seiner Pistole verächtlich über die Crew der ›Kerry Dancer‹ gleiten. »Nein, Mister Nicolson, die haben zuviel Angst um ihr eigenes Leben.«

»Irgendeiner verletzt?«

Van Effen schüttelte bedauernd den Kopf: »Der Teufel meint es gut mit den Seinen.«

»Schade.« Nicolson schwieg, dann gab er van Effen die Hand. »Nehmen Sie mir's nicht übel«, sagte er, »das gestern nacht mit der Pistole. Sind alle mit den Nerven am Ende.«

»Schon gut«, sagte van Effen. »Irgendwelche Befehle, Mister Nicolson?«

»Befehle? Nein. Aber vielleicht bringen Sie diese Kerle inzwischen nach oben.«

Drei Sekunden später war Nicolson aus der Messe und stand vor der Tür zur Pantry, zur Speisekammer. Die Klinke ließ sich herunterdrücken, aber die Tür ging nicht auf – möglicherweise abgeschlossen, noch wahrscheinlicher aber verklemmt. Er nahm die Feuerwehraxt, die an der Wand hing, schwang sie erbittert gegen das Schloß – beim dritten Schlag sprang es auf.

Rauch, Brandgeruch, ein Trümmerfeld zerschlagenen Geschirrs – das war die Speisekammer.

»Miß Drachmann?« rief Nicolson in das Halbdunkel.

»Ja.«

Eine Gestalt erhob sich vom Boden, in den Armen ein kleines Kind, schwankend, zu Tode erschöpft. Für eine Sekunde lehnte sie sich gegen Nicolson, dann sagte sie: »Sie sind alle unverletzt.«

»Gott sei Dank.« Er versuchte das Zittern in seiner Stimme zu unterdrücken, als er sagte: »Gehen Sie alle nach draußen – auf den Gang, bitte!«

»Nehme an, wir machen einen kleinen Ausflug... in die Rettungsboote... falls es noch welche gibt.« Die Stimme kam aus dem Hintergrund. Neben dem Eisschrank stand Miß Plenderleith, einen schwarzen Koffer in der Hand.

»Es gibt noch welche, Miß Plenderleith«, antwortete Nicolson, als ihm Whiskygeruch entgegenschlug. »Verdammt, Brigadier, können Sie das Saufen auch jetzt nicht lassen?« Farnholme lachte nur und schwieg. An seiner Stelle antwortete Miß Plenderleith:

»Junger Mann«, sagte sie, »Sie sollten keine voreiligen Schlüsse ziehen, besonders keine falschen.«

»Raus jetzt«, polterte Nicolson. Auf dem Gang kam ihm Walters, der Funker, entgegen. »Nichts abgekriegt?«

»Persönlich nicht, aber die Funkbude ist zu Bruch gegangen, Sir.«

»Egal, die brauchen wir nicht mehr, Walters. Bringen Sie unsere Gäste nach oben auf den Gang – aber nicht an Deck!«

Und schon raste er weiter, stand dann auf der eisernen Leiter und sah aufs Hauptdeck nach achtern. In diesem Augenblick schoß mit einer gewaltigen Explosion eine riesige Flamme zum Himmel. Nicolson wußte sofort: Was da soeben in Flammen aufgegangen war, das war Tank Nummer eins, rund eine Million Liter Treiböl. Und dann hörte Nicolson durch das Donnern der Flammen ein anderes, noch tödlicheres Geräusch – das Aufheulen eines Flugzeugmotors. Im gleichen Augenblick sah er auch schon die Maschine, die an Steuerbord wie ein Pfeil heranschoß. Mit einem Satz sprang er durch die offene Tür zurück, während die Geschosse der Bordkanone da einschlugen und detonierten, wo er noch zwei Sekunden vorher gestanden hatte.

Nicolson schaute den Gang entlang nach vorn. Siran und seine Männer standen am Fuße der Leiter – aber ohne van Effen. Nicolson war mit ein paar Sätzen bei Siran: »Wo ist van Effen?«

Siran zog die Schultern hoch, verzog die Lippen zu einem Grinsen und schwieg. Nicolson zog seine Pistole, stieß sie ihm in den Bauch, worauf das Lächeln aus dem braunen Gesicht verschwand.

»Er ist nach oben gegangen«, sagte er zögernd, »vor einer Minute.«

Nicolson sprang nach oben und ging durch den Kartenraum ins Ruderhaus. Der Bootsmann McKinnon saß noch neben Findhorn, dem Kapitän.

»Haben Sie van Effen gesehen?« fragte Nicolson.

»War vor einer knappen Minute hier. Er ist nach oben aufs Dach gegangen.«

»Nach oben... verdammt... da hat er nichts verloren... hatte Befehl, auf Siran und seine Leute aufzupassen...«

Er wandte sich an den Kapitän: »Rettungsboot Nummer eins und zwei sind in Ordnung, Sir.«

Findhorn nickte müde mit dem Kopf, leise und mühsam kamen

seine Worte: »Geben Sie die Befehle, die Sie für richtig halten, Nicolson.«

In diesem Augenblick sah Nicolson van Effen auf der Eisenleiter nach oben zum Dach klettern. »He«, schrie er, »runter mit Ihnen... herunter von da droben...«

Van Effen schien es nicht gehört zu haben, er verschwand. Drei Jagdflugzeuge umkreisten die brennende ›Viroma‹, sie schienen sich zu einem neuen, letzten Angriff zu formieren und kamen genau auf die Aufbauten mittschiffs zu.

»Volle Deckung«, schrie Nicolson. Alle, auch der Kapitän, preßten sich flach auf den Boden, aber es gab nichts, was sie schützen konnte. Sie lagen da, warteten auf die Granaten, die jeden Augenblick ihre Rücken zerschmettern würden. Näher kam das Dröhnen der Maschinen...

Doch in der nächsten Sekunde waren sie im Tiefflug vorübergebraust. Nicht ein Schuß war gefallen.

Nicolson schüttelte den Kopf. Betäubt, ungläubig, richtete er sich langsam auf. Er konnte es nicht fassen. Er wandte sich um, als er eine Hand auf seiner Schulter fühlte. Es war van Effen.

»Wollte nur nachsehen, ob da oben vielleicht noch ein Verletzter liegt«, sagte van Effen.

»Sie sind nicht nur ein verdammter Idiot, sondern Sie hatten auch unverschämtes Schwein, daß die Japaner Sie nicht entdeckt haben.«

Van Effen lächelte. »Ja, Idioten haben immer... oder fast immer Schwein«, sagte er.

Die Flammen prasselten, die Hitze wurde immer unerträglicher. Innerhalb von fünf Minuten waren die beiden noch verwendbaren Rettungsboote verproviantiert und klar zum Einschiffen. Alle Überlebenden einschließlich der Verwundeten waren auf dem Bootsdeck versammelt und warteten. Nicolson sah den Kapitän, der auf einer Tragbahre lag, an.

»Wir sind soweit, Sir.«

Findhorn lächelte schwach. Auch das schien für ihn eine Anstrengung zu sein; denn das Lächeln endete in einer schmerzlichen Grimasse.

»Das Kommando haben Sie, mein Junge!«

Er mußte husten, schloß die Augen, und blickte dann sorgenvoll nach oben. »Die Flugzeuge, Nicolson, könnten Kleinholz aus uns machen, während wir die Boote zu Wasser lassen.«

Nicolson zuckte mit den Schultern. »Wir haben keine andere Wahl, Sir.«

»Sie haben recht!« Findhorn ließ sich zurücksinken.

»Die Flugzeuge werden uns keine Schwierigkeiten machen!« Es war van Effen, der es gesagt hatte. Er schien seiner Sache ganz sicher zu sein. Er sagte es wie ein Mann, der mehr wußte als alle anderen an Bord der untergehenden ›Viroma‹. Und er wiederholte es noch einmal: »Die Flugzeuge werden uns bestimmt keine Schwierigkeiten machen!«

4

Ein Mann, der sich van Effen nannte, von dem niemand wußte, daß er der Oberstleutnant der deutschen Abwehr Alexis von Effen war, stand an Deck der untergehenden ›Viroma‹. Die Flammen, die aus den Öltanks schlugen, beleuchteten sein Gesicht. Jede Sekunde konnte der Tanker explodieren und in die Luft fliegen. Er aber, der Holländer, stand da und lächelte. Und noch einmal wiederholte er:

»Die japanischen Flugzeuge werden uns bestimmt keine Schwierigkeiten mehr machen.«

Er sagte es zum Kapitän der ›Viroma‹, der mit zerschossener Lunge auf einer Tragbahre lag. Er sagte es zum Ersten Offizier Nicolson, dem der Kapitän das Kommando übertragen hatte.

Nur zu einem sagte er es nicht: zum englischen Brigadier Foster Farnholme, der neben den Rettungsbooten stand.

»Warum sollen uns plötzlich die japanischen Flugzeuge verschonen?« fragte Nicolson. Er begriff den Holländer nicht. Er starrte ihn ungläubig an.

»Es gäbe viele Erklärungen dafür, Mister Nicolson. Doch ich glaube, die Zeit drängt.«

Er sagte es und sah zu den glutroten Flammen, die aus dem Bauch der ›Viroma‹ in den blauen Himmel schossen, mit einem heimtückischen, zischenden Geräusch – dem Geräusch, das eine Zündschnur versengt. Millimeter um Millimeter, um plötzlich die tödliche letzte Explosion auszulösen.

»Ja, die Zeit drängt«, sagte Nicolson und ballte die Fäuste.

Ein dumpfes Dröhnen hallte durch das ganze Schiff. Die ›Viroma‹ schwankte und senkte sich nach achtern. Nicolson griff nach einer Tür, um das Gleichgewicht nicht zu verlieren. Er sah van Effen mit einem schwachen Lächeln an.

»Sie haben recht, van Effen. Die Zeit drängt in der Tat.« Dann wandte er sich zu den anderen und sagte sehr laut: »Also – alles in die Boote!«

Kaum drei Minuten nach dem Befehl waren beide Boote zu Wasser gelassen. Das Rettungsboot an Backbord, in dem nur Siran und seine sechs Leute saßen, war zuerst unten.

Weniger als eine Minute später rutschte Nicolson, der als letzter von Bord des verlorenen Tankers ging, an der geknoteten Rettungsleine nach unten in das bereits schwimmende zweite Rettungsboot. Es war bis zum Rand vollgepackt mit Passagieren und Ausrüstung.

In einem Bogen umsteuerten sie den Bug der ›Viroma‹. Obwohl zwischen ihrem Boot und dem Tanker schon sechzig Meter Wasserfläche lagen, war die Hitze der Flammen doch schon so groß, daß sie ihnen in die Augen stach und in der Kehle brannte. Als Nicolson nach dem zweiten Rettungsboot sah, stellte er fest, daß es kaum zwanzig Meter von der ›Viroma‹ entfernt war.

»Die beste und einfachste Art, Siran und seine Spießgesellen loszuwerden«, sagte van Effen. »Wenn Sie denen keine Rettungsleine zuwerfen, reißt sie der Sog der ›Viroma‹ in die Tiefe.«

Nicolson sah van Effen aus zusammengekniffenen Augen an. Auch Kapitän Findhorn versuchte sich auf seiner Tragbahre mühsam aufzurichten – vergeblich.

»Wäre Ihnen wohl lieber als ein ordentliches Gerichtsverfahren, wie?« fragte Nicolson den Holländer.

»Mir? Von mir ist nicht die Rede. Nur – wir haben einen weiten Weg nach Australien. Dort wollten Sie doch Siran den Prozeß machen – oder? Und zwischen hier und Australien könnte immerhin noch einiges passieren.«

Eine Weile noch musterte Nicolson den Holländer. Dann gab er dem Bootsmann McKinnon den Befehl:

»Die Leine!«

McKinnon ließ die zusammengerollte Leine gekonnt über das Wasser schnellen. Siran fing das Ende auf und machte es an der Mastducht fest. Und schon straffte sich die Leine, das Rettungsboot Nicolsons begann Siran und seine Leute von der gefährlichen Bordwand der ›Viroma‹ klarzuschleppen.

»Ein Bravo der Moral auf See«, sagte van Effen. »Wer im Rettungsboot sitzt, wird gerettet – und sei er der gefährlichste Gangster auf Erden.«

Nicolson schien es nicht gehört zu haben. Schon lagen runde fünfhundert Meter zwischen dem Tanker und den Rettungsbooten. Auf der ›Viroma‹ wuchsen die Flammentürme vom Vorschiff und vom Heck einander entgegen. Findhorn, der sich mit letzter Kraft auf seiner Bahre umgedreht hatte, sah zu, wie sein Schiff starb. Er wußte, wenn die beiden Flammensäulen einander berührten, war das Ende da. Und so war es dann auch.

Der Tod kam gedämpft, fast lautlos. Eine riesige weiße Flammensäule stieg auf, hob sich über hundert Meter hoch in den Himmel und verschwand so plötzlich, wie sie gekommen war. Die ›Viroma‹ glitt sacht unter den Meeresspiegel, ohne Schlagseite, ein müdes, schwerverwundetes Schiff, das ausgehalten hatte, solange es konnte, und froh war, sich zur Ruhe zu legen.

Dann stiegen ein paar Blasen aus der See, und dann kam nichts mehr. Keine schwimmenden Planken, kein Treibgut auf dem öligen Wasser, überhaupt nichts. Es war, als hätte es die ›Viroma‹ nie gegeben.

Kapitän Findhorn wandte den Kopf ab und sah Nicolson an. Sein Gesicht war wie versteinert, die Augen aber waren trocken, ja, ohne jeden Ausdruck. Fast alle im Rettungsboot schauten ihn an, offen oder heimlich. Er aber schien es nicht zu bemerken: ein Mann, versunken in völliger Gleichgültigkeit.

»Unveränderten Kurs, Nicolson, bitte!« Seine Stimme war leise und heiser, aber das lag nur an dem Blut auf den Lippen und an der Schwäche seines Herzens. »Zweihundert Grad, wenn ich mich noch recht erinnere«, fuhr er ebenso leise fort. »Unser Ziel bleibt das gleiche. In etwas mehr als zwölf Stunden müßten wir den Macclesfield-Kanal erreichen.«

Er ließ sich zurücksinken und schloß, wie in abgrundtiefer Erschöpfung, die Augen. Am Himmel kurvten einige japanische Jagdflugzeuge.

Aber ihre Piloten griffen nicht an. Sie kreisten nur, als ginge sie alles, was da unten auf den Wellen geschah, nicht das geringste an.

Nicolson warf einen erstaunten Blick auf van Effen, der scheinbar teilnahmslos im Rettungsboot saß. »Man könnte fast annehmen, Sie seien Hellseher«, sagte er. »Von den Flugzeugen scheinen wir wirklich nichts mehr befürchten zu müssen.«

Van Effen schüttelte den Kopf. »Hat nichts mit Hellsehen zu tun, Mister Nicolson. Man muß nur etwas kombinieren können...«

»Wie meinen Sie das... kombinieren können...?«

Aber Nicolson wartete umsonst auf eine Antwort.

Stunden vergingen, endlose Stunden. Vom blauen, windstillen Himmel brannte sengend die tropische Sonne. Gleichmäßig tuckerte das Rettungsboot Nummer eins auf südlichem Kurs und schleppte das andere Boot hinter sich her.

Nicolson hatte beide Segel als Sonnenschutz ausgebracht, doch auch unter diesem Schutzdach war die Hitze noch erdrückend, um fünfunddreißig Grad. Die Passagiere konnten nichts weiter tun als im Schatten der Segel matt und schlaff herumzuliegen oder zu sitzen, zu leiden und zu schwitzen – und zu beten, daß endlich die Sonne untergehen möge.

Nicolson saß hinten auf der Ruderbank und schaute auf die siebzehn Leute in seinem Rettungsboot: die Überlebenden der Besatzung der ›Viroma‹, den undurchsichtigen van Effen, den nie nüchternen Brigadier Farnholme, die bewundernswürdige alte Dame Miß Plenderleith, einige Verwundete, deren Namen er kaum kannte. Aber am längsten sah er Miß Drachmann an, die das kleine Kind auf den Armen hielt, um das sie sich seit der Ausfahrt mit der ›Kerry Dancer‹ aus Singapur kümmerte. Immer aber, wenn Miß Drachmann fühlte, daß Nicolson sie ansah, drehte sie ihr Gesicht so, daß der Erste Offizier der untergegangenen ›Viroma‹ die entstellende Narbe auf ihrer Wange nicht sehen konnte.

Ein unbrauchbarer Haufen, aber sie benehmen sich alle großartig, dachte Nicolson. Sie benehmen sich großartig, obwohl sie alle wissen, daß die Japaner mit uns Katz und Maus spielen.

Er hatte es kaum zu Ende gedacht, als McKinnon den Ersten Offizier an der Schulter rüttelte: »Maschine im Anflug, Sir. Backbord querab – ziemlich nah!«

Nicolson warf ihm aus plötzlich schmal gewordenen Augen einen raschen Blick zu, beugte sich vor und starrte unter dem Sonnensegel hinaus nach Westen. Im gleichen Augenblick hatte er die Maschine auch schon entdeckt: Sie war höchstens zwei Meilen von ihnen entfernt und flog ungefähr dreihundert Meter hoch.

Nicolson zog den Kopf wieder zurück und warf einen Blick auf den Kapitän. Findhorn lag auf der Seite, entweder schlafend oder ohnmächtig. Was es war zu entscheiden, dafür blieb nun keine Zeit.

»Nehmen Sie das Segel herunter!« befahl er McKinnon.

Aus dem Heck des Bootes holte er Waffen und verteilte sie: an Brigadier Farnholme, van Effen, den Funker Walters und den Bootsmann McKinnon.

Farnholme hielt einen automatischen Karabiner in Händen. »Können Sie damit umgehen, Sir?« fragte ihn Nicolson.

»Das will ich meinen«, antwortete Farnholme, und schon hatte er den Karabiner mit einer schnellen, fachmännischen Bewegung gespannt, nahm ihn fast zärtlich in die Arme, legte an und sah mit begierigen Augen dem sich nähernden Flugzeug entgegen. Von einer Sekunde zur andern war dies ein völlig anderer Farnholme, als Nicolson ihn bisher gekannt hatte. Der Brigadier, der immer nach Whisky roch, der auf seinem schwarzen Koffer wie auf der kostbarsten Sache auf Erden saß, wurde ihm noch rätselhafter, rätselhaft wie der andere im Rettungsboot, der van Effen hieß. Aber es war jetzt keine Zeit, darüber nachzudenken.

»Nehmen Sie die Knarre runter!« befahl Nicolson scharf. »Sie alle – und halten Sie die Gewehre so, daß man sie nicht sieht. Die anderen legen sich flach ins Boot, so tief wie möglich.«

Die Maschine, ein sonderbar aussehendes Wasserflugzeug, hielt genau auf die beiden Boote zu, ging in die Kurve und begann sie zu umkreisen. Nicolson beobachtete sie durch sein Glas. An ihrem Rumpf erglänzte das Emblem der aufgehenden Sonne.

Dann fielen ihm die Jäger ein, die gleichgültig am Himmel ihre Kreise gezogen hatten, als sie von Bord der brennenden ›Viroma‹ gegangen waren – und plötzlich wurde ein Gedanke in ihm zur Gewißheit.

»Sie können die Gewehre beiseite legen«, sagte er ruhig. »Und alle können sich wieder auf die Bänke setzen. Dieser komische Knabe da droben trachtet uns nicht nach dem Leben. Wenn die Japaner wirklich die Absicht hätten, uns fertigzumachen, hätten sie nicht diesen alten Droschkengaul geschickt.«

»Das scheint mir nicht ganz sicher«, widersprach Farnholme und visierte die Maschine über Kimme und Korn an. »Ich traue diesen gelben Brüdern nicht über den Weg!«

»Wir trauen ihnen allen nicht«, antwortete Nicolson. »Aber ich vermute, sie haben es zwar auf uns abgesehen, wollen uns jedoch lebend haben. Der Himmel mag wissen, warum.«

»Ganz meine Meinung«, sagte van Effen mit unbewegtem Gesicht und legte sein Gewehr weg. »Diese Maschine hält nur Fühlung mit uns«, fuhr er fort und sah dabei den Brigadier unverwandt an. »Aber sie wird uns nichts tun, da können Sie ganz unbesorgt sein.«

»Vielleicht – vielleicht auch nicht«, sagte Farnholme und hob den Karabiner wieder an die Wange. »Verpassen kann ich dem Burschen trotzdem eins. Schließlich ist er ein Feind – oder nicht? Ein Schuß in seinen Motor...«

»Sie benehmen sich wie ein Idiot, Foster Farnholme«, kam plötzlich die scharfe und kalte Stimme der Miß Plenderleith. »Legen Sie augenblicklich das Gewehr aus der Hand!«

»Aber hören Sie mal, Constance« – die Stimme des Brigadiers klang halb wütend, halb besänftigend –, »Sie haben kein Recht...«

»Ich verbiete Ihnen, mich Constance zu nennen«, sagte die alte Dame eisig. »Und jetzt legen Sie das Gewehr weg!«

Nicolson hatte Mühe, ernst zu bleiben. »Sie und der Brigadier – Sie kennen sich wohl schon ziemlich lange?« fragte er. »Wenn der eine den Vornamen des andern kennt...«

Der eiskalte Blick der alten Dame traf Nicolson für den Bruchteil einer Sekunde. Dann preßte sie die Lippen zusammen und nickte: »Ja, sehr lange, viel zu lange für meinen Geschmack... und fast immer betrunken...«

»Aber Madam!« Farnholmes buschige Augenbrauen zogen sich zusammen.

»Halten Sie doch den Mund, Foster!« unterbrach sie ihn, um plötzlich zu schweigen und den Kopf abzuwenden.

Die Maschine war inzwischen höher und höher gestiegen und begann in einem weitgezogenen Kreis, vier oder fünf Meilen im Durchmesser, ihre Runden zu drehen.

»Verstehen Sie das Manöver?« Die Frage kam von Kapitän Findhorn.

»Ich dachte, Sie schliefen, Sir«, antwortete Nicolson.

»Sie haben meine Frage nicht beantwortet!«

»Verzeihung, Sir. Schwer zu sagen. Habe den Verdacht, irgendwo in der Nähe wartet ein guter Freund von ihm. Wahrscheinlich ist er höher gegangen, um ihm zu zeigen, wo wir sind. Ist natürlich nur eine Vermutung, Sir.«

»Ihre Vermutungen haben die unangenehme Eigenschaft, meist verdammt genau zuzutreffen.« Findhorn versank in Schweigen.

Eine Stunde verging, und noch immer zog das Aufklärungsflugzeug unverändert seine Kreise. Die blutrote Sonne sank rasch senkrecht hinab auf die Kimm der See, einer spiegelglatten See. Zwei winzige Inselchen, schwarz vor der untergehenden Sonne, unterbrachen den roten Glanz des Wassers. Links davon, ein kleines Stück nach Steuerbord, etwa vier Meilen in südwestlicher Richtung entfernt, begann eine niedrige, langgestreckte Insel unmerklich über die stille Oberfläche des Meeres emporzusteigen.

Kurze Zeit, nachdem sie diese Insel gesichtet hatten, verlor das Wasserflugzeug an Höhe und entfernte sich in östlicher Richtung.

»Der Wachhund scheint Feierabend zu machen, meinen Sie nicht auch, Sir? Will wahrscheinlich nach Hause und zu Bett«, sagte Vannier, der Vierte Offizier.

»Fürchte – nein«, antwortete Nicolson und starrte auf den

Schatten im Meer, der noch vor Minuten wie eine Insel ausgesehen hatte. Nun wußte er, es war ein Schiff.

»Worauf tippen Sie, Johnny?« sagte plötzlich Kapitän Findhorn.

»Nur auf eins: wir kommen hier nicht durch, Sir.« Nicolson verzog das Gesicht und starrte zur Ruderbank, wo Miß Drachmann mit dem kleinen Jungen spielte. Findhorn folgte der Richtung seines Blicks und sagte leise: »Stellen Sie sich bloß mal vor, was das für eine Verkehrsstockung geben würde, wenn Sie mit diesem Mädchen nach London kämen?« Er rieb sich das mit grauen Stoppeln bedeckte Kinn.

Nicolson lächelte, aber sein Gesicht wurde von einer Sekunde zur andern wieder ernst. »Diese scheußliche Narbe... und jetzt werden sich die gelben Brüder zum zweitenmal...«

Findhorn ließ ihn nicht ausreden. »Vielleicht sollten wir unsere Gefangennahme doch noch ein wenig hinausschieben, wie? Die Daumenschrauben noch ein Weilchen rosten lassen? Hat doch einiges für sich, Johnny, oder...« Er schwieg, nach einer Weile sagte er ruhig: »Mir scheint, ich sehe noch etwas, was nicht sehr angenehm ist.«

Nicolson hob das Glas an die Augen. Im Licht der untergehenden Sonne schimmerte ein Fahrzeug mit niederen Aufbauten und kaum sichtbarem Rumpf. Schweigend, mit ausdruckslosem Gesicht, gab er das Glas an Kapitän Findhorn weiter. Findhorn nahm es; als er es Nicolson zurückgab, sagte er:

»Sieht nicht so aus, als ob wir das Glück auf unserer Seite hätten. Teilen Sie es den anderen mit, bitte!«

Nicolson nickte und wandte sich um. »Tut mir leid für Sie alle, aber ich fürchte, da kommt neuer Ärger auf uns zu. Es ist ein japanisches U-Boot.«

»Und was glauben Sie, Mister Nicolson, wird geschehen?« Miß Plenderleith sprach mit so viel Beherrschung, daß ihre Stimme fast gleichgültig klang.

»Kapitän Findhorn vermutet – und ich stimme mit ihm überein –, daß man versuchen wird, uns gefangenzunehmen.« Auf Nicolsons Gesicht erschien ein etwas krampfhaftes Lächeln. »Wir werden natürlich versuchen, Miß Plenderleith, uns nicht gefangennehmen zu lassen.«

»Das wird unmöglich sein«, sagte van Effen, der vorn im Bug saß. Seine Stimme klang kalt. »Das ist ein U-Boot, Mann. Wollen wir uns mit unseren Spielzeuggewehren gegen ein U-Boot wehren?«

»Sie würden also vorschlagen, daß wir uns ergeben?«

»Weshalb sollen wir glatten Selbstmord begehen? Was Sie vorschlagen, ist glatter Selbstmord.« Van Effen schlug mit der Faust gegen das Boot. »Wir werden später eine bessere Chance zur Flucht finden!«

»Sie kennen die Japaner nicht«, sagte Nicolson. »Dies ist nicht nur unsere beste Chance, es ist auch unsere letzte Chance!«

»Und ich sage Ihnen, es ist Wahnsinn, was Sie vorhaben!« Jede Linie in van Effens Gesicht drückte Feindschaft aus. »Ich schlage vor, Mister Nicolson, daß wir darüber abstimmen.« Er sah sich im Boot um. »Wer von Ihnen ist dafür...«

»Schweigen Sie, van Effen«, sagte Nicolson barsch. »Sie sind hier nicht in einer politischen Versammlung. Sie sind an Bord eines Fahrzeugs der britischen Handelsmarine – und diese Fahrzeuge unterstehen der Autorität eines einzigen Mannes, des Kapitäns. Kapitän Findhorn sagt, daß wir Widerstand leisten – und damit basta!«

»Der Entschluß des Kapitäns ist unabänderlich?«

»Unabänderlich!«

»Bitte um Entschuldigung!« Van Effen ließ den Kopf sinken.

Das japanische U-Boot war noch eine knappe Meile entfernt und in allen Einzelheiten deutlich erkennbar. Das Wasserflugzeug kreiste noch immer am Himmel.

»Noch fünf Minuten, schätze ich, dann hat uns das U-Boot eingeholt«, sagte Findhorn.

Nicolson nickte geistesabwesend. »Haben wir diesen U-Boot-Typ nicht schon einmal gesehen, Sir?«

»Ich glaube – ja«, sagte Findhorn langsam.

»Doch, bestimmt!« Nicolson war seiner Sache jetzt sicher. »Leichtes Flakgeschütz achtern, MG auf der Brücke und eine Kanone auf dem Vorschiff. Wenn sie uns an Bord nehmen wollen, müßten wir bei ihnen längsseits gehen – vermutlich neben dem Kommandoturm. Keins der Geschütze läßt sich so weit senken, daß es uns dort erreichen könnte.« Nicolson biß sich auf die Lippen. Er starrte auf die Insel. »Bis das Boot uns stoppt, sind wir annähernd eine halbe Meile an die Insel heran.«

»Habe nicht ganz mitgekriegt, was Sie meinen, Johnny.« Findhorns Stimme klang bereits wieder erschöpft. »Aber falls Sie irgendeinen Plan haben sollten...«

»Ja, ich habe einen. Vollkommen verrückt, Sir – aber es könnte klappen!«

»Sie haben das Kommando – auch jetzt.«

»Danke, Sir!« Findhorn schien es nicht mehr zu hören. Sein

Kopf fiel auf die Seite. Er lag mit geschlossenen Augen auf der Bahre.

Im Westen hatte der Himmel noch einen farbigen Schimmer, rot, orange und golden, im Osten war er grau. Die plötzliche Dunkelheit der tropischen Nacht senkte sich rasch über das Meer.

Nicolson winkte Vannier, den Vierten Offizier, zu sich heran. »Sie rauchen nicht, Vannier, oder doch?«

»Nein, Sir.«

Vannier sah Nicolson an, als sei der Erste Offizier nicht ganz zurechnungsfähig.

»Dann werden Sie heute abend damit anfangen!«

Nicolson langte in die Hosentasche, holte eine flache Zigarettenpackung und eine Schachtel Streichhölzer heraus. Er gab sie Vannier und sagte: »Sie gehen ganz nach vorn, noch vor van Effen. Es wird alles von Ihnen abhängen. Brigadier, würden Sie bitte auch herkommen?«

Farnholme hob überrascht das Gesicht, stieg schwerfällig über mehrere Ruderbänke und nahm bei Nicolson Platz.

Nicolson sah ihn eine oder zwei Sekunden lang schweigend an und fragte dann: »Können Sie wirklich mit dem Schnellfeuergewehr umgehen, Brigadier?«

»Aber ja, Mann!« antwortete Farnholme mit fast beleidigter Miene. »Ich habe das blöde Ding sozusagen erfunden.«

»Und sind Sie auch treffsicher?«

»Bisley-Champion«, antwortete Farnholme lakonisch. »Nur damit Sie Bescheid wissen, Mister Nicolson.«

»Was, Sie haben in Bisley einen Preis gemacht?« fragte Nicolson erstaunt.

»Sozusagen Scharfschütze Seiner Majestät.«

Nicolson beugte sich zum Brigadier und redete rasch, aber leise auf ihn ein. Van Effen beugte sich auf seiner Bank vor, aber er konnte nichts verstehen. Nicolson hatte ihm den Rücken zugedreht.

Doch schon schob sich das U-Boot achtern an Steuerbordseite heran, düster, schwarz, drohend in der zunehmenden Dämmerung, ein dunkler Umriß im weißlichen Phosphoreszieren der See. Das Brummen der Dieselmaschinen erstarb zu einem leisen Schnurren. Die bösartige, dunkle Mündung der großen Kanone auf dem Vorschiff senkte sich nach unten und schwenkte langsam nach achtern. Erbarmungslos, Meter um Meter, folgte sie jeder Bewegung des kleinen Rettungsbootes.

Dann kam vom Kommandoturm des japanischen U-Bootes ein scharfes, unverständliches Kommando. Auf einen Wink von Nicolson stellte McKinnon den Motor ab. Der stählerne Rumpf des U-Bootes schurrte am Fender des Rettungsboots entlang.

Nicolson ließ den Blick schnell über das Deck und den Kommandoturm des U-Boots gleiten. Die große Kanone auf dem Vorschiff war in ihre Richtung gedreht – aber über ihre Köpfe hinweg. Tiefer konnte das Rohr nicht gesenkt werden – er hatte es vermutet. Das leichte Flakgeschütz war ebenfalls auf sie gerichtet – und es zielte mitten in ihr Boot. In diesem Punkt hatte Nicolson sich verrechnet. Aber dieses Risiko mußte er auf sich nehmen.

Über den Rand des Kommandoturms schauten drei Mann, zwei von ihnen waren bewaffnet. Fünf oder sechs Matrosen standen vor dem Kommandoturm, nur einer von ihnen hatte eine Maschinenpistole.

Das Rettungsboot war in letzter Minute nach backbord abgefallen – ein Manöver, mit dem Nicolson die Absicht verfolgte, daß sie am U-Boot an Backbord waren. So blieben sie im Schatten der Dunkelheit, während die Japaner sich als Silhouetten gegen das Abendrot der untergegangenen Sonne abhoben.

Die drei Fahrzeuge – das U-Boot und die beiden Rettungsboote – bewegten sich noch immer mit einer Fahrt von etwa zwei Knoten, als vom Deck des U-Boots eine Leine geworfen wurde und in den Bug des Rettungsbootes Nummer eins fiel. Vannier griff automatisch nach dem Seil und sah Nicolson fragend an.

»Ja, Vierter, dann belegen Sie mal den Tampen«, sagte Nicolson bitter und resigniert. »Was können wir schon mit unseren Fäusten und ein paar Taschenmessern gegen ein U-Boot ausrichten?«

»Sehr vernünftig, außerordentlich vernünftig.«

Der Offizier lehnte über den Rand des Kommandoturms. Er hatte die Arme verschränkt, der Lauf der Waffe lag auf seinem linken Oberarm. Sein Englisch war gut, sein weißes Gebiß glänzte in der dunklen Fläche seines Gesichts.

»Jeder Versuch des Widerstands wäre unangenehm, meinen Sie nicht auch?«

»Scheren Sie sich zum Teufel!« brummte Nicolson.

»Aber – aber! Welcher Mangel an Höflichkeit! Der typische Angelsachse.« Der Offizier schüttelte den Kopf, dann aber fixierte er Nicolson über den Lauf seiner Pistole. »Nehmen Sie sich in acht!« Seine Stimme klang wie das Knallen einer Peitsche.

Ohne jede Hast vollendete Nicolson die Bewegung, die er begonnen hatte. Er entnahm dem Päckchen, das Vannier ihm hinhielt, langsam eine Zigarette, riß ebenso langsam ein Streichholz an, hielt es Vannier hin, brannte seine eigene Zigarette an und warf dann das Streichholz über Bord.

»Ach so, natürlich!« Der japanische Offizier lachte kurz und verächtlich. »Der stoische Engländer! Obwohl ihm die Zähne klappern vor Angst, muß er immer noch Haltung zeigen – zumal vor den Augen seiner Mannschaft.« Dann aber änderte sich der Ton seiner Stimme abrupt:

»Jetzt aber genug mit diesem – Unfug! Augenblicklich an Bord – alle Mann!« Er richtete die Pistole auf Nicolson: »Und Sie zuerst!«

Nicolson stand auf. Er stützte sich mit dem einen Arm gegen den Rumpf des U-Bootes, den andern hielt er fest gegen die Seite gepreßt.

»Was, zum Teufel, haben Sie eigentlich mit uns vor?« schrie er – mit einem sehr glaubwürdigen Zittern in seiner Stimme. »Wollen Sie uns alle umbringen? Und foltern? Uns in eines Ihrer verdammten Gefangenenlager in Japan schleppen?«

Er schrie es. Sein Schreien war jetzt Ernst. »Warum, in Gottes Namen, erschießen Sie uns nicht gleich, statt uns erst...«

In das Schreien zischte plötzlich ein Fauchen. Aus dem Bug des Rettungsbootes zischten zwei Leuchtraketen funkensprühend und rauchend in den dunkel gewordenen Himmel. Dann strahlten, mehr als hundert Meter über dem Wasser, zwei weißglühende Flammenbälle.

Es war menschlich, nach den beiden Raketen zu sehen, die hoch oben am Himmel leuchtend explodierten. Auch die Matrosen des japanischen U-Boots waren nur Menschen. Wie ein Mann, gleich Puppen in der Hand eines Puppenspielers, drehten sie die Köpfe nach oben.

Und bis zum letzten Mann starben sie in dieser Stellung, den Rücken halb zum Rettungsboot gewandt und den Kopf in den Nacken gelegt, während sie in den Himmel starrten.

Das Krachen der Gewehre und Pistolen erstarb, das Echo der Schüsse hallte über die glasige See und verstummte in der Ferne. Nicolson gab mit lauter Stimme das Kommando an alle im Boot, sich hinzulegen. Noch während er es rief, rollten zwei tote Matrosen von dem schrägen Deck des U-Boots, schlugen auf dem Heck des Rettungsboots auf und klatschten ins Wasser.

Eine Sekunde verging, zwei Sekunden, drei... Nicolson kniete im Boot und starrte nach oben. Er hörte das Scharren eiliger Füße und hastige Stimmen hinter dem Schutzschild der Kanone.

Der Offizier hing schlaff über den Rand des Kommandoturms,

seine baumelnde Hand hielt noch immer krampfhaft die Waffe fest – ein Schuß aus Nicolsons Pistole hatte ihn getroffen. Vor dem Kommandoturm lagen vier formlose Bündel. Von den zwei Matrosen, die das leichte Flakgeschütz bedient hatten, war nichts zu sehen. Farnholmes Schnellfeuergewehr hatte sie über Bord geblasen.

Die Spannung wurde unerträglich. Das Rohr des schweren Geschützes, das wußte Nicolson, ließ sich nicht tief genug senken, um das Boot zu treffen. Doch Nicolson erinnerte sich undeutlich an Geschichten, die ihm Marineoffiziere erzählt hatten über die Wirkung von Schiffskanonen, die unmittelbar über einem abgefeuert wurden: der Luftdruck riß einem fast den Kopf ab.

Rasch drehte sich Nicolson zum Bootsmann um: »Starten Sie den Motor – und dann wenden, so schnell wie möglich. Wir sind durch den Kommandoturm gegen die Kanone gedeckt, wenn wir...«

Seine letzten Worte gingen unter im Dröhnen des Abschusses. Aus der Mündung des Rohres zuckte bösartig eine lange, rote Flamme. Die Granate schlug ins Meer, wirbelte einen dünnen Vorhang aus Gischt und Rauch auf. Und schon luden die Japaner die Kanone erneut.

Nicolson sah, wie Farnholme aufsprang. Er schrie ihn an: »Brigadier, nicht eher schießen, als bis ich es sage!«

In diesem Augenblick knallte vom Bug des Rettungsboots her ein Abschuß. Nicolson fuhr herum und sah van Effen mit rauchendem Gewehr stehen.

»Nicht getroffen – tut mir leid«, sagte der Holländer lächelnd, aber ganz ruhig. Er ließ das Gewehr sinken.

»Was wollten Sie überhaupt treffen, Sie verdammter Idiot...«

»Würde keine voreiligen Schlüsse ziehen, Mister Nicolson. Sie... Sie haben den Offizier nicht gesehen, der sich auf dem U-Boot über den Rand der Brückenverkleidung beugte – aber blitzschnell wieder verschwand, als ich das Gewehr hob...«

In Nicolsons Gesicht zuckte es, doch schon schrie er Vannier zu: »Die Signallichter! Zünden Sie ein paar von den roten an – und zielen Sie in den Kommandoturm hinein.«

Nach etwa fünf Sekunden hörte Nicolson das Geräusch, auf das er gewartet hatte: das kratzende Geräusch der Granate, die in das Rohr geschoben wurde. Der Verschlußblock drehte sich und rastete ein.

»Jetzt!« befahl Nicolson.

Farnholme machte sich nicht einmal die Mühe, das Gewehr an die Schulter zu heben, sondern schoß aus der Hüfte. Er gab fünf

Schuß ab – und alle saßen genau in der Mündung des Rohrs. Die letzte Kugel löste die Detonation aus. Im Rohr krepierte die Granate. Das schwere Geschütz löste sich aus seiner Verankerung. Herumfliegende Stücke gesplitterten Metalls pfiffen bösartig über das Wasser. Die Kanoniere mußten gestorben sein, ohne etwas davon zu merken. In Armeslänge vor ihnen war eine Sprengladung explodiert, die genügt hätte, eine Brücke in die Luft zu jagen.

»Großartig, Brigadier«, sagte Nicolson. »Bitte um Entschuldigung für alles, was ich jemals über Sie gesagt hatte. Volle Fahrt voraus, Bootsmann!«

Er merkte nicht, daß die alte Miß Plenderleith den Kopf senkte und in sich hineinlächelte.

Zwei sprühend rote Signallichter flogen im Bogen durch die Luft und landeten, von Vannier sicher gezielt, im Innern des Kommandoturms.

Nicolson legte die Faust um die Ruderpinne, als er eine Hand auf seinem Arm fühlte. Er drehte sich um.

»Van Effen?« fragte er widerwillig.

»Ich glaube, es wäre besser, noch eine Weile hier beim U-Boot zu bleiben. In zehn Minuten wird es so dunkel sein, daß wir zu der Insel fahren können, ohne daß diese japanische... Bande... dauernd hinter uns herschießt. Ich glaube, es wäre wirklich besser!«

Nicolson sah in das Gesicht des Holländers, das vom roten Widerschein gezeichnet war. Er schien völlig verändert zu sein. Und zum erstenmal begann sich Nicolson vor diesem Gesicht des Holländers van Effen zu fürchten...

5

Mit einer ärgerlichen Bewegung schüttelte Nicolson die Hand van Effens, die auf seinem Arm lag, ab. Er umklammerte die Ruderpinne des Rettungsbootes fester und steuerte die nahe Insel an, die in der schnell hereinbrechenden Dämmerung nur noch als schmaler Strich zwischen Meer und Himmel lag.

»Vielen Dank für Ihren Rat, van Effen«, sagte Nicolson etwas spöttisch. »Aber ich halte es für besser, wenn wir so schnell wie möglich von diesem U-Boot wegkommen.«

Van Effen ließ den Kopf sinken und fluchte still vor sich hin. Sekunden später kauerte er – in sich zusammengesunken – auf seiner Bank im Bug des Bootes. Doch seinen Blicken entging nichts, und seine Finger umklammerten das Gewehr fester.

Mit einer scharfen Wendung fuhr Nicolson mit beiden Rettungsbooten um das schmale Heck des japanischen U-Bootes herum, verlangsamte dann die Fahrt und sah die Flakgeschütze.

»Brigadier«, sagte er, »ein kurzer Feuerstoß auf diese Dinger könnte nichts schaden!«

Mit einem langen, genau gezielten Feuerstoß aus seinem automatischen Karabiner machte Farnholme den komplizierten Mechanismus der Flakgeschütze unbrauchbar.

»Die werden uns keinen Ärger mehr bereiten«, brummte er.

»Hoffentlich«, sagte Nicolson, »hoffentlich haben wir an alles gedacht!«

Er bückte sich, nahm eine der beiden Rauchbojen, entfernte den Verschluß, riß die Zündung an und warf die Boje in weitem Bogen über Bord. Sie schlug aufs Wasser auf, und schon zischte eine dicke Wolke gelbroten Rauchs hoch. Wie ein undurchsichtiger Vorhang legte sie sich zwischen das U-Boot und die beiden Rettungsboote. Minuten später hatte Nicolson die Insel erreicht. Vom U-Boot, das draußen auf See lag, peitschten Schüsse. Sie waren in eine falsche Richtung gezielt.

Es war kaum eine Insel zu nennen, ein Inselchen vielleicht, nicht länger als dreihundert Meter und kaum breiter als einhundertfünfzig Meter. Sie stieg vom Meer etwa fünfzehn Meter hoch an. Auf der Anhöhe war eine kleine Vertiefung, am halben Hang. Zu dieser Senke führte Nicolson die Passagiere.

Zehn Minuten nach dem Landen der Boote hockten alle im Schutz der Vertiefung – mit dem gesamten Proviant, dem Trinkwasservorrat und der beweglichen Ausrüstung der beiden Boote.

Langsam begann sich der Himmel zu beziehen. Doch es war noch hell genug, daß Nicolson sein Fernglas benutzen konnte. Er starrte fast zwei Minuten lang hindurch, dann setzte er es ab und fuhr sich über die Augen.

»Nun?« fragte Kapitän Findhorn mühsam.

»Das U-Boot fährt um die westliche Spitze der Insel, Sir. Ziemlich dicht unter Land.«

»Ist aber gar nichts zu hören.«

»Sie fahren mit den Elektromotoren. Warum, weiß ich auch nicht.«

Van Effen räusperte sich. »Und was, Mister Nicolson, glauben Sie, haben die Japaner vor?«

»Bin leider kein Hellseher«, antwortete Nicolson kühl. »Ein

Glück, daß ihre Kanone und ihr Flakgeschütz unbrauchbar sind. Sie hätten uns sonst hier in zwei Minuten ausgeräuchert. Vor Gewehrfeuer sollte uns die kleine Senke schützen, wenn wir ein bißchen Glück haben.«

»Und wenn wir kein Glück haben?«

»Darüber können wir uns noch immer den Kopf zerbrechen, wenn es soweit ist«, gab Nicolson kurz zur Antwort.

»Aber eines ist sicher«, sagte van Effen ungerührt, »sie können nicht nach Hause fahren und erzählen, sie wären mit uns nicht fertig geworden. Dann könnten sie alle drüben auf dem U-Boot gleich Harakiri begehen.«

»Sie werden auch nicht nach Hause fahren«, sagte Kapitän Findhorn bestimmt. »Zu viele ihrer Kameraden haben ihr Leben gelassen.«

»Allerdings«, sagte van Effen mit einer merkwürdigen Betonung.

»Mitleid?« fragte Nicolson scharf.

»Nein – nur: Auge um Auge, Zahn um Zahn...«

Van Effen brach ab, denn er sah Siran zu Nicolson treten.

»Was wollen Sie?« fragte Nicolson den einstigen Kapitän der ›Kerry Dancer‹ unwirsch.

»Meine Crew und ich haben Ihnen einen Vorschlag zu machen!«

»Wenden Sie sich damit an den Kapitän!« Nicolson wandte sich abrupt ab und hob das Glas wieder an die Augen.

»Bitte sehr«, sagte Siran ungerührt. Er drehte sich zum Kapitän um, der ihn nicht ansah.

»Die Sache ist die, Kapitän«, begann Siran, »es ist unangenehm deutlich zu sehen, Sie trauen uns nicht. Sie zwingen uns, in einem eigenen Rettungsboot zu fahren. Sie sind der Meinung – fälschlicherweise, das könnte ich Ihnen beweisen –, Sie müßten die ganze Zeit auf uns aufpassen. Wir sind für Sie eine – schwere Belastung. Wir schlagen daher vor, daß wir Sie – mit Ihrer Erlaubnis – von dieser Last befreien.«

»Mann, kommen Sie zur Sache!« sagte Findhorn scharf.

»Gern. Ich schlage vor, Sie lassen uns gehen, dann brauchen Sie sich unseretwegen keine Sorgen mehr zu machen. Wir sind bereit, freiwillig in japanische Gefangenschaft zu gehen, Sir!«

»Was? In japanische Gefangenschaft?« Der erbitterte Zwischenruf kam von dem Holländer van Effen. »Bei Gott, Sir, eher würde ich zuvor die ganze Bande der ›Kerry Dancer‹ über den Haufen schießen!«

Findhorn sah neugierig zu Siran, aber es war zu dunkel, um den

Ausdruck seines Gesichts erkennen zu können. Langsam sagte er: »Und – wie haben Sie sich das vorgestellt, sich den Japanern zu ergeben? Vielleicht... so ganz einfach diesen Hügel hinab zum Strand gehen?«

»Mehr oder weniger – ja.«

»Erlauben Sie ihnen nicht, sich aus dem Staub zu machen, Sir!« sagte van Effen beschwörend.

»Keine Bange, van Effen«, erwiderte Findhorn trocken. »Ich habe nicht die Absicht, mich mit diesem lächerlichen Vorschlag zu befassen.«

»Sir«, begann Siran noch einmal.

»Schweigen Sie! Für wie naiv oder schwachsinnig halten Sie mich eigentlich?«

»Ich versichere...«, setzte Siran noch einmal an, doch Nicolson schnitt ihm das Wort ab.

»Sparen Sie sich Ihre Versicherungen«, sagte er verächtlich. »Niemand glaubt Ihnen. Ich bin sicher, daß Sie mit den Japanern unter einer Decke stecken.« Er machte eine Pause und sah van Effen nachdenklich an. »Ich glaube, Sie machten den besten Vorschlag – umlegen. Es würde uns alles bedeutend erleichtern, wenn wir diese Bande nicht mehr am Hals hätten.«

»Können Sie das U-Boot noch sehen?« fragte Kapitän Findhorn unvermittelt.

»Ist jetzt fast genau südlich, Sir, etwa zweihundert Meter vom Land.«

Plötzlich ließ Nicolson das Glas fallen und warf sich hinter dem Rand der Senke zu Boden. Am Kommandoturm des U-Boots war ein Scheinwerfer aufgeleuchtet. Der grelle weiße Kegel strich rasch die steinige Küste der Insel entlang. Fast im gleichen Augenblick hatte er auch schon die kleine Einbuchtung gefunden, in der die Rettungsboote lagen. Sekundenlang blieb der Lichtstrahl auf die Boote gerichtet, dann begann er langsam den Hang hinaufzuwandern, fast genau in Richtung auf die Senke, in der sie geborgen lagen.

»Brigadier?« rief Nicolson schneidend.

»Verstehe«, brummte Farnholme. »Wird mir ein Vergnügen sein.« Er brachte das Gewehr nach vorn, ging in Anschlag, zielte und schoß. Durch das verhallende Echo des Abschusses klang aus der Ferne das Splittern von Glas. Der grelle Lichtschein erlosch.

»Kein geschicktes Manöver der Japaner«, stellte Findhorn fest. »Bin nicht ganz Ihrer Meinung, Sir«, sagte Nicolson. »Es war ein kalkuliertes Risiko. Nun wissen sie, wo die Boote liegen. Und sie wissen auch, wo wir liegen. Das Mündungsfeuer, als der Brigadier ihren Scheinwerfer zerschoß, haben sie gesehen. Doch in erster Linie sind sie an den Booten interessiert.«

»Sie haben recht«, sagte Findhorn langsam. »Ob sie versuchen, die Boote vom U-Boot aus zu versenken? Was meinen Sie, Mister Nicolson?«

»Nehme an, sie werden ein paar Mann an Land schicken, um die Bodenplanken zu zerschlagen und die Lufttanks anzubohren. Oder sie werden versuchen, sie ins Schlepp zu nehmen und hinaus auf See zu bringen.«

Minutenlang sagte niemand etwas. Der kleine Junge lag in den Armen von Miß Drachmann und redete im Schlaf vor sich hin. Siran unterhielt sich in der Senke flüsternd mit seinen Leuten. McKinnon hustete und meinte: »Bleibt nur eine Wahl für uns: wieder hinaus auf See.«

»Und vorher überreden Sie unsere gelben Freunde auf dem U-Boot, sich Watte in die Ohren zu stecken, um die Motoren nicht zu hören?« meinte sarkastisch Nicolson.

»Will ich gar nicht. Will nur eine Stunde Zeit, mich mit dem Auspuffrohr zu beschäftigen. Garantiere, daß auf hundert Meter Entfernung kein Mensch mehr den Motor hört. Bedeutet natürlich eine gewisse Einbuße an Geschwindigkeit...«

Findhorn unterbrach den Bootsmann. »Von Horchgeräten scheinen Sie noch nichts gehört zu haben.«

»Der Teufel hole sie«, sagte McKinnon. Eine Weile versank er in Schweigen, dann sagte er: »Dann werde ich mir eben etwas anderes einfallen lassen müssen.«

»Köpfe runter – alles flach an die Erde!« schrie Nicolson.

Und schon schlugen die ersten Kugeln dumpf in das Erdreich rund um die Senke und pfiffen bösartig durch die Luft, als vom Deck des U-Boots das Sperrfeuer eröffnet wurde. Das U-Boot war jetzt noch dichter unter Land. Das Feuer der Japaner lag fast genau im Ziel.

»Kein Gegenfeuer!« befahl Findhorn laut, dann senkte er seine Stimme und beugte sich zu Nicolson. »Es ist mir alles rätselhaft: die Jagdflugzeuge haben uns verschont, als wir von Bord der ›Viroma‹ gingen. Das U-Boot versuchte uns nicht zu versenken – und auch das Wasserflugzeug ließ uns in Ruhe. Und jetzt wollen sie auf einmal Kleinholz aus uns machen. Ich werde daraus nicht schlau.«

»Ich auch nicht, Sir«, gestand Nicolson. »Aber wir können nicht hier liegenbleiben. Diese Knallerei ist der Feuerschutz für den Angriff der Japaner auf die Boote – sonst wäre sie sinnlos!«

»Und was wollen Sie tun? Ich bin mit meinem Latein leider am Ende, Johnny.«

»Bitte um Erlaubnis, mit ein paar Mann zum Strand gehen zu dürfen. Wir müssen sie aufhalten, Sir!«

»Ich weiß, ich weiß. Hals- und Beinbruch, mein Junge.«

Sekunden später schoben sich Nicolson und sechs Mann über den Rand der Senke und starrten nach unten. Sie waren noch keine fünf Schritte weit, als Nicolson Vannier etwas ins Ohr flüsterte, den Brigadier am Arm faßte und mit ihm zurückging zum östlichen Rand der Senke. Dort legten sie sich flach an die Erde und spähten in die Dunkelheit.

Sie brauchten nicht lange zu warten. Knapp fünfzehn Sekunden später hörten sie das vorsichtige Geräusch kriechender Bewegungen, dann Füße, die eilig über den Sand liefen. Nicolsons Taschenlampe flammte auf und erfaßte zwei Gestalten, die Sekunden später unter den Kugeln aus Farnholmes Schnellfeuergewehr tot zu Boden stürzten.

»Ich bin ein verdammter Idiot«, fluchte Nicolson. »Diese Burschen habe ich doch glatt vergessen!«

Nicolson kroch durch die Senke und entwand die Waffen den erstarrten Händen: die beiden Beile aus dem Rettungsboot Nummer zwei.

Er ließ den Strahl der Taschenlampe in die andere Ecke der Senke fallen. Siran saß wie zuvor an seinem Platz, mit ausdruckslosem Gesicht. Nicolson wußte, daß er seine Leute vorgeschickt hatte, um die blutige Arbeit zu verrichten, während er selber in aller Ruhe zusah.

»Kommen Sie her, Siran!«

Nicolsons Stimme war genauso ausdruckslos wie Sirans Gesicht. Siran erhob sich, kam die paar Schritte nach vorn und stürzte wie ein gefällter Baum zu Boden, als Nicolson ihm mit dem Kolben seines Marinecolts hinter das Ohr schlug. Siran war noch nicht einmal zu Boden gefallen, da war Nicolson schon wieder auf dem Weg zum Strand, dicht gefolgt von Farnholme. Der ganze Zwischenfall hatte keine dreißig Sekunden gedauert.

Sie waren noch dreißig Meter vom Strand entfernt, als sie Schüsse hörten. Schreie, Flüche. Zehn Meter vom Strand knipste Nicolson die Taschenlampe an. In ihrem Licht bot sich ihm das wirre Bild von Männern, die sich im Wasser rund um die Boote im wilden Handgemenge befanden.

Ein japanischer Offizier stand über dem im Wasser gestürzten

McKinnon und holte zum tödlichen Schlag mit einem Schwert oder Bajonett aus. Im nächsten Bruchteil einer Sekunde warf sich Nicolson mit einem mächtigen Sprung nach vorn, umklammerte mit einer Hand die Kehle des Offiziers und drückte mit der anderen die Pistole in seinen Rücken ab.

Das eine der beiden Rettungsboote lag mit dem Kiel fest auf Grund. Nahe beim Heck standen zwei japanische Matrosen bis zu den Knien im Wasser. Fast gleichzeitig holten sie zum Wurf aus, Handgranaten in den Händen. Und noch während Nicolson seinen Colt hochhob, wußte er bereits, daß es zu spät war.

Vornüber klatschten die beiden Japaner aufs Wasser, ihr Fall ging unter in einer dumpfen Detonation und einem grellen weißen Aufblitzen. Dann war es wieder dunkel und still. Nichts war zu hören, nirgendwo eine Bewegung.

Nicolson riskierte es nach einer Weile, mit der Taschenlampe das Gelände abzuleuchten. Dann schaltete er sie wieder aus. Die Feinde waren nicht mehr Feinde, nur noch kleine tote Männer, die regungslos im seichten Wasser lagen.

»Jemand verletzt?« fragte Nicolson leise.

»Ja, Sir – Walters. Ich glaube, ziemlich schlimm.«

»Ich komme.« Nicolson ging dem Klang der Stimme nach. Er legte die Finger über den Scheinwerfer seiner Taschenlampe. Vannier hielt das linke Handgelenk von Walters. Unmittelbar oberhalb des Ballens klaffte ein blutiger Spalt, das halbe Handgelenk war aufgerissen. Vannier hatte den Arm bereits mit einem Taschentuch abgebunden, das hellrote Blut pulste nur noch langsam aus der Wunde. Nicolson schaltete die Lampe wieder aus.

»Messer?« fragte er.

»Nein, Bajonett.«

»Ziemlich übel. Lassen Sie sich von Miß Drachmann verbinden. Ich fürchte, es wird einige Zeit dauern, bis Sie die linke Hand wieder gebrauchen können.«

Bei sich aber dachte Nicolson: er wird sie nie wieder gebrauchen können. Die Sehnen waren glatt durchschnitten. Auf jeden Fall würde die Hand gelähmt bleiben.

»Besser die Hand als das Herz«, sagte Walters. »Denn das brauche ich wirklich.«

Alle gingen zur Senke zurück, nur Nicolson und McKinnon wateten durch das flache Wasser zu dem näheren der beiden Rettungsboote. Kaum waren sie bei ihm angelangt, als aus der Dunkelheit im Süden zwei Maschinengewehre das Feuer eröffneten. Sie schossen mit Leuchtspurmunition.

»Verstehen Sie das, Sir?« fragte McKinnon den Ersten Offizier.

»Schwer. Wäre aber denkbar, daß der Landungstrupp irgendein Zeichen zum U-Boot geben sollte – etwa Blinkzeichen mit der Taschenlampe, wenn er sicher an Land gelangt war. Nun sind sie auf dem U-Boot wahrscheinlich völlig konfus und eröffneten deswegen das Feuer – und immer noch kein Blinkzeichen.«

»Könnten ihnen ja eins geben?«

Nicolson starrte den Bootsmann einen Augenblick an und lachte leise. »Genial, McKinnon. Riskieren sollte man es!«

Er hob die Hand über den Rand des Rettungsboots, machte die Taschenlampe in regelmäßigen Abständen an und aus, an und aus und nahm den Arm dann wieder nach unten. Im gleichen Augenblick stellten beide Maschinengewehre abrupt das Feuer ein. Die Nacht war plötzlich stumm und still.

»Hat gewirkt«, stellte McKinnon fest. »Meinen jetzt, ihre gelben Kameraden hätten das Blinkzeichen gegeben.«

Ohne jede Hast standen Nicolson und McKinnon auf und untersuchten im Schein der Taschenlampe das Boot Nummer zwei. Es hatte mehrere Treffer, aber alle in den oberen Planken, und schien kaum oder gar nicht leck zu sein.

Bei Nummer eins, dem Rettungsboot mit dem Motor, sah alles weniger hoffnungsvoll aus. Das Boot lag tief im Wasser. McKinnon tastete den Rumpf ab und richtete sich dann langsam wieder auf.

»Ein Loch im Boden«, sagte er tonlos. »So groß, daß ich nicht nur den Kopf, sondern auch die Schultern durchstecken könnte.«

Der Strahl der Taschenlampe fiel auf den Motor: »Nur noch ein wirrer Haufen von Stahl und Blech. Da ist kein Teil mehr ganz.«

»So also ist das?« sagte Nicolson und knipste die Lampe aus.

Sie wateten aus dem Wasser und stiegen zur Senke hinauf. Auf halbem Weg murmelte McKinnon vor sich hin: »Das ist eine verdammt weite Strecke bis Australien, wenn man den ganzen Weg rudern soll.«

»Melden Sie's dem Kapitän, bitte!« sagte Nicolson. »Die andern brauchen es noch nicht zu wissen.«

»Und was wird jetzt?«

»Ich muß ruhig darüber nachdenken.«

Nicolson lag auf dem Rücken, die Hände hinter dem Nacken gefaltet. Der Teufel hole die Japaner, der Teufel hole das lauernde U-Boot, dachte er grimmig. Er richtete sich auf, holte eine Zigarette aus der Packung und wollte sie anzünden, als er eine Stimme neben sich hörte: »Ich hätte auch gern eine Zigarette. Oder haben Sie etwas dagegen?«

Er sah hoch und sah Miß Drachmann neben sich stehen. Er reichte ihr sein Päckchen mit Zigaretten und brannte ein Streichholz an. Als sie sich zu ihm beugte, um die Spitze ihrer Zigarette in die Flamme zu halten, roch er wieder einen letzten Duft von Sandelholz und den zarten Geruch ihres Haares.

»Sie haben die Hand von Walters versorgt?« fragte er.

»Ja.«

»Und sonst?«

Sie antwortete nicht, sondern setzte sich neben ihn. Sie setzte sich so, daß er die Wange mit der Narbe von der Schläfe bis zum Kinn nicht sehen konnte.

Zwei Minuten vergingen, eine dritte – und sie sagte immer noch nichts. Schließlich drehte Nicolson den Kopf langsam zu ihr herum.

»Wo sind Sie eigentlich zu Hause, Miß Drachmann?« fragte er.

»Ist es noch wichtig – in unserer Lage?« stellte sie die Gegenfrage. Sie atmete den Rauch der Zigarette ein, sehr tief, und sah in die Richtung, wo das Meer war und das U-Boot.

»Geboren in Dänemark, aufgewachsen in Europa, groß geworden auf den Plantagen meines Vaters in Penang und dann Krankenschwester in Singapur. Sozusagen ein lückenloser Lebenslauf.«

»Ich hätte Sie nach der Farbe Ihrer Haut für eine Eurasierin gehalten.«

»Die Mutter meiner Mutter war Malaiin... und die Farbe meiner Haut hat mir in Singapur ziemlich zu schaffen gemacht. In Dänemark war ich in jedem Haus willkommen. In Singapur hat mich niemals ein Europäer in sein Haus eingeladen. Mister Nicolson. Ich war nicht gefragt – auf dem gesellschaftlichen Markt, könnte man vielleicht sagen. Ich war jemand, mit dem man nicht gern gesehen wurde...«

»Nehmen Sie's nicht so schwer. Ich kann mir vorstellen, es muß übel gewesen sein. Und die Engländer waren die übelsten, stimmt's?«

»Ja, allerdings.« Sie verstummte und sagte dann zögernd: »Warum sagen Sie das?«

»Weil ich weiß, wie sie sich in den Kolonien benehmen – und weil ich selber Engländer bin, Miß...«

Er zögerte, und sie verstand, warum.

»Ich heiße Gudrun«, sagte sie. »Gudrun Sörensen Drachmann.«

»Paßt zu Ihnen«, meinte Nicolson. »Aber nennen Sie mich so – wie manchmal der Kapitän.«

»Er sagt oft Johnny zu Ihnen. In Dänemark würde man einen ganz kleinen Jungen so nennen. Aber vielleicht sind Sie's... und – ich könnte mich vielleicht sogar an diesen Namen gewöhnen.«

Das kaum hörbare Lächeln Gudrun Drachmanns war der einzige Laut in der Stille. Plötzlich stand er auf, ging quer durch die Senke und dann den Hügel hinab zu van Effen, der das einzige noch brauchbare Rettungsboot bewachte. Er saß eine Weile neben ihm, doch ein Gespräch kam zwischen ihnen nicht zustande. Der Teufel mag wissen, woran es liegt, dachte Nicolson. Ich mag ihn, aber irgend etwas ist zwischen ihm und mir...

Minuten später tauchte Nicolson wieder in der Senke auf. »Sie sollten jetzt schlafen«, sagte er zu Gudrun Drachmann.

Sie schien es nicht gehört zu haben. Sie sagte mit sehr leiser Stimme: »Bitte, antworten Sie mir ehrlich: Wieviel Hoffnung haben wir noch?«

»Keine.«

»Sehr kurz und sehr ehrlich«, meinte sie. »Und – wieviel Zeit bleibt uns noch?«

»Schätze, bis morgen mittag. Doch das ist schon sehr reichlich geschätzt. Es ist so gut wie sicher, daß das U-Boot versuchen wird, einen zweiten Landungstrupp an den Strand zu schicken. Und dann werden sie Verstärkung herbeirufen. Aber wahrscheinlich werden die Flugzeuge ohnedies hier sein, sobald es hell wird.«

»Und dann?«

»Falls sie uns nicht alle zusammen durch Bomben oder Granaten erledigen, werden die gelben Brüder vielleicht Sie und Miß Plenderleith gefangennehmen. Ich hoffe allerdings nicht, daß es soweit kommt.«

»Bleibt uns nichts anderes – als abzuwarten. Wenig genug.«

Sie schien verzweifelt, alles in ihr wehrte sich gegen diesen Gedanken. Sie griff nach Nicolsons Arm und umklammerte ihn. Nicolson spürte, wie ihre Hände zitterten.

»Ja – aber man müßte doch irgend etwas tun... irgend etwas... nur nicht warten, warten auf das Furchtbare...«

Gudrun Drachmann brach ab, aus weitgeöffneten Augen sah sie Nicolson an. Die Angst flackerte in ihren Pupillen.

»Irgend etwas tun, ja, ich weiß«, sagte Nicolson. Er versuchte zu lachen und meinte: »Mit dem Buschmesser zwischen den Zähnen an Bord des U-Boots schleichen, die Gelben überwältigen und im

Triumph nach Hause fahren – auf dem gekaperten japanischen U-Boot... nach Hause, Sie nach Dänemark und wir nach England...«

Doch ehe sie etwas erwidern konnte, strich er über Gudruns Haare. »Das war billig und häßlich. Seien Sie mir nicht böse.«

Sie schwieg eine Weile, schüttelte dann den Kopf und sagte: »Könnten wir denn nicht mit dem Boot wegsegeln, ohne daß die Japaner uns hören oder sehen?«

»Liebes Mädchen, das war die erste Möglichkeit, die wir uns auch schon überlegt haben. Sie führt leider zu nichts. Wir würden möglicherweise von dieser Insel wegkommen, aber weit kämen wir nicht. Sobald es hell wird, würde uns das U-Boot finden oder die Flugzeuge – und dann würden diejenigen von uns, die nicht erschossen werden, ertrinken. Komisch, van Effen kämpfte wie ein Löwe für diesen Vorschlag – als sei er sicher, daß die Japaner uns verschonen würden. Aber es wäre nichts weiter als ein beschleunigter Versuch, Selbstmord zu begehen«, schloß Nicolson abrupt.

Sie dachte schweigend nach. »Sie halten es aber für möglich, von hier wegzufahren, ohne daß uns jemand hört?«

Nicolson lächelte. »Sie sind eine reichlich beharrliche junge Dame, finden Sie nicht auch? Doch – ja, das ist möglich. Besonders dann, wenn jemand an einer anderen Stelle der Insel ein Ablenkungsmanöver durchführt, um die Japaner irrezuführen. Warum fragen Sie überhaupt?«

»Die einzige Möglichkeit, von hier wegzukommen, ist doch die: Wir müßten bei dem U-Boot den Eindruck erwecken, als wären wir nicht mehr da. Könnten nicht zwei oder drei von Ihnen mit dem Boot wegrudern – vielleicht zu einer dieser kleinen Inseln, die wir gestern sahen? Und die anderen machen hier irgendein Ablenkungsmanöver?« Sie sprach jetzt rasch, mit aufgeregter Stimme: »Wenn das U-Boot feststellt, daß unser Rettungsboot weg ist, würde es von hier abfahren und...«

»Und schnurstracks zu einer dieser kleinen Inseln hinfahren, den paar Mann, die dort wären, den Garaus machen, das Rettungsboot versenken und den Rest dann hier erledigen.«

»Ach so.« Sie ließ die Stimme, die eben noch voller Hoffnung war, mutlos sinken.

»Gudrun, Sie sehen, wir haben uns alles auch schon überlegt, und es führt zu nichts. Wenn Sie nichts dagegen haben, möchte ich jetzt gern versuchen, einen Augenblick zu schlafen. Ich muß in kurzer Zeit van Effen am Strand ablösen.«

Er war schon im Halbschlaf, Sekunden später, als wie aus weiter Ferne Gudrun Drachmanns Stimme erneut an sein Ohr drang.

»Johnny?«

»Barmherzigkeit«, brummte Nicolson. »Bitte, nicht noch einen großartigen Einfall!«

»Hören Sie, Johnny...«

»Weiß Gott, Sie lassen nicht locker.« Nicolson seufzte resigniert und richtete sich auf. »Nun?«

»Es würde doch nichts ausmachen, wenn wir eine Weile hierbleiben – wenn nur das U-Boot wegfährt, nicht wahr?«

»Worauf wollen Sie damit hinaus?«

»Bitte, beantworten Sie meine Frage, Johnny!«

»Nein, das würde gar nichts schaden. Im Gegenteil – das wäre eine gute Sache. Aber wie wollen Sie die Japaner dazu bringen, anzunehmen, wir wären nicht mehr da? Wollen Sie hinausfahren und die Gelben auf dem U-Boot hypnotisieren?«

»Nicht sehr witzig von Ihnen, Johnny«, sagte sie ganz ruhig. »Wenn es hell wird und die Japaner feststellen, daß unser Boot – ich meine das brauchbare – nicht mehr da ist, dann würden sie doch annehmen, daß wir auch nicht mehr da sind, nicht wahr?«

»Ja, das würden sie bestimmt annehmen. Jeder normale Mensch würde das annehmen.«

»Sie meinen nicht, daß sie die Insel absuchen würden?«

»Was, zum Teufel, soll das Ganze eigentlich?«

»Bitte, Johnny.«

»Also gut«, sagte er mürrisch, »ich glaube nicht, daß sie sich die Mühe machen würden, die Insel abzusuchen. Und worauf wollen Sie hinaus, Gudrun?«

»Verstecken Sie das Boot, Johnny«, sagte sie langsam und sehr sicher.

»Das Boot verstecken, sagt sie! Es gibt rund um die Insel keine Stelle, wo wir das Boot verstecken könnten, ohne daß die Japaner es nicht innerhalb einer halben Stunde gefunden hätten – es ist immerhin mehr als sieben Meter lang. Tut mir leid, Gudrun!«

»Sie haben eine Möglichkeit vergessen«, sagte Gudrun Drachmann unerschütterlich. »Aber an die habe ich gedacht.«

»Und die wäre?«

»Ich möchte vorschlagen, das Boot unter Wasser zu verstecken!«

»Was?« Nicolson hob den Kopf und starrte in der Dunkelheit zu ihr hin.

»Unter Wasser... unter Wasser«, wiederholte er immer wieder.

»Machen Sie an dem einen Ende der Insel irgendein Ablenkungsmanöver«, sagte sie schnell. »Rudern Sie mit dem Boot um die andere Spitze herum zu dieser kleinen Bucht im Norden. Füllen Sie es mit Steinen, ziehen Sie den Stöpsel heraus – oder wie das bei Ihnen heißt. Legen Sie das Boot an einer Stelle auf Grund, wo das Wasser genügend tief ist. Und wenn dann die Japaner fort sind...«

»Aber natürlich!« sagte Nicolson leise, nachdenklich, mehr für sich. »Wirklich, das wäre zu machen! Mein Gott, Gudrun, das ist es! Sie haben es! Das ist... wenn es überhaupt noch eine Chance gibt... die einzige!«

Seine Stimme war laut geworden. Er hatte die letzten Worte fast geschrien.

Mit einem Ruck stand er auf, nahm das Mädchen in seine Arme.

»Mein Gott, Gudrun, vielleicht...«

Und schon jagte er mit einigen schnellen Schritten hinüber zur anderen Seite der Senke.

»Aufwachen!« schrie er. »Kapitän! Vierter! Bootsmann! Aufwachen... alle aufwachen.«

6

Sie waren zwei Frauen und etwas mehr als eine Handvoll Männer. Sie hatten nichts mehr zu verlieren, aber alles zu gewinnen. Und deswegen setzten sie alles auf eine Karte. Die Männer hatten keinen Ausweg mehr gefunden, die kleine Insel südlich von Singapur zu verlassen, vor der das japanische U-Boot in Lauerstellung lag. Und Miß Gudrun Drachmann, deren eine Gesichtshälfte von einem japanischen Bajonetthieb entstellt war, hatte in ihrer letzten Verzweiflung den Ausweg gefunden. Ein klein wenig Glück – und vielleicht fielen die Japaner auf den Trick herein.

Vannier, der Vierte Offizier, hatte von Nicolson den Befehl erhalten, die Japaner auf dem U-Boot vor der Insel zu täuschen. Eine Art Lockvogel, der seine Sache ausgezeichnet machte.

Von der Südwestspitze der Insel gab er etwa zehn Minuten lang mit der Taschenlampe Leuchtzeichen zum U-Boot. Durch das Nachtglas sah er, wie der Schatten des U-Bootes sich leise in Bewegung setzte – nicht mit den Dieselmaschinen, sondern mit den Elektromotoren. Vannier ging hinter einem großen Stein in Deckung.

Zwei Minuten später, als das U-Boot genau auf seiner Höhe lag, knapp hundert Meter unter Land, stand er auf, riß die Zündung einer Rauchboje an und warf sie auf See, so weit er konnte. Innerhalb von dreißig Sekunden hatte die leichte nördliche Brise den dichten gelben Rauch bis zum U-Boot hingeweht. Er nahm den Japanern auf der Brücke den Atem und die Sicht.

Eine Rauchboje brennt normalerweise vier Minuten. Vier Minuten genügten Nicolson und einigen Männern, den Plan auszuführen. Mit umwickelten Riemen pullten sie das Rettungsboot Nummer zwei um die Spitze der Insel herum zur nördlichen Seite.

Das U-Boot blieb unbeweglich im Südwesten liegen, von Vannier auf eine falsche Fährte gelenkt.

Nicolson und seine Männer zogen rasch und fast geräuschlos die Spunde aus dem Boden des Rettungsbootes und füllten es mit Steinen. Das Boot lief schnell voll Wasser.

Dann winkte Nicolson Brigadier Farnholme zu sich her, flüsterte ihm etwas zu, Sekunden nachher begann er in kurzen Abständen Schüsse in Richtung auf das U-Boot abzufeuern.

Noch mehr Steine ins Boot, noch mehr Wasser durch die Spundlöcher – und schon glitt das Rettungsboot sacht unter die Oberfläche der See, vorn und achtern an Leinen gehalten. In einer Tiefe von fast fünf Metern setzte es dann ohne Schlagseite den Kiel auf den klaren, kiesbedeckten Grund.

Als die Männer zur Senke zurückkehrten, stieg von der Ostspitze der Insel eine Fallschirm-Leuchtrakete in den Himmel. Vannier hatte den Augenblick gut gewählt. Die Japaner mußten nun völlig ratlos sein. Doch ihre Landungstrupps würden die östliche Spitze der Insel ebenso leer und ausgestorben finden, wie es jetzt auch die westliche Spitze war. Sie konnten, wenn es hell geworden war, auf keinen anderen Schluß kommen als den, daß ihnen die Überlebenden auf der Insel ein Schnippchen geschlagen und sich im Schutz der Nacht davongemacht hatten.

Dies war auch der Schluß, zu dem die Japaner nach Sonnenaufgang kamen. Es war ein grauer Morgen, mit bedecktem Himmel und auffrischendem Wind. Die Männer auf der Insel, in sicherer Deckung hinter dichten Büschen, sahen Gestalten auf der Brücke des U-Boots. Sie hoben Ferngläser an die Augen und gestikulierten aufgeregt.

Dann war das Geräusch von Dieselmotoren zu hören. Das U-Boot setzte sich in Fahrt und umrundete die Insel. Als es auf Höhe des einen noch sichtbaren Rettungsboots war, stoppte es die Fahrt noch einmal ab. Das Rohr des Flakgeschützes richtete sich auf das Boot und begann zu feuern – offenbar hatten Bordmechaniker dieses Geschütz im Laufe der Nacht wieder repariert.

Das Flakgeschütz gab nur sechs Schuß ab, sie genügten, um aus dem Boot ein durchlöchertes und zersplittertes Wrack zu machen.

Unmittelbar nachdem die letzte Granate in dem seichten Wasser krepiert war, entfernte sich das U-Boot mit hoher Fahrt und genau westlichem Kurs, umrundete die beiden kleineren Inseln in der Nähe und verschwand eine halbe Stunde später am südlichen Horizont aus dem Blickfeld der Handvoll Männer und der zwei Frauen auf der Insel.

Tot und regungslos lag das Rettungsboot auf dem unbewegten Spiegel der See. Nicht eine Wolke in Sicht – und das schon seit drei Tagen. Ein leerer, ein schrecklicher Himmel, eine grausame, grelle Sonne, die brennend heiß auf die See herunterglühte.

Auch das Boot war tot – so schien es, doch leer war es nicht. In dem kümmerlichen Schatten, den die zerfetzten Reste der Segel boten, lagen die Männer und die zwei Frauen. Sie waren der Länge nach ausgestreckt, auf den Bänken, den Duchten, den Bodenplanken. Sie waren völlig erschöpft und entkräftet durch die Hitze. Einige in einem unruhigen Schlaf, andere in einer Art von Ohnmacht. Alle aber waren sorgsam darauf bedacht, auch nur die geringste Bewegung zu vermeiden, um das matte Lebensflämmchen, das noch in ihnen brannte, nicht unnötig zu vergeuden.

Insgesamt waren sie zwanzig Menschen an Bord des Rettungsboots. Und vor sechs Tagen waren sie von der Insel im Südchinesischen Meer losgesegelt, als die Besatzung des japanischen U-Boots auf die Finte, die Gudrun Drachmann vorgeschlagen hatte, hereingefallen war.

Sie hatten keine Medikamente mehr, im Trinkwasserkanister waren nur noch zwölf Liter, der Proviant mußte rationiert werden. Und dabei hatte alles so glückhaft begonnen, vor sechs Tagen, als sie die Insel verließen...

Sechsunddreißig Stunden nach dem Verschwinden des japanischen U-Boots waren sie gestartet, vierundzwanzig Stunden, nachdem der letzte japanische Aufklärer die Insel überflogen hatte, ohne auch nur die geringste Spur von ihnen und ihrem absichtlich versenkten Rettungsboot zu entdecken.

Der Monsun, der gleichmäßig aus Norden wehte, trieb sie schnell voran – die ganze Nacht und auch noch den nächsten Tag. Und kein einziges Flugzeug war am Himmel erschienen. Am Abend des zweiten Tages tauchte ein U-Boot auf. Es war kaum zwei Meilen von ihnen entfernt und fuhr in gleichmäßiger Fahrt mit nördlichem Kurs weiter. Vielleicht hatte man sie und das Rettungsboot von dem U-Boot aus gesehen – vielleicht auch nicht. Es würde sich noch herausstellen.

Am dritten Tag, genau um zwölf Uhr mittags, verließ sie das Glück. Der Monsun hörte schlagartig auf, und sie lagen hilflos in der Flaute, etwa fünfundzwanzig Meilen von der Insel Lepar entfernt.

Am Nachmittag tauchte ein Wasserflugzeug auf, zog fast eine Stunde über ihnen seine Kreise und entfernte sich, ohne den Versuch zu machen, das Boot zu versenken. Nicolson wandte sich an den Holländer van Effen und meinte:

»Sie scheinen noch immer recht zu haben, van Effen, mit Ihrer Prophezeiung: Von den Flugzeugen haben wir nichts zu befürchten.«

»Hoffentlich«, knurrte van Effen, die Pistole in der Hand, um den ehemaligen Kapitän Siran und den Rest seiner Crew zu bewachen.

Doch als die Sonne ins Meer versank, tauchte – wiederum aus nördlicher Richtung – ein zweites Flugzeug auf. Aus rund neunhundert Metern kurvte es auf das Boot und die Menschen darin zu. Es war ein Jäger, der seine Zeit nicht mit Kreisen verlor. Als er auf eine knappe Meile heran war, kippte er nach unten – und schon stachen seine beiden Bordkanonen wie mit roten Messern in die Dämmerung. Die Geschosse schlugen klatschend auf dem Wasser auf, einige durchschlugen das Boot auf der einen Seite und heulten auf der anderen Seite wieder hinaus.

Der einzige, der sich zu wehren versuchte, war Brigadier Farnholme. Er riß das Schnellfeuergewehr hoch, zielte und drückte ab. Und der Jäger setzte zu keinem zweiten Angriff an. Er drehte scharf ab und entfernte sich eilig in der Richtung, aus der er gekommen war. Man sah das ausströmende Öl, das schwarze Striche über seinen glänzenden Rumpf zog.

Das Boot hatte zwei Treffer, zwei ernsthafte Lecks – und von den Menschen war einer – nur einer, erstaunlicherweise verwundet worden:

Ein Schrapnellsplitter hatte van Effen den Oberschenkel ziemlich übel aufgerissen.

Als Gudrun Drachmann ihn verbunden hatte, meinte er etwas skeptisch zu Nicolson: »Ich scheine meine magische Macht auf die japanischen Flugzeuge verloren zu haben.«

»Respektvoll wurden Sie allerdings nicht behandelt«, antwortete Nicolson und half van Effen das verletzte Bein hochzulegen.

In der Nacht vom dritten zum vierten Tag frischte der Wind auf und wurde in Minuten zu einem tropischen Unwetter. Es dauerte zehn Stunden lang. Zehn Stunden Sturm, Dunkelheit und kalter

Regen. Sturzseen brachen fast pausenlos über das Heck, während die gesamte Mannschaft, soweit sie nicht krank oder verwundet war, die ganze Nacht hindurch um ihr Leben Wasser schöpfte.

Und dann war auch die lange, schwere Zerreißprobe dieser Nacht so unvermittelt zu Ende, wie sie begonnen hatte. Doch was folgte, war schlimmer als diese höllische Nacht.

Es gab keine Kameradschaft mehr... Wenn jeder seine kümmerliche Ration Wasser oder Dosenmilch oder Rohrzucker zugeteilt bekam – der Zwieback war schon nach zwei Tagen aufgebraucht –, wachten ein Dutzend gieriger Augen darüber, daß jeder genau das bekam, was ihm zustand, und nicht einen Tropfen oder einen Bissen mehr.

Es waren keine Menschen mehr, es waren nur noch Wracks von Menschen im Rettungsboot, das auf dem Südchinesischen Meer dahintrieb. Kapitän Findhorn lag in einem tiefen, ohnmachtähnlichen Schlaf. Nicolson hatte ihn vorsichtshalber mit einer Leine locker am Dollbord und einer der Duchten festgebunden.

Außer Nicolson gab es nur noch zwei Männer, die keinerlei Anzeichen von Schwäche oder gar Verzweiflung erkennen ließen: Bootsmann McKinnon und Brigadier Farnholme. McKinnon kauerte im Heck des Bootes, in der Hand fast immer die Pistole, um auf Siran und die restlichen Männer seiner Crew aufzupassen – aber auch auf die Überlebenden der untergegangenen ›Viroma‹, bei denen vor Hunger, Durst und Schmerzen der Ausbruch des Wahnsinns jeden Augenblick befürchtet werden mußte.

Der über sechzig Jahre alte Farnholme aber saß die meiste Zeit neben Miß Plenderleith, die sehr schwach geworden war, und unterhielt sich mit ihr leise. Wären die beiden dreißig Jahre jünger gewesen, so hätte Nicolson gewettet, daß der Brigadier in bezug auf Miß Plenderleith ernste Absichten hätte.

Gudrun Drachmann, die Krankenschwester, war kaum mehr wiederzuerkennen. Ihr Gesicht war eingefallen, die Backenknochen traten stark hervor, und die furchtbare Narbe auf ihrer linken Wange schien größer geworden zu sein. Nicolson sah zu ihr hin. Sie schien zu schlafen. Die harte Kante der Bank drückte sich in ihre rechte Wange.

Vorsichtig hob er ihren Kopf, nahm eine Ecke der Decke und legte sie doppelt zwischen die Bank und ihr Gesicht. Dann, in einer sonderbaren Anwandlung, schob er sanft das dichte, blauschwarze Haar zurück, das ihr ins Gesicht gefallen war und die lange Narbe verdeckte. Einen Atemzug lang ließ er seine Hand leicht auf der

Narbe liegen. Dann sah er in dem dämmrigen Licht das Schimmern ihrer Augen und wußte, daß sie wach war.

Er spürte keinerlei Verlegenheit und fühlte sich auch nicht ertappt. Lächelnd und wortlos sah er zu ihr hinunter. Sie erwiderte das Lächeln, rieb ihre vernarbte Wange zweimal sacht gegen seine Hand und richtete sich langsam auf.

Es war der heraufziehende Morgen nach der fünften furchtbaren Nacht...

Plötzlich kam von vorn ein lauter Schrei. Nicolson fuhr herum, und im gleichen Augenblick war auch McKinnon, der geschlafen hatte, hellwach und neben Nicolson.

Es war ein junger Soldat, der in Singapur an Bord der ›Kerry Dancer‹ gegangen war. Mit angstverzerrtem Gesicht starrte er auf einen Mann, der flach auf dem Rücken lag.

Der Mann hatte bisher keine große Rolle gespielt. Man wußte, daß er mohammedanischer Priester war und Achmed hieß. Mit Farnholme war er von der schiffbrüchigen ›Kerry Dancer‹ auf die ›Viroma‹ umgestiegen, und von der untergehenden ›Viroma‹ ins Rettungsboot.

Nicolson sprang zu ihm hin und sah auf ihn hinab. Seine Kniekehlen hingen über einer Ducht, seine Füße zeigten gen Himmel. Er war rücklings von der Ruderbank gefallen, auf der er gesessen hatte. Sein Kopf lag unten im Wasser. Und Nicolson sah: Achmed, der mohammedanische Priester, der schweigsame Mann, der höchstens einmal mit Farnholme ein paar Worte gewechselt hatte, war – tot.

Nicolson beugte sich zu ihm und fuhr mit der Hand unter Achmeds schwarzes Gewand, um nach dem Herzschlag zu fühlen. Doch er zog die Hand rasch wieder zurück. Die Haut Achmeds fühlte sich kalt und feucht an. Der Tod mußte schon vor mehreren Stunden eingetreten sein.

Er versuchte, ihn an den Schultern hochzuheben. Aber es war ihm nicht möglich, den Toten mehr als ein paar Zentimeter von der Stelle zu bewegen. Er versuchte es erneut – wieder vergeblich. Kopfschüttelnd sah er McKinnon an.

»Pack mit an«, sagte er.

McKinnon hob die eine Seite des leblosen Körpers hoch, während Nicolson sich so tief herunterbeugte, daß sein Gesicht fast im Wasser war.

Und im aufgehenden Licht des neuen Tages entdeckte er, weshalb es ihm nicht gelungen war, den Toten hochzuheben: Zwischen den Schulterblättern steckte ein Messer, dessen Klinge bis zum Heft hineingestoßen war. Aber der Griff des Messers hatte sich unten zwischen den Bodenplanken festgeklemmt...

Nicolson stand langsam auf und fuhr sich mit dem linken Arm über die Stirn. Sein rechter Arm hing herunter, die Hand aber umspannte mit festem Griff den Kolben seines Colts. Er konnte sich nicht erinnern, die Waffe aus der Tasche gezogen zu haben. Die Menschen im Boot waren – wie auf einen geheimen Befehl – plötzlich alle wach geworden.

»Dieser Mann ist tot«, sagte Nicolson. »In seinem Rücken steckt ein Messer. Der Mörder... der Mörder sitzt in diesem Boot...«

»Tot? Er ist tot, haben Sie gesagt? Mit einem Messer im Rücken?«

Farnholme kam hastig nach vorn und kniete neben dem mohammedanischen Priester nieder. Im nächsten Augenblick war er schon wieder hoch. Sein Mund war ein schmaler Strich.

»Geben Sie mir die Pistole, Nicolson. Ich weiß, wer es war!«

»Hände weg!« sagte Nicolson scharf und überlaut. Mit steifem Arm hielt er sich Farnholme vom Leib. »Tut mir leid, Brigadier, aber solange der Kapitän nicht bei Bewußtsein ist, habe ich hier an Bord das Kommando. Ich kann es nicht zulassen, daß Sie selbstherrlich Justiz üben wollen. Und wer ist Ihrer Meinung nach der Mörder?«

»Siran, wer denn sonst!«

Farnholme hatte sich wieder einigermaßen in der Gewalt, aber in seinen Augen stand noch immer die kalte Wut.

»Sehen Sie ihn doch an, Nicolson, wie er dasitzt und scheinheilig grinst. Dieser Hund... dieser ganz und gar verdammte Meuchelmörder!«

»Und warum meinen Sie, Brigadier, daß es Siran gewesen sein muß?«

»Herrgott noch mal, Mann, natürlich war es Siran!« Farnholme zeigte auf den Priester. »Wir suchen nach einem Mann, der imstande ist, kalten Bluts einen Mord zu begehen, nicht wahr? Wer sollte es denn sonst getan haben, wenn nicht Siran? Vielleicht ich oder unsere beiden Damen, vielleicht van Effen oder McKinnon oder Sie?«

»Vernünftig sind wir alle nicht mehr, Brigadier«, sagte Nicolson. »Sie wissen, ich würde keine einzige Träne vergießen, wenn wir Siran erschießen müßten. Aber dazu müssen wir doch erst mal Beweise haben.«

»Beweise?« Farnholme begann schallend zu lachen. Es war ein Lachen, das nicht echt klang, sondern gekünstelt, erzwungen. Dann fuhr er fort:

»Der Fall ist doch sonnenklar. Achmed saß mit dem Gesicht nach achtern – oder nicht?«

»Scheint so zu sein, wie Sie sagen.«

»Es scheint nicht so, es ist so«, erwiderte der Brigadier ungewöhnlich scharf. Doch dann war seine Stimme wieder ganz ruhig, als er erklärte: »Und Achmed wurde in den Rücken gestochen. Also muß der Mörder vorn im Boot gesessen haben. Noch weiter vorn als Achmed saßen aber nur die drei Leute – Siran und seine beiden Killer...«

»Unser guter Freund, der Brigadier, ist offenbar überreizt«, mischte sich Siran, der einstige Kapitän der ›Kerry Dancer‹, ins Gespräch. Seine Stimme war so glatt und ausdruckslos wie sein Gesicht. »Ist auch kein Wunder. Wenn man viele Tage und Nächte im offenen Boot in den tropischen Gewässern unterwegs ist, kann das auf manche Menschen eine verheerende Wirkung haben.«

Farnholme ballte die Fäuste und wollte sich auf Siran stürzen. Doch Nicolson und McKinnon hielten ihn mit Gewalt fest.

»Machen Sie keine Dummheiten«, sagte Nicolson sehr barsch. »Durch Gewalttätigkeit wird nichts besser. Außerdem können wir uns in einem so kleinen Boot keine Prügelei leisten.«

Er ließ Farnholmes Arm los und schaute nachdenklich zu den drei Männern vorn im Bug.

»Außerdem«, sagte der Brigadier mit äußerster Beherrschung, »er ist nicht nur tot, auch sein Koffer fehlt!«

Nicolson erinnerte sich, daß Achmed einen Segeltuchkoffer bei sich hatte, den er nicht aus den Augen ließ.

»Der war leicht, der würde nie sinken«, sagte Nicolson.

»Ich fürchte, er ist doch gesunken«, sagte McKinnon. »Der Anker ist nicht mehr da.«

»Da haben Sie es also«, sagte Farnholme ungeduldig. »Man hat Achmed umgebracht, dann hat man seinen Koffer über Bord geworfen, mit dem Anker beschwert. Und da vorn im Bug hat niemand gesessen als diese verdammten drei Mörder!«

Sein Atem ging heftig, an seinen geballten Fäusten traten die Knöchel weiß hervor, er ließ Kapitän Siran keine Sekunde aus den Augen.

»Und wie steht es mit dem Rest der Geschichte?« fragte Nicolson.

»Mit dem Rest von welcher Geschichte?«

»Sie wissen sehr gut, was ich meine. Wenn die drei da vorn ihn umgebracht haben, ausgerechnet ihn, den stillen, schweigsamen Achmed, dann... dann mußten sie doch einen Grund haben, Brigadier?«

»Zum Teufel, wie soll ich wissen, warum sie's getan haben!«
Nicolson seufzte. »Hören Sie mal, Farnholme, halten Sie uns nicht für schwachsinnig. Natürlich wissen Sie es. Erstens richtete sich Ihr Verdacht sofort gegen Siran. Zweitens vermuteten Sie gleich, daß Achmeds Koffer nicht mehr da sei. Und drittens hatte ich den Eindruck, daß Achmed Ihnen nicht ganz fremd ist, auch wenn Sie sich kaum mit ihm unterhalten haben.«

Irgend etwas flackerte in Farnholmes Augen, ganz von fern und nur für einen kurzen Augenblick. Der kurze Ausdruck einer Regung, auf die Siran zu antworten schien. Er kniff die Lippen zusammen, er schien mit Farnholme einen raschen Blick zu wechseln. Aber Nicolson war nicht sicher, ob er es sich nicht nur eingebildet hatte. Auch nur der leiseste Verdacht, diese beiden Männer könnten unter einer Decke stecken, war völlig absurd, geradezu lächerlich.

Farnholme schwieg eine Weile, dann sagte er: »Ich denke, Sie haben ein Anrecht darauf, die ganze Wahrheit zu erfahren!« Er machte den Eindruck eines ganz beherrschten Mannes, aber man sah seinem Gesicht dennoch an, wie fieberhaft seine Gedanken arbeiteten. »Es kann niemandem mehr schaden, weder jetzt noch in Zukunft.«

Eine Weile sah er Siran an, dann starrte er nach unten auf den Toten, der zu seinen Füßen lag.

»Er hieß nicht Achmed«, sagte der Brigadier. »Sein richtiger Name war Jan Bekker – ein Landsmann unseres van Effen. Hat viele Jahre in Borneo gelebt, war Repräsentant einer großen Amsterdamer Firma und außerdem noch alles mögliche andere.«

»Was war dieses andere?« fragte Nicolson.

»Ich bin nicht ganz sicher, aber wahrscheinlich ein Agent der holländischen Regierung. Ich weiß nur soviel, daß er vor einigen Wochen in Borneo eine gutorganisierte japanische fünfte Kolonne hochgehen ließ. Außerdem hat er es fertiggebracht, sich eine vollständige Liste aller japanischen Agenten in Indien, Burma, Malaya zu verschaffen, und diese Liste befand sich in seinem Koffer. Für die Alliierten wäre sie ein Vermögen wert gewesen. Die Japaner wußten, daß er im Besitz dieser Liste war. Sie haben einen phantastischen Preis auf seinen Kopf ausgesetzt – tot oder lebendig. Und eine ähnlich hohe Belohnung haben sie dem versprochen, der ihnen die Agentenliste zurückholt oder sie zerstört.«

»Woher wissen Sie das, Brigadier?« fragte Nicolson kurz.

»Er hat es mir selber erzählt. Und – Siran muß es auf irgendeine Weise erfahren haben.«

»Das war also das Motiv für den Mord?«

»Das war es. Siran hat sich die Belohnung verdient. Aber ich schwöre bei Gott, Nicolson, er wird nicht die Gelegenheit haben, das Sündengeld zu kassieren!«

»Und weshalb wurde Bekker, oder wie er sonst hieß...«

»Er hieß Bekker, Jan Bekker«, entgegnete Farnholme scharf.

»Gut, Brigadier... warum aber wurde er als Priester verkleidet?«

»Es war meine Idee«, sagte Farnholme. »Sie müssen wissen, daß überall fieberhaft nach Bekker gefahndet wurde. In der Maske eines mohammedanischen Priesters würde ihn kaum jemand vermutet haben.«

»Dann ist es ein Wunder, daß er es so lange geschafft hat«, sagte Nicolson. Sein Gesicht verdüsterte sich. Er sah auf den Toten im Boot, er musterte den Brigadier und sagte:

»Und deshalb waren also die Japaner so eifrig hinter uns her – seit Singapur?«

»Ja, verdammt noch mal, Mann, nach allem, was ich Ihnen jetzt erzählt habe, dürfte das wohl sogar einem kleinen Kind klar sein!«

Farnholme schüttelte ungeduldig, fast beleidigend den Kopf und zeigte mit der Hand auf Siran. In seinen Augen war nicht mehr die Wut, sondern nur noch kalte, unerbittliche Entschlossenheit. »Ich würde eher eine Kobra in diesem Boot frei herumkriechen lassen als diesen Hund von einem Mörder. Ich möchte nicht, daß Sie sich die Hände blutig machen, Nicolson. Ich erledige es für Sie. Geben Sie mir Ihren Colt!«

»Nein!« sagte Nicolson.

»Obwohl Sie wissen, daß keiner von uns seines Lebens sicher ist, solange der da lebt?«

»Auch ein Mörder hat Anspruch auf ein ordentliches Gericht, Brigadier!«

»Großer Gott... ordentliches Gericht? In unserer Situation? Hier handelt es sich darum, mit dem Leben davonzukommen!«

»Lassen wir's Brigadier. Bitte, gehen Sie auf Ihren Platz. Die Sicherheit der Insassen dieses Bootes liegt mir genauso am Herzen wie Ihnen.«

Er wandte sich an den Bootsmann McKinnon und befahl ihm: »Schneiden Sie eine Leine in drei Teile – und beschäftigen Sie sich anschließend mit den drei Figuren da vorn! Es macht nichts, wenn die Knoten etwas drücken!«

Siran zog die Augenbrauen hoch. »Und wenn wir uns einer solchen Behandlung widersetzen?«

Nicolson blieb ungerührt, als er sagte: »Dann kann ich auch dem Brigadier die Pistole überlassen!«

»Sie werden es büßen«, knirschte Siran.

»Vielleicht. Jetzt ist es jedenfalls das Beste, was ich tun kann«, sagte Nicolson.

McKinnon entledigte sich mit einer grimmigen Befriedigung und mit großer Gründlichkeit seines Auftrags. Als er fertig war, waren die drei Männer an Händen und Füßen gefesselt, unfähig, sich auch nur im geringsten zu bewegen, so straffgezogen waren die Stricke. Die Enden der drei Stricke hatte er an dem eisernen Ring am Vordersteven befestigt.

Farnholme saß wieder neben Miß Plenderleith und unterhielt sich leise mit ihr. Aber er sah sie nicht an, sondern beobachtete unverwandt die drei Gefesselten im Bug des Boots. Auf dem Sitz neben ihm lag sein Karabiner.

Wie ein großer brennender Ball rollte die Sonne über den östlichen Horizont herauf. Der siebente Tag begann, und Nicolson wußte, daß es wieder ein höllischer Tag werden würde.

Er ging zu van Effen, der mit verbundenem Oberschenkel und – wie es schien – halb ohnmächtig auf dem Boden des Rettungsboots lag. Doch als der Schatten Nicolsons über ihn fiel, schlug er die Augen auf.

»Schmerzen?« fragte der Erste Offizier.

»Der Kapitän ist übler dran – mit einem Steckschuß in der Lunge... und das schon acht Tage lang...«

Nicolson beugte sich näher zu van Effen herab. Er wollte nicht, daß jemand mithörte. Er warf noch einen schnellen Blick zum Brigadier, der sich noch immer mit Miß Plenderleith unterhielt.

»Sie sind doch wirklich Holländer?« begann Nicolson.

»Wenn ich mich recht erinnere, ja«, antwortete van Effen.

»Was soll das heißen?«

»Nicht viel – nur daß es jetzt keine Rolle mehr spielt, was einer mal war, Holländer oder Engländer oder... Jetzt sind wir halbverdurstet, halbverhungert, halbverrückt... was weiß ich, was wir jetzt sind...«

Nicolson beugte sich noch tiefer zu van Effen, seine Stimme wurde fast zum Flüstern.

»Sagen Sie, van Effen, Sie kennen doch den Brigadier ziemlich lange?«

»Es tut mir leid... der alte Säufer hätte einen besseren Abgang verdient... war immer ein ganz amüsanter Kerl... nun wird er mit uns absaufen.«

Nicolson fluchte innerlich vor sich hin, aber er zwang sich zur Beherrschung.

»Sagen Sie, van Effen, wenn Sie Holländer sind und wenn Sie den Brigadier lange kennen, dann müssen Sie doch eigentlich auch einen Holländer mit Namen Jan Bekker kennen?«

Van Effen antwortete nicht gleich. Er zog das verletzte Bein an und preßte die Lippen zusammen. Dann entspannte er sich wieder und schien angestrengt nachzudenken.

»Jan Bekker... Jan Bekker...?« murmelte er vor sich hin. »Ach«, sagte er dann, »Holland ist groß, Sir, und ich habe nicht mehr alle fünf Tassen im Schrank. Vielleicht habe ich mal einen Jan Bekker gekannt, vielleicht auch nicht. Tut mir leid, ich kann mich beim besten Willen nicht mehr erinnern.«

Er schaute zum wolkenlosen Himmel hinauf und kniff die Augen zusammen, als ihn der glutrote Ball der Sonne blendete. »Wird wieder ein furchtbarer Tag werden, Nicolson!« Er drehte sich zur Seite, wimmerte leise vor sich hin und schloß die Augen.

Aber er hörte, wie Nicolson aufstand und über die Sitze kletterte. Wie im Halbschlaf wälzte er sich auf die andere Seite, aus zusammengekniffenen Augen beobachtete er Nicolson, der sich zum Bootsmann McKinnon setzte. Er sah und hörte alles – und er war trotz der Schmerzen, die ihn peinigten und die er nicht vorgetäuscht hatte, zufrieden mit der Rolle, die er vor dem Ersten Offizier gespielt hatte.

McKinnon nahm die Schöpfkelle und den Maßbecher, um die morgendliche Wasserration zu verteilen, drehte aber plötzlich den Kopf zu Nicolson herum.

»Noch ein verdammt weiter Weg bis Australien, Sir«, sagte der Bootsmann.

Nicolson zuckte mit den Schultern. Sein Gesicht war überschattet von Sorge.

»Vielleicht war meine Entscheidung falsch«, sagte er. »Aber ich kann Siran nicht einfach über den Haufen schießen oder schießen lassen – noch nicht!«

»Der Kerl wartet nur auf eine passende Gelegenheit, Sir, um uns umzulegen. Er ist ein kaltblütiger Killer. Sie haben doch gehört, was der Brigadier erzählt hat?«

»Ja, ich habe es gehört.«

Nicolson nickte und sah zu Farnholme, streifte dann van Effen mit einem schnellen Blick und sagte:

»Ich habe van Effen auszufragen versucht, McKinnon. War etwas mühsam. Er scheint nicht ganz klar zu sein. Aber – einen Jan Bekker scheint er wirklich nicht zu kennen.«

McKinnon pfiff leise vor sich hin. »Merkwürdig, obwohl dieser van Effen angeblich lange mit dem Brigadier beisammen war?«

»Das ist es ja gerade. Und jetzt können Sie mich auslachen, wenn Sie wollen. Ich für meine Person habe dem Brigadier kein einziges Wort geglaubt. Ich bin der Meinung, die ganze Geschichte, die er uns von dem als mohammedanischen Priester verkleideten Jan Bekker erzählt hat, war von Anfang bis Ende erstunken und erlogen.«

»Aber, Sir, was sollte er für einen Grund gehabt haben?«

»Es wird sich noch herausstellen«, antwortete Nicolson. Er sah jetzt sehr müde aus, abgespannt. »Es wird sich herausstellen, falls wir die nächsten Stunden überleben!«

7

Sieben Tage und sieben Nächte schon trieben die zwei Frauen und die zwanzig Männer im Rettungsboot durch die Südchinesische See. Nicolson, der Erste Offizier, wußte ziemlich genau, wo sie sich befanden. Am Morgen des siebenten Tages hatte er mit Hilfe des Sextanten die Position festgestellt:

»Rund fünfzig Meilen genau östlich der Küste von Sumatra«, sagte er zum Bootsmann McKinnon.

McKinnon nickte nur; denn er dachte: Noch achtundvierzig Stunden – und die meisten von uns werden nicht mehr am Leben sein. Und wenn es in den nächsten vierundzwanzig Stunden nicht Regen oder Wind gab, dann war es unwichtig, ob es überhaupt noch jemals Regen und Wind gab.

An diesem Morgen des siebenten Tages erwachte Kapitän Findhorn aus seiner Ohnmacht. Er schien auch entschlossen, das Bewußtsein nicht wieder zu verlieren. Daß ein Mann, der ein Geschoß in der Lunge oder in den Rippen stecken hatte, die entsetzlichen Strapazen der vergangenen Woche überlebt haben sollte – noch dazu ohne jede ärztliche Versorgung oder Medikamente –, war ein Wunder. Er hatte keine Frau, keine Familie, für die es sich lohnte zu leben. So war es wahrscheinlich nur sein Verantwortungsgefühl, das ihn am Leben erhielt.

Der Mittag kam und verging. Die Sonne überschritt den Zenit, und die Hitze wurde noch schlimmer. Im Boot schien alles Leben ausgelöscht, ausgebrannt. Doch dann, kurz nach drei Uhr nachmittags, kam plötzlich der Umschwung. Es war Bootsmann McKinnon, der es zuerst bemerkte und begriff, was es bedeutete. Er preßte seine Finger in Nicolsons Arm und rüttelte ihn wach.

»Was ist los, Bootsmann?« fragte Nicolson noch schläfrig. »Ist etwas passiert?«

»Wind, Sir!« sagte McKinnon. Seine Stimme war nur ein leises heiseres Flüstern.

Nicolson schaute auf den Horizont im Norden und im Osten. Weit hinten begann eine indigoblaue Wolkenbank über den Horizont heraufzusteigen.

Er war fast irrsinnig vor Freude, faßte das schlafende Mädchen an der Schulter und schüttelte es.

»Gudrun! Aufwachen, aufwachen!«

Sie bewegte sich, schlug die Augen auf und sah ihn an: »Was ist los, Johnny?«

Nicolson lächelte: »Eine Wolke, Mädchen! Eine herrliche, herrliche Regenwolke!«

Die Lähmung fiel von allen ab, man hätte sie für zum Tod Verurteilte halten können, die soeben erfuhren, sie seien begnadigt worden. Sie begannen alle wieder zu hoffen.

»Was meinen Sie, mein Junge, wie lange es dauern wird?« fragte Farnholme.

Nicolson richtete den Blick nach Nordosten. »Schwer zu sagen, anderthalb Stunden vielleicht.« Er sah zum Kapitän hinüber: »Was meinen Sie, Sir?«

»Weniger«, sagte Findhorn. »Mir scheint, der Wind nimmt zu.«

»Warum haben Sie dann noch nicht Segel gesetzt?« fragte Farnholme.

»Weil wir glauben, daß wir Regen bekommen«, erklärte Nicolson dem Brigadier geduldig. »Und dann müssen wir das Wasser mit irgend etwas auffangen können.«

Danach wurde es wieder still im Boot, und fast eine Stunde lang fiel kein Wort. Keiner schloß jedoch die Augen und schlief wieder ein. Alle, fast alle, starrten unverwandt auf die Wolkenbank an Steuerbord, die beständig größer und dunkler wurde.

So sahen sie auch nicht, daß einer der jungen Soldaten – Alex Sinclair hieß er, und er war halb wahnsinnig geworden – plötzlich von krampfhaften Zuckungen geschüttelt wurde. Gudrun Drachmann bemerkte es zuerst. Sie fuhr von ihrem Sitz hoch und kletterte so schnell wie möglich nach vorn. Doch der Soldat gab ihr einen Stoß, als sie zu ihm kam, so daß sie taumelte und gegen den Brigadier fiel.

Nun wurden auch die anderen aufmerksam. Doch schon riß sich Sinclair das Hemd vom Leib, lachte gellend und sprang über Bord. Klatschend schlugen die Wellen über ihm zusammen.

Doch schon war von achtern ein zweiter Klatscher zu hören. McKinnon war ebenfalls über Bord gesprungen, um den jungen Soldaten zu retten. Nicolson war in der nächsten Sekunde an der Bordwand, ergriff einen Bootshaken und kniete sich auf die Bank. Fast automatisch hatte er seinen Colt herausgeholt und hielt ihn in der anderen Hand. Der Bootshaken war für McKinnon bestimmt, die Pistole für den jungen Soldaten. Der von panischer Angst diktierte Klammergriff eines Ertrinkenden war schon übel genug. Der Himmel allein mochte wissen, mit welcher Kraft sich ein ertrinkender Irrer festklammern würde.

Der junge Soldat ruderte etwa sechs Meter vom Boot entfernt mit wilden Bewegungen im Wasser umher. McKinnon, der eben wieder aufgetaucht war, schwamm entschlossen auf ihn zu.

In dieser Sekunde wurde Nicolson etwas gewahr, was ihm das Herz stocken ließ. Und schon ließ er den Bootshaken in weitem Bogen durch die Luft sausen, daß er keine zehn Zentimeter von McKinnons Schulter entfernt ins Wasser klatschte. Der Bootsmann griff instinktiv danach.

»Zurück, Mann, zurück!« brüllte Nicolson. »Schnell, um Gottes willen, schnell, McKinnon!«

Der Bootsmann fing sofort an, auf das Boot zuzuschwimmen und schrie plötzlich laut auf vor Schmerz. Den Bruchteil einer Sekunde später schrie er ein zweitesmal. Mit fünf heftigen Stößen war er längsseits am Boot, ein halbes Dutzend Hände griffen nach ihm und zogen ihn kopfüber ins Boot. Mit dem Gesicht nach unten schlug er auf die Bodenplanken. In dem Augenblick, als seine Beine ins Boot kamen, ließ etwas Graues, anzusehen wie ein Reptil, McKinnons Wade los, in die es seine Zähne geschlagen hatte, und glitt lautlos zurück ins Wasser.

»Um Gottes willen – was war das?«

Gudrun hatte mit einem flüchtigen Blick das bösartige Gebiß und den widerlichen, schlangenartigen Körper erspäht. Ihre Stimme zitterte.

»Barracuda?« flüsterte sie entsetzt. Der Klang ihrer Stimme ließ keinen Zweifel daran, daß sie über diesen gierigsten Mörder unter den Raubfischen genau Bescheid wußte. »Wir müssen Sinclair helfen!« schrie sie.

»Da ist nichts mehr zu machen«, sagte Nicolson. Es kam rauher heraus, als er es gewollt hatte. »Für den kann keiner mehr etwas tun.«

Noch während er es sagte, drang das schrille Geschrei des jungen Soldaten, der den Untergang der ›Kerry Dancer‹ und der ›Viroma‹ überstanden hatte und während der sieben Tage und Nächte im Rettungsboot irrsinnig geworden war, über das Wasser her an ihre Ohren.

Es war ein halb menschlicher, halb tierischer Schrei, und er kam wieder und wieder. Seine Hände schlugen das Wasser zu Schaum, während er sich wie besessen irgendwelcher unsichtbarer Feinde zu erwehren suchte.

Der Colt in Nicolsons Hand krachte sechsmal hintereinander und ließ das Wasser rings um den jungen Soldaten aufspritzen. Rasche und ungezielte Schüsse, die kaum in der Absicht abgegeben wurden, etwas zu treffen. Man hätte sie fast fahrlässig nennen können – mit Ausnahme des ersten Schusses.

An diesem ersten Schuß war nichts Fahrlässiges gewesen. Er hatte den jungen Soldaten genau in den Kopf getroffen.

Lange bevor der Pulvergeruch und der dünne, blaue Rauch, der aus der Mündung der Pistole stieg, im Wind nach Süden verweht waren, hatte sich das Wasser wieder beruhigt. Alex Sinclair war verschwunden, unsichtbar verschwunden unter dem stahlblauen Spiegel der See.

Gudrun Drachmann hielt die Hände vor ihr Gesicht. Sie hielt sie so fest vor ihr eingefallenes Gesicht, daß sie auch Nicolson nicht lösen konnte. So saß er neben ihr und hatte die Hand auf ihrer Schulter. Er wollte etwas sagen, aber er sah ein, daß es besser war, zu schweigen.

Zwanzig Minuten später war die See nicht mehr blau, sondern ein milchiges, schaumiges Weiß. In dichten Schleiern strichen die Regenböen von der einen Seite des Horizonts zur anderen. Drei Stunden später regnete es noch immer.

Im Rettungsboot waren sie alle klatschnaß bis auf die Haut. Sie schauerten in dem kalten Regen, der die dünnen Baumwollstoffe eng an die Körper klebte. Aber sie waren glücklich. Sie hatten ihren entsetzlichen Durst gestillt und sich satt getrunken. Der kalte Regen kühlte ihren Sonnenbrand und die Blasen auf ihrer Haut. Und deswegen fühlten sie alle wieder Hoffnung auf Rettung. Der Wind trieb das Boot schnell der Küste von Westjava entgegen.

Wie so oft war es auch diesmal Bootsmann McKinnon, der es als erster gesehen hatte, als weit hinten die Regenschleier aufrissen:

ein langgestrecktes, niedriges Etwas, rund zwei Meilen von ihnen entfernt. Sie hatten keinen Grund, auf irgend etwas anderes gefaßt zu sein als auf das Schlimmste. Innerhalb von Sekunden hatten sie die zerfetzten Segel geborgen, den Mast aus der Ducht gehoben und unten im Boot verstaut, so daß sie selbst auf kürzeste Entfernung nichts anderes zu sein schienen als ein unbemanntes Boot, kaum zu sehen in den Schleiern der Regenböen.

Und doch hatte man sie gesehen. Das langgestreckte, graue Etwas hatte seinen Kurs geändert, hatte abgedreht in die Richtung, in der sie dahintrieben.

Nicolson hatte als erster mit ungläubigem Staunen den Bootstyp identifiziert, und dann hatten auch Findhorn, McKinnon, Walters, Vannier und andere erkannt, was es war. Irgendein Zweifel war nicht möglich. Es war ein Motortorpedoboot der US-Navy.

Diese Boote der amerikanischen Marine konnte man mit keinem anderen Fahrzeug verwechseln. Der geschwungene Bug, der einundzwanzig Meter lange Rumpf, angetrieben von drei starken Schnellbootmotoren, die Torpedorohre und die Flakwaffen waren unverkennbar amerikanisch.

Das Fahrzeug hatte keine Flagge gesetzt. Doch eben jetzt hißte ein Matrose an Bord des Schnellboots eine große Flagge, die sich entrollte und steif im Fahrtwind stand. Und es gab keine andere Flagge, die so leicht zu identifizieren war wie das Sternenbanner.

Im Rettungsboot standen alle aufrecht – mit Ausnahme von van Effen – und winkten dem Torpedoboot zu. Von Bord des Torpedoboots winkten zwei Leute zurück, einer von der Brücke, der andere vom Vorschiff. Dann verminderte das Torpedoboot plötzlich seine Fahrt, die Schrauben schlugen rückwärts. Noch ehe das Fahrzeug gänzlich gestoppt hatte, schnellten zwei Leinen durch die Luft. Sie fielen genau vorn und achtern ins Rettungsboot. Das ganze Manöver erfolgte mit einer Präzision, die ein Zeichen für eine glänzend eingespielte Besatzung war.

Dann lagen beide Fahrzeuge Seite an Seite. Nicolson hatte die eine Hand auf die Bordwand des Torpedoboots gelegt und die andere erhoben, um einen kleinen, ziemlich untersetzten Mann zu begrüßen, der soeben an Deck erschienen war.

»Hallo!« rief Nicolson und grinste dabei von einem Ohr bis zum andern, »Bruder im Herrn, was sind wir froh, euch zu sehen!«

»Was meinen Sie, wie froh wir erst sind, Sie zu sehen!« In dem sonnenverbrannten Gesicht des Mannes blitzten die weißen Zähne, dann machte er eine kaum sichtbare Bewegung mit der Linken. Die drei Matrosen brachten in der gleichen Sekunde mit einem

Ruck ihre Maschinenpistolen nach vorn und hielten sie unbeweglich im Anschlag. Auch der kleine, untersetzte Mann hielt jetzt in seiner Rechten eine Pistole.

»Ich fürchte allerdings«, sagte er, »daß sich Ihre Freude als sehr viel kurzlebiger erweisen wird als unsere. Und außerdem muß ich Sie ernstlich bitten, sich nicht zu rühren!«

Nicolson hatte das Gefühl, als habe er einen Tritt in den Magen bekommen. Doch es gelang ihm, mit einigermaßen fester Stimme zu fragen:

»Was soll dieser schlechte Witz?«

Der andere verbeugte sich leicht. Jetzt erst sah Nicolson die untrügliche Schrägstellung der Augen, an deren Winkeln sich die Haut straffte. Der kleine Mann zeigte wortlos mit der freien Hand auf den Flaggenmast. Das Sternenbanner war verschwunden. An seiner Stelle entfaltete sich die Flagge mit der aufgehenden Sonne Japans.

»Eine unerfreuliche Kriegslist, nicht wahr? Genau wie dieses Boot und – leider – das einigermaßen angelsächsische Aussehen meiner Leute und meiner eigenen Wenigkeit. Obwohl man uns aus diesem Grunde speziell für diese Aufgabe ausgesucht hat, kann ich Ihnen versichern, daß wir nicht sonderlich stolz darauf sind.«

Er sprach ein ausgezeichnetes Englisch, mit betont amerikanischem Akzent.

»Wir haben Sie seit langer Zeit erwartet«, fuhr er fort. »Sie sind uns sehr herzlich willkommen!«

Er brach plötzlich ab und richtete den Lauf seiner Pistole auf den Brigadier, der aufgesprungen war und mit einer leeren Whiskyflasche ausholte. Der japanische Offizier krümmte unwillkürlich den Finger, der am Abzug lag, machte ihn dann aber langsam wieder lang, als er sah, daß der Schlag mit der Flasche nicht ihm gegolten hatte, sondern van Effen.

Van Effen machte eine halbe Wendung, als er den Schlag Farnholmes kommen sah, doch er hob zu spät den Arm zur Abwehr. Die schwere Flasche traf ihn direkt über dem Ohr. Er fiel über der Ducht zusammen, als habe ihn ein tödlicher Schuß getroffen.

Der japanische Offizier starrte Farnholme an. »Keine Bewegung mehr, alter Mann! Sind Sie wahnsinnig geworden?«

»Nein, ich nicht – aber der hier«, sagte Farnholme und zeigte auf den leblos im Boot liegenden van Effen. »Er wollte eben nach seiner Pistole greifen, als mein Schlag ihn traf. Glauben Sie, ich wollte auf so idiotische Weise sterben – nach allem, was ich durchgemacht habe?«

Wütend starrte er auf den am Boden liegenden van Effen und ließ die Whiskyflasche achtlos fallen.

»Sie scheinen ein vernünftiger alter Mann zu sein«, sagte der Japaner. »Jeder Widerstand wäre in der Tat mehr als sinnlos!«

Es war wirklich nichts zu machen. Es gab keinen Ausweg mehr. Nicolson war sich darüber klar. Er sah zu Gudrun Drachmann hinüber. Er konnte in ihrem Gesicht keine Furcht entdecken, doch über der Schläfe, dort, wo die Narbe unter dem Haaransatz verschwand, sah er eine rasch und heftig klopfende Ader.

Und Nicolson schaute auf die anderen im Boot. Auf allen Gesichtern Furcht, Verzweiflung, Fassungslosigkeit und Trauer. Die Trauer dessen, der verloren hat. Das heißt, nicht auf allen Gesichtern. Sirans Miene war so ausdruckslos wie immer. McKinnons Augen glitten vom Boot zum Kriegsfahrzeug und wieder zum Boot, als suchten sie noch eine letzte selbstmörderische Chance zum Widerstand.

Der Brigadier aber hatte seinen Arm um die mageren Schultern von Miß Plenderleith gelegt und flüsterte ihr irgend etwas ins Ohr.

Im nächsten Augenblick ließ er den Arm sinken, nahm den schwarzen Reisekoffer, den er all die Tage wie sein kostbarstes Gut gehütet hatte, und trat an den Rand des Bootes. Ein Schritt nur noch, und er wäre auf dem Torpedoboot gewesen.

»Was – was haben Sie vor, Brigadier?« fragte Nicolson.

Farnholme sah zu ihm hin, sagte aber nichts. Er lächelte nur. Seine Oberlippe verzog sich unter dem weißen Schnurrbart langsam zur völligen Verachtung, als er auf den bewußtlosen van Effen herabschaute. Dann hob er den Blick zu dem japanischen Offizier und deutete mit dem Daumen auf Nicolson:

»Falls dieser Narr da versuchen sollte, irgendeinen Unfug anzustellen, so schießen Sie ihn nieder!«

Nicolson starrte Farnholme an. Er traute seinen Ohren nicht. Fragend schaute er auf den Japaner, über dessen Gesicht ein breites Grinsen ging.

Dann begann der Japaner in einer Sprache, die für Nicolson völlig unverständlich war, rasch auf Farnholme einzureden. Und Farnholme antwortete ihm fließend in derselben Sprache.

Noch ehe Nicolson begriffen hatte, was hier gespielt wurde, griff Farnholme in seinen Koffer und holte eine Pistole heraus. Dann machte er sich auf den Weg zur Bordwand, den Koffer in der einen, die Pistole in der anderen Hand.

Schon mit einem Fuß auf dem Torpedoboot, sah Farnholme lächelnd auf Nicolson hinunter: »Dieser freundliche Herr sagte, wir seien ihm willkommen. Ich fürchte, es bezog sich nur auf mich. Wie Sie selbst sehen können, Mister Nicolson, bin ich sogar ein hochwillkommener Gast.«

Mit einem – wie es schien – etwas ängstlichen Blick streifte er noch einmal die Gestalt van Effens. Als er sah, daß van Effen sich nicht bewegte, sprach er wieder zwei Minuten japanisch mit dem Offizier. Die ersten schweren Tropfen eines neuen Gewitterregens klatschten auf das Deck des Torpedoboots.

Dann sah Farnholme noch einmal zu Nicolson hinab, schwang sich mit einem elastischen Schritt vom Rettungsboot ab und sagte: »Das Torpedoboot wird Sie in Schlepp nehmen.«

Er verbeugte sich ironisch und fuhr fort: »Verzeihen Sie, beinahe hätte ich meine guten Manieren vergessen. Schließlich muß sich ja der Gast höflicherweise beim Abschied von seinen Gastgebern verabschieden...«

Er machte eine kleine Kunstpause und lächelte. »Kapitän Findhorn, Mister Nicolson – meinen verbindlichen Dank. Seien Sie bedankt dafür, daß Sie mich mitgenommen haben. Und meinen besonderen Dank für Ihre navigatorische Geschicklichkeit. Sie haben mich genau an die Stelle gebracht, wo ich mich mit meinen japanischen Freunden verabredet habe!«

»Sie verdammter Verräter!« sagte Nicolson langsam.

Farnholme schüttelte bekümmert den Kopf. Er tat, als habe er es nicht gehört. »Eine letzte Bitte – grüßen Sie doch Herrn van Effen von mir besonders herzlich... wenn er jemals wieder aufwachen sollte.«

Er winkte lässig und ironisch mit der Hand. »Meine Damen und Herren – wir leben in einer harten und grausamen Welt. Man muß zusehen, wie man auf irgendeine Weise sein Auskommen in ihr findet. Au revoir – auf Wiedersehen... es war mir wirklich ein Vergnügen, Sie kennengelernt zu haben.«

Einen Augenblick später war Farnholme unter Deck verschwunden. Drei japanische Matrosen waren zur gleichen Sekunde ins Rettungsboot gesprungen, die Maschinenpistolen im Anschlag, während sie die Schleppseile festzurrten.

In dicken kalten Schauern prasselte der Regen herab auf die Menschen im Rettungsboot...

Lange Zeit fiel an Bord des Rettungsbootes kein Wort. Dann hörte Nicolson, wie Miß Plenderleith seinen Namen rief. Er drehte sich zu ihr um. Sie saß auf der Bank an Steuerbord, gerade und aufrecht wie ein Lineal, und starrte unverwandt auf die Stelle des Torpedobootes, an der Farnholme zuletzt gestanden hatte. Ihre Hände lagen gefaltet auf dem Schoß, und ihre Augen standen voller Tränen. Die Tränen rollten langsam über ihre faltigen Wangen und fielen auf ihre gefalteten Hände.

»Was ist, Miß Plenderleith?« fragte Nicolson behutsam.

Doch schon traf ihn ein kalter, harter Gegenstand hinten am Hals. Er fuhr herum und starrte in das Gesicht eines Japaners, der ihn mit dem Lauf seiner Maschinenpistole gestoßen hatte, sah in das glatte, gelbe Gesicht, das undeutlich durch den Regen schimmerte.

»Du nicht sprechen, Englishman! Keiner von euch sprechen. Sonst ich schießen!«

Miß Plenderleith schien sich nicht darum zu kümmern, was der Japaner sagte.

»Sehen Sie nicht zu mir her, Nicolson. Beachten Sie mich nicht. Aber hören Sie mir zu!« sagte sie leise.

Doch schon schwenkte der japanische Matrose seine Waffe, bis der Lauf auf den Kopf von Miß Plenderleith gerichtet war. Der Knöchel seines Zeigefingers wurde weiß und krümmte sich am Abzug. Doch Miß Plenderleith sah den Japaner an, scheinbar mit ausdruckslosem Gesicht – und er senkte die Waffe wieder.

Der heftige Regen hatte den Rand ihres Strohhuts durchnäßt, ihr ganzes Gesicht war jetzt naß. Doch die Augen waren klar, und sie waren auf Nicolson gerichtet. Der Erste Offizier der untergegangenen ›Viroma‹ folgte ihrem Blick. Er sah, wie sie ihn auf den Karabiner richtete, der neben ihr lag, dort, wo Farnholme ihn hatte liegenlassen.

»Können Sie das Gewehr sehen?« flüsterte sie. »Hinter meinem Koffer?«

Nicolson starrte mit bleichem Gesicht zu dem japanischen Posten. Dann schaute er wie beiläufig dorthin, wo Miß Plenderleith saß. Hinter dem Lederkoffer, in dem sich – wie er vermutete – die Habseligkeiten der alten Dame befanden, konnte er das Ende des Kolbens des Karabiners sehen.

Für den Bruchteil einer Sekunde erinnerte sich Nicolson: das war der Karabiner, mit dem Farnholme die schwere Kanone des U-Bootes erledigt hatte. Mit ihm hatte er das Jagdflugzeug getroffen – und mit ihm hatte der Brigadier ihm auf der Insel am Strand das Leben gerettet.

Fast schämte sich Nicolson, daß er ihn Verräter genannt hatte. Und schlagartig wurde ihm in diesem Augenblick klar, daß ein

Mann wie Farnholme kein Verräter sein konnte. Irgend etwas konnte nicht stimmen – und wenn Farnholme auf das Torpedoboot umgestiegen war – scheinbar ein hochwillkommener Gast der Japaner –, so mußte es andere Gründe haben.

»Können Sie die Waffe sehen?« fragte Miß Plenderleith zum zweitenmal und noch dringlicher. Nicolson nickte. Der Kolben des Karabiners war keine dreißig Zentimeter von seiner Hand entfernt.

»Sie ist geladen und entsichert«, sagte Miß Plenderleith ruhig. »Foster Farnholme bat mich, Ihnen zu sagen, sie sei schußbereit.«

Jetzt sah Nicolson die alte Dame an, obwohl sie es ihm verboten hatte. Doch im nächsten Augenblick fuhr er von seinem Sitz hoch, während seine Hand automatisch nach dem Karabiner griff.

Eine ohrenbetäubende Explosion erfüllte die Luft. Von einer Sekunde zur andern stiegen Rauch und Flammen aus einem großen Loch an der Steuerbordseite des Torpedobootes. Im gleichen Augenblick brannte es mittschiffs lichterloh.

Die drei Japaner im Rettungsboot starrten zur Feuersäule. Der eine von ihnen verlor durch den Luftdruck der Explosion die Balance und stürzte rücklings über das Heck ins Meer.

Der andere taumelte, als ein Feuerstoß aus dem Karabiner in Nicolsons Hand ihn zu Boden streckte und vornüber mit dem Gesicht auf die Bodenplanken fallen ließ.

Und noch während er fiel, stürzte McKinnon nach vorn zum Bug, in der Hand eine Axt, und kappte die Schleppleine, die sich straff über den Dollbord spannte.

Nicolson stieß die Pinne sofort hart nach Steuerbord, schwerfällig drehte das Rettungsboot ab nach West. Das Torpedoboot brummte weiter mit unverändertem Kurs, eine einzige Fackel. Innerhalb einer Minute war es verschwunden, als sei es nie aufgetaucht.

Doch niemand im Rettungsboot konnte mit Gewißheit beschwören, ob es versunken war. Bei einem so großen Fahrzeug schien es nicht sehr wahrscheinlich zu sein. Aber wenn es nicht versunken war – das überlegte Nicolson –, dann würden die Japaner das Rettungsboot in südwestlicher Richtung suchen. Denn dorthin blies der Wind. Und in dieser Richtung lag die Sunda-Straße und die Hoffnung auf Freiheit.

Und sie würden furchtbare Rache nehmen...

Nicolson steuerte Kurs Nordnordwest. An Bord des Rettungsboots herschte Schweigen. Keiner ahnte, wie es zur Explosion an Bord des Torpedobootes gekommen war. Alle aber sahen auf eine alte

Frau, die auf der Bank des Boots im Regen saß – mit diesem lächerlichen Strohhut über dem festen Knoten ihres grauen Haares.

Diese kleine Gestalt mit ihrer starren Haltung, mit ihrer Gleichgültigkeit gegen Regen und Kälte, mit ihrer Selbstbeherrschung und Hilflosigkeit strahlte etwas Unnahbares aus, so daß jede Frage verstummen mußte.

Gudrun Drachmann war es, die den Mut hatte, den Bann zu brechen. Sie stand vorsichtig auf, den in eine Decke gewickelten kleinen Jungen auf dem Arm, und ging über die schrägen Bodenbretter hinüber zu dem leeren Platz neben Miß Plenderleith – dem Platz, auf dem sonst immer der Brigadier Farnholme gesessen hatte.

Eine oder zwei Minuten saßen sie nebeneinander, die Junge und die Alte, ohne sich zu bewegen, ohne etwas zu sagen.

Dann fragte die alte Dame: »Warum sind Sie hergekommen, und warum haben Sie sich neben mich gesetzt – mit dem kleinen Jungen?« Ihre Stimme klang sehr schwach und sehr leise.

»Ich weiß nicht.« Gudrun schüttelte den Kopf. »Es tut mir leid, aber ich weiß es wirklich nicht – ich wollte Sie auf keinen Fall stören.«

»Schon gut – aber ich weiß es.«

Miß Plenderleith nahm Gudruns Hand und sah sie lächelnd an. »Es ist merkwürdig, es ist wirklich sehr merkwürdig. Ich meine, daß Sie hergekommen sind. Denn er tat es in erster Linie für Sie – für Sie und den Kleinen.«

»Ich verstehe...«

Die alte Dame lächelte, lächelte unter Tränen, und versuchte es zu erklären:

»Ich nannte ihn immer Foster Ohnefurcht, nicht Foster Farnholme – schon damals, als wir noch miteinander zur Schule gingen. Es gab für ihn nichts auf der Welt, wovor er sich fürchtete.«

»So lange kennen Sie ihn schon, Miß Plenderleith?« fragte Gudrun Drachmann.

Miß Plenderleith schien die Frage nicht gehört zu haben. Sie schüttelte nachdenklich den Kopf, ihr Blick schien in eine weite Ferne zurückzuwandern.

»Miß Drachmann, er sagte immer: Sie seien besser als wir alle zusammen. Heute nachmittag noch meinte er, wenn er dreißig Jahre jünger wäre, dann hätte er Sie schon längst zum Standesamt geschleift. So sagte er.«

»Er war sehr liebenswürdig«, sagte Gudrun lächelnd. »Ich fürchte nur – er kannte mich zu wenig.«

Miß Plenderleith nahm dem kleinen Jungen sanft den Daumen aus dem Mund. In ihren Augen schienen wieder Tränen zu stehen – aber es konnte auch der Regen sein, der hierniederprasselte, als sie zu Gudrun sagte:

»Foster sagte immer, das einzige, worauf es ankäme, sei das gute Herz.« Sie lächelte wehmütig und fuhr fort: »Und er sagte auch immer, es sei schade, daß es auf der Welt nur noch wenige Menschen gäbe, die ein ebenso gutes Herz hätten wie er.«

»Sie müssen ihn sehr gut gekannt haben«, sagte Gudrun leise. »Und er muß ein sehr liebenswürdiger Mensch gewesen sein...«

Miß Plenderleith sah Gudrun lächelnd an. Im Boot wurde es wieder still. Es war Kapitän Findhorn, der schließlich das Schweigen brach und die Frage stellte, auf deren Antwort alle begierig waren.

»Sollten wir je die Heimat wiedersehen«, sagte er, »so werden wir es Brigadier Farnholme zu verdanken haben. Sie scheinen ihn viel besser gekannt zu haben als irgendeiner von uns, Miß Plenderleith. Könnten Sie mir auch sagen, wie er es gemacht hat?«

Miß Plenderleith nickte. »Das will ich Ihnen sagen. Die Sache war sehr einfach, weil auch Foster ein einfacher und gradliniger Mensch war. Sie erinnern sich an seinen großen Koffer?«

»Gewiß«, sagte Findhorn lächelnd. »Der Koffer, der... seine – hm – seine... Vorräte enthielt.«

»Stimmt. Sie meinen – den Whisky. Nebenbei, das Zeug war ihm zuwider, er benutzte es nur zur Tarnung. Jedenfalls ließ er alles, sämtliche Flaschen und alles, was er sonst noch in seinem Koffer hatte, auf der kleinen Insel zurück – ich glaube, unter einem großen Felsblock. Und dann...«

»Was? Was haben Sie da eben gesagt?« Die Frage kam von van Effen. Er war noch benommen vom Schlag mit der Whiskyflasche. »Er hat den gesamten Inhalt seines Koffers auf – auf der Insel gelassen?«

»Ja, das sagte ich soeben. Und aus welchem Grund überrascht Sie das so sehr, Mister van Effen?«

»Ach – nur so.« Van Effen lehnte sich wieder zurück und sah lächelnd zu ihr hin. »Bitte, erzählen Sie doch weiter!«

»Das ist eigentlich schon alles. Damals, in der Nacht auf der Insel, hatte er am Strand haufenweise japanische Handgranaten gefunden – und vierzehn oder fünfzehn Stück hatte er in seinen Koffer gepackt.«

»In seinen Koffer?« Nicolson klopfte auf den Platz neben ihm. »Aber die Handgranaten sind doch hier unten, Miß Plenderleith!«

»Er hatte mehr gefunden, als er Ihnen sagte.« Miß Plenderleith sprach jetzt mit sehr leiser Stimme. »Er nahm sie alle mit, als er an Bord ging. Er sprach fließend japanisch, und es gelang ihm, dem japanischen Offizier weiszumachen, daß er die Agentenliste von Jan Bekker bei sich habe. Wenn er mit ihm unter Deck verschwunden war, um ihm die Liste zu zeigen, wollte er mit der Hand in den Koffer greifen, auf die Zündung seiner Handgranate drücken und die Hand dort liegen lassen. Er meinte, als er sich von mir verabschiedete, das Ganze würde nicht länger dauern als vier Sekunden...«

8

Es schien kein Mond in dieser Nacht, in der sie dem japanischen Torpedoboot entkommen waren. Stunde um Stunde steuerte Nicolson das Rettungsboot durch die Dunkelheit, peilte die Richtung über den Daumen und vertraute auf Gott. Durch die Leckstellen in den Planken drang achtern mehr und mehr Wasser ein. Das Boot lag mit dem Heck schon ziemlich tief.

»Ich schätze, wir haben noch zehn bis zwölf Meilen bis zur Sunda-Straße!« sagte kurz nach Mitternacht Kapitän Findhorn.

»Genau müßte man es wissen, Sir«, antwortete mit bedenklichem Gesicht Nicolson. »In keinem Meer der Welt gibt es so viele Klippen und Untiefen wie vor der Südostküste von Sumatra.«

Kurz nach zwei Uhr bemerkte Nicolson, daß die Dünung aus Nordwest von Minute zu Minute kürzer und steiler wurde. »McKinnon!« schrie er mit rauher Stimme, »wir laufen auf eine Untiefe zu!«

Der Bootsmann stand aufrecht auf der Mastducht an Backbord, hielt sich mit der einen Hand am Mast fest und hatte die andere über die Augen gelegt, während er voraus in die Nacht starrte.

»Können Sie irgend etwas sehen?«

»Nicht das geringste, Sir!« rief McKinnon zurück. »Verdammt dunkel heute nacht, Sir.«

Und schon wandte sich Nicolson zu Vannier, der vorn am Bug stand: »Holen Sie das Luggersegel herunter! So schnell Sie können. Nicht zusammenlegen – dazu ist jetzt keine Zeit. Van Effen – wenn Sie können, helfen Sie ihm dabei!«

Das Rettungsboot fing in der immer kürzer werdenden See heftig zu stampfen an.

»Schneiden Sie Siran los, McKinnon! Und seine Leute! Sagen Sie ihnen, sie sollen nach achtern kommen!«

Eine halbe Minute später kamen die drei Männer, deren Glieder noch steif von den Fesseln waren, mit unsicheren Schritten angestampft.

»Siran – Sie und Ihre beiden Leute nehmen sich jeder ein Ruder. Sobald ich es sage, legen Sie die Ruder aus und fangen an zu pullen!«

»Nicht heute nacht, Mister Nicolson!« sagte Siran, der ehemalige Kapitän der ›Kerry Dancer‹.

»Was?«

»Sie haben gehört, was ich sagte. Ich sagte: nicht heute nacht.«

Sein Ton war nicht nur kühl, sondern unverschämt. »Ich habe kein Gefühl in den Händen. Außerdem bin ich ein ausgezeichneter Schwimmer...«

»Sie haben auf der ›Kerry Dancer‹ rund vierzig Menschen zurückgelassen, und dem sicheren Tod preisgegeben, nicht wahr, Siran?« fragte Nicolson beiläufig. Er entsicherte seinen Colt. Es vergingen kaum drei Sekunden, dann griff Siran nach einem Ruder und brummte seinen Leuten einen Befehl zu.

»Besten Dank!« sagte Nicolson leise und ziemlich ironisch. Lauter fuhr er fort: »Ich nehme an, der Wind treibt uns zur Küste. Es wäre möglich, daß das Boot aufläuft oder kentert – es ist nicht wahrscheinlich, aber immerhin möglich.«

Im stillen aber dachte er, daß es ein reines Wunder wäre, wenn es nicht geschähe.

»Sollte das Boot aber auflaufen oder kentern, dann halten Sie sich fest, an irgend etwas: am Boot, an den Rudern, den Rettungsgürteln, an irgend etwas, das schwimmt! Und was auch geschieht – versuchen wir, beieinander zu bleiben!«

Er schaltete die Taschenlampe ein. Sie gab nur noch mattes gelbliches Licht. Im Boot schienen alle ihn anzustarren. Das Licht erlosch.

In die Dunkelheit hinein schrie McKinnon: »Brecher! Brecher oder Brandung! Ich kann es hören!«

»Wo?«

»Ich kann es noch nicht sehen. Steuerbord, scheint mir.«

»Klüversegel kappen!« befahl Nicolson. »Mast herunter, Vannier!«

Er drückte die Pinne weit zur Seite und ließ das Boot die Nase in den Wind und die See nehmen. Das Boot reagierte nur langsam und schwerfällig auf das Ruder, da inzwischen mindestens zweihundert Liter Seewasser im Heck herumschwabberten.

»Jetzt kann ich es sehen«, rief McKinnon vom Bug. »Achtern – an Steuerbord, Sir.«

Nicolson drehte sich auf seinem Sitz herum. Dann hörte er es nicht nur, sondern sah es auch: einen schmalen, weißen Strich in der Dunkelheit, eine langgestreckte, ununterbrochene Linie, die verschwand und dann von neuem erschien. Brandung, dachte er, das muß die Brandung vor der Küste sein. Nie und nimmer sehen Brecher in der Dunkelheit so aus. Gott sei Dank, dachte er weiter, wenigstens kein Riff!

»Raus mit dem Treibanker!« schrie Nicolson.

McKinnon hatte nur auf das Kommando gewartet. Er warf den Treibanker so weit ins Meer, wie er konnte.

»Riemen ausbringen!«

Fluchend versuchten Siran und seine beiden Männer die Riemen freizubekommen.

»Jetzt – zugleich... sachte... langsam die Riemen durchziehen!«

Nicolson hatte die Vorbereitung für das Landemanöver keinen Augenblick zu früh getroffen. Das Boot raste durch ein phosphoreszierendes Gestrudel von Schaum und Gischt auf den schräg ansteigenden Strand zu. Doch im gleichen Augenblick, da das Schlimmste überstanden zu sein schien, schrie Nicolson – doch schon war es zu spät.

Ein zerklüfteter Unterwasserfelsen – vielleicht war es auch ein Korallenriff – schlitzte den Boden des Bootes vom Heck bis zum Bug auf. Der knirschende Aufprall warf die Menschen im Boot durcheinander, wirbelte sie über Bord. Eine Sekunde später neigte sich das schwerbeschädigte Boot zur Seite, schlug um und schleuderte alle miteinander in die strudelnden Brecher der Brandung.

An die Sekunden, die darauf folgten, konnte sich später keiner mehr genau erinnern. Sie wußten nur noch, daß sie herumgewirbelt worden waren vom Sog der zurückströmenden Brandung, daß sie Wasser geschluckt und sich verzweifelt bemüht hatten, auf dem Kies des ansteigenden Strandes festen Halt zu finden.

Immer wieder wurden sie zurückgerissen. Immer wieder kämpften sie sich hoch, bis sie schließlich keuchend und halb ohnmächtig am Strand zusammenbrachen...

Nicolson machte den Weg zum Strand alles in allem dreimal. Das erstemal mit Miß Plenderleith. Der Anprall hatte sie gegen ihn geschleudert. Instinktiv hatte er den Arm um sie gelegt und sie festgehalten, während sie gemeinsam im Wasser versanken. Sie war fast doppelt so schwer, wie er erwartet hatte; denn sie hatte beide Arme durch die Griffe ihrer schweren Reisetasche gesteckt.

Er versuchte ihr die verdammte Tasche, die sie beide in die Tiefe zu reißen drohte, zu entreißen. Es gelang ihm nicht. Miß Plenderleith hielt sie mit der sinnlosen, selbstmörderischen Kraft einer halb Wahnsinnigen fest. Mit letzter Kraft brachte er Miß Plenderleith doch noch zum Strand.

Als die Brandung ins Meer zurückströmte, warf er sich wieder ins Wasser, um Vannier zu helfen, den Kapitän an Land zu tragen. Findhorn hatte jede Hilfe abgelehnt, doch er war so schwach, daß er dort, wo er lag, ertrunken wäre – im knapp nur einem Meter tiefen Wasser. An Armen und Beinen packten Nicolson und Vannier den Kapitän und legten ihn an einer Stelle nieder, wo die Wogen ihn nicht mehr erreichen konnten.

Etwa zwölf schattenhafte Gestalten standen oder saßen am Strand. Sie schnappten nach Luft, sie stöhnten, sie erbrachen würgend das Seewasser.

»Gudrun – Miß Drachmann?« rief Nicolson.

Keine Antwort, nur das Keuchen und das Stöhnen.

»Der Kleine – der Junge?«

Doch es war nichts zu hören als das Brausen der Brandung und das Rasseln des Kieses, den das zurückströmende Wasser den Strand hinunterspülte.

Keine Gudrun Drachmann ... und kein kleiner Junge, den sie Peter nannten, seitdem er in Singapur aufgetaucht war.

Wie ein Rasender stürzte sich Nicolson zum drittenmal ins Meer. Er watete nach draußen und wurde von der nächsten heranziehenden Brandung umgeworfen. Wie eine Katze kam er wieder auf die Füße. Undeutlich nahm er wahr, daß hinter ihm jemand ins Wasser planschte. Aber er wußte nicht wer.

Zwei, drei weitere Schritte, dann schlug das Boot, das kieloben im Wasser trieb, mit grausamer, fast betäubender Gewalt gegen seine Kniekehlen. Er machte einen Salto und schlug flach auf den Rücken ins Wasser mit einem Knall, daß ihm beinahe die Luft wegblieb.

Aber schon kämpfte er sich weiter, obwohl die Brust so schmerzte, daß er kaum Atem holen konnte. Noch zwei Schritte – und er stieß gegen etwas Weiches, das nachgab. Er bückte sich und bekam eine Hemdbluse zu fassen, richtete sich wieder auf und stemmte sich mit dem anderen, der hinter ihm ins Meer gewatet war, gegen den gurgelnden Sog der See.

»Gudrun!« schrie er.

»Johnny!« kam leise die Antwort. Sie klammerte sich an ihn, und er spürte, wie sie zitterte.

»Und der Kleine? Peter... wo?« Die Wellen erstickten seine Frage.

Er krallte die Finger in ihre Schultern und schüttelte sie. Seine Frage war wie ein furchtbarer Schrei.

»Ich weiß nicht – ich kann ihn... ihn nicht finden!« Sie löste sich von ihm und tauchte seitlich ins Wasser, das hüfthoch an ihnen vorüberstrudelte. Er ergriff sie und riß sie heraus.

Der Mann, der nach ihm in die Brandung gestürzt war, war Vannier. Er stand jetzt unmittelbar hinter ihm. Nicolson schob das Mädchen mit einem Stoß zu ihm hin.

»Bringen Sie sie an Land, Vannier!«

»Nein, nein – ich gehe nicht!«

Sie wehrte sich verzweifelt in Vanniers Arm, aber sie hatte nicht mehr viel Kraft.

»Haben Sie mich verstanden, Vannier?« sagte Nicolson mit schneidender Schärfe.

»Jawohl, Sir«, murmelte Vannier und schleppte das Mädchen, das halb von Sinnen war, durch die Brandung zum Strand.

Wieder und wieder sprang Nicolson in die Brandung und tastete verzweifelt den kiesbedeckten Meeresgrund ab. Jedesmal kam er mit leeren Händen wieder hoch. Er tauchte noch weiter hinaus, bis in die Nähe des Korallenriffs, das das Boot zum Kentern gebracht hatte. Er schluckte eine Menge Wasser, hörte aber nicht auf, immer wieder den Namen des Jungen zu rufen.

Seit das Boot umgeschlagen war, waren zwei Minuten vergangen, vielleicht auch drei, und allmählich wurde Nicolson klar, daß der Kleine in diesem Wasser unmöglich mehr am Leben sein konnte. Mit dem letzten Rest seines Verstandes redete er es sich ein, obwohl er immer wieder tauchte. Aber nichts – weder unter dem Wasser noch auf dem Wasser. Nur der Wind, der Regen, die Dunkelheit und das dumpfe Brausen der Brandung.

Doch dann hörte er es plötzlich hell und klar durch den Wind und durch das Brausen des Meeres hindurch:

Der kleine, ängstliche Schrei des Kindes kam von rechts, vom Strand her, rund dreißig Meter von ihm entfernt. Nicolson warf sich herum und stürzte in diese Richtung.

Wieder hörte er den Schrei des Kindes, diesmal kaum mehr als zehn Meter entfernt. Nicolson brüllte, hörte den antwortenden Ruf eines Mannes, und im nächsten Augenblick tauchte aus der

Dunkelheit eine breite Gestalt auf, die das Kind in ihren Armen hoch über Wasser hielt.

»Sehr erfreut, Sie zu sehen, Mister Nicolson!«

Es war van Effens Stimme, aber sie klang merkwürdig schwach, als käme sie aus weiter Ferne.

»Dem Kleinen ist nichts geschehen. Nehmen Sie ihn mir doch bitte ab!«

Nicolson hatte gerade noch Zeit, schnell nach Peter zu fassen, als van Effen auch schon schwankte. Im nächsten Augenblick kippte er um und schlug der Länge nach – mit dem Gesicht nach unten – in das gischtende schäumende Wasser der Brandung...

Als die Sonne aufging, sahen die Schiffbrüchigen, wohin es sie verschlagen hatte. Sie waren irgendwo am Rand der Sunda-Straße, an der javanischen Küste, in einer tief eingeschnittenen Bucht. Hinter dem schmalen Strand begann ein dichter, undurchdringlich scheinender Dschungel, der sich weit ins Innere erstreckte und in hohen Urwald überging. Nirgendwo eine Spur menschlichen oder tierischen Lebens. Und doch blieb ihnen allen, wenn sie am Leben bleiben wollten, nur der Weg durch Dschungel und Urwald – zu irgendeiner Siedlung. Aber wo mochte sie liegen? Zehn Meilen oder fünfzig Meilen weit vom Strand entfernt?

Kapitän Findhorn war bei all seinem Mut ein schwerkranker Mann und nicht in der Lage, auch nur zehn Schritte weit zu gehen. Auch van Effen konnte sich kaum mehr auf den Beinen halten. Während er den Jungen an Land tragen wollte, hatte eine Muschel mit ihren scharfen Schalen sein Bein übel zugerichtet. Er wäre im flachen Wasser ertrunken, wenn es Nicolson und McKinnon nicht im letzten Augenblick gelungen wäre, die Muschel von van Effens Bein zu lösen.

Miß Plenderleith – am Ende ihrer Kräfte. Gudrun Drachmann – nur noch ein Skelett. Wohin Nicolson auch sah: Verwundete, Kranke, zu Tode Erschöpfte.

Nahrungsmittel, ein Dach über dem Kopf, Verbandszeug und Medikamente – diese Dinge waren lebenswichtig, aber sie würden nicht von selbst zu ihnen kommen. So hatte Nicolson, kaum eine Stunde nach Hellwerden, seinen Colt genommen, um Hilfe zu suchen. In welcher Richtung er sie finden konnte, war reichlich unklar. Aber man mußte, auch wenn man damit rechnen konnte, daß die Japaner auch diese Insel schon besetzt hatten, auch wenn man nicht wußte, ob die Eingeborenen, falls er auf sie treffen sollte, ihnen freundlich oder feindlich gegenübertreten würden. Dicht gefolgt von Vannier tauchte Nicolson in den Dschungel. Er hielt die Pistole in der Hand. Die einzige andere gerettete Waffe – den Karabiner des Brigadiers Farnholme – ließ Nicolson für alle Fälle bei McKinnon zurück.

Sie brachen auf, und sie kämpften sich durch den Schlamm des Dschungels. Neunzig Minuten später, nachdem sie vom Strand aufgebrochen waren – sie hatten kaum mehr als drei Meilen zurückgelegt – machte Nicolson Halt. Er lehnte mit dem Rücken gegen einen hohen Stamm, wischte sich mit der linken Hand den Schlamm und den Schweiß von der Stirn. Mit der Rechten hielt er noch immer den Griff der Pistole umklammert. Er richtete den Blick auf Vannier, der sich vor Erschöpfung der Länge nach auf den Boden hatte fallen lassen und keuchend dalag.

»Na – Vierter Offizier«, versuchte Nicolson zu scherzen, um nicht selber verrückt zu werden, »macht Ihnen unser kleiner Ausflug Spaß? Das hätten Sie sich nicht träumen lassen, daß Ihr Seeoffizierspatent für Große Fahrt auch ein Freibillett für einen Spaziergang durch den indonesischen Dschungel umfaßte, was?«

Er sagte es unwillkürlich leise und gedämpft; denn im Dschungel atmete alles Feindseligkeit.

»Verdammt übel, Sir!« sagte Vannier und stöhnte, versuchte aber im nächsten Augenblick zu lächeln. »Diese Tarzans im Film, die sich von Baum zu Baum schwingen, geben einem genau die richtige Vorstellung davon, wie man sich im Dschungel richtig bewegen sollte. Ich habe den Eindruck, daß dieser verdammt schlammige Pfad wieder zum Strand führt. Was meinen Sie, Sir, sollten wir uns vielleicht im Kreis bewegen?«

»Habe zwar die Sonne und den Himmel noch nicht gesehen, Vannier, weil der Dschungel da oben so verdammt dicht ist«, antwortete Nicolson, »ich glaube es aber nicht. Ich vermute, daß dieser Pfad irgendwo aus dem Dschungel herauskommt.«

»Hoffentlich haben Sie recht, Sir.« Vanniers Stimme klang müde, aber nicht niedergeschlagen.

Zwei oder drei Minuten vergingen schweigend. In der Stille war nichts zu hören als ihr Atem, als die Tropfen, die von den feuchten Zweigen der Bäume fielen. Doch dann spannten sich plötzlich Nicolsons Nerven. Mit der rechten Hand griff er Vannier warnend an die Schulter. Die Warnung war überflüssig. Auch Vannier hatte es gehört. Im nächsten Augenblick standen beide geräuschlos auf – standen hinter dem Stamm eines dicken Baumes und warteten...

Stimmen und leise Schritte kamen näher. Nicolson entsicherte seinen Colt. Dann bogen drei Männer um die Biegung des Pfads –

bestimmt keine Japaner, wie Nicolson erleichtert feststellte. Erleichtert und überrascht zugleich war er; er hatte entweder Japaner erwartet oder Eingeborene – angetan mit einem Minimum von Kleidung und ausgerüstet mit Speeren oder Blasrohren.

Zwei der drei Männer aber trugen blaue Leinenhosen und verblichene blaue Hemden. Der älteste der drei hielt ein Gewehr im Anschlag. Als die Männer bis auf drei Schritte heran waren, trat Nicolson hinter dem Baum hervor, stand auf der Mitte des schmalen Pfads, hob die Pistole und richtete ihren Lauf auf die Brust des Mannes mit dem Gewehr.

Der ältere verhielt mitten im Schritt, die braunen Augen unter dem Strohhut richteten sich auf Nicolson. Er ließ das Gewehr sinken, bis die Mündung fast den Boden berührte. Dann brummte er dem jüngeren Mann etwas zu. Der nickte und richtete seine Augen, feindliche Augen in einem glatten, beherrschten Gesicht, auf Nicolson.

»Begrijp U Nederlands?«

»Holländisch? Nein, tut mir leid, verstehe ich nicht.« Nicolson zog die Schultern hoch und sah dann kurz zu Vannier hin.

»Nehmen Sie ihm das Gewehr ab – von der Seite!«

»Englisch? Sie sprechen englisch?« sagte der jüngste der drei Männer langsam und zögernd. Er musterte Nicolson mißtrauisch, doch nicht mehr feindselig, sah auf Nicolsons Mütze und lächelte.

»Sie sein Englisch. Ich kenne Mütze. Ich leben zwei Jahre in Singapur. Ich oft sehen englische Offiziere mit solchen Mützen auf Schiffen. Wieso kommen Sie hierher?«

»Wir brauchen Hilfe«, sagte Nicolson. »Unser Schiff ist gesunken. Wir haben viele Kranke, viele Verwundete. Wir brauchen ein Dach über dem Kopf, etwas zu essen und Medikamente.«

»Geben Sie uns das Gewehr zurück«, sagte der junge Mann unvermittelt.

Nicolson sagte ohne Zögern: »Geben Sie das Gewehr zurück, Vannier!«

Irgend etwas im Ausdruck der ruhigen, dunklen Augen des jungen Mannes flößte Vertrauen ein. Er selber steckte den Colt in den Gürtel.

Der alte Mann nahm das Gewehr, verschränkte die Arme über der Waffe, drehte den Kopf zur Seite und starrte in den Dschungel. Der jüngere Mann beobachtete ihn mißbilligend und sah dann mit einem entschuldigenden Lächeln zu Nicolson.

»Sie müssen meinen Vater entschuldigen«, sagte er zögernd.

»Sie haben ihn gekränkt. Niemand hat ihm jemals sein Gewehr abgenommen.«

»Wieso nicht?« fragte Nicolson.

»Mein Vater ist der Trikah – der Häuptling von unserem Dorf.«

»Trikah?« wiederholte Nicolson. Er wußte, von diesem Mann, von seinem guten oder bösen Willen, hing unter Umständen ihr Leben ab. Er sah auf die drei Männer. Allen drei waren die niedrige, breite Stirn, die intelligenten Augen, die wohlgeformten Lippen und die schmale Nase gemeinsam – fast eine Adlernase.

»Ja«, sagte der junge Mann, »er ist unser Häuptling. Und ich bin Telak, sein ältester Sohn.«

»Mein Name ist Nicolson. Sagen Sie Ihrem Vater, daß ich an der Küste kranke englische Männer und Frauen habe, drei Meilen nördlich von hier. Wir brauchen Hilfe. Fragen Sie ihn, ob er uns helfen will.«

Telak sprach etwa eine Minute rasch auf seinen Vater ein, in einer rauhen, abgehackten Sprache, hörte auf das, was sein Vater zu ihm sagte, und wandte sich dann wieder an Nicolson mit der Frage:

»Wie viele krank?«

»Fünf – von den Männern. Es sind auch zwei Frauen dabei.«

Telak sprach erneut auf seinen Vater ein, dann lächelte er Nicolson und Vannier mit seinen weißen Zähnen an, und schon schoß der Jüngste, der bisher im Hintergrund gestanden hatte, in der Richtung davon, aus der sie gekommen waren.

»Wir werden Ihnen helfen«, sagte Telak. »Mein jüngerer Bruder wird mit starken Männern und Tragbahren für die Kranken kommen. Wir gehen jetzt zu Ihren Freunden.«

Er wandte sich um und ging voran, hinein in den Dschungel. Manchmal redete er mit seinem Vater. Ab und zu wandte er sich an Nicolson.

»Sind die Japaner schon auf der Insel?« fragte Nicolson mit plötzlichem Unbehagen.

»Ja«, sagte Telak ernst. »Sie sind schon da.« Er deutete nach Osten. »Die Engländer und Amerikaner kämpfen noch, aber sie werden nicht mehr lange kämpfen. Die Japaner haben schon eine – wie sagt man in Ihrer Sprache – eine Garnison in Bantuk. Eine große Garnison, mit einem Oberst an der Spitze, Oberst Kiseki.«

Telak schüttelte den Kopf wie jemand, der vor Kälte erschauert.

»Oberst Kiseki ist kein Mensch. Er ist ein Unmensch, er ist eine Dschungelbestie.«

»Wie weit ist die Stadt Bantuk von Ihrem Dorf entfernt?« fragte Nicolson langsam.

»Vier Meilen. Nicht mehr als vier Meilen.«

»Nur vier Meilen? Und Sie wollen uns Obdach geben – Engländer wollen Sie in Ihrem Dorf aufnehmen, obwohl die Japaner nur vier Meilen entfernt sind?«

»Nicht lange«, antwortete Telak ernst. »Es gibt Spione, auch unter unseren eigenen Leuten. Die Japaner würden es erfahren – und sie würden meinen Vater, meine Mutter, meine Brüder und mich mitnehmen nach Bantuk.«

»Wie lange werden wir bei Ihnen bleiben können?«

Telak besprach sich kurz mit seinem Vater, dann wandte er sich wieder an Nicolson:

»Solange es sicher ist. Vielleicht drei Tage, länger aber bestimmt nicht.«

»Und dann?«

Telak zog schweigend die Schultern hoch und ging stumm auf dem Weg durch den Dschungel voran.

Knapp hundert Meter von der Stelle entfernt, wo in der vergangenen Nacht das Boot gestrandet war, kam McKinnon ihnen entgegen. Er taumelte. Die Haut auf seiner Stirn war aufgeplatzt, das Blut lief über sein Gesicht und in seine Augen.

»Siran?« fragte Nicolson. Er war sicher, daß es nur Siran gewesen sein konnte.

McKinnon fluchte vor sich hin, er war wütend auf sich selbst.

»Es war meine Schuld, Sir. Können mich bei nächster Gelegenheit entsprechend bestrafen – wegen Verletzung meiner Aufsichtspflicht...«

Nicolson verstand seinen Bootsmann nicht ganz, allmählich aber begriff er, was am Strand geschehen war. Es war nicht sehr angenehm, es konnte sogar mehr als unangenehm werden. Plötzlich hatte McKinnon ein schwerer Stein, von Siran gezielt, an der Stirn getroffen – und der Bootsmann war für Minuten bewußtlos geworden. Im gleichen Augenblick schnappte sich Siran den einzigen Karabiner, hielt mit dem Schnellfeuergewehr die anderen in sicherer Distanz und deckte so für sich und seine beiden anderen Kumpane den Rückzug hinein in den Dschungel.

»Sie sind in nordöstlicher Richtung abgehauen, Sir!« sagte McKinnon. Dann starrte er zu Boden, als schäme er sich.

»Kein Mensch kann ununterbrochen auf drei andere aufpassen«, sagte Nicolson.

»Sie können noch nicht weit vom Strand sein«, drängte McKinnon. »Wir müssen die Verfolgung aufnehmen, Sir, ehe es zu spät ist!«

Nicolson dachte daran, was er von Telak erfahren hatte: daß die Japaner kaum fünf Meilen von hier eine Garnison errichtet hatten. Siran und seine beiden Männer würden ohne jeden Zweifel versuchen, Verbindung mit den Japanern zu bekommen.

»Sie haben recht«, sagte Nicolson. Er wandte sich an den Sohn des Häuptlings, an Telak, der die ganze Zeit fast regungslos im Hintergrund gestanden hatte.

»Ich habe verstanden«, sagte Telak, noch ehe Nicolson ihm alles zu erklären versuchen wollte.

»Und?«

Telak schüttelte den Kopf. »Ich bin anderer Meinung als die beiden Weißen«, sagte er. »Im Dschungel drei Männer zu finden – ist sehr schwer. Wenn Telak sich im Dschungel verstecken müßte, nicht tausend Mann würden ihn finden.«

Er machte eine Pause und schien nachzudenken. »Außerdem – die drei Männer im Dschungel haben ein Gewehr, haben ein sehr gutes Gewehr. Wenn Weiße Selbstmord begehen wollen, ist der beste Weg, im Dschungel zu suchen...«

Nicolson und McKinnon sahen einander an. Sie sahen ein, daß Telak recht hatte.

»Gehen wir zum Strand«, sagte Nicolson. »Und hoffen wir, daß Siran und seine zwei Männer in den Sümpfen des Dschungels jämmerlich ersticken.«

Es dauerte zwei Stunden, bis die Träger des Häuptlings aus dem Dschungel auftauchten, um die Kranken und Verwundeten auf behelfsmäßigen Tragbahren zum Dorf im Dschungel zurückzubringen. Am Strand sprach in diesen zwei Stunden kaum jemand ein Wort. Es war, als fühlten alle das Unheil, das mit dem Verschwinden Sirans früher oder später über sie hereinbrechen würde.

Aber sie waren schon für jede Stunde dankbar, die sie länger am Leben blieben. Und vielleicht kam für sie auch diesmal ein Wunder. Denn es war ein Wunder, daß sie noch nicht auf dem Grund des Meeres lagen oder sich in japanischer Gefangenschaft befanden. Und es war ein noch größeres Wunder, daß sie immer noch Hoffnung hatten... Vier Stunden später kamen sie alle auf die Lichtung im Dschungel, auf der die Hütten des kleinen indonesischen Dorfs standen, dessen Häuptling Trikah war.

Trikah hielt alles, was er Nicolson versprochen hatte. Er hielt es, obwohl er die Japaner haßte – und obwohl die Japaner nur vier oder fünf Meilen von seinem Dorf in der Lichtung entfernt waren.

Alte indonesische Frauen wuschen und säuberten die eiternden Wunden der Kranken und Verletzten. Sie bestrichen sie mit kühlen, die Schmerzen lindernden Pasten. Sie bedeckten sie mit großen Blättern und banden um diese ›Verbände‹ lange Baumwollfäden.

Dann bekamen alle zu essen – und es war für die Ausgehungerten ein Festmahl, so daß sie im Schlaraffenland zu sein glaubten. Junge indonesische Mädchen setzten ihnen Hähnchen, Schildkröteneier, Reis, Garnelen, gekochte Süßwurzeln und getrockneten Fisch vor. Doch nun, als die Herrlichkeiten vor ihnen lagen, konnten sie nicht essen. Sie hatten zu lange gehungert.

Vielleicht könnten sie essen, wenn sie wieder einmal lange und ruhig und ohne jede Angst geschlafen hätten. Auf der ruhigen Erde, die nicht schaukelte wie das Rettungsboot, im Schutz Trikahs, des Häuptlings, der mit Telak und den anderen Männern und Frauen des Urwalddorfes über sie wachen würden, damit ihnen nichts Böses geschehe.

Es gab keine Betten, keine Hängematten, keine weichen Lager aus Zweigen oder Gras. Aber es gab Kokosmatten, die auf die sauber gefegte Erde am Boden einer Hütte ausgebreitet wurden. Das war genug, es war mehr als genug. Es war ein Paradies für die Überlebenden der ›Kerry Dancer‹ und der ›Viroma‹, die schon so lange ohne Schlaf gewesen waren. Ihre müden Gehirne konnten sich kaum mehr erinnern, wie lange schon nicht mehr.

Und fast von einer Sekunde zur anderen sanken sie alle in einen Schlaf bodenloser Erschöpfung. Sie schliefen wie Tote, weil sie wußten, daß andere für sie wachten.

Als Nicolson wach wurde, war die Sonne längst untergegangen. Die Nacht hatte sich über den Dschungel gesenkt. Kein Äffchen schnatterte, kein Nachtvogel rief. Alles war lautlos und still und dunkel.

Auch im Innern der Hütte war lautlose Stille. Doch durch die Dunkelheit schimmerte das Licht zweier Öllampen, die in der Nähe des Eingangs hingen.

Nicolson hatte – wie alle anderen – in tiefem, fast ohnmachtähnlichem Schlaf gelegen. Doch selbst durch diese Ohnmacht hindurch hatte er plötzlich etwas Kaltes, Scharfes an seiner Kehle gespürt.

Er wurde wach durch einen stechenden Schmerz, der ihn selbst in der traumlosen Tiefe seines Schlafes erreichte. Mühsam öffnete er die Augen. Und im Schimmer der Öllampen sah er ein japanisches Bajonett. Die Spitze des Bajonetts war genau gegen seine Kehle gerichtet...

Langsam öffnete Nicolson, der einstige Erste Offizier der untergegangenen ›Viroma‹, die Augen. Er sah das lange und scharfe Bajonett, das ihm an der Kehle saß. Und er sah das Gewehr, eine bronzebraune Hand, eine graugrüne Uniform und das lächelnde Gesicht eines Japaners, der vor ihm stand.

Die Spitze des Bajonetts berührte seine Haut unten am Halsansatz. Nicolson spürte, wie ihm übel wurde. So vergingen die Sekunden.

Der Mann, der über ihm stand, war ein japanischer Offizier mit einem Schwert an der Seite. Aber er war nicht der einzige Japaner in der Hütte des indonesischen Dorfs im Dschungel, in dem sie alle Zuflucht zu finden gehofft hatten.

Überall sah Nicolson im Schein der Öllampen Japaner mit aufgepflanzten Bajonetten. Alle hielten die gefährlichen, blinkenden Spitzen nach unten auf die Männer und auf die zwei Frauen gerichtet, die noch schlafend am Boden der Hütte lagen.

»Ist das hier das Schwein, von dem du gesprochen hast?« hörte Nicolson den japanischen Offizier in fließendem Englisch fragen. Die Frage war an Telak gerichtet, den Sohn des Häuptlings. Er stand im Schatten des Eingangs draußen vor der Hütte.

Verdammter Verräter! dachte Nicolson. Und er hörte zum zweiten Male die Frage des japanischen Offiziers:

»Ist das der Anführer dieser Leute?«

»Das ist der Mann, der Nicolson heißt.« Die Antwort Telaks klang sonderbar fern und gleichgültig. »Und er ist der Anführer dieser Leute.«

»Stimmt das? Mach's Maul auf, du englisches Schwein!«

Der Japaner drückte die Spitze des Bajonetts langsam gegen Nicolsons Kehle. Nicolson fühlte, wie das Blut langsam und warm auf den Kragen seines Hemds tropfte.

Er warf einen kurzen Blick auf Kapitän Findhorn, überlegte dann aber nicht länger und sagte: »Ja, ich habe das Kommando.« Und nach einer Weile fügte er hinzu: »Nehmen Sie das verdammte Ding da von meinem Hals weg!«

Der Offizier senkte das Bajonett, trat einen Schritt zurück und stieß Nicolson den Kolben des Gewehrs heftig in die Seite, kurz oberhalb der Nieren.

»Sie gestatten: Hauptmann Yamata, Offizier der kaiserlich-japanischen Armee«, sagte er leise und mit höhnischer Höflichkeit. Dann rief er laut durch den Raum:

»Aufstehen, alles aufstehen!«

Draußen war es fast völlig dunkel, doch hell genug, um zu erkennen, wohin die Japaner sie brachten; zu dem erleuchteten Versammlungsplatz der Dorfältesten, einer großen Hütte, in der man sie am Abend vorher bewirtet hatte.

Nicolson sah auch die undeutlichen Umrisse von Telak, der unbeweglich in der Dunkelheit stand. Ohne an den Offizier zu denken, der hinter ihm herging, und ohne sich um den nächsten Stoß mit dem Gewehrkolben zu kümmern, blieb Nicolson einen knappen halben Meter von Telak entfernt stehen.

»Wieviel hat man Ihnen denn dafür bezahlt, Telak?« flüsterte Nicolson.

Telak antwortete sekundenlang nicht. Dann begann er zu sprechen, so leise und wie aus großer Ferne, daß Nicolson sich unwillkürlich vorbeugte, um ihn zu verstehen.

»Man hat mich gut bezahlt, Mister Nicolson.«

Telak kam einen Schritt nach vorn und wandte sich halb herum, so daß das Licht, das aus der Hütte fiel, plötzlich die eine Seite des Gesichts und seiner Gestalt beleuchtete.

Die linke Hälfte seines Gesichts, Hals, Arm und Oberkörper waren übel zugerichtet von Schwerthieben oder Bajonettstichen. Die ganze Seite schien blutüberströmt.

»Man hat mich gut bezahlt«, wiederholte Telak tonlos. »Mein Vater, der Trikah, ist tot. Viele von unseren Leuten sind tot. Wir wurden verraten und überfallen.«

Nicolson starrte ihn sprachlos an. Sein Denken setzte für einen Augenblick aus, als er Telak so vor sich sah. Und nun entdeckte er auch ein japanisches Bajonett, das nur wenige Zentimeter von Telaks Rücken entfernt war – nein, nicht nur eins, sondern zwei –

Nicolson wollte etwas sagen, sich entschuldigen für seinen Verdacht, doch seinem Mund entfuhr nur ein Ächzen, da er im gleichen Augenblick von neuem den Gewehrkolben in seinem Rücken spürte. So trieb der japanische Offizier Nicolson quer über das Kampong im Dschungel.

Das Versammlungshaus, jetzt hell erleuchtet von einem halben Dutzend Öllampen, war ein großer, hoher Raum, neun Meter breit und sechs Meter tief. Der Eingang war in der Mitte einer Längswand, rechts davon war die erhöhte Tribüne für die Versammlung der Ältesten. Hinter dieser Tribüne führte eine zweite Tür hinaus auf das Kampong. Der Fußboden bestand aus gestampfter Erde, auf der die Gefangenen in einem kleinen, engen Halbkreis saßen.

Auf der erhöhten Tribüne stand eine niedrige Bank. Auf dieser Bank saß Hauptmann Yamata und neben ihm – Siran! Ein triumphierend grinsender Siran, der es nicht mehr für nötig hielt, seine Gefühle hinter der Maske der Gleichgültigkeit zu verbergen.

Er schien mit dem lächelnden Yamata auf bestem Fuß zu stehen. Von Zeit zu Zeit zog er an seinem langen, schwarzen Stumpen und blies den Rauch verächtlich in Nicolsons Richtung. Nicolson aber starrte Siran mit düsterem Blick an.

Nun war klar, wie alles geschehen war. Siran hatte, nachdem er geflüchtet war, sich zunächst im Dschungel versteckt und gewartet, bis sich die Männer des Dorfes mit den Tragbahren in Bewegung gesetzt hatten. Er war ihnen heimlich gefolgt – und vom Dorf im Dschungel weitergegangen nach Bantuk, um dort alles der japanischen Kommandantur zu melden.

Selbst ein Idiot hätte es voraussehen können, dachte Nicolson, und entsprechende Vorsichtsmaßnahmen treffen müssen. Und die beste Vorsichtsmaßnahme wäre gewesen, Siran zu erschießen. Doch er, Nicolson, hatte es unterlassen. Und er wußte, daß es nun zu spät war. Zu spät – durch seine Schuld.

Nicolson sah auf die Gesichter der Männer und der zwei Frauen, die gleich ihm im Halbkreis auf der nackten Erde saßen: Gudrun Drachmann, der kleine Junge Peter, Miß Plenderleith, Kapitän Findhorn, Vannier – sie alle hatten ihm vertraut. Sie hatten sich blind darauf verlassen, daß er alles tun würde, um sie wohlbehalten nach Hause zu bringen. Sie hatten ihm vertraut – doch nun würde keiner von ihnen die Heimat jemals wiedersehen.

Auf der erhöhten Tribüne hatte sich Hauptmann Yamata erhoben. Er stand breitbeinig da, die eine Hand am Koppel, die andere am Griff seines Schwertes.

»Es wird nicht lange dauern«, sagte er ruhig, in klarem Englisch. »In zehn Minuten fahren wir von hier ab nach Bantuk. Kommandeur der Garnison Bantuk ist Oberst Kiseki, der Sie alle schon mit großer Ungeduld erwartet. Ich will es Ihnen erklären, warum – und Sie werden seine Ungeduld verstehen. Oberst Kiseki hatte einen Sohn – und dieser sein Sohn war Kommandant des erbeuteten amerikanischen Torpedobootes, das man Ihnen entgegengeschickt hatte.«

Er machte eine kleine Pause, auf seinem Gesicht erschien ein breites Lächeln.

»Es wäre ein vergeblicher Versuch, wenn Sie abstreiten wollten, daß der Sohn des Oberst Kiseki durch Ihre Schuld sein Leben verlor. Wir haben außerdem einen zuverlässigen Zeugen: Kapitän

Siran. Oberst Kiseki ist rasend – so sehr schmerzt ihn der Tod seines Sohnes. Es wäre besser für Sie – für Sie alle, für jeden einzelnen von Ihnen –, niemals das Licht der Welt erblickt zu haben.«

Hauptmann Yamata lächelte, sein Blick ging scheinbar suchend an der Reihe der Gefangenen entlang, die vor ihm auf der Erde hockten. Mit höhnischer Glätte fuhr er fort:

»Ehe wir aufbrechen, möchte ich Ihnen die Bekanntschaft eines Mannes vermitteln, von dem Sie annehmen, daß Sie ihn sehr genau kennen, obwohl Sie keine Ahnung haben, wer er wirklich ist. Es handelt sich um einen Mann aus Ihren Reihen, dem unser glorreicher Kaiser, davon bin ich überzeugt, persönlich seinen Dank aussprechen wird. Darf ich Sie bitten, mein Herr...?«

Durch die Reihen der Gefangenen lief eine plötzliche Bewegung. Dann stand einer von ihnen auf und ging zur Tribüne. Hauptmann Yamata verbeugte sich vor ihm.

Nicolson richtete sich auf, beugte sich vor, konsterniert und völlig fassungslos.

»Van Effen... was, zum Teufel...«

Van Effen sah von der Tribüne auf Nicolson herab.

»Von jetzt an nicht mehr van Effen, mein lieber Nicolson«, sagte er lächelnd. »Nicht ›van‹, sondern ›von‹. Ich bin kein Holländer.« Er verbeugte sich vor Nicolson und fuhr fort: »Es wird Zeit, daß ich mich Ihnen vorstelle: Alexis von Effen, Oberstleutnant der deutschen Abwehr.«

Nicolson starrte ihn an, starrte ihn sprachlos, fassungslos an. Er war nicht der einzige, dem es den Atem und die Stimme verschlug. Alle, die da am Boden hockten, sahen mit weit aufgerissenen Augen zu van Effen hin. Und allmählich fielen ihnen einzelne Vorfälle aus den hinter ihnen liegenden zehn Tagen ein. Die Erinnerung wurde langsam zum Begreifen, verdichtete sich zu einem zögernden Verstehen des Zusammenhangs. Nein – dieser van Effen war kein Wahnsinniger. Keiner zweifelte, daß er wirklich der war, der zu sein er behauptete: ein Oberstleutnant der deutschen Abwehr.

Van Effen brach das Schweigen. Sein Blick war auf die gerichtet, die bis zu diesem Augenblick seine Gefährten im Unglück gewesen waren. Sein Gesicht schien von Trauer überschattet.

»Viele von Ihnen werden sich in den vergangenen zehn Tagen und Nächten oft verzweifelt gefragt haben, aus welchem Grunde wir, eine kleine Gruppe Überlebender der ›Kerry Dancer‹ und der ›Viroma‹, für die Japaner von solcher Bedeutung gewesen sein sollten, daß sie ihre Bomber, ihre U-Boote, ihre Torpedoboote gegen uns ansetzten. Sie werden jetzt die Antwort auf diese Frage erhalten.«

Einer der japanischen Soldaten ging nach vorn und stellte einen Koffer zwischen van Effen und Hauptmann Yamata. Alle starrten auf den Koffer – und dann auf Miß Plenderleith. Es war ihr Koffer. Ihre Lippen waren bleich, sie hielt die Augen halb geschlossen, wie vor namenlosem Schmerz. So saß sie auf der Erde, unbeweglich, stumm, in Sekunden um Jahre gealtert.

Van Effen, das heißt Oberstleutnant Alexis von Effen, gab einem japanischen Soldaten ein Zeichen. Der Soldat nahm den einen Griff des Koffers, van Effen den andern. Gemeinsam hoben sie den Koffer bis in Schulterhöhe und drehten ihn dann um.

Nichts fiel heraus – er schien leer zu sein. Nur das Leinenfutter hing nach unten durch, als sei es mit Blei gefüllt und beschwert. Van Effen gab Hauptmann Yamata ein Zeichen.

»Darf ich bitten, Hauptmann?« sagte er.

»Mit wirklichem Vergnügen, Oberstleutnant.«

Yamata kam einen Schritt nach vorn und zog mit einem Ruck das Schwert aus der Scheide. Es leuchtete hell auf in dem Licht der flackernden Öllampen. Dann durchschnitt die scharfe Schneide die dicke Leinwand des Kofferfutters, als ob sie nur Papier wäre.

Mit einem Male war das Glitzern des Schwertes ausgelöscht, es verging vor dem blendenden, strahlenden Flimmern, das wie ein leuchtender Regen aus dem Koffer zur Erde kam – das auf der Erde leuchtend lag: ein strahlender glitzernder Berg.

»Miß Plenderleith scheint eine ausgesprochene Vorliebe für funkelnde Steine zu haben«, sagte van Effen freundlich und schob die Fußspitze in das funkensprühende Häufchen zu seinen Füßen. Dann wandte er sich an Nicolson:

»Diamanten, Mister Nicolson, echte Diamanten. Die bedeutendste Kollektion, möchte ich annehmen, die man jemals außerhalb der Südafrikanischen Union gesehen hat. Der Wert dieser Steine beläuft sich – schätzungsweise – auf annähernd zwei Millionen Pfund!«

Van Effens leise Stimme verwehte. Alle, die auf dem Boden saßen, starrten wie in einer unheimlichen Hypnose auf den glitzernden, funkelnden Berg der Diamanten.

Nicolson bewegte sich als erster. Er blickte van Effen an, den angeblichen Holländer, der sich nun als Oberstleutnant der deutschen Abwehr zu erkennen gegeben hatte. Sie waren Feinde: der Engländer Nicolson und der Deutsche von Effen. Wie der Krieg es befahl. Aber sonderbar, Nicolson konnte diesem Mann gegenüber keine Bitterkeit empfinden, keinerlei Feindseligkeit. Dafür hatten sie allzu viel gemeinsam durchgemacht und durchgestanden. Und van Effen war immer selbstlos, ausdauernd und hilfsbereit gewesen. Die Erinnerung daran war noch zu frisch, als daß sie hätte ausgelöscht werden können.

»Zweifellos Borneo-Diamanten«, sagte Nicolson und sah van Effen an. »Vermutlich ungeschliffen.«

»Teils ungeschliffen, teils roh geschliffen«, sagte van Effen. »Ein kleiner Berg hier – und umgerechnet: hundert Jäger oder drei Zerstörer – was weiß ich. Ein Jammer, daß keiner dieser Steine jemals die Hand einer Schönen zieren wird – sondern nur die Schleifwerkzeuge in den Rüstungsfabriken. Wirklich ein Jammer, nicht wahr?«

Dann machte van Effen einen schnellen Schritt nach vorn und stieß mit dem Fuß gegen die Diamanten, daß sie sich in einer glitzernden Kaskade von der erhöhten Tribüne auf die lehmgestampfte Erde ergossen.

»Tand! Flitterkram!« sagte van Effen. »Und doch – es gibt hier in diesem Raum noch einen viel wertvolleren Schatz. Ich bin diesem Schatz nachgejagt. Ich habe seinetwegen Menschenleben auf dem Gewissen. Ich habe, leider, noch mehr Menschen in tödliche Gefahr gebracht.«

»Wir sind uns alle darüber klar, was für ein großartiger Ehrenmann Sie sind«, sagte Nicolson bitter. »Aber kommen Sie endlich zur Sache!«

Gleichgültig streckte van Effen die Hand nach unten aus und sagte: »Wenn ich Sie bitten dürfte, Miß Plenderleith!«

Die alte Dame starrte ihn aus verständnislosen Augen an.

Van Effen schnalzte mit den Fingern, verlor aber seine Höflichkeit nicht. »Also, bitte! Ich bewundere Ihre schauspielerische Leistung...«

»Ich verstehe nicht, wovon Sie reden. Ich begreife überhaupt nichts!« sagte Miß Plenderleith.

»Nun, dann muß ich leider Ihrem Gedächtnis etwas nachhelfen.« In van Effens Stimme klang weder Überheblichkeit noch Triumph. »Ich weiß wirklich alles, Miß Plenderleith. Ich kenne sogar das Datum jenes kleinen, feierlichen Vorgangs, der in einem Dorf der Grafschaft Sussex stattfand – und zwar am 18. Februar des Jahres 1902.«

»Wovon in aller Welt reden Sie eigentlich?« brummte Nicolson ärgerlich.

»Miß Plenderleith weiß es ganz genau. Oder etwa nicht, Madam?«

Zum erstenmal war aus Miß Plenderleith' markantem altem Gesicht jede Energie, jede Selbstbeherrschung gewichen. Sie ließ müde die Schultern sinken. Sie schien plötzlich um Jahre gealtert.

»Ja, ich weiß es.« Sie nickte und fuhr fort: »Der 18. Februar 1902 ist der Tag meiner Hochzeit – meiner Hochzeit mit dem Brigadier Farnholme. Wir haben unseren vierzigsten Hochzeitstag an Bord des Rettungsbootes gefeiert.« Sie versuchte zu lächeln, aber es mißlang.

»Wenn mir dieses Datum bekannt ist, Miß Plenderleith, dann dürften Sie kaum daran zweifeln, daß ich auch alles andere weiß!« sagte van Effen.

»Ja, ich glaube, daß Sie alles wissen«, antwortete sie. Ihre Stimme klang leise und wie aus weiter Ferne.

»Also – bitte!« Van Effen streckte wieder seine Hand aus. »Sie würden es sicherlich nicht gern sehen, wenn die Soldaten Hauptmann Yamatas eine Leibesvisitation bei Ihnen vornehmen müßten.«

»Nein – lieber nicht.«

Sie griff unter ihre vom Salzwasser verblichene Jacke, schnallte den Gürtel los und händigte ihn van Effen aus.

»Das hier ist es wohl, dem Sie nachjagten...«

»Danke!« Van Effens Gesicht zeigte weder Triumph noch Befriedigung, obwohl er endlich in Händen hielt, was von unschätzbarem Wert für ihn war. »Das ist es in der Tat, was ich haben wollte.«

Er öffnete den Reißverschluß der Taschen des Gürtels, holte die Fotokopien und Filme, die sich darin befanden, heraus und hielt sie lange gegen das Licht der flackernden Öllampen. Es vergingen fast zwei Minuten – und van Effen sah sie immer noch an. Endlich nickte er befriedigt und schob Filme und Fotokopien wieder in die Taschen des Gürtels zurück.

»Alles unversehrt«, sagte er leise. »Nach so langer Zeit und nach einem so weiten Weg – dennoch alles unversehrt.«

»Wovon, zum Teufel, reden Sie eigentlich?« fragte Nicolson gereizt. »Was ist es denn, was Sie da haben?«

»Das hier?« Van Effen warf einen Blick auf den Gürtel, den er sich gerade selbst umschnallte. Dann sah er Nicolson an. »Das hier, Mister Nicolson, lohnte jedes Opfer und jede Mühe. Das ist der Grund für all die Leiden der vergangenen Tage. Deswegen wurden die ›Kerry Dancer‹ und die ›Viroma‹ versenkt. Wegen dieses Gürtels mußten so viele Menschen sterben. Das ist auch der Grund, weshalb Hauptmann Yamata hier ist, obwohl ich bezweifle, daß ihm selber dieser Grund bekannt ist. Doch sein Kommandeur dürfte darüber informiert sein.«

»Kommen Sie endlich zur Sache«, unterbrach ihn Nicolson bissig.

Van Effen klopfte mit der Hand gegen den Gürtel, den er umgeschnallt hatte. »Ich brauche es Ihnen nicht zu sagen. Aber Sie können es alle wissen: Die Taschen dieses Gürtels enthalten die vollständigen Pläne der vorgesehenen japanischen Invasion in Australien – bis in alle Einzelheiten. Allerdings verschlüsselt. Es ist so gut wie unmöglich, den japanischen Schlüssel zu entziffern. Aber es ist uns bekannt, daß es in London einen einzigen Mann gibt, der dazu in der Lage ist. Wenn es jemandem gelungen wäre, mit diesen Plänen durchzukommen und sie nach London zu bringen...«

»Mein Gott!« unterbrach ihn Nicolson. Er war wie betäubt.

»Was bedeuten diesen Plänen gegenüber die Diamanten – und seien sie auch noch so wertvoll! Meinen Sie nicht auch, Mister Nicolson?«

»Allerdings«, antwortete Nicolson leise. Er sagte es automatisch, doch seine Gedanken waren ganz woanders.

»Doch jetzt haben wir beides – die Pläne und die Diamanten!« Noch immer war van Effens Stimme frei von jedem Unterton des Triumphes. Nicolson starrte auf die Diamanten.

»Genießen Sie den Anblick, solange Sie noch dazu in der Lage sind, Mister Nicolson!«

Hauptmann Yamatas kalte, zynische Stimme brach den Bann. Er berührte die Diamanten mit der Spitze seines Schwertes. »Wirklich schön – aber man muß Augen haben, um diese Schönheit sehen zu können!«

»Was wollen Sie damit sagen?« fragte Nicolson.

»Nicht viel. Nur: Oberst Kiseki gab mir den Auftrag, diese Diamanten sicherzustellen. Über die Gefangenen wurde nicht gesprochen. Sie haben Kisekis Sohn getötet, Nicolson!«

»Ich verstehe.« Nicolson sah den Hauptmann verächtlich an. »Eine Schaufel zuerst, um ein Loch auszuheben... und dann der Genickschuß...«

Yamata lächelte. »Fürchte, die Sache wird nicht so einfach abgehen!«

»Hauptmann Yamata!« Van Effen sah den japanischen Offizier an. Seine Augen waren um eine Winzigkeit schmaler geworden und verrieten seine innere Erregung.

»Herr Oberstleutnant?«

»Dieser Mann ist weder ein Spion noch Angehöriger einer feindlichen Truppe. Strenggenommen – ist er sogar Zivilist und hat mit diesem Krieg nichts zu tun!«

»Zweifellos, zweifellos«, antwortete Yamata mit sichtbarer Ironie. »Bisher ist er nur verantwortlich für den Tod von vierzehn Angehörigen unserer Marine und von einem Piloten. Und er hat Oberst Kisekis Sohn getötet!«

»Das stimmt nicht. Siran mag es bezeugen!«

»Vor dem Oberst, nicht vor mir«, sagte Yamata gleichgültig.

Nicolson hatte plötzlich das Gefühl, als müsse er Zeit gewinnen; denn McKinnon war nicht bei ihnen, sondern lag irgendwo draußen, bewußtlos vielleicht, als er vom Kolbenhieb eines Japaners zusammenstürzte. Aber vielleicht war von McKinnon alles nur gespielt...

»Ich würde gern noch eine oder zwei Fragen an van Effen richten«, sagte Nicolson zu Yamata.

»Erlaubt«, sagte Yamata. »Der Lastwagen, der uns zur Garnison bringt, ist noch nicht da.«

Nicolson richtete den Blick auf van Effen: »Eins hätte ich gern gewußt: Von wem bekam Miß Plenderleith die Diamanten – und die Pläne?«

»Ist es jetzt nicht gleichgültig?« antwortete van Effen.

»Es ändert nichts an unserem Schicksal. Aber – neugierig war ich zeit meines Lebens«, sagte Nicolson.

»Also gut, ich will es Ihnen erzählen. Brigadegeneral Farnholme hatte sowohl die Diamanten als auch die Pläne. Wie er in den Besitz der Pläne kam, weiß ich noch nicht. Die Diamanten wurden ihm von den holländischen Behörden in Borneo ausgehändigt.«

»Sie scheinen sehr genau über ihn informiert zu sein?«

»Ja, das bin ich. Gehörte sozusagen zu meinem Beruf. Es war unsere Aufgabe, ihn zu beschatten. Farnholme war einer unserer gefährlichsten Gegner. Seit mehr als dreißig Jahren gehörte er dem englischen Secret Service an.«

»Secret Service!« sagte Nicolson überrascht, warf einen schnellen Blick durch die offene Tür und sah van Effen wieder an. »Weiter, sprechen Sie weiter!« bat er dann.

»Weiter ist eigentlich nicht viel zu sagen. Von dem Verschwinden der Pläne wußten die Japaner und auch ich bereits wenige Stunden, nachdem sie gestohlen worden waren. Ich versuchte mit offizieller japanischer Unterstützung, dieser Pläne wieder habhaft zu werden. Womit wir nicht gerechnet hatten, war Farnholmes

Idee – ein geradezu genialer Einfall –, gleichzeitig auch die Diamanten mitzunehmen.«

»Warum haben dann die Japaner die ›Kerry Dancer‹ versenkt?« warf Kapitän Findhorn ein.

»Sie wußten damals noch nicht, daß Farnholme sich an Bord befand. Siran allerdings wußte es. Er war hinter den Diamanten her.«

»War ich«, sagte Siran, »war ich, um die Steine den Japanern auszuhändigen.«

»Wußte Farnholme, wer Sie waren?« fragte Nicolson.

»Er hatte keine Ahnung – jedenfalls nicht eher, als bis wir im Rettungsboot saßen. Auch Siran mußte angenommen haben, daß Farnholme und ich unter einer Decke steckten. Ich nehme an, das war der Grund, daß er mich gerettet hat, genauer gesagt, daß er mich nicht über Bord geworfen hat, als die ›Kerry Dancer‹ absoff. Er war offenbar der Meinung, ich wüßte, wo sich die Diamanten befanden.«

»Das war allerdings ein Fehler von mir«, gab Siran mit verächtlicher Stimme zu. »Ich hätte Sie ertrinken lassen sollen.«

»Der Rest ist klar«, sagte van Effen, ohne auf Sirans spöttische Bemerkung zu antworten. »Farnholme kam zu der Überzeugung, daß es allzu riskant wäre, die Diamanten noch länger mit sich herumzuschleppen – und mit den Plänen war es natürlich ebenso. Die Pläne hat er Miß Plenderleith vermutlich an Bord der ›Viroma‹ gegeben, die Diamanten auf der kleinen Insel – während er seinen eigenen Koffer mit Handgranaten füllte. Ich habe in meinem ganzen Leben keinen so tapferen Mann kennengelernt wie ihn.«

Van Effen blieb eine Weile stumm, dann wandte er sich an den Funker Walters: »Zum Schluß noch etwas: Ich muß mich noch bei Ihnen entschuldigen, Walters, daß ich mich länger als eine Stunde in Ihrer Funkbude auf der ›Viroma‹ aufgehalten habe und Ihnen einige Medikamente gab, die dafür sorgten, daß Sie tief und fest schliefen.«

Walters starrte ihn an – und auch Nicolson erinnerte sich, wie bleich der Funker an jenem Morgen ausgesehen hatte.

»Ich bitte sehr um Entschuldigung, Mister Walters. Aber es ging nicht anders. Ich mußte dringend einen Funkspruch durchgeben.«

»Die Position der ›Viroma‹, unseren Kurs und unsere Geschwindigkeit, wie?« fragte Nicolson grimmig. »Und außerdem die Bitte, keine Bomben in die Öltanks zu werfen. Sie wollten, daß man das Schiff nur stoppte, nicht wahr?«

»Mehr oder weniger – ja«, sagte van Effen.

»Dann verdanken wir es also Ihnen, wenn wir noch am Leben sind«, sagte Nicolson bitter.

»Ein wenig – vielleicht. Sie werden sich erinnern: Nachdem wir in die Rettungsboote gingen, hat uns kein japanisches Flugzeug mehr angegriffen – ich hatte vom Dach des Ruderhauses aus ein entsprechendes Blinkzeichen mit meiner Taschenlampe gegeben.«

»Ich erinnere mich«, sagte Nicolson.

»Auch das U-Boot versenkte uns nicht. Der Kommandant wußte natürlich von den Diamanten im Wert von zwei Millionen Pfund.«

»Aber später griff uns ein Flugzeug an – und die Splitter eines Schrapnells durchschlugen ausgerechnet Ihren Oberschenkel«, warf Kapitän Findhorn ein.

Van Effen hob die Schultern hoch. »Der Pilot hatte vielleicht die Nerven verloren. Und – vergessen Sie nicht, daß sich in seiner Begleitung ein Wasserflugzeug befand, auf Abruf bereit, einen oder zwei Überlebende aufzufischen.«

»Beispielsweise Sie?«

»Ja, beispielsweise mich«, gab van Effen zu. »Das wäre alles. Weshalb mir Farnholme eins über den Schädel gab, als das Torpedoboot längsseits ging, werden Sie sich selbst zusammenreimen können. Es blieb ihm nichts anderes übrig, wenn er das Leben der anderen retten wollte. Ein tapferer, ein sehr tapferer Mann – und ein schneller Denker.«

Van Effen richtete den Blick auf Miß Plenderleith. »Sie haben mir einen ganz gehörigen Schrecken eingejagt, Madam, als Sie mir erzählten, Farnholme habe den ganzen Inhalt seines Koffers auf der Insel zurückgelassen. Aber im nächsten Augenblick wußte ich, daß Sie gelogen hatten. Er hatte ja keine Möglichkeit mehr, zu dieser Insel zurückzukehren. Also konnte er die Diamanten dort nicht zurücklassen. Daher wußte ich, daß Sie die Pläne und die Diamanten bei sich haben mußten.«

Er sah sie lange an und schloß: »Sie sind eine sehr mutige Frau, Miß Plenderleith. Sie hätten Besseres verdient als diesen Ausgang.«

Im Raum war Schweigen. Der kleine Junge wimmerte im Schlaf. Gudrun wiegte ihn besänftigend in ihren Armen.

Hauptmann Yamata stand auf und sagte: »Ich höre den Lastwagen kommen. Es wird Zeit, daß wir aufbrechen.«

»Gut, gut!« sagte van Effen. Er stand sehr mühsam auf. Sein Bein war durch den Biß der Muschel, als er den kleinen Jungen vor dem Ertrinken gerettet hatte, und durch die Schrapnellwunde im Oberschenkel steif und so gut wie unbrauchbar. »Und Sie bringen die Gefangenen jetzt zu Ihrem Kommandeur?«

»Noch in dieser Stunde«, antwortete Yamata.

»Und nach dem Verhör durch Oberst Kiseki? Haben Sie eine Unterkunft für die Leute?«

»Das wird nicht nötig sein«, sagte Yamata mit brutaler Offenheit. »Ein Beerdigungskommando wird alles sein, was sie dann noch brauchen.«

»Meine Frage war nicht scherzhaft gemeint, Hauptmann Yamata!« sagte van Effen scharf.

»Meine Antwort auch nicht, Herr Oberstleutnant!« Hauptmann Yamata lächelte.

Von draußen waren die kreischenden Bremsen des Lastwagens zu hören. Kapitän Findhorn räusperte sich:

»Ich trage die Verantwortung für diese Leute hier, Hauptmann Yamata. Ich darf Sie an die internationalen Abmachungen über die Behandlung von Kriegsgefangenen erinnern.« Seine Stimme war leise und heiser, aber fest. »In meiner Eigenschaft als Kapitän der Britischen Handelsmarine verlange ich...«

»Schweigen Sie!« sagte Yamata heftig, sehr laut. Dann wurde seine Stimme leise, fast höflich: »Sie verlangen gar nichts, Kapitän. In ihrer Situation haben Sie überhaupt nichts zu verlangen!«

»Was wird Oberst Kiseki mit den Gefangenen machen?« fragte van Effen. »Sicherlich werden die beiden Frauen und das Kind...«

»Sie werden zuerst sterben – und es wird lange dauern, bis sie sterben. Und dann werden alle anderen sterben. Das Kind – vielleicht verschont er das Kind. Oberst Kiseki liebt Kinder. Aber alle anderen werden sterben – denn sie haben seinen Sohn umgebracht. Und die beiden Frauen zuerst...«

10

Yamata, der japanische Hauptmann, musterte die Gefangenen, die vor ihm auf der festgestampften Erde saßen. Der Ausdruck seiner Augen war kalt und düster. Von den Gefangenen aber zweifelte keiner daran, daß er seine furchtbare Drohung wahrmachen würde – und daß die beiden Frauen zuerst an die Reihe kämen. Auf einmal stieg in van Effen, von dem nun alle wußten, daß er der Oberstleutnant Alexis von Effen war, ein tiefer Haß gegen den Japaner hoch.

Und er war entschlossen, die Gefangenen, die Gefährten furchtbarer Tage und Nächte, der Gewalt der Japaner zu entreißen.

Er sah Yamata an und sagte: »In einem haben Sie recht, Hauptmann. Einer von denen hier hat den Sohn des Oberst Kiseki auf dem Gewissen. Aber – einer von denen hier hat auch versucht, mich umzubringen. Ich habe eine persönliche Rechnung zu begleichen – und ich möchte diese Angelegenheit auf der Stelle erledigen.«

Nicolson ahnte, daß van Effen etwas vorhatte, um den Japaner von seinem furchtbaren Plan abzubringen. Aber er hatte keine Ahnung, was in den nächsten Minuten geschehen würde.

Der Japaner schien eine Weile zu überlegen, dann sagte er: »Selbstverständlich können Sie eine persönliche Rechnung begleichen. Sie sind ein Offizier unserer Verbündeten. Ein Befehl von Ihnen...«

»Besten Dank, Hauptmann Yamata! Betrachten Sie ihn als gegeben.«

Er drehte sich um, humpelte zu den Gefangenen, bückte sich und riß Vannier, den Vierten Offizier der ›Viroma‹, hoch. »Auf diesen Augenblick habe ich lange gewartet, du hinterhältige, kleine Ratte. Los, da drüben an die Wand!«

Er achtete nicht auf Vanniers verzweifeltes Gesicht, seine angstvollen Beteuerungen der Unschuld, sondern schleppte ihn quer durch den Raum zur Wand gegenüber dem Eingang.

Dann humpelte van Effen zurück auf die erhöhte Tribüne zu einem japanischen Soldaten, der dort stand, unter dem einen Arm sein eigenes Gewehr, unter dem anderen Farnholmes Schnellfeuergewehr. Mit der selbstverständlichen Sicherheit eines Mannes, der weder Einwand noch Widerstand erwartet, nahm van Effen dem Soldaten mit energischem Griff Farnholmes Karabiner ab. Er überzeugte sich, daß das Magazin voll geladen war, stellte die Waffe auf automatisches Schnellfeuer ein und humpelte wieder dorthin, wo Vannier an der Wand stand – mit starren, aufgerissen Augen und stöhnend vor Angst.

Alle, die Japaner und die Gefangenen, starrten nur auf die Wand, auf van Effen und auf Vannier. Im gleichen Augenblick kam von draußen, von der gegenüberliegenden Seite, ein gellender Schrei, darauf eine kurze unheimliche Stille, dann ein knatternder, rauchender Flammenstrahl. Und schon prasselte Feuer am Eingang und an der Holzwand hoch, wurde in unglaublicher Geschwindigkeit zu einem züngelnden Flammenmeer. Draußen war McKinnon zu sehen, der bisher ohnmächtig im Freien gelegen hatte.

Hauptmann Yamata machte zwei Schritte auf den Eingang zu und öffnete den Mund, um ein Kommando zu brüllen – er starb mit offenem Mund, während der stählerne Hagel aus van Effens Karabiner seine Brust durchlöcherte.

Dann trafen die Kugeln andere Japaner – und unter dem Hagel der Geschosse stürzte auch Siran, der ehemalige Kapitän der ›Kerry Dancer‹, tot zu Boden. Immer noch stand van Effen mit einem Gesicht wie aus Stein.

Er schwankte, als der erste Schuß aus einem japanischen Gewehr ihn an der Schulter traf. Er strauchelte und sank auf ein Knie, als ein zweites Geschoß in seine Hüfte schlug. Doch noch immer blieb sein Gesicht völlig ausdruckslos. Sein Finger krümmte sich nur noch fester um den Abzug des Schnellfeuergewehrs.

Sie waren alle aufgesprungen – Nicolson, Walters und alle, die sich noch wehren oder zuschlagen konnten. Sie entrissen den japanischen Soldaten die Gewehre, sie schlugen wie rasend um sich in dem unheimlichen Dämmerlicht, in das der Raum durch den rötlichen Schein der Flammen und den dichten Rauch des Brandes getaucht war.

Im Untergrund seines Bewußtseins nahm Nicolson wahr, daß van Effens Schnellfeuergewehr verstummt war. Doch im nächsten Augenblick hatte er es schon wieder vergessen, weil ein Japaner ihn von hinten ansprang, den Arm um seine Kehle klammerte und ihn zu erwürgen versuchte. Vor seinen Augen war roter Nebel, in seinem Kopf hämmerte das Blut, die Kräfte verließen ihn. Es wurde langsam schwarz vor seinen Augen, als er wie aus weiter Ferne den Mann, der ihn im Würgegriff hielt, tödlich getroffen aufschreien hörte.

Im nächsten Augenblick versuchte McKinnon Nicolson hochzureißen, nach draußen zu schleppen – doch schon war es zu spät – zu spät jedenfalls für Nicolson. Der brennende Dachbalken, der von oben herabfiel, streifte ihn am Kopf und an der Schulter. Es wurde endgültig schwarz vor Nicolsons Augen...

Als er wieder zu sich kam, lag er an der Wand einer Hütte. Er nahm undeutlich wahr, daß irgendwelche Leute um ihn herumstanden, und daß Miß Plenderleith ihm mit einem Tuch Blut und Ruß aus dem Gesicht wischte. Und er sah eine riesige Flamme, die zehn oder zwölf Meter hoch senkrecht in den schwarzen Himmel stieg.

Langsam kehrte sein Bewußtsein wieder zurück. Er erhob sich schwankend und stieß Miß Plenderleith ziemlich unsanft beiseite. Es war kein Schuß mehr zu hören.

Aus der Ferne kam das Geräusch des Motors eines Lastwagens: Die Japaner, soweit sie am Leben geblieben waren, fuhren in panischer Eile davon.

»McKinnon!« schrie Nicolson. Das Prasseln der Flammen übertönte seine Stimme.

»Sind alle raus?« fragte er. »Oder ist noch jemand drinnen?... Antworten Sie doch, verdammt noch mal...!«

»Ich glaube, es sind alle draußen, Sir«, sagte der Funker Walters, der neben ihm stand. Er sagte es mit zögernder Stimme. »Von denen, die bei uns saßen, ist keiner mehr da drinnen. Das weiß ich genau, Sir!«

»Gott sei Dank!« sagte Nicolson. Und fuhr plötzlich fort: »Ist auch van Effen draußen?«

Walters zuckte die Schultern. Keiner gab Antwort.

»Haben Sie meine Frage nicht gehört?« brüllte Nicolson. »Ist van Effen draußen?«

Sein Blick fiel auf Vannier. Er war mit zwei Schritten bei ihm und rüttelte ihn wie einen Schuljungen an den Schultern:

»Ist van Effen noch da drinnen? Sie waren ihm am nächsten!«

Vannier starrte Nicolson an, verständnislos, aus vor Angst geweiteten Augen. Er öffnete den Mund, seine Lippen zuckten, aber es kam keine Antwort.

Da wußte Nicolson alles. Er ließ Vanniers Schultern los und schlug dem Vierten Offizier der untergegangenen ›Viroma‹ zweimal mit voller Wucht mitten ins Gesicht. Einmal mit der offenen Hand und einmal mit dem Handrücken. Dann packte er ihn erneut und schüttelte ihn.

»Antworten Sie, Vannier – oder ich bringe Sie um. Haben Sie van Effen absichtlich da drinnen liegen lassen?«

Vannier, auf dessen vor Angst bleichem Gesicht rote Striemen erschienen, nickte wortlos.

Nicolsons Faust krachte in Vanniers Gesicht.

»Er wollte mich umbringen... er war drauf und dran, mich zu erschießen...«, stotterte Vannier.

»Sie verdammter Idiot! Er hat doch alles nur gespielt! Und er hat Ihnen das Leben gerettet! Er hat uns allen das Leben gerettet!« brüllte Nicolson, fast irrsinnig vor Wut und Zorn.

Er gab Vannier einen Stoß, daß er taumelnd zu Boden stürzte. Er stieß die Hände, die ihn zurückhalten wollten, verächtlich beiseite. Zehn Schritte – dann sprang er durch den Flammenvorhang ins Innere des niederbrennenden Versammlungsraumes.

Die Hitze traf ihn wie ein Faustschlag. Er roch den versengten

Geruch seiner Haare. Tränen schossen in seine Augen – aber im hellen Schein der Flammen war es nicht schwer, van Effen zu sehen.

Er war an der noch unversehrten hinteren Wand zusammengesunken und hockte dort, auf den einen Ellbogen gestützt, am Boden. Sein Khakihemd und seine Drillichhose waren blutgetränkt, sein Gesicht war aschgrau. Vermutlich schon halbtot, dachte Nicolson. Und weiter: Es ist ohnehin ein Wunder, daß er hier in dieser Höllenhitze so lange am Leben bleiben konnte.

Van Effen sah Nicolson mit trübem Blick an. Nicolson beugte sich zu ihm herab und versuchte, seine Hand vom Karabiner zu lösen. Vergeblich. Die Hand war so fest um das Metall geschlossen wie ein Eisenband.

Keuchend und mit letzter Kraft nahm Nicolson, dem der Schweiß in Strömen über den erhitzten Körper lief, den Verwundeten – den Holländer van Effen, der in Wirklichkeit Oberstleutnant Alexis von Effen war – in die Arme und hob ihn mit übermenschlicher Anstrengung vom Boden auf.

Mit vier schweren, taumelnden Schritten setzte er über brennende Balken hinweg, die zwischen ihm und der Tür wie höllische Barrikaden lagen. Diese vier Schritte schienen ihm eine Ewigkeit. Wie mit glühenden Schwertern schnitt die Hitze in seine Fußsohlen, es wurde schwarz vor seinen Augen, der Raum begann sich um ihn zu drehen.

Halb im Delirium gelang ihm der Weg aus dem Flammenmeer in die kühle Nacht hinaus, die draußen über dem Dschungel lag. Er stand breitbeinig in der Dunkelheit, mit van Effen auf den Armen und sog in keuchenden Zügen die Luft tief in seine Lungen. Allmählich wurde ihm wieder klarer vor seinen Augen.

Er erkannte Walter, McKinnon und Findhorn, die ihm den Verwundeten abnehmen wollten. Doch Nicolson beachtete sie nicht. Er ging zwischen ihnen hindurch. Er trug van Effen über das Kampong in den Schutz einer Hütte. Langsam mit unendlicher Behutsamkeit, legte er den Verwundeten auf die Erde und knöpfte das durchlöcherte und blutbefleckte Hemd des Oberstleutnants auf. Van Effen griff mit schwachen Fingern nach Nicolsons Händen.

»Sie verschwenden Ihre Zeit, Mister Nicolson!« sagte er. Seine Stimme war nur ein schwaches Murmeln, vom Blut halb erstickt, kaum zu hören durch das knisternde Prasseln der Flammen.

Nicolson riß van Effens Hemd auf und zuckte entsetzt zusammen. Der Anblick war furchtbar. Er riß sich das eigene, halb versengte Hemd vom Körper, zerfetzte es in kleine Stücke, legte sie mehrfach zusammen und preßte sie auf die vielen Wunden, aus denen das Blut sickerte.

Um van Effens Mund zuckte es, als wollten die Lippen in dem bleichen, eingefallenen Gesicht des Deutschen lächeln. Seine Augen waren bereits glasig verschleiert.

»Ich habe Ihnen doch gesagt – verschwenden Sie nicht Ihre Zeit«, flüsterte van Effen. »Im Hafen von Bantuk... liegt die Barkasse... von Oberst Kiseki...«

Van Effen keuchte, mit einer matten Handbewegung bedeutete er Nicolson, sich tiefer zu ihm herabzubeugen. Mühsam fuhr er fort:

»Sie sollen davonkommen... alle... die tapferen Frauen... das Kind, ihr alle, auch ihr tapferen Männer... Ich weiß, die Barkasse hat Radio an Bord... verstehen Sie, Nicolson, Funk. Vermutlich ein weitreichendes Sendegerät. Walters kann einen Funkspruch durchgeben...«

Van Effens Stimme klang flüsternd und dennoch beschwörend. »Sofort... die Barkasse und der Funkspruch, Mister Nicolson! Sofort...«

Seine Hände ließen Nicolsons Handgelenk los und fielen schlaff herab, sie blieben – die geöffneten Handflächen nach oben – auf der festgestampften Erde des Kampongs liegen.

»Warum haben Sie das alles getan, van Effen?«

Nicolson fragte – und er mußte sich Mühe geben, nicht zu weinen. Er starrte nach unten, in das Gesicht des schwerverwundeten Mannes, und schüttelte verwirrt den Kopf: »Warum um alles in der Welt haben Sie das getan? Für uns... Ihre Feinde...«

»Das mag der Himmel wissen, Nicolson. Vielleicht weiß ich es selber nicht. Vielleicht weiß ich es aber auch?«

Er schien nachzudenken. Er atmete jetzt sehr rasch, in sehr flachen Zügen, und bekam jedesmal nur ein paar keuchende Worte zwischen zwei Atemzügen heraus.

»Krieg ist Krieg«, sagte Oberstleutnant Alexis von Effen. »Aber das hier ist eine Sache für Barbaren... Mister Nicolson... für Barbaren!«

Er hob mühsam eine Hand. »Aber wir... wir sind Menschen, Nicolson. Deswegen...«

Auf seine Lippen trat blutiger Schaum. Er begann keuchend zu husten, sein Körper bäumte sich wie in wahnsinnigen Schmerzen auf. Dann sank er wieder zurück, so lautlos und still, daß Nicolson meinte, er sei tot.

Noch einmal öffnete van Effen die Augen, hob langsam und mit unendlicher Anstrengung die Lider und sah Nicolson aus verschleierten Pupillen an.

»Ich glaube, Nicolson«, sagte er mühsam und mit einem letzten Versuche des Lächelns, »wir beide haben – eines gemeinsam... Ich glaube, wir haben beide eine Schwäche für... Gudrun Drachmann... und für... kleine Kinder...«

Nicolson starrte ihn an, dann wandte er den Kopf ab. Ein Krachen zerschnitt die Stille der Nacht. Eine Flammenwand stieg zum Himmel, so hell, daß das kleine Dorf im Dschungel bis in seine letzten Winkel erleuchtet war. Dann stürzten die letzten Wände des Versammlungshauses ein. Schnell sanken die züngelnden Flammen in sich zusammen.

Nicolson wandte den Blick von der Glut und beugte sich wieder hinab zu van Effen. Doch van Effen war bewußtlos. Und Nicolson wußte, diese Ohnmacht würde in den ewigen Schlaf hinüberwechseln.

Langsam, mühsam richtete er sich auf, blieb aber auf den Knien und starrte hinunter auf den schwerverwundeten Mann. Seine Augen schlossen sich, doch im nächsten Augenblick krallten sich Finger in die rote, verbrannte Haut seines Oberarms.

»Kommen Sie, Sir, kommen Sie! Stehen Sie auf – um Gottes willen, stehen Sie auf!«

Es war McKinnons Stimme. Nie hatte sie so verzweifelt geklungen. »Sir, sie haben sie mitgenommen! Diese gelben Teufel haben sie mitgeschleppt!«

»Was denn... wen denn?«

Nicolson begriff nicht, was McKinnon meinte. Er schüttelte seinen benommenen, schmerzenden Kopf hin und her.

»Was haben sie mitgenommen? Die Pläne... die Diamanten? Von mir aus... sollen sie...«

»Zur Hölle mit den Diamanten!« schrie McKinnon. Er schrie, wie Nicolson ihn noch nie hatte schreien hören. Er schrie nicht nur, er weinte wie ein kleines Kind. Sein Gesicht war tränenüberströmt, seine großen Hände waren zu Fäusten geballt. Er schien rasend zu sein, von Sinnen vor Wut.

»Diese gelben Teufel«, schrie er und hämmerte mit den Fäusten gegen seine Stirn. »Sie haben Gudrun mitgenommen. Ich habe gesehen, Sir, wie sie sie in den Lastwagen verfrachteten – den Kapitän, Miß Gudrun Drachmann und den armen, kleinen Jungen...«

Von niemand beachtet, ging Miß Plenderleith über den Kampong. Sie ging sehr langsam, beinahe zögernd. Die Flammen waren verzüngelt. Allmählich gewöhnten sich die Augen wieder an die Dschungelnacht. Sie sahen den Himmel, die Wipfel der Urwaldbäume, und über ihnen die Sterne.

Der einzige, der ihr nachsah, wie sie so dahinschritt, war McKinnon. Aber der Bootsmann hatte noch immer die Finger in Nicolsons Arm gepreßt. Es war gleichgültig, was Miß Plenderleith tat. Aber es war nicht gleichgültig, was mit den Geiseln geschah – mit dem Kapitän, mit Gudrun Drachmann und dem kleinen Jungen. Jede Sekunde, die sie untätig verstreichen ließen, konnte die Geiseln das Leben kosten – McKinnon hatte keine Zeit, sich um Miß Plenderleith zu kümmern.

Sie blieb dort stehen, wo van Effen lag. Sie sah die blutdurchtränkten Hemdfetzen auf seinem Körper und das eingefallene, bleiche Gesicht, das erbarmungslos schon von den Schatten des Todes gezeichnet war.

Noch vor Minuten hatte sie ihn gehaßt wie keinen anderen Menschen auf der Welt. Und wenn sie ihn hätte töten können, hätte sie es getan.

Nun aber wußte sie, daß sie sich in ihm getäuscht hatte. Wenn er jetzt starb – oder schon gestorben war, dann nur deswegen, weil er sie alle vor den Japanern und vor einem grausamen Ende bewahren wollte.

Sie beugte sich zu ihm herab und strich sein Haar aus der nassen, kalten Stirn. Und sie flüsterte: »Und grüßen Sie Foster, wenn Sie ihn treffen... drüben... Sie werden ihn bestimmt treffen...«

Die Tränen strömten über ihr eingefallenes, altes Gesicht. Wie durch einen dichten Schleier hindurch sah sie, daß van Effens Augen weit geöffnet waren, starr und verglast und gebrochen.

Ihre welken Hände glitten über seine Lider und versuchten sie zu schließen. Miß Plenderleith drückte Alexis von Effen die Augen zu.

Mühsam richtete sie sich auf. Und als sie zu den andern zurückkehrte, sagte sie:

»Er ist tot. Ehe wir abfahren, sollten wir dafür sorgen, daß er ein anständiges Grab bekommt, wie es ihm zusteht!«

Kaum fünf Minuten waren vergangen, seitdem Nicolson von McKinnon die furchtbare Mitteilung erhalten hatte, daß die Japaner auf ihrem Lastwagen den Kapitän, Gudrun Drachmann und den kleinen Jungen als Geiseln fortgeschleppt hatten.

Jenseits des Zorns liegt die Wut, die rasende, sinnlose Wut des

Berserkers. Jenseits der Wut aber liegt die Region der völligen Gleichgültigkeit. In dieser Region lebte jetzt Nicolson. Furcht und Schmerz, Gefahr und Erschöpfung hatten für ihn ihre Bedeutung verloren.

Sein Kopf war sehr klar, unnatürlich klar sogar, während er alle Möglichkeiten überdachte, wie man den Kapitän, Gudrun Drachmann und den kleinen Jungen den Japanern entreißen konnte, bevor sie das ihnen zugedachte furchtbare Schicksal treffen konnte.

In fieberhafter Eile durchdachte er den einzigen Plan, der eine Spur von Aussicht auf Erfolg und Hoffnung zu haben schien. Der Plan war einfach, selbstmörderisch einfach – und die Chancen, daß er gelingen könne, standen, wenn er es recht überdachte, zehn zu neunzig dagegen. Aber er überdachte es nicht.

Er stellte in rascher Folge ein halbes Dutzend Fragen an Telak, der sich mühsam aufrecht hielt und seine Schmerzen zu verbergen suchte. Aber man sah ihm an, wie die Bajonettstiche, die seinen Körper und sein Gesicht bedeckten, ihn schmerzten.

Dann wandte sich Nicolson an McKinnon. Und McKinnon erzählte, wie alles gekommen war. Der Brand des Versammlungshauses, die Panik unter den Japanern, und Nicolson hörte aufmerksam zu.

»Sie erinnern sich, Sir«, sagte McKinnon, »daß mich ein Japaner mit dem Kolben schlug, als wir ins Versammlungshaus getrieben wurden?«

Nicolson nickte nur.

»Ich stellte mich bewußtlos, ließ mich zu Boden fallen, unweit der Eingangstür...«

»Weiter! Schneller!«

»Kein Japaner paßte auf mich auf. Ein Bewußtloser, dachten sie, kann nicht viel anstellen.«

Nicolson starrte McKinnon an. Hörte er ihm überhaupt zu? Seine Augen schienen in eine weite Ferne gerichtet zu sein.

»Dann kam der Lastwagen, Sir. Ich klaute aus dem Lastwagen, auf den keiner aufpaßte, weil alle ins Versammlungshaus gingen, einen Benzinkanister. Außerdem versuchte ich, den Verteiler zu beschädigen. Aber ich fand ihn in der Dunkelheit und in der Eile nicht, Sir. Blieb mir also nichts weiter übrig, als die Benzinleitung lahmzulegen. Das weiche Kupfer bog sich unter meinen Händen wie Glaserkitt, Sir!«

Nicolson schien jetzt erst aufmerksam zuzuhören.

»Und – wie weit kann der Lastwagen mit der defekten Benzinleitung gekommen sein, McKinnon?«

Der Bootsmann überlegte und meinte: »Schätzungsweise eine Meile, wenn sie Glück haben, eineinhalb, mehr bestimmt nicht, Sir!«

»Nach Bantuk sind es vier Meilen...«, sagte Nicolson mehr zu sich selber.

Nicolson stützte den Kopf in die Hände. Als er ihn nach Sekunden wieder hob, war ihm alles klar.

Zehn Minuten später waren zwei Gruppen unterwegs. Die größere, unter Leitung Vanniers, hatte den Auftrag, sich auf der Fahrstraße nach Bantuk zu begeben, um sich dort, falls es ohne Lärm möglich sein sollte, der Barkasse des Obersten Kiseki zu bemächtigen.

Bevor Nicolson selber aufbrach, gab er Telak Befehl, die toten Japaner nach Waffen abzusuchen. Eine Maschinenpistole, zwei Selbstladegewehre und eine sonderbar aussehende automatische Pistole waren noch verwendungsfähig.

Telak verschwand noch einmal in seiner Hütte des Dschungeldorfes. Sekunden später kam er wieder heraus – mit zwei Sumatra-Parangs, scharf wie Rasiermesser, und zwei seltsamen, kunstvoll ziselierten Dolchen, fünfundzwanzig Zentimeter lang und von der Form einer Flamme. Er steckte die Dolche in seinen Gürtel.

Einige Minuten später war auch die zweite Gruppe unterwegs: Nicolson, McKinnon und Telak.

Die Straße nach Bantuk war keine Straße. Sie war nur ein geebneter Dschungelpfad, knapp zwei Meter breit. In vielen Windungen führte er durch Palmölplantagen, Tabakplantagen und übelriechende Sümpfe, in denen man bis zu den Knien einsank, wenn man in der heimtückischen Dunkelheit auch nur einen Fußbreit vom Weg abkam.

So schleppten sich die drei dahin: Nicolson, McKinnon und Telak...

Jeder von ihnen war verletzt, war sogar schwer verletzt. Jeder von ihnen hatte Blut verloren, am meisten von allen Telak. Kein Arzt, der etwas von seinem Fach verstand, hätte auch nur eine Sekunde gezögert, jeden der drei Männer ins Lazarett zu schicken.

Trotzdem legten Nicolson, McKinnon und Telak den Weg nach Bantuk im Laufschritt zurück. Ihre Herzen hämmerten unter der übermenschlichen Anstrengung. Ihre bleischweren Beine brannten vor Schmerzen, ihre Lungen keuchten. Der Schweiß lief ihnen in Strömen über den Körper. Doch sie liefen und hörten nicht auf zu laufen.

Telak, weil sein Vater tot im Dorf lag, ein japanisches Bajonett in der Brust.

McKinnon, weil er vor Wut rasend war und sein Herz ihn so lange in Gang halten und weiterlaufen ließ, bis er tot umfiel.

Nicolson, weil er nicht mehr bei sich, weil er außer sich war, jenseits aller Schmerzen und Qualen.

Als sie nach einer Abkürzung, über die sie Telak geführt hatte, wieder die Straße nach Bantuk kreuzten, sahen sie in der Dunkelheit, keine zwei Meter entfernt, den Lastwagen der Japaner stehen. Sie verhielten nicht einmal den Schritt; denn sie sahen auf den ersten Blick, daß er verlassen war. Die Japaner hatten ihre Gefangenen mitgenommen und den Weg nach Bantuk zu Fuß fortgesetzt.

»Wie weit ist es von hier noch bis Bantuk?« fragte Nicolson Telak.

»Hier ist genau der halbe Weg. Noch zwei Meilen.«

McKinnon fluchte vor sich hin. »Wieder meine Schuld, Sir«, sagte er. »Schätze, der Wagen würde höchstens eine Meile weit kommen mit der verbogenen Benzinleitung.«

Nicolson antwortete nicht. Er wandte sich an Telak:

»Wie lange sind nach Ihrer Meinung die Japaner schon fort?«

Telak schien nach Fußspuren zu suchen, dann schüttelte er bedauernd die Schultern.

Nicolsons Gesicht schien plötzlich eingefallen zu sein. Für Sekunden hockte er sich auf das Trittbrett des Lastwagens. Es war ihm klar, daß ihre Aussichten nun sehr viel geringer geworden waren. Er atmete tief die Nachtluft ein, straffte sich, und von einer Sekunde zur anderen schien wieder alle Hoffnungslosigkeit von ihm abgefallen zu sein.

»Weiter«, sagte er. »Und so schnell wie möglich!«

Nicolson sah Schreckensbilder vor seinen Augen, während er weiter durch den Dschungel rannte. Er sah Gewehrkolben, vielleicht sogar Bajonette, mit denen die Japaner erbarmungslos den alten, verwundeten Kapitän Findhorn vorwärtsstießen, der vor Erschöpfung taumelte. Er sah Gudrun, schwankend, stolpernd und zu Tode erschöpft; denn schon nach einer Meile war ein Kind von zweieinhalb Jahren eine kaum noch zu tragende Last. Oder war der Junge schon ausgesetzt am Rande des Dschungels, dem sicheren Tod preisgegeben?

Es war kalt geworden, die Sterne waren verschwunden. Es fing an zu regnen, als Nicolson, McKinnon und Telak den Stadtrand von Bantuk erreichten.

Bantuk war eine typisch javanische Küstenstadt. Unten am Strand die windschiefen Fischerhütten, im Schutz einer Mole

Barkassen und Fischerboote, Prahme und Doppelauslegerkanus. Hinter den Fischerhütten lagen zwei oder drei Reihen strohgedeckter Häuser. Dann begann das Laden- und Geschäftsviertel, das überleitete zu den Häusern des Villenviertels – mit schmucken, kleinen Bungalows und Villen im Kolonialstil, alle umgeben von großen, schönen Gärten.

Zu diesem Teil der Stadt führte Telak jetzt Nicolson und McKinnon. Die drei Männer liefen in unverminderter Eile durch die dunklen Straßen der Stadtmitte. Nur wenige Menschen waren noch unterwegs.

Hier und dort waren noch Kaffeestuben geöffnet. Ihre Inhaber, Chinesen in weißen Kitteln, die unter den Markisen des Eingangs standen, schauten den drei Männern schweigend und völlig gleichgültig nach.

Eine halbe Meile von der Bucht entfernt verlangsamte Telak das Tempo, fiel in vorsichtigen Schritt und winkte Nicolson und McKinnon durch ein Zeichen in die schützende Dunkelheit einer Hecke. Die Schotterstraße, an deren Rand sie standen, war eine Sackgasse, die etwa fünfzig Meter weiter an einer hohen Mauer endete.

In der Mitte der Mauer öffnete sich ein überdachtes Tor, das von zwei elektrischen Lampen hell beleuchtet wurde. Unter seinem Bogen standen zwei Männer. Sie rauchten und unterhielten sich. Selbst auf diese Entfernung waren die graugrünen Uniformen und die Mützen der japanischen Armee unverkennbar.

Hinter dem Tor konnte Nicolson die Auffahrt sehen, die zu dem höher gelegenen Haus hinaufführte. Vor dem Haus schimmerte im Licht der Lampen eine Veranda mit weißen Säulen. Zwei große Fenster waren hell erleuchtet.

Nicolson wandte sich keuchend an Telak.

»Das Haus des Obersten Kiseki?« fragte er.

»Ja, das ist es. Das größte Haus in Bantuk.«

Auch Telak sprach, wie Nicolson, stoßweise, unterbrochen von kurzen, heftigen Atemzügen. Nicolson wischte sich den Schweiß von der Stirn, von der Brust und den Armen. Dann rieb er seine Handflächen trocken.

»Und diese Straße hier müßten sie kommen – mit den Gefangenen – mit dem Kapitän, mit Gudrun und dem kleinen Jungen?«

»Es gibt keinen anderen Weg«, sagte Telak. »Hier müssen sie entlangkommen... falls sie nicht schon gekommen sind...«

Noch einmal wiederholte Telak flüsternd:

»Sie müssen hier entlangkommen... falls sie nicht schon gekommen sind!«

»Ja«, sagte Nicolson, »falls sie nicht schon gekommen sind.«

Zum erstenmal schien er mutlos zu werden, ohne Hoffnung und voller Angst. Doch diese Entmutigung dauerte nur wenige Sekunden. Dann waren keine ängstlichen Gedanken mehr da, sondern nur der Plan, den er mit kalter Entschlossenheit durchführen wollte. Nicolson machte eine gleichgültige Handbewegung und sagte leise:

»Sollten sie wirklich schon vor uns dagewesen sein, dann ist es ohnehin zu spät. Wenn nicht, so haben wir noch ein paar Minuten Zeit. Es ist besser, wir verschnaufen noch eine Weile – wir werden den Atem brauchen für das, was wir vorhaben. Wie fühlen Sie sich, Bootsmann?«

»Es juckt mir in den Händen, Sir«, sagte McKinnon. Er sah zum erleuchteten Haus am Ende der Auffahrt hinauf: »Kommen Sie, gehen wir hinein!«

»Gleich, Bootsmann«, antwortete Nicolson. Seine Augen zogen sich zusammen, dann drehte er sich zu Telak um und fragte: »Sehe ich recht – die Mauer ist mit eisernen Spitzen gesichert?«

»Leider. Die Eisenspitzen wären nicht schlimm, Sir. Aber sie sind elektrisch geladen.«

»So bleibt also nur der Weg durchs Tor, wenn wir in Kisekis Villa kommen wollen?« fragte Nicolson gelassen und, wie es schien, sehr ruhig.

»Ja – und auch nur durch das Tor wieder hinaus, wenn wir noch am Leben sind«, sagte Telak.

»Klarer Fall. Völlig klarer Fall...«

Die nächsten zwei Minuten sprach keiner der drei Männer im Schatten der Gebüsche ein Wort. Nur ihr keuchender Atem war zu hören, der allmählich wieder ruhiger und gleichmäßiger wurde.

Dann rieb Nicolson mit den Händen über die angesengten Reste seiner Drillichhose, um das letzte bißchen Feuchtigkeit von seinen Handflächen zu wischen und sagte zu Telak:

»Erinnern Sie sich, daß wir vorhin an einer hohen Mauer vorbeikamen?«

»Ja, etwa zwanzig Schritte weiter unten.«

»Mit Bäumen dahinter, die dicht an der Mauer stehen?«

»Stimmt«, nickte Telak.

»Ich schlage vor, daß wir dorthin zurückgehen.«

Und schon machte Nicolson kehrt und ging vorsichtig, mit unhörbaren Schritten, im Schutz der Hecke zu der hohen Mauer mit den Bäumen zurück.

Sekunden später lag Nicolson vor der hohen Mauer am Boden. Von McKinnon und Telak war nichts zu sehen, unsichtbar lauerten sie im Schatten der Nacht, kaum daß sie atmeten. Nicolson begann zu stöhnen, zuerst leise, dann lauter und schmerzverzerrter.

Der eine der beiden Posten am Portal zur Villa Kisekis spähte ängstlich die Straße hinunter. Als das Stöhnen noch lauter zu ihm drang, wurde auch der zweite Posten aufmerksam.

Die beiden sahen einander an, redeten hastig und schnell miteinander, zögerten einen Augenblick unschlüssig und kamen dann im Laufschritt die Straße herunter. Einer der Posten leuchtete mit der Taschenlampe die Gegend ab.

Nicolson stöhnte noch heftiger und wälzte sich auf die andere Seite, so daß er den näher kommenden Posten den Rücken zukehrte. Es war besser, wenn sie nicht sofort sahen, daß hier ein Europäer lag. Im schwankenden Licht der Taschenlampen sah Nicolson Bajonette blitzen.

Die beiden Posten machten halt und bückten sich über die Gestalt, die am Boden lag. Und sie starben beide in gebückter Haltung und fast zur gleichen Sekunde. Der eine mit einem flammenförmigen Dolch im Rücken. Telak hatte ihn, oben von der Mauer springend, bis ans Heft in den Körper des Japaners gestoßen. Der andere starb unter McKinnons kräftigen Händen, die seinen Hals mit eisernem Griff umschlossen hielten.

Schon stand Nicolson auf den Beinen. Der Trick, den er sich ausgedacht hatte, war erfolgreich gewesen. Er starrte die beiden toten Soldaten an.

»Zu klein«, murmelte er, »viel zu klein! Ich dachte, die Uniformen könnten uns passen, ich hoffte, wir könnten uns verkleiden...«

Verbittert stand er da, doch nur einen Augenblick. Es war keine Zeit mehr zu verlieren.

»Weg mit den Toten – über die Mauer mit ihnen!« befahl er.

Geräuschlos gingen Telak und McKinnon ans Werk. Dann war die Straße leer, nirgendwo eine verräterische Spur dessen, was geschehen war. Nur die Bäume rauschten leise im Nachtwind. Und aus den Fenstern der Villa oben am Hang über der Straße flutete grelles Licht.

Sekunden später schritten Nicolson, McKinnon und Telak durch das jetzt unbewachte Tor. Keiner war da, der sie aufgehalten hätte. Im nächsten Augenblick befanden sie sich innerhalb des stark gesicherten Grundstücks.

Sie huschten nicht die Auffahrtstraße hinauf, sondern hielten sich im Schatten der kleinen Bäume, die in unregelmäßigen Abständen auf den Wiesenhang gepflanzt waren, der sich vom Portal zur Villa hinaufzog. Diese Rasenfläche lag fast im Schatten. Geräuschlos glitten die drei Männer über das Gras, aus der Deckung des einen Baumes bis zum nächsten. Im Schutz eines Gebüsches dicht vor der Villa kauerten sie sich nieder.

Nicolson beugte sich vor und berührte mit dem Mund fast Telaks Ohr, als er den Indonesier fragte:
»Schon mal hier gewesen?«
»Noch nie«, flüsterte Telak ebenso leise.
»Ob es noch andere Türen gibt?«
»Ich weiß es nicht.«
»Ob diese großen Fenster mit einer Alarmeinrichtung gesichert sind?«
»Vielleicht. Vielleicht auch nicht.«
Nicolson schien eine Weile zu überlegen. Dann entschied er.
»Bleibt also doch nur der Haupteingang. Daß Besucher wie wir durch den Haupteingang kommen, dürfte für die Herrschaften da drinnen eine ziemliche Überraschung bedeuten. Und diese Überraschung ist unsere Chance – wenn wir überhaupt eine haben.«

Telak nickte, und auch McKinnon nickte. Sie hatten gehört, was Nicolson gesagt hatte.

Nicolson griff an seinen Gürtel, holte den Parang heraus, den Telak ihm gegeben hatte, und richtete sich aus seiner knienden Stellung langsam auf, Zentimeter um Zentimeter, beinahe im Zeitlupentempo.

»Leise... kein Geräusch! Und drinnen: schnell, sauber und ohne Lärm...«

Nicolson stand auf. Doch nach einem halben Schritt sank er wieder auf die Knie. Er spürte einen heftigen Schmerz in seinem verbrannten Oberarm, er spürte eine kräftige Hand, die ihn zu Boden zwang. Er biß die Lippen zusammen, um vor Schmerz nicht laut aufzuschreien. Er drehte nur den Kopf zur Seite, halb nach oben. Neben ihm stand, unbeweglich wie eine Statue, McKinnon.

»Was ist?« flüsterte Nicolson.
»Da kommt jemand«, hauchte McKinnon in Nicolsons Ohr. »Sie haben wahrscheinlich auch vor dem Haus Posten stehen.«

Nicolson lauschte und schüttelte dann den Kopf.

»Ich kann nichts hören!«

Trotzdem zweifelte er nicht daran, daß der Bootsmann sich nicht getäuscht hatte. McKinnons Ohren waren genauso scharf wie seine Augen.

»Auf dem Rasen!« murmelte McKinnon. Und nach einer Weile flüsterte er: »Er kommt näher, direkt auf uns zu. Ich schnappe mir den Burschen.«

»Lassen Sie ihn!« Nicolson schüttelte energisch den Kopf. »Ich fürchte, es macht zuviel Lärm!«

»Ich muß ihn schnappen, Sir. Er wird uns hören, wenn wir über den Kies zur Villa gehen!«

McKinnons Stimme war noch leiser geworden. Nicolson lauschte in die Dunkelheit. Nun hörte auch er, wie jemand näher kam. Er hörte das leise Geräusch von Füßen, die vorsichtig durch das nasse Gras glitten.

»Es wird nichts zu hören sein, Sir, wenn ich ihn mir schnappe«, sagte McKinnon.

Diesmal nickte Nicolson.

Der Mann war nun deutlich zu sehen, er stand auf ihrer Höhe, nur auf der anderen Seite des Gebüsches. Sekunden später kam er knapp einen Meter von ihnen entfernt vorbei, drehte sich um und starrte auf die beiden hell erleuchteten Fenster der Villa. Hinter ihnen war das gedämpfte Geräusch vieler Stimmen zu hören.

Lautlos wie ein Geist erhob sich McKinnon, und schon schlossen sich seine Hände mit eisernem Griff um den Hals des Mannes. Es war nicht das leiseste Geräusch zu hören. Nicolson schauderte unwillkürlich. Wie lange man doch mit einem Mann zusammenleben konnte, dachte er, ohne ihn wirklich zu kennen. Und mit McKinnon lebte er über drei Jahre zusammen.

Sie ließen den Mann hinter dem Gebüsch liegen und überquerten ohne jede Hast den kiesbestreuten Vorplatz. Sie stiegen die Stufen hinauf und gingen, von niemand behindert, durch die weitgeöffnete Doppeltür des Haupteingangs hinein in die Villa, die Residenz des japanischen Oberst Kiseki.

Was hatte Telak von ihm gesagt? Nicolson erinnerte sich:

»Er ist kein Mensch – er ist nicht einmal ein Unmensch. Er ist viel schlimmer: Kiseki ist eine Dschungelbestie!«

Sie kamen in eine große Halle. Ein Kronleuchter in der Mitte verbreitete mattes Licht. An beiden Seiten führten Treppen nach oben. Am Anfang der Treppen waren rechts und links zwei Flügeltüren, und zwischen ihnen, an der hinteren Wand, eine dritte, einfache Tür. Die seitlichen Flügeltüren waren geschlossen, die Tür im Hintergrund stand offen.

Nicolson bedeutete McKinnon und Telak durch ein Zeichen, zu beiden Seiten der rechten Flügeltür Aufstellung zu nehmen. Er selbst ging auf unhörbaren Sohlen quer durch die Halle zu der offenstehenden Tür im Hintergrund.

Er drückte sich flach gegen die Wand, reckte den Kopf lauschend vor und richtete den Blick auf die geöffnete Tür. Zunächst hörte er nichts, dann vernahm er aus der Ferne das schwache Geräusch leiser Stimmen und gelegentlich das Klirren von Geschirr.

Nicolson schob sich geräuschlos vor und warf einen schnellen Blick durch die Tür. Er sah in einen schwach beleuchteten Gang, mit Türen zu beiden Seiten. Es war niemand zu sehen.

Nicolson trat rasch einen Schritt in den Gang, faßte mit der Hand hinten an die Tür, fand einen Schlüssel, zog ihn heraus, machte die Tür leise zu und schloß sie ab.

Unhörbar wie vorher ging er in die Halle zurück. Nicolson flüsterte Telak etwas zu und wartete, bis der Indonesier sich lautlos entfernt und hinter der Tür rechts verborgen hatte.

Nicolson hielt einen Augenblick das Ohr lauschend an den Spalt der rechten Flügeltür, dann drückte er mit dem Zeigefinger sacht dagegen. Die beiden Türflügel gaben millimeterweise nach. Nicolson nickte zufrieden und gab McKinnon ein Zeichen. Die beiden Männer brachten ihre Waffen in Anschlag und hielten sie so, daß die Mündungen in halber Höhe nach vorn zeigten. Dann stießen Nicolson und McKinnon die beiden Flügeltüren mit einem schnellen Fußtritt weit auf und standen gleichzeitig im Raum.

Er glich einer Halle, mit holzgetäfelten Wänden und breiten Fenstern, vor denen Moskitovorhänge hingen. Zwischen den beiden Türen an der linken Wand stand eine lange Anrichte aus Eichenholz.

In der Mitte der Halle sahen Nicolson und McKinnon eine hufeisenförmige Festtafel mit vierzehn Stühlen, auf denen vierzehn Männer saßen.

Einige dieser vierzehn Männer redeten weiter, lachten oder tranken aus den hohen Gläsern, die sie in der Hand hielten, ohne das Auftauchen der beiden Eindringlinge mit ihren Waffen im Anschlag zu bemerken. Erst als die anderen stumm wurden, ließen sie die Hände mit den Gläsern langsam sinken. Sekunden später waren alle verstummt, sie starrten zur Tür und saßen regungslos.

Wer Oberst Kiseki sein mußte, war Nicolson und McKinnon auf den ersten Blick klar. Er saß in einem reichverzierten Sessel mit hoher Lehne am Kopfende der Tafel – ein untersetzter Mann von gewaltiger Leibesfülle. Der Hals quoll wulstig über den engen Kragen der Uniform. Die kleinen Schweinsaugen verschwanden beinahe hinter spreckigen Falten. Sein kurzes Haar war an den Schläfen grau. Das Gesicht des Oberst Kiseki war vom Alkohol gerötet. Auf dem Tisch vor ihm stand eine Batterie geleerter Flaschen.

Als Nicolson und McKinnon den Raum betreten hatten, hatte er schallend gelacht. Nun saß er wie lauernd in seinem Sessel, leicht vorgebeugt, die Hände umklammerten krampfhaft die Armlehnen. Sein schallendes Lachen war langsam zu starrer Fassungslosigkeit zerronnen.

Niemand sprach. Niemand bewegte sich. Langsam, vorsichtig rückten Nicolson und McKinnon zu beiden Seiten der Tafel vor, Nicolson links und McKinnon rechts an der Wand. Mit ihren Augen verfolgten die vierzehn jede Bewegung der beiden Männer mit den schußbereiten Waffen.

Als Nicolson auf seiner Seite die Mitte der Tafel erreicht hatte, blieb er stehen. Er überzeugte sich, daß McKinnon alle Männer scharf im Auge hielt. Schnell drehte er sich um und öffnete die erste Tür links, spähte in den angrenzenden Raum und – hörte eine Bewegung.

Die Türklinke hatte in Nicolsons Hand kaum Klick gemacht, da griff ein Offizier, der mit dem Rücken zu Nicolson saß und dessen Hand McKinnon von seinem Platz aus nicht sehen konnte, an seine Hüfte.

Und schon hielt er in der Hand einen Revolver, als ihn Nicolson – wie durch ein Wunder auf das kleine Geräusch aufmerksam geworden – mit dem Kolben seines Karabiners mit voller Wucht knapp hinter dem rechten Ohr traf.

Der Revolver fiel auf den Fußboden, der Schuß, der sich löste, traf niemand. Der Offizier schlug schwer vornüber auf den Tisch, streifte eine volle Weinflasche und blieb bewegungslos liegen. Glucksend lief der Wein aus der Flasche, bis sie leer war.

Dreizehn Augenpaare starrten – wie hypnotisiert – auf den blutroten Fleck, der sich vom Ohr des Offiziers her weiter und weiter auf dem schneeweißen Tischtuch ausbreitete. Und noch immer hatte niemand ein einziges Wort gesprochen.

Nicolson drehte sich nun wieder zu der halb offenen Tür, sah, daß hinter ihr ein langer Gang lag, leer, ohne Spur eines Menschen. Er zog die Tür zu und schloß sie ab. Hinter der zweiten Tür, die er ebenfalls schnell öffnete, befand sich eine kleine Garderobe, knapp zwei Meter breit und zwei Meter tief – ohne Fenster. Die Tür der Garderobe ließ Nicolson geöffnet – warum, wußte er selber nicht. Es geschah mehr aus einem unbewußten Gefühl heraus.

Nicolson ging zur Festtafel zurück. Er durchsuchte die Männer, die an seiner Seite saßen, nach Waffen. McKinnon stand auf der anderen Seite unbeweglich – nur der Lauf der Maschinenpistole folgte jeder Bewegung Nicolsons.

McKinnon tat dasselbe auf seiner Seite, während Nicolson ihm mit seinem automatischen Karabiner Feuerschutz gab.

Das Ergebnis der Durchsuchung war überraschend gering – ein paar Dolche und drei Revolver waren den japanischen Offizieren abgenommen worden. Sie schienen sich in Oberst Kisekis Villa sehr sicher zu fühlen.

Langsam ging Nicolson ans Kopfende der hufeisenförmigen Tafel. Er richtete den Blick auf den korpulenten Mann, der in der Mitte saß, und fragte:

»Sie sind Oberst Kiseki?«

Der Oberst nickte nur, sagte aber nichts. Sein Gesicht war völlig gleichgültig, er zeigte keinerlei Regung, weder Angst noch Wut noch Fatalismus. Nur die kleinen Augen in diesem fleischigen Gesicht gingen wachsam hin und her, her und hin.

Ein gefährlicher Mann, mußte Nicolson denken. Ihn zu unterschätzen, kann im Bruchteil einer Sekunde das Leben kosten.

Nicolson stand dicht vor Kiseki und gab ihm einen Befehl: »Sagen Sie den Männern, daß sie alle die Hände auf den Tisch legen – mit der Handfläche nach oben... und daß die Hände so auf dem Tisch liegenbleiben müssen!«

»Ich denke nicht daran.«

Oberst Kiseki verschränkte die Arme und lehnte sich lässig in seinem Sessel zurück, ganz, als sei es nach wie vor nur er, der hier zu befehlen habe. Er musterte Nicolson verächtlich und fuhr dann fort: »Warum sollte ich...«

Aber er konnte nicht weiterreden. Er brach mitten im Satz ab und schnappte nach Luft, als die Mündung des Karabiners sich tief in die Speckfalten seines starken Halses bohrte.

»Ich zähle bis drei«, sagte Nicolson mit gleichgültiger und eiskalter Stimme. Dabei war ihm durchaus nicht gleichgültig und eiskalt zumute.

»Eins – zwei –«

»Halt!«

Kiseki schrie es, lehnte sich nach vorn, dem Druck der Gewehrmündung ausweichend, und begann hastig zu reden. Er redete japanisch. Im nächsten Augenblick kamen rund um die hufeisenförmige Tafel die Hände auf den Tisch, mit den geöffneten Handflächen nach oben, wie Nicolson es angeordnet hatte.

»Sie wissen, wer wir sind?« fuhr Nicolson nach einer Weile fort.
»Ich weiß, wer Sie sind!«

Kiseki antwortete englisch. Sein Englisch war langsam und mühsam, aber man konnte es gerade noch verstehen.

»Von dem englischen Tanker ›Viroma‹ sind Sie«, sagte Oberst Kiseki. »Aber Sie sind Narren, komplette Narren. Was für eine Hoffnung machen Sie sich? Auch wenn Sie uns alle umlegen, wie wir hier um den Tisch sitzen, glauben Sie denn, Sie werden jemals Bantuk lebend verlassen? Ich kann Ihnen nur raten, auf der Stelle zu kapitulieren. In diesem Falle verspreche ich Ihnen...«

»Schweigen Sie!« befahl Nicolson barsch.

Er deutete mit einem Kopfnicken auf die beiden Männer, die rechts und links von Kiseki saßen: der eine ein japanischer Offizier, der andere ein Indonesier mit einem dunklen, fülligen Gesicht und einem gutsitzenden schwarzen Anzug.

»Wer sind diese beiden?«

»Mein Adjutant und der Bürgermeister dieser Stadt Bantuk.«

»Ach, sieh mal an, der Bürgermeister von Bantuk!« Nicolson musterte den Mann lange und sagte dann zu ihm: »Sieht so aus, als lebten Sie als Kollaborateur nicht schlecht.«

»Ich weiß nicht, wovon Sie reden«, sagte der Bürgermeister verächtlich.

Kiseki sah Nicolson aus Augen an, die zu schmalen Schlitzen zusammengekniffen waren. »Der Bürgermeister ist ein...«

»Mann, halten Sie den Mund!« sagte Nicolson barsch. »Natürlich brauchen Sie solche Kreaturen.«

Er ließ den Blick rasch über die Tafelrunde schweifen – zwei oder drei japanische Offiziere, ein halbes Dutzend Chinesen, ein Araber und ein paar Javaner. Dann wandte er sich wieder an den Oberst:

»Sie, Ihr Adjutant und der Bürgermeister bleiben hier. Alle anderen in die Garderobe dort!«

Im gleichen Augenblick rief McKinnon vom Fenster her leise zu Nicolson:

»Sie kommen, Sir. Sie kommen eben mit den Gefangenen die Auffahrt herauf!«

»Los, schnell – in die Garderobe!« wiederholte Nicolson und stieß Kiseki erneut den Lauf des Karabiners in den Hals. »Sagen Sie den Leuten, sie sollen sofort in der Garderobe verschwinden – sofort!«

Er wußte, daß es jetzt auf Sekunden ankam.

»Aber – da ist keine Luft... da ist es viel zu eng...«, sagte Kiseki und versuchte wieder zu protestieren.

»Wenn Ihre Gäste es vorziehen, hier zu sterben – bitte!« Nicolson lehnte sich mit noch mehr Gewicht gegen seinen Karabiner, und sein Zeigefinger krümmte sich fester um den Abzug.

»Aber Sie werden als erster sterben, Kiseki!«

Die Drohung wirkte Wunder. Dreißig Sekunden später war der Raum still und fast leer. Nur Kiseki, sein Adjutant und der Bürgermeister von Bantuk saßen verloren am Kopfende der gestörten Festtafel.

Die elf übrigen Gäste des Oberst Kiseki aber befanden sich, eng zusammengepfercht, in der winzigen Garderobe. Nicolson hatte die Tür von außen abgeschlossen und den Schlüssel in die Tasche gesteckt.

Er stellte sich so, daß er die Flügeltür im Auge behalten konnte, durch die die Japaner mit den Gefangenen jeden Augenblick hereinkommen mußten. Außerdem stand er aber auch so, daß der Lauf seines Karabiners, den er in den Händen hielt, auf die Brust Kisekis gerichtet war. Aber man sah ihn nicht, weil er hinter der einen offenstehenden Flügeltür stand. McKinnon hatte sich flach auf den Fußboden geworfen.

Wer von draußen kam, sah also nur den Oberst, seinen Adjutanten und den Bürgermeister von Bantuk.

Nicolson sagte dem Oberst, was er in den kommenden Minuten zu tun habe, wenn ihm sein Leben lieb sei. Der Oberst hatte den Befehl und die Drohung deutlich genug verstanden. Und er war alt genug, um zu wissen, daß Nicolson ihn wie einen Hund über den Haufen schießen würde, wenn er den geringsten Verdacht schöpfte. Und Kiseki war kein Idiot. Er hatte die Absicht, sich genau an Nicolsons Befehle zu halten.

Zuerst hörte Nicolson das Weinen des kleinen Jungen, ein müdes, verzagtes Wimmern. Die Schritte der Soldaten knirschten draußen auf dem Kies und kamen näher.

Dann hatten die Soldaten die Halle durchquert, machten vor der Tür halt und setzten sich auf ein lautes Kommando von Oberst Kiseki hin wieder in Bewegung. Im nächsten Augenblick standen sechs Japaner im Raum, vor ihnen die Gefangenen.

Als erster kam Kapitän Findhorn. Zwei Soldaten hatten ihn rechts und links unter den Armen gefaßt. Seine Beine versagten den Dienst, sein Gesicht war aschfahl und völlig verzerrt vor

Schmerzen. Er atmete rasch und röchelnd, er war am Ende seiner Kräfte.

Die Soldaten blieben stehen und ließen seine Arme los. Findhorn schwankte, einmal nach vorn, einmal nach hinten, seine blutunterlaufenen Augen verdrehten sich. Im nächsten Augenblick fiel er zusammen und stürzte bewußtlos zu Boden.

Hinter dem Kapitän stand Gudrun Drachmann. Sie hatte Peter, den kleinen Jungen, auf dem Arm. Ihr schwarzes Haar fiel in wirren Strähnen in ihr Gesicht, die Bluse war aufgerissen und hing in Fetzen über den Rücken herunter. Und ihre glatte Haut war wie mit Pocken übersät von blutigen Stellen. Der Soldat, der hinter ihr stand, drückte ihr auch jetzt die Spitze seines Bajonetts zwischen die Schulterblätter.

Nicolson mußte sich beherrschen, um nicht hinter der Tür hervorzuspringen und sein ganzes Magazin auf den Mann, der mit dem Bajonett hinter Gudrun stand, abzufeuern.

Er sah, wie Gudrun schwankte, wie ihre Beine vor Erschöpfung zitterten – er spürte, daß sie sich nur mit letzter Kraft aufrecht hielt.

Plötzlich gab Oberst Kiseki mit bellender Stimme einen Befehl. Die Soldaten starrten ihn an und begriffen nicht. Er wiederholte seinen Befehl fast augenblicklich und schlug dabei mit der flachen Hand heftig auf den Tisch.

Vier Soldaten ließen die Waffen, die sie in den Händen hielten, sofort zu Boden fallen.

Der fünfte runzelte die Stirn, als traue er seinen Ohren nicht, richtete den Blick auf seine Kameraden, sah, daß ihre Waffen auf dem Boden lagen, und öffnete ebenfalls langsam die Hand, die den Karabiner hielt.

Nur der sechste Japaner, der das Bajonett in Gudruns Rücken hielt, begriff auf den ersten Blick, daß hier etwas ganz und gar nicht in Ordnung war. Er duckte sich, sah sich aufgeregt um – und fiel schon wie ein gefällter Baum zu Boden, als Telak, der unhörbar aus der Halle hereingekommen war, den Kolben seines Gewehrs auf seinen Kopf heruntersausen ließ.

Im nächsten Augenblick tauchten auch Nicolson und McKinnon aus ihrem Versteck auf und standen im Raum. Telak trieb die fünf japanischen Soldaten in eine Ecke, McKinnon stieß mit dem Fuß die Flügeltür zu und hielt die drei Männer am Tisch wachsam mit seiner Waffe in Schach.

12

Nicolson sagte kein Wort. Langsam ging er auf Gudrun zu, die den Jungen auf den Armen hielt. Er legte die Hände auf ihre Schultern. Und dann vergrub Gudrun ihr Gesicht an seiner Brust. Als sie den Kopf wieder hob, waren ihre blauen Augen verschleiert von Tränen.

McKinnon sah von Zeit zu Zeit zu ihnen hin, über beide Backen grinsend, aber der Lauf seiner Maschinenpistole blieb unbeweglich auf Oberst Kiseki, seinen Adjutanten und den Bürgermeister von Bantuk gerichtet.

»Oh, Johnny«, stammelte Gudrun, »wie um alles in der Welt... ich verstehe nichts... wie kommst du hierher... wie...«

»Wahrscheinlich Privatflugzeug«, sagte Nicolson mit einer lässigen Handbewegung. »War ganz einfach. Nicht wahr, Bootsmann?«

»Ganz einfach, Sir«, sagte McKinnon, aber sein Gesicht war wieder ernst geworden.

»McKinnon, binden Sie unsere drei Freunde da am Kopfende der Tafel. Aber nur die Hände. Und die – fest auf den Rücken!« sagte Nicolson.

»Uns binden?«

Oberst Kiseki beugte sich vor und umklammerte mit den Händen die Tischkante. »Ich sehe keine Notwendigkeit... ich... protestiere...«

Nicolson sagte wie beiläufig zu McKinnon: »Wenn Sie mit den dreien da Schwierigkeiten haben, dann knallen Sie sie nieder, sie sind für uns jetzt nicht mehr wichtig, und auch der Oberst hat seine Schuldigkeit getan.«

Er sagte es absichtlich; denn der wichtigste Dienst, den Kiseki ihnen zu leisten hatte, stand erst noch bevor.

»Zu Befehl, Sir«, antwortete McKinnon.

Er riß einige der Moskitovorhänge von den Fenstern. Wenn man sie zusammendrehte, ergaben sie ausgezeichnete Fesseln. Er machte sich an die Arbeit.

Nicolson stieß mit der Fußspitze gegen den Koffer, den einer der Soldaten mitgebracht hatte. Dann öffnete er ihn und sah hinein.

»Die Pläne und die Diamanten... Ich hoffe, Oberst, Sie haben Ihr Herz nicht an die Diamanten gehängt?«

Kiseki starrte Nicolson mit ausdrucksloser Miene an. Gudrun Drachmann schnappte nach Luft:

»Also – das ist Oberst Kiseki!«

Sie sah ihn lange an und erschauerte. »Hauptmann Yamata hat nicht übertrieben«, sagte sie zu Nicolson.

»Was ist mit Hauptmann Yamata?« fragte Kiseki. Seine Augen, die schon normalerweise hinter den Speckfalten kaum zu sehen waren, waren jetzt völlig verschwunden.

»Hauptmann Yamata ist bei seinen Ahnen«, sagte Nicolson trocken. »Van Effen hat ihn in beinahe zwei Teile geschossen!«

»Sie lügen!« schrie der gefesselte Kiseki. »Sie lügen. Van Effen war unser Freund... ein sehr guter, der beste Freund...«

»War – ist richtig«, sagte Nicolson. »Aber er blieb es nicht. Fragen Sie Ihre eigenen Leute – später. Jetzt eine andere Frage, die viel wichtiger ist: Sie müssen hier im Haus ein Funkgerät haben, Oberst Kiseki. Wo ist es?«

Zum erstenmal öffneten sich Kisekis Lippen zu einem Lächeln, und man konnte die Goldplomben seiner Zähne sehen.

»Ich muß Sie leider enttäuschen, Mister... hm –«

»Nicolson. Aber der Name spielt keine Rolle. Ich habe nach dem Funkgerät gefragt, Oberst Kiseki!«

Kiseki zeigte mit dem Kopf – seine Hände waren längst von McKinnon auf den Rücken gebunden worden – auf die lange Anrichte.

»Ich sprach nicht von einem Rundfunkapparat, Oberst!« sagte Nicolson ungewöhnlich laut und scharf. »Ich sprach von Ihrem Sendegerät.« Er lächelte und fuhr fort: »Ich nehme nicht an, daß Sie bei der Übermittlung von Nachrichten auf Brieftauben angewiesen sind.«

»Englischer Humor. Haha... wirklich sehr witzig«, sagte Kiseki und lachte. »Natürlich haben wir ein Sendegerät, Mister – hm – Nicolson. In der Kaserne...«

»Wo ist die Kaserne?«

»Am anderen Ende der Stadt. Eine Meile von hier entfernt – mindestens eine Meile.«

Nicolson rieb sich mit dem Zeigefinger über seine Bartstoppeln und richtete den Blick wieder auf Kiseki.

»Sie können schwören, daß nur in der Kaserne ein Sendegerät ist, Oberst Kiseki?«

»Ich kann es, Mister – hm – Nicolson.«

Nicolson schien eine Weile zu überlegen. Er sah McKinnon zu, der inzwischen den Adjutanten gefesselt hatte und auch den Bürgermeister. Dessen dunkle Augen waren voller Angst.

»Ich nehme an«, sagte Nicolson, »der Bürgermeister ist ein guter Freund von Ihnen, Oberst Kiseki?«

Kiseki räusperte sich und begann großspurig: »In meiner Eigenschaft als Kommandeur der Garnison habe ich begreiflicherweise ein Interesse...«

»Ersparen Sie mir den Rest«, sagte Nicolson. »Ich vermute, daß seine Amtsgeschäfte ihn ziemlich oft hierher führen.«

Nicolson sagte es und musterte den Bürgermeister ziemlich verächtlich. Kiseki fiel auf Nicolsons Frage herein.

»Ihn hierher führen?« fragte er. »Aber – Mister Nicolson – es ist genau umgekehrt: Dies hier ist das Haus des Bürgermeisters, ich bin nur sein Gast!«

»Ach – wirklich?«

Nicolson sah den Bürgermeister an. Er überlegte.

»Sprechen Sie vielleicht ein paar Worte Englisch, Herr Bürgermeister?« fragte er.

»Ich – ich spreche Englisch fließend, Mister«, sagte der Bürgermeister. Die Angst auf seinem Gesicht wich für einen Augenblick einem Ausdruck des Stolzes.

»Na, großartig«, meinte Nicolson trocken. »Wie wäre es dann, wenn wir ein wenig Englisch miteinander sprechen würden?«

Nicolson senkte seine Stimme und fuhr härter und fast in befehlendem Ton fort:

»Wo in diesem Haus befindet sich das Sendegerät des Oberst Kiseki, Herr Bürgermeister?«

Kiseki fuhr herum, hochrot im Gesicht, wütend, daß Nicolson ihn hereingelegt hatte. Er sah den Bürgermeister an.

»Ich werde nichts sagen!«

Die Lippen des Bürgermeisters zuckten und bewegten sich vor Angst auch dann, wenn er nicht sprach.

»Sie werden mich nicht zum Sprechen bringen«, sagte er stokkend.

Nicolson warf McKinnon einen Blick zu und sagte: »Bootsmann, verdrehen Sie ihm den Arm ein bißchen, ja? Nicht zu viel, wenn ich bitten darf!«

McKinnon tat es. Der Bürgermeister schrie auf, mehr aus Angst vor dem Schmerz als von dem Schmerz selbst. McKinnon lockerte den Griff. »Nun?« fragte Nicolson.

»Ich weiß nicht, wovon Sie reden«, stammelte der Bürgermeister.

Diesmal brauchte McKinnon nicht erst auf den Befehl zu warten. Der Bootsmann zog dem Bürgermeister von sich aus den rechten Arm nach oben, bis der Handrücken flach auf dem Schulterblatt lag.

»Vielleicht oben im Haus?« fragte Nicolson wie beiläufig.
»Ja, oben«, sagte der Bürgermeister, schluckend vor Schmerz und Angst. »Oh, mein Arm... oben auf dem Dach... oh, Sie haben mir den Arm gebrochen...«
»Es ist gut, McKinnon«, sagte Nicolson. Er wandte sich zu Oberst Kiseki:
»Los, Oberst, zeigen Sie mir den Weg!«
»Diese Sache mag mein tapferer Freund zu Ende führen«, antwortete Kiseki wütend und verächtlich. »Er kann Ihnen ja zeigen, wo das Gerät steht.«
»Ich zweifle nicht daran, Oberst Kiseki«, sagte Nicolson. »Ich ziehe es aber vor, mit Ihnen zu gehen. Ich habe es außerdem sehr eilig, Oberst. Los, kommen Sie!«
Nicolson nahm seinen Karabiner in die linke Hand, zog mit der rechten einen der Revolver aus seinem Gürtel und entsicherte ihn.
»Sie sind die beste Lebensversicherung, Oberst. Also, los...«
Sie verschwanden nach oben. McKinnon hielt die anderen in Schach. Fünf Minuten später kam Nicolson mit Oberst Kiseki zurück.
Das Funkgerät war ein Trümmerhaufen aus verbogenem Stahl und zerschlagenen Röhren.
McKinnon war inzwischen nicht müßig gewesen. Kapitän Findhorn lag auf der Tragbahre, in Wolldecken gewickelt, und hielt Peter, den kleinen Jungen aus Singapur, im Arm.
An jeder der vier Ecken der Tragbahre kauerte ein japanischer Soldat: McKinnon hatte ihre Handgelenke mit zuverlässigem Schifferknoten fest an die Griffe der Tragbahre gebunden. Der Bürgermeister und Kisekis Adjutant waren mit dem linken beziehungsweise rechten Ellenbogen aneinander gefesselt.
»Wirklich hübsch gemacht«, sagte Nicolson. »Sehr hübsch.«
»Nicht der Rede wert, Sir«, sagte McKinnon, packte Oberst Kiseki mit festem Griff und fesselte seinen rechten Ellenbogen an den linken des Bürgermeisters.
»Ausgezeichnet«, sagte Nicolson.
Er warf einen Blick in die Garderobe und sperrte die Tür zur kleinen lichtlosen Kammer zu.
»Sehe jetzt keinen Grund mehr, McKinnon, auch nur einen Augenblick länger hierzubleiben.«
»In Ordnung, Sir. Gehen wir!«
»Wohin gehen wir?«
Kiseki stand breitbeinig da, den runden Schädel tief zwischen die Schultern geduckt. »Wohin wollen Sie uns bringen?«

»Das kann ich Ihnen sagen, Oberst«, meinte Nicolson. »Wie Telak mir sagte, ist Ihre Barkasse das beste und schnellste Fahrzeug hundert Meilen die Küste hinauf und hinunter. Ehe es wieder hell wird, werden wir damit längst durch die Sunda-Straße im Indischen Ozean sein.«

Kisekis Gesicht war wutverzerrt. »Mit meiner Barkasse werden Sie nicht weit kommen – als Engländer.«

Er brach ab. Ein neuer und noch schrecklicherer Gedanke schoß ihm durch den Kopf. Er warf sich nach vorn und schleifte die beiden anderen, an die er gebunden war, über den Boden. Rasend vor Zorn stieß er mit dem Fuß gegen Nicolson:

»Sie wollen mich mitnehmen, wie? Sie verdammter Kerl – Sie wollen mich mitnehmen?«

»Natürlich«, antwortete Nicolson ganz ruhig. »Was hatten Sie denn gedacht?«

Er ging zwei Schritte zurück, um dem neuerlichen Fußtritt Kisekis auszuweichen. Dann stieß er die Mündung seines Karabiners nicht gerade sanft in Kisekis Zwerchfell. Der Oberst krümmte sich vor Schmerzen.

»Sie sind unsere einzige Garantie«, sagte Nicolson, »daß wir unbehelligt bleiben. Es wäre heller Wahnsinn, wenn wir Sie hier ließen.«

»Ich komme nicht mit«, sagte Kiseki und keuchte. »Ich komme nicht mit. Eher können Sie mich töten, als daß ich mitkomme. In ein Gefangenenlager? Ich, der Oberst Kiseki, Gefangener der Engländer? Nie und nimmer! Eher können Sie mich töten!«

»Wird nicht nötig sein«, sagte Nicolson. »Wir können Sie fesseln, knebeln, notfalls sogar auf einer Tragbahre mitnehmen. Aber es würde die Sache nur komplizieren, Oberst Kiseki! Sie können wählen – entweder kommen Sie freiwillig und zu Fuß oder auf einer Tragbahre und mit ein paar Löchern in den Beinen, damit Sie schön still liegen!«

Kiseki sah in Nicolsons erbarmungsloses Gesicht und traf seine Wahl:

Er begleitete sie zu Fuß.

Auf dem Weg zur Mole begegneten sie weder einem japanischen Soldaten noch sonst jemandem. Es war eine windstille Nacht, aber es regnete heftig.

Vannier, der die andere Gruppe angeführt hatte, war bereits an Bord der Barkasse. Nur ein einziger Posten hatte sie bewacht – kein Problem für Vannier und seine Leute.

Miß Plenderleith lag bereits unter Deck und schlief. Walters war eben dabei, Funkverbindung aufzunehmen.

Genau zehn Uhr abends legten sie von der Mole ab und fuhren mit leise schnurrenden Motoren hinaus auf das Meer. Es war glatt wie ein Dorfteich.

Nicolson hatte Telak gebeten, mit an Bord zu gehen. Doch der Sohn des toten Häuptlings hatte abgelehnt und gesagt, sein Platz sei bei seinen Leuten.

»Und das Grab van Effens im Dschungeldorf wird das schönste Grab auf allen Inseln sein«, fügte er hinzu.

Er ging die lange Mole entlang, ohne auch nur noch einen Blick zurückzuwerfen.

Sie fuhren hinaus in die Dunkelheit. Mit weit geöffneten Drosselklappen steuerte die Barkasse südwestlichen Kurs, Kurs Indischen Ozean.

Um halb drei Uhr morgens trafen sie sich mit der ›Kenmore‹, einem britischen Zerstörer der Q-Klasse, an der durch Funkspruch verabredeten Stelle.

Das Gesamtverzeichnis der Heyne-Taschenbücher informiert Sie ausführlich über alle lieferbaren Titel. Sie erhalten es von Ihrer Buchhandlung oder direkt vom Verlag.
Wilhelm Heyne Verlag, Postfach 201204, 8000 München 2

Alistair MacLean
ein Meister der Spannung

Mit einer Gesamtauflage von inzwischen mehr als 26 Millionen Exemplaren ist Alistair MacLean einer der gefragtesten internationalen Thriller-Autoren. Tapfere Agenten, rauhe Soldaten und edle Spione stehen im Mittelpunkt der Romane des ehemaligen Marineoffiziers.

MacLean wurde 1922 im schottischen Hochland geboren, diente 1941 bis 1946 als Offizier und studierte dann bis 1953 an der Universität von Glasgow. Sein erster großer Bucherfolg, der Seekriegsroman »H.M.S. Ulysses« (1955; dt. »Die Männer der Ulysses«), erlaubte es ihm, die Stelle als Kunsterzieher aufzugeben und als freier Schriftsteller zu arbeiten.

Seitdem ist Alistair MacLean auf griffige Action-Thriller mit Bestseller-Auflage spezialisiert. Die Details stimmen: Er beherrscht den Agenten-Jargon, er kennt die Arbeit der Geheimdienste. Seine visuelle Art zu schreiben ist der Grund dafür, daß so viele seiner Bücher verfilmt worden sind.

Nach dem Erfolgsrezept seiner Bücher befragt, sagt MacLean: »Ich glaube, man muß die Handlung so schnell anlegen, daß der Leser niemals Zeit hat, über die Wahrscheinlichkeit oder Unglaubwürdigkeit irgendeiner Begebenheit nachzudenken.« Tatsächlich sind seine Bücher so packend geschrieben, daß derjenige, der Entspannung durch Spannung sucht, voll auf seine Kosten kommt.

Alistair MacLean starb 1987 in München.

Alistair MacLean
Lieferbare Titel

Agenten sterben einsam (01/956)
Angst ist der Schlüssel (01/642)
Circus (01/5535)
Eisstation Zebra (01/685)
Die Erpressung
Fluß des Grauens (01/6515)
Geheimkommando Zenica (01/5120)
Das Geheimnis der San Andreas
Golden Gate (01/5454)
Goodbye Kalifornien (01/592)
Die Hölle von Athabasca (01/6144)
Die Insel (01/5280)
Jenseits der Grenze (01/576)
Die Kanonen von Navarone (01/411)
Die Männer der »Ulysses«
Meerhexe (01/5657)
Das Mörderschiff
Das Mörderschiff. Rendezvous mit dem Tod. Zwei Romane in einem Band
Nacht ohne Ende (01/433)

Nevada Pass (01/5330)
Partisanen (01/6592)
Rendezvous mit dem Tod
Der Satanskäfer (01/5034)
Die schwarze Hornisse (01/944)
Dem Sieger eine Handvoll Erde (01/5245)
Souvenirs (01/5148)
Tödliche Fiesta (01/5192)
Der Traum vom Südland (01/7013)
Die Überlebenden der Kerry Dancer (01/504)

ALISTAIR MACLEAN
ZUSAMMEN MIT
JOHN DENIS

Geiseldrama in Paris (01/6032)
Höllenflug der Air Force 1 (01/6332)

Die Bandnummern der Heyne-Taschenbücher sind jeweils in Klammern angegeben.

ALISTAIR MACLEAN

Der Großmeister der Spannungsliteratur mit Niveau

01/411 - DM 6,80

01/685 - DM 6,80

01/944 - DM 6,80

01/956 - DM 5,80

01/5034 - DM 6,80

01/5148 - DM 6,80

01/5192 - DM 6,80

01/5245 - DM 6,80

ALISTAIR MACLEAN

Dramatisch, erregend, brillant. Die großen Erfolge des internationalen Bestseller-Autors.

01/5921 - DM 7,80

01/6515 - DM 6,80

01/6144 - DM 6,80

01/6592 - DM 5,80

01/6731 - DM 7,80

01/6772 - DM 6,80

01/6916 - DM 7,80

01/6931 - DM 7,80

STEPHEN KING

„Horror vom Feinsten" urteilt der „Stern" über Stephen King

Brennen muß Salem
01/6478

Im Morgengrauen
01/6553

Der Gesang der Toten
01/6705

Die Augen des Drachen
01/6824

Der Fornit
01/6888

Dead Zone – Das Attentat
01/6953

Friedhof der Kuscheltiere
01/7627

„es"
„Jumbo"
(Paperback, Großformat)
41/1

Sie
„Jumbo"
(Paperback, Großformat)
41/2

Schwarz
„Jumbo"
(Paperback, Großformat)
41/11

Danse macabre
Die Welt des Horrors in Literatur und Film
(Heyne Sachbuch)
19/12

STEPHEN KING/
PETER STRAUB
Der Talisman
01/7662

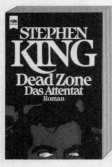

Wilhelm Heyne Verlag München

RICHARD BACHMAN

An der Spitze der US-Bestsellerlisten, seit das Pseudonym gelüftet ist: Bachman ist King.

Der Fluch
01/6601

Menschenjagd
01/6687

Sprengstoff
01/6762

Todesmarsch
01/6848

Amok
01/7695

Tabitha King

Horror-Romane der eigenen Art von Stephen Kings Ehefrau

Das Puppenhaus
01/6625

Die Seelenwächter
01/6755

Die Falle
01/6805

Die Entscheidung
01/7773

Wilhelm Heyne Verlag München

Weitere Erfolgsromane von Alistair MacLean

Circus
220 Seiten, gebunden
Bruno der Hochseilartist aus dem Ostblock, stammt zufällig aus der gleichen Stadt, in der ein abtrünniger deutscher Wissenschaftler die Formel für eine Antimaterie-Bombe entwickel hat. Und zufällig hat Bruno noch eine große Rechnung mit seiner ehemaligen Heimat zu begleichen. Der CIA tritt mit einem »heißen« Auftrag an ihn heran..
Ein spannender Thriller mit Circusluft.

Goodbye Kalifornien
348 Seiten, gebunden
Zwei Super-Ängste bestimmen diesen Thriller: Die permanente Furcht der Kalifornier vor einem gewaltigen Erdbeben und die Greuel, die Atom-Gangster anrichten können. Was MacLean hier inszenierte, wirkt so bestürzend, weil es Realität werden kann: Eine Handvoll Verbrecher genügt, eine Weltmacht zu erpressen.

Der Satanskäfer
280 Seiten, gebunden
Im britischen Forschungsinstitut für biologische Vernichtungswaffen geschieht plötzlich ein Mord. Ein zweiter Wissenschaftler ist spurlos verschwunden und mit ihm drei Ampullen eines neu entwickelten Virus, die ausreichen, die Menschheit in die Luft zu jagen! Was haben die Unbekannten damit vor?

Souvenirs
224 Seiten, gebunden
Rauschgiftschmuggel führt den Chef des Londoner Rauschgiftdezernats mit einem ungewöhnlichen Auftrag nach Amsterdam. Ungewöhnlich nicht nur, weil Interpol erwartet, daß er einen ganzen Schmugglerring auffliegen läßt, nicht nur, weil diese Aufgabe die gefährlichste seines Lebens zu werden verspricht...

Höllenflug der Airforce 1
264 Seiten, gebunden
Wie entführt man die sechs wichtigsten Männer der Welt, im bestbewachten Flugzeug der Welt – der Maschine des amerikanischen Präsidenten? Ein teuflischer Plan, den die Handlanger des Mr. Smith mit der Präzision und Kälte von Robotern ausführen. Noch ehe die Airforce One mit ihren hochkarätigen OPEC-Insassen abhebt, ist ihr Schicksal entschieden. Aber der Mann, der dem Sicherheitschef der Maschine aufs Haar gleicht, kann Sabrina Carver nicht täuschen – und sie macht diesen Höllenflug gewiß nicht zufällig mit...

Lichtenberg Verlag

John le Carré

Perfekt konstruierte Thriller, spannend und mit äußerster Präzision erzählt.

im Heyne-Taschenbuch

01/6565

01/6619

01/6679

01/6785

01/7677

01/7762

Wilhelm Heyne Verlag München

Spitzenautoren der Kriminalliteratur

im Heyne-Taschenbuch

spannend
subtil
brillant

01/6901 - DM 7,80

01/7688 - DM 7,80

01/6858 - DM 7,80

01/6965 - DM 7,80

01/7650 - DM 7,80

01/6873 - DM 6,80

01/7612 - DM 7,80

Wilhelm Heyne Verlag
München